능호집

하

이인상李麟祥, 1710~1760

조선 후기의 문학가이며, 서화가이다. 자는 원령元靈이고, 호는 능호관凌壺觀·천보산인天寶山人·보산자寶山子·뇌상관雷象觀이다. 본관은 완산으로, 세종대왕의 열셋째 아들인 밀성군密城君 이침李琛의 후손이다. 고조부는 영의정을 지낸 백강白江 이경여李敬輿이나, 증조부가 서얼이다. 영조 때 음보蔭補로 북부 참봉에 제수되었으며, 음죽 현감을 지냈다. 처 덕수 장씨와의 사이에 4남 1녀를 두었으며, 평생 가난했음에도 가난을 말하지 않았다. 시·서·서·화는 물론이고 전각에도 빼어났지만, 전연 티를 내지 않았다. 문집으로『능호집』이 전하며, 대표 작품으로〈장백산도〉,〈설송도〉,〈구룡연도〉 등의 그림과《원령필》,《능호첩》,《보산첩》 등의 글씨가 있다.

박희병

현재 서울대학교 국문학과 교수로 재직 중이다. 저서로 『한국고전인물전연구』, 『한국전기소설의 미학』, 『한국의 생태사상』, 『운화와 근대』, 『연암을 읽는다』, 『유교와 한국문학의 장르』, 『저항과 아만』, 『연암과 선귤당의 대화』, 『나는 골목길 부처다 – 이언진 평전』, 『범애와 평등』 등이 있으며, 『나의 아버지 박지원』, 『고추장 작은 단지를 보내니』, 『골목길 나의 집 – 이언진 시집』 등의 역서와 논문 다수가 있다.

능호집 하

이인상 지음, 박희병 옮김

2016년 7월 22일 초판 1쇄 발행

펴낸이 한철희 | 펴낸곳 돌베개 | 등록 1979년 8월 25일 제406-2003-000018호
주소 (10881) 경기도 파주시 회동길 77-20 (문발동 532-4)
전화 (031) 955-5020 | 팩스 (031) 955-5050
홈페이지 www.dolbegae.co.kr | 전자우편 book@dolbegae.co.kr
블로그 imdol79.blog.me | 트위터 @Dolbegae79

주간 김수한
편집 이경아
표지디자인 민진기 | 본문디자인 이은정·이연경·김동신
마케팅 심찬식·고운성·조원형 | 제작·관리 윤국중·이수민
인쇄 한영문화사 | 제본 경일제책사

ISBN 978-89-7199-732-1 (94810)
    978-89-7199-733-8 (세트)

이 도서의 국립중앙도서관 출판예정도서목록(CIP)은 서지정보유통지원시스템 홈페이지(http://seoji.nl.go.kr)와 국가자료공동목록시스템(http://www.nl.go.kr/kolisnet)에서 이용하실 수 있습니다.
(CIP제어번호: CIP2016016393)

•이 책은 한국학술연구재단의 '99동서양학술명저번역지원사업'(NRF-1999-035-AZ0089)에 의하여 이루어졌음.

凌壺集

能호집 하

李麟祥
이인상 지음

박희병 옮김

돌베개

차례

( )속 숫자는 원문 면수임

권3

서書

서序

기記

권4

발跋

지識

애사哀辭

제문祭文

잡저雜著

부록

일러두기

1. 본서는 1779년 평양 감영에서 간행된 이인상의 문집 『능호집』(凌壺集)을 전역(全譯)하고, 학술적 주석을 붙인 것이다.
2. 『능호집』은 원래 4권 2책으로 시(詩)와 문(文)이 각각 두 권씩이다. 이에 따라 본서에서는 시를 상권으로, 문을 하권으로 분책했다.
3. 원문을 교감하여 오자를 바로잡고, 결자(缺字)는 『뇌상관고』(雷象觀藁)를 참조하여 보충했다.
4. 본서의 연월일(年月日)은 모두 음력이다.
5. 필요할 경우 옛말이나 방언을 사용했다. 언어적 지평을 넓히기 위해서다.
6. 시 번역문의 띄어쓰기는 꼭 현행 한글 맞춤법 통일안을 따르지 않았다. 의미와 율격에 대한 고려 때문이다.
7. 상권에 이미 주석을 붙인 사항이라 하더라도 하권에 다시 주석을 붙인 경우가 많다. 독자들이 하권을 읽을 때 다시 상권을 뒤져보는 불편을 덜기 위해서다. 단, 이 경우 주석의 내용을 조금 달리하기도 했다.
8. 상권과 하권을 연결해서 보는 것이 필요하다고 판단되는 경우, 연관성을 부여했다. 이를테면 하권의 주석에서 상권을 참조할 것을 밝힌 따위가 그러하다.
9. 주석에 한문을 인용한 경우, 반드시 번역한 다음 원문을 함께 제시했다.
10. 하권의 부록으로 1970년 임창순 선생이 번역한 이인상의 간찰을 수록했다. 임창순 선생의 번역은 옛날 어투로 되어 있는데, 오늘날의 독자들이 이런 어투를 접하는 것도 나쁘지 않은 일이라고 판단해 그 어투를 바꾸지 않았다.
11. 이인상에 대한 이해를 돕기 위해 역자가 쓴 「능호관 이인상: 그 인간과 문학」이라는 글을 하권의 말미에 붙였다.
12. 상하권을 통합한 '찾아보기'를 하권의 말미에 붙였다.

권3

서書
서序
기記

송사행[1]에게 답한 편지 기미년(1739)

정월 그믐에 보내 주신 편지를 삼가 받으니 많은 위안이 되었습니다. 보내 주신 편지에 제가 당신을 추중推重[2]하고 허여許與함이 너무 지나치다[3]고 하시면서, 서로 사귄 지 오래 되었음에도 사람을 헤아리는 식견이 없다고 탄식하셨는데, 겸손이 너무 지나쳐 자책함이 남을 속이는 데까지 이르렀으니 자못 사람을 즐겁지 않게 하외다.

무릇 명성과 비방은 밖에 있는 것이어서 자기가 간여할 수 있는 바가 아니고, 도리와 덕성은 안에 있는 것이니 수양하여 훌륭하게 할 수 있습니다. 옛날의 군자들은 늘 스스로 만족하지 않는 마음이 있어, 비록 훌륭한 명성이 날마다 이르러도 겸손하여 자처하지 않았지만, 자임自任하는 바에 있어선 커다란 천지를 자신의 분내사分內事[4]로 여겼더

---

1 **송사행(宋士行)** 송문흠(宋文欽, 1710~1752). '사행'은 그 자(字). 호(號)는 한정당(閒靜堂), 본관은 은진(恩津). 동춘당(同春堂) 송준길(宋浚吉)의 현손, 이재(李縡)의 문인. 영조 9년(1733) 사마시(司馬試)에 합격, 1739년에 음보(蔭補)로 장릉 참봉(長陵參奉)에 제수되고 이어 시직(侍直), 부솔(副率), 종부시주부(宗簿寺主簿), 형조좌랑(刑曹佐郎) 등을 역임했으며 문의 현령(文義縣令)을 지냈다. 시문과 글씨에 모두 능했다. 문집인『한정당집』(閒靜堂集)이 전한다.
2 **추중(推重)** 높이 받들어 귀하게 여김.
3 **보내 주신 편지에~지나치다** 송문흠의『한정당집』권3에「이원령에게 주다」(與李元靈) 라는 제목으로 실려 있는 편지를 가리킨다. 이 편지에서 송문흠은 이인상이 자신을『춘추』 (春秋)에 조예가 깊다고 칭송한 데 대해 그 칭찬이 과분한 것이라고 말하고 있다.
4 **분내사(分內事)** 분수 밖의 일이 아니라 분수 안의 일이라는 말. 즉 자신이 관심을 가져야 마땅한 일이라는 뜻. 일찍이 북송(北宋)의 학자인 육상산(陸象山)은 "천지 사이의 일은 곧 나의 분내사(分內事)요, 나의 분내사는 곧 천지 사이의 일이다"(宇宙間事, 是己分內事；己分內事, 是宇宙間事)라고 말한 바 있다.

랬습니다. 그러므로 안자顔子[5]께선 도에 순일純一하셨지만, 가지고 있으면서도 마치 갖고 있지 않은 것 같았고 꽉 차 있으면서도 마치 빈 것 같았으며, 어리석어 마치 남에 미치지 못하는 사람인 것 같았습니다. 그렇지만 자임하는 바는 크셨으니 이 때문에 "순舜임금은 어떤 분이고, 나는 어떤 사람인가?"[6]라고 말씀하셨던 것입니다. 만약 안자께서 한갓 겸손한 말만 하고 원대한 공부에 대한 포부가 없었다면 대현大賢이 될 수는 없었을 겁니다.

제가 보기에 당신은 늘 겸양의 말은 하지만 자임하는 바의 무거움은 보여주지 못하는 것 같습니다. 내실은 없으면서 허명虛名을 즐기는 자들과 비교한다면 실로 차이가 있다 하겠지만, 한갓 겸손하다는 명성만 있고 큰 포부를 안고 고심苦心[7]하는 마음이 없는 것 역시 제가 당신에게 바라는 바는 아닙니다. 겸손이 너무 지나쳐 자책自責함이 남을 속이는 데까지 이른다면 자임하는 바가 더욱이 너무 작은 것이 아닐는지요? 제가 비록 보잘것없지만 듣기 좋은 말로 당신의 뜻을 저버리고 스스로를 비루하게 하는 일은 감히 하지 못하겠군요.

---

5 안자(顔子) 공자의 제자인 안회(顔回)를 가리킨다. 도(道)가 높아 후대에 아성(亞聖)으로 불렸다. 가난을 견디며 열심히 공부하고 덕을 닦았으나 일찍 죽었다.
6 순임금은~어떤 사람인가 『맹자』(孟子) 「등문공」(滕文公) 상(上)에 나오는 말로, 자신도 노력하면 순임금 같은 성인(聖人)이 될 수 있다는 뜻이다.
7 고심(苦心) 이인상의 글에서 '고심'은 대단히 주목해야 할 말이다. 이 말은 당파적 의식하고만 연결되는 것이 아니라 종종 자신에 대한 성찰 및 정직과 양심의 추구, 나라와 임금에 대한 걱정 및 백성에 대한 사랑 등 사대부로서의 책임에 대한 통절한 자각과도 연결된다.

송사행에게 준 편지 을축년(1745)

삼가 생각건대, 점점 더워지는 날씨에 어머님 뫼시고' 평안하시며 집안은 별고 없으신지요? 과연 그믐께 서울로 돌아오실 건지요? 저는 하루도 당신을 잊은 날이 없습니다. 당신과 더불어 교유한 지 십여 년 동안 그 마음의 얕고 깊음과 순수하고 잡박함, 말과 행동의 미세함을 더욱 깊이 알게 되었으므로 조금이라도 과실이 있으면 쉽게 개도開導할 수 있겠건만, 서로 만나면 한가롭게 노님이 많고 편지를 쓰면 다정한 말만 많던 것을 한스럽게 생각합니다. 게다가 당신은 더욱 정情이 많아 말씀을 엄하게 하지 않고 듣는 이의 마음을 아프지 않게 하려고만 하여, 허물 많은 제가 행실을 잘 단속하지 못하였는데도 지성으로 가르쳐 주고 책망하는 말을 하시지 않았습니다. 의기意氣가 서로 감발感發하고 언론言論²이 활발히 일지 않은 것은 아니나, 끝내 실효實效를 거두지는 못했으니 옛사람들이 지닌 직량直諒의 도道³가 있었다고 할 수는 없을 것입니다.

저 같은 사람은 비록 사사건건 경고하며 꾸짖는다 할지라도 천성이 모질어 뉘우침이 적으니, 오히려 학업을 향상시키기에 부족하지 않을까 걱정입니다. 당신께 바라는 바는, 일세一世의 표준이 되어 우리들로

하여금 그 은혜를 입게 해달라는 것이니, 친구 사이의 책선責善⁴만을 기대하는 것은 아닙니다. 지난 십 년을 가만히 생각해 보니 저의 지기 志氣는 이미 쇠락하여 날로 비루해졌고, 당신 또한 무슨 큰 변화가 있는지 알지 못하겠습니다. 단지 세상이 변하는 것이 날로 심해짐을 몸소 겪으면서 몸가짐을 더욱 삼가고 면밀히 했을 뿐, 기상氣像이 날로 준정峻整해지고 심사가 더욱 화평해짐을 보지는 못했습니다. 또한 규모가 날로 넓어지고 역량이 커지는 모습도 보지 못했습니다.

생각이 날로 번잡해져서 보고 듣는 것이 날마다 세세한 데로 흐르고, 하는 일이 점점 천박해져 취미도 날로 세속을 좇아가서 끝내는 일개 명성만 높은 사람에 그칠까 염려되니 참으로 탄식할 일입니다. 세상일은 날로 비통함이 느껴지고, 도리는 날로 어두워지며, 시운은 날로 하강하니, 큰 역량과 큰 식견을 지녀 뜻이 확고하여 흔들리지 않는 자가 아니라면, 마치 맷돌에 콩을 넣으면 크건 작건 모두 분쇄되어 버리듯 스스로 시대의 흐름에 용해되어 버리고 말 터이니 어찌 우려할 일이 아니겠습니까?

옛사람이 이르길, "마땅히 세계를 바꾸고, 세계에 의해 바뀌지 말라"라고 했는데, 우리들이 비록 세상을 바꿀 힘은 없다 할지라도 자신의 입각지立脚地⁵를 굳건히 하지 않는다면 어떻게 살아갈 수 있겠습니까? 아! 세상에 대인大人이 없어진 지 오래입니다. 사람들은 대개 자신의 재주와 지식을 쓰지만 표준으로 삼는 바가 없으며,⁶ 기운을 뽐내는 사람은 도의道義와 배치되어 스스로 허탄하고 방자한 즐거움에 빠져

---

4 책선(責善) 벗들간에 착한 일을 하도록 서로 권하는 일.
5 입각지(立脚地) 원문은 "脚跟"으로, 원래 발꿈치라는 뜻이다. 이 단어는 『능호집』 권4의 「우연히 쓰다」(偶書)라는 글에도 보인다.
6 표준으로~없으며 성현을 따르지 않는다는 뜻.

점점 위진魏晉의 청담清談[7]과 명말明末의 부화浮華한 풍속[8]을 초래하고 있거늘, 천장부賤丈夫[9]는 혹 기예技藝를 명예로 여겨 기예 있는 이를 추중推重하고 허여許與하는 것을 우도友道로 삼으니, 세도世道[10]에 대한 걱정을 이루 다 말할 수 없습니다. 식견 있는 사람이 단단히 주견主見을 세워 지금보다 열 배의 힘을 쏟아 세도世道를 자임自任하지 않는다면 아마 세상을 구할 수 없을 듯합니다. 당신은 생각해 보시기 바랍니다.

---

7 **청담(清談)** 중국 위진(魏晉) 시대에 노장사상(老莊思想)을 따르던 선비들이 세상일을 버리고 산림에 은거하여 청정무위(清淨無爲)의 설(說)을 담론한 것을 이르는 말. 이른바 죽림칠현(竹林七賢)이 그 대표적인 인물들이다.

8 **명말(明末)의 부화(浮華)한 풍속** 중국 명말청초(明末清初)의 문학과 예술의 풍조를 가리키는 말. 당시 중국의 문예는 중세적 예교(禮敎)의 억압에 반대해 인간의 개성과 욕망을 적극적으로 긍정하는 방향으로 나아가고 있었다. 그에 따라 발랄한 소품문(小品文)이라든가 소설·희곡 등이 성행하였다. 하지만 이 시기의 문예는 그 긍정적 의의에도 불구하고 부박(浮薄)하고 세태 추종적인 폐단이 없지 않았으며, 기상(氣像)이 낮고 사상적·정신적 깊이가 부족하며 경세적인 문제의식이 박약하다는 문제점이 없지 않았다.

9 **천장부(賤丈夫)** 행실이 비천한 선비.

10 **세도(世道)** 세상의 도의. 세상의 올바른 도리.

역천 송자[1]에게 준 편지 정축년(1757)

오는 사람 편에 편지를 받지 못해 섭섭했습니다. 기거하심이 오래 편치 못하시다는 말을 전해 듣고 염려하는 마음이 그치지 않습니다. 비가 계속 추적거리며 내리니 겨울답지 않습니다. 거상居喪[2] 중에 어떻게 지내고 계신지, 아드님 혼사는 어찌 치렀는지 궁금합니다.

멀리 옛일을 생각하니 슬픔과 기쁨이 교차합니다. 자제분 형제[3]는 어릴 때 비해 더욱 음전하고 굳세어진 듯합니다. 더구나 그 자품姿稟이 남들보다 뛰어나, 맏이는 순후하고 막내는 원대하여 허황되고 거짓되거나 편벽되고 거만한 기색이 조금도 없거늘 반드시 학업을 성취할 수 있을 것입니다. 가르쳐 훈도한 힘이 사람으로 하여금 탄복케 합니다. 가만히 요즘 소년들을 보건대 시속時俗을 다투어 숭상하고, 방자한 말로 논의를 세우며, 마음은 성급합니다. 그 병의 근원을 찾아보면 대개 이기기 좋아하고 빨리 이루려는 마음에서 연유하는바, 뜻있는 선비가 아니라면 마음이 동요되지 않을 수 없습니다. 아! 집안의 영고성쇠

---

1 역천(櫟泉) 송자(宋子) 송명흠(宋明欽, 1705~1768)을 말한다. '역천'은 그 호이고, '송자'의 '자'(子)는 경칭. 본관은 은진(恩津)이고, 준길(浚吉)의 현손이며 요좌(堯佐)의 아들이고 문흠(文欽)의 형이다. 이재(李縡)의 문인으로, 사화(士禍)를 피하여 아버지를 따라 옥천·도곡(塗谷) 등에 살았다. 그 후 천거되어 충청도 도사·지평·장령·서연관 등에 임명되었으나 사퇴했으며, 옥과 현감을 지낸 적이 있다. 1764년(영조 40) 경연관으로서 정치 문제를 논하다가 영조의 비위에 거슬려 파직되었다.
2 거상(居喪) 원문은 "孝履". 편지글에서 상중(喪中)에 있는 사람의 안부를 물을 때 쓰는 말인데, '효후'(孝候)라고도 한다. 송명흠은 1755년에 모친상을 당했다.
3 자제분 형제 송명흠의 아우인 송문흠의 두 아들 시연(時淵)과 후연(厚淵)을 가리킨다. 시연은 송명흠의 양자가 되었다.

榮枯盛衰에는 운세가 있는 법입니다. 급히 나아가려는 뜻을 두면 반드시 먼 후대에 받을 복을 손상할 터이니 두려워하지 않을 수 있겠습니까? 일찍이 사행씨土行氏⁴의 뜻과 학업이 끝까지 이루어지지 못한 일을 슬퍼했거늘, 천리天理가 펼쳐짐이 반드시 후손에게 있을 터이니 종시終始 가르치는 힘을 신중하게 하지 않을 수 있겠습니까?

한편 생각해 보면, 과환科宦⁵과 혼례婚禮와 상례喪禮의 경우 집안마다 이치와 사정이 복잡하게 얽혀 있어 친척이나 친구라도 뭐라고 할 수 없는 바가 있습니다. 그렇기는 하나 전날 귀댁의 상례에 자못 시끄러운 일이 있었건만 그대의 처리 방식이 십분 여유롭지 못한 것은 무엇 때문이었습니까? 천하의 변고가 지극히 커서 대처하기 어려운 것이 있다 할지라도 군자가 그것에 대응함은 마땅히 편안하고 신중하며 과단성 있고 확고하여, 스스로 의구疑懼되는 바가 없은 뒤에야 마음에 부끄러움이 없어 후세에 질정質正을 구할 수 있을 것입니다. 스스로 생각건대 어리석고 과문하지만 그대를 아끼는 구구한 마음에 감히 마음을 털어놓았으니 나무라지 말았으면 합니다.

---

4 사행씨(士行氏) 송명흠의 아우 송문흠을 가리킨다. 1752년 43세의 나이로 형보다 먼저 세상을 떠났다.
5 과환(科宦) 과거를 보는 일과 벼슬을 하는 일.

윤자목¹에게 답한 편지 신미년(1751)

날씨가 무덥습니다. 공부는 잘하고 있으며 독서는 부지런히 하고 계신지요? 『속근사록』續近思錄²은 미처 보지 못했지만, 가만히 생각건대 주자朱子가 이미 책을 엮었으니 후인이 속편을 엮지 말았어야 합니다. 주자는 사서四書와 육경六經에 대해 저마다 책 하나씩을 썼고, 『강목』綱目 한 책을 썼으며, 『가례』家禮 한 책을 썼습니다.³ 그리고 『초사후어』楚辭後語와 『한집고이』韓集考異⁴까지 엮어 산정刪正했거늘 감히 망령되이 속

---

1 **윤자목(尹子穆)** 윤면동(尹冕東, 1720~1790)을 말한다. '자목'은 그 자. 본관은 해평(海平), 호는 오헌(娛軒). 오음(梧陰) 윤두수(尹斗壽)의 후손이며, 통덕랑(通德郎) 득일(得一)의 아들이다. 일찍이 남한산사(南漢山寺)에 들어가 성리학을 공부하면서 강론(講論)에 힘썼다. 1761년(영조 37) 음보(蔭補)로 선공감 가감역(假監役)에 천거되었으나 나아가지 않았으며, 1780년(정조 4) 다시 동몽교관에 제수되었으나 사양하였다. 1790년 통정대부에 추은(推恩)되었다. 이인상의 사후(死後) 그 글을 산정(刪定)하는 일을 맡아 했으며, 평안 감사로 있던 김종수(金鍾秀)에게 편지를 보내 이인상의 문집을 인행(印行)하게 하였다. 문집으로 『오헌집』(娛軒集)이 있다.
2 **『속근사록』(續近思錄)** '속근사록'이라는 이름의 책은 여럿 있다. 중국에서 나온 책으로는 유자징(劉子澄)의 것을 비롯해 정광의(鄭光義)·장백행(張伯行)·채모(蔡模)·장면(張冕)·곽유(郭儒) 등의 것이 있으며, 우리나라에서 나온 책으로는 한몽린(韓夢麟, 1684~1762), 이한부(李漢膚) 등의 것이 있다. 이인상이 말하는 책이 이 중 어떤 것인지는 알 수 없다.
3 **주자는~썼습니다** 『대학장구』(大學章句)·『중용장구』(中庸章句)·『논어집주』(論語集注)·『맹자집주』(孟子集注)·『주역본의』(周易本義)·『시집전』(詩集傳)·『서집전』(書集傳)·『효경간오』(孝經刊誤)·『의례경전통해』(儀禮經傳通解)·『자치통감강목』(資治通鑑綱目)·『주자가례』(朱子家禮) 등을 가리킨다.
4 **『초사후어』(楚辭後語)와 『한집고이』(韓集考異)** 원문에는 『초사후어』가 '굴씨후어'(屈氏後語)로 되어 있고, 『한집고이』가 '한씨고이'(韓氏考異)로 되어 있다. 주희는 『초사집주』(楚辭集注)라는 책 외에 『초사후어』라는 책을 편찬한 바 있는데, 이 책은 전국시대 순경(荀

편을 편찬해 중자仲子[5]처럼 경전의 속편을 지은 벌을 받고자 하는 이가 누구란 말입니까? 편찬한 내용 중에 설사 볼만한 것이 있다 하더라도 명목이 이미 바르지 않거늘, 하물며 편찬한 내용이 꼭 좋은 것도 아니니 말해 무엇하겠습니까.

『오자근사록』五子近思錄[6] 역시 저는 보길 좋아하지 않습니다. 『주자대전』朱子大全과 『주자어류』朱子語類의 내용은 실로 호한하고 넓어 이해하기 어려우므로 사사로이 뽑아 편집하여 외는 것이 사리에 어긋나지는 않을 듯하지만 덕德을 아는 자가 드무니 누가 능히 말을 안다[知言][7]고 할 수 있겠습니까? 『시경』에 이르기를 "위의威儀가 성대盛大하니, 가려 취사할 게 없도다"[8]라고 했거늘, 어찌 감히 성현[9]의 말을 가려 뽑아 성현이 손수 편찬한 책에 끼워 넣을 수 있단 말입니까.[10]

───────

卿)의 사(辭)에서 시작해 송나라 여대림(呂大臨)의 사(辭)에 이르기까지 총 52편의 작품을 수록해 놓았다. 『한집고이』는 당나라 한유(韓愈)의 문집을 교감(校勘)한 책이다.

5 중자(仲子) '문중자'(文中子)를 가리키는 듯하다. 수(隋)나라 왕통(王通)의 사시(私諡)다. 『중설』(中說), 『원경』(元經) 등의 책을 저술했다고 전해지며, 특히 『원경』은 『춘추』(春秋)를 흉내내어 진(晉) 혜제(惠帝) 때부터 시작해 진(陳)이 망할 때까지의 300년 역사를 서술해 놓았다.

6 『오자근사록』(五子近思錄) 명(明)의 시황(施璜)이 편찬한 『오자근사록발명』(五子近思錄發明)을 가리키는 듯하다. 시황은 자가 홍옥(虹玉), 호가 성재(誠齋)이며, 안휘성 휴녕(休寧) 사람이다. 과거 시험 공부를 단념하고 학문에 진력하였다. 성리학을 존숭하고 육왕학(陸王學)을 배척한바, 저술로는 『오자근사록발명』 외에 『성재문집』(誠齋文集)·『서명문답』(西銘問答) 등이 있다.

7 말을 안다[知言] 『맹자』「공손추」(公孫丑) 상(上)에서 유래하는 단어로, 남의 말을 잘 분변하는 것을 이른다.

8 위의(威儀)가~없도다 원문은 "威儀棣棣, 不可選也"로, 『시경』(詩經) 패풍(邶風)「백주」(柏舟)에 나오는 구절이다.

9 성현 주희를 가리킨다.

10 어찌~말입니까 원래 『근사록』은 주희와 여조겸(呂祖謙)이 주돈이(周敦頤)·정호(程顥)·정이(程頤)·장재(張載) 네 학자의 글에서 학문에 요긴한 말들을 뽑아 엮은 책인데, 『오자근사록』은 여기에다 주희 한 사람을 더 보탰기에 한 말이다.

『속근사록』이 또한 유劉씨나 허許씨[11]와 같은 원대元代의 사람들을 문청공文淸公과 정암공整菴公[12] 같은 여러 현인과 나란히 나열한 것은 더욱 불순한 잘못을 범한 것이라 할 것입니다. 하지만 경전의 전箋[13]이나 주註를 논함에 있어서는, 비록 주자가 경전에 달아 놓은 장구章句라 할지라도 모름지기 의심을 가져 본 후에 귀일歸一해야 성인을 독실히 믿을 수 있고 주자를 독실히 믿을 수 있을 것입니다. 먼저 사사로이 믿는 마음을 가지는 건 옳지 않습니다. 애초 이해하지도 못하면서 가리켜 보이면 곧 믿어 버리는 건 마치 불교에서 몽둥이로 치면서 '할!' 하고 소리치는 것과 같다 할 것입니다. 하지만 의심을 품는 것은 지극히 어려운 일이며, 귀일은 더욱이 쉽게 말할 수 있는 것이 아닙니다.

정사政事와 독서가 서로 통해야 실용實用에 도움이 되리라는 말씀은 그 뜻이 참으로 좋습니다. 일찍이 들으니 오리梧里 이李 상공[14]은 정사政事에 뛰어나 생각만 모으면 족히 나라를 경영하고 부세賦稅를 고르게 할 수 있었는데도 매양 책 읽을 겨를이 없음을 탄식했다고 하니 이 어찌 어려운 일이 아니겠습니까? 제가 작은 고을의 수령[15]으로서 일을 함에 잘못이 많아 밥 먹을 때 얼굴이 부끄러워 때로 책을 보면서 스스로를 경동警動하려 하지만 글이 마음에 잘 들어오지 않습니다. 그

---

11 유(劉)씨나 허(許)씨 원(元)의 성리학자인 유인(劉因)과 허형(許衡).
12 문청공(文淸公)과 정암공(整菴公) 문청공은 설선(薛瑄), 정암공은 나흠순(羅欽順)이다. 명(明)의 성리학자들이다.
13 전(箋) 경전이나 옛 책 가운데 이해하기 어려운 곳을 해설하여 그 뜻을 밝힌 것.
14 오리(梧里) 이(李)상공 이원익(李元翼, 1547~1634)을 말한다. '오리'는 그 호. 문과로 등용되어 선조·광해군·인조 때 지방관과 중앙 요직을 두루 거쳤고 영의정을 다섯 차례 역임하였다. 행정·군사·외교에 치적을 남긴 뛰어난 관료였다.
15 작은 고을의 수령 이인상은 1750년 8월 음죽 현감(陰竹縣監)에 부임하여 2년 8개월간 재직했다.

래서 벼슬을 그만두어 허물이 적기를 바라고 있으니 두루 가르침을 주시면 감사하겠습니다.

별폭別幅

유자후柳子厚[16]의 여러 글들은 아직 옛 시대의 글인지라 비록 몹시 다듬었기는 하나 간결하고 질박하며 굳세고 고아古雅하여 부화浮華하거나 지리한 말이 전혀 없습니다. 또한 흥취가 지극할 때 글을 썼기 때문에 체재도 자연히 간결하지요. 송宋·명明의 제공諸公에 이르러 한적함과 자유분방함을 하나의 도리로 삼고, 산수山水를 큰 일로 삼아, 크고 작은 일을 빠뜨리지 않고 모두 기록해야 만족스레 여겼으니,『명산기』名山記[17]에 실린 여러 글을 보건댄 대체로 모두 왕사임王思任[18]이나 원중

---

16 **유자후(柳子厚)**　유종원(柳宗元, 773~819). '자후'는 그 자. 당(唐)의 문인(文人)으로, 당송팔대가(唐宋八大家)의 한 사람. 한유와 함께 당(唐)의 고문운동(古文運動)을 주도했다.

17 **『명산기』(名山記)**　『명사』(明史) 권97에 지리류(地理類)에 대한 언급이 보이는데, '명산기'(名山記)라는 이름의 책으로는 하당(何鏜)의『명산기』(名山記), 신몽(愼蒙)의『명산일람기』(名山一覽記), 도목(都穆)의『유명산기』(遊名山記), 황이승(黃以陞)의『유명산기』(遊名山記) 등이 눈에 띈다. 이 중 하당의 저술이 제일 먼저 나왔으며, 후대의 명산기들은 이 책을 재편집하거나 이 책에 가감을 한 것이 많다. 하당의『명산기』는 '명산승개기'(名山勝槩記)로도 불리며, 노고(盧高)·장진언(張縉彦)·곡응태(谷應泰) 등이 증보하였다. 46권 29책의 거질이며, 뒤에 명산도(名山圖)가 첨부되어 있다. 이 책은 조선에 유입되어 많이 읽혔는데, 이인상이 말한『명산기』는 이 책을 가리키는 것으로 생각된다.

18 **왕사임(王思任)**　명나라 절강(浙江) 산음현(山陰縣) 출생. 자는 계중(季重)이고, 호는 학암(謔庵). 명말 소품파(小品派)의 한 사람으로, 산수를 유람하며 풍자와 해학이 담긴 유기(遊記)를 썼는데, 청병(淸兵)이 침략하자 자살했다.『학암문반소품』(謔庵文飯小品)이 전한다.

랑袁中郎[19] 투의 말이었습니다. 저 역시 그것을 미워해야 하고 물리쳐야 함을 스스로 알고 있습니다만, 시류時流에 의해 변화됨을 면치 못하니 부끄럽습니다.

예로부터 산수山水를 보는 데는 두 가지 길이 있으니, 그 즐거움을 아는 것과 그 등급을 아는 것이 그것입니다. 도연명陶淵明이나 종소문宗少文[20] 같은 사람들은 진실로 산수의 즐거움을 알았던 이들이라 하겠습니다. 사강락謝康樂[21] 아래로는 요컨대 모두 산수에 내몰리고 휘둘린 바 되었으니, 『장자』莊子의 이른바 "큰 산과 언덕의 숲이 사람에게 좋은 건 심신이 육정六情을 견디지 못하기 때문"[22]이라고 한 데 해당합니다. 진정으로 산수의 등급을 아는 자는 대개 드무니, 본조本朝의 매월당梅月堂이나 삼연三淵[23]도 산수의 즐거움은 알았지만 반드시 산수의

19 원중랑(袁中郞) 원굉도(袁宏道, 1568~1610). '중랑'은 그 자. 호는 석공(石公) 혹은 하엽산초(荷葉山樵). 명말(明末) 공안파(公安派)의 핵심 인물로, 전후칠자(前後七子)의 의고체(擬古體)에 반대하여 기존 시문(詩文)의 법식에 구애되지 않고 자유분방한 문학을 추구하였다.

20 종소문(宗少文) 동진(東晉) 때의 인물인 종병(宗炳, 375~443)을 말한다. '소문'은 그 자. 거문고를 잘 탔으며, 서예와 회화에 능했다. 특히 「화산수서」(畵山水序)라는 화론(畵論)을 써서 산수화(山水畵)의 가치와 지위를 높였다. 벼슬하지 않고 은거하여 산수 유람을 즐겼으며, 일찍이 여산(廬山)에 집을 짓고 혜원법사(慧遠法師)를 비롯한 18인과 더불어 백련사(白蓮社)를 결성하였다.

21 사강락(謝康樂) 남조(南朝) 송(宋)나라의 시인인 사령운(謝靈運, 385~433)을 말한다. 진(晉)나라의 명장 사현(謝玄)의 손자로, 강락공(康樂公)의 작위를 세습했으므로 사강락(謝康樂)이라 불린다. 천성이 사치스럽고 산수를 좋아했다고 한다.

22 큰 산과~때문 『장자』 「외물」편에 나오는 말. 사람들이 큰 산과 숲을 찾는 것은 욕정의 괴로움을 견디지 못해서라는 말. 『장자』에는 "大林丘山之善於人也, 亦神者不勝"으로 되어 있어 원문의 "大山丘林之善於人, 由神者不勝"과 자구상(字句上) 약간 차이가 있다.

23 매월당(梅月堂)이나 삼연(三淵) '매월당'은 김시습(金時習)의 호이고, '삼연'은 김창흡(金昌翕)의 호. 김시습은 조선 초기의 인물로, 수양대군이 단종(端宗)을 폐위시키고 왕이 되자, 세상을 버리고 산수(山水)에 떠돌며 많은 시문(詩文)을 남겼다. 김창흡은 1673년 진사시에 합격했으나 1689년 기사환국 때 아버지 김수항이 사사(賜死)되자 벼슬길에 나

등급을 진정으로 알았던 것은 아닙니다. 그 시문詩文을 통해 보건대, 대개 기개를 자부하고 슬픔을 품어, 산수에 흥을 부쳤다가 이를 드러 내어 기술記述한 것이어서, 영심靈心[24]과 혜안慧眼을 갖추었다고 하기 엔 오히려 부족한 감이 있는 것 같습니다. 그러나 산수를 성명性命으로 삼아 온 천하를 돌아다닌 후에야 비로소 능히 산수를 품평할 수 있다 고 한다면 이 또한 참으로 수고로운 일일 터입니다. 필경 도道가 바르 고 식견이 높은 자라야 산수를 아는 법이니, 주자朱子의 여러 산수기 를 읽어 보면 알 수 있습니다.

지난번 편지에서 하교下敎하신 「고반」考槃과 「형문」衡門[25]은, 작품의 시대적 배경과 인물이 모두 미상입니다. 도연명 같은 이는 변혁기에 살았던 까닭에 그 글에 은미함이 많으며, 은밀하고 완곡하게[26] 자재自 在하여 스스로를 감추었습니다. 그러나 가만히 살펴보면 은밀하고 완 곡하게 말한 가운데 슬프고 괴롭고 강개慷慨한 말이 매달리니, 이를테 면 「형가荊軻를 노래하다」, 「한정부」閑情賦 같은 글은 도리어 골기骨氣 가 스스로 드러나, 협사俠士에 비유한다면 아마 신용神勇하여 얼굴빛 하나 변치 않는 자라 할 것입니다. 그렇건만 그대는 넉넉하고 한가하 다고만 여기고, 우수憂愁나 비분悲憤의 언어는 조금도 보지 못하니 이 는 어째선가요? 저는 처사處士 중에 진실로 기개를 자부한 이가 많다 고 여기는데, 도연명 같은 이는 결코 세도世道에 무관심한 사람이 아니

아가기를 포기하고 은거 생활을 했다. 산수에 노닐며 많은 시를 남긴바 당시 노론계(老論 系) 문인들은 그를 시백(詩伯)으로 존숭했다. 문집으로 『삼연집』(三淵集)이 전한다.
24 영심(靈心) 신령한 마음.
25 「고반」(考槃)과 「형문」(衡門) 「고반」은 『시경』 위풍(衛風)에, 「형문」은 진풍(陳風)에 각 각 수록되어 있는데, 산수 속에서 사는 은자(隱者)를 노래한 시이다.
26 은밀하고 완곡하게 원문은 "微婉"인데, 은밀하고 완곡한 어조를 말한다. 흔히 『춘추』의 어조가 그렇다고 말한다.

었습니다.

굴원屈原의 경우 선유先儒들은 그의 충忠에 대해, 충성스럽되 과하다고 말했습니다. 초楚나라 회왕懷王의 시대는 천고千古에 극히 비통한 때였으니, 비록 굴원처럼 왕실과 동성同姓인 신하[27]가 아니더라도 참으로 충신과 효자의 마음이 있는 자라면 비록 집에서라도 「이소」離騷를 짓는 것이 옳다고 저는 생각합니다. 그렇건만 그대는 왕실과 동성인 신하는 마땅히 별도로 논해야 한다고 했으니 어째선가요? 저는 「원유」遠遊편[28] 등을 읽으면서 일찍이 눈물을 흘리지 않은 적이 없습니다.

우리나라 사대부들이 의義에 처處하는 법은 상고시대上古時代와도 다르고, 중국과도 차이가 있다고 생각합니다. 무릇 유관儒冠을 쓴 자는 세신世臣이 아닌 자가 없으니, 녹祿을 구해 과거에 응시하든 한거閑居하며 독서하든, 의리를 강론講論함은 오로지 임금을 섬기는 한 길에 있는 것입니다. 표준이 없고 허한虛閒하여 귀의할 곳이 없는 암혈지사巖穴之士[29]라 할지라도 무릇 한 가지 재예才藝만 있으면 등용되어 세신이 되던 일은 삼대三代[30] 이후론 더 이상 있지 않았습니다. 비록 곤궁하여 아래에 처한 자라도 마땅히 나라가 보존되면 살고 나라가 망하면 죽는다는 마음을 세워야 할 것입니다. 만약 오늘 벼슬하지 않고 있다 하여 세도世道가 날로 잘못되어 가는데도 자신은 한가로이 유유자적하다가, 다음날 벼슬하면 그제야 세도를 자신의 근심으로 삼아 허다한 의리義理를 토구討究하고 허다한 시비是非를 강론한들 이것이 어찌 하

---

27 왕실과 동성(同姓)인 신하 굴원은 초나라 왕족과 동성(同姓)이었다.

28 「원유」(遠遊)편 굴원이 지었다는 초사(楚辭)의 한 편. 어지러운 세상을 떠나 신선의 세계에 노닌 일을 자세히 그려 놓았다.

29 표준이~암혈지사(巖穴之士) 유교의 가르침을 따르지 않는 은일지사(隱逸之士).

30 삼대(三代) 중국의 하(夏)·은(殷)·주(周) 세 왕조를 가리킨다.

루아침에 갖추어질 수 있겠습니까? 군자가 자신의 몸을 닦는 것과 세상에 도를 행하는 것은 둘이 아닌 하나의 도리인 것입니다. 『대학』을 보면 천하 만물이 모두 선비의 분수分數 안의 일[31]인바 사세事勢가 궁하면 강론하여 도道를 밝히고 출사出仕하면 도를 베푸는 차이가 있을 뿐이거늘, 어찌 일조一朝의 쓰이고 버려짐으로 인하여 임야林野에 처한 사람의 가법家法을 따로 만들겠습니까? 구구하게 편지를 주고받은 뜻이 실로 고심苦心에서 나왔거늘, 산수와 문장의 즐거움 같은 것은 본래 감히 중요하게 여기지 않사외다.

---

31 분수(分數) 안의 일 원문은 "分內事".

신성보¹에게 준 편지 신미년(1751)

오랫동안 좋은 말씀을 듣지 못해 가슴속이 항상 막힌 듯하며 근심 걱정이 끝이 없습니다. 주자朱子의 편지를 몇 편 읽고 이런 생각을 한 적이 있습니다: 독서를 엄격하고 독실하게 한다면 생각이 정밀해짐은 말할 것도 없거니와 목전目前의 이익으로는 사람들로 하여금 잠을 적게 자 혼미한 기운을 점차 물러나게 할 것이고 뜻과 도량이 점점 넓어지게 해 외물外物에 점점 담박해져서 부끄럽고 분한 마음을 점차 사라지게 할 터인바, 이를 넓혀 가면 허다한 즐거움이 있어 우환과 질병도 그 즐거움을 빼앗지 못할 것이다.

근래 시사時事는 기뻐할 만한 일이 있는지요? 늘 생각을 떨쳐 버릴 수가 없군요. 이즈음 이윤지李胤之²의 편지를 받았는데, "국외자局外者와 방외인方外人이 있는가 하면 냉유冷儒와 부유腐儒³가 있기도 하니, 벼슬을 구하는 이들의 출처出處⁴에 대해 매양 스스로 발언해선 안 될

---

1 신성보(申成甫) 신소(申紹, 1715~1755). '성보'는 그 자. 호는 함일재(涵一齋). 본관은 평산이며, 사건(思建)의 아들. 젊어서 무예와 병법을 좋아했고 자잘한 예법에 구애받지 않았다. 송문흠·이인상과 절친하였으며, 경학에 힘썼다. 『능호집』 권4에 수록된 「신성보 제문」(祭申成甫文)에 따르면 출처(出處)를 따져 과거에 응시하지 않았다고 한다.
2 이윤지(李胤之) 이윤영(李胤永, 1714~1759). '윤지'는 그 자. 기중(箕重)의 아들이요 태중(台重)의 조카. 영조 때의 문인·서화가로 호는 단릉(丹陵) 혹은 담화재(澹華齋)이고 본관은 한산(韓山)이다. 『주역』(周易)에 밝았고 여러 편의 산수기(山水記)를 남겼다. 또 전서(篆書)와 예서(隸書)에 능했으며 산수와 연꽃을 잘 그렸다. 만년에 박지원에게 『주역』을 가르친 바 있다. 문집으로 『단릉유고』(丹陵遺稿)가 전한다.
3 냉유(冷儒)와 부유(腐儒) '냉유'는 가난한 선비, '부유'는 썩은 선비.
4 출처(出處) 벼슬에 나아감과 물러남의 도리를 말한다. 공자는 벼슬을 함직하면 벼슬에

것이외다"라고 했습니다. 대개 느낀 바가 있어 한 말일 터입니다. 그 말이 참으로 좋아 버려 둘 수가 없군요. 그대는 차마 세상을 과감히 잊지 못하는 마음이 몹시 심해 세상에 저촉되는 말을 하여 뭇사람의 흘김을 받는 거지요. 제 경우는 더욱 심합니다. 일찍이 생각해 보니 옛사람 가운데 서유자徐孺子[5]나 곽유도郭有道[6] 같은 무리는 비록 마음씀이 조금 다르긴 했지만 모두 화를 면할 수 있었거늘 이 어찌 어려운 일이라 하지 않겠습니까?

나아가 세상을 위해 자신의 경륜을 펼쳐야 하고, 벼슬을 합직하지 않으면 벼슬에서 물러나 자신의 몸을 닦고 학문에 힘써야 한다고 생각했다. 공자의 이런 생각은 조선 시대의 사대부에게 큰 영향을 끼쳤다. 특히 조선 후기에 이르면 시국관과 관련해 출처의 대의가 강조되었다. 이인상은 출처의 문제에 대단히 예민했는데, 이는 조선 후기의 이러한 시대적 동향 및 분위기와 연관이 있다.

5 서유자(徐孺子) 후한(後漢)의 서치(徐穉)를 말한다. '유자'는 그 자. 집이 가난해 몸소 농사를 지었는데 환제(桓帝) 때 진번(陳蕃)이 조정에 그를 추천했으나 나가지 않았다. 또 황경(黃瓊) 역시 그를 불렀으나 나가지 않았다. 이로 인해 사람들이 그를 남주고사(南州高士)라 불렀다.

6 곽유도(郭有道) 후한의 곽태(郭泰, '泰'는 '太'로도 표기함)를 말한다. 자는 임종(林宗). '유도'는 사도(司徒) 황경(黃瓊)과 태상(太常) 조전(趙典)이 곽태를 유도(有道)에 천거한 데서 유래하는 말. 효행이 깊고 경전에 두루 통하였으며 벼슬에 욕심이 없었다고 한다. 말을 삼가 환관들의 횡포에도 몸을 보전할 수 있었다.

신성보에게 준 편지 임신년(1752)

오래도록 뵙지 못해 가르침을 받지 못한지라 돌아와서 울적하고 몹시 그리웠습니다. 요즘 부모님 뫼시고 공부 잘 하시며 어수선한¹ 중에도 한가함을 얻어 독서하며 덕업德業을 닦는 즐거움이 있으신지요?

신서암申恕菴²은 뜻을 세워 문장을 전공하면서 오로지 소동파蘇東坡 한 사람을 모범으로 삼는다 표방했으나 지은 글이 원중랑에도 미치지 못했지요. 그렇건만 문을 닫아 걸어 빈객을 사양하고 바깥의 소란스러움과 단절한 뒤에야 몇 편 꼽을 만한 글을 지었으니 정말 어려운 일이라 하겠습니다. 하물며 문장보다 더 큰 일이야 말해 무엇 하겠습니까? 그대와 같은 처지에 있는 사람은 백 배나 더 공부를 하여 조금도 때를 흘려보냄이 없다 할지라도 오히려 성취가 있기를 바라기 어려울 것입니다.³ 율곡栗谷 선생은 군국軍國의 중임을 맡으신 데다 선비들의 의론이 분분하던 시절에 처해 근심거리가 날로 이어지는데도 책 읽기를 그만두지 않으셨으며, 장남헌張南軒⁴은 지극히 어렵던 시기에 태어나 재

---

1 **어수선한** 원문은 "膠擾". 『장자』「천도」(天道)에서 유래하는 말로, 어지러운 모습을 뜻한다.
2 **신서암(申恕菴)** 조선 숙종 때의 문신 신정하(申靖夏, 1680~1715)를 가리킨다. '서암'은 그 호. 농암(農巖) 김창협(金昌協)의 문인(門人)으로 숙종 31년(1705) 문과에 급제, 검열(檢閱)·설서(說書)·부교리(副校理)·헌납(獻納) 등을 역임하였다. 문집인 『서암집』(恕菴集)이 전한다.
3 **그대와~것입니다** 신소가 문장가가 아니라 학자이기에 한 말이다.
4 **장남헌(張南軒)** 남송(南宋)의 학자 장식(張栻, 1132~1180)을 말한다. '남헌'은 그 호. 호굉(胡宏)에게 사사한 호남학파(湖南學派)의 일원으로, 평생 주희(朱熹)와 사상적 영향을 주고받았으며, 당대에 주희·여조겸(呂祖謙)과 함께 '동남삼현'(東南三賢)이라 불렸다.

상의 아들이면서도 저와 같은 공부에 이르렀으니 참 어려운 일이었다고 할 만합니다. 그러나 그 성취한 바를 미루어 논한다면 정자程子와 주자朱子에는 훨씬 미치지 못합니다. 그러나 정자와 주자 역시 스스로를 돌아본다면 아마도 공자孔子께서 말씀하신 호학好學의 조목條目[5]을 감당할 수 없을 터이니 어찌 몹시 어려운 일이라고 하지 않겠습니까? 무릇 사람들 중에는 도학道學과 문장에 실로 체득한 공부가 없으면서도 망령되이 스스로를 누구에게 견주며 이름을 구하고 세상을 속이는 자들이 참으로 많습니다. 하지만 겸양을 보이며 편안한 데 처하여 인순因循하면서 미봉책만 일삼는 자 역시 끝내 자포자기自暴自棄[6]로 귀결되고 마니, 자포자기한다면 무슨 짓을 못하겠습니까?

이제 나처럼 그대를 믿고 흠모하여 깊고 돈독하게 정의情誼를 쌓기를 20년을 거의 하루같이 한 사람은 그대의 친구 중에서도 또한 그리 많지 않을 듯합니다. 감히 우도友道로 자처하지는 못하지만, 또한 듣기 좋은 말로 아첨하여 그대와 서로 사귀는 의리에 흠을 내는 데에는 이르지 않았습니다. 언행이 혹 미덥지 못하고 지기志氣가 혹 견고하지 못함은 대현大賢 이하의 사람들에게도 오히려 그런 폐단이 있거늘, 그대

문집으로 『남헌집』(南軒集)이 전한다.

5 호학(好學)의 조목(條目) 『논어』(論語) 「학이」(學而)편의 다음 구절을 가리킨다. "공자가 말하였다: '군자(君子)가 먹음에 배부름을 구하지 않고 거처함에 편안함을 구하지 않으며, 일에 민첩하고 말에 신중하며 도(道)가 있는 이에게 찾아가 질정한다면 학문을 좋아한다고 이를 만하다.'"(子曰: '君子食無求飽, 居無求安, 敏於事而愼於言, 就有道而正焉, 可謂好學也已')

6 자포자기(自暴自棄) 『맹자』 「이루」(離婁) 상(上)에, "스스로를 해치는 자와는 더불어 말할 수 없고, 스스로를 버리는 자와는 더불어 일할 수 없으니, 말할 때에 예의(禮義)를 비방하는 것을 자포(自暴)라 이르고, 내 몸은 인(仁)에 거(居)하거나 의(義)를 따를 수 없다고 하는 것을 자기(自棄)라 이른다"(自暴者不可與有言也, 自棄者不可與有爲也, 言非禮義, 謂之自暴也, 吾身不能居仁由義, 謂之自棄也)라는 말이 보인다.

가 스스로 반성해 본다면 역시 어찌 무연히 두려워하는 마음이 없겠습니까?

저는 마음이 거칠고 배움이 잡박한 데다 요 몇 년 사이에는 이록利祿에 분주하여[7] 날로 비루한 습속을 좇으면서도 부끄러움을 알지 못한 채 자기 주장만 내세우며[8] 망령된 행동을 했으니 스스로 세상에 용납되지 못하리라는 것을 알고 있습니다. 또 타고난 품성이 어리석은 데다 하는 말이 사리에 어긋나고 과격하며, 스스로도 갖추고 있지 못한 자질을 남더러 갖출 것을 심하게 요구한바, 스스로 그 잘못을 알고 있습니다. 그러나 그대에게는 감히 속마음을 숨기지 않고 마음에 거슬리는 게 있으면 반드시 말을 하고야 마니, 잠자코 '예예' 하면서 적당히 미봉함으로써 아첨하여 기쁘게 하려는 태도를 취하는 자들과는 역시 다르다 할 테지요. 전날 밤에 근래의 세상일을 논하다가 이야기가 인물들의 선악에 미치게 되자 그대의 낯빛과 언사가 격해지는 듯싶더군요. 저는 그때 더 따지고 싶지 않아 다른 한가로운 이야기로 화제를 돌렸지만, 지금 생각해 보니, 비록 낯빛과 언사의 낌새 때문이라 할지라도 그대에게 마음을 숨긴 것은 우도友道가 아니다 싶어 감히 다 말씀드리는 것이니 묵묵히 헤아려 주시기 바랍니다. 저는 작년에 지은 「손님에게 요청하는 두 가지」[9]라는 글에 이렇게 썼습니다.

제 집에 오신 손님은 시정時政의 득실이나 인물의 선악, 음악과

---

7 이록(利祿)에 분주하여 벼슬살이한 것을 말한다.
8 자기 주장만 내세우며 원문은 "自用". 『중용장구』 제28장에 "어리석으면서도 자기 주장만 하기 좋아하고, 천하면서도 자기 마음대로 하기를 좋아한다"(愚而好自用, 賤而好自專)라는 말이 보인다.
9 「손님에게 요청하는 두 가지」 원문은 "告賓二戒".

여색, 재화財貨와 이익에 대해 말씀하지 마시기 바랍니다. 모두 졸박한 도道에 해가 되기 때문입니다. 손님이 설사 이런 것에 대해 말하더라도 저는 대꾸하지 않겠습니다. 오로지 의義에 대한 강론을 통해 손님으로부터 배웠으면 하며, 또한 저는 오로지 고문古文만을 좋아합니다.

또 이렇게 썼습니다.

누가 나를 좋아한다는 말은 전하지 마시고, 누가 나를 걱정한다는 말은 전해 주시기 바랍니다. 누가 나를 헐뜯는 말은 전하지 마시고, 누가 나에게 바라는 말은 전해 주시기 바랍니다. 나의 어리석음을 손님께서는 깨우쳐 주시기 바랍니다.

이 글을 사랑채에 써 두었으나 몸소 실천하지 못하니 참으로 부끄럽습니다. 지난 겨울 송사행에게 보낸 답서答書를 함께 보내 드리오니, 제 뜻이 어디에 있는지 알 수 있을 것입니다.

오경보¹에게 답한 편지 신미년(1751)

화창한 봄날에 기거 평안하신지요. 일전에 보내 주신 편지를 받아 보
니 우도友道의 중重함으로써 권면하시며 어리석고 과문한 저에게 도움
을 구하시는 뜻이 몹시 참되고도 도타워 공경하는 마음이 일게 하였습
니다. 그대가 과거에 응하기로 결심한 이후로 저는 홀로 근심하고 탄
식하였습니다. 조정朝廷이 한 사람의 어진 선비를 얻게 됐음을 기뻐한
것이 아니라, 한 사람의 처사處士를 잃게 됐음을 근심했으며, 그대의
입심立心이 바르지 못해 벗을 잘 가려 사귀지 못할까 오히려 걱정했지
요. 그대와 사귄 지 이미 오래되었고 그대의 마음을 아는 것도 이미 깊
어 그 염려함이 여기에까지 이르지 않아야 하겠지만 그런데도 감히 이
런 말을 하는 것은 진실로 그대를 깊이 알고 지나치게 사랑해서입니
다.

　근세의 사대부들은 벼슬길에 나가 임금을 섬김에 대개 칠전팔도七
顚八倒²하여 함께 물에 빠지고³ 수렁에 빠져 구할 도리가 없으니, 이는

1　오경보(吳敬父)　오찬(吳瓚, 1717~1751)을 말한다. '경보'는 자, 본관은 해주(海州)이
다. 판서 양곡(陽谷) 오두인(吳斗寅)의 손자이고, 농암 김창협의 외손이며, 대제학을 지낸
월곡(月谷) 오원(吳瑗, 1700~1740)의 아우이다. 영조 27년(1751) 문과에 급제하여, 그
해 정언(正言)으로 있으면서 신임사화(辛壬士禍)의 시시비비를 분명히 해 이광좌(李光
佐)·조태억(趙泰億)의 관작을 추탈(追奪)해야 한다는 상소를 올렸다가 영조의 분노를 사
함경남도 삼수부(三水府)로 귀양 가 죽었다. 이인상·이윤영과 절친한 사이로 이들과 여러
차례 문회(文會)를 열었다.
2　칠전팔도(七顚八倒)　일곱 번 넘어지고 여덟 번 엎어진다는 뜻.
3　함께 물에 빠지고　원문은 "載胥及溺". 『시경』 대아(大雅) 「상유」(桑柔)에 나오는 말로, 군
신(君臣)이 함께 재앙에 빠짐을 이른다. '재'(載)는 발어사이고, '서'(胥)는 '서로'라는 뜻.

참으로 입심立心이 어긋나고 벗을 가려 사귀지 못한 탓입니다. 지난날 그대와 함께 깊이 우려하며 탄식하던 게 바로 이에 있지 않았던가요? 그대는 천품이 충후忠厚하고 언의言議가 정대正大하니 나아가 임금을 섬기매 반드시 우뚝하여 볼만한 점이 있으리라는 건 신명神明께 물어 봐도 의심이 없을 겁니다. 다만 독서궁리讀書窮理의 공부에 아직 이르지 못한 바가 있어서, 일에 대처하고 응대함에 명달明達[4]하고 엄밀한 기상이 부족하며, 세목細目이 성글어 혹 대체大體를 해치는바, 자대自待[5]가 아직 십분 진중하다고는 할 수 없겠기에 개연히 옛사람을 모범으로 삼고 세도世道를 자신의 책임으로 여겨 아홉 번 죽어도 후회하지 않는다[6]는 뜻을 가져야 할 것입니다.

일단 출사하고 나면 독서할 시간은 점차 줄어들고 사변事變이 닥쳐옴은 끝이 없을 것입니다. 이는 몸과 마음이 늘 동動하여 정靜함이 적고 근심과 의심이 마음속에 교차해서이니, 이렇게 되면 임금을 돕고 보필할 힘도 없을 것입니다. 만약 부지불식간에 친구의 바람을 저버리고 스스로의 마음을 저버린다면, 그대를 아는 자는 슬퍼할 것이고 그대를 모르는 자는 나무랄 것이니, 그렇다면 도리어 깊이 은거하여 본성本性을 기르면서 고상함과 한적함과 과용寡用[7]의 도道로 몸을 보존하고 세상을 돕는 것만 못할 것입니다. 무릇 목전의 일만을 계획하는 자

---

4 명달(明達) 총명하고 사리에 밝은 것.

5 자대(自待) 스스로를 대하는 태도나 자세. 이인상은 선비가 지녀야 할 자세와 태도에 대한 자의식이 강렬했기에 '자대'를 아주 중시했다.

6 아홉 번 죽어도 후회하지 않는다 원문은 "九死靡悔". 굴원의 「이소」(離騷)에, "또한 내 마음에 좋아하는 바라/아홉 번 죽어도 후회하지 않노라"(亦余心之所善兮, 雖九死其猶未悔)라는 구절이 있다.

7 과용(寡用) 쓰임이 적음. '무용'(無用)과 비슷한 말. 『장자』「인간세」(人間世)에 "무용지용"(無用之用)이라는 말이 있다.

에게는 반드시 평생의 근심이 있으며, 삶을 탐하고 요행을 구하는 자는 반드시 몸과 이름을 상하게 됩니다. 자신의 견해를 스스로 믿는 자는 성인의 말씀으로도 그 마음을 복종시킬 수 없고, 자신의 허물을 둘러대며 변명하는 자에게는 어진 선비가 날로 멀어지고 아첨하는 벗이 날로 다가오게 됩니다. 아첨하는 벗이 다가오면 안팎[8]이 서로 망하고, 허물은 있으나 뉘우침이 없으니 천하사天下事를 행할 수 없게 됩니다. 입심立心이 어긋나는 데서 시작되어 벗을 잘 가려 사귀지 못함으로 종결됨은 예로부터 그러했던 것이니 이 어찌 가슴 아픈 일이 아니겠습니까?

가만히 근세의 사대부들을 보건대, 벼슬하기 전에는 높은 절개를 표방하며 "조정朝廷에 사론士論이 없다"라고 말하다가도 벼슬만 하면 "오활한 유생儒生들이라 괴이한 주장이 많다"[9]라고 말하면서 마침내 용모가 준수하고 말씨가 점잖으며 시문詩文이 화려하고 법과 정사政事에 익숙한 이를 "세상에 이바지하는 군자"라 일컫더군요. 저들은 또한 시세時勢를 좇아 이름을 날리고, 겉으로는 거룩한 주장을 펼쳐 벗을 속이며, 녹위祿位[10]를 도둑질하고 서로 돈독하게 믿어 점차 한통속이 되어 서로 아첨하고 좋아하면서 그 뜻을 멋대로 행해 끝내 남의 집과 국가에 해를 끼치니 어찌 통탄스럽지 않겠습니까? 저들이 말하는 '오활한 유생들'은 옛것을 좋아하고 지금을 슬퍼하며 우직함을 안고 검약함을 지키므로 고요하기만 하고 시무時務를 알지 못하는 사람들처럼 보이지요. 이에 뭇사람들이 비웃고 나무라며 옛 도道는 오활하고 편벽되어

---

8 안팎 마음과 몸을 말한다.
9 오활한~많다 재야의 선비들이 그렇다는 말.
10 녹위(祿位) 녹봉과 작위.

행하기 어렵다고 하지만, 예로부터 성현은 옛 도에 의거하여 시속時俗을 구하는 방책을 강구했고, 목전의 계책과 세상을 속이는 의론을 펴지 않았음을 통 알지 못해서지요.

현명함과 간사함의 경계는 그 기미幾微가 아주 은미합니다. 『대학』에 이르길, "한 마디 말이 일을 그르치고, 훌륭한 한 사람이 나라를 안정시킬 수 있다"라고 하였으니 이 말을 어찌 믿지 않겠습니까? 굴원屈原은, "뭇사람이 모두 취해도 홀로 깨어 있을 것이요, 온 세상이 다 혼탁해도 홀로 깨끗하리라"[11]라고 했습니다. 굴원은 일절지사一節之士[12]에 불과하건만 오늘날 그런 사람조차 찾아볼 수 없거늘 하물며 옛 도를 행하는 사람을 얻을 수 있겠습니까? 얻기 어려울 뿐만 아니라 사람들은 그런 이를 공격하느라 여력餘力이 없으니 어떻게 그런 이의 도움을 받아 나라와 천하의 일을 함께 도모할 수 있겠습니까? 그대는 반드시 이 뜻을 살펴 고인古人으로 표준을 삼고 세도世道를 자임하며, 벗을 잘 가려 사귀어야 할 것입니다.

아아, 신하가 군주를 섬기는 데에는 바른 이치가 있으니, 일에 따라 직분職分을 다할 따름이요, 성패成敗와 화복禍福을 계산해서는 안 될 것입니다. 양성陽城[13]만큼 간쟁諫諍을 해야 할 때 간쟁을 하지 않은 이도 없고, 적인걸狄仁傑[14]만큼 인군人君에게 강직한 간언을 한 이도 없

---

11 뭇사람이~깨끗하리라 『초사』(楚辭)의 「어부」(漁父)에 나오는 말.

12 일절지사(一節之士) 한 절개를 지킨 선비.

13 양성(陽城) 당(唐)나라 때 인물. 초야에서 공부하다가 발탁되어 간의대부(諫議大夫)가 되었다. 한유는 「쟁신론」(爭臣論)에서, 양성이 간의대부가 된 지 5년이 되어서도 별다른 간쟁을 하지 않았음을 비판했다.

14 적인걸(狄仁傑) 당나라의 정치인. 측천무후(則天武后) 연간에 내치(內治)와 외정(外政)에 두루 업적을 남겼으며, 강직한 간언으로 유명하다. 특히 측천무후가 조카인 무삼사(武三思)를 태자로 세우려 하매 그 뜻을 꺾고 아들인 중종(中宗)을 태자로 세우게 함으로

을 겁니다. 저들을 본받아서는 안 되겠거니와, 군자의 입심立心엔 요체가 있는바 의義를 실천하여 두려워하지 않는 것이 그것입니다. 도리道理를 보는 것이 밝지 못하고 정도正道와 권도權道를 아직 잘 분간하지 못한다고 한다면, 기자箕子가 종이 되고[15] 공자가 미복微服으로 송宋나라를 지나간 일[16]과 같은 것은 비록 성인聖人의 변통하는 방법이라고는 하나 급히 배워서는 안 될 것이니, 또한 본분本分에 따라 해 나가야 할 것입니다. 진동陳東[17]이나 전약수錢若水[18] 같은 사람은 명백하고 흠이 없건만 천하 후세에 말이 있습니다. 이 두 가지 사실에 대해 그대는 잘 생각하여 자신의 마음과 붕우朋友를 저버리지 말고 진퇴進退와 화복禍福의 구분에 있어 더욱 이치를 밝히는 공부를 해서 옛 도리를 따른다면 벼슬길에 나아가 임금을 잘 섬길 수 있을 것입니다.

　구구한 정성을 다해 실로 가슴속에 있는 것을 다 털어 놓았으니 유념했으면 합니다. 이즈음 직책이 없으니 사군四郡[19]에 놀러가기로 한

써 당나라의 왕업(王業)이 지속되게 한 공이 크다.

15 기자(箕子)가 종이 되고　기자는 은나라 주왕(紂王) 때의 인물.『논어』「미자」(微子)편에 "기자는 종이 되었다"(箕子爲之奴)라는 말이 보인다. 주희는 이에 대해 "주왕(紂王)이 (…) 기자를 가두어 종을 삼았다. 기자는 거짓 미친 체하고 욕을 받았다"(紂王……囚箕子以爲奴, 箕子因佯狂而受辱)라는 주석을 붙인 바 있다.

16 공자가~일　송(宋)나라 사마환퇴(司馬桓魋)가 공자를 죽이려 한다는 말을 듣고 공자가 미복(微服)으로 송나라를 지나간 적이 있다.

17 진동(陳東)　북송(北宋) 말 남송(南宋) 초의 인물로,『송사』(宋史) 충의열전(忠義列傳)에 입전(立傳)되어 있다. 흠종(欽宗) 때 태학생(太學生)으로 있으면서 여러 차례 복궐상서(伏闕上書)하여 채경(蔡京)·왕보(王黼) 등의 간신을 내치고 이강(李綱)을 기용할 것을 말했으며 고종(高宗)이 즉위하자 행재소(行在所)에 불려갔다. 황잠선(黃潛善)·왕백언(汪伯彦) 등을 탄핵하는 글을 올렸다가 이들의 모함으로 처형되었다.

18 전약수(錢若水)　북송 때의 정치가. 태종(太宗) 때 우간의대부(右諫議大夫), 동지추밀원사(同知樞密院事)에 올랐고,『태종실록』을 감수하는 일을 맡기도 했다. 병법(兵法)에도 능해 적을 다스려 변경을 편안하게 하는 계책을 내놓기도 했다.

19 사군(四郡)　단양(丹陽)·청풍(淸風)·영춘(永春)·제천(堤川)을 말한다.

약속을 지킬 수 있을는지요? 윤지씨胤之氏에게서 연신 편지가 오는군요.²⁰ 이 달 그믐께 꽃 피고 물 좋은 날 구담龜潭²¹과 옥순玉筍²² 사이를 찾는다면 실로 기사奇事가 될 테지요.²³

---

20 윤지씨(胤之氏)에게서~오는군요 이윤영은 1751년 2월 단양 군수로 부임한 아버지를 따라 단양에 내려와 있었다.

21 구담(龜潭) 구담봉(龜潭峯)을 가리킨다. 단양 서쪽의 장회리(長淮里)에 있다. 봉우리 정상의 바위 모양이 거북 형상이라서 붙여진 이름이다. 이인상은 1751년 구담봉과 옥순봉 사이의 강가 언덕에 다백운루(多白雲樓)라는 정자를 세운 바 있다.

22 옥순(玉筍) 구담봉 서쪽에 있는 옥순봉(玉筍峯)을 가리킨다. 단양팔경의 하나로, 천여 척 되는 바위가 대순처럼 솟아 있어 이런 이름이 붙었다.

23 이 달~될 테지요 "이 달"은 2월을 말한다. 오찬은 동년 2월 18일 장원급제하여 그 해 5월 사간원 정언(正言)에 임명되었는데, 시사(時事)와 관련해 임금에게 직간(直諫)함으로써 영조의 격분을 사 7월 함경도 삼수부(三水府)에 귀양 갔다가 이 해 11월 7일 세상을 떠났다. 향년 35세였다.

오경보에게 준 편지

타는 듯한 늦더위에 바빠[1] 고개를 넘으시느라 기거起居가 어떠신지요? 동북쪽 길이니 그래도 선선한 편이 아닌가요? 몹시 근심하며 탄식하고 있습니다. 그대의 정성을 임금님께서 아시지 못해 마침내 말로 인해 죄를 얻게 되었고 노모와 멀리 헤어지게 되니, 마음이 참으로 괴롭겠지요. 하지만 그대의 마음은 진실로 죄를 입게 된 일을 걱정하는 게 아니라 임금님의 마음을 바루지 못한 일을 걱정하고 있고, 신하로서의 절개를 다하지 못해 어머님의 마음을 편안하게 해 드리지 못한 게 아닐까 걱정하는 것이지 어머님과의 헤어짐을 걱정하는 것은 아닐 테지요. 근심하는 그 마음을 또한 어떻게 위로해야 할지. 그렇지만 불우하게 몸을 마칠까 걱정하는 것이 아니라면 명분과 절개를 온전히 하기로 마음먹을 뿐이고, 명절名節을 근심거리로 여기지 않는다면 또한 자신의 마음을 다해 하늘을 우러르고 땅을 굽어보아 부끄럼이 없기로 마음먹을 뿐입니다. 점점 그리로 향할수록 의사意思는 점점 느긋해지고, 즐거운 곳은 점점 많아지며, 충효의 도리도 마침내 온전해질 것입니다. 아아! 선비가 이 세상을 사는 데에 다른 즐거움은 없거늘, 오직 독서 한 가지 일로써 몸을 편안히 하고 본성本性을 지키는 바탕으로 삼아야 할 것이며, 또한 벗들의 도움을 받은 후에야 허물을 줄이고 선善에

---

1 바빠 원문은 "倍道". 귀양 가는 사람에게 가하는 벌의 하나로 빠른 속도로 귀양지까지 가게 하는 것을 말한다. 『영조실록』 영조 27년 7월 5일 기사에, 영조가 오찬을 함경도 삼수(三水)로 배일압부(倍日押付)케 했다는 내용이 보인다. '배일압부'는 밤낮을 쉬지 않고 압송함을 이른다.

나아갈 수 있을 것입니다. 비록 조금 수립한 바가 있다 할지라도, 항상 뜻에 차지 않는 듯 부족하게 여긴 후에야 이 마음이 비로소 참되고 바르게 될 것입니다. 글로 다 말하지 못합니다. 부디 자중자애하시어 저의 구구한 정성에 부응했으면 합니다. 편지 뒤에 붙인 몇 마디 말도 함께 보시기 바랍니다.[2]

"하늘은 마음을 분발시키고 성질을 참게 함으로써 그 능하지 못한 바를 증익增益시킨다."[3] 이 말은 환난에 대처하는 가장 긴요한 방도가 됩니다. 이 뜻을 다하려면 오직 독서 한 가지 길이 있나니 모름지기 실심實心[4]으로 공부해야겠지요.

먼저 뜻을 세워야 합니다. 뜻이 서지 않으면 만사가 분명히 판단되지 않습니다. 한인閒人[5]이 되려 하든, 달인達人[6]이 되려 하든, 문장·절의를 갖춘 선비가 되려 하든, 통유通儒나 순유純儒[7]가 되려 하든, 성인聖人이 되려 하든, 먼저 일정한 방향을 정해 놓고 나의 역량과 지기志氣를 헤아려야 하며, 나이가 많고 적음은 따질 필요가 없습니다. 만약 일에 따라 방편대로 하여 목전의 계획으로 삼는다면, 어물

2 **보시기 바랍니다** 이 뒤의 말은 따로 첨부한 말이다.
3 **마음을~증익(增益)시킨다** 『맹자』「고자」(告子) 하(下)에 나오는 말. 이 말 바로 앞은 "하늘이 장차 큰 임무를 누구에게 내리려 하실 때에는 반드시 그 뜻을 괴롭게 하며, 그 근골(筋骨)을 수고롭게 하며, 그 몸을 굶주리게 하며, 그 몸을 빈궁하게 하여, 그 하는 바를 어그러지게 한다"(天將降大任於是人也, 必先苦其心志, 勞其筋骨, 餓其體膚, 空乏其身, 行拂亂其所爲)이다.
4 **실심(實心)** 참된 마음.
5 **한인(閒人)** 산야(山野)에서 유유자적하며 몸을 닦고 학문에 힘쓰는 사람. 즉 처사(處士).
6 **달인(達人)** 널리 사리에 통달한 사람.
7 **통유(通儒)나 순유(純儒)** '통유'는 박학한 유자(儒者), '순유'는 순수한 유자(儒者)를 이른다.

어물 일생을 보내다가 끝내 이루는 바가 없을 터이니, 일개 한인閒人이 되려 해도 또한 온전히 될 수 없을 것입니다.

근자에 깨달은 바가 있으니, 군자의 출처出處는 모름지기 시세時勢를 살펴야 하며, 스스로를 대하기를 십분 진중하게 해야 한다는 사실입니다. 만약 한때의 의기意氣로 망령되이 벼슬에 나아가려 한다면, 이름을 훼손하고 몸을 욕되게 하지 않는 경우가 드물 것입니다. 달達하면 나아가 도를 행하고, 궁窮하면 글을 써서 후세에 말을 남긴다고 했거늘, 마음씀은 둘 모두 수고롭다 하겠으나 궁한 사람이 끝내 몸을 지킬 수 있습니다.

북관北關의 여러 명승지를 인연이 닿아 한번 보게 되는 것도 또한 기사奇事라 할 것입니다. 옛사람들은 유배되고 귀양 갔을 적에 산수에 의탁했으니 문장과 지기志氣가 그 때문에 나아지는 경우가 많았습니다. 우리나라에는 먼 변방의 나쁜 땅은 없다 하겠으니, 설사 제주도나 흑산도나 육진六鎭이라 해도 춘주春州·매주梅州·경주瓊州·뇌주雷州[8]에 비하면 훨씬 편안하다 할 것입니다. 그런데도 사람들이 대부분 사지死地라 여기는 것은, 자못 유원성劉元城[9]을 비롯한 제공諸公이 어떤 고초를 겪었으며 어떤 기절氣節을 연마했는지

---

8 춘주(春州)·매주(梅州)·경주(瓊州)·뇌주(雷州)　　모두 중국 남쪽 변방의 땅 이름. 춘주와 매주는 지금의 광동성(廣東省)에 있는 땅이고, 경주와 뇌주는 각각 지금의 해남도(海南島)와 뇌주반도(雷州半島)에 해당하는 땅. 송(宋)나라 때 당개(唐介)가 춘주(春州)에, 유안세(劉安世)가 매주(梅州)에, 소식(蘇軾)이 경주(瓊州)에, 소철(蘇轍)이 뇌주(雷州)에 귀양 간 적이 있다.
9 유원성(劉元城)　　송나라 신종(神宗)·철종(哲宗) 연간의 인물. 이름은 안세(安世), 자(字)는 기지(器之). 사마광(司馬光)에게 배웠으며, 간의대부로 있으면서 강직한 간쟁을 하여 '전상호'(殿上虎)라 불렸다. 장돈(章惇)에게 미움을 받아 여러 곳에 귀양 갔다가 겨우 살아났다.

알지 못해서입니다.

　예전에 그대와 더불어 서사書史를 강마講磨하기도 하고, 산을 품평하거나 거문고를 배우기도 하고, 꽃을 옮겨 심거나 대나무를 심기도 하는 등, 한가롭고 편안하게 자재自在했었지요. 그것들이 한때의 일이라면 멀리서 서로 그리워하고 근심하면서 해를 보내는 것역시 한때의 일일 것입니다. 만사는 일부러 그렇게 하지 않았는데도 절로 그렇게 됩니다. 요컨대 마음을 환히 비우고 편안히 가져 조금도 막힘이 없게 하고, 외물外物이 다가오면 순응하되 기氣가 꺾여서는 안 될 것입니다.

오문경[1]에게 답한 편지 신미년(1751)

심한 추위에 장례[2] 준비는 순조롭게 되어 가는지요? 두 번째 답장을
받고는 슬픔이 간절하여 차마 다시 읽지 못했습니다. 무덤에 넣을 명
정銘旌[3]을 보여 달라고 한 편지는 예禮가 아니건만, 보여주시니 참으로
송구스럽습니다. 제공諸公의 논의를 물으셨는데, 우매한 제가 감히 참
예參預하여 말씀드릴 바는 아니지만, 지난번 편지에서 말씀하신 "삼가
국전國典을 따르겠다"고 하신 뜻은 참으로 옳은 듯합니다. '청수'清修
두 글자의 내력은, 기억건대 제산濟山[4]에서 독서할 때 벗들이 서로 이
름과 자字를 표장表章하면서 거기에다 충고하고 격려하는 뜻을 부쳤으
니, 이를테면 '울창주가 가득하니' '맑다'〔清〕라고 하거나, '공경히 옥玉
을 잡고 있으니' '덕이 향상되고 닦인다'〔德進修〕라고 한 따위[5]였습니다.

---

1 **오문경(吳文卿)** 오재순(吳載純, 1727~1792). '문경'은 그 자. 호는 순암(醇庵) 혹은 우
불급재(愚不及齋). 대제학 오원(吳瑗)의 아들. 오찬의 조카. 1772년(영조 48) 별시문과에
급제, 1783년(정조 7) 문안부사(問安副使)로 청나라에 다녀와 이듬해 규장각 직제학이 되
었다. 이어 양관 대제학(兩館大提學)이 되었으며, 1790년 이조판서를 거쳐 판중추부사가
되었다.
2 **장례** 오찬(吳瓚)의 상례(喪禮)를 말한다. 오찬에게는 아들이 없었다.
3 **명정(銘旌)** 붉은 천에 흰 글씨로 죽은 사람의 관직이나 성명 따위를 쓴 조기(弔旗).
4 **제산(濟山)** 계산동(桂山洞)을 말한다. 지금의 서울 가회동(嘉會洞). 계동(桂洞), 계생
동(桂生洞), 제생동(濟生洞)으로도 불렸다.
5 **이를테면~따위** 이 구절은 오찬(吳瓚)의 이름 '瓚'에서 '清'이라는 글자를, 오찬의 자
(字)인 '敬父'의 '敬'에서 '德進修'라는 말을 끌어내어, '清修'를 오찬의 별자(別字)로 삼아
오찬을 권면(勸勉)했던 일을 가리킨다. '찬'(瓚)에서 '청'(清)을 끌어내는 과정에는 『시경』
대아(大雅) 「한록」(旱麓)의 "고운 저 옥자루의 술잔에는/울창주가 가득하네"(瑟被玉瓚,
黃流在中)라는 구절이 원용(援用)되었다.

그러므로 애초 과장된 뜻이 없어서 '정칙'正則이라든가 '영균'靈均[6]이라는 칭호와는 조금 차이가 있으니, 만약 이 말[7]로써 고인의 덕德을 형용하려 한다면 편벽되다 할 것입니다.

무릇 명정에는 '관작'官爵이나 '낭계'郎階[8]를 적거나 '학생'學生[9]이라고 적는 것이 국전입니다. 혹 도호道號[10]를 보태는 것은 꾸밈에 가까우며, 별자別字를 적는 것은 더욱 편치 않은 일입니다. 옛날에 친구나 후생後生이 사사로이 시호諡號한 예例로서 정절靖節[11]이나 정요貞曜[12] 같은 류가 있는데, 슬픔을 부치고 덕을 높인 데서 나온 것이기는 하나 올바른 예禮는 아닙니다. 하물며 자제子弟가 상喪을 주관하면서 이러한 사례를 끌어올 수 있겠습니까. 족하足下의 숙부[13]는 충정忠正하고 겸손하고 신중하였으며, 붕우에게 신실信實하고 널리 사람을 사랑하였습니다. 성품이 맑은 데다 덕을 충실히 닦아 홀로 자신의 뜻을 즐겼으나, 남보다 나은 듯이 행동하지 않았습니다. 비록 이렇게 여러 아름다움을 갖추었지만, 그 자제와 벗들이 그것을 드러내고 밝혀 다 기록하려 한다면 경보씨敬父氏는 필시 기뻐하지 않을 것입니다. 『예기』禮記에 이르기를, "하나의 선善만을 취取한다. 이런 까닭에 군자는 비록 자신을 낮

---

6 '정칙'(正則)이라든가 '영균'(靈均) '정칙'(正則)은 굴원의 이름이고, '영균'(靈均)은 굴원의 자(字). 「이소」에, "나의 이름을 정칙이라 하고/나의 자를 영균이라 했네"(名余曰正則兮, 字余曰靈均)라는 구절이 보인다.

7 이 말 '청수'(淸修)를 가리킨다.

8 낭계(郎階) 당하관(堂下官)의 품계(品階).

9 학생(學生) 벼슬을 하지 않았을 경우 이렇게 쓴다.

10 도호(道號) 수도은일자(修道隱逸者)의 별호. 혹은 단순히 별호를 일컫는 말로도 쓴다.

11 정절(靖節) 도연명(陶淵明)의 사시(私諡)다. '사시'는 나라에서 내린 시호가 아니라 친지나 문인(門人)이 사사로이 정한 시호를 말한다.

12 정요(貞曜) 당나라 때 문학가인 맹교(孟郊)의 사시(私諡)다.

13 족하(足下)의 숙부 오찬을 가리킨다.

추더라도 백성들은 그를 존경한다"[14]라고 했습니다. 후에 혹 훌륭한 사가史家가 붓을 잡는다면 반드시 한 글자로 그 덕을 형용하리니, 그런 후에야 그 마음에 편히 여기지 않을까 합니다. 하물며 지금 죄명이 심히 무겁고, 뜻과 일이 아직 드러나지 못했으며, 충忠은 임금의 마음을 바로잡지 못했고, 효孝는 종신토록 어버이의 봉양을 다하지 못했습니다. 뜻을 품었으나 세상을 선善히 하지 못했으며, 덕에 힘쓰고 학업을 닦아 그 이름을 멀리 미치게 하지 못한 채 중년의 나이에 죽어 벗들의 마음을 크게 저버렸습니다. 대개 천하의 궁인窮人으로서 영원한 지통至痛을 품었다 할 것이니, 그 자제 되는 자와 그 붕우 되는 자는 마땅히 이 뜻을 생각해야 할 것입니다. 소疏와 계啓, 대책對策[15] 약간이 어찌 족히 경보씨의 어짊을 다 드러낼 수 있겠습니까. 설사 '청수'淸修라는 호칭을 명정에 쓴다고 한들 또한 무슨 높이는 게 되겠습니까? 마땅히 국전을 따름으로써 가는 이의 마음을 편하게 해야 할 것입니다. 바라건대 그대의 여러 종형제들과 평소의 벗들이 그 몸을 맑고 선善히 하며, 날마다 학업을 향상시켜 덕을 지키고 훌륭한 글을 남겨 후세에 신임을

---

14 하나의~존경한다 『예기』「표기」(表記)에 나오는 말. 전후 부분을 함께 보이면 다음과 같다. "선왕(先王)이 시호(諡號)로써 이름을 높일 때 하나의 선(善)만을 취(取)하는 것은 이름이 행위보다 높은 것을 부끄러워해서다. 이런 까닭에 군자는 자신의 일을 스스로 과장하지 않고 그 공(功)을 스스로 높이지 않음으로써 실(實)에 처하기를 구한다. 지나친 행동을 따르지 않음으로써 두터운 데 처하기를 구한다. 남의 선(善)을 드러내고 남의 공(功)을 칭찬함으로써 어진 이에게 하례(下禮)하기를 구한다. 이런 까닭에 군자는 비록 자신을 낮추더라도 백성들은 그를 존경한다."(先王諡以尊名, 節以壹惠, 恥名之浮於行也, 是故君子不自大其事, 不自尙其功, 以求處情. 過行弗率, 以求處厚. 彰人之善而美人之功, 以求下賢. 是故君子雖自卑而民敬尊之) '하나의 선만을 취한다'는 것은, 비록 아름다운 행실이 많다고 할지라도 오직 그 큰 것 하나만을 취하여 시호를 정함으로써 이름이 실제 행실보다 높아지지 않도록 한다는 말이다.
15 소(疏)와 계(啓), 대책(對策) 모두 한문학(漢文學) 문체(文體)의 하나로, 임금에게 보이기 위한 글들이다. 여기서는 오찬이 생전에 쓴 이런 형식의 글들을 말한다.

받음으로써 후인後人들로 하여금 경보씨가 어진 자제와 좋은 벗을 두 었다는 것을 알도록 한다면 조금이나마 그 마음을 위로하고 그 덕을 밝힐 수 있지 않을까 합니다.

이윤지[1]에게 답한 편지 갑술년(1754)

매서운 추위에 부모님 뫼시고 안녕하신지요? 시권詩卷을 열어 보니 곧 계씨季氏께서 병후病後에 쓰신 글씨군요.[2] 굳세고 예스럽기가 예전보다 나아, 신기神氣가 점차 회복되는가 싶어[3] 마음에 위로가 됩니다.

그대가 지은 「암중락」巖中樂 제시諸詩는 용사用事[4]와 사물에 대한 인유引喩가 송나라 이후의 체재와 조금 비슷하나, 구句는 가지런하고 글자는 단련鍛鍊[5]되었으며 신神이 이르고 경境이 혼융하니,[6] 여기에 어찌 송인宋人의 영향이 있겠습니까?[7] 다만 깊고 깨끗하며 기이하여[8] 현원玄遠한 데까지 들어간 것은 도가道家의 연단술煉丹術이나 불교에서 몽둥이로 내려치며 '할!' 하고 외치는 말에 조금 가까워, 마치 춤추는 데

---

1 이윤지(李胤之) 이윤영(李胤永). '윤지'는 그 자(字). 자세한 것은 본서 28면 주2를 참조할 것.
2 시권(詩卷)을~글씨군요 시는 이윤영이 짓고 글씨는 그 아우인 이운영(李運永)이 쓴 시권(詩卷)으로 보인다.
3 신기(神氣)가~싶어 이윤영의 계씨(季氏)인 이운영에 대해 한 말이다.
4 용사(用事) 한시 수사법의 하나로, 고사(故事)를 이용해 시상(詩想)을 표현하는 것.
5 단련(鍛鍊) 시어를 다듬는 것.
6 신(神)이~혼융하니 의경(意境)이 무르녹아 하나가 된다는 말. 즉 심혼(心魂)과 경물(景物)이 하나로 통일되는 것을 이른다.
7 송인(宋人)의 영향이 있겠습니까 중국시사(中國詩史)에서는 흔히 당시(唐詩)와 송시(宋詩)가 서로 대조적인 시풍(詩風)으로 기술되는데, 당시에 비해 송시는 설리적(說理的)인 경향이 강하고 시의 함축미가 떨어지는 것으로 지적된다. 하지만 농암 김창협이 「농암잡지」(農巖雜識)에서 말했듯이 송시는 진실성과 솔직함이라는 미덕을 지니고 있기도 하다.
8 깊고 깨끗하며 기이하여 원문은 "深潔古怪". '고괴'(古怪)는 기이하거나 기괴한 것을 가리키는 말이다.

에 절도節度가 없고 가볍게 선경仙境에 날아오르는 상象이 있는 듯합니다. 정情이 이리理를 이기지 못해 외물外物에 휘둘림을 면치 못한 것은, 혹 송나라 사람의 진실하고 독실한 경지보다 조금 못한가 싶습니다만, 저의 「설악」雪嶽 제시諸詩에 화답한 시⁹는 생동生動하여 구구한 법도法度에 얽매이지 않았으니 방옹放翁¹⁰과 연옹淵翁¹¹의 사이에 있는 듯하외다.

분부를 받들어 함부로 논하고 보니, 삼가지 못했음이 사뭇 부끄럽습니다. 저는 모친 곁에서 큰 탈 없이 잘 지내고 있지만 뜻과 학업은 가히 말할 만한 게 없습니다. 읽는 책을 여러 번 바꿔 날로 간요簡要하고 절실한¹² 데로 나아가고 있습니다만, 『역』易 이하의 공부는 끝내 생계를 도모하는 일에 꺾인 바 되었으니 탄식할 만합니다. 하지만 물정物情은 퍽 자세히 본 셈입니다.¹³

대저 근래의 사류士類 중 나이가 많아 학업을 그만둔 자는 세상의 변화에 익숙하고 물정에 밝아 가족에 얽매여 이록利祿을 추구함으로써 명예와 기세氣勢를 도모합니다. 하지만 명분과 의리도 또한 두려운

---

9 「설악」(雪嶽)~시 이 시는 이윤영의 문집인 『단릉유고』(丹陵遺稿) 권9에 「원령이 지은 「설악」 제시에 화답하여 주다」(和贈元靈雪嶽諸詩)라는 제목으로 실려 있다. 이인상이 설악산을 유람하며 쓴 시는 『능호집』 권2에 실려 있다.

10 방옹(放翁) 육유(陸游, 1125~1210). 남송의 시인. '방옹'은 그 호. 저서로는 『검남시고』(劍南詩稿), 『노학암필기』(老學庵筆記) 등이 전한다. 남송의 대표적 애국시인으로 꼽힌다. 예법에 맞게 행동하지 않았으며, 이 때문에 '방옹'(放翁: 방달한 늙은이라는 뜻)이라고 자호(自號)했다.

11 연옹(淵翁) 삼연(三淵) 김창흡(金昌翕)을 가리킨다.

12 간요하고 절실한 원문은 "簡近". 간(簡)은 간요(簡要)하다는 뜻이고, '근'(近)은 '원'(遠)의 반대 뜻이니, 고원하지 않으며 평이하고 절실하다는 뜻이다.

13 하지만~셈입니다 생계를 도모하기 위해 벼슬살이하느라 공부는 제대로 못했지만 세상 물정은 자세히 알게 되었다는 말이다.

까닭에 중간의 차갑지도 않고 뜨겁지도 않은 경계에서 한두 가지 자잘한 선행으로 미봉하면서 세상을 속이는 밑천으로 삼고 있습니다. 연소年少하여 진취進就가 있는 이들은 작은 기예로 이름을 좇고, 찡그림과 웃음으로 교우를 맺으며, 선배를 업신여기면서 큰 소리로 말하며 기세를 올리는 것을 높은 행실로 여깁니다. 근본이 되는 청정淸淨하고 허명虛明한 마음을 활활 타오르게만 하고 차분히 가라앉히지 못하니, 기상氣象의 급박急迫함을 심히 근심할 만합니다. 도무지 평담平淡하고 근원謹愿한[14] 사람을 구하고 싶어도 쉽게 구할 수가 없군요.

제 망령된 말이 여기까지 이르렀으니, 진실로 세상의 큰 욕을 당할까 두렵습니다. 날로 냉소적인 눈이 되고, 날로 마음이 쓸쓸해짐을 스스로 느낍니다. 바라기는, 본분에 따라 스스로 넓고 한적한 곳에서 독서하고 이치를 궁구하며 분수에 맞게 저술하면서, 마음을 숨기지 않고 스스로 뜻을 드러내며, 삼가 다른 사람을 좇아 슬퍼하거나 기뻐하지 않고, 신외身外의 일은 생각지 않았으면 합니다. 그리고 두어 벗이, 비록 우도友道에 대해 가벼이 말할 수는 없겠지만, 제게 허물이 있을 경우 그것을 용인容忍하고 두둔하지 말아 제 마음을 저버리지 말았으면 할 뿐입니다.

아아! 성현의 말씀은 형관刑官이 법을 다루고 악사樂士가 박자를 맞추는 것과 같아 사람으로 하여금 감히 멋대로 굴거나 방자하지 못하게 하건만, 제가 스스로 편하다고 여기는 바는 그와 같으니,[15] 비록 잘못을 줄이고자 하지만 어찌 어렵지 않겠습니까? 또 스스로 생각건대 마음에서 놓아 버릴 수 없는 것이, "군자는 죽을 때에 이르도록 평생토록

---

14 근원(謹愿)한 삼가고 성실하다는 뜻.
15 그와 같으니 멋대로 굴거나 방자한 것을 이른다. 겸손의 말이다.

자기 이름이 알려지지 않는 것을 싫어한다"[16]라는 한 구절입니다. 그러나 만약 밖에서 구한다면[17] 안으로 마음을 무너뜨리는 까닭에 스스로 비분悲憤과 애통함이 생기지 않을 수 없고 후회가 날로 쌓이며, 또한 "근심하지도 두려워하지도 않는다"[18]는 가르침을 저버리게 될 터입니다. 세상을 근심하는 것이 간절한 듯하지만 스스로를 다스림은 이와 같아서 괴롭게도 뜻이 서지 않으니 어찌해야 하겠습니까? 말에 어긋남이 많으니 아무쪼록 가르쳐 주시기 바랍니다.

---

16 군자는~싫어한다 『논어』 「위령공」(衛靈公)편에 나오는 공자의 말.
17 밖에서 구한다면 명성을 밖에서 구한다는 말.
18 근심하지도 두려워하지도 않는다 원문은 "不憂不懼."『논어』 「안연」(顏淵)편에 나오는 공자의 말.

이윤지에게 준 편지

새벽에 남쪽 대청에 누워 빗소리를 듣다가 우연히 예전에 읽었던 글귀를 읊조렸는데, 지나온 삶을 생각하니 늙어서도 세상에 이름이 나지 못하고 사귐을 끊지도 못했거늘, 살아 있는 벗이건 죽은 벗이건 그 마음을 저버린 것이 많음을 자탄하게 됩니다. 하물며 당신과는 수십 년 동안 사귀어 취미와 호오好惡를 모르는 게 없건만, 제 자품姿稟이 맑지 못하고 언행이 그릇되어도 왜 깨우쳐 주는 말씀을 해 주시지 않는 건지요? 설사 당신처럼 덕이 있는 사람이라 할지라도 완전하여 하나의 잘못도 없다고 할 수 없겠거늘 다만 저의 좋은 점만을 보려 하고, 남에게서 제 허물을 듣고서도 감히 그 사람의 말을 믿지 않으며 끝내 꾹 참음이 있는 듯하외다. 우리 무리 중 마음을 아는 이가 무릇 몇이나 되겠습니까? 남은 날이 또한 많지 않은데도 오히려 다시 절절히 사귐의 도리를 논하며 서로 절차탁마하지 않고 있으니 어찌 부끄럽지 않겠습니까?

아! 붕우는 오륜五倫의 처음과 끝이거늘, 그 종요로운 도리를 찾으려 한다면 마음속 의義와 이利의 구분을 밝혀야 하나니, 그것은 단지 '생각의 터럭 하나를 다투는 일'인 것입니다. 이익을 추구하는 범인凡人의 마음에도 처음에는 의리義理를 경외하고 명분名分을 좋아하는 뜻이 섞여 있게 마련이지만, 점점 오래되면 차츰 어두운 데로 들어가 차차 방자한 데로 귀결되고 맙니다. 의리를 구하는 마음에도 애초 자기

---

1 **생각의~일** 생각의 미세한 차이에서 의(義)와 이(利)가 갈린다는 말이다.

를 이롭게 하고 남을 이기려고 하는 뜻이 섞여 있게 마련이지만, 선善을 택하여 굳게 잡는다면 차츰 밝고 광대한 데로 나아가 차차 근엄하게 될 것입니다. 이 두 가지 단서를 좇아, 살신성인殺身成仁하여 죽어도 후회함이 없는 것과, 악惡을 행함을 달갑게 여기면서도 스스로 알지 못하는 것이, 진실로 한 생각의 나뉨에 달려 있습니다.[2] 중인中人[3] 이하는 또한 스스로를 움직일 수가 없어 벗에 의지함이 많은데, 착한 이를 택하지 않으면 자기가 선하다 할지라도 군자가 되는 데까지 이르지는 못하고, 악한 이들과 무리짓지 않으면 자기가 악하다 할지라도 소인이 되는 데까지 이르지는 않습니다. 그러므로 의義를 좋아하는 이는 옛날의 어진 선비와 후세의 어진 선비 및 일국一國과 일세一世의 어진 선비와 도를 같이하고 의義를 같이하는 까닭에 마음으로 벗을 구하므로, 비록 관계하는 사람은 넓다 할지라도 지기知己는 필경 드문 것입니다. 이 때문에 비록 세상과 어긋난다 할지라도 마음에 돌이켜 또한 유감이 없으니 끝내 과실過失이 적을 수 있습니다. 이익을 좇는 자는 자기를 거스르지 않는 사람을 친구로 삼는 까닭에 겉모습으로 결교하나니, 사귐이 이웃에서 시작되고 구하는 것이 몸에 그치며 향하는 것이 세속世俗인바, 사귐이 넓어 같은 사람들끼리 도당徒黨을 짓고 정情이 지나쳐 의義를 해치게 됩니다. 허물이 있어도 말해 주지 않거니와 허물을 듣게 되면 곧 원망을 품습니다. 우도友道가 마침내 사라져 버렸으니 어찌 슬퍼하지 않을 수 있겠습니까?

구구한 제 말은 실로 상리常理로서 실정에 부합되는 말입니다. 이제부터라도 서로 면려勉勵하고, 깊이 생각하고 측은히 여겨, 제게 허물이

있으면 당신이 알려 주고 당신에게 허물이 있으면 제가 알려 드릴 수
있기를 간절히 바랍니다. 『시경』에 "타산他山의 돌로 옥玉을 갈 수 있
네"⁴라고 했고, 또 "신神이 들어 주어 화평하게 되리"⁵라고 했으니, 이
뜻이 어찌 중하지 않겠습니까? 삼가 질정을 바랍니다.

---

4 타산(他山)의~있네   원문은 "他山之石, 可以攻玉." 『시경』 소아(小雅) 「학명」(鶴鳴)에
나오는 구절. 정자(程子)는 이를 이렇게 해석했다: "두 옥을 서로 갈면 그릇을 이룰 수가
없고, 돌로써 옥을 간 뒤에야 옥이 그릇으로 이루어질 수 있으니, 이는 마치 군자가 소인과
더불어 처함에 소인이 횡역(橫逆)으로 침범한 뒤에 군자가 수성(修省)하고 외피(畏避)하
여 마음을 분발하고 성질을 참아서, 부족함을 증익(增益)하고 화란(禍亂)을 예방하여, 의
리가 생겨나고 도덕이 이루어짐과 같은 것이다."(兩玉相磨, 不可以成器, 以石磨之, 然後
玉之爲器得以成焉, 猶君子之與小人處也, 橫逆侵加, 然後修省畏避, 動心忍性, 增益豫
防, 而義理生焉, 道理成焉)
5 신(神)이~되리   원문은 "神之聽之, 終和且平." 『시경』 소아 녹명(鹿鳴)편의 「벌목」(伐
木)에 나오는 구절. 벗 사귐을 돈독히 하면 신이 소원을 들어 주어 마침내 화평하게 된다는
뜻.

이윤지에게 준 편지 정축년(1757)

생각건대 그대와 늙도록 화초와 천석泉石 간에서 즐기면서 혹 시를 지어 마음을 보여주기도 했으니, 이익을 추구하는 세속의 사귐과 비한다면 조금 낫다고 할 수 있겠지요. 그렇지만 또한 정情은 두드러지나 의義는 적고, 맛은 짙으나 뜻은 얕아서, 깊이 들어가지 못함이 있었던 듯한 것은, 함께 시속을 함부로 기롱한 까닭에 마음을 비워 물物을 받아들이지 못한 탓입니다. 저는 타고난 성품이 편협하고 식견이 응체凝滯되어 스스로를 포기함을[1] 달갑게 여기고 있습니다만, 당신은 혹 스스로를 반성하는 바가 있으신지요?

어제 자리 곁에서 『척독신초』尺牘新抄[2]를 펼쳐 보았는데, 사람으로 하여금 찡그리며 탄식을 발하게 하더군요. 명나라 말엽의 습속이 이와 같을진대, 어찌 나라가 망하지 않을 수 있었겠습니까?[3] 그러나 유식한 이들은 우리 무리를 일러 기량이 천박하며 늙어도 정박碇泊[4]이 없다고 하니 또한 어찌해야 하겠습니까? 당신의 시문을 보더라도, 「동정」銅鼎, 「무소뿔 술잔」,[5] 「사인암」舍人巖, 「구담」龜潭과 같은 류의 시들은

---

1 스스로를 포기함을 『맹자』「이루」(離婁) 상(上)에 '자포자기'(自暴自棄)라는 말이 보인다. 자세한 것은 본서 31면 주6을 참조할 것.
2 『척독신초』(尺牘新抄) 명말 청초의 인물인 주량공(周亮工, 1612~1672)이 편찬한, 짧은 편지글을 모아 놓은 책이다.
3 명(明)나라~있었겠습니까 명말(明末) 소품(小品)을 숭상한 습속에 대한 비판이다.
4 정박(碇泊)함 원문은 "依泊".
5 「동정」(銅鼎), 「무소뿔 술잔」 '동정'(銅鼎)은 중국 고대의 청동 솥을, '무소뿔 술잔'은 무소뿔로 만든 술잔을 말한다. 모두 골동품으로, 이윤영이 수장(收藏)하고 있던 것들이다.

애초 뜻을 가탁하고 감회를 부친 것이었습니다. 그러나 우리가 속세를 떠나 깊이 은둔하지 못하고 그간 자잘한 애완물을 갖추는 바람에[6] 더욱 웃음거리에 가깝게 된 것이니, 그런 애완물을 자꾸 읊어 성정性情을 깎아 왜소하게 만듦으로써 보는 자로 하여금 염증을 느끼게 해서는 안 될 일입니다. 만약 우리 무리가 청비각淸閟閣[7]과 보진재寶晉齋[8]처럼 휘황하고 넘치는 완상翫賞을 하려면 미치광이가 되어 늙도록 두 사람을 배워야 할 테지요. 청컨대 일체의 비루하고[9] 부화浮華한 습벽習癖을 없애어 노숙하고 충실한 평상의 자리로 돌아오고, 뜻을 방탕하게 하지 않아 우도友道가 참다운 데 가까워지게 해야 할 것입니다.

군자가 쇠미한 세상에 처하면 스스로를 깨끗이 하고 연마하여 열심熱心을 기르고 고심苦心을 이루어야 마땅합니다. 열熱이 극도에 이르면 차가워지고 괴로움이 극도에 이르면 즐거워지나니, 얼음이 녹고 술기운이 얼큰하듯 실로 몹시 유쾌하여 스스로 춤출 때가 있는 법이거늘, 지극히 처리하기 어려운 일이라는 것도 없고 할 수 없는 때라는 것도 없습니다. 이른바 온 세상이 비난해도 끄떡도 않고 한 마디의 말로써 백 세百世의 스승이 될 수 있었던 사람은, 이 마음을 굳게 지켜 이해利害에 따라 바꾸지 않았을 뿐이지 처음부터 신기神奇하고 영롱하며 불가사의한 사람은 아니었습니다. 이 마음을 굳게 지킴이 차츰 익숙해져

---

6 그간~바람에 이윤영을 비롯한 그 벗들의 골동 취향을 두고 하는 말이다. 이에 대해서는 본서 상권 334면 주37을 참조할 것.

7 청비각(淸閟閣) 원(元)나라 화가 예찬(倪瓚)의 서재 이름. 여기서는 예찬을 이른다. 예찬은 청비각 주위에 벽오(碧梧)와 기석(奇石)을 벌여 놓고, 청비각 내에는 옛 술병과 솥, 온갖 법서(法書)와 명화(名畵)를 비치해 둔 것으로 유명하다.

8 보진재(寶晉齋) 송(宋)나라 화가 미불(米芾)의 서재 이름. 여기서는 미불을 이른다. 보진재에는 동진(東晉)의 법첩(法帖)들이 걸려 있었다고 한다.

9 비루하고 원문은 "矜喬". 마음이 고상하지 못하고 비속한 것을 일컫는 말.

말 한마디를 해도 마음을 속이는 일이 없으며 일 하나를 해도 차츰 도리에 가까워진다면, 도리의 길이 점차 밝아져 간요簡要해지고 평실平實하게 되어, 가까이는 한 몸과 한 가족에서부터 멀리는 천하 만세萬世에 이르기까지 모두가 마음의 일이라고 한 옛 성현의 말을 스스로 깨달아 느긋하고 즐거울 터이니, 이른바 고심과 열심 또한 선善의 한 실마리에 불과할 뿐입니다. 당신은 어떻게 생각하십니까? 가르침을 내려 주시길 바랍니다.

송시해[1]에게 준 편지 신미년(1751)

그대가 서신 주고받는 일을 통 좋아하지 않음에도 사람들이 그대를 더욱 우러러보니, 그대의 성품이 참되고 대범하며, 마음씀이 높고 한적하여, 남에게 절로 믿음을 받는다는 것을 잘 알겠습니다. 편지를 주고받음에는 실로 염증을 낼 만한 일이 많다 하겠으나, 마음에 감회가 일어 문자에 의탁하거나, 혹 기이한 이야기와 옛일을 기록하여 세사世史에 보태거나, 혹 경전의 뜻을 분석하거나 선철先哲의 은미한 가르침을 밝게 드러내어 세교世敎에 보태거나 하는 등의 일은 스스로 그만둘 수 없으니, 이는 편지 쓰는 일과는 큰 차이가 있다 할 것입니다.[2] 이 일을 하지 않는다면 마음 쓸 곳이 없어져 설사 어진 스승과 경외하는 벗이 있다 할지라도 나와 서로 상관하지 않을 터이니, 이 마음이 정박碇泊할 데가 없어 미욱하게 스스로 깨닫지 못하고 끝내 유속流俗에 빠지고 말 것인바, 비록 훌륭한 바탕을 지녔다 해도 필경 도움을 받을 데가 없을 것입니다. 세간의 경박하고 좀스럽게 명예를 사고 이익을 좇는 비루한 자들과 분수를 모르고 망령스레 급히 이루고자 하는 자들은 모두 문자를 빌어 자기를 내세우고 있거늘, 그 지리支離함을 싫어할 만합니다. 참과 거짓, 선과 악의 나뉨이 마음씀에 따라 달라지거늘, 어찌 이 허명광대虛明廣大한 마음을 한낱 쓸모없는 그림자로 만들어 그저 뭇 사물이

---

1 송시해(宋時偕)　송문흠(宋文欽, 1710~1752)의 재종형(再從兄)인 송익흠(宋益欽, 1708~1757)을 가리킨다. '시해'는 그 자. 보은 현감을 지냈다.
2 편지를~것입니다　편지를 안 쓰는 것은 그렇다 하더라도 이런 종류의 글쓰기는 폐하지 말아야 한다는 뜻이다.

비치는 곳으로 그치게 할 뿐이겠습니까? 그대에게는 마땅히 그대 나름의 생각이 있을 터이니 가르침을 주셨으면 합니다.

김사수¹ 형제에게 준 편지 병자년(1756)

심한 추위에 기거 평안하신지요? 시운이 나날이 쇠미해져 가는데 섬
계蟾溪² 선생마저 갑자기 후학들을 버리시니³ 그 비통함과 허전함을 어
찌 다 말할 수 있겠습니까? 우러러 생각건대 친상親喪을 당한 데다 또
한 의지할 곳까지 잃었으니 그 비통함을 어찌 짐작이나 하겠습니까?
구구히 여쭐 말씀이 있었지만 꾹 참고 하지 않았는데, 감히 한 말씀만
드릴까 합니다.

들으니 선생께서 유소遺疏⁴를 남기신바 그 내용이 크게 국가의 의
리와 관계되기에 지금껏 감추어 상주上奏하지 않고 있으며, 그대들 역
시 꺼리고 삼가느라 분명히 말을 못하고 있다는데, 그게 사실인지요?

---

1 김사수(金士修) 김민재(金敏材, 1699~1766). '사수'는 그 자. 본관은 광산(光山), 호는
보가재(寶稼齋) 또는 우계(愚溪). 서포(西浦) 김만중(金萬重)의 증손이요, 광택(光澤)의
아들. 광택이 민우수(閔遇洙)의 자형(姊兄)이니 사수 형제에게 민우수는 외삼촌이 된다.
2 섬계(蟾溪) 민우수(閔遇洙, 1694~1756). '섬계'는 그 호. 또 다른 호로 섬촌(蟾村)·
섬리(蟾里)·정암(貞菴)이 있다. 본관은 여흥. 대사간 진후(鎭厚)의 아들. 문집으로『정암
집』(貞菴集)이 있다. 김양행(金亮行)이 쓴 행장(『정암집』권16에 수록)에 따르면, 어려서
김창즙(金昌緝)에게 수학했고, 장성해서는 권상하(權尙夏)에게 가르침을 받았다고 한다.
1721년(경종 1), 신임옥사 때 처남 윤지술(尹志述)이 극형을 당하자 여주(驪州)에 은거
했고, 이후 여러 차례 벼슬을 제수받았으나 사양하고 나가지 않았다. 외종형인 도암(陶庵)
이재(李縡)와 평생 각별하게 지냈으며, 산수 유람을 즐겨 이재와 함께 영호남의 명승지를
두루 다녔다. 단양 사인암의 서벽정(棲碧亭)에 40여 일 머물며『주역』을 읽고, 용유동(龍
遊洞)에서 송명흠과 독서한 일이 있다.『병세재언록』(幷世才彦錄)에는 "경학과 언론으로
자립하였는데, 세도(世道)가 쇠미하던 즈음에 풍도(風度)가 엄정해서 범할 수 없는 바가
있었다"고 기술되어 있다.
3 후학들을 버리시니 세상을 떠난 것을 말한다.
4 유소(遺疏) 죽을 무렵 남긴 상소(上疏).

혹자는 선생의 소疏라 할지라도 과실이 없을 수 없고 또 그 안에 화근이 될 만한 내용이 들어 있으니 세상에 알려서는 안 된다고 하더군요. 아! 대현大賢이 임종하실 즈음의 일이 불분명하여 사람들로 하여금 의혹을 품게 하니 이는 어째선가요?

선생은 세신世臣[5]이셨습니다. 비록 도를 품고 의를 지키고자 산택山澤에 은거하셨지만 색은素隱[6]하는 선비와는 달랐으니, 대저 하루라도 임금을 잊으신 적이 없고, 하루라도 세도世道를 잊으신 적이 없었기 때문입니다. 그러므로 선생께서 임종 시에 남기신 말씀도 반드시 충忠을 다하는 마음에서 나왔을 터인바 과실이 있지는 않을 것입니다. 선생은 겸손하고 신실하며 온화하고 두터워 그 지극한 덕이 남의 모범이 될 만하였고, 쇠세衰世에 이름을 온전히 하셨으며, 부끄럽고 욕된 일을 아주 멀리하셨거늘, 어찌 임종하시면서 남긴 말씀이 스스로를 큰 죄에 빠뜨릴 것이며 문인門人들에게 누를 끼치겠습니까? 저으기 생각건대 문인들이 선생을 섬김에 본분을 다하지 못하고 있으며, 이는 그대들에게도 잘못이 있지 않나 합니다.

아아! 전사前史를 두루 살펴보매 군자의 언행이 일실逸失되고, 그 지조와 절의가 세상에 알려지지 않음은 대개 그의 작위爵位가 낮아 형세가 고단하고 힘이 미약했기 때문입니다. 혹 어려움이 많은 시절을 만나 참소와 중상을 입어 이 때문에 역사에 잘못 기록된 경우도 있고, 혹 자손이 미욱하고 벗들도 정성스럽지 못해 마침내 그 뜻이 세상에 드러나지 못하고 묻혀 버린 경우도 있지요. 그러나 천 년 후에 공정한 마음

---

5 세신(世臣) 조정에서 대대로 임금을 섬긴 집안의 신하.
6 색은(素隱) 색은행괴(索隱行怪)의 준말. 은회(隱晦)한 일을 추구하고 괴이한 도를 행한다는 뜻인데, 흔히 유가(儒家)에서 도가(道家)의 은둔자를 비난할 때 쓰는 말이다.

과 밝은 안목을 가진 자가 나타나 그들에 관한 남은 기록을 가지고 그들의 마음과 뜻을 추출하여, 은미隱微한 것을 드러내고 감추어진 것을 천명闡明함으로써, 썩은 뼈로 하여금 빛을 발하게 하고 침통한 영혼으로 하여금 떨치고 일어나게 하는 일이 어찌 한둘이겠습니까?

그것이 모두 앞 시대 다른 나라 사람의 일이며, 시대도 다르고 상황도 변했으며 혼령 또한 이미 사라졌고, 친척이라도 되기나 해 외모나 혈기가 서로 통하는 것도 아니건만 저들을 위해 주장하기를 마지 않아 직필을 꺾지 않고 생사를 걸고 글을 남겼으니 이는 어째서겠습니까? 진정 천하의 의리가 나에게 있으니 진실로 내가 그 본분을 다하지 않을 수 없기 때문입니다. 설령 저 죽은 자가 이 사실을 안다고 할지라도 혹 명훼名毁[7]와 화복禍福에 마음을 두어 후세에 자기를 알아주는 이를 만나게 된 것을 기뻐하겠습니까? 즐거워할 바는 의리에 있을 뿐입니다. 하물며 선생처럼 덕망이 높고 연세가 높아 일세一世의 스승이시던 분이 어느 날 운명하시자 그만 말이 묻히어 의리가 희미하게 되어서야 쓰겠습니까.

아아! 드러남과 가리어짐은 일정하지 않아 반드시 당세當世에 펼쳐지길 구할 수는 없지만, 사람이 마음대로 조종할 수 있는 바는 아니며, 설사 의리에 비추어 보아 잘못이 있다 할지라도 또한 사사로운 꾀로 가릴 수 있는 게 아닙니다. 의리는 밝고 곧으나 혹여 화禍가 닥칠까 봐 공개하지 않는다고 합시다. 하지만 예로부터 어진 이와 군자는 모두 생사를 걸고 실천했을 뿐 근심하지 않았거늘, 선생이 이미 말씀하신 것을 누가 감히 숨긴단 말입니까?

아아! 사람이 숨을 거둘 때는 슬프게 마련입니다. 사람이 운명하려

---

7 명훼(名毁) 칭찬함과 헐뜯음.

하면 육친六親[8]이 주위에 둘러모여 흐느끼거늘, 이제 평소의 찌푸림과 웃음을 보고자 해도 볼 수가 없습니다. 옷을 흔들어 초혼招魂하고, 입에다 쌀과 구슬을 넣어 반함飯含[9]하며, 흰 명주를 묶어 신령을 의탁하고,[10] 장사를 지낸 후 신주神主를 만들며, 시동尸童[11]을 세워 제사를 지내는데, 그윽한 울창주[12] 향기 속에 아득하고 어둑한 곳을 더듬으며 고인을 찾아보아도 도무지 생각이 미치질 않습니다. 그럼에도 때를 알리고 일을 고하면서 먼 조상까지 제사지내 마지않는 것은 차마 어버이를 잊을 수 없어서입니다. 하물며 군자가 운명할 때 남긴 말과 글이 국가의 의리에 관계될진댄, 군신君臣의 의리[13]가 있거늘 어찌 하루라도 그것을 감출 수 있겠습니까. 아아! 지난 수십 년 이래 군신의 의리는 날로 가벼워지고, 사우師友의 도道도 거의 사라져 버렸으니, 천하사天下事는 오직 권세와 이익과 화복禍福에 있을 뿐입니다. 무릇 화복에 관한 의론이 의리와 서로 배치되면서부터 인심이 각박해지고 운세가 막혀 천하사天下事를 다시 어찌할 수가 없게 되었으니 어찌 슬프지 않겠습니까?

아아! 두 분 형제께서 섬계 선생을 모심에 사제의 의리와 부자의 의리를 겸비하여[14] 평생 집안에서 존경하고 애모愛慕함이 지극하지 않음

---

8 **육친(六親)** 부·모·형·제·처·자의 총칭.

9 **반함(飯含)** 염습(殮襲)할 때 죽은 사람의 입에 구슬과 쌀을 물리는 일.

10 **흰 명주를~의탁하고** 옛날의 예(禮)에, 죽은 자를 염습한 후 영좌(靈座)를 설치하는데, 영좌 앞의 의자에다 '혼백'(魂帛)이라 하여 흰 명주 묶은 것을 두었다. 아직 신주(神主)를 만들기 전이므로 이 '혼백'에 신령을 의탁한 것이다. '혼백'의 왼쪽에는 죽은 사람의 생년월일시(生年月日時)를, 오른쪽에는 졸년월일시(卒年月日時)를 기재하였다.

11 **시동(尸童)** 제사 때 신위(神位) 대신에 앉혀 놓던 동자.

12 **울창주** 강신(降神)할 때 쓰는 술.

13 **군신(君臣)의 의리** 원문은 "生三事一之義". 『국어』(國語) 「진어」(晉語)의 "欒共子曰: '民生於三, 事之如一. 父生之, 師教之, 君食之'"에서 유래하는 말로, 임금을 스승과 아버지처럼 섬기는 의리를 뜻한다.

이 없었거늘, 만약 선생께서 돌아가시면서 임금님께 고한 말씀에 잘못된 점이 있다면 반복해서 밝게 분변해 주셔서 유감이 없게 함이 마땅할 것입니다. 만일 '말은 옳지만 큰 죄를 지을 수 있다'라고 생각하고 계신다면, 밝은 임금께서 다스리는 지금 그런 일이 있을 리 만무하며, 게다가 선생은 명철하신 분이었으니 자신의 글을 자세히 살피사 그 글이 정대正大하고 광명光明하여 일세一世에 환히 보임직하고 후세에 질정質正을 구할 만하다고 생각하셨을 겁니다. 그런데도 그대는 무리를 좇아 잠자코 계시며 선사先師께서 임종 시에 하신 말씀을 이해利害와 화복禍福의 사이에 두어[15] 일절 분명한 말씀을 하지 않으셔서 사람들로 하여금 의혹을 품게 만드는 것은 어째서입니까?

저는 타고난 성품이 구애됨이 많고 졸렬하여 처음 선생을 찾아뵈었을 때 감히 스승의 예禮로 대하진 못했지만,[16] 선생의 덕의德義와 언행을 깊이 존경하고 흠모했거늘 선생께서 유명幽明을 달리하심에 의리상 차마 그 마음을 저버릴 수 없습니다. 하물며 군자의 임종 시 말씀이 세신世臣이 끝까지 충성을 다하고자 한 것으로서 진실로 인륜과 대의에 관한 것일진댄 사람들이 모두 들도록 해야 하겠거늘 감추어 드러내지 않으니 어찌 슬프지 않겠습니까.

아아! 지난해 오월 구담龜潭[17]에서 돌아올 때 강가의 누각[18]으로 선생

---

14 **부자의 의리를 겸비하여** 민우수가 김사수 형제의 외삼촌이기에 한 말.

15 **이해(利害)와~두어** 이해득실을 저울질한다는 말.

16 **저는~못했지만** 이 구절은 비록 겸손하게 말했긴 하나 이인상이 민우수를 스승으로 여기지는 않았음을 보여준다. 이인상의 자존감과 함께 명분에 대한 엄격한 태도를 잘 보여준다 하겠다.

17 **구담(龜潭)** 본서 39면 주21을 참조할 것.

18 **강가의 누각** 민우수가 만년에 단구(丹丘)에 마련한 거처. 『능호집』 권4에 수록된 「섬촌 민 선생 제문」 참조.

을 찾아뵙고 출처出處와 어묵語默[19]의 도리[20]에 대해 여쭙긴 했지만 감히 다 말씀드리진 못해 마음이 아팠는데 시간이 흐를수록 더욱 후회스러 웠습니다. 그런데 선생께서 갑자기 타계하셨으니 어찌 차마 돌아보면 서 의기소침해져 그대에게 한마디 말을 하지 않을 수 있겠습니까?

황 참판[1]에게 답한 편지 정축년(1757)

밤이 찬데 상중喪中에 잘 계신지요. 지난번 편지의 가르침은 삼가 잘 알았습니다. 저는 노쇠한 데다 명성도 없거늘, 비록 그대와 같은 오랜 벗에게도 저술한 것을 보여주어 질정을 받지 않았던 것은 감히 자신할 수 없어서지요. 뜻밖에 그대는 저를 잘못 추중推重하여 "가히 중국에 진입할 만하다"라고 하셨는데, 어찌 그리 지나치신가요? 군자가 궁하게 된 후 비로소 문장을 지어 뜻을 드러내는 것은 이름을 전하기 위해서가 아니라 의리를 밝히기 위해서입니다. 저는 정녕 궁고窮苦한 사람이지만 그대는 현달한 사람이거늘, 그럼에도 궁한 사람의 일을 하는 것을 마다 않고 있으니[2] 어찌 의리가 끝내 밝지 못해서가 아니겠습니까? 참으로 슬퍼할 만합니다.

가만히 생각해 보니, 문文이라는 것은 의義의 짝이 되고 도道와 합치되는 말이겠는데, 그 시의時義에 두 가지가 있으니, 하나는 당세當世의 의義를 밝히는 것이고, 다른 하나는 백세百世의 병폐를 구하는 것입

---

1 황 참판(黃參判) 황경원(黃景源, 1709~1787)을 가리킨다. 자는 대경(大卿), 호는 강한(江漢). 기(璣)의 아들이며, 승원(昇源)의 형. 1740년 문과에 급제한 이래 대사성, 대사간, 대사헌, 홍문관 제학, 이조참판 겸 대제학, 형조·예조·공조의 판서 등을 역임했으며, 1776년 정조 즉위 초 이조판서에 이어 대제학에 임명되었으나 사양했으며, 판중추부사로 죽었다. 홍문관 응교로 있을 때 명(明) 의종(毅宗)의 추사(追祀)를 건의하여 실시케 하였다. 춘추대의(春秋大義)를 자임하여 『남명서』(南明書)를 편찬하였다. 명에 대한 절의를 지킨 조선 사람들의 전기인 『명배신고』(明陪臣考: 후에 명배신전明陪臣傳으로 이름을 고침)를 저술하기도 했다. 문집으로 『강한집』(江漢集)이 전한다.
2 그대는~있으니 황경원이 고관의 신분이면서도 『남명서』나 『명배신전』 같은 책을 저술하여 대의를 밝힌 일을 가리킨다.

니다. 그것이 무엇이겠습니까? 명나라의 운수가 비록 끝났다 해도 우리들은 여전히 옛 신하들이니, 마땅히 명나라의 법도를 보완하고, 그 가려지고 일실된 것들을 드러내야 하는바, 글을 지을 때 '사'辭와 '이'理와 '기'氣와 '격'格[3]에 있어 마땅히 명나라 성세盛世의 여러 군자를 모범으로 삼아 쇠해진 운수의 일단一端을 만회하는 것, 이것이 소위 당세當世의 의를 밝히는 것일 터입니다. 또한, 제자백가의 번문繁文을 배척하고 육경六經의 바른 의리를 보존하여, 사辭에서는 간결과 엄격을 숭상하고 격格에서는 평온하고 바른 것을 주로 하며, 이理를 밝히고 기氣를 참되게 함으로써, 명성을 좇아 도道를 어기는 자들로 하여금 돌아보고 두려워하며 참됨이 무엇인지 생각하게끔 하는 것, 이것이 소위 백세의 병폐를 구하는 것일 터입니다.

아아! 쉬운 일은 아닙니다. 경전에 이르기를, "하루를 극기복례克己復禮하면 천하가 인仁에 돌아간다"[4]라고 했고, 또 "아침에 도를 들으면 저녁에 죽어도 괜찮다"[5]라고 했습니다. 우리들이 비록 늙었고, 살면서 많은 근심거리를 만났지만, 이 의義를 어찌 차마 하루라도 잊겠습니까. 비록 우리가 현달함과 그렇지 못함의 차이는 있다 할지라도 이러한 생각은 서로 같으니, 아무쪼록 성심성의껏 서로 돕고 계발하여 어리석음과 미욱함을 고쳐 주어 옛사람들의 책선責善[6]하던 도리를 저버리지 않는 것이 어떨지요? 졸렬한 글을 자세히 평하고 고치어, 가르침 주시기 바랍니다.

---

3 '사'(辭)와 '이'(理)와 '기'(氣)와 '격'(格) '사'는 문장 표현, '이'는 이치, '기'는 기운, '격'은 격조를 말한다.

4 하루를~돌아간다 『논어』「안연」(顔淵)편에 나온다.

5 아침에~괜찮다 『논어』「이인」(里仁)편에 나온다.

6 책선(責善) 벗 사이에 착한 일을 하도록 서로 타이르고 권하는 일.

이백눌¹에게 보낸 편지

내려 주신 편지의 뜻이 은근하고 간절하여 병에 걸려 사생死生을 헤맬 즈음 감동하여 눈물을 흘렸습니다. 편지를 거듭 펴 보아 아직도 머리 맡에 있습니다. 제 병은 대엿새 이래 손발 끝이 갑자기 붓고 효상爻象² 도 더욱 좋지 않아 천명을 기다릴 뿐입니다. 제 마음은 편안하지만 다만 노모께 근심을 끼치고 있어 날로 몹시 비통한 마음이니 어찌하겠습니까. 이밖에 일분一分의 망상이 있어, "내게 몇 년을 더 살게 해 준다면 『역』易을 배우겠다"³라고 한 옛사람의 말을 생각하지만, 어찌 감히 이 미천한 사람이 생명을 이어가게 해 달라고 하늘에 바라겠습니까.

구구하게 글을 지어 스스로 모아 놓은 것들은, 잡스러워 마땅치 않은 줄 스스로 깨닫고 있지만, 매번 그대의 가르침을 받들어 잿더미에 버리지 못했습니다. 장려함과 허여許與함이 분수에 지나쳐 사람으로 하여금 부끄럽게 하므로 병이 조금 나아지면 한바탕 남김없이 생각을 펼쳐 도의와 문장의 일원一源⁴ 및 성명性命과 덕업德業의 한결같은 이치

---

1 이백눌(李伯訥)　이민보(李敏輔, 1720~1799). '백눌'은 그 자. 호는 상와(常窩) 혹은 풍서(豊墅), 본관은 연안(延安). 이조참판을 지낸 희조(喜朝)의 손자. 진사시에 급제하여 음보(蔭補)로 군수가 되고 후에 보국숭록대부(輔國崇祿大夫)의 위계에까지 올랐다. 문집으로『풍서집』(豊墅集)이 전하며, 노론의 입장에서 붕당 정치를 논한『충역변』(忠逆辯)이라는 저서가 있다.
2 효상(爻象)　원래『주역』중 육효(六爻)의 형상을 이르는 말인데, 여기서는『주역』의 점괘를 뜻한다.
3 내게~배우겠다　『논어』「술이」(術而)편에 나오는 공자의 말.
4 일원(一源)　동일한 근원. 도의와 문장은 근원이 같다는 말.

를 궁구해 그대에게 질정을 구했으면 했으나, 정신이 혼미하여 반복해서 글을 쓸 수 없으니 몹시 한스러운 일입니다.

어리석고 망령된 저는, 문장에 대해 논한 후세의 학인學人들이 문장의 성색聲色만을 더듬는 데 그쳐, 그 공졸工拙로 우열을 가리거나, 문장을 일가一家를 이루는 기예로 여기거나 이름을 세워 세상에 드리우는 계책으로 여긴 것에 매양 탄식하거늘, 문장이 과연 이와 같을 뿐이겠습니까? 크게는 시운時運을 살피고, 작게는 출처出處를 살펴야 하는바, 문장이란 쉽게 말할 수 없는 것입니다. 천고千古를 두루 살펴 그 중도中道를 터득한 자는 새벽별처럼 드물어 많이 찾아볼 수 없습니다. 우리나라의 경우, 대가에 대해선 감히 가볍게 논할 수 없겠지만, 그보다 아랫길의 사람들은 족히 거론할 것도 없습니다. 시휘時諱를 크게 거슬러서[5] 스스로 죄에 빠진 저 같은 무리는 다만 파리나 개미와 같은 하찮은 부류로서 그 소리는 십 보步도 못 가고 그 걸음은 척촌尺寸[6]도 넘지 못하니 논할 게 뭐가 있겠습니까? 감히 과장된 말로 스스로를 꾸미고자 해서 하는 말이 아닙니다. 실정이 이와 같으므로, 평생을 생각해 보면 몹시 슬퍼할 만합니다. 또한 그대에게 바라는 건 안목을 높이 두어 한 글자 반구半句라 할지라도 남을 쉽게 허여하지 말고, 세계가 극히 넓고 고금이 극히 아득하다는 것을 열심히 살펴, 삼가 명실名實과 진위眞僞를 구분했으면 하는 것이거늘 어찌 생각하나요, 어찌 생각하나요?

---

5 시휘(時諱)를 크게 거슬러서 '시휘'는 당시 기휘(忌諱)하던 말을 이른다. 이인상이 기질이 강개하고 강직하여 시사(時事)의 시시비비, 사류(士類)의 위선, 우도(友道)의 타락 등에 대해 직언을 서슴지 않았기에 한 말이다.
6 척촌(尺寸) 한 자나 한 마디, 즉 아주 짧은 거리.

천동¹에 답한 편지 병인년(1746)

내려 주신 편지는 삼가 잘 보았습니다. 제가 간직한 서첩書帖은 실로 고심苦心이 깃든 것인바, 효종孝宗 임금께서 심양瀋陽에 계실 적에 쓰신 편지 한 편을 삼가 취하여 권수卷首에다 두고, 그 아래에는 척화斥和를 주장하다 의義를 위해 죽은 여러 신하들의 필적 및 선조先祖 문정공文貞公²께서 심양에서 돌아오신 이후에 쓰신 편지 도합 십여 편을 첨부하였습니다. 그리하여 자손에게 남기어 심양의 치욕을 잊지 않게 하고, 선왕先王과 선조先祖의 마음을 저버리지 않게 하려 했습니다. 깃발을 짊어진 군졸조차도 복수의 대의大義가 있음을 아나니, 그 뜻이 슬퍼할 만합니다. 일전에 제가 화포花浦³의 편지를 제게 달라고 했을 때 집사執事⁴께서는 즐겨 허락지 않으시고 평생 갖고 계시려는 뜻을 보이신

---

1 천동(泉洞) 편지 수신인이 사는 동리 이름이 아닌가 한다. 예전에 '천동'(우리말로는 샘골)이라는 명칭의 동리는 전국 여러 곳에 있었다. 이 편지에서 말한 '천동'이 어딘지는 미상이다.
2 문정공(文貞公) 이경여(李敬興, 1585~1657)를 가리킨다. '문정'은 그 시호. 이인상의 고조부(高祖父). 인조 14년(1636) 병자호란 때 왕을 남한산성까지 호종(扈從)하였고, 인조 20년 배청친명파(排淸親明派)로 지목되어 심양에 억류되었다가 세자와 함께 귀국하여 우의정이 되었다.
3 화포(花浦) 홍익한(洪翼漢, 1586~1637). '화포'는 그 호. 조선 인조 때의 문신. 삼학사의 한 사람. 인조 13년 장령(掌令)으로 있을 때에 병자호란이 일어나자 최명길의 화의론을 적극 반대하였으며, 화의가 성립되자 조정의 권유로 청군의 화를 피하기 위해 평양 서윤으로 나갔으나, 화친을 배척한 우두머리로 지목되어 오달제(吳達濟)·윤집(尹集)과 함께 청나라로 잡혀가 살해되었다. 저서에 『화포집』(花浦集), 『북행록』(北行錄), 『서정록』(西征錄)이 있다.
4 집사(執事) 편지에서 상대방에 대한 존칭으로 쓰는 말.

적이 있는데, 그때 제가 기뻐하면서 감히 다시 청하지 않은 것도 실로 이런 뜻에서였습니다. 그런데 내려 주신 편지를 받자오니 마음이 심히 불편해 풀어지지가 않는군요. 이는 비록 작은 일이지만, 집사에게 장차 평생 유감을 품게 될 듯합니다. 아! "화포의 편지를 강제로 가져간 자"라니, 집사께서는 누구를 말씀하시는 건지요? 대저 척자난묵隻字爛墨⁵을 마치 커다란 구슬이라도 되는 듯 소중히 지키는 것은 곧 의로운 마음에서입니다. 의로운 마음은 꺾지 못하나니, 의로움이 있다면 티끌 하나라도 빼앗을 수 없는 법입니다. 무릇 곽광霍光⁶의 위세로도 새랑璽郎의 뜻을 빼앗을 수 없었으니,⁷ 저 새랑에게 무슨 용력과 세력이 있어서 곽광이 그 옥새를 빼앗을 수 없었겠습니까? 대개 의義를 두려워하여 빼앗을 수 없었던 것입니다.

대저 삼학사三學士⁸의 필적으로 유전流傳되는 것은 매우 적으며, 화

---

5 **척자난묵(隻字爛墨)** 글자 하나와 오래되어 온전치 못한 묵적(墨跡).

6 **곽광(霍光)** 전한(前漢)의 무제(武帝)·소제(昭帝)·선제(宣帝) 때의 인물. 무제의 유조(遺詔)를 받들어 어린 소제를 보좌하며 정치를 관장했다. 선제가 등극한 이후에도 정무(政務)는 모두 곽광이 먼저 살핀 다음 천자에게 올라갔다. 이렇게 집정하는 동안 곽광의 딸이 선제의 황후가 되는 등 가문이 번영을 누렸다.

7 **무릇~없었으니** 『한서』(漢書) 「곽광열전」(霍光列傳)에 이와 관련된 내용이 보인다: "당초 곽광이 어린 천자를 보필하여 천하의 정사(政事)가 그로부터 나왔다. 그런데, 대궐 안에 변괴(變怪)가 있어 밤새 뭇 신하들이 놀라서 소란을 피웠다. 이에 곽광이 상부새랑(尙符璽郎: 황제의 옥새를 관장하는 벼슬 이름)을 불러 옥새를 달라고 했으나 상부새랑은 옥새를 곽광에게 건네주려고 하지 않았다. 곽광이 옥새를 빼앗으려고 하자 상부새랑이 칼을 부여잡으며 말했다. '신의 머리는 빼앗을 수 있을지언정 옥새는 빼앗을 수 없습니다.' 이 말을 듣고 곽광은 그의 처사가 매우 옳다고 생각했다. 다음 날 곽광은 조칙을 내려서 상부새랑의 직위를 2등급 승진시켰다. 그러자 곽광에 대하여 높이 평가하지 않는 사람이 없었다."(初輔幼主, 政自己出, 天下想聞其風采. 殿中嘗有怪, 一夜群臣相驚, 光召尙符璽郎, 郎不肯授光, 光欲奪之, 郎按劍曰: '臣頭可得, 璽不可得也.' 光甚誼之, 明日詔增此郎秩二等, 衆庶莫不多光)

8 **삼학사(三學士)** 병자호란 때 청(淸)과의 화의를 반대한 강경파의 세 학자인 홍익한, 윤

포의 편지는 더욱 얻기 힘듭니다. 저는 연경燕京에 가는 사대부들은 마땅히 천금千金을 들여서라도 삼학사의 유골을 반환해 와야 하며, 만일 힘이 미치지 못한다면 그분들이 남긴 세간에 떠돌아다니는 한 조각 글이나 글씨 한 자라도 돈을 들여 구해 와야만 허물이 되지 않는다고 생각한 적이 있습니다. 언젠가 들으니, 예전의 서화書畵 수장가收藏家들은 삼학사의 글을 지니지 못한 것을 부끄럽게 여겼기에, 교활한 무리들이 왕왕 그 그림과 필적을 모조하여 이득을 보았다고 합니다. 모조한 자들은 정말 간사하다 하겠지만, 사들이는 자가 없다면 모조를 할 리도 없으니, 오히려 풍속의 훌륭함을 볼 수 있다 할 것입니다. 아! 사람들이 의로운 마음을 버린 지가 참으로 오랩니다. 그리고 집사처럼 의를 좋아하는 분이 화포의 편지를 주어서는 안 될 사람에게 주어 버렸으니, 이 어찌 세상의 변고가 아니겠습니까. 오래된 종이 한 장도 지키지 못하는데 하물며 살신성인하여 삼학사의 무리가 될 수 있겠습니까?

아! 삼학사는 조선의 낮은 벼슬아치로서, 천지가 뒤집히고 화華와 이夷, 사람과 짐승이 나뉘는 때에 절의를 위하여 목숨을 바쳤으니, 구식사瞿式耜[9]나 사가법史可法[10] 같은 분과 비교해 보더라도 더욱 어려운 일을 하셨다 할 만합니다. 그러니 삼학사의 마음이 어찌 의義를 빌어 이름을 세우고자 하는 데 있었겠습니까? 대저 임금 섬기기를 도리에 맞게 하고, 자기 몸을 희생하여 그 뜻을 드러내고자 했을 뿐입니다.

집, 오달제를 말한다.

9 구식사(瞿式耜) 계왕(桂王)을 보좌하던 명말(明末)의 충신. 순치(順治) 7년, 청군의 공격에 대항하여 계림(桂林)을 방어하다 사망했다.

10 사가법(史可法) 명말의 충신으로, 청군에 붙잡혀 살해되었다. 건륭 연간에 충정(忠正)이라는 시호가 내려졌다.

우리 선왕先王[11]께서 복수의 의리를 강구하시고, 삼학사의 충절忠節을 표창하신 것이 어찌 의義에 가탁하여 후대의 왕이며 신하들에게 가르침을 남기려고 하신 일이었겠습니까? 대저 명나라는 부모의 나라이니, 부모의 원수는 의리상 반드시 복수를 해야 한다고 생각했기 때문입니다. 이 의리는 본시 분명하고도 알기가 쉽습니다. 그렇건만 근세에 이르러 한 종류의 의론이 나돈바 "약한 나라가 강한 나라를 섬기는 건 태왕太王도 면할 수 없었던 바이고,[12] 속국屬國과 중화中華는 그 신민臣民에 차이가 있으니, 후대의 왕과 신하들이 대대로 복수의 의리를 말하여 나라를 망하게 할 빌미를 만들 필요는 없다"라는 게 그것입니다. 혹자는 이렇게도 말합니다. "오랑캐의 천자를 베고 중화를 주장하는 일이 비록 명분은 있다 하겠으나 명나라의 은택은 이미 끊어지지 않았는가." 이러한 의론이 한번 나돌자, 비록 당시에 의를 견지했던 신하들의 자손이라 할지라도 이따금 몰래 붙좇는 자가 생겨났으니, 몹시 슬픈 일입니다.

아! 천리天理에 근거하여 자연스레 일어나는 마음은 다름 아닌 의로운 마음입니다. 그리고 선을 보면 기뻐하고, 불선不善을 보면 부끄러워할 줄 아는 건 인지상정입니다. 그래서 옛날에 진晉나라 혜제惠帝는 미욱한 군주였음에도 불구하고 자신의 옷에 튄 혜소嵇紹[13]의 피를 보고

---

11 우리 선왕(先王) 북벌(北伐)을 주창한 효종(孝宗)을 가리킨다.

12 태왕(太王)도~바이고 태왕은 주(周) 문왕(文王)의 조부 고공단보(古公亶父)를 가리킨다. 고공단보는 본래 빈(豳) 땅에 살았는데 융(戎)·적(狄)의 핍박을 받아 기산(岐山)으로 옮겨간 후 그곳에서 세력을 키움으로써 주나라의 기틀을 마련했다. 『맹자』 「양혜왕」(梁惠王) 하(下)에 태왕이 오랑캐인 훈육(獯鬻)을 섬겼다는 말이 보인다.

13 혜소(嵇紹) 서진(西晉) 무제(武帝) 때 산도(山濤)의 추천으로 벼슬을 했다. 국난이 일어났을 때 항상 혜제를 도와 공을 세웠다. 영흥(永興) 원년, 황제가 북정(北征)할 때 곁에서 보좌하다가 황제의 군대가 패할 무렵 화살에 맞아 군중(軍中)에서 사망했다. 혜소가 화

가슴 아파했습니다. 하물며 충신·의사義士의 말씀과 글월 가운데 민멸泯滅되어서는 안 될 것들이라면 그것을 어찌 옷에 튄 피에 견주겠습니까? 그분들의 정신과 지기志氣가 깃들어 있고 그분들의 손때가 아직 남아 있어 보는 이로 하여금 그것을 어루만지며 탄식해 마지않게 할 텐데, 어찌 차마 그것을 주어서는 안 될 사람에게 준단 말입니까? 화포의 편지를 강제로 가져간 자는 진정으로 의를 흠모하는 사람이 아니라, 장차 그 글로 이득을 보려는 사람일 것이니, 집사께서 그 편지를 준 것이 어찌 한스런 일이 아니겠습니까?

아! 세상의 변화는 끝이 없어 사악한 의론을 바로잡을 길이 없고, 의리는 날로 어두워지기만 하며, 사람들의 지기志氣도 날로 쇠퇴하여 떨치지 못하고 있으며, 난리가 잇따르고 있거늘, 어찌 걱정하지 않겠습니까? 『시경』에 이르기를, "비록 물 아래 잠겨 있으나, 더없이 뚜렷하게 드러나네"[14]라고 하였고, 또 『맹자』에서 말하기를, "마음에서 발단하여 일을 해친다"[15]라고 했습니다. 엎드려 바라건대 집사께서는 제 말을 과격하다 여기지 마시고, 또 작은 선善이라고 해서 그것을 행하지 않으려는 마음을 갖지 마시며, 실심實心[16]으로 의를 좋아하셨으면 합니다.

살에 맞았을 때 그의 피가 튀어 황제의 옷을 적셨는데, 좌우에서 피를 씻어내라고 하자 황제는 "이것은 혜 시중(嵇侍中)의 피이니 씻어낼 수 없다"라고 했다 한다.

14 비록~드러나네 『시경』 소아(小雅) 「정월」(正月)편에 나오는 구절.

15 마음에서~해친다 『맹자』 「공손추」(公孫丑) 상(上)에 나오는 말.

16 실심(實心) 성실한 마음. 참된 마음.

일종선사¹에게 답한 편지 정묘년(1747)

홀로 쓸쓸한 객사客舍에 앉았는데, 살을 에는 듯한 추위에 나그네 마음
이 참 괴롭습니다. 단단한 머리²와 허연 눈썹의 우리 선사께서 휘황한
단청의 유리보전琉璃寶殿³에서 조석朝夕으로 기거하심이 얼마나 호기
로울지 늘 생각하외다. 상인上人⁴이 와서 전해 준 편지는 글과 뜻이 높
고 빼어나며, 게다가 제 게으름을 일깨워 줬습니다. 부탁하신바 보전
寶殿의 기문記文은, 비록 그 뜻은 간곡하나, 저는 다만 성인聖人의 도⁵를
배워 그것에 깊지 못할까 걱정하고 있고, 선가禪家의 종지宗旨에 대해
서는 아는 것이 얕아 설사 글을 쓴다 할지라도 선사의 마음에 들지 않
을 거외다.

또한 이런 의문이 드는군요. 백성들은 몸을 공손히 하여 그 부모를
섬기고, 부모가 돌아가면 무덤을 만들어 그 곁에서 여막살이를 하며,
그 후 사당에 모셔 제사를 지내는데, 이렇게 하고도 정성을 다하지 못
한 게 아닐까 걱정들을 합니다. 한편 임금은 천하의 존귀한 분으로서
백성의 힘을 동원하긴 해도 궁궐의 화려함이 한번 도度를 넘어서면 그
나라는 망하게 됩니다. 그런데 부처는 백성들로 하여금 부자父子의 은
혜와 군신君臣의 의리를 끊게 하건만, 말하지 않아도 믿고, 움직이지

---

1 일종선사(一宗禪師) 해인사에 주석(駐錫)한 승려였던 듯한데 그밖의 것은 미상.
2 단단한 머리 원문은 "石頭". 석두(石頭)와 같다. 마음이 돌처럼 단단함을 비유하는 말.
3 유리보전(琉璃寶殿) 비로자나불을 모신 대웅전을 이르는 말.
4 상인(上人) 불가의 승려를 이르는 말.
5 성인(聖人)의 도 유교를 말한다.

않아도 위엄이 있으며, 베풀지 않아도 은혜롭습니다. 비록 천하의 힘을 다 동원하여 그 몸에 금칠을 하고 그 건물을 화려하게 꾸미는 데도 백성들은 원망하는 말이 없으니 이는 대체 무슨 공이 있어서입니까?

사대四大⁶로써 삶을 말하고 적멸寂滅로 죽음을 말하니 그 도는 참으로 공허空虛에 의탁했다 하겠습니다. 이미 스스로 그 뼈와 몸을 태워 재가 되고 먼지가 되어 허虛를 이웃하고 은미한 데로 들어갔거늘, 다시 빛나고 신령함을 드러내 보이거나, 흙이나 나무 따위에 형체를 부쳐서는⁷ 안 될 것입니다. 그렇건만 선사의 문도들은 화재⁸를 우려하여 절집을 새로 고쳐 짓는다 하니 어찌 그런 일에 힘을 들이시는지요? 아! 부처의 도道는, 실로 사람에게서 구하지 않는 것이 없으면서도, 스스로 부자와 군신의 인륜을 끊어 버리니, 어질다고 말할 수 없을 터입니다.

아! 천하의 사찰은 모두 물物에 의탁하여 이름을 전하지요. 가령 시내와 바위, 산봉우리와 골짝의 빼어난 경치라든가 명현名賢들의 옛 자취라든가 왕실의 신위神位나 보기寶器⁹ 같은 게 하나라도 없다면 부처 또한 그 자취를 의탁할 곳이 없을 것입니다. 이를테면 해인사가 조선에서 유명해진 것은 그곳에 태종¹⁰의 어필과 명나라 여러 공公들의 시문詩文이 있기 때문이니, 이것이 없다면 팔만대장경판이며 희랑조사

---

6 사대(四大)　지(地)·수(水)·화(火)·풍(風)을 말한다. 불교에서는 이 네 가지가 우주를 구성하는 근본 원소(元素)라 보았다.

7 흙이나~부쳐서는　흙이나 나무로 불상을 만든 것을 이른다.

8 화재　해인사는 여러 차례 큰 화재를 당했는데 숙종·영조 때만 해도 1695년, 1696년, 1743년, 1763년에 화재가 났다.

9 신위(神位)나 보기(寶器)　'신위'는 제사 지낼 때 두는 위패를, '보기'는 왕실의 제기(祭器)를 가리킨다.

10 태종　원문의 "獻廟"는 태종의 능호(陵號)인 헌릉(獻陵)을 가리킨다.

希朗祖師의 석상石像¹¹이며 좌우의 금탑, 북, 향로가 무엇에 힘입어 오래도록 전할 수 있겠습니까? 선사는 보전寶殿의 화재를 근심하면서도 임금의 어필이 삭아 바스러지는 것이나 명나라 여러 공들의 필적이 닳아 없어지는 것은 걱정하지 않으니, 이 어찌 잘못이 아니겠습니까.

원컨대 선사께서 근본에 보답하고 은혜를 갚는 도리를 깊이 생각하시어 산중에 누각을 세워 임금의 친필과 여러 공들의 글을 간직해 산문山門을 진호鎭護하기를 화양동華陽洞의 환장암煥章菴¹²과 같이 한다면 선사의 공은 유리보전에 누만금累萬金의 비용을 들인 것보다 더 클 것이니, 누각이 완성되는 그날, 저는 사양하지 않고 붓을 잡아 선사의 공을 기록하겠습니다.

저는 사명대사四溟大師 유정惟政¹³이 훌륭한 인물이라고 들었습니다. 비록 불문佛門에 의탁해 삭발은 했어도 수염만큼은 기르셨으니, 계율에 속박되지 않았던 분입니다. 사명 대사는 임진왜란 때 의병을 규합하여 왜적을 토벌하셨으니 실로 명나라의 여러 공에 비견할 만합니다. 그 마음가짐은 자비로웠고, 윤리와 의리에 도타워, 석가보다 어질다고

---

11 희랑조사(希朗祖師)의 석상(石像) 　원문에는 "石像"으로 되어 있지만 실제 해인사에 봉안되어 있는 희랑 대사의 상(像)은 목조(木造)이다. 10세기 중엽의 것으로 우리나라 인물 조상(人物彫像)의 최고 걸작으로 평가받고 있다. 희랑(希朗)은 고려 시대 해인사의 조사(祖師).

12 환장암(煥章菴) 　충청북도 괴산군(槐山郡) 청천면(青川面) 화양리(華陽里)에 있는 환장사(煥章寺)를 이른다. 화양동에 은거하고 있던 송시열은 민정중(閔鼎重)이 중국에서 구해 온, 명나라 마지막 황제인 의종(毅宗: 즉 숭정 황제崇禎皇帝)의 친필인 "非禮不動" 넉 자를 이 절 맞은편의 바위에 모각(摹刻)하고, 친필은 이 절에 보관하여 승려로 하여금 수호하게 하였다.

13 유정(惟政) 　1544~1610. 조선 중기의 고승(高僧). 호는 사명당(四溟堂) 혹은 송운(松雲). 경남 밀양 출신. 1592년 일본이 침략해 오자 서산대사(西山大師)의 뒤를 이어 승군도총섭(僧軍都摠攝)으로 의병 활동을 하였다. 해인사에서 입적했으며, 홍제암(弘濟庵) 옆에 부도와 비(碑)가 있다.

해도 무방할 것입니다. 지금 그 부도浮屠와 화상畵像이 선사가 계신 산 중에 있으니, 선사는 마땅히 높이 받들고 애호愛護하여 사찰의 대중들 로 하여금 사명 대사의 도에 힘쓰게 해야지, 한갓 보전을 중수重修하는 것으로 공덕을 삼아, 남에게 기문을 써 달라고 청하는 일은 하지 말아 야 할 거외다. 오는 봄에 객사客舍[14]를 방문하겠다는 편지를 받고 몹시 위로가 됩니다. 아무쪼록 노구老軀를 애중愛重하고 실리實理[15]를 살펴, 구구한 제 근심을 풀어 주셨으면 합니다.

---

14 객사(客舍) 당시 이인상이 사근역(沙斤驛) 찰방으로 있었기에 한 말. 사근역은 지금의 경상남도 함양군 수동면 화산리에 있던 역참.

15 실리(實理) 실다운 이치. 유학자들은 늘 불교가 공허(空虛)함을 숭상해 충(忠)이나 효(孝)와 같은 '실리'(實理)를 결여하고 있다고 비판하였다.

서호 결사西湖結社의 약조約條에 부친 서序 기미년(1739)

세상 사람들이 배움을 꺼려한 지 오래다. 사람들은 인륜의 중요함을 알면서도 도를 배운다고 하면 비웃고, 성인聖人의 글을 읽어야 함을 알면서도 의리義理를 강론하여 밝힌다고 하면 얼굴을 찡그리니, 이는 인륜과 의리¹라는 것이 본디 날마다 늘 행하는 일임을 알지 못해서다. 그리하여 그 앎이 밝지 못하고 그 익힘이 깊지 못하여, 도학道學은 끝내 떨치지 못하고, 풍속은 날이 갈수록 무너지니, 슬픈 일이다!

일찍이 살펴보건대, 나라가 다스려질 때엔 군자가 관직을 얻어² 도를 행하는 책임을 맡게 되므로 도가 정형政刑³과 예악의 사이에 있게 되고, 그 은택이 널리 베풀어진다. 반면 세상이 어지럽고 교화敎化가 쇠할 때엔 군자가 재야在野에 거居하여 도를 밝히는 책임을 맡게 되므로 반드시 강론하고 탁마琢磨함을 기다린 후에야 의리가 정밀해진다. 대개 세상의 치란治亂은 일정하지 않지만, 도가 행해지지 않거나 밝아지지 않을 때는 없다. 만일 도가 항시 드러나지 않는다면 오랑캐와 금수일 뿐이다. 아! 세상의 변화는 끝이 없고 풍속은 날로 쇠퇴하여 군자의 진퇴進退 및 도학의 어두워짐과 밝아짐이 그 기미가 분명하건만,

---

1 인륜(人倫)과 의리(義理) 원문은 "彝倫之重·義理之精". 인륜의 무거움과 의리의 정밀함이라는 뜻. 인륜은 막중한 것이므로 '무거움'이라는 말을 썼고, 의리는 정밀해야 하므로 '정밀함'이라는 말을 썼다.
2 군자가 관직을 얻어 원문은 "君子得輿".『주역』박괘(剝卦)의 상구(上九)에 "큰 과일이 먹히지 않음이니, 군자는 수레를 얻고 소인은 집이 허물어지리라"(碩果不食, 君子得輿, 小人剝廬)라는 말이 보인다.
3 정형(政刑) 정치와 형벌.

우리들은 곤궁하게 재야에 있으면서 뜻과 기개가 낮고 속되어 통렬하게 스스로 떨쳐 일어나 자기 몸을 깨끗이 하고 성인의 도를 밝히지 못하니 이 어찌 슬프지 않겠는가?

진실로 자신의 몸을 단속하기를 싫어하고 방종을 좋아하며, 혹은 졸박拙朴함을 지키는 것이 지나쳐 주장을 내세우기를 몹시 싫어하고, 뜻과 기개가 낮아 국량을 넓히지 못하며, 혹은 배움이 바르지 못하여 자기만이 옳다면서 꺼리는 바가 없는 까닭에 끝내 소인小人이 되고 만다. 이는 하늘이 내린 명命을 어기고 부모의 은혜를 잊으며 성현聖賢의 가르침을 업신여기는 것이니, 임금과 부모에게 죄를 짓는 일이다. 나이가 들어 죄가 쌓이면 비록 뉘우친다 한들 어찌 되돌릴 수 있겠는가?

여러 군자들이 이 점을 두려워하여 마침내 여씨향약呂氏鄕約[4]을 본받아 서호西湖[5] 결사結社를 만들어 약조約條를 정해, 의의義를 강론하고 잘못을 충고하며, 몸을 깨끗이 하고 서로의 환난을 도와주며, 풍속을 도탑게 하는 것을 근본으로 삼아, 서로 면려勉勵하여 의리를 강론해 밝히고자 하였으니, 덕을 향상시키고 학업을 닦는 데 일조하기를 바란 것이다. 그러나 우리의 입지立志가 참으로 견고하다면 어찌 결사를 맺은 후에야 의리가 밝혀지겠는가? 허나 진실로 그 지기志氣가 고르지 않고 그 지향 역시 더러 달라 흩어져 합해지기 어렵게 될 우려가 있으므로 이 결사를 통해 서로 부지扶持하여 함께 허물이 없는 데로 나아가고자 함이니, 그 일삼음이 지극히 공변되다 하겠다. 그러나 만약 이 모임이 처음만 있고 끝이 없다면 자대自待[6]가 어찌 몹시 천박하고 작은

---

4 여씨향약(呂氏鄕約) 송나라 때 여대균(呂大鈞)이 만든 향약으로, 덕업상권(德業相勸), 과실상규(過失相規), 예속상교(禮俗相交), 환난상휼(患難相恤)을 그 강령으로 하며, 후세 향약의 모범이 되었다.
5 서호(西湖) 마포(麻浦)·서강(西江)에서 행주(幸州)까지의 한강을 말한다.

게 아니겠는가? 『시경』에 이르기를, "신神이 들어 주어 화평하게 되리라"[7]라고 했으며, 또 "밤낮으로 노력하여, 길이 좋은 이름 남기리라"[8]라고 했으니, 바라건대 여러 군자와 더불어 힘쓸 일이다.

6 자대(自待) 스스로를 대하는 태도나 자세.
7 신(神)이~되리라 본서 54면 주5를 참조할 것.
8 밤낮으로~남기리라 『시경』주송(周頌)「진로」(振鷺)에 나오는 구절.

거문고 타는 이 처사李處士¹에게 주는 서

칠현금七絃琴²이 없어진 지 오래다. 우리나라 거문고는 금琴 본래의 모습이 없으니, 이른바 "양씨梁氏가 거문고를 연주하자 검은 학이 날아와 춤을 추었다"³고 한 거문고는 그 생김새가 매우 괴이하다. 옛날에 금휘琴徽⁴를 박아 손 짚는 자리를 표시했었는데 양씨는 이를 변형해서 열여섯 개의 기러기발⁵을 부착했고, 옛날에는 손으로 줄을 뜯었는데 양씨는 술대로 튕기게끔 했으며, 옛날에는 일정한 크기가 정해져 있고 일곱 줄이었는데 양씨는 여섯 줄로 바꾸고 크기는 재목에 따라 다르게 하였으니, 옛사람이 기장알을 쌓아 조율調律하고 실오리를 세어 음을

---

1 이 처사(李處士) 이정엽(李鼎燁)을 말한다. 『능호집』 권2에 수록된 시 「돌아가는 길에 가강(嘉江)에서 묵다가 금석(琴石) 이 처사의 거문고 타는 소리를 듣고는 내키는 대로 읊어서 주다」의 '이 처사'와 동일인이다. '금석'(琴石)은 그 호다. 김종수의 『몽오집』(夢梧集)에 수록된 「미음(薇陰) 이 처사의 시권(詩卷) 뒤에 쓰다」(題薇陰李處士詩卷後)라는 글과 민우수의 『정암집』(貞菴集)에 수록된 「미음 이 처사 만시(輓詩)」(薇陰李處士輓)가 참조된다.
2 칠현금(七絃琴) 줄이 일곱이기에 칠현금이라고 한다. '금'(琴)은 원래 중국의 순(舜)임금 때부터 있었던 것으로, 당시에는 다섯 줄이던 것을 주(周)나라의 문왕(文王)과 무왕(武王)이 문현(文絃)과 무현(武絃)을 더하여 일곱 줄이 되었다고 한다.
3 양씨(梁氏)가~추었다 원래 『삼국사기』 권32 「잡지」(雜志) 일(一)의 기록에 의하면 중국 진(晉)나라에서 보내온 칠현금을 고구려의 왕산악(王山岳)이 본디 모양은 그대로 두고 제도를 많이 고쳐 거문고를 만들었는데 백여 곡을 지어 연주하자 검은 학이 날아들어 춤을 추었으므로 현학금(玄鶴琴)이라는 이름이 붙었고, 뒤에 와서는 단지 현금(玄琴)이라 했다고 한다. "양씨"(梁氏)라는 말은 착오로 보인다.
4 금휘(琴徽) 칠현금에는 줄을 괴는 기러기발 대신 열세 개의 자개를 박아 손 짚는 자리를 표시했는데, 이를 휘(徽) 또는 금휘라고 한다.
5 기러기발 거문고나 가야금 등 현악기의 줄을 고르는 기구로, 단단한 나무로 기러기발처럼 만들어서 줄 밑에 괸다.

정하던 법[6]은 상관없이 되어 버렸다.

그런데 혹자는 음악의 도道가 소리의 조화로움에 있지 악기에 있는 것은 아니며, 복희씨伏犧氏 이래 여러 성현들이 연주한 금琴이 모두 그림으로 전해오는바 그 생김새가 모두 한결같지 않음을 들어 거문고 또한 본래 우리나라의 아악雅樂이라고 말한다. 이러한 주장은 과연 어떠한가?

예전에 악사樂師 전만제全萬齊[7]를 만난 적이 있는데 그는 거문고를 잘 타는 사람이었다. 그가 가운뎃줄을 어루더듬자 웅숭깊이 궁성宮聲이 났는데 마치 깊은 못에서 용이 울고 세찬 여울물이 바위에 부딪는 소리 같아, 듣는 이의 가슴속에 쌓인 답답하고 불평스런 마음을 시원하게 풀어 주었다. 그래서 고인古人이 연주하던 「청묘」淸廟나 「문왕」文王[8] 등의 곡을 가히 짐작해 볼 수 있었다. 하지만 나는 거문고에 금琴 본래의 모습이 없음을 못마땅히 여겨 만제에게서 거문고를 배우진 않았다. 그러나 거문고를 탈 줄 아는 사람을 만나면 그 솜씨가 좋건 나쁘건 연주를 듣곤 하였는데, 단지 취미로 그랬을 뿐이다.

그러던 중 미음薇陰[9]의 이 처사가 홀연 호서湖西 땅에서 거문고를 들고 찾아와 용순龍脣[10]에다 전서篆書를 써 달라 부탁하고는" 나를 위해

---

6 기장알을~법 고대에 기장알을 율관(律管)에 넣어 음율을 정하고, 줄의 실오리 수로 음율을 정했다.

7 전만제(全萬齊) 이인상과 동시대의 악사로 거문고 연주에 뛰어났다. 가객(歌客) 김천택(金天澤), 중인 시인 정내교(鄭來僑)와 친분이 있었다. 당대 사람들이 좋아하던 신조(新調)를 따르지 않고 고조(古調)를 고수한 것으로 유명하다.

8 「청묘」(淸廟)나 「문왕」(文王) 「청묘」는 『시경』 주송(周頌)의 편명(篇名)으로, 문왕에게 제사 지낼 때 연주한 곡이고, 「문왕」은 『시경』 대아(大雅)의 편명으로, 문왕이 천명(天命)을 받기에 이른 유래를 노래한 곡이다.

9 미음(薇陰) 가릉(嘉陵), 즉 가흥(可興)이다. 충주의 땅 이름.

10 용순(龍脣) 거문고 상단 부분을 일컫는 말이며, '용구'(龍口)라고도 한다. 거문고의 하

거문고를 연주했는데 그 소리가 또한 평화로워 들을 만했다. 처사의 모습은 예스러웠으며, 말은 순후하고 담박하여 마치 초연히 세상 밖에 있는 사람 같았다. 하지만 곧 거문고를 들고 저자로 나가더니, 거문고 소리를 듣고자 하는 이가 있으면 이내 책상다리를 하고 앉아 악기를 탔으며 통 싫어하는 기색이 없었다. 처사는 달통한 사람일까? 금琴의 쓰임에는 과연 고금古今과 아속雅俗의 차이가 없는 것일까? 만제가 이미 세상을 떠나 물어볼 수도 없게 됐으니 한스럽다.

단 부분은 '봉미'(鳳尾)라 부른다.
11 전서(篆書)를~부탁하고는 이인상은 당대에 전서로 이름이 높았다.

연경燕京에 가는 이 학사李學士[1]를 전송하는 서 갑술년(1754)

나라가 치욕을 당해[2] 매년 오랑캐를 섬기면서부터[3] 행대어사行臺御使[4]에게 사신의 일을 규찰하도록 명했는데 이것이 마침내 관례가 되었다. 이심원李深遠이 행대어사에 선발되자, 나에게 출발에 앞서 한마디 좋은 말을 해 달라고 하였다. 나는 그에게 물었다.

"청나라에 사신 가는 일이 예禮에 부합됩니까?"

"이 또한 예라면 예일 테지요."

"오랑캐에게 빈 틈이 있다면 그들을 정벌하는 것이 의義일까요?"

"그렇겠지요."

나는 말한다.

『예기』에서는, "참을 드러내고 거짓을 없애는 것이 예禮의 상법常法이다"[5]라고 했고, 또 이르기를, "예라는 것은 의義의 실상이다"[6]라고 했다. 대저 상황에 따라 섬기고 상황에 따라 정벌하는 것이 참되고 의로운 일이라고 한다면, 사신의 일은 임시변통일 뿐이니 이것을 어찌 예

---

1 이 학사(李學士) 이유수(李惟秀, 1721~1771)를 가리킨다. 자는 심원(深遠), 호는 완이(莞爾), 본관은 전주. 재(在)의 아들. 1754년(영조 30) 동지사 겸 사은사(冬至使兼謝恩使)의 서장관(書狀官)으로 청나라에 다녀왔다.
2 치욕을 당해 원문은 "失兵機". 남한산성에서 청나라에 항복한 것을 말한다.
3 매년 오랑캐를 섬기면서부터 매년 청나라에 사신을 보내 조공을 바친 일을 말한다.
4 행대어사(行臺御使) 삼사신(三使臣)의 하나인 서장관의 별칭이다. 대관(臺官)의 권한을 행사하므로 이런 칭호가 붙었다.
5 참을~상법(常法)이다 『예기』「악기」(樂記)에 나온다.
6 예라는~실상이다 『예기』「예운」(禮運)에 나온다.

禮의 실상이라고 하겠는가?『주역』이괘履卦의 상전象傳[7]에 이르길, "위에 하늘이 있고 아래에 못이 있는 것이 이괘履卦의 상象이니, 군자는 상하上下를 분별하여 백성의 뜻을 정한다"라고 했다. 이는 예에 정해진 분수가 있음을 말한 것이다. 저들은 오랑캐로서 중화의 군주 노릇을 하며, 대행인大行人[8]으로 하여금 시회時會와 은동殷同[9]의 예를 행하게 하고 있다. 그런데도 그대가 배신陪臣[10]의 열列에서 공손히 예물을 들고 서 있다면 이것이 과연『주역』에서 말하는 시의時義이겠는가?

옛날 조간자趙簡子[11]가 공자公子 대숙大叔[12]에게 읍양揖讓과 주선周旋의 예[13]에 대해 묻자 대숙이 대답하기를, "이것은 의儀[14]이지 예가 아닙니다. 대저 예는 하늘의 경經[15]이고 땅의 의義이며 백성의 행실이니, 천지의 경經을 백성이 본받는 것입니다"라고 하였다. 저들은 오랑캐인 주제에 선왕先王이 제후들을 조회 들게 하는 예를 모방하여, 사신 대하기를 마치 궁한 백성들 상대하듯 채찍을 휘두르며 추창趨蹌[16]하라고 외

---

7 상전(象傳) 『주역』의 괘상(卦象)을 풀이한 글.
8 대행인(大行人) 주(周)나라의 관명(官名). 천자와 제후 사이의 의례(儀禮)를 관장하였다.
9 시회(時會)와 은동(殷同) '시회'는 주(周)나라 천자가 부정기적으로 사방의 제후들을 조회(朝會) 들게 하던 일이요, '은동'은 주나라 천자가 1년을 사시(四時)로 나누어 사방의 제후들을 나누어 조회 들게 하던 일.
10 배신(陪臣) 제후(여기서는 조선 국왕)의 신하가 천자에 대하여 자기를 일컫던 말.
11 조간자(趙簡子) 춘추시대 말기 진(晉)나라 사람 조앙(趙鞅)을 말한다. 정공(定公) 때 정경(正卿)을 지냈다. 진나라 내부에서 6경(卿)이 세력 다툼을 벌일 때, 범씨(范氏)와 중항씨(中行氏)를 몰아내고 조(趙)나라를 일으키는 기틀을 마련했다.
12 대숙(大叔) 춘추시대 정(鄭)나라 장공(莊公)의 아우 공숙단(共叔段)을 가리킨다. '대'(大)는 '태'로도 읽지만, '대'로 읽는 것이 옳다.
13 읍양(揖讓)과 주선(周旋)의 예 '읍양'은 읍(揖)하여 겸손한 뜻을 표시한다는 의미로, 손님과 주인 사이의 상견(相見)의 예를 말하고, '주선'은 기거동작의 몸가짐을 말한다.
14 의(儀) 몸가짐과 행위의 자잘한 법도를 말한다.
15 경(經) 마땅한 이치나 법을 말한다.
16 추창(趨蹌) 신하가 조정에서 예법에 맞게 허리를 굽혀 종종걸음으로 걷는 것.

치면서, 오연히 조회 들거나 어지러이 서 있는 것을 금지하였다.[17] 그런데도 그대는 예에 맞게 나아가 예에 맞게 물러 나온다면, 이것이 과연 하늘의 경經과 땅의 의義가 되겠으며, 또 대숙大叔의 말에 부끄러움이 없겠는가?

옛날에 태왕太王이 훈육獯鬻을 섬겼으니,[18] 작은 나라로서 큰 나라를 섬김은 형세形勢요, 성인으로서 오랑캐를 섬김은 권도權道다. 권도와 형세는 예禮라고 말할 수 없다. 하물며 오랑캐가 중화에서 군주 노릇을 하니 천하가 함께 공격하는 것이 옳다. 더군다나 우리나라와는 세상에 둘도 없는 원수인데 예禮로써 그들을 섬길 수 있겠는가? 대저 저들을 섬기는 것은 진심이 아니며, 저들의 군대가 강하고 군마軍馬가 건장한 것을 두려워해서일 뿐이다. 하지만 이것이 익숙해지고 오래되어 드디어 사신 가는 일이 관례가 된다면 어찌 천하의 의리를 권장할 수 있겠는가? 그래서 나는 가만히 슬퍼한다.

대저 오랑캐에게 사신 가는 것은 예가 아니며, 군사를 쓰기 위한 권도이고, 때를 살펴 임기응변하려는 방책인 것이다. 무릇 군사를 쓰는 데엔 정도正道와 권도, 안과 밖의 차이가 있다. 선비를 기르는 것은 나라를 바르게 하기 위함이고, 의를 밝히는 것은 사람의 마음을 굳세게 하기 위함이며, 재물을 다스리고 농사를 가르치는 것은 병사를 기르기 위함이고, 기강을 세우는 것은 군대를 움직여 죄를 벌하기 위함이니, 이것이 정도로써 안을 다스리는 법이다. 한편 사신을 택하는 것은 적정敵情을 엿보기 위해서요, 예물을 후하게 하는 것은 적을 꾀기 위해서

---

17 오연히~금지하였다 『주례』(周禮) 추관(秋官)「조사」(朝士)에, "오연히 조회 들거나, 어지러이 서 있거나, 모여 이야기하는 것을 금지한다"(禁慢朝·錯立·族談者)라는 구절이 보인다.

18 옛날에~섬겼으니 『맹자』「양혜왕」하(下)에 이 사실이 보인다. '훈육'은 곧 흉노(匈奴).

이며, 원한을 머금고 아픔을 참는 것은 적을 이기기 위해서이니, 이것이 권도로 밖을 제어하는 수단이다.

신하된 자가 어찌 차마 하루라도 이 의義를 잊겠는가. 아아! 국가가 당한 굴욕이 너무 심하여 사람들이 마음에 분을 품은 지가 오래다. 만약 임금의 명을 받들어 사신 가는 신하가 항상 이 의義를 밝히고 그 위의威儀를 갖추어 사행使行에 수행하는 자들을 바로잡는다면, 오랑캐에게 흔단을 만들지 않고, 군軍의 기율이 그 가운데에서 묵묵히 행해질 것인바, 저들은 교만하고 우리는 분을 내니, 오래 움츠러들었다가도 끝내는 펼 수 있게 될 것인즉, 적을 넘볼 수 있는 기회가 있을 터이다. 이것이 어찌 사신이 해야 할 일의 처음과 끝이 아니겠는가. 옛날에 노魯나라 제후가 당唐에서 맹약을 맺었는데, 『춘추』春秋는 그 날짜를 적어 그 일을 경계하게 하였다.[19] 하물며 해마다 원수의 조정을 섬겨 익숙해진 것이 오래되어 마침내 관례가 되었으니, 이 때문에 나는 천하가 다시 올바른 데로 돌아오지 못할까 두렵다.

바라건대 그대는 명분과 의리에 밝고 정도와 권도에 통달했으니, 고삐 잡고 군기軍旗 짊어진 군졸들로 하여금 부끄러움을 알게 하여 하루라도 병사兵事를 잊지 않게 한다면 예가 비로소 바로잡히리라.

---

19 노(魯)나라~하였다 『춘추』 은공(隱公) 2년조(條)에, "추팔월(秋八月) 경진일(庚辰日)에 공(公)이 융(戎 : 서융西戎을 말함)과 당(唐)에서 맹약을 맺었다"(秋八月庚辰, 公及戎盟于唐)라는 기사(記事)가 보인다. 공자는 『춘추』를 쓸 때 중요한 일에 대해서는 날짜를 기록하여 후세 사람으로 하여금 경계하게 했다는 설이 있다. 이인상은『춘추』의 이러한 표기 방식에, 노나라와 오랑캐의 화친을 폄척(貶斥)한 공자의 뜻이 숨어 있는 것으로 본 것이다.

황해도 관찰사로 부임하는 김 승지金承旨[1]를 전송하는 서

을해년(1755)

벼슬살이란 문지기와 야경꾼에서부터 재상에 이르기까지 모두 자신을 닦고 남을 바르게 함이 그 본령이다. 그러므로 군자는 벼슬에 있을 때 공경스러워야 하고, 일에 임해서는 정성을 다하여 감히 사사로움을 말하지 않는 법이다. 『시경』에 이르길, "나랏일 안정되지 못해, 어머니 봉양할 겨를이 없네"[2]라 하였으니, 이는 그 마음이 사사로이 일신一身을 생각지 않음을 말한 것이다. 정자程子는, "낮은 관직에 있는 선비라도 진실로 물物을 사랑하는 마음을 지닌다면 다른 사람을 반드시 구제하는 바가 있다"[3]라고 했고, 맹자는, "천하의 가운데 서서 사해四海의 백성을 바르게 하는 것을 군자는 즐거워한다"[4]라고 했으니, 대저 수기치인修己治人은 군자가 그 타고난 본성을 다하는 것이다.

자고로 설치된 관직 중 도道를 행하는 책임을 맡길 만한 것은 넷이 있다. 재상은 군주를 보필하여 음양이 조화롭게 운행되도록 함으로써 군주가 백성을 화육化育하는 공을 돕고, 간신諫臣은 군주와 재상과 선비의 과실을 감찰하여 기강을 바로잡으며, 고을 수령은 그 직위는 가장 낮으나 군주와 재상의 일을 겸한다. 그러나 백성과 아주 가까이 있

---

1 김승지(金承旨) 김양택(金陽澤, 1712~1777)을 말한다. 자는 사서(士舒), 호는 건암(健庵), 본관은 광산. 진규(鎭圭)의 아들로, 1743년(영조 19)에 문과에 급제한 후 대제학과 우의정을 지냈고, 1776년에 영의정이 되었다. 문집으로 『건암집』(健庵集)이 있다.
2 나랏일~없네 원문은 "王事靡盬, 不遑將母." 『시경』 소아 「사모」(四牡)에 나오는 말이다.
3 낮은~있다 정명도(程明道)의 말로, 『근사록』(近思錄) 권10의 「정사」(政事)에 보인다.
4 천하의~즐거워한다 『맹자』 「진심」(盡心) 상(上)에 나오는 말이다.

기 때문에 백성을 쉽게 인도할 수 있는가 하면 백성을 몹시 해치기도 한다. 감사監司는 저 옛날 선왕先王의 제도에 의하면 방백方伯⁵의 직임 職任에 해당하는데, 교화를 베풀고 풍속을 훈화訓化시키며 휘하에 있는 고을 수령들을 그 치적治蹟에 따라 승진시키기도 하고 내쫓기도 한다. 우리나라 제도에서는 그 지위가 하대부下大夫⁶에 불과하지만 앞의 셋을 겸하고 있으니, 그 임무가 어찌 무겁지 않겠는가.

그렇지만 그 다스리는 땅이 군주가 있는 곳에서 멀리 떨어져 있는데다 위세가 재상에 맞먹으니, 주군州郡을 위압적으로 다스리며 사사로움을 좇기 쉽다. 그러므로 본조本朝가 중간에 융성할 때 사대부들이 모두 풍도風度가 있어 임금 가까이 거처하기를 좋아하고 외직外職은 퍽 가볍게 여겼던바, 비록 감사에 제수除授된 자라 할지라도 관동關東에 부임하는 것은 좋아했지만 서남西南으로 가는 건 부끄럽게 여겼으니, 서남은 땅이 비옥하여 수고로운 일이 많은 데 반해 관동은 산수가 빼어나기 때문이었다. 아! 이는 성세盛世의 군자가 어찌 자신을 닦고 남을 바르게 하는 일이 자신의 본성을 다하는 것이라고 여겨서가 아니겠으며, 또한 어찌 부지런히 애써서가 아니겠는가? 세도世道의 선함을 바로 여기서 볼 수 있는 것이다. 옛날 범맹박范孟博이 조사詔使가 되어 수레에 올라 말고삐를 잡았을 때 천하를 맑게 하고자 하는 뜻이 있었고,⁷ 이덕유李德裕는 절서浙西의 관찰사로 있을 때 「단의육잠」丹扆六箴

---

5 방백(方伯) 주(周)나라 때 한 지방 제후들의 우두머리. 곧 대제후(大諸侯).

6 하대부(下大夫) 주(周)나라의 관계(官階). 왕실과 제후국에 모두 경(卿) 아래에다 상대부(上大夫), 중대부(中大夫), 하대부(下大夫)를 두었다.

7 범맹박(范孟博)이~있었고 '조사'(詔使)는 임금의 특사를 말한다. 범맹박은 후한(後漢) 때 사람인 범방(范滂)으로, '맹박'(孟博)은 그 자(字)다. 범방이 조사(詔使)로 간 지역은 기주(冀州)로, 당시 그 지역은 도적떼들이 극성을 부리고 있었는데, 범방이 가서 평정하였다. 그렇지만 범방은 이 일로 인해 부패한 환관(宦官)들의 원망을 받아 영제(靈帝)가 당인

을 지어 군주에게 바쳤으니,[8] 이 두 사람은 어찌 공경스런 마음으로 그 지위에 임하고 뜻을 성실하게 가진 것이 아니겠는가? 그러니 어찌 그 사사로움을 말할 수 있겠는가.

『주역』에 이르기를, "천문天文을 관찰하여 때의 변화를 살피고 인문人文[9]을 관찰하여 천하의 교화를 이룬다"[10]라고 하였으니 이것은 성군聖君이 자신의 본성을 다함을 말한 것이거늘, 교화를 베풀고 풍속을 바르게 함이 어찌 현명한 신하에게 달려 있다고 하지 않겠는가. 무릇 저 원대한 천하와 사해四海도 임금과 신하가 직분을 다하면 교화가 행해지고 풍속이 바르게 되거늘, 하물며 수천 리의 작은 나라를 팔도八道로 나누었으니 감사監司가 어찌 작은 것이겠는가?

해서 지방은 고을이 피폐한데도 세금은 전결田結[11]의 두 배를 징수하고, 호구戶口가 얼마 되지 않는데도 군포액軍布額[12]은 인구의 두 배를 부과하고 있으며, 해안 방비는 허술하여 걱정스럽고 육로는 험한 산이 없어 적의 침략을 받기 쉽다. 게다가 해마다 흉년이 거듭되어 실로 다스리기 어려운 실정이다. 그렇지만 사신들이 오랑캐 조정을 왕래하느라 말과 수레가 해마다 달마다 모여들어 화려한 의복과 기름진 음식,

---

(黨人)들을 주벌(誅罰)할 때 죽임을 당했다.

8 이덕유(李德裕)는~바쳤으니 '절서'(浙西)는 절강(浙江)의 서북부를 통칭하는 말이다. 당(唐)나라 때 절강서도(浙江西道)를 두었다. 이덕유는 당(唐) 경종(敬宗)과 선종(宣宗) 연간의 인물이다. 「단의육잠」은 그가 절서의 관찰사로 있을 당시 경종이 소인배와 어울려 유흥에 빠진 것을 경계하기 위해 지어 올린 것이다. '단의'(丹扆)는 '단병'(丹屛)을 뜻하는데, 군왕(君王)을 가리키는 말이다.

9 인문(人文) 인간 세상에서 일어나는 갖가지 일.

10 천문(天文)을~이룬다 『주역』 분괘(賁卦)의 단사(彖辭)에 나오는 말이다.

11 전결(田結) 논밭에 물리던 세금.

12 군포액(軍布額) 군적(軍籍)에 든 사람이 군에 복무할 수 없는 처지일 때 복무하는 대신 바치던 삼베나 무명.

노래하고 악기를 연주하는 기녀들로 도로가 어지러운데, 감사監司로
온 자는 늘 주연酒宴으로 낙을 삼고 부화浮華한 데 익숙해진 탓에 일을
공경해 사사로움을 끊지 못하고 있으니 식자들이 개탄하는 바다.

　이제 좌승지左承旨 김공께서 황해도에 부임하여 이 임무를 맡게 되
었다. 나는 일찍이 공이 산음山陰[13]의 현감으로 좌천되어 갔을 때[14] 간
엄簡嚴하면서도 자애로워 신실한 마음으로 백성을 사랑했던 것을 본
적이 있다.[15] 그러니 공은 감사라는 직책이 사사로움을 좇기 쉽다는 사
실을 잘 알고 있을 것이다. 그래서 떠나시는 길에 삼가 옛사람들이 덕
정德政을 편 일을 말씀드린 것이니, 공께서는 잘 살피고 가려 그 정성
을 다하며, 직책이 작다고 하여 일을 태만히 하지 말아, 본성을 다하는
군자의 도리에 나아가기를 바란다.

---

13 산음(山陰) 경남 산청(山淸)의 옛 이름.
14 공이~갔을 때 1747년(영조 23)의 일이다.
15 본 적이 있다 김양택이 산음 현감일 때 이인상이 사근역 찰방을 하고 있었기에 한 말이
다.

연경에 가는 황 참판黃參判[1]을 전송하는 서 을해년(1755)

아! 천하가 바야흐로 어지러우매 군자의 도道가 힘들고 괴롭게 되어, 물러나 재야에 있으면서도 그 이름을 숨기지 못하고, 나아가 조정에 있으면서도 그 뜻을 행할 수 없게 되었다. 군자가 세상에 즐거워함이 없을진대 문장의 바름과 의리의 밝음을 지녀 스스로를 믿어 두려워하지 않음이 있지 않고서야 후세에 무엇을 전신傳信[2]하겠는가? 대저 노중련魯仲連[3]과 같은 고사高士가 유세遊說를 일삼지 않을 수 없었던 것이나 관중管仲[4]처럼 어진 이가 명절名節을 세울 수 없었던 것은 그들이 만난 시절이 불행했던 탓이다. 그러나 공자는 관중의 인仁을 허여하면서, "스스로 도랑에서 목매어 죽어 아무도 알아주는 이가 없는 저 필부匹夫나 필부匹婦와 어찌 같겠는가?"[5]라고 하였다. 나는 관중만 한 공功

1 황 참판(黃參判) 황경원을 가리킨다. 자세한 것은 본서 66면 주1을 참조할 것.
2 전신(傳信) 자기가 믿는 사실을 남에게 그대로 전하는 것을 이른다. 『곡량전』(穀梁傳) 환공(桓公) 5년조(條)에, "『춘추』의 의리는, 믿는 것은 믿는 그대로 전하고, 의심나는 것은 의심나는 그대로 전하는 것이다"(春秋之義, 信以傳信, 疑以傳疑)라는 말이 보인다.
3 노중련(魯仲連) 전국시대(戰國時代) 제(齊)나라의 변사(辯士). 절개 높은 선비로서 조(趙)나라의 평원군(平原君)을 설복하여 진(秦)나라 왕을 황제로 받들지 못하게 하였다. 이후 제왕(齊王)이 벼슬을 주려 하자 바닷가로 도망가 숨어 버렸다.
4 관중(管仲) 춘추시대 제(齊)나라의 현상(賢相). 원래 공자(公子) 규(糾)를 섬겼으나, 규가 그 동생인 소백(小白: 뒤의 환공桓公)에게 패하여 죽은 후 붙잡혀 옥에 갇혔을 때 마음을 바꾸어 소백을 섬겨 제나라의 부국강병을 이룩하고 환공(桓公)을 패자(覇者)로 만들었다.
5 필부(匹夫)나~같겠는가 『논어』「헌문」(憲問)에 나오는 말. 관중의 처신에 대해서는 공자의 시대에도 논란이 있었다. 가령 공자의 제자인 자로(子路)와 자공(子貢)은 모두 관중이 주군(主君)을 위해 죽지 않고 주군의 원수인 제환공을 도왔으니 어진 인물이 아니라는

이 아니라면 이 의義를 자처할 수 없다고 생각한다. 그리고 노중련과 같은 이는 참으로 고사高士로서, 신원연新垣衍으로 하여금 마침내 원래의 생각을 단념하고 위魏나라로 돌아가게 하였다.[6] 만일 진秦나라를 제왕으로 섬기게 됐다면 노중련은 필시 자결했을 터이니, 그는 진정 관중보다 훌륭하다고 하겠다.

아! 명나라 황실의 운은 이미 다했고, 천하는 문명을 회복하지 못하였다. 군자로서 기수氣數[7]가 쇠한 때에 처한 데다 오랑캐의 땅[8]에 태어났으니 스스로를 믿어 두려워하지 않기란 어려운 일이라 하겠다. 궁窮하면 도道에 가까워지고, 달達하면 의義에서 멀어지는 법이니, 군자는 시의時義를 살피면 될 뿐 무엇을 두려워 하겠는가? 『주역』 박괘剝卦 상전象傳[9]에 이르길, "큰 과일이 먹히지 않는다"[10]라고 했고, 복괘復卦 단

주장을 폈다. 이에 반해 공자는 관중이 제환공을 도와 제후들을 규합해 한번 천하를 바로잡은 결과 중원이 이민족의 침략을 받지 않아 중화문명이 보존될 수 있었으니 관중에 대한 평가는 조그만 신의를 위하여 스스로 도랑에서 목매어 죽어 아무도 알아주는 이가 없는 저 필부(匹夫)·필부(匹婦)들과 같은 차원에서 이루어져서는 안 된다는 입장을 견지하였다. 이상의 사실은 『논어』 「헌문」 참조.

6 노중련과~하였다 노중련이 조(趙)나라에 온 신원연을 설득하여 조나라를 침공한 진(秦)나라를 물리친 일을 말한다. 진나라 군대가 조나라를 포위하였을 때, 위(魏)나라에서는 객장군(客將軍) 신원연을 보내어 조나라의 평원군(平原君)을 설득하기를, 진(秦)을 제왕(帝王)으로 받들면 문제가 해결될 것이라 하였다. 이에 조나라에 있던 노중련은 진이 제왕을 칭하게 될 경우의 해악을 이야기하여 신원연을 설득하였다. 결국 진의 군대가 포위를 풀고 퇴각하자 평원군은 노중련에게 봉지(封地)를 하사하려 했으나 그는 끝내 받지 않았으며, 술자리에서 천금(千金)을 주는 것도 사양한 채 평원군을 하직하고 떠나 다시는 그를 만나지 않았다.

7 기수(氣數) 운수.

8 오랑캐의 땅 원문은 "蠻貊之方". 조선을 가리킨다. 박지원도 「허생전」에서 허생의 입을 빌려 조선을 "오랑캐의 땅"(彝貊之地)이라 말한 바 있다.

9 상전(象傳) 『주역』의 괘상(卦象)을 풀이한 글.

10 큰 과일이 먹히지 않는다 이 말은 상전(象傳)의 말이 아니라 박괘(剝卦) 상구(上九)의 효사(爻辭)다. 효사의 전문(全文)은 다음과 같다: "상구(上九)는 큰 과일이 먹히지 않음이

전상傳[11]에서는 "천지의 마음을 본다"[12]라고 하였다. '박'剝과 '복'復이 바뀌는 사이에 군자는 처한다. 그러므로 천운天運이 때로 무너진다 해도 의리는 없어지지 않으며, 세력勢力이 때로 사해四海를 제압한다 할지라도 그것을 따르지 않는 1인一人의 장부丈夫가 있는 법이다. 군자가 아니면 누가 이 의리를 지키겠는가? "나라가 있으면 벼슬함직하고, 몸이 있으면 도道가 펴지는 법이다"라고 말하면서 성인이 권도權道를 행한 일에 가탁하고, 시의時義에 밝다 여기며 부끄러운 줄 모르는 자들은 어찌 관중을 내세워 죄를 짓는 것이 아니겠는가.

생각건대 명나라가 남쪽으로 옮겨간 이후[13] 천하는 다시 의義를 지키지 못했다. 복건福建, 광동廣東, 광서廣西[14]에 대해 홍광弘光이라는 연

니, 군자는 수레를 얻고 소인은 집이 허물어지리라."(碩果不食, 君子得輿, 小人剝廬) 박괘는 ▤▤이니, 맨 위의 효(爻: 상구上九) 하나만이 양(陽)이고 나머지 효(爻)는 모두 음(陰)이다. 정자(程子)는 이 구절에 다음과 같은 설명을 붙였다: "여러 양(陽)이 소박(消剝)하여 이미 다하고 홀로 상구(上九) 한 효만이 아직 남아 있으니, 큰 과일이 먹히지 않아 다시 생겨날 이치를 보는 것과 같다. 상구도 변하면 순음(純陰)이 되나 양(陽)은 다할 리가 없으니, 위에서 변하면 아래에서 생겨나 그칠 새가 없다. 성인이 이 이치를 밝혀 양(陽)과 군자의 도리가 없어지지 않음을 보인 것이다."(諸陽消剝已盡, 獨有上九一爻尙存, 如碩大之果不見食, 將見復生之理. 上九亦變則純陰矣, 然陽无可盡之理, 變於上則生於下, 无間可容息也. 聖人發明此理, 以見陽與君子之道不可亡也)

11 단전(彖傳) 『주역』에서 한 괘(卦)의 뜻을 총론하여 길흉을 판단해 놓은 말을 「단사」(彖辭)라고 하는데, '단전'은 바로 이 단사의 뜻을 해석해 놓은 글을 말한다. 공자의 작(作)이라는 설이 전한다.

12 천지의 마음을 본다 복괘(復卦)는 ▤▤이니, 맨 아래 효(爻) 하나만이 양(陽)이고, 나머지 효는 모두 음(陰)이다. 정자는 이 구절에 이런 설명을 붙였다: "도(道)는 반복하고 왕래하여 번갈아 사라지고 번갈아 자라난다. (…) 천지의 운행이 이와 같은 것이니, 소장(消長)이 서로 말미암음은 하늘의 이치이다. (…) 하나의 양(陽)이 아래에 돌아옴은 바로 천지가 만물을 낳는 마음이다."(其道反復往來, 迭消迭息, (…) 天地之運行如是也, 消長相因, 天之理也. (…) 一陽復於下乃天地生物之心也)

13 명나라가~이후 원문의 '홍광'(弘光)은 남명(南明) 복왕(福王)의 연호다.

14 복건(福建), 광동(廣東), 광서(廣西) 원문은 "八閩兩粤". '팔민'(八閩)은 복건성의 별칭.

호는 쓰면서도 홍광을 황제라고 칭하지는 않는 자들은,[15] "천명은 일정한 것이 아니다"라고 말한다. 정축년(1637)에 의리를 위해 목숨을 바친 여러 신하[16]를 명예를 가까이한 사람으로 여기는 자들은, "이미 때가 지났으니 대대로 복수의 의義를 강구할 필요는 없다"라고 말한다. 중국을 비롯해 해외에 이르기까지 선비로서 대의大義를 자임自任하는 이가 한 명이라도 있다는 말을 들어 본 적이 없다. 심지어는 오랑캐의 조정에 즐거이 달려가면서도, "가서 부역賦役하는 의리"[17]라는 구실을 대며 부끄럽게 여기지 않으니 이 어찌 슬프지 않은가. 십 년 전에 친구 서넛과 더불어 몰래 대의를 강구하며 천하가 한번 다스려지길 기다리던 일[18]을 아직도 기억한다.

황공黃公 숙자叔子[19]는 『남명기』南明紀[20]를 써서 갑신년(1644) 이후

송(宋) 때 복건성에 8개 부(府)·주(州)·군(軍)을 두었으므로 '팔민'이라고 한다. '粵'은 '越'과 통하는데, '양월'(兩粵)은 광동과 광서를 가리킨다. 이 세 곳은 한때 남명(南明)의 판도였다.

15 홍광(弘光)이라는~자들은 '홍광'이라는 연호는 남명의 제1대 황제로 옹립된 복왕(福王)의 연호이다. 복왕은 남경에서 즉위했으며, 1645년 청군(淸軍)에 사로잡혀 북경으로 압송되어 참수되었다.

16 정축년(1637)에~신하 김상용(金尙容) 등 병자호란 때 순절(殉節)한 이들을 가리킨다.

17 가서 부역(賦役)하는 의리 원문은 "往役之義". 『맹자』「만장」(萬章) 하(下)에, "만장(萬章)이 말하였다: '서인(庶人)이 군주가 자신을 불러 부역(賦役)을 시킬 때는 가서 부역을 하는데, 군주가 만나 보고자 해서 부를 때는 가서 보지 않는 것은 어째서입니까? 맹자가 대답하였다: '가서 부역하는 것은 의(義)요, 가서 만나 보는 것은 의가 아니기 때문이다'"(萬章曰: '庶人, 召之役, 則往役, 君欲見之, 召之, 則不往見之, 何也? 曰: '往役, 義也, 往見, 不義也')라는 말이 보인다.

18 십 년~일 이는 1744년 11월 오찬의 계산동 집에서 이윤영, 김순택, 윤면동 등과 함께 강회(講會)를 가진 일을 가리킨다. 본서 상권 211면을 참조할 것.

19 숙자(叔子) 황경원의 자(字). 그의 또 다른 자는 연보(淵父)·대경(大卿)이다.

20 『남명기』(南明紀) 『남명서』(南明書)를 말한다. 청나라의 장정옥(張廷玉)이 편찬한 『명사』(明史)에 남명(南明)의 홍광제(弘光帝: 즉 복왕福王), 융무제(隆武帝: 즉 당왕唐王),

19년의 황통皇統을 보존하였고, 『배신전』陪臣傳[21]을 저술하여 작은 나라가 충성을 지킨 절개를 밝혔으니, 군자의 도道가 힘들고 괴로워졌는데도 의義를 밝히고 문文을 바르게 한 것이다. 대개 물러나서는 그 이름을 감추고, 벼슬에 나아가서는 그 뜻을 행하는 법이다. 급기야 공은 대부大夫가 되었지만 이 거취去就의 도리를 구현하지는 못하였다. 이에 공을 비웃는 자들은, "황숙자가 대부가 되었으면서도 할 말을 하지 않는다"라고 하고, 공을 아끼는 사람들도, "황숙자가 대부가 되었으면서도 할 말을 하지 않는다"라고 하였다. 대저 비웃는 자들이 꼭 성인의 권도에 통달한 것도 아니고, 아끼는 자들이 꼭 성인의 도를 아는 것도 아니니, 이들을 시의時義에 밝다고 할 수 있겠는가?

아! 군자의 도가 힘들고 괴롭게 되어 공은 정녕 그 이름을 감출 수 없었던 것이다. 공은 능히 그 자취를 의젓이 하여 끝내 아름다운 이름을 지켰고, 책을 저술해서 천하 후세에 믿게 함으로써 그 뜻을 드러낸 바, 노중련에게 죄를 짓지 않았을 뿐더러 관중이 제환공을 도와 제후를 규합해 세상을 한번 바로잡은 의[22]에 얼추 가깝다 하겠다. 나는 몰래 그것을 기다린다.[23] 나라에서 명命을 내려 공으로 하여금 오랑캐의

영력제(永曆帝: 즉 계왕桂王) 등 세 임금의 본기(本紀)가 서술되지 않은 것을 보고 이를 시정하기 위해 황경원이 편찬한 책.

21 『배신전』(陪臣傳) 1627년(인조 5) 이후 명나라를 위해 충절을 다한 조선 사람 29인의 열전. 처음 제목은 『명배신고』(明陪臣考)였는데 뒤에 『명배신전』이라 개칭했다.

22 관중이~바로잡은 의 원문은 "九合一匡之義"이다. '九'의 음은 '규'로, 모은다는 뜻. 『논어』「헌문」(憲問)편에 "환공이 제후들을 규합하되 무력을 쓰지 않은 것은 관중의 힘이었으니"(桓公九合諸侯, 不以兵車, 管仲之力也)라는 말이 보인다. 또 『관자』(管子)「소광」(小匡)편에, "제후들을 규합하여 한번 천하를 바로잡았다"(九合諸侯, 一匡天下)라는 말이 보인다.

23 몰래 그것을 기다린다 관중이 제환공을 도와 천하를 바로잡았듯이 장차 천하를 바로잡기를 기대한다는 말. 공자가 "관중이 없었더라면 우리는 머리를 풀어헤치고 옷깃을 왼쪽으

조정에 사신을 가게 하매 공이 감히 마다하지 못하거늘, 내가 그 떠남을 슬퍼하여 이 글을 써서 드린다.

_____

로 하는 오랑캐가 되었을 것이다"(微管仲, 吾其被髮左袵矣)라고 말한 데서 확인되듯, 관중이 제환공을 도와 제후들을 규합한 것은 중국 주변 이민족의 침략으로부터 한족(漢族)을 지켰다는 의의가 크다. 그러므로 이인상이 관중을 거론했을 때 거기에는 중원을 점거한 여진족을 몰아내고 중화문명을 회복시킬 인물을 기대하는 마음이 담겨 있다.

『오군산수기』[1] 서 신미년(1751)

아아! 천하에 도道가 있는데도 산수에 은둔하는 자는 색은행괴索隱行怪[2]의 무리다. 천하에 도가 없는데도 산수를 즐거워하지 않는 건 군자가 또한 부끄러워하는 바다. 아! 저 높은 산과 깊은 강이 세도世道와 무슨 관계가 있고 심신心身과 무슨 관련이 있기에 거기서 군자의 출처를 볼 수 있는 것일까?

아! 커다란 사해四海 십이주十二州[3] 속의 오악구독五嶽九瀆[4]과 아름답

---

1 『오군산수기』(五郡山水紀) 이윤영의 저술이며, 현재 전하지 않는다. '오군'(五郡)은 영춘, 단양, 청풍, 제천, 영월을 이른다. 금강산과 달리 강을 끼고 있어 조선 시대의 사대부들이 많이 주유(舟遊)하며 산수를 감상하였다. 이윤영은 『산사』(山史)라는 저술을 남기기도 했다. 『오군산수기』를 현전하는 『산사』로 보는 연구자도 있지만, 둘은 별개의 책인 듯하다. 홍낙순(洪樂純)이 『산사』를 『단릉외사』(丹陵外史)라고 칭한 데서 알 수 있듯(「李胤之丹陵外史序」, 『大陵遺稿(禮)』), 『산사』는 '오군'이 아니라 '단양' 산수기임으로써. 홍낙순은 「윤지가 다시 시를 지어 초치(招致)하므로 그 시에 차운한다」(胤之復有詩來, 次之; 『大陵遺稿(書)』)라는 시의 제4수에서 "謝客重修丹峽記"라고 읊은 바 있는데, 이 시구 중의 '단협기'(丹峽記)는 곧 『산사』를 말한다. 이윤영은 사인암에서 서울로 돌아와 『산사』를 중수(重修)했던 것으로 보인다. 한편 「『오군산수기』 서」의 뒷부분에, "(『오군산수기』에) 슬픈 말이 많다"라는 언급이 보이는데, 『산사』에는 슬픈 말이 거의 없으며 오히려 해학과 유머가 두드러진다는 점 역시 두 책이 별개의 것임을 말해 준다.

2 색은행괴(索隱行怪) 도가의 은둔자를 가리키는 말. 자세한 것은 본서 61면 주6을 참조할 것.

3 십이주(十二州) 중국을 가리킨다. 순(舜)임금 때 중국 전토를 기(冀)·연(兗)·청(靑)·서(徐)·형(荊)·양(梁)·예(豫)·양(揚)·옹(雍)·유(幽)·병(幷)·영(營)의 열두 주로 나눈 데서 유래하는 말이다.

4 오악구독(五嶽九瀆) '오악'은 태산(泰山: 동악東嶽)·화산(華山: 서악西嶽)·형산(衡山: 남악南嶽)·항산(恒山: 북악北嶽)·숭산(崇山: 중악中嶽)을 말한다. '구독'은 구천(九川)을 가리키는 듯하다. 구천은 약(弱)·흑(黑)·하(河)·양(瀁)·강(江)·연(沇)·회(淮)·위

고 기이한 경관이 위로 성신星辰과 조응하여 인걸人傑을 내리고, 비와 구름을 내어 만물을 윤택하게 만드니, 사전祀典에 오른 산천山川[5]이 어찌 많지 않겠는가마는 지금은 그곳을 밟아 볼 수 없게 되었다. 아! 곤륜崑崙[6]이 뭇 산들 가운데 으뜸임에도 질사秩祀[7]에 오르지 못한 까닭은 그 산을 오랑캐로 여겼기 때문이며, 낙하洛河[8]가 크지 않음에도 천하가 귀복歸服한 것은 왕王을 존숭했기 때문이다. 그러므로 세운世運이 지극히 비색否塞해지면 비록 오악구독이라도 오랑캐로 여기는 것이 가할 것이며, 혹 중국에 태어난 인걸이 갓과 의복을 찢어 버리고 물에 뛰어들거나 산에 들어가 죽는다 한들 지나치다고 하지 못할 것이다.

옛글 중에, "오랑캐는 오라고 하리라"[9]라고 했으니, 그 땅에 사는 사람이 진실로 어질다면 그 땅 또한 존귀하다고 하겠거늘, 하물며 나라의 임금에 도道가 있어 대대로 대의大義를 지켜 군자의 귀의할 곳이 됨에 있어서랴![10] 『시경』에 이르길, "저 낙국樂國으로 가리라"라고 하였고, 또 "저 낙토樂土로 가리라"라고 하였으니,[11] 그 뜻이 매우 슬프다.

(渭)·낙(雒)을 말한다.

5 사전(祀典)에 오른 산천(山川) 옛날에 나라에서 제사 지낼 산과 강을 법으로 미리 정해 두었기에 한 말이다.

6 곤륜(崑崙) 신강성(新疆省)과 서장성(西藏省) 사이에 있는 산으로, 봉우리가 높고 험준하기로 유명하다. 이 산과 관련된 신화·전설이 『산해경』(山海經)과 『신이경』(神異經)에 많이 보인다.

7 질사(秩祀) 예(禮)에 제정된 제사를 말한다.

8 낙하(洛河) 낙양의 아래를 흐르는 강이다. 낙양은 동주(東周)·후한(後漢)·서진(西晉)·후위(後魏)·수(隋)·오대(五代) 때의 수도였다.

9 오랑캐는 오라고 하리라 "문(門)에 있는 이는 거절하고, 오랑캐는 오라고 하리라"(在門牆則揮之, 在夷狄則進之)라고 한 양웅(揚雄)의 말에서 유래하는 말. 한유(韓愈)가 자신의 글 「문창 스님을 전송하는 서(序)」(送浮屠文暢師序)에서 양웅의 이 말을 인용한 바 있다.

10 옛글~있어서랴 이 구절은 양웅의 말을 끌어와 동이(東夷)인 우리나라를 옹호한 것이다. 소중화(小中華) 의식의 표출이라 할 만하다.

아아! 남명南明[12] 이후로 천하의 선비들이 귀의할 곳은 우리나라밖에 없으니, 우리나라 산수 가운데 즐길 만한 곳을 또한 정연히 들어 보일 만하다. 북쪽에는 험준한 백두산이 있고, 남쪽에는 광대한 지리산이 있으며, 가운데엔 설악산이 빼어나고, 서쪽에는 묘향산이 중후하며, 동쪽에는 기이한 금강산이 있다. 동해의 맑음은 하늘과 덕을 나란히 하여 물物을 품고 있는바, 기묘한 바위가 모인 것이 총석정叢石亭이고, 나라가 있었던 섬이 울릉도이며,[13] 넘쳐 들어온 물이 고여 삼일포三日浦와 경포호鏡浦湖가 됐고, 진기함이 태態를 부려 성석星石[14]과 금란굴金蘭窟[15]이 됐으니, 산과 바다의 절경을 다했다고 할 수 있다. 동해를 끼고서 금강산을 조종祖宗으로 삼아 오대산이 높이 솟았는데, 큰 강이 발원하여 산의 첩첩함과 물의 성대함이 오군五郡[16]에서 온갖 변화를 다한 후 서울에 이르니, 실로 아름다운 강산이다.

산들에 대해 말하자면, 칠보산七寶山[17]은 가파르면서 묘하고, 태백산은 깊으며, 한라산은 고고하고, 금산錦山[18]은 괴이하며, 변산邊山[19]은 아

---

11 『시경』에~하였으니   이 두 문장은 모두 『시경』 위풍(魏風) 「석서」(碩鼠)에 나온다.

12 남명(南明)   명(明)나라가 멸망한 뒤 청(淸)나라에 저항하는 세력이 명나라 왕족을 옹립하여 화중(華中)과 화남(華南)을 옮겨가며 세운 지방 정권. 1644년에서 1662년까지 지속된바, 1662년 계왕(桂王)이 곤명(昆明)에서 살해됨으로써 역사의 무대에서 사라졌다.

13 나라가~울릉도이며   울릉도에는 옛날에 우산국(于山國)이라는 나라가 있었다.

14 성석(星石)   강원도 고성군(高城郡) 해금강(海金剛)의 칠성석(七星石)을 가리킨다. 삼일포의 남동쪽 해안 가까이에 있는 섬으로, 칠성봉(七星峯)이라고도 한다.

15 금란굴(金蘭窟)   원문은 "金襴". 금란굴은 강원도 통천군 금란리 연대봉의 해안 절벽에 있는 해식(海蝕) 동굴이다.

16 오군(五郡)   남한강 유역에 있는 네 고을인 영춘·단양·청풍·제천을 사군(四郡)이라 불렀으며, 여기에 영월을 보태 오군(五郡)이라 불렀다.

17 칠보산(七寶山)   함경북도 명천군(明川郡)에 있는 산. 기암괴석과 수려한 산세로 '함경도의 금강(金剛)'이라 불린다.

18 금산(錦山)   남해(南海) 금산을 가리킨다.

리땁다. 그러나 뭇 산들은 모두 금강산을 조종으로 삼는다. 물에 대해
말하자면, 압록강은 빠르고, 대동강은 한가로우며, 고란사皐蘭寺²⁰와
황산黃山²¹을 흐르는 백마강은 청명하고, 소양강은 그윽하고 서늘하며,
촉석루矗石樓 아래의 남강은 웅대하다. 그러나 물은 모두 동해를 조종
으로 삼는다. 관동關東의 산에는 명약名藥이 많고, 북관北關²²의 산에는
재목이 많으며, 남해의 산에는 준마가 있고, 해서海西의 산에는 동銅과
철이 난다. 압록강 동쪽에는 장사壯士와 미녀가 많고, 서쪽에는 큰 장
사꾼이 많으며, 대동강에는 누대樓臺와 망루望樓가 많고, 촉석루 동남
쪽엔 굳센 이대²³가 많으며, 몰운대와 해운대 이북, 낙동강 동쪽에는
검객이 많고, 호남과 영남에는 이름난 선비가 많다.

　아아! 그 재용財用으로 논한다면 우리나라의 부유함과 산해山海의
이로움은 나라님이 그에 의지해 오랑캐²⁴를 정벌할 만하며, 그 승경勝
景으로 논한다면 군자가 그에 의지하여 그 뜻을 즐길 만하다. 그러나
배와 수레로 멀리 가지 않고 서울에서 멀리 떠나지 않으면서도 종신토
록 넉넉히 즐길 수 있는 곳은 오직 오군五郡 산수일 것이다. 높은 봉우
리와 가파른 절벽의 기암괴석, 맑은 못과 세찬 여울 곁에 살면서 즐거
이 근심을 잊고 지내는 이는 오직 이윤지 한 사람이 있을 뿐이다. 오군
산수의 아름다움은 사해의 여러 승경에 견줄 만하고 윤지의 어짊은 천
하지사天下之士²⁵와 벗할 만하니 땅과 사람이 서로 조우遭遇했다고 말

할 수 있을 터이다.

　그러나 우리나라 임금이 대대로 대의大義를 지키시니, 장차 사대부를 규합하여 중원을 북벌한 후 옛 천자의 후예를 세워 마치 하강夏康의 무리가 흥기하고[26] 소열昭烈[27]이 한 구석에서 한漢나라의 정통을 보존한 것처럼 한다면 윤지는 감히 은자의 무리로 남아 있지 않을 것이며, 장차 나아가 중국의 예악을 구경하느라 비록 저 오악구독이 웅장하다 할지라도 그것을 유람할 겨를이 없을 것이다. 후대에 사필史筆을 잡은 자는 글을 써서 올리길, "이윤지와 계찰季札,[28] 사광師曠[29]의 무리는 산수를 잘 완상하면서 그 뜻을 즐기고 근심을 잊은 자들이다"라고 할 것이니, 어찌 아름답지 않은가. 윤지의 저술에 『오군산수기』五郡山水紀 한 권이 있는데, 그 속에 슬픈 말이 많다. 내가 이 글을 써서 그를 위로하고 아울러 세상의 군자에게 질정을 구한다.

下之士)가 있는데, 천하지사는 천하에 알려진 선비를 말한다.
26 하강(夏康)의 무리가 흥기하고　'하강'은 하(夏)나라의 소강(少康)을 말한다. 소강은 하나라 백성을 모아 한착(寒浞)에게 찬탈당한 하나라의 권력을 되찾아 하나라를 중흥시켰다.
27 소열(昭烈)　유비(劉備)를 가리킨다. '소열'은 그 시호.
28 계찰(季札)　원문은 "吳季子". 오왕(吳王) 수몽(壽夢)의 넷째 아들로, 노(魯)나라에 가서 주(周)나라의 음악을 듣고 열국(列國)의 치란흥망을 알았다고 한다.
29 사광(師曠)　춘추시대 진(晉)나라의 악사(樂師).

『명산기』名山紀 서 무진년(1748)

군자 중에는 가난해도 그 즐거움을 그만두지 않는¹ 사람이 있는가 하면, 물物에 의탁하여 자기의 슬픔을 잊는 사람도 있다. 그러나 성인聖人은 시운時運을 편하게 여기니 무엇을 걱정하고 무엇을 근심했겠는가? 옛날에 공자는 천하를 두루 돌아다니며 조석으로 도道가 행해지기를 바라셨으니, 그 다니시던 곳에 어찌 명산대천名山大川의 승경勝景이 없었겠는가마는 냇가에 계시면서 말씀하시길, "흘러가는 것이 이와 같다"²라고 하고, 동산東山에 올라 노魯나라가 작다고 여기고, 태산泰山에 올라 천하天下가 작다고 여겼을³ 뿐이다. 그러나 『역경』易經을 부연하고⁴ 『시경』詩經을 산삭刪削하신 것을 보면 사물의 실정을 다 드러낸 다음 선善으로 향하도록 인도하셨으니, 비록 소도小道⁵일지라도 반드시 취하신 것은 어째서인가?

궁실의 아름다움, 좋은 옷과 맛난 음식, 명마名馬와 어여쁜 여자, 말 달리며 사냥하는 놀이, 사치스런 부귀 등등은 뭇 사람들이 즐거워하는

---

1 가난해도~않는 『논어』「옹야」(雍也)편에, "어질다, 회(回)여! 한 그릇 밥과 한 표주박의 마실 것으로 생활하며 누추한 곳에서 사는 근심을 사람들은 견디지 못하거늘 회는 그 즐거움을 그만두지 않으니, 어질다, 회여!"(賢哉回也! 一簞食一瓢飮, 在陋巷, 人不堪其憂, 回也不改其樂, 賢哉回也!)라는 공자의 말이 보인다. '회'(回)는 공자가 가장 아끼던 제자인 안회(顏回)를 말한다.
2 흘러가는~같다 『논어』「자한」(子罕)편에 나오는 말이다.
3 동산(東山)에~여겼을 『맹자』「진심」(盡心) 상(上)에 나오는 말이다.
4 『역경』(易經)을 부연하고 이른바 십익(十翼)을 지어 『역경』의 이해를 도운 것을 말한다.
5 소도(小道) 공자는 시(詩)를 소도(小道)로 여겼다.

것이지만 만일 그것만을 좇는다면 틀림없이 몸을 잃고 나라를 망치게 될 것이다. 그러니 성인께서는 모두 그 실정實情에 따라 인도하여 선善으로 향하도록 하셨거늘, 명산대천의 진기한 경관은 즐거워하며 근심을 잊을 수 있는 것임에도 불구하고 성인께서 한번도 언급하지 않으신 건 어째서인가?

아아, 벼슬에 나아가서는 세상을 선善하게 하고, 궁하게 되면 도道를 닦았던 것은, 성인께서 천명을 알아 그것을 순순히 받아들였기 때문이니, 이것 말고는 무엇을 할 겨를이 없으셨던 것이다. 하물며 예악禮樂과 정벌征伐이 아직 천자로부터 나오고,[6] 선왕先王의 문헌을 아직 징험徵驗할 수 있었으며, 안회顔回·증자曾子·자유子游·자하子夏와 같은 무리가 있어 그들과 더불어 도를 지키며 세상에 가르침을 베풀 수 있으셨으니, 몹시 궁한 지경에 이른 것은 아니었을 터이다. 그런데도 "도가 행해지지 않아 뗏목을 타고 바다로 나가겠다"[7]라는 탄식을 하셨으니, 성인께서도 진정 근심이 없을 수 없었던 것인가?

아! 세운世運이 날로 쇠락하여, 어진 이와 군자의 궁함이 날로 심해지고, 도가 행해지지 않아 마음 붙일 곳이 없거늘, 혹 문장에 마음을 의탁하거나 산과 바다로 가 왕왕 즐거워하며 근심을 잊나니, 회옹晦翁

---

6 예악(禮樂)과~나오고 『논어』「계씨」(季氏)편에, "공자가 말하였다: '천하에 도가 있으면 예악과 정벌이 천자로부터 나오고 천하에 도가 없으면 예악과 정벌이 제후로부터 나온다. 제후로부터 나오면 10세(世)가 지나도록 정권을 잃지 않는 자가 드물고, 대부(大夫)로부터 나오면 5세가 지나도록 정권을 잃지 않는 자가 드물며, 배신(陪臣)이 국명(國命)을 잡으면 3세가 지나도록 정권을 잃지 않는 자가 드물다"(孔子曰: '天下有道, 則禮樂征伐自天子出, 天下無道, 則禮樂征伐自諸侯出. 自諸侯出, 蓋十世希不失矣, 自大夫出, 五世希不失矣, 陪臣執國命, 三世希不失矣')라는 말이 보인다. 공자의 시대인 춘추시대에는 비록 주(周) 왕실이 쇠미해지기는 했어도 명목상으로는 여전히 제후들을 다스리고 있었기에 한 말이다.
7 뗏목을~나가겠다 『논어』「공야장」(公冶長)에 나오는 말이다.

의 「운곡기」雲谷記나 「구곡도가」九曲櫂歌[8] 같은 것들을 어찌 하찮게 여길 수 있겠는가? 하물며 우리는 오랑캐가 중화를 어지럽힌 시절에 태어나 변방에서 살며 곤액 속에 있어 그 뜻을 드러내 보일 수 없는지라 차라리 조수鳥獸와 무리를 이루고[9] 목석木石과 함께 거처하며 스스로 안신입명安身立命[10]하고 있노라 여기고 있거늘, 만약 성인이 계신다면 장차 우리를 책責할 것인가, 아니면 우리의 마음을 슬퍼할 것인가?

이윤지가 편編한 『명산기』名山紀는 민멸泯滅되어서는 안 될 책이다. 윤지는 시대가 슬프고 삶이 슬퍼 비분悲憤하여 원유遠游[11]할 것을 생각하였으나 이루지 못했기에 이 책에 뜻을 부쳤다. 첫머리에 태악泰嶽을 둔 것은 선왕先王이 처음 순수巡狩하고 성인께서 밟았던 산[12]이기 때문이고, 다음으로 숭악崇嶽을 기록한 것은 천하의 중中을 드러낸 것이며,[13] 다음에 화악華嶽을 기록한 것은 서쪽으로 돌아갈[14] 뜻을 부친 것

---

8 회옹(晦翁)의 「운곡기」(雲谷記)나 「구곡도가」(九曲櫂歌) '회옹'은 주희의 호. 「운곡기」는 운곡 주위의 산수를 서술한 글이고, 「구곡도가」는 무이산(武夷山)의 경치를 노래한 10수의 시인데, 일명 「무이구곡가」라고도 한다.

9 조수(鳥獸)와 무리를 이루고 『논어』 「미자」(微子)편에, 자로(子路)가 은자(隱者)인 장저(長沮)와 걸닉(桀溺)의 말을 공자에게 전하자 공자는 서글퍼 말하기를, "조수와 더불어 무리지어 살 수는 없으니 내가 이 사람과 함께하지 않고 누구와 함께하겠는가? 천하에 도(道)가 있다면 내가 세상을 바꾸려 하지 않을 것이다"(鳥獸不可與同群, 吾非斯人之徒與而誰與? 天下有道, 丘不與易也)라고 했다는 구절이 있다.

10 안신입명(安身立命) 마음을 편안히 해 천명을 따른다는 뜻.

11 원유(遠游) 『초사』 가운데 굴원이 쓴 「원유」(遠游)라는 작품이 있는데, 환멸에 가득찬 현실을 떠나 신선의 세계에서 노니는 꿈을 펼쳐 놓았다. 여기서는 멀리 산수에 노닌다는 뜻으로 쓴 말이다.

12 선왕(先王)이~산 중국 고대의 제왕이 명산에 제사를 지낼 때 태산에 제일 먼저 제사지냈다. 한편 공자가 태산에 올라 천하를 작다고 여긴 적이 있다.

13 천하의~것이며 숭악이 오악(五嶽)의 중앙에 있기에 한 말이다.

14 서쪽으로 돌아갈 원문은 "西歸". 중화를 그리워한다는 뜻이다. 『시경』 회풍(檜風) 「비풍」(匪風)에, "누가 장차 서쪽으로 돌아갈꼬/그를 좋은 말로 위로하리"(誰將西歸, 懷之好

이고, 세운世運이 날로 남하南下하매 다음으로 형악衡嶽을 기록하였으며, 북방의 오랑캐를 비루하게 여겨 마지막으로 항악恒嶽을 기록하였다. 이렇게 오악五嶽의 자리가 정해지자 명산대천이 각기 그 마땅한 데로 돌아가고, 화이華夷가 바르게 구분되었다. 절강浙江의 으뜸인 부춘산富春山[15]을 표장表章했으며, 무후武侯[16]와 원량元亮[17]의 뜻을 밝히고자, 이성二省[18]의 승경勝景을 다하였다. 그리하여 충신과 현자의 출처出處가 드러났다. 아아! 『산해경』과 『목천자전』穆天子傳[19]은 괴이한 사실을 기록한 것이 많아 싣지 않았고, 곤륜崑崙[20]은 큰 산이긴 하나 오랑캐의 산으로 여겨 높이지 않았다.[21]

비록 도道를 행할 책임은 없으나 궁사窮士로서의 권한은 있어, 집안에 머물면서도 천하의 크기를 가늠하여 명분名分을 바로잡고 의리義理를 헤아림으로써 은둔할 생각을 부쳤으니, 그 뜻이 몹시 은미하여

音)라는 구절이 있다.

15 부춘산(富春山)　절강성(浙江省) 부춘강변에 있는 산. 후한 때 엄광(嚴光)이 이 산에 은거한 것으로 유명하다.

16 무후(武侯)　제갈량(諸葛亮)의 시호. 호북성(湖北省) 형주(荊州)의 초야에서 지내고 있을 때 유비(劉備)가 삼고초려(三顧草廬)한 일로 유명하다.

17 원량(元亮)　도연명의 자(字). 강서성(江西省) 구강현(九江縣)의 남서쪽에 있는 시상(柴桑) 출신.

18 이성(二省)　제갈량이 살았던 호북성(湖北省)과 도연명의 향리가 있던 강서성(江西省)을 가리키는 것으로 추정된다. 제갈량은 포의 시절 호북성의 융중산(隆中山), 일명 복룡산(伏龍山)에 은거했다. 강서성의 명산으로는 여산(廬山)이 있다.

19 『목천자전』(穆天子傳)　작자 미상의 이야기책으로, 주나라 목왕(穆王)이 천하를 주유(周遊)하여 서왕모(西王母)의 나라에 이르기도 하고, 남순(南巡)하여 성희(盛姬)를 만나기도 했다는 이야기가 실려 있다.

20 곤륜(崑崙)　중국의 서쪽에 있는 산 이름.

21 이윤지가~않았다　김순택(金純澤)의 문집인 『지소유고』(志素遺稿) 제2책에 「윤지의 『명산기』 후서(後序)」(胤之名山記後序)라는 글이 수록되어 있는데, 이영이 "중화를 귀히 여기고 오랑캐를 천시하는"(貴華而賤夷) 관점에서 『명산기』를 엮었다고 했다.

경전經典과 사서史書의 보조 자료가 된다고 해도 좋을 것이다. 내가 생각하기에 이 책에 담겨 있는 세상에 대한 근심은 성인의 근심과 거의 같으니, 후세의 군자들 중에 반드시 그 뜻을 슬퍼하는 이가 있을 것이다.

이윤지의 서해시권西海詩卷[1]에 부친 서 병자년(1756)

사물을 보는 즐거움으로 예禮와 악樂만 한 것은 없다. 그러나 군자가 도를 행할 수 없을 경우엔 종종 산수山水를 보는 것으로 즐거움을 삼는데, 즐거워하여 돌아오지 않거나 혹 재주와 덕을 숨겨 높은 산과 깊은 계곡에 이름을 감춰 버리는 자가 많으니, 군자가 무엇을 기록하겠는가.[2]

그러나 산의 기묘한 변화는 수십, 수백 리에 그칠 뿐이지만, 물 가운데 바다보다 더 성대한 것은 없어 그 끝 간 곳이 없으니, 바다를 구경하지 않고서는 천지의 위대한 문채文彩를 보아 물정物情을 궁구할 도리가 없으며, 바다를 건너지 않고서는 세운世運의 험이險夷[3]를 징험하여 사람의 힘을 어떻게 발휘하는지를 볼 도리가 없다. 그러니 바다에 노닌 사람 가운데에는 필시 도를 아는 자가 있다 할 것이다.

그렇긴 하나 바다에 대해 글을 쓴 자들은 신선의 괴이한 행적을 많이 끌어다 놓았을 뿐 낚시꾼과 장사치 사이에 이름이 묻혀 버린 이들에 대해서는 자세히 말해 놓고 있지 않으니 바다가 진실로 세상과 멀리 떨어져 있어 그런 것일까? 『논어』에 이르기를, "경쇠를 치던 악사樂

---

1 이윤지의 서해시권(西海詩卷)　이윤영은 4년간의 사인암(舍人巖) 은거를 끝내고 서울로 돌아온 후 아우 운영, 종제 희영, 벗 김종수 등과 함께 배를 타고 인천 앞바다에서 노닌 적이 있는데(1756년 5월의 일이다), 그때 읊은 시들을 수습한 시권(詩卷)이다.
2 군자가 무엇을 기록하겠는가　이 글 끝의 "군자가 무엇을 기록하겠는가"라는 말과 호응한다.
3 험이(險夷)　험함과 평탄함.

師 양襄은 해도海島로 들어갔다"[4]라고 했으니, 주周나라의 예악은 사람과 더불어 기물器物이 함께 사라져 버렸다 할 것이다. 호사가들은, "마고麻姑가 세 번 동해가 뽕나무 밭이 된 것을 보았다"[5]라고 하는바, 그 사이 세운世運의 흥망성쇠는 가히 슬퍼할 만한 것이었겠건만 그 사실을 기록한 사람이 누가 있던가? 나는 일찍이 이르기를, "천하의 의리가 다한 곳은 육수부陸秀夫가 애산厓山에서 배를 탔던 일[6]이고, 천하의 의리가 다하지 않은 곳은 우리나라의 제공諸公이 배편으로 명나라에 조공朝貢한 일[7]이다"라고 하였다. 그들은 모두 천도天道와 인사人事에 있어 천명天命과 의리를 올곧게 따랐던바, 내몰려 사신으로 떠난 후 파도를 밟고 고래를 범해도 후회하는 마음 없이 즐거워하기를 마치 소악韶樂[8]을 듣거나 간우干羽[9]의 춤을 보는 것처럼 함으로써 충신과 지사로 하여금 지금까지도 사모하여 찬탄해 마지않게 하니, 바다에 드는 일은 참으로 즐거워할 만한 것이라 하겠다. 속담에 이르길, "중류中流에서 배 잃으면 항아리 하나가 천금千金"이라 했고, 또 이르기를, "천금 같은 아들 당堂에 드리우지 않는다"라고 했거늘, 이 말은 일없이 위험한 물

---

4 경쇠를~들어갔다 '양'(襄)은 경쇠를 잘 치던 악관(樂官)의 이름이다. 노(魯)나라가 어지러워지자 바다로 나가 숨어 버렸다고 한다. 『논어』의 이 구절은, 세상이 어지러워지매 현인이 은둔함을 말한 것이다. 이 고사는 이인상의 시에 자주 인거(引據)되고 있다.
5 마고(麻姑)가~보았다 마고는 선녀(仙女) 이름. 마고는, 일찍이 동해(東海)가 세 번 상전(桑田)으로 변하는 걸 보았노라고 말했다고 한다.
6 육수부(陸秀夫)가~일 육수부는 남송(南宋)의 충신. 남송이 망할 무렵 진의중(陳宜中), 장세걸(張世傑) 등과 더불어 익왕(益王)과 위왕(衛王)을 세웠으며, 좌승상 벼슬을 했다. 원(元)이 애산에 쳐들어오자 위왕이 타고 있던 배로 달아나 위왕을 모시고 탈주하려 했으나 원군(元軍)의 포위로 사정이 여의치 않자 위왕을 업고 바다에 빠져 죽었다.
7 배편으로~일 청나라가 요동을 차지하여 사행(使行)길이 막히자 배편으로 명나라에 사신을 보냈던 일을 가리킨다.
8 소악(韶樂) 순임금이 만들었다는 음악.
9 간우(干羽) 하(夏)의 우왕(禹王)이 만들었다는 춤.

을 건너는 사람에게 경계가 된다. 그러나 장사치로서 이익을 좇는 자나 낚시하러 바다 깊이 들어가는 자 또한 그들대로 즐거워하는 바가 있을 것이다.

아아! 경쇠를 치던 양襄은 자기 몸을 보존하는 것으로 도를 삼았으니 천명을 아는 자라 하겠으며, 육수부는 나라를 보존하는 것으로 마음을 삼았으니 인간의 도리를 다한 자라 하겠다. 지혜는 몸을 보존하는 데 미치지 못했고 재주는 나라를 보존하는 데 미치지 못했지만 천도天道와 인도人道가 엎어진 때에 마음을 수고로이 하여 절개를 다한 자는 우리나라의 제공諸公[10]이라 하겠다. 그러나 지금의 군자가 그 항해했던 길로 가 보려고 해도 도무지 길을 알 수 없고, 낚시꾼과 장사치들 사이에 재주를 숨긴 자들과 더불어 인멸되어 버려 그들의 이름 또한 알 수 없으니 어찌 슬프지 않겠는가? 듣건대, 초楚나라 사람 굴원屈原이 돌을 안고 멱라수에 뛰어들기 전에 쓴 글[11]에서, 옥규玉虬[12]를 타고 약목若木[13]을 건너 위로는 하늘에 묻고 아래로는 귀신과 신선에게 묻겠노라고 하면서 장차 원유遠游하여 세상을 초월할 듯했으니, 그는 도를 아는 자라고 이를 만하다. 그런즉 옛말에 "바다 가운데 신선과 진인眞人이 많다"라고 한 것은 모두 우언寓言일 터이다.

이윤지가 산수 구경하기를 좋아하여 어느 날 그 아우 및 벗[14]과 서

---

10 우리나라의 제공(諸公) 명말(明末)에 배편으로 중국에 갔던 우리나라 사신들을 이른다.

11 굴원(屈原)이~글 「이소」(離騷)를 말한다.

12 옥규(玉虬) 옥재갈을 한 용마. 「이소」에 "네 필의 옥재갈을 한 용마를 몰며 봉황에 올라타/문득 먼지 바람 날리며 위로 올라가도다"(駟玉虬以乘鷖兮, 溘埃風余上征)라는 구절이 있다.

13 약목(若木) 서쪽 바다 해 지는 곳에 있다는 나무.

14 그 아우 및 벗 이윤영의 아우 운영(運永), 종제(從弟) 희영(喜永), 만년의 벗 김종수

해로 들어가 용류도龍流島의 산[15]을 구경하고자 했는데, 밀물에 바람을 만나 하마터면 빠져 죽을 뻔했건만 그럼에도 등불을 돋워 시를 읊으며 태연자약하였다. 의리와 천명에 추동推動되어 갔던[16] 건 아니지만 위험한 곳을 항해하면서도 두려워하지 않았다. 그 시는 거리낌이 없어 형식에 얽매이지 않았으니, 이익을 좇아 바다 깊이 들어가는 세인世人을 미워하면서도 또한 일없이 위험한 물을 건너는 걸 즐거운 듯 노래했고 마치 신선이나 도가道家의 무리들과 해우한 듯 읊었으니, 이는 어째서인가? 가히 『초사』楚辭의 뜻을 얻었다고 할 것이다. 아아! 용류도는 육지에서 고작 수십 리 거리니 원유遠游라고는 말할 수 없을 터이다. 그렇지만 설사 순풍에 서해를 건너 중원中原을 구경한다 한들 예악과 문장의 아름다움은 이미 옛날의 그것이 아니니 군자가 무엇을 기록하겠는가?[17] 내 이를 가만히 슬퍼한다.

(金鍾秀)를 말한다. 이윤영의 문집인 『단릉유고』(丹陵遺稿) 권10에 수록된 시들에서 이 점이 확인된다.

15 용류도(龍流島)의 산 '용류도'(龍流島)는 '용유도'(龍游島)의 옛 지명으로, 서해의 영종도 서쪽, 무의도 북쪽에 있으며, 지금은 영종도와 연결되어 있다. 인천에서는 16.5km 떨어져 있다. 용유도에는 관악산(冠岳山: 해발 172.5m)이라는 산이 있다.

16 의리와~갔던 명말에 서해의 뱃길로 중국에 사행 갔던 일을 가리킨다.

17 군자가 무엇을 기록하겠는가 똑같은 말이 이 글의 서두에도 보인다.

부정기梓亭記 신미년(1751)

용정龍頂 해문海門[1]으로부터 동쪽으로 강[2]을 거슬러올라 골짜기 사이로 오백 리를 지나면 수세水勢가 점점 높아지거늘, 평지에서 보면 그 쌓인 물의 깊이가 몇 길이나 되는지 알 수 없다. 산은 오대산五臺山에서부터 물을 끼고 서쪽으로 치달아 구불구불 구군九郡[3]을 지나는데, 용문산龍門山[4]에 이르러서는 야트막해져 언덕과 같다. 산은 몰려들고 골짜기는 좁아져 물이 넘실넘실 흐르기를 그치지 않아 대탄大灘[5]에서 위세를 떨치고 두미斗尾[6]에서 휘도는데, 서쪽으로 서울 어귀를 바라보면 온갖 산봉우리가 우뚝하고 빛나는 기운이 하늘에 가득하지만 세속의 티끌을 벗어나지는 못하고 있다. 오백 리를 지나면 산세山勢가 그윽하고 험하며, 오백 리를 내려오면 수성水性이 느리고 탁해지는데, 대개 중화中和

---

1 용정(龍頂) 해문(海門) '용정'(龍頂)은 '龍汀'이라고 표기되기도 하는데, 한강 하구인 행주(杏洲: 지금의 행주幸州)의 지명으로, 덕양산 끝자락에 해당한다. 한강이 내려다보이는 높은 곳이며, 김동필(金東弼)이 건립한 낙건정(樂健亭)이 여기에 있었다. 『뇌상관고』 제1책에 수록된 「기망(旣望)에 용정(龍頂)에 배를 띄우다. 술부(述夫)의 시에 차운하다」(旣望泛龍頂. 次述夫韻)라는 시의 제목에 이 지명이 보인다. 또 동서(同書)에 수록된 「용산의 관란정(觀瀾亭)에 올라 김신부(金愼夫) 형제를 생각하다」(登龍山觀瀾亭, 憶金子愼夫兄弟)라는 시 제2수에 '龍汀'이라는 지명이 보인다. '해문'(海門)은 바다에 인접한 강 어귀를 이른다.

2 강 한강을 말한다.

3 구군(九郡) 오대산과 용문산 사이에 있는 아홉 고을을 가리킨다.

4 용문산(龍門山) 경기도 양평군(楊平郡)에 있는 산.

5 대탄(大灘) 한여울. 경기도 양평군 양서면(楊西面) 대심리(大心里) 남쪽 남한강에 있는 큰 여울.

6 두미(斗尾) 도미나루를 가리킨다. 현재의 경기도 하남시 배알미동에 있던 나루다.

의 기운이 맺혀 사군四郡[7]에 이르며, 구담龜潭에 이르러서는 강산江山이 맑고도 장엄하여 사람을 슬프게도 기쁘게도 한다.

　내 일찍이 구담의 남쪽 언덕에 작은 누각을 지어 거처하였다. 뭇 봉우리들은 마치 구름 같은데 자욱한 안개가 물을 끼고 있으며, 물결이 치고 여울이 져 속이 요동치는데, 깊어지기도 하고 분방하게 흐르기도 하며 고이기도 하고 흘러 나가기도 하며, 개고 흐림에 따라 달리 보이는 것이 일정한 모양이 없다. 대체로 보아 몹시 고상하여 속세로부터 벗어나 있으며 구름이 많이 피어오르는 까닭에 마침내 도홍경陶弘景의 은거시隱居詩에서 취하여[8] 누각 이름을 '다백운루'多白雲樓라 하였다. 누각은 나무를 깎아 만들었는데 작고 누추해 지나는 사람들이 비웃었지만[9] 나는 오히려 자오自娛하였다. 생각건대 나는 중화中華가 성성盛하던

---

7 사군(四郡)　충청북도 남한강 유역의 단양·제천·청풍·영춘을 가리킨다.

8 도홍경(陶弘景)의 은거시(隱居詩)에서 취하여　중국 남조(南朝)의 은자인 도홍경이 지은 「임금께서 조서(詔書)를 내려 '산중에 무엇이 있는가' 물으시어 시를 지어 답하다」(詔問山中何所有, 賦詩以答)라는 시의 "山中何所有, 嶺上多白雲"이라는 구절에서 취한 것을 말한다.

9 누각은~비웃었지만　이윤영의 문집인 『단릉유고』 권8에 수록된 「다백운루에서 원령과 더불어 운(韻)을 집어 함께 읊다」(多白雲樓與元靈拈韻共賦)의 제3수 제1구에 "십 척(尺)의 누각 어찌 그리 낮은지"(十尺樓何短)라는 말이 보인다. 또 『단릉유고』 권11에 수록된 『산사』의 1편인 「운담의 서루기」(雲潭西樓記)에 다음과 같은 말이 보인다: "원령은 집이 가난해 돈이 없어 산을 살 수가 없었다. 구담에서 거처할 만한 곳은 가은(可隱)과 장회(長淮)인데 이미 남이 점거해 있었다. 그래서 부득이 운담(雲潭)을 택한 것이다. 한편 원령에게는 노모가 계셨으므로 마음대로 집을 비우고 멀리 가 있을 수 없는 처지였다. 그래서 이 누각은 남에게 맡겨 지었으며 몸소 지은 게 아니다. 이 때문에 대들보와 서까래가 균정(均正)하지 못하고, 집터가 단단히 다져지지 못해 이 누각을 지나는 이들이 모두 오활하게 집을 제대로 짓지 못한 점을 비웃었다."(元靈家貧無錢, 不可以買山, 而龜潭之可居者曰可隱, 曰長淮, 已爲人所占. 故不得已以雲潭爲歸. 且元靈家有老親, 不可以隨意遠游, 故其爲是樓也, 因人而成之, 不能以身親之. 故治棟桷不均正, 築址又不牢, 人之過其樓者, 莫不哂其迂闊不濟事)

시절을 보지 못했고, 사해四海를 두루 유람할 수도 없었으며, 천하의 선비들과 사귀어 보지도 못했고, 배움이 적고 재주가 없어 세상을 선도하거나 백성의 수령 노릇을 잘 하지도 못하는바,[10] 거친 산의 조그만 누각 하나를 귀의처歸依處로 삼으니 마음씀이 참으로 작다 하겠다.

나는 남으로는 지리산에 올랐고, 동으로는 금강산에 들어가고 태백산에 오른 적이 있으며, 큰 바다에 임하여 몰운대와 해운대를 마음껏 보았고, 오산烏山[11]에 올라 연燕나라와 조趙나라의 경치를 바라보기도 했으나, 노쇠하여 적막해지자 마침내 정을 둘 곳이 없게 되고 날로 서울로부터 멀어져 마음은 더욱 슬퍼만 갔으니, 운루雲樓[12]가 없었더라면 끝내 그 슬픔을 풀 길이 없었을 것이다. 그러나 구담의 상하 십 리는 모두 좋은 봉우리들이라 배[舟] 위에 지은 집이 아니고서는 그 절경을 다 볼 수 없다. 운루는 다만 한쪽 방면을 차지하고 있을 뿐이어서, 그 고요함은 볼 수 있지만 그 움직임은 볼 수 없으며, 그 일정함[13]은 볼 수 있지만 그 변화는 볼 수가 없었다. 눈으로 보는 데 한계가 있어 마음에 통하지 않는 바가 있으니, 구담이 또한 나의 슬픔을 더하는 것이었다.

그리하여 나는 나무를 베어 사방팔척四方八尺의 뗏목을 엮은 다음 그 중앙에 기둥 하나를 세워 다섯 개의 들보를 설치하고서는 위에다 띠풀을 덮어 이를 '부정'桴亭이라 이름하였다. 매양 한가한 때면 운루에서 내려와 아이종으로 하여금 노를 저어 천천히 물을 거슬러 오르게

---

10 백성의~못하는바　당시 이인상이 음죽 현감이었기에 한 말이다.
11 오산(烏山)　오이도(烏耳島)에 있는 산. 오이도는 원래 시흥 앞바다에 있는 섬이었으나 일제강점기 때 내륙과 연결되었다. 지금은 부근이 모두 매립되어 옛날의 흔적을 찾기 어렵다.
12 운루(雲樓)　'다백운루'를 줄여서 이른 말. 이인상은 그 앞을 흐르는 강을 '운담'(雲潭)이라 명명하였다.
13 일정함　원문은 "常". 한 방향에서 바라뵈는 일정한 모습을 말한다.

하면 좌우에서 나를 번갈아 맞아 주는 것이 연자산燕子山[14]과 적성산赤城山[15]의 여러 봉우리였다. 강 가운데서 그 경관의 변화를 살피면, 삿대 움직임의 빠르고 느림, 바람의 강하고 약함에 따라 조금 변화하기도 하고 크게 변화하기도 하는데, 강물이 치달리며 언덕을 적시면, 숨었다 나타났다, 잘 보였다 안 보였다 하면서 신령스러움과 괴이함이 번갈아 나타나니, 죽순竹筍인 듯 꽃받침인 듯, 옥을 세운 듯 홀笏을 잡은 듯, 불처럼 활활 타오르는 것 같기도 하고, 칼집에서 칼을 꺼내 기치를 늘어 세워 적의 성채로 돌격하는 것 같기도 하며, 꽃봉오리가 아직 터지지 않은 모양 같기도 하고, 불꽃이 장차 잠복하려는 것 같기도 하며, 구름이 무너지는 것 같기도 하고 구름이 이는 것 같기도 하며, 사람처럼 서서 짐승이 달리는 듯도 싶고, 종종걸음으로 두 손을 맞잡고 읍揖하는 듯도 싶으며, 그림자인 듯도 하고 꿈인 듯도 해, 그 황홀한 만 가지 형상을 도저히 형용할 수 없을 성싶었다.[16] 온갖 묘함이 다 모이고 산수의 지극한 변화가 다 드러나, 천하의 진기한 경관이 온통 부정桴亭 앞에 펼쳐지는 것이었다.

그러나 물길을 따라 내려와서 병풍처럼 두른 산을 돌고 돌아 동대東臺[17]를 지나 한강 나루에 이르면 도성都城 문門이 지척에 있어 하루면 용정龍頂에 닿는다. 물을 거슬러올라 삼도三島[18]를 지나 정연亭淵[19]을 거

---

14 연자산(燕子山)　단양(丹陽)의 '제비봉'을 말한다.

15 적성산(赤城山)　단양에 있는 산. 옥순봉 북쪽에 있다.

16 강 가운데서~없을 성싶었다　이 대목의 변화무쌍한 서술은 시시각각 변하는 풍경을 예리하게 포착하고 있다 하겠는데, 이인상의 화가로서의 '눈'과 문학가로서의 상상력이 결합된 예라고 할 만하다.

17 동대(東臺)　여주에 있는 신륵사(神勒寺) 동대(東臺)를 가리킨다.

18 삼도(三島)　도담삼봉(島潭三峰)을 말한다.

19 정연(亭淵)　영월군 동강의 어라연을 가리킨다. 이인상은 35세 때인 1744년 석산(石

처 오대산의 수원水源까지 가는 데는 열흘이 걸린다. 그 빠름[20]은, 세상의 티끌에 날로 가까워져 더 이상 갈 데가 없고, 그 더딤[21]은, 세상의 티끌에서 벗어나 몹시 고상하여 문득 돌아갈 것을 잊게 만든다. 한가하게 오르내리면서 가지도 오지도 않고서[22] 그 빠름을 근심하고 그 더딤을 근심하니, 나의 이 마음은 또한 무슨 마음인가? 차라리 운루雲樓에 머물러 다시는 배를 띄우지 말고 그 일정함을 따르고 그 고요함을 지켜야 할 것인가?

지난해 배를 띄워 언덕을 지나갈 때에는 뭇 산들이 모두 엄중하더니, 올해 부정枰亭을 띄워 여울을 내려가매 뭇 산이 모두 바뀌어 다만 하나의 산[23]만이 내 마음을 슬프고 기쁘게 한다. 아아! 강산의 맑고 탁함이나 개고 흐림 역시 사람 마음의 슬픔과 기쁨에 관계되는 것일까? 아아, 동정動靜이 무상하여 의탁하는 데 따라 변하는 것이 사람의 마음이니, 늘상 운루에 살 수도 없을 뿐더러 부정을 타고 멀리 은둔할 수도 없는 것일까? 내가 구담을 보고 느낀 바가 있어 마침내 「구담소기」龜潭小記[24] 28단段을 짓고 거기에 시 38수를 붙여 동호인同好人에게 보인다.

山) 이보상(李普祥)과 함께 정연에 노닌 적이 있다. 현재 전하는 이인상의 그림 중 〈정연추단도〉(亭淵秋湍圖)는 바로 이 정연의 풍광을 선면(扇面)에 담은 것이다. 박희병, 『능호관 이인상 서화평석 1: 회화편』 중 〈정연추단〉의 평석 참조.
20 그 빠름 물을 따라 한강으로 내려가는 것을 말한다.
21 그 더딤 물을 거슬러 올라 오대산 쪽으로 올라가는 것을 말한다.
22 가지도 오지도 않고서 서울로도 가지 않고 오대산으로도 가지 않음을 말한다.
23 하나의 산 옥순봉을 가리키는 듯하다.
24 「구담소기」(龜潭小記) 이 글은 『능호집』(凌壺集)에는 실려 있지 않으며, 『뇌상관고』 제4책에 실려 있다.

경심정기 磬心亭記

성인聖人께서 음악을 만드실 때 사람의 본성을 기쁘게 하는 것으로써 도道를 삼았지만, 음악을 연주하는 자는 그 정情이 달랐으므로 성인과 우인愚人의 차이가 생기게 되었다. 그리고 음악을 듣는 자는 그 속한 시대가 달랐으므로 유심有心과 무심無心의 차이가 생겨나게 되었다. 이 것이 음악의 변화이니, 이 도를 알면 그 정情에 통하고 그 시대를 점칠 수 있으리라. 옛날 공자께서 위衛나라에 머물면서 경쇠를 연주하고 계실 때이다. 어떤 이가 공자의 집 문앞을 지나가며 그 소리를 듣고는 말하기를, "유심有心하구나, 경쇠 소리여!"[1]라고 했다는데 그 사람이 과연 정말 공자의 마음을 알았던 것일까? 성인께서는 일찍이 이 세상에 뜻을 두지 않은 적도 없고 또한 세도世道 때문에 그 즐거움을 바꾼 적도 없거늘 성인께서 무엇을 걱정하고 무엇을 근심했겠는가?

경쇠를 연주할 때 소리는 악기에서 나오고 마음은 소리에 의탁하는 것이어서, 스스로 연주하고 스스로 들으며 경쇠 소리로써 즐거움을 삼는 것이지 경쇠 소리 밖에다 마음을 둔 것이 아니건만, 듣는 자가 자기가 소리에 밝아 그 마음을 아는 것이라고 여김은 어째서인가? 악사 양襄[2]이 금琴을 연주함에 공자께서 그것을 들으시고 문왕文王의 음악임

---

1 유심(有心)하구나, 경쇠 소리여 『논어』「헌문」(憲問)편에 보이는, 삼태기를 멘 은자의 말이다. 그는 공자가 연주하는 경쇠 소리를 듣고 공자의 마음이 천하에 있음을 간파하였다.
2 양(襄) 춘추시대 노(魯)나라의 악관(樂官). 『공자가어』(孔子家語)「변악」(辯樂)에, "공자는 양(襄)에게 금(琴)을 배웠다. 양이 말했다. '제가 비록 경쇠를 치는 악관(樂官)을 하고 있지만, 금(琴)에도 능하지요.'"(孔子學琴於師襄子, 襄子曰: '吾雖以擊磬爲官, 然能於

을 깨달았다고 하는데,³ 금을 연주한 자가 무심하지 않았던 때문일까? 지금은 무릇 여러 악사樂師들이 각기 악기를 들고 가락을 맞추어 연주하니 칠정七情이 팔음八音⁴에 어지러이 뒤섞여, 넘치고 번잡해 저마다 그 느낌이 다르건만, 이를 듣고 발을 구르며 기뻐하는 것은 그것이 중인衆人의 음악이기 때문이다. 음에 밝은 자가 치란治亂을 점칠 수는 있으나 선악善惡의 정情을 알 수는 없으니, 만약 우부愚夫로 하여금 단음單音을 잡아 무심無心으로써 연주하게 하면 음에 밝은 자가 그 정情에 통하고 그 시대를 점칠 수 있겠는가?

아아! 음악의 도가 사라진 이후 협률심음協律審音⁵의 법이 모두 전하지 않아 시대의 치란과 사람의 선악을 모두 살필 수 없게 되었다. 비록 성인께서 다시 세상에 나와 음악을 연주하여 그 마음을 의탁하더라도 아는 자가 없을 것인데 하물며 중인衆人의 칠정이 그 중中을 얻지 못한 터에 또한 유심으로써 음악을 연주할 경우 그 소리는 필시 바르지 않을 것이다. 이미 음에 밝은 자가 없을진댄 끝내 세상을 속이는 데로 귀착되고 말 것이니 차라리 변함이 없는 옛 음악에 나아가 무심으로써 그것을 연주한다면 오히려 그 정에 화락해지고 그 시대를 즐거워하게 되지 않을까? 아아! 그 변화하는 것으로써 논한다면, 현악기와 관악기는 변화가 무상하여 사람의 정신을 피로하게 하고, 그 변하지 않는 것으로써 논한다면, 종소리는 찢어지는 듯하고 북소리는 넓고 깊나니, 종소리는 사람을 슬프게 하고 북소리는 사람을 근심하게 만든다. 한편

쯤)라는 말이 보인다.

3 악사~하는데 『공자가어』「변악」에 이 말이 보인다.

4 팔음(八音) 여덟 가지 악기(樂器). 즉 금(金: 종鐘)·석(石: 경磬)·사(絲: 현紋)·죽(竹: 관管)·포(匏: 생笙)·토(土: 훈塤)·혁(革: 고鼓)·목(木: 축어柷敔)을 말한다.

5 협률심음(協律審音) 음률을 맞추고, 음을 살펴 앎.

토목土木의 소리[6]는 사람을 즐겁지 않게 한다. 맑고 깊고 은미하고 심원하며, 혈맥血脈을 고취하여 중화中和의 기운을 얻게 하고, 사람을 고무시켜 몸을 편안하게 하며, 아무리 들어도 싫증이 나지 않는 것은 오직 경쇠 소리뿐이니, 공자가 위衛나라에 계실 적에 연주한 소리가 아직도 보존되어 있는 듯한 느낌이다.

나와 나의 벗인 오경보吳敬父와 이윤지李胤之는 경쇠 연주하기를 좋아했다. 나는 일찍이 경보의 작은 누각[7]의 편액으로 '옥경'玉磬이라는 두 글자를 써 준 적이 있는데, 한가한 날이면 서로 경쇠를 두드리며 그 소리를 듣는 것으로 즐거움을 삼았다. 대개 시대가 평안하고 무사하여 마음 쓸 데가 없어[8] 경쇠 소리에 의탁하여 그로써 성정을 기쁘게 한 것이니, 이른바 중인衆人의 음악을 무심으로 연주했던 것이다.

내가 일찍이 운담雲潭에 정자를 지었는데 경보가 와서 보고는 중정고中正皐[9] 앞에 살고자 했으니, 나의 정자와 가깝기 때문이었다. 그런데 얼마 되지 않아 경보가 언사言事로 인해 북으로 귀양가 삼강三江에서 운명했다.[10] 나는 차마 옥경루玉磬樓를 다시 찾을 수 없어 마침내 중정고中正皐 앞에 작은 정자를 세워 경보의 뜻을 이루어 주고 '경심'磬心이라는 편액을 걸었다. 정자 가운데는 오래된 경쇠를 달아 매양 산과

---

6 토목(土木)의 소리 팔음(八音) 중 훈(壎)이라는 악기와 축어(柷敔)라는 악기로 연주하는 소리를 말한다.

7 경보의 작은 누각 서울 북촌(北村) 계산동(桂山洞)에 있던 오경보의 집 누각 '옥경루'(玉磬樓)를 말한다.

8 대개~없어 짐짓 이리 말한 것이다. 뒤집어 읽어야 한다.

9 중정고(中正皐) 구담봉과 옥순봉 사이에 있는 강가의 언덕으로, 이인상이 붙인 이름이다. '중고'(中皐)라고도 한다. 이인상은 그 주변 구담의 강물을 '운담'(雲潭)이라고 명명했다. 『능호집』 권4의 「산천정 기사」(山泉亭記事)에 보면, 이인상이 1751년 '중고' 앞에 정자를 지었다는 기록이 있다. 이 정자가 바로 다백운루(多白雲樓: 일명 운루雲樓)다.

10 경보가~운명했다 이 일에 대해서는 본서 34면 주1을 참조할 것.

강이 고요하고 계절이 바뀌어 슬프기도 하고 기쁘기도 할 때면 윤지와 함께 경쇠를 두드려 소리를 내어 무심한 마음으로 들음으로써 스스로 정情을 잊었다. 내가 이미 경보에 대해서도 차마 슬퍼하지 않거늘 하물며 천하의 일에 대해 생각하겠는가?" 내가 치는 경쇠 소리를 듣고 내 마음을 아는 자, 다시 누가 있겠는가?

---

11 내가~생각하겠는가   이 말은 반어로 들린다. 이 글은 미어(微語)와 반어가 많다. 슬프고 착잡한 마음을 담았기 때문일 것이다.

다백운루기 多白雲樓記

나는 천성이 구름 보기를 좋아하지만, 그게 왜 즐거운지는 스스로 설명하기 어렵다. 구담의 군옥봉群玉峰¹ 중에 서루書樓를 짓고 '다백운'多白雲이라는 편액을 걸고는 혼자 웃으며 이렇게 말했다.

"구담에 항상 머물 수는 없고,² 좋은 구름도 언제나 만날 수 있는 것은 아니니, 이게 걱정일세."

무릇 단비가 내려 만물이 생장함은 천지의 마음이요, 구름의 묘용妙用이다. 그러나 온 세상에 구름이 끼어 비가 잔뜩 내리더라도 풀 하나 나무 하나가 혹 그 은택을 받지 못한다면 군자는 또한 걱정하나니, 걱정은 다할 날이 없는 것이다. 그래서 나는 유독 맑은 구름을 좋아한다. 맑은 구름은 그 흰빛이 신기하게 변화하면서 다양한 형상을 띤다. 바로 이 순간 천지의 마음이 고요하여 움직임이 없으며 만물이 때를 기다리는 것을 보게 되나니, 나의 즐거움 또한 말 없음에 있거늘 대저 무슨 걱정이 있겠는가? 그러나 구름은 무시로 일어나지만 마음에 딱 드는 때를 만나기란 쉽지 않으며, 접하는 일이 무궁한 까닭에 나의 근심과 즐거움은 상황에 따라 변한다. 그러니 좋은 구름이 없더라도 걱정

---

1 **군옥봉(群玉峰)** 옥순봉의 별칭이다. 정확히 말한다면 옥순봉과 구담봉 사이의 강가 언덕에 다백운루를 건립하였다.
2 **구담에~없고** 이인상은 음죽 현감으로 있던 1751년 정초에 다백운루를 건립하였다. 그의 동서이자 벗인 신사보(申思輔)의 도움에 힘입어서다. 원래 이인상이 경치가 좋은 구담에 정자를 조성한 것은 부근에 터를 잡아 은거하려는 생각에서였다. 하지만 이 생각은 실현되지 못했다. 다백운루 주변에는 농지도 인가도 없었으므로 오래 머물 수 있는 여건이 갖춰져 있지 않았다. 이인상은 가끔 여기에 들렀을 뿐 상주한 적은 없다.

할 겨를이 있겠는가? 대저 산과 바다, 시내와 바위의 경관이 비록 아름답긴 하지만, 만일 종신토록 조용히 앉아 밤낮없이 그것만 바라보게 한다면, 그 신기하게 변하고 유동하는 모습도 도리어 한 덩어리 물건에 불과하게 되어 보는 이를 싫증나게 할 것이다. 그러나 기장밥을 먹고, 베옷 입고 가죽띠를 두르며,[3] 도와 의리, 경전과 사서史書에 대해 공부하는 일은 정신을 평안하게 하고 몸을 튼실하게 만들어 주는 까닭에 어떤 곳에서든 편안하며, 오래 해도 싫증이 나지 않는다. 그러니 운루雲樓[4]가 비록 아름답다고는 하나 이 즐거움과는 바꿀 수 없다.

무릇 천왕봉[5]에 올라 해와 달을 보고, 봉정鳳頂[6]에 올라 푸른 바다를 보며, 보문普門[7]과 구룡연九龍淵[8]에 들어 장대한 폭포수를 보고, 국도國島[9]로 배를 띄워 깎아지른 듯한 천 길 절벽을 보며, 구담龜潭으로 거슬러올라 구름 같은 산봉우리를 본다면 이 또한 천하의 장관이라 할 만하다. 하지만 그러한 승경을 모조리 다 보고자 하여 가는 곳마다 누각을 세운다면 탐욕이 무궁해지고 걱정은 그칠 날이 없게 될 것이다. 더욱이 오악五嶽[10]과 삼호三湖,[11] 황산黃山[12]과 안탕鴈宕[13]의 승경에까지 욕

---

3 베옷 입고 가죽띠를 두르며 포의(布衣), 즉 벼슬하지 않은 가난한 선비의 차림.

4 운루(雲樓) '다백운루'를 줄여 한 말.

5 천왕봉 지리산 천왕봉을 말한다.

6 봉정(鳳頂) 설악산 대청봉(大靑峯)의 옛 이름.

7 보문(普門) 설악산 동편의 땅 이름. 바다가 보이고 부근에 폭포가 있다.

8 구룡연(九龍淵) 금강산의 구룡폭포 아래에 있는 못.

9 국도(國島) 강원도 통천군 자산리 앞바다 3km 해상에 있는 섬. 북동쪽으로는 현무암으로 이루어진 기암절벽이 병풍처럼 늘어서 있고, 서쪽 해변에는 백사장이 펼쳐져 있어 예로부터 명승지로 꼽혀왔다.

10 오악(五嶽) 중국의 다섯 산. 자세한 것은 본서 99면 주4를 참조할 것.

11 삼호(三湖) 중국 동정호(洞庭湖)의 별명. 동정호의 남쪽에 청초호(靑草湖)가, 서쪽에 적사호(赤沙湖)가 있는데 동정호가 이들을 아우르고 있는 데서 유래한 이름.

12 황산(黃山) 중국 안휘성(安徽省) 황산시(黃山市)에 있는 산으로 아름답기로 유명하다.

심을 내고, 구해九海 밖에 배를 띄워 봉래산蓬萊山이나 영주산瀛洲山에 있는 신선의 집을 찾으려는 지경에까지 이르면, 삿되고 망령된 마음이 끊임없이 일어나, 기욕嗜欲은 나날이 깊어지고 천기天機[14]는 나날이 얕아질 터이니, 도리어 마음이 고단하지 않겠는가?

또한 구담의 뭇 봉우리가 비록 기이하기는 하지만 그 변화무상함이 구름의 그것에는 못 미치고, 또 구름의 기이한 변화도 언제나 오래도록 즐길 수 있는 화창한 날만은 못하다. 그리고 마음에 기쁨을 주기는 하나 나의 것으로 삼을 수 없다는 점에서 구름과 산은 매한가지다. 그러니 어찌 종신토록 외물外物에 얽매여 나의 즐거움을 바꾸겠는가.

아! 삶이 고단하고 집안에 우환이 많아 맑은 날과 좋은 구름을 헛되이 보내던 중 구담 가에 누각을 세워 일 년에 한 번은 다녀올 수 있게 되었다. 그곳에서 구름 같은 뭇 봉우리를 바라보고, 또 장차 밭 갈고 고기 잡아 끼니를 마련하며, 칡을 캐어 옷을 짓고, 유유자적하면서 글을 읽고 이치를 생각한다면 그 즐거움은 바꿀 수 없을 것이다. 그리고 일없이 홀로 앉았다가 어쩌다 맑은 날을 만나, 때때로 피어 오르는 아름다운 구름을 접하여 그것이 보여주는 다양한 모습을 보고 천지의 마음을 징험하리니, 그 즐거움은 또한 말없음에 있을 터이다. 이렇듯 운루에는 진실로 즐거워할 만한 것이 많으니, 좋은 구름을 언제나 만날 수 있는 것이 아님과 구담에 항상 머물 수 있는 것이 아님에 대해 걱정할 겨를이 있겠는가. 이에 기문記文을 짓는다.

---

13 안탕(鴈宕) 중국 절강성의 낙청현(樂淸縣)과 평양현(平陽縣)의 경계에 있는 산. 명말(明末) 왕사임(王思任)의 유기집(遊記集)인 『유환』(遊喚)에 「안탕」(鴈蕩)이 포함되어 있다. 이인상은 『유환』을 읽은 것으로 보인다.

14 천기(天機) 자연적이고 담박한 인간의 본성. 『장자』「대종사」(大宗師)에, "기욕(嗜欲)이 깊은 자는 천기가 얕다"(其耆欲深者, 天機淺也)라는 말이 보인다.

수정루기 水精樓記

이윤지가 자신의 서루書樓에 이름 붙이기를 '수정'水精이라 했으니, 슬픔을 표시한 것이다. 처음에 윤지는 반지盤池¹ 가에 집을 지어 '담화'澹華라는 편액을 걸고, 꽃과 나무를 빙 둘러 심었다. 집 안에는 서화書畵며 고기古器 등의 진기한 볼거리들을 쌓아 놓았는데, 대개 벗에게서 받은 것이 많았다. 그 가운데 수정필산水精筆山²이 있었으니, 그의 숙부인 삼산三山 이공李公³이 준 것이었다. 당시 조정은 당론黨論이 나뉘어 있었는데, 원로나 덕망이 높은 분들은 거의 다 돌아가셨고, 사류士類 가운데 아직 맑은 의론⁴을 견지하고 있던 사람들은 모두 삼산공三山公과 한빈漢濱 윤공尹公⁵을 으뜸으로 받들었다. 두 공은 모두 충성스럽고

---

1 **반지(盤池)** 반송지(盤松池)라고도 한다. 서대문 밖 모화관 근처에 있던 서지(西池)를 말한다.

2 **필산(筆山)** '山' 자 모양으로 만든 필가(筆架).

3 **삼산(三山) 이공(李公)** 이태중(李台重, 1694~1756)을 말한다. '삼산'은 그 호. 자는 자삼(子三), 본관은 한산(韓山). 이희조(李喜朝)의 문인으로, 1730년 문과에 급제하였다. 1735년 지평으로 있으면서 신임사화 때 화를 입은 노론 4대신(四大臣)의 신원(伸寃)을 주장하다 흑산도에 위리안치되었고, 이듬해에 영암으로 이배되었다. 1740년에 다시 지평이 되어 소론인 유봉휘·조태구의 관작을 추탈할 것을 주청하다 갑산에 유배되었다. 이듬해 풀려 나와 부교리, 황해도 관찰사, 평안도 관찰사를 거쳐 예조참판, 부제학, 호조판서 겸 예문각 제학 등을 역임하였다. 청백리에 녹선되었다.

4 **맑은 의론** 원문은 "淸議". 영조 때 들어와 신임사화의 처리 문제를 놓고 강경하고 비타협적인 입장을 취한 노론 일파의 주장을 가리키는 말. 이들은 신임사화를 일으킨 소론 관련자들을 철저히 문책하고, 당시 희생된 노론 4대신의 복권을 요구하였다. 이인상과 그의 절친한 벗들 역시 정치적으로 이 입장에 속했다.

5 **한빈(漢濱) 윤공(尹公)** 윤심형(尹心衡, 1698~1754)을 가리킨다. '한빈'은 그 호. 또 다른 호는 임재(臨齋). 자는 경평(景平), 본관은 파평(坡平). 이윤영의 스승이다. 1721년(경

곧았으며 지조와 절개가 있었는데, 서로 절친한 사이였다. 윤공은 물러나서 몸을 깨끗이 하였고, 이공은 벼슬길에 나아가 시대를 구하려고 하였다. 윤지는 삼산공의 가르침에 마음으로 복종하였고 윤공을 스승으로 섬겼다. 한편 윤지는 서너 명의 벗[6]과 더불어 유유자적하면서 서화와 기물器物에 마음을 의탁하여 이를 즐거움으로 삼았다. 매양 한가한 날이면, 고동古銅과 고옥古玉과 정이鼎彝와 금검琴劍[7] 따위를 꺼내 놓고는 품평을 해 가며 사람들에게 보여주었다. 수정필산도 윤지가 애호하는 기물器物이었는데, 옛 물건은 아니어서 나는 한번 힐끗 보고 말았다. 나는 윤지처럼 맑고 진실한 사람을 벗으로 둔 것을 기뻐했지만, 두 공은 현달한 분이라 여겨 십 년에 두어 번 찾아뵌 데 그쳤다. 아아! 두 공을 이제 다시 볼 수 없으니 후회스럽다.

　지금도 기억하는 일이지만, 윤공이 밤에 담화재澹華齋에서 술자리를 벌였을 때 내게 고예古隸[8]를 쓰라고 분부하셨다. 나는 취중醉中에 '當轉移世界, 不當爲世界所轉移'(세계를 바꾸어야지 세계에 의해 바뀌어서는 안 된다)[9]라고 썼다. 공은 혀를 차며, "사람을 괴롭게 하지 말게나"라고 말씀하셨다.

종 1) 진사가 되고, 같은 해 문과에 장원급제하여 전적이 되었다. 신임사화로 노론이 추방당할 때 삭직당하고 병계(屛溪)에 은퇴하였다. 1724년 다시 노론이 집권하자 관직에 올랐으나 1728년 정미환국으로 다시 파직당했다. 이듬해 영조는 기유처분(己酉處分)으로 노론 4대신 중 조태채와 이건명을 복관시키도록 조치하였으나 윤심형은 신설(伸雪)이 고르지 못하다며 종신토록 벼슬하지 않았다. 문집으로 『임재집』(臨齋集)이 전한다.

6 서너 명의 벗　이인상, 오찬, 송문흠 등을 말한다.

7 고동(古銅)과~금검(琴劍)　'고동'은 고대의 청동기, '정이'(鼎彝)는 고대에 제사 지낼 때 쓰던 솥과 제기류(祭器類), '금검'은 거문고와 칼을 말한다.

8 고예(古隸)　원래 진(秦)나라와 서한(西漢) 전기(前期)의 예서를 이르는 말인데, 여기서는 '예스런 예서' 정도의 뜻으로 쓰였다.

9 當轉移世界, 不當爲世界所轉移　이 말은 본서 15면 「송사행에게 준 편지」에도 보인다.

그로부터 수년 후 들으니 이공李公이 귀양[10]에서 풀려나 서울에 들어와 윤공과 함께 담화재의 동쪽 정자에서 실컷 술을 마셨는데 취한 후 이야기가 시사時事에 미치자 서로 개연히 눈물을 흘렸다고 한다. 밤이 깊은 데다 윤공이 몹시 취하였으므로 윤지와 그 형제들이 윤공을 부축하여 말에 태워 전송하며 반지盤池 가에까지 이르렀다. 이튿날 윤공이 윤지에게 이르기를, "어젯밤에 내가 이런 시구 하나를 얻었지"라며,

문 나서니 청량한 광경만 기억나　　　出門但記清凉界,
못빛과 달빛 구분이 안 되네.　　　　　不辨池光與月光.

라 읊어, 듣는 자들이 슬퍼했다고 한다. 얼마 지나 이공李公은 다시 죄를 얻어 귀양 가고[11] 윤공은 한수漢水 가로 돌아가 자신의 서루에 '백빈'白蘋이라는 편액을 걸었으니 대개 임금을 그리워하는 뜻을 부친 것이다.[12] 내가 언젠가 술을 들고 윤지와 함께 찾아뵈었는데 윤공 또한 큰 술단지를 꺼내 놓아 저녁까지 통음痛飮하였다. 내가 공의 집 벽에다

---

10 **귀양** 1735년에 흑산도에 위리안치되고 이듬해에 영암으로 이배된 것을 이른다.
11 **죄를 얻어 귀양 가고** 1740년 갑산에 유배된 것을 이른다.
12 **'백빈'(白蘋)이라는~것이다** 두보의 시 「봉송엄공입조십운」(奉送嚴公入朝十韻)에, "각도(閣道)는 궁궐에 통하고/강담(江潭)에는 백빈(白蘋)이 숨었네"(閣道通丹地, 江潭隱白蘋)라는 구절이 있다. 당시 두보가 살던 촉(蜀)의 초당(草堂) 앞을 흐르던 완화강(浣花江)이 백화담(百花潭) 가까이 있었기에 '강담'(江潭)이라는 표현을 썼다. 또 두보의 시 「청명」(清明) 제2수에, "진성(秦城)의 누각 연화(煙花) 속에 있고/한주(漢主)의 산하는 금수(錦繡) 중에 있네/풍수(風水)에 봄이 오니 동정(洞庭)이 넓은데/백빈(白蘋)이 백두옹(白頭翁)을 근심케 하네"(秦城樓閣煙花裡, 漢主山河錦繡中. 風水春來洞庭闊, 白蘋愁殺白頭翁)라는 구절이 보이는데, 두보가 상담(湘潭)에 있을 때 장안(長安)을 그리워하며 읊은 것이다.

'自疏濯淖汚泥之中, 蟬然泥而不滓'(진흙탕에 빠지는 걸 스스로 멀리해, 고결하여 진흙 속에 있어도 더럽혀지지 않네)[13]라고 썼더니 공은 서글퍼하였다.

그 후 들으니 두 공은 윤지를 이끌고 단릉丹陵[14]에 들어가 그 산수를 즐겼다고 한다. 두 공이 돌아간 뒤 윤지는 사인암舍人巖에다 두 공의 이름자를 새겼는데, 그 글씨가 환히 물에 비쳐[15] 지나던 사람들이 두 공을 사모했다고 한다. 얼마 안 있어 윤공은 타계하고, 이공은 임금의 부름을 받고 벼슬길에 나아가 판서에까지 이르렀다.[16] 당시 나라에 일이 퍽 많아서 임금께서는 공을 중히 여기며 의지하셨고, 공 또한 충절을 다함을 자부하였다. 그리하여 우뚝하니 세도世道를 바꿀 것이라는 기대가 있었으나, 공 또한 불행히도 병으로 돌아가시매 뜻과 사업이 끝내 드러나지 않게 되었다. 아아! 십 년 이래 윤지의 서너 벗 또한 쇠락하여 거의 다 세상을 떴으니, 두 공의 죽음을 진심으로 슬퍼할 사람이 누가 있겠는가?

윤지가 서성西城으로 이사하여[17] 마당에 화초와 나무를 심었는데 담화재의 성대함에는 미치지 못했다. 방 안의 서화書畵와 기물器物은 이미 없어진 게 많은 느낌이었지만, 수정필산은 그대로 있어 어느새 옛 물건이 되어 있었다. 그러니 윤지의 마음이 어찌 슬프지 않겠는가? 어

---

13 自疏~不滓 『사기』「굴원가생열전」(屈原賈生列傳)에서 가져온 말이다.

14 단릉(丹陵) 단양.

15 윤지는~물에 비쳐 역자는 사인암을 너댓 번 답사했는데, 강벽(江壁) 쪽에 '尹心衡, 李箕重, 閔遇洙, 李台重'의 이름이 세로로 나란히 새겨져 있고('尹心衡'이 맨 왼쪽, '李台重'이 맨 오른쪽에 위치), 붉게 주사(朱砂)가 먹여져 있는 것을 확인할 수 있었다.

16 판서에까지 이르렀다 호조판서가 된 것을 이른다.

17 서성(西城)으로 이사하여 이윤영은 1756년(영조 32) 여름 서지(西池) 부근에서 서성(西城) 밖 경교(京橋) 부근에 있는 동명(東溟) 정두경(鄭斗卿, 1597~1673)의 옛집으로 이사하였다.

느 날 밤 윤지는 단릉에 들어간 꿈을 꾸었는데, 40길 높이의 사인암이 수정산水精山으로 변해 있었다. 그 모습은 희게 빛나며 수려하였다. 꿈을 깨자 느낀 바 있어 드디어 서루 이름을 '수정'이라고 했으니, 대개 두 공에 대한 생각을 부친 것이다. 아아! 꿈이란 것은 진실로 허탄한 것이나, 사람의 정성에 감응하여 신기神氣가 혹 꿈에 환하고 진실되고 한결같이 나타나는 수가 있으니, 이를테면 고종高宗이 꿈에 부열傅說을 만난 일이나 중니仲尼가 꿈에 주공周公을 본 일[18] 등은 모두 바른 이치에서 나온 것이라 할 수 있다.

대저 한 덩어리의 수정필산은 미미한 물건이고 사인암에 새긴 이름자는 까마득히 먼 일이건만, 급기야 꿈에 나타나 서루의 이름을 '수정'이라 하게 했으니, 예전에 윤공이 술이 깬 뒤 못빛과 달빛을 말한 일 및 내가 술에 취해 벽에다 글씨를 쓴 일과 서로 조응하는 듯하다. 이 휘황한 한 덩어리의 돌은 투명하고 막힘이 없는 게 마치 밝은 마음과 같아서 족히 사람을 감동시키니, 두 공의 처음과 끝을 보는 듯하며, 세운世運의 성쇠盛衰를 살필 수 있다. 윤지의 수정루를 찾는 사람은 마땅히 임금에게 충성하고 나라를 근심하는 마음을 가져야 할 것이다. 정축년(丁丑年, 1757) 가을에 쓴다.

---

18 고종(高宗)이~본 일　은(殷)나라의 고종(高宗)은 자기가 꿈에서 본 사람의 초상을 그리게 해 천하에 두루 찾게 했는데, 부암(傅巖)의 들에서 담 쌓는 일을 하고 있던 부열(傅說)이 바로 그 사람이었다. 이에 부열은 고종의 재상으로 발탁되어 어진 정치를 베풀었다는 고사가 있다. 중니(仲尼: 공자의 자字)가 꿈에 주공(周公)을 보았다는 고사는 『논어』 「술이」(述而)편에 보인다.

태백산 유기遊記[1] 을묘년(1735)

나는 퇴어退漁 김공[2]을 따라 태백산을 구경하고자 안동과 순흥 등 여러 군을 거쳐 백여 리쯤 지나 봉화에 이르렀는데, 지나온 길이 죄다 산록山麓이었다. 마침내 산에 들어 각화사覺華寺[3]에서 잤다. 절은 봉화와 오십 리 거리였다. 새벽에 일어나 두 채의 견여肩輿[4]를 정비하고 승도僧徒 구십 인을 점검하였다. 중들은 다들 겹옷을 껴입고 있었지만 그럼에도 모두 동사할까 걱정하였다. 이날 산 아래는 오히려 화창하고 따뜻했다.

오 리를 올라가 사고史庫[5]를 봤는데 하늘이 그제야 밝아왔다. 마침내 상대산上帶山 중봉中峰[6]을 향해 올라갔다. 고개는 갈수록 위태로워지고 길은 갈수록 희미해졌으며 무성한 전나무와 높다란 떡갈나무가

---

1 유기(遊記) 산수(山水)에 노닌 일을 적은 한문학 문체의 하나.
2 퇴어(退漁) 김공 김진상(金鎭商, 1684~1755)을 말한다. '퇴어'는 그 호, 본관은 광산. 장생(長生)의 현손, 참판 익훈(益勳)의 손자. 1699년에 진사가 되고 1712년 문과에 급제하였다. 설서·지평 등의 관직을 두루 역임하였으며, 1720년 수찬을 지냈다. 1722년 신임옥사로 무산(茂山)에 유배되었으나 1724년 영조가 즉위하자 풀려났다. 이후 여러 번 벼슬에 제수되었으나 나아가지 않았다. 1716년 숙종의 병신처분(丙申處分) 뒤 윤선거(尹宣擧)를 제향(祭享)하는 서원(書院)을 폐고 그 문집 목판을 훼철(毀撤)할 것을 주청하였으며 1719년 희빈 장씨(禧嬪張氏)의 묘를 이장할 때 동궁이 망곡(望哭)하려는 것을 막는 등 노론의 입장을 고수하였다. 예서에 능하여 많은 비문을 썼다. 문집으로『퇴어당유고』(退漁堂遺稿)가 있다.
3 각화사(覺華寺) 경상북도 봉화군 춘양면 석현리 각화산(1,177m) 남쪽에 있는 절.
4 견여(肩輿) 두 사람이 앞뒤에서 메는 가마. 좁은 산길을 갈 때 쓰며, 대개 중이 멘다.
5 사고(史庫) 경북 봉화군 춘양면 석현리의 각화산 정상 가까운 곳에 왕조실록(王朝實錄)을 보관하는 사고(史庫)가 있었던바 이를 태백산사고(太白山史庫)라 한다.
6 상대산(上帶山) 중봉(中峰) 각화산 북쪽에 있다.

귀신처럼 서 있었다.⁷ 바람과 벼락에 거꾸러진 나무들이 언덕을 가로질러 길을 끊어 놓았으며, 눈이 쌓여 길이 뚜렷하지 않았다. 서 있는 나무들은 바야흐로 세찬 바람과 싸우느라 그 소리가 하늘에 가득해 동에서 퍼덕퍼덕 하는가 하면 서에서 '씨잉' 하고 호응하는데, 흐리고 어두워지더니 갑자기 번개가 번쩍거림이 그침이 없었다. 종인從人⁸들이 모두 뻣뻣이 언 채로 서 있어서 썩은 나무를 꺾어 불을 피워 쬐게 하였다. 다시 눈을 밟으며 산등성이로 길을 내는데 밧줄로 가마 앞뒤를 묶고 골짝에 줄을 매달아 나아갔다. 바라보이는 곳은 점점 멀어졌고, 눈〔雪〕은 점점 깊어졌으며, 바람은 점점 심해졌고, 나무의 키는 점점 작아졌다. 급기야 상대산에 오르니 자그만 나무도 없고 다만 바람뿐이었다.

사방 백 리를 둘러보니 산은 모두 눈빛인데 뭇 용이 싸우는 듯했고, 일만 마리 말이 치달리는 것 같았다. 그것들은 안개 속에 숨었다 나타났다 했으며, 어둑한 속에 열렸다 닫혔다 했는데, 환히 빛나는 새하얀 광채가 하늘에 가득하였다. 종인들 또한 미친 듯이 외치며 발을 굴렀다. 동쪽을 바라보니 바닷빛은 구름과 같아 하늘에 떠서 하나가 되어 있었다. 춤추는 듯한 세 봉우리가 흡사 안개 속의 돛단배가 구름에 흐르다 바다에 섞이는 듯했는데 곧 울릉도였다. 밝게 빛나며 고개를 숙인 채 둘러서 있어 감히 방자하지 않은 건 일흔 고을의 산들⁹이다. 우뚝하니 그 앞에 서 있어 마치 사악四嶽¹⁰이 제후들을 거느리고 조회朝會

---

7 무성한~있었다 이인상 그림 속의 나무들을 보는 느낌이다.

8 종인(從人) 종자(從者)를 말한다.

9 일흔 고을의 산들 영남 70주(州)의 산들을 말한다.

10 사악(四嶽) 요(堯)임금 때 사방의 제후를 통솔했다는 인물. 공공(共工)의 후예로서, 우(禹)의 치수(治水)를 도와 공을 세워 '강성'(姜姓)을 하사받고 여(呂)에 봉해졌으며, 제후의 장(長)이 되었다고 한다.

드는 듯한 것은 청량산淸凉山¹¹이다. 서북쪽으로는 운무가 어둠침침하여 멀리 바라봐도 뵈는 게 없었으며, 다만 산 하나가 있는데 순전히 돌로 이루어져, 서 있는 모양이 마치 칼이나 도끼 같았다.

마침내 동북으로 길을 잡아 천왕당天王堂¹²을 향하는데 해는 이미 지고 달이 떴다. 산마루의 나무는 높이가 겨우 서너 자밖에 되지 않지만 온 가지가 쭈글쭈글하고, 바람에 떨며 살아가고 있다. 그 울퉁불퉁한 모습이 기이하고 예스러운데, 바람에 흔들거리며 지나가는 사람의 옷을 당기고 소매를 찢는다. 그 굳세기가 쇠와 같아 사람들은 몸을 구부려 지나가야 했다. 나무 뿌리를 덮은 눈은 사람 무릎만큼 빠지는데 바람이 불면 휘날린다. 북쪽에서 불어오는 바람에 하늘은 어둡고 땅은 찢어질 듯한데, 흡사 천둥이 치고 바다가 뒤흔들리는 것 같다. 거목은 노한 듯 소리를 치고, 작은 나무는 애처롭게 운다. 중이 넘어졌다가 다시 일어나니 눈이 그 등을 누른다. 가마 움직이기가 어려워 마치 급류가 흐르는 여울에서 배를 저어 거슬러 오르는 것 같았다. 중이 말하기를, "나무는 천 년을 살 뿐이지만 눈은 만고萬古 동안 쌓여 있습죠. 산등성이는 북쪽에 가까울수록 상대산上帶山과 기후가 다릅지요. 그래서 바람이 매우 세차고 나무 모습이 몹시 기이하며, 눈은 더욱 녹지 않습지요"라고 하였다.

천왕당에 도착했다. 사람들과 약속하여 시간을 정해 간신히 육십

---

11 청량산(淸凉山) 경상북도 봉화군 명호면(明湖面) 남쪽에 있는 산이다. 퇴계(退溪) 이황(李滉)이 이 산을 '오가산'(吾家山: 우리 집 산)이라 칭한 이래 많은 음영(吟詠)과 기문(記文)이 문인(文人)·학사(學士)에 의해 창작되었다.

12 천왕당(天王堂) 태백산은 예로부터 명산으로 알려져 토속신앙이 성하였다. 망경대에 태백산사(太白山祠)라 불리는 사당이 있어 산 주변에 사는 사람들이 봄과 가을에 여기서 제사를 지냈다. 이 태백산사는 '천왕당'이라고도 불렸다.

리를 오니 서당西堂에 석불石佛이 있고 동당東堂에 목우木偶[13]가 있는데 이 목우가 이른바 '천왕'天王이다. 다시 나무를 때어 한기를 덜고 나서 앞을 향해 나아가 숙소를 찾으니 달빛은 침침한데 이따금 별들이 구름 사이로 빛나며 숲에 걸려 있다. 수 리를 가니 달이 다시 밝아 사방의 산이 고요하고 하늘빛은 씻은 듯하였다. 나는 계속 시를 읊조리며 구름과 바람을 타고 하늘로 오르는 상상을 해 보았다. 소도리素逃里[14] 객점에 이르니 밤은 이미 삼경三更이다. 대략 이십 리를 온 것이다.

객점 주인 남후영南後榮이 와서 인사를 하는데, 모습이 순박하고 말이 진실되다. 그는 이 산의 형세를 이렇게 말하였다. "이 산은 3도道 열두 고을에 걸쳐 자리잡고 있는뎁쇼, 동북 방면의 관동에 속한 고을은 강릉·삼척·울진·평해·영월·정선 등입지요. 삼척의 소나무는 곽槨을 만들 수 있고 그곳 삼蔘이 매우 좋지요. 남쪽을 넘어가면 영남의 여러 고을이니 곧 안동·봉화·순흥·영천·풍기 등입지요. 봉화는 사고史庫가 있어 중요한 곳이지요. 부석사浮石寺[15]는 남녘에서 유명한데 순흥에 있습지요. 호서湖西의 사군四郡[16]은 영춘에서 그 기이함이 시작되는데, 영춘은 기실 태백산의 서쪽 지맥이지요. 높은 산봉우리로는 천의天衣·상대上帶·장산壯山·함박含朴[17]이 있고요, 유명한 물로는 황지黃池[18]·공연孔淵[19]·오십천五十川[20]이 있습지요. 그 섬기는 신은 천왕이라 하는

---

13 목우(木偶) 나무로 만든 사람의 형상.

14 소도리(素逃里) 지금의 태백시 소도동에 해당한다.

15 부석사(浮石寺) 경상북도 영주군 풍기에 있는 절.

16 호서(湖西)의 사군(四郡) 남한강 유역의 단양·청풍·영춘·제천을 말한다.

17 함박(含朴) 함백산(咸白山)을 말한다.

18 황지(黃池) 강원도 삼척군에 있는 낙동강 원류의 하나가 되는 못.

19 공연(孔淵) 태백시 동점동의 구문소(일명 구무소)를 말한다. 황지에서 시작된 낙동강 물길이 동점동에 이르러 산을 뚫고 지나가면서 높이 20~30m, 너비 30m 정도 되는 커다

데, 황지黃池의 신이지요. 상말에 모란을 '함박'이라고 하는데, 함박산은 몹시 아름다우며, 소뢰현素耒峴[21]에서 바라봐야 좋습니다. 장산은, 북쪽은 순전히 흙이고, 남쪽은 순전히 돌인데, 보석이 나옵지요. 황지의 물은 불거나 줄지 않고요, 공연孔淵에는 용이 살지요. 오십천은 물줄기는 하나지만 건너는 물굽이는 오십 군데나 됩니다. 그밖의 그윽하고 빼어난 곳은 말하지 않겠습니다."

이튿날 아침 남생南生[22]과 함께 객점 문을 나섰다. 바람이 사나워 눈이 휘날렸다. 들판에 쌓인 눈이 모두 세차게 날아올라 운무雲霧를 이루니 천지는 아득하고 바로 옆 사람과도 말을 주고받을 수가 없었다. 이십 리를 가서 황지 가에 이르니 비로소 운무가 걷혔다. 사방을 돌아보니 들이 십 리에 평평한데, 못 물이 그 가운데를 돌아 흐르고 있었다. 실로 한 산의 중앙이요, 함박재[23]의 동쪽이다. 황지의 넓이는 겨우 반 무畝[24]이고, 그 모양은 바가지에 구멍을 뚫은 것 같았는데, 가운데는 넓고 바깥쪽은 좁았다. 거의 세 길이나 되는 흙이 못을 두르고 있어 겨울이 아니면 감히 발을 딛고 접근할 수 없다. 샘은 복판에서 솟는데 색이 검고 차기가 얼음 같았다. 그래서 어룡魚龍도 살지 않으며 천고에 그 깊이를 헤아려 본 사람이 없는바, 만일 그 물을 건드리면 한 해 내

란 석문(石門)을 형성해 놓았는데 그 아래 물이 고여 있는 깊은 소(沼)를 구문소라고 한다. '구문'은 구멍이라는 말. '공'(孔)은 구멍의 한자 표기에 해당한다.
20 오십천(五十川) 강원도 삼척군에 있는 하천. 그 하구(河口)에 있는 죽서루(竹西樓)는 관동팔경의 하나다. 삼척부(府)에서 물의 근원까지 마흔일곱 번을 건너야 하므로 대충 헤아려 오십천이라는 이름이 붙었다.
21 소뢰현(素耒峴) 태백시 황지동에 있는 송이재를 가리키는 듯하다. 이 고개를 넘어 남쪽으로 내려오면 공연(孔淵)에 이른다.
22 남생(南生) 객점 주인인 남후영을 말한다.
23 함박재 함박산.
24 무(畝) 1무는 약 30평.

내 바람이 사납고 사람들이 편안하지 않다고 한다. 추측건대 신명神明이 깃들어 겨울에도 얼지 않고, 가뭄에도 줄지 않으며, 큰 비에도 물이 붇지 않는 등 일정한 특성과 일정한 법도가 있는 게 아닌가 싶다. 그 물은 남쪽으로 흘러 공연孔淵에 이르는데, 높은 고개를 지나는 게 백 리이고 바다에 이르기까지는 천 리이니, 그 유택流澤이 또한 길다.

마침내 남생과 헤어져 소뢰현을 지나 공연을 향하였다. 모란봉²⁵을 돌아다보니 현란하게 아로새긴 듯한 모습이 마치 꽃과 같은데, 웅대하지는 않지만 어여쁘고 기묘하여 이 산의 면목을 일변一變하게 하니 이 때문에 기이하였다. 이십 리를 가서 소석봉小石峰²⁶을 지났다. 홀로 수십 길이나 솟아 있는, 투구같이 생긴 바위는 쇠바위²⁷라 부른다.

또 십 리를 가서 방허촌方墟村에 묵었다. 길가엔 모두 오렵송五鬣松²⁸이었는데, 곧기가 마치 대나무 같았다. 윗가지는 푸르게 지붕을 이루었으며, 물 양쪽의 두 낭떠러지에 서 있었다. 잠시 후 채운彩雲이 서쪽에서 일어나 송림松林에 은은히 어리었다. 눈부시게 빛나는 것이 조가비 같기도 하고 무지개 같기도 한데, 한참 동안 변하지 않았다. 아마도 산이 너무 높아 지는 해가 산 아래 있어 역광逆光이 비추어서 괴이한 빛을 내는 것이리라. 두 낭떠러지의 바위는 마치 어룡의 등에 있는 비늘 같은데, 이빨 모양으로 솟아 있는 게 마치 서로 제압하려는 것처럼 보였다. 이곳의 물은 공연으로 흘러 들어간다고 한다.

다음날 물을 따라 내려가 공연 아래에 도착했다. 십여 길이나 되는 절벽이 있었는데 푸르스름한 데다 깎아지른 듯 가팔랐으며 간간이 붉

---

25 모란봉 함박재를 가리킨다.
26 소석봉(小石峰) 태백시 백산동의 철암 부근에 있는 산으로 추정된다.
27 쇠바위 원문은 "鐵巖". 태백시 백산동의 백산역 부근에 있다.
28 오렵송(五鬣松) 잣나무.

은빛도 섞여 있었다. 가운데에는 성문城門만 한 큰 구멍이 나 있었다. 황지의 물이 수십 리를 달려와 세차게 솟아올라 문[29] 밖으로 바로 흘러가지 않고 선회하여 황지와 같은 깊은 못을 이루는 한편, 문을 나와서는 왼쪽에서 물이 합쳐지는데, 파도가 넘실넘실 씩씩하게 흘러 남쪽에 이르러 낙동강이 되어 바다로 들어간다.

태백산의 경치는 공연에 이르러 그 기이함을 다한다. 우리 일행은 그 문 안으로 들어가 얼음을 밟으며 위를 쳐다보았다. 서쪽으로는 하늘빛이 들어오고 동쪽으로는 아침 햇빛이 비치었다. 바람은 씽씽 불고 얼음은 단단했으며, 돌은 위태하여 무너질 것만 같았다. 갑자기 산비둘기 수십 마리가 푸드득 날아오르는데 날갯짓 소리가 요란하였다. 나는 나도 모르게 갑자기 두려운 마음이 들어 거기에 오래 머물 수가 없었다. 이 고장 사람들은 이런 말을 했다.

세상에 전해 오길 황지의 물은 예전에는 산의 뒤편으로 해서 남쪽으로 흘렀는데, 용이 이 구멍을 뚫어 물길이 바뀌었으며, 물밑에는 용이 잠복해 있다.

혹 그럴지도 모른다.

오십 리를 가서 홍제암洪濟菴[30]에서 자고, 또 육십 리를 가 봉화읍에 닿았다. 길은 모두 높은 고갯길이라 험하였다. 태백산은 흙이 쌓여 큰 산을 이루었는데 그 깊숙함을 헤아릴 수 없다. 백 리를 올라가도 그 공덕을 드러내지 않나니, 마치 대인大人이 중덕中德[31]을 지닌 것과 같다

---

29 문 성문만 한 큰 구멍을 가리킨다.
30 홍제암(洪濟菴) 봉화군 소천면 고선리에 있는 절.

하겠다. 겨우 사흘을 놀고 다시 봉화로 돌아와 산을 나섰는데, 문득 망연한 느낌이 드는 것이 마치 세상을 떠나 있었던 것 같다.

31 중덕(中德) 중정(中正)의 덕(德).

금산기錦山記 무진년(1748)

금산은 영남의 절해絶海에 있어 놀러 오는 이가 드문데, 특히 음성굴音聲窟로 유명하다. 무진년 팔월[1]에 나는 상관上官[2]의 해읍海邑 순행길을 따라 그곳에 가 보게 되었다.

진양晉陽[3] 촉석루에서 출발하여 이백여 리를 간 다음 노량露梁을 건넜다. 금산에 처음 도착해 남쪽을 바라보니 산 기운이 푸르스름하니 하늘 끝에 떠 있고, 산세는 구불구불한 게 마치 기다란 물고기가 파도 위로 올라온 것 같았으며, 기이한 봉우리나 절벽은 없는 듯했다. 사십 리 길을 더 가 남해현南海縣에서 묵었다.

이튿날 다시 이십 리를 가서 산 아래에 이르렀는데, 언덕과 골짜기가 에워쌌으며, 순전히 흙이었고 바위라곤 없었다. 서쪽 언덕을 넘자 비로소 봉수대가 있는 봉우리 하나가 보였는데 우뚝하니 푸른빛이었고, 바다빛이 펼쳐져 넘실거리는 바다가 눈에 들어왔다. 길 양편으로 키 큰 소나무가 서 있고, 미풍이 얼굴을 스쳤다. 도어徒御[4]가 상봉上峰에 거의 다 왔다고 하기에 산 위를 올려다보니 민둥민둥해 아무것도 없을 것 같았다. 이곳에서부터 대나무 가마를 타고 갔다. 비탈길을 조금 가니 산 전체가 온통 장송長松인데 마치 새로 나온 죽순처럼 삼엄

---

1 무진년 팔월 당시 이인상은 사근역(沙斤驛) 찰방(察訪)으로 있었다. 사근역은 경상남도 함양군 수동면 화산리에 위치한 역으로, 인근에 있던 14개의 속역(屬驛)을 관할하였다.
2 상관(上官) 경상 감사인 남태량(南泰良)을 말한다. 당색(黨色)은 소론이다.
3 진양(晉陽) 진주(晉州)의 옛 이름.
4 도어(徒御) 수행하는 종.

하게 쭉 서 있어 조금도 굽거나 서로 기대고 있는 나무는 없었으며, 바람을 머금어 우레와 같은 소리를 냈으므로 정신이 오싹했다. 소나무 아래에는 단풍나무와 측백나무, 철쭉이 많았지만 키가 작달막하고 크게 자라지 못하였다. 소나무는 높은 것일수록 짙은 서리를 받아 그 희뿌옇고 푸른 모습이 가히 볼만했다.

십여 리쯤 가니 길 좌우에 짐승 모양의 바위가 있는데 '사자목'이라고 했다. 동쪽으로 접어들어 오르자 보기 좋은 바위가 점차 많아지고 나무는 점차 줄어들면서 바다가 차츰 보이기 시작했다. 바위들이 좌우로 누워 굽어보고 있는 사이로 길이 하나 나 있는데 용광로에서 만들어 낸 듯한 웅대한 바위가 앞에 우뚝 솟아 있는지라 가마를 돌려 바위 뒤쪽으로 돌아갔더니 몸이 이미 산의 정상에 와 있었다. 봉우리 이름은 연대봉蓮臺峰이다. 봉우리에는 둥근 대臺를 쌓아 주위를 조망할 수 있게 해 놓았다. 대臺 서쪽 석벽에 '由虹門上錦山'(홍예문虹蜺門으로 금산에 오르다)이라는 글귀가 크게 새겨져 있었는데, 주세붕周世鵬[5]의 글씨다.

일행과 함께 사다리를 잡고 대臺에 오르니 하늘과 바다가 훤하니 밝고 팔극八極[6]이 시원하게 벌어 있었으며 산은 허공에 떠 있어 마치 물의 힘으로 회전하는 선기옥형璿璣玉衡[7]처럼 느껴졌다. 천지를 돌아보니 마치 수레바퀴 같아 원기는 홍몽鴻濛하고 해는 맑고 깨끗한데, 이남二南[8]의 산들이 길게 이어지며 무리를 이룬 모양이 마치 팔진八陣[9]을

---

5 주세붕(周世鵬) 중종·명종 연간의 문신이자 학자. 호는 신재(愼齋). 곤양(昆陽: 지금의 경상남도 고성군) 군수를 지낸 적이 있다.
6 팔극(八極) 팔방(八方)의 끝.
7 물의~선기옥형(璿璣玉衡) '선기옥형'은 혼천의(渾天儀)를 말한다. 옛날에 물의 힘으로 선기옥형을 회전시키는 장치가 있었다.
8 이남(二南) 영남과 호남. 남해는 영호남 사이에 있다.
9 팔진(八陣) 군진(軍陣)의 하나.

펼친 것 같았다. 북으로는 지리산을 섬기고, 동남으로는 대마도를 지사指使[10]하며, 서남에서 제주도가 조회朝會 드는 형세였다. 일만 봉우리가 번갈아 나타났다 사라졌다 하며, 남으로 큰 바다가 보이는데 푸르름이 가이없다. 바다 한가운데 바위가 하나 서 있는데, 그 중간에 커다란 구멍이 나 있어 옴팡한 게 성문처럼 생겼다. 바위는 여기서 이백여 리 떨어져 있고, 구멍은 높이가 수백 길인데, 저녁해가 뉘엿뉘엿 질 때면 바닷빛이 문득 변하여 쇳물처럼 붉어지고 바위의 형세도 더욱 커져서, 파도 저 너머를 보면 기괴하여 눈이 어찔해진다. 이 바위는 세존도世尊島라고 한다.

다시 산등성이를 가로질러 서쪽으로 일 리쯤 가서 구정봉九井峰 정상의, 돌을 쌓아 놓은 곳 앞에 가마를 멈췄다. 그곳에는 우묵한 가마솥 모양의 샘이 여덟아홉 개 있었는데 샘물은 솟지 않았다. 바위의 형세는 점차 급해져 오싹하여 아래를 내려다볼 수가 없었다. 다시 비스듬히 나아가 무성한 숲 사이로 길을 택하여 동쪽의 버려진 암자 터에 이르자, 곁에 큰 바위들이 연달아 대치對峙해 있고 왼쪽으로는 구멍 한 개가 뚫려 있는데 단엄端嚴하기가 문門과 같았다. 그 안으로 들어가 북쪽 벼랑을 안고 나아갔는데 바위 모서리가 뾰족뾰족해 사람들이 모두 다리를 바짝 붙이고 발을 포갠 채 서로 붙들고 섰다. 열 발자국쯤 걸어 내려가 올려다보자 동서로 늘어선 세 봉우리가 숲 밖에 숨었다 나타났다 하는 모습이 신묘하고 빛났으니, 그 이름은 각각 일월대日月臺, 화엄대華嚴臺, 대장봉大藏峰이다. 보제암普濟菴은 봉우리 밑에 있었다. 암자에서 수십 걸음 내려가면 작은 석탑石塔이 있는데, 그것을 치면 종소리가 나는 게 그 속에 무슨 장치를 해 놓은 듯싶었다. 탑은 산정山頂에

---

10 지사(指使)　일을 지시하여 부림.

위치하여 깊이를 알 수 없는 저 아래를 내려다보고 있는데, 이름하여 탑대塔臺라고 한다. 추측건대 불교를 숭상하던 신라와 고려 때엔 온 산천이 도량道場이었을 것이다.

다시 서쪽으로 길을 가서 거대한 골짜기를 내려다보니 홀연 단단한 암벽이 있어 얼굴을 치며[11] 십여 길이나 우뚝 솟아 있는 것이 마치 신검神劍으로 깎은 듯하고, 구리와 철을 녹이고 단련하여 만든 것 같았다. 장차 바다를 에워싸 막을 듯한 형세였으며, 동서로 두 구멍이 나 있어 둥글고 높은 것이 흡사 성문처럼 보였다. 이것이 이른바 홍예문虹蜺門이다. 두 문 사이에는 곁으로 동혈洞穴이 하나 있는데, 높이는 사람 키를 조금 넘고 너비는 너댓 사람이 들어감 직했다. 왼쪽으로 들어갔다가 옆으로 나와 서쪽 문에 서서 바위 꼭대기를 올려다보니, 또한 문보다 큰, 물이 똑똑 떨어지는 둥근 동혈이 길 한쪽에 있어[12] 하늘은 수레바퀴 같고 지나가는 구름은 떨어질 것만 같은데 남쪽으로 내려다뵈는 바다빛이 짙다. 세존도世尊島의 석문石門은 입을 벌린 채 앞에 있는데 영롱한 빛이 구멍을 통과해 탁 트여 막힘이 없다. 좌우에는 석봉石峰이 우뚝 치솟아 몹시 가파르고, 그 기세가 삼엄하여 바로 쳐다볼 수 없거늘, 동쪽은 탑대塔臺요, 서쪽은 구정九井이다. 암벽 사이에선 큰 나무가 사납게 소리를 내고, 서늘한 기운이 몸과 마음에 사무쳐 오래 앉아 있을 수가 없었다. 추측건대 해산海山[13]의 장관이 여기서 그 극치에 이르는 듯싶다.

동쪽 봉우리에는 두 개의 석굴이 있으니, 높은 것의 이름은 와룡臥

---

11 **얼굴을 치며** 원문은 "拍面"이다. 눈앞에 갑자기 그 모습이 나타난 것을 이리 표현했다.
12 **길 한쪽에 있어** 『능호집』의 원문은 "加徑一缺"로, 한 글자가 결자(缺字)로 처리되어 있으나, 『뇌상관고』를 통해 그 결자가 '片'임을 알 수 있다.
13 **해산(海山)** 해중(海中)에 있는 산. 여기서는 금산을 가리킨다.

龍이요, 낮은 것의 이름은 이른바 음성굴音聲窟이다. 바위 가운데가 텅 비어, 두드리면 '뎅' 하고 쇠북처럼 소리를 내는데, 그저 금산에 있는 기이한 경물들 가운데 한 가지일 뿐, 이것을 금산의 명물로 삼기엔 부족하다. 금산은 높이가 십여 리에 불과하나 사방의 전망이 끝이 없고 암석의 기이한 변화가 몇 리에 걸쳐 있어 동서로 왕복하며 종일 구경해도 시간이 부족하니 이것이야말로 그 기이한[14] 점이라 하겠다.

이튿날 노량露梁에 이르러 상관上官이 먼저 바다를 건넜다. 나는 큰 배에 탄 후 중류에서 큰 바람을 만나 파도가 산처럼 일어나는 바람에 배가 목우木偶[15]와 깃털처럼 요동쳐 하마터면 물에 빠질 뻔하였다. 이윽고 풍랑이 진정되자 사공이 환호작약하며 뱃노래[16]를 부르는데, 나지막하고 은은하여 들을 만하였다. (8월 29일)

---

14 기이한 원문은 "奇"인데, 이 글자는 앞에서도 나왔다. 이인상은 강조를 위해 이 말을 의도적으로 거듭 사용하고 있는바, 주목을 요한다.
15 목우(木偶) 나무로 만든 작은 인형.
16 뱃노래 원문은 "囉嗊". 중국 악부시제(樂府詩題)의 하나다.

통영 유기遊記

고성현 남쪽에서 산세山勢는 치달아 바다로 들어간다. 처음 오 리를 가면 서쪽으로 올망졸망 산들이 보이는데 푸르름이 백여 리에 이어지다가 해문海門에서 끊어져 사량도蛇梁島가 되었다. 산을 지나는 이들은 그 꼭대기를 가리켜 옥녀봉玉女峰이라고 한다. 여기서부터 길 좌우의 삼십 리가 모두 장송長松인데, 구불구불한 가지가 뒤덮어 구름과 해를 가리고 있었다. 그 사이로 바닷물 빛이 편편이 비치고 섬들이 여기저기 있는데 이따금 바라보면 꼭 배가 지나가는 것 같은 착각이 들었다. 또 몇 리를 가니 산에 의지하고 바다에 접한 작은 성이 있었으며 그 위에 다락집이 있는바 통제사 원문轅門[1]이라고 했다.

또 오 리를 가니 산세가 홀연히 구불구불 서쪽으로 치닫다가 좌우가 불쑥 솟았는데 북쪽 산이 더욱 높았다. 바닷물이 산기슭과 산허리에까지 차서 언덕을 끊어 성[2]을 둘렀는데 세병관洗兵館[3]이 그 가운데

---

1 원문(轅門) 군영(軍營)이나 진영(陣營)의 문.
2 성 통영성을 말한다. 조선 숙종 4년(1678) 제57대 통제사(統制使)인 윤천뢰(尹天賚)가 처음 쌓았다. 성의 둘레는 약 3,660m, 높이 약 4.7m의 평산성(平山城)으로, 북문(北門) 북쪽의 여황산 기슭에서 서문(西門) 북쪽의 여황산 기슭까지 여황산 양쪽 등성이 약 1km는 토성이고 나머지는 석성(石城)이다. 일제강점기 때 성벽과 문루(門樓)가 일제에 의해 훼철(毁撤)되어 지금은 토성의 유지(遺址)와 석성의 일부분이 남아 있을 뿐이다. 옛 통영성에는 동서남북에 네 개의 대문이 있었고, 동쪽과 남쪽에 두 개의 암문(暗門)이 있었으며, 동쪽과 서쪽과 북쪽에 세 개의 초루(譙樓)가 있었다. 세 초루는 모두 산마루에 있었는데 숙종 20년(1694) 제69대 통제사인 목임기(睦林奇)가 세웠다. 초루는 통영성을 방비하던 산성중군(山城中軍 : 직책 이름)이 순찰과 경비를 하던 초소로, 때로는 장수가 이곳에서 군사를 지휘하였기에 장대(將臺)라고도 했다. 북초루는 여황산 정상에 있었고, 동초

에 있었다. 남쪽에 보이는 뭇 봉우리들은 뭉게구름처럼 분분히 솟았는데 물결이 드나들어 잔잔한 호수 같았으며, 동쪽과 서쪽의 초루譙樓[4]는 공중에 아득하여 안파루晏波樓[5] 및 청남루淸南樓[6]와 짝을 이루고 있었다. 그리고 여덟 척 전함의 돛대가 앞에 삼엄히 늘어서 있었다. 무릇 큰 파도, 높은 산봉우리, 채색을 한 배의 들보와 돛대가 죄다 세병관의 주렴珠簾 사이로 보였는데 세병관은 워낙 커 그와 짝할 만한 건물이 없었다. 기둥은 수십 개이고 누각에는 단청을 입혔는데 몹시 엄중해 보였으며 천 명의 사람을 수용할 수 있다. 바다를 지키기 위한 재물과 힘을 여기에다 쏟았거늘, 처음 세운 사람이 누군지는 알 수 없다.

북쪽 초루에 올라 한산도를 바라보고 서쪽 성을 나와 이충무공의 전공비戰功碑를 읽었다. 안파루 아래 이르러 여덟 척의 전함을 살펴보니 배가 다 높고 웅장하여 산山만 했는데 한결같이 다락을 올리고 난간을 두어 그 크기가 거의 세병관과 맞먹을 만했다. 그러나 바다에 들어가면 나무토막처럼 가뿐히 뜨니 바람과 물의 힘이 참으로 크다 하겠다. 그러나 배를 조종하는 것은 사람에게 달렸고 배로 적을 제압하고 승리를 결정짓는 것은 지모智謀에 달렸으니, 장수된 자의 책임이 더욱 크다.

수백 년 이래 국가가 태평하고 변방이 무사하여 넓은 세병관과 커

루는 성 동쪽 동피랑 꼭대기에 있었으며, 서초루는 성 서쪽 서피랑 꼭대기에 있었다.
3 세병관(洗兵館) 1603년(선조 36) 충무공 이순신의 전공을 기념하기 위하여 세웠으며, 삼도수군 통제사영(三道水軍統制使營)의 건물로 사용되었다. 4면이 모두 개방되고 내부도 막힌 벽이 없이 기둥만 정연하게 배열된 특이한 건물 양식이다. 매년 4월과 10월 통제영 휘하 군졸 삼천여 명에 대한 군점(軍點)이 여기서 시행되었다.
4 초루(譙樓) 망루를 말한다.
5 안파루(晏波樓) 통영성 서쪽 문루(門樓) 이름.
6 청남루(淸南樓) 통영성 남쪽 문루 이름.

다란 전함은 그만 놀러온 객들의 풍류를 즐기는 곳이 되어 음악과 기생의 춤으로 날마다 흥겹고, 수군들은 한 해 내내 한가롭고 편안하여 대(竹)를 엮어 망건을 만들고 고기를 잡아 이익을 얻는 것을 업으로 삼고 있으니, 비록 좋은 장수가 있더라도 그 지략과 용기를 발휘할 기회가 없다. 배에 앉아 봉창을 걷어 올리고 사방을 바라보니 가을날은 맑게 개고 바다 물결은 맑게 출렁거린다. 죽 이어진 섬의 산이 근심을 자아내 문득 사람으로 하여금 공손랑公孫娘[7]이 칼춤을 추고 백아伯牙가 「수선곡」水仙曲[8]을 연주하던 일을 생각케 해 처연히 돌아갈 것을 잊게 만든다.

---

7 공손랑(公孫娘) 당나라 개원(開元) 연간의 무기(舞妓)로, 검무(劍舞)에 특히 능하였다.
8 「수선곡」(水仙曲) 금(琴)의 명인인 백아(伯牙)가 지었다는 곡조 이름.

우두산기 牛頭山記

가조창加祚倉[1]을 지나 우두산牛頭山[2]을 바라보니 구불구불한 한 덩어리 산이 우뚝한데 산머리에 죽순처럼 생긴 바위가 있거늘 이름하여 원모대遠暮臺다. 산 아래에서 북쪽을 바라보니 비로소 위쪽의 삼봉三峰[3]이 보이는데 나타났다 숨었다 해 눈을 두리번거리지만 원모대는 보이지 않았다. 또한 붓이 허공에 매달려 있는 듯한 한 봉우리가 있으니 사신대捨身臺다. 골짜기 입구에 이르니 삼봉三峰이 차츰 사라지고, 돌아봐도 사신대는 보이지 않았다.

작은 시내를 건너 숲을 백여 걸음 가면 작은 절을 만나게 되는데 이름이 하견암下見菴이다. 불전 뒤에는 대원만大圓巒[4]이 있는데 흙이 높이 쌓여 이뤄졌으며 소나무와 풀이 무성하다. 산골 물이 졸졸졸 산 아래의 불전佛殿 밑을 지나간다. 남쪽 누각에 올라 우러러보니 삼봉이 들쑥날쑥한바 화염에 구름이 찌는 듯이 하늘 끝 그 휘황한 자태가 대원만 왼쪽에 드러난다.

마침내 가마를 타고 산골 물을 따라 백여 걸음 가니 바위가 물에 잠겨 있고 푸른 물빛이 좌우로 펼쳐져 있는데 가운데는 볼록하다. 위에

---

1 가조창(加祚倉) 옛날 거창군(居昌郡)에 있던 읍창(邑倉).
2 우두산(牛頭山) 경상남도 거창군 가조면과 가북면에 걸쳐 있는 산. 높이 1046m이며, 일명 별유산이라고도 한다. 9개 봉우리로 이루어져 있으며, 주봉은 '상봉'(上峰)이다. 산의 형세가 소머리를 닮았다고 해서 '우두산'이라는 명칭이 붙었다. 이인상은 사근역 찰방으로 있을 때 이 산에 올랐다.
3 삼봉(三峰) 우두산의 주봉인 상봉과 제2봉인 의상봉 등 세 봉우리를 말한다.
4 대원만(大圓巒) 봉우리 이름.

는 작은 다리가 비껴 있고 물이 왼쪽에서 쏟아져 내려 한 길가량 되는데 그 소리가 그윽하였다. 웅덩이의 형세가 모나고 곧은 것이 사랑할 만했는데 이름은 남연藍淵이다. 조금 가서 서쪽을 바라보니 바위 모서리가 뾰족뾰족한 게 동쪽으로 치닫고 있는데, 곧 원모대가 다시 나타난 것이다. 삼봉 또한 잠시 나타났다가 사라진다. 왼쪽은 높고 오른쪽은 낮은데, 어지러운 돌비탈길을 따라 올라가니 연이은 봉우리들이 둘러싸고 있는바 길이 없어 올라가기 어려울 성싶었다. 어디로 가야 할지 모르겠는데 물은 네다섯 길로 나뉘어 쏟아져 내리고 있었다.

서쪽을 바라보니 한 봉우리 정상이 드러나는데, 곧 사신대였다. 물 왼쪽을 따라 오르니 사신대와 원모대가 모두 눈앞에서 사라졌다. 홀연 깎아지른 듯한 절벽이 양쪽으로 섰고 폭포가 십여 길이었는데, 못을 이루지는 못하고 쏟아져서 흘러가니 이름하여 비류동飛流洞이라 했다. 이는 곧 상견암上見巖의 동문洞門이다. 폭포수 왼쪽을 따라 신을 벗은 채 절벽을 타고 올랐다. 서쪽을 바라보니 대원만이 있는데 또한 흙이 쌓여 높았으며 중후하게 하늘을 떠받치고 있었다. 삼봉은 우뚝한데 그 하나를 숨긴 채 대원만 동쪽에 자태를 드러낸다. 만세巒勢는 둥글고 크며, 봉세峰勢는[5] 높고 아스라한데, 구름 밖에 솟은 존엄한 그 모습은 뭇 산을 오연히 내려다보는 기운이 있었다. 조금 가니 사라지고, 이어진 묏부리들이 죽 나타났다.

동쪽의 한 봉우리는 마치 사발을 엎어 놓은 것 같은데, 이름을 시루바위[6]라고 했다. 서쪽의 한 봉우리는 모습을 조금 드러낸 것이 마치 상투 같은데, 바로 원모대였다. 조금 가니 뭇 봉우리가 또 싹 자취를 감

---

5 만세(巒勢)는~봉세(峰勢)는 '만'(巒)은 둥근 산을, '봉'(峰)은 뾰족한 산을 가리킨다.
6 시루바위 원문은 "甑巖".

추었다. 그리고 서쪽을 바라보았더니, 바위 모서리가 아직도 치달려 시내를 가로지르고 있었고, 왼쪽의 뾰족한 바위들은 다시 사라졌다. 우뚝 솟은 한 바위가 가마에 부딪치는데 흡사 괴이한 구름 같았으며 비스듬히 선 것이 예닐곱 길(丈)이나 되었다. 이 바위 이름은 원효대元曉臺라 하였다.

　다시 서북쪽으로 조금 더 가서 올려다보니 나무가 무성하여 동구洞口를 막아 버렸고, 늙은 전나무가 가운데 서 있는데 그 형세가 대원만과 필적할 만했다.[7] 삼봉은 홀연 여섯, 일곱 봉우리로 나뉘었으며 산세山勢가 점차 급해져 위태로운데 삼엄하고 빼어난 자태가 눈에 가득 들어오고, 신령스럽고 밝고 기이하고 괴이해 사람으로 하여금 그윽히 바라보며 흠칫하게 만든다. 시내를 건너자 차츰 숨어 버리더니 숲에 들자 은은히 두어 봉우리가 나타났다가 사라진다.[8] 나무가 골짜기를 가득 메우고 있었으며, 물은 보이지 않건만 물소리가 거문고나 경쇠 소리처럼 들려와 기뻐할 만했다. 숲이 다하자 전신全身을 드러낸 늙은 전나무가 오래된 석당石塘[9] 가에 서 있었다. 산에 의지하여 남쪽을 향하고 있는 작은 암자가 하나 있는데 '古見菴 降生院'(고견암 강생원)이라는 편액이 걸려 있었다. 커다란 석대石臺를 등지고 있었는데 시루바위가 그 왼편에 어리비치고 있었으며 앞에는 조그만 못이 있는데 이름을 반

---

7 늙은~필적할 만했다　이인상의 그림들에는 기이하거나 꼬장꼬장하거나 높이 하늘까지 치솟아 원산(遠山)을 압도하는 나무들이 보이곤 하는데, 이에는 이인상의 심회(心懷)가 투사되어 있다. 이인상의 유기(遊記) 중에 보이는 나무에 대한 종종(種種)의 유표한 묘사는 이인상의 나무 그림과 견줄 만하다.

8 시내를~사라진다　이 글은 산을 오르는 도중 눈앞에 나타났다가 사라지곤 하면서 방향에 따라 달리 보이는 봉우리들의 변화무쌍한 모습을 예민한 화가의 시선으로 잘 포착해 보여주고 있다.

9 석당(石塘)　돌로 쌓은 못.

구盤龜라 하였다. 상봉上峰[10]을 올려다보니 전신이 순전히 돌인데 마치 하나의 구름덩이 같았으며, 고요하여 기념할 만했다. 그 전체를 일컬어 칠성봉七星峰이라 하고, 맨 꼭대기는 의상대義相臺라고 하였다. 강생원에는 홍민弘敏이라는 승려가 거처하였는데 자못 정靜을 익히고 있었으며[11] 돌샘의 물을 끌어다 마시고 있었다. 이 산의 물은 여기가 그 발원지였다. 강생원에 묵었다.

다음 날 아침, 흰 이슬이 내린 수풀을 헤치고 석대石臺 왼편을 따라 가마를 타고 올라가 원院의 뒷 봉우리[12]를 내려다보니 정말 붓처럼 보였다. 상봉上峰은 웅크렸다 뛰어올라 곧장 아래로 치달려 일곱 봉우리[13]가 되고 붓[14]이 되었는데, 마치 누운 칼 같기도 하고 무너지는 구름 같기도 하여 험한 요새가 하늘에 펼쳐져 있는 것 같았다. 동서로 뻗은 10여 개의 작은 봉우리들은 날아올라 호위하고 있는 듯한 모습인데 이 모든 광경은 산 아래에선 볼 수가 없다. 산허리와 의상봉義相峰[15]을 삥 둘러 면죽綿竹[16]이 무성했는데, 가마를 멘 승려가 자꾸 넘어져 가마를 놓아둔 채 벼랑을 기어올랐다. 동쪽으로 접어들어 열 길쯤 올라가 북쪽을 향해 석대 위에 앉으니, 상봉은 아직도 반공半空 중에 우뚝하여 얼굴을 치고,[17] 등뒤의 골짝은 천 길이나 되어 마음이 오싹하였다. 기어오를 곳을 쳐다보니 열두어 낱의 돌이 쌓여 있는 돌더미 외에는 달리 없었

10 **상봉(上峰)** 우두산 주봉이다.
11 **정(靜)을 익히고 있었으며** 원문은 "習靜". 참선 공부를 가리킨다.
12 **뒷 봉우리** 붓처럼 생긴 사신대(捨身臺)를 말한다.
13 **일곱 봉우리** 칠성봉(七星峰)을 말한다.
14 **붓** 사신대를 가리킨다.
15 **의상봉(義相峰)** 우두산 제2봉이다.
16 **면죽(綿竹)** 대나무의 하나.
17 **얼굴을 치고** 원문은 "拍面". 이 표현은 「금산기」에도 보인다.

다.

밟아 보니 흔들흔들하여 승려 세 사람과 따라온 종 한 사람으로 하여금 옷을 벗고 올라가 보게 했다. 돌더미를 지나자 길이 끊어져 손으로 잡고 배로 기어 뱀처럼 구불구불 기어올라간 것이 너비는 서너 길이고 높이는 열 길인데, 사람마다 눈에서 불이 나오고 정신이 손톱과 머리끝에 가 있었노라고 했다. 그곳을 통과한 후 고요하여 아무 소리도 들리지 않더니 잠시 후 환호성을 지르며 도로 내려왔는데 내려올 때가 오를 때보다 훨씬 힘들었다고 했다.[18] 그곳엔 옛 승려의 암자 터가 있는데 기와 조각만 돌구덩이에 뒹굴고 있었으며, 위를 올려다보니 상봉은 여전히 반공半空 중에 있는데 더 이상 올라갈 수 없었다고 했다. 그 암자 터는 이른바 의상義相이 거처했다는 곳이다.

강생원으로 도로 내려와 홍민과 잠시 대화를 나누었다. 홍민은 나를 늙은 전나무[19] 아래의 석당石塘까지 배웅하며 말하기를, "여기를 호계虎溪[20]로 삼지요"라고 하였다. 돌아보니 산봉우리 빛이 거듭 사람 마음을 황홀케 하였다.

---

18 돌더미를~했다 이 대목의 서술에는 이인상을 대신해 올라갔다 온 승려 세 사람과 종 한 사람의 전언(傳言) 및 밑에 남아 있던 이인상의 시점(視點)이 착종되어 있다.

19 늙은 전나무 이 '늙은 전나무'는 앞에서도 한 번 언급된 바 있다. 이인상은 이 나무에 마음이 자꾸 갔던 것 같다.

20 호계(虎溪) 동진(東晉)의 승려 혜원(惠遠)의 고사에서 나온 말. 여산(廬山)의 혜원은 손님을 배웅할 때 호계 밖으로 나가지 않았다. 그러나 어느 날 혜원은 도연명(陶淵明)과 도사(道士) 육정수(陸靜修)를 배웅하던 중 담소하는 데 정신이 팔려 그만 호계 밖으로 나가 버렸다. 이에 세 사람이 크게 웃었다고 한다.

권4

발 跋

지 識

애사 哀辭

제문 祭文

잡저 雜著

『삼과편람』三科便覽 발문跋文 병자년(1756)

명明 만력萬曆¹ 때의 책인 『삼과편람』三科便覽은 별군직別軍職² 왕王 아무 개의 집에 소장되어 있다. 정축년의 변變³ 때 우리 선문왕宣文王(효종) 께서 봉림대군鳳林大君의 몸으로 심양瀋陽 땅에 볼모로 가셨는데, 풍豐 · 전田 · 왕王씨 성을 가진 세 중국인이 차마 변발辮髮을 하지 못해 대군 이 귀국하실 적에 대군을 따라 우리나라에 왔다. 대군은 그들을 궁궐 문 밖에 묵게 하며 후하게 대우하셨다. 급기야 대군께서 왕으로 즉위 하자 북벌의 계책을 강구하려 세 사람을 등용하셨으나, 큰 뜻을 이루 지 못한 채 돌아가셨다.

숙종 때에 이르러 선문왕의 뜻을 계승해 북원北苑⁴에 단을 쌓아 신 종 황제를 제사 지내고 이름을 '대보단'大報壇이라 하였다. 해마다 3월 이면 정결한 희생과 폐백을 차리고 악기를 연주하며 제사를 지냈는데, 이날 임금이 반드시 친히 이르시고 또한 세 사람⁵의 후손으로 하여금 와서 제사를 참관하도록 명하셨으니 국인國人이 비감해하였다.

---

1 **만력(萬曆)** 명(明)나라 신종(神宗: 재위 기간 1573~1619)의 연호.
2 **별군직(別軍職)** 조선 후기 임금의 신변 보호와 간신이나 역적 따위를 잡아내는 일을 맡은 무관 벼슬. 병자호란 때 봉림대군(鳳林大君)의 시위(侍衛) 군관으로 수종(隨從)하던 자들의 노고를 생각하여 효종 즉위 초에 만든 친위 조직에서 유래한다.
3 **정축년의 변(變)** 병자호란으로 인조가 정축년(1637)에 삼전도(三田渡)에서 청 태종에게 항복한 일을 가리킨다. 이때 조선과 청이 맺은 화약(和約)의 하나가 소현세자와 봉림대군 등을 청에 인질로 보내는 것이었다.
4 **북원(北苑)** 창덕궁의 후원(後苑).
5 **세 사람** 풍·전·왕씨 성을 가진 세 중국인을 말한다.

지금의 주상主上⁶께서는 다시 두 임금⁷의 뜻을 계승해 세 사람의 후손을 관직에 임용하고자 했는데, 풍씨는 후손이 이미 끊겼고, 전씨는 이미 현달했으므로, 왕씨의 후손 아무개에게 별군직을 제수하시고 활이며 칼이며 갑옷을 하사하시어 어가御駕를 호위하게 하니 국인이 이를 영광스럽게 생각했다. 왕 아무개는 마침내 만력 때의 『삼과편람』을 진상하였다. 그의 선조인 집楫⁸은 산동山東 제남濟南 사람으로 기미년 과거 시험에 합격한바 원공袁公 숭환崇煥⁹과 동방同榜이었으며 관직은 섬서안찰사陝西按察使에까지 이르렀다. 대군을 따라 우리나라에 온 사람은 아마도 집楫의 아들인 듯하다. 임금께서는 『삼과편람』을 보고 감동하셔서·춘관春官¹⁰에 보관하라 분부하셨다. 그리고 한 본을 등서謄書하게 하여 책머리에 전교傳教¹¹를 실어 왕 아무개에게 하사하셨으니, 그것이 바로 이 책이다.

아아! 이 책은, 그 원본¹²이 이미 종이가 떨어져 나가고 글씨가 문드러지거나 보이지 않는 상태이기는 하나 과거가 어느 해에 실시되었는가 하는 것과 과거 시험에 합격한 사람들의 이력은 더러 남아 있어 알수 있다. 상고하건대 계축년(1613: 만력 41년) 과거의 총책임자는 대산臺山 섭공葉公 향고向高¹³와 방종철方從哲¹⁴인데, 오경五經을 나누어 시험을

---

6 지금의 주상(主上) 영조를 가리킨다.
7 두 임금 효종과 숙종을 말한다.
8 집(楫) 왕집(王楫). 우리나라 신흠(申欽)의 문집 서두에 이 사람이 쓴 서문이 실려 있다.
9 원공(袁公) 숭환(崇煥) 원숭환(袁崇煥). 누르하치가 이끄는 후금의 군대에 대항하여 요동(遼東)의 영원성(寧遠城)을 굳게 지켜 맹위를 떨쳤다. 숭정제(崇禎帝) 때 후금과 내통하고 있다는 모함에 빠져 책형(磔刑)을 당해 죽었다.
10 춘관(春官) 예조(禮曹)를 말한다.
11 전교(傳教) 임금이 내린 명령.
12 원본 춘관(春官)에 보관한 『삼과편람』을 말한다.
13 대산(臺山) 섭공(葉公) 향고(向高) 섭향고(葉向高). '대산'은 그 호. 명나라 말에 재상을

봐 선비를 뽑은바, 이력을 알 수 있는 자는 33명이다. 그 행적의 어짊
과 사악함이 가장 드러난 사람을 거론하면, 『서경』書經 시험관 장공張
公 연등延登[15]의 문생門生[16]으로 주연유周延儒[17]가 있고, 『시경』 시험관 주
공周公 왈상曰庠[18]의 문생으로 범경문范景文[19]이 있으며, 『예기』 시험관
주공周公 병모炳謨[20]와 황공黃公 립극立極[21]의 문생으로 곽유화霍維華[22]와
장신언張慎言[23]이 있다.

　병진년(1616: 만력 44년) 과거의 총책임자는 누군지 알 수 없으며,[24]
오경을 나누어 시험을 봐 선비를 뽑은바, 이력을 알 수 있는 자는 290
명이다. 그 행적의 어짊과 사악함이 가장 드러난 사람을 거론하면, 누

지냈으며, 『명사』(明史)에 그 열전(列傳)이 있다.

14 방종철(方從哲)　섭향고의 천거로 벼슬을 시작하여 예부상서(禮部尙書) 겸 동각대학사
(東閣大學士)에 이르렀다. 섭향고가 조정을 떠난 후에는 독상(獨相)을 지냈다.

15 장공(張公) 연등(延登)　장연등. 만력 임진년(1592)에 진사가 되고, 태복시경(太僕寺
卿), 도어사(都御史)를 거쳐 공부상서(工部尙書)를 지냈다.

16 문생(門生)　과거의 합격자를 지칭하는 용어. 중국 당대(唐代)에 과거의 합격자들이 시
험을 주관한 사람을 선생으로 모시고 그 문하생이 된 데서 유래하는 말이다.

17 주연유(周延儒)　명말에 재상을 지냈다. 엄숭(嚴嵩), 마사영(馬士英) 등과 함께 『명사』
(明史) 「간신열전」(奸臣列傳)에 입전되어 있다.

18 주공(周公) 왈상(曰庠)　주왈상. 만력 때 진사가 되고, 벼슬은 대리소경(大理少卿)에 이
르렀다. 간관(諫官)으로 있을 때 올린 주의(奏議)로 유명하다.

19 범경문(范景文)　동각대학사를 지냈으며 이자성(李自成)이 북경(北京)을 함락시키자
순절(殉節)하였다.

20 주공(周公) 병모(炳謨)　주병모. 만력 때 벼슬을 하여 예부시랑(禮部侍郎)까지 지냈다.
강직한 인물이었다.

21 황공(黃公) 립극(立極)　황립극. 예부상서를 지냈으며, 아첨을 잘한 인물로 평이 나 있다.

22 곽유화(霍維華)　『명사』 「엄당열전」(閹黨列傳)에 입전되어 있다. 권력을 농단한 환관
(宦官) 위충현(魏忠賢)의 일당(一黨)이다.

23 장신언(張愼言)　명말에 형부우시랑(刑部右侍郎), 공부우시랑(工部右侍郎) 등을 역임
하였다.

24 누군지 알 수 없으며　원문은 "官軼"로, 관직을 알 수 없다는 뜻. 원본이 손상되어 글씨
가 결락되었기에 한 말. 이하 '누군지 알 수 없는'이라는 말이 몇 번 더 나오는데 모두 같다.

군지 알 수 없는 『주역』 시험관의 문생으로 마사영馬士英²⁵이 있고, 역시 누군지 알 수 없는 『서경』 시험관의 문생으로 전사승錢士升²⁶이 있으며, 『시경』 시험관 성공成公 기명基命²⁷의 문생으로 구식사瞿式耜²⁸가 있고, 서공徐公 소길紹吉²⁹의 문생으로 양유원楊維垣³⁰이 있다.

기미년(1619: 만력 47년) 과거의 총책임자는 사공史公 계해繼偕³¹와 소사少師³²인 한공韓公 광爌³³인데, 오경을 나누어 시험을 봐 선비를 뽑은바, 이력을 알 수 있는 자는 276명이다. 그 행적의 어짊과 사악함이 가장 드러난 사람을 거론하면, 『주역』 시험관 전공錢公 상곤象坤³⁴의 문생으로 시방요施邦曜³⁵가 있고, 누군지 알 수 없는 『서경』 시험관의 문

---

25 마사영(馬士英) 명말(明末)의 간신. 만력 때 진사가 되고 숭정 때 벼슬을 하였다. 선부순무(宣府巡撫)의 직책에 있을 때 공금을 뇌물로 써서 처벌받았으나, 나중에 일당의 도움으로 봉양총독(鳳陽總督)이 되었다. 북경이 함락되자 남경(南京)에서 복왕(福王)을 옹립하고, 왕의 우둔함을 이용해 권력을 장악하였다. 탐욕스럽고 긴 안목이 없어 상벌을 제멋대로 하는 등 권력을 농단했으며 이 때문에 사가법(史可法), 좌양옥(左良玉) 등과 충돌했다. 남경이 함락되자 항주로 달아났고 다시 천태산에 숨어 살다가 청군(淸軍)에게 피살되었다. 『명사』 「간신열전」에 입전되어 있다.

26 전사승(錢士升) 남경 예부상서 겸 동각대학사를 지냈으며, 저서로 『황명표충록』(皇明表忠錄)이 있다.

27 성공(成公) 기명(基命) 성기명. 예부상서 겸 동각대학사를 지냈다.

28 구식사(瞿式耜) 영명왕(永明王)과 함께 계림(桂林)으로 달아나 청군에 끝까지 저항하다 순절한 인물이다.

29 서공(徐公) 소길(紹吉) 서소길. 급사중(給事中)을 지냈으며, 환관 위충현의 일당이다.

30 양유원(楊維垣) 어사(御史)를 지냈으며, 위충현의 일당이다.

31 사공(史公) 계해(繼偕) 원문에는 "繼偕"가 "計諧"로 되어 있으나 착오다. 사계해(史繼偕, 1560~1635)는 자는 세정(世程)이고 호는 연악(聯岳)인데 일설에는 연악(蓮岳)이라고도 한다. 천주부(泉州府) 진강현(晉江縣) 대방(大房) 사람으로 신종(神宗), 광종(光宗), 희종(熹宗), 사종(思宗) 네 황제를 모셔 모두 40여 년 동안 벼슬을 하였고, 소사겸태자태사(小師兼太子太師)에 증직(增職)되었다.

32 소사(少師) 태사(太師)의 다음 지위로, 종일품(從一品)의 품계.

33 한공(韓公) 광(爌) 한광. 명말 어진 재상으로 이름이 높았다.

34 전공(錢公) 상곤(象坤) 전상곤. 예부상서 겸 동각대학사를 지냈다.

생으로 장유예張有譽[36]가 있으며, 『시경』 시험관 기공丌公 시교詩教[37]의 문생으로 원숭환과 왕집이 있고, 조공趙公 흥방興邦[38]의 문생으로 강왈광姜曰廣[39]이 있다.

아아! 명나라가 쇠한 것은 실로 만력 때부터지만 인재는 만력 때보다 성한 때가 없었다. 비록 이 책에 실린 사람으로 논하더라도, 성품이 악하여 죄가 천하에 가득한 자는 오직 마사영과 주연유 두 사람뿐이고, 선과 악의 중간에 위치한 사람으로는 양유원과 장유예 두 사람이며, 그 나머지 여덟 군자는 충성스럽고 곧으며 어질고 유능하여 족히 주군主君을 높이고 나라를 바로잡아 백성들의 기강을 세우고 어지러운 세상을 구함 직하였다. 만일 이들 중 한두 군자에게 정치를 맡겼다면 족히 성취가 있어 그 쓰임이 무궁했을 터인데, 마침내 천하를 오랑캐에게 빼앗겨 구할 수 없게 되었으니 이 어찌 천명天命이 아니겠는가. 왕집의 행실과 재능은 소상하지 않지만, 그 아들은 변발하여 몸을 욕

---

35 시방요(施邦曜) 위충현에게 미움을 받아 외직으로 쫓겨났는데, 장주 지부(漳州知府)로 있을 때 치적(治蹟)이 있었으며, 후에 좌부도어사(左副都御史)를 지냈다. 북경이 함락되고 숭정제(崇禎帝)가 죽었다는 말을 듣고 자결했다.

36 장유예(張有譽) 호부상서(戶部尚書)를 지냈으며, 만년에는 중이 되어 소주(蘇州)에 거주하였다. 저서에 『효경연의』(孝經衍義) 6권, 『금강경 의취광연』(金剛經義趣廣演) 3권이 있다.

37 기공(丌公) 시교(詩教) 기시교. 방종철(方從哲)의 문생(門生)으로, 급사중(給事中)을 지냈다. 당시 상서성(尙書省)에 동림당(東林黨)을 공격하는 세 당(黨)이 있었으니, 제당(齊黨)·초당(楚黨)·절당(浙黨)이 그것이다. 기시교는 이 중 제당의 유력자로, 조정의 정사(政事)를 어지럽혔다.

38 조공(趙公) 흥방(興邦) 조흥방. 급사중을 지냈으며, 기시교와 짝이 되어 정사를 문란케 했다.

39 강왈광(姜曰廣) 천계(天啓) 6년(1626) 조선에 사신으로 올 적에 중국 물건을 하나도 갖고 오지 않았고 또 돌아갈 때 조선의 물건을 하나도 받지 않아 그 청렴함이 칭송되었다. 동림당의 일원이며, 예부상서 겸 동각대학사를 지냈는데, 성격이 강직하여 시종 마사영과 대립하다가 목숨을 잃었다. 우리나라 신흠(申欽)의 문집에 서문을 써 준 바 있다.

되게 하지 않고 대군을 따라 우리나라에 왔으니 의사義士라 이를 만하다.[40] 추측건대 집橶 또한 현사賢士일 듯하니, 가풍이 대대로 이어져 온 것이리라.

삼가 이 책의 발문을 쓰면서, 장차 우리나라가 북벌을 하게 되면 왕씨의 후손 가운데 말고삐를 잡고 따르는 자가 있기를 기대한다.

---

40 아들은~이를 만하다 이인상은 명나라가 망한 후 우리나라로 망명한 중국인에 관심이 많았다. 존명배청(尊明排淸) 의식의 발로라 할 것이다. 박희병, 『능호관 이인상 서화평석 2: 서예편』의 '제화란'(題畵蘭)과 '호극기(胡克己) 시' 참조.

「예천명」醴泉銘[1] 발문 무신년(1728)

서체書體는 팔분八分[2]과 예서隷書[3]에 이르러 쇠변衰變이 극심하였다. 그러나 한漢나라 사람들의 필법筆法과 자법字法은 그래도 소전小篆[4]과 대전大篆[5]을 절충했으니, 시詩에 비유한다면 마치 고시古詩 19수[6]와 『시경』의 관계와 같아, 옛 뜻이 가득하였다. 종요鍾繇[7]와 왕희지王羲之가 풍미하면서부터 붓놀림은 유속流俗에 아첨하고 결구結構[8]를 멋대로 하여 육서六書[9]의 유의遺意가 싹 사라져 버렸다.[10] 처음 글자가 만들어진

---

1 「예천명」(醴泉銘)　구양순(歐陽詢, 557~641)의 「구성궁 예천명」(九成宮醴泉銘)을 말한다.
2 팔분(八分)　한자 서체의 하나. 진(秦)의 왕차중(王次仲)이 만들었다는 설도 있고, 후한(後漢)의 채옹(蔡邕)이 만들었다는 설도 있다. 예서(隷書)에서 이분(二分), 전서(篆書)에서 팔분(八分)을 따왔기 때문에 팔분(八分)이라 한다는 설도 있고, 모양이 좌우로 팔자(八字)를 분산(分散)한 듯하여 팔분(八分)이라 한다는 설도 있다. 이인상은 전자의 설을 따랐다. 오늘날에는 파책(波磔)과 파세(波勢), 도법(挑法)이 보이는 후한(後漢)의 〈조전비〉(曹全碑), 〈예기비〉(禮器碑), 〈사신비〉(史晨碑) 등의 서체를 팔분이라고 본다.
3 예서(隷書)　전서(篆書)의 자획(字劃)이 번잡하므로 그것을 간략하게 하여 쓰기 쉽게 만든 한자 서체. 진(秦) 때 사용되기 시작하여 한위(漢魏) 때 널리 통용되었다.
4 소전(小篆)　한자 서체의 하나. 진(秦)의 이사(李斯)가 대전(大篆)을 간략히 하여 만들었다는 설이 있다.
5 대전(大篆)　원문은 "籒"이다. 한자 서체의 하나. 주(周)의 사주(史籒)가 만들었다고 하여 '주서'(籒書)라고도 한다. 진(秦) 때 소전(小篆)이 만들어져 이후 '대전'(大篆)이라 일컬어졌다.
6 고시(古詩) 19수　한대(漢代)의 작(作)으로 추정되는 작자 미상인 19수의 고시. 『시경』의 유의(遺意)를 담고 있는 것으로 알려져 있다.
7 종요(鍾繇)　위(魏)나라 사람. 자는 원상(元常). 한말(漢末)에 상서복야를 지냈고, 위나라에서 태부를 지냈다. 왕희지와 병칭되는 서예가로, 해서와 초서에 능했다.
8 결구(結構)　글자의 짜임.

때를 상고해 본다면 종요와 왕희지는 실로 재앙의 실마리를 만들었으니 저들이 비록 해서楷書와 초서草書에 있어서는 성인聖人이라 할지라도 죄가 없다고 하지 못할 것이다.

구양순歐陽詢[11]의 이 서첩書帖은 붓놀림이 엄정하고 법도가 방정하며, 궤이詭異하다 할지언정 속기俗氣가 없어, 다소 옛 뜻을 되살린 듯하다.[12] 요컨대 해서를 쓰는 이들 중의 숙손통叔孫通[13]이라 할 만하니 사람으로 하여금 미소짓게 한다.

---

9 육서(六書) 한자의 여섯 가지 구성 원리인 상형(象形), 지사(指事), 회의(會意), 형성(形聲), 전주(轉注), 가차(假借)를 이른다.

10 종요(鍾繇)와~사라져 버렸다 이인상은 이른 시기의 문자인 전서를 중시하였다. 예서는 비록 전서를 단순화시키고 변형하기는 했으나 그래도 전서의 꼴이 얼마간 남아 있다고 하겠으나 해서와 초서에 이르면 글꼴이 크게 변해 전서의 본래 모습을 찾아보기 어렵게 된다. 그래서 이인상은 해서와 초서에 능했던 종요와 왕희지에 대해 비판적인 태도를 취한 것이다.

11 구양순(歐陽詢) 원문은 "率更". 구양순은 태자율경령(太子率更令)을 지냈다.

12 구양순(歐陽詢)의~되살린 듯하다 당나라 서예가 구양순은 한비(漢碑) 예서의 유의(遺意)가 담긴 해서를 썼기에 골력(骨力)이 강한 것으로 평가된다. 이 때문에 이인상은 구양순이 종요나 왕희지와 달리 전에(篆隷)의 서법 전통에 좀 더 연결된다고 판단해 그를 옹호한 것이다.

13 숙손통(叔孫通) 한초(漢初)의 학자다. 고례(古禮)에 기초하여 한(漢)나라 조정의 의례(儀禮)를 만들었다.

유송년劉松年[1]의 〈산거도〉山居圖 발문 무오년(1738)

이 도권圖卷[2]의 붓놀림은 나비의 더듬이가 꽃을 건드리는 것 같고, 거미줄이 햇빛에 반짝이는 것 같아, 그 정채精彩가 암암리에 눈을 휘둥그렇게 한다. 구도는 깊고 원대하며 기운은 생동하니 요컨대 어떤 솜씨 좋은 화가의 임모臨摹[3]인 듯하다.

　두 산인山人이 지팡이를 짚고 시냇물을 따라 대화하며 천천히 걷고 있는데, 금琴을 든 자는 가까이서 따르고 있고 책을 든 자는 조금 뒤처져 있다. 그들은 모두 쭉 이어진 봉우리 사이의 무성한 숲을 지나 소나무 정자 가까이 다가가고 있는데, 쉬고 있는 야부野夫 및 검은 두건에 붉은 신을 신은 늙은이와 곧 만나게 되리라. 누가 주인이고 누가 손일까? 짧은 다리 남쪽에는 산봉우리가 겹겹이 푸른빛이고, 강과 시내는 어긋맞게 흐르는데, 굽은 난간과 깊숙한 방이 안개와 구름, 대숲 사이에 은은히 비친다. 그 방에는 등나무 상牀에 기대어 앉은 어떤 사람이 좌우에 옛 기물器物[4]을 둔 채 뜨락의 길들인 학을 보고 있다. 아마 일없

---

1 유송년(劉松年)　이당(李唐)·마원(馬遠)·하규(夏珪)와 함께 남송(南宋) 4대 화가의 한 사람. 남송 소희(紹熙) 연간에 화원(畵院)에 들어가 장돈례(張敦禮)에게 배웠으며, 인물화와 산수화에 능하였다.
2 도권(圖卷)　그림책이나 두루마리 그림을 이르는 말인데, 여기서는 후자에 해당하는 것으로 생각된다.
3 임모(臨摹)　진품을 그대로 베껴 그리는 것. 유송년의 그림을 후대의 어떤 화가가 베껴 그린 것이라는 말.
4 옛 기물(器物)　원문은 "古尊彝". 고대의 예기(禮器), 즉 제사 지낼 때 쓰는 그릇을 말한다.

이 고요히 지내며 벗더러 오라고 약속을 해 놓은 듯하니, 은거하여 즐겁게 사는 사람인가 보다. 큰 아이는 저포樗蒲놀이를 하고 있고, 작은 아이는 걸음마를 배우고 있으며, 수탉은 암탉들을 거느리고, 개는 주인이 무얼 하는가 슬며시 보고 있으며, 농부는 돌아오고, 아낙은 들밥 메고 문을 나선다. 저마다 자기 일이 있으니 누가 시켜 하는 것이겠는가. 초목 사이에서 바둑 두는 것을 보는 사람은 어찌 그리 고요하고 한가로우며, 강 가운데 배를 띄운 사람은 어찌 그리 한가하면서도 위태로워 보이는지.

알지 못쾌라, 필묵筆墨의 희롱에 이처럼 묘한 경지가 있을 줄. 세상사에 얽매인 인생이라 친구를 이끌고 산으로 돌아가 전원에서 물고기 잡고 나무하는 즐거움을 누리지 못하던 중 이 그림을 대하니 족히 정신을 기쁘게 할 만하다.

도권 끝에 '가정년'嘉靖年[5]이라는 작은 관지款識[6]가 있는데 이 또한 예스럽고 굳세며 절묘하다. 그리고 양철애楊鐵崖[7]와 가단구柯丹丘[8]의 수장인收藏印이 찍혀 있다.

---

5 **가정년(嘉靖年)** '가정'은 명나라 세종(世宗)의 연호로, 1522년에서 1566년까지 사용되었다.
6 **관지(款識)** 작가가 서화의 맨 왼쪽에 자신의 성명이나 자호(字號), 제작 일시나 장소, 제작 동기 등을 간략히 적은 글을 이른다. '낙관'(落款)이라고도 한다.
7 **양철애(楊鐵崖)** 양유정(楊維楨). '철애'는 그 호. 원나라의 문인.
8 **가단구(柯丹丘)** 가구사(柯九思). '단구'는 그 호. 원나라의 문인. 우집(虞集), 조맹부(趙孟頫) 등과 사귀었으며 벼슬은 규장각 학사에 이르렀다. 시문도 잘 짓고 글씨도 잘 썼지만, 묵죽화(墨竹畵)에 특히 능했다.

관아재觀我齋[1]의 〈지산도〉芝山圖 초본草本에 부친 발문

병인년(1746)

안음安陰 조공趙公[2]을 관아재觀我齋[3]로 찾아뵈었을 때 나는 중국인이 모작模作한 〈서원아집도〉西園雅集圖[4]를 보게 되었다: 내가, "후세의 인물들은 작은지라 소동파蘇東坡나 황정견黃庭堅 같은 분을 만나기란 참 어렵습니다"라고 했더니, 공은 탄식하며 이렇게 말씀하셨다.

"기축년(1709)에 지촌芝村 선생[5]께서 영지산靈芝山[6] 태극정太極亭에 머물고 계셨는데, 정자에는 큰 바위와 맑은 샘이 있었고, 앞에는 큰 들이 펼쳐져 있었으며, 소나무며 측백나무며 단풍나무, 느릅나무가 처마 위 햇살을 가리고, 물결은 살랑살랑 일고 있었다네. 당시 삼연三

---

1 관아재(觀我齋) 원래 인왕산 기슭 순화방(順化坊)에 있던 조영석(趙榮祏, 1686~1761)의 집 서재 이름인데, 조영석의 호(號)이기도 하다. 여기서는 후자의 용례로 사용되었다.

2 안음(安陰) 조공(趙公) 조영석을 이른다. 안음 현감(安陰縣監)을 지냈기에 '안음'이라고 했다. 숙종·영조 때의 사대부 화가로, 인물화와 풍속화에 특히 묘처(妙處)가 있었다.

3 관아재(觀我齋) 여기서는 조영석의 서재 이름으로 쓰였다.

4 〈서원아집도〉(西園雅集圖) 북송(北宋) 때 왕선(王詵)은 자신의 집 정원인 서원(西園)에 당시의 유명한 문인들을 초청하여 아회(雅會)를 열었는데 이 장면을 묘사한 그림이다. 이 모임에는 소식(蘇軾)·황정견(黃庭堅) 및 이지의(李之儀)·이공린(李公麟)·미불(米芾) 등 16명의 문인이 참가했다. 이공린이 그 광경을 그렸고 미불이 찬문(贊文)을 지었는데, 그림은 전하지 않고 찬문만 전한다. 후대에 이 그림의 방작(倣作)이 여럿 나왔다.

5 지촌(芝村) 선생 조영석의 스승인 이희조(李喜朝)를 말한다. '지촌'은 그 호. 부제학을 지낸 이단상(李端相)의 아들이며 송시열의 문인으로, 벼슬이 대사헌까지 올랐으나 신임 사화로 인해 영암으로 유배되었고 그 후 철산으로 이배되던 중 죽었다. 문집으로『지촌집』(芝村集)이 전한다. 이인상은 그 손자인 이민보(李敏輔, 자 백눌伯訥)와 교유하였다. 한편 이희조는 이윤영의 증조부인 행(涬)의 처남인데, 이윤영의 조부인 이병철(李秉哲)과 부(父) 이기중(李箕重), 중부(仲父) 이태중(李台重)이 모두 이희조에게 수학하였다.

6 영지산(靈芝山) 경기도 양주(楊州)에 있는 산. 줄여서 '지산'(芝山)이라고도 한다.

淵 선생[7]은 설악산에서 찾아오셨고, 조정에서 물러나 재야에서 한가롭게 지내시던 몽와夢窩 김상국金相國[8]은 동자에게 지팡이를 들려 뒤따르게 하면서 소를 타고 오셨다네. 그리하여 다들 태극정에 자리하셨지. 당시 몽와 선생은 서문을 지어 그 정황을 기록하셨는데, 그 글이 자못 힘차고 굳셌다네. 훗날 내가 지촌 선생을 찾아뵈었더니 선생께서는 이 서문을 꺼내 보여주시며 나에게 작은 그림을 그려 기념이 되게 하라고 분부하셨네. 나는 당시에는 이 분들의 일을 심상尋常한 일로만 여겼지만 그런 분들을 이제 다시는 접할 수 없지 뭔가."

이윽고 조공께서는 오래된 종이 속에서 〈지산도〉芝山圖 초본草本[9]을 찾아내 손가락으로 가리켜 보이면서 말씀하시길, "오건烏巾을 쓰고 단아하게 두 손을 맞잡고 앉아 계신 분은 지촌 선생이시고, 돌아보고 빙그레 웃으시며 들판의 소를 탄 사람을 바라보고 계신 분은 삼연 선생이시네. 또한 자리 중에 있는 사람은 의령宜寧 현감인 김시좌金時佐[10]이고, 난간 사이의 동자는 지금의 이 교리李校理 태중台重[11]일세"라고 하셨다.

아아! 숙종 말년 우암尤菴[12] 선생은 이미 작고하셨어도 어질고 덕망 있는 분들은 아직 살아 계셨으니, 가령 삼주三洲[13]나 삼연三淵 같은 여

---

7 삼연(三淵) 선생 김창흡(金昌翕). 이희조는 김창흡의 형인 김창협(金昌協)의 처남이었다.
8 몽와(夢窩) 김상국(金相國) 김창집(金昌集). '몽와'는 그 호. 김수항(金壽恒)의 맏아들이며, 김창협·김창흡의 형이다. 영의정으로 있을 때 신임사화를 만나 사사(賜死)되었다.
9 초본(草本) 밑그림, 즉 모양의 대충만을 잡아 그린 그림.
10 김시좌(金時佐) 김창협의 족질이자 제자. 김창협의 문집인 『농암집』(農巖集)의 편집을 주관했다. 김근행의 당숙이다.
11 이 교리(李校理) 태중(台重) 이태중(李台重). 자세한 것은 본서 125면 주3을 참조할 것.
12 우암(尤菴) 송시열의 호.

러 선생은 학문과 문장으로 세상의 모범이 되었고, 조정의 여러 공들은 모두 맑은 의론[14]을 지켰으며, 태극정은 조야朝野 선비들의 예악禮樂의 장소가 되었다. 그 빼어난 분들이 한가로운 날에 아름다운 모임을 가졌고 또 관아재 조공께서 그것을 그림으로 그렸으니 이는 참으로 쉽지 않은 일이라 하겠다. 이 일을, 소동파나 황정견 등이 부화浮華한 문사文辭를 숭상하면서 꽃과 돌, 그림을 완상하는 것을 고상한 모임이라 여긴 일과 비교한다면 과연 어떠한가? 아! 30여 년이 지난 지금, 세상의 변화는 더욱 한량없어 선왕의 유택遺澤은 이미 다하고 재야에서도 의론이 다시 일지 않거늘, 선생[15]의 문하에 남아 있는 분이 누가 있는가? 듣건대 그림은 이미 유실되었고 태극정은 점점 퇴락한다 하니, 그곳의 나무 하나며 돌 하나를 그 누가 기억할 것인가? 내가 이를 몹시 슬퍼하여 마침내 초본을 빌려 돌아와 이 사실을 적어 간직한다.

---

13 삼주(三洲) 김창협을 말한다. '삼주'는 그 호. '농암'(農巖)이라는 호로 더 알려져 있다. 김수항의 둘째 아들로 문장에 뛰어났으며 성리학에도 조예가 깊었다.
14 맑은 의론 원문은 "淸議". 이 말은 당색(黨色)과 관련된 말이니, 대개 우암 이래 노론의 비타협적 입장을 가리킨다.
15 선생 이희조를 가리킨다.

『도화선』桃花扇[1] 지識[2] 병자년(1756)

『도화선』桃花扇이라는 책은 패설稗說을 부연하여 쓴 희곡인바, 본래 아녀자들을 즐겁게 하기 위한 것이기는 하나 이 책을 통해 명말의 일을 상고할 수 있다. 그 작자라고 하는 운정산인雲亭山人[3]은 머리는 변발을 했어도 명나라를 생각하는 마음이 남아 있는 자였던 듯하다.

그런데 자신의 형 노찬례老贊禮[4]를 무명씨로 설정하고, 자신의 옛 임금 홍광제弘光帝[5]를 소생小生[6]의 역役으로 설정했는데 그 생김새가 추하고 괴이해 스스로 강상綱常을 훼멸毀滅했으면서도 "이 책은 천하

---

1 『도화선』(桃花扇)   청초(清初)에 공상임(孔尚任)이 지은 전기서(傳奇書: 희곡)이다. 명말(明末)의 역사를 배경으로 문인 후방역(侯方域)과 명기(名妓) 이향군(李香君)의 사랑을 그린 것으로『장생전』(長生殿)과 함께 청대 희곡의 쌍벽을 이룬다. 이인상은 연애담이 근간이 되는 이 희곡을 그 배경이 되는 역사적 사건과 인물들에 주목하여 읽음으로써 작품 이면의 정치적·역사적 의미를 나름대로 밝혀내고 있다. 신소와 송문흠은 이인상의 이 글을 읽고 눈물을 흘렸다고 한다(「李元靈墓誌銘」,『江漢集』권17).

2 지(識)   한문학 문체의 하나로, 특정한 문헌이나 작품에 대한 자신의 생각을 적은 글.

3 운정산인(雲亭山人)   공상임(孔尚任). 자는 빙지(聘之) 또는 계중(季重), 호는 동당(東唐) 또는 안당(岸堂)이며, '운정산인'이라는 호를 사용하기도 했다. 청조 순치(順治) 5년(1648) 산동(山東) 곡부현(曲阜縣)에서 출생하였다.『도화선』의 작자이다.

4 노찬례(老贊禮)   '찬례'(贊禮)는 제사 지낼 때 의례를 담당하는 관직이다.『도화선』에 나오는 이 '늙은 찬례'는 남경(南京)에서 벼슬하며 명말(明末)의 상황을 목격했던 공상임의 형을 연극의 인물로 각색한 것이다. 작중에서는 무명씨(無名氏)로 설정되어 있으며, 부말(副末: 중국 전통 희곡의 배역 이름)의 배역이 주어져 있다.

5 홍광제(弘光帝)   만력제(萬曆帝)의 손자인 복왕(福王)을 말한다. 명나라가 망한 후 명나라의 유신(遺臣)인 사가법(史可法) 등에게 옹립되어 1644년 남경(南京)에서 즉위했으며, 1645년 청군(清軍)의 남경 공략 때 체포되어 살해되었다.

6 소생(小生)   중국 전통 희곡의 배역 이름. 주로 젊은 남자 역으로, 화장은 하지만 수염은 달지 않고, 고음의 가성(假聲)을 사용하여 노래한다.

후세에 관계가 있다"라고 한 것은 어째서인가? 그는 「만술」漫述[7]에서
이르기를, "매번 연극을 공연할 적마다 아름다운 음악과 노랫소리 속
에 혹 소매로 얼굴을 가리고 홀로 앉아 있는 사람은 곧 고신故臣·유로
遺老들이었다. 그들은 밤이 깊어 등불이 가물거리고 술이 거나해지면
탄식하며 흩어졌다"라고 했고, 「소인」小引[8]에서는, "취지는 『시경』에
근본을 두고, 대의大義는 『춘추』에 바탕하였다"라고 했다. 또 말하길
"일자일구一字一句에 부심하고 심혈을 기울였다"라고 했으며, "불에 탄
오동나무의 훌륭한 재질을 알아보았던 채옹蔡邕[9] 같은 사람이 어찌 없
겠는가? 나는 그를 기다린다"라고도 했으니, 기다린다는 건 대체 무슨
뜻일까?

내 생각에 『도화선』은 연극을 빌어 명나라 유민遺民의 비분한 마음
을 고취했던 게 아닌가 한다. 제24막 「매연」罵筵에서, 전겸익錢謙益[10]
과 왕탁王鐸[11]을 끼워 넣어 간사한 완대성阮大鍼[12]과 함께 싸잡아 말했

---

7 「만술」(漫述) 공상임이 써서 『도화선』의 권두(卷頭)에 얹은 「도화선본말」(桃花扇本末)
을 가리킨다.
8 「소인」(小引) 공상임이 써서 『도화선』의 권두에 얹은 글로, 책의 서문에 해당한다.
9 채옹(蔡邕) 원문은 "中郎". 중랑은 관명(官名)인데, 후한(後漢)의 채옹이 좌중랑장(左
中郎將)을 지냈기에 '채중랑'이라 불렸다. 채옹은 불에 타서 버려져 있는 오동나무가 금
(琴)을 만드는 데 좋은 재질임을 알아보고는 그것으로 자신의 금을 만들었다고 한다.
10 전겸익(錢謙益) 명말 청초의 문인. 호는 목재(牧齋). 시(詩)에 능하였다. 명나라가 망
하자 청조의 예부시랑이 되어 『명사』(明史) 편찬에 종사하였다. 사후(死後) 건륭제(乾隆
帝)로부터 명·청 이조(二朝)를 섬긴 불충지신(不忠之臣)으로 비난을 받아 저서의 판목
(板木)이 모두 불태워졌다. 조선의 문인들은 그가 훼절했다는 이유로 늘 비난하였다.
11 왕탁(王鐸) 명말 청초의 문인, 서화가. 자는 각사(覺斯). 명조에서 벼슬하다 1629년
(숭정 2) 물러났다. 1644년 북경이 함락되고 남경에서 복왕이 옹립되자 그 밑으로 들어가
동각대학사에 임용되었다. 이듬해 청군이 공격해 오자 성문을 열고 항복하였다. 이후 청조
(淸朝)에 발탁되어 명사관(明史館)의 부총재와 예부시랑을 역임하고, 예부상서 재임 중에
죽었다. 부산(傅山)과 함께 명말 청초의 대표적 서예가로 꼽힌다. 이인상은 『뇌상관고』 제
4책에 실린 「축지산의 「추흥」 8수 진적(眞蹟)에 부친 발문」(祝枝山秋興八首眞蹟跋)에서

고, 제34막 「절기」截磯에서 평하길, "좌양옥左良玉[13]의 이 죽음은 태산처럼 무거운 것인가, 홍모鴻毛처럼 가벼운 것인가? 천고에 알 수 없는 일이다"라고 하였으며, 제37막 「겁보」劫寶에서 "명나라 천하가 황득공黃得功[14]의 손에 넘겨졌다"라고 하였으니, 모두 자기대로의 견해가 있다. 그리고 말평末評에서 이르길, "남명南明에는 세 충신이 있었으나, 사가법史可法[15]의 마음은 명나라 조정에 있었고, 좌양옥의 마음은 숭정제崇禎帝[16]에게 있었으며,[17] 황득공의 마음은 홍광제弘光帝에게 있었으니, 마음이 서로 같지 않았으므로 서로 힘을 합하지 못했다. 명나라는 유적流賊[18]에게 망한 것이 아니라 기실 사진四鎭[19] 때문에 망한 것이니, 그

왕탁의 훼절을 비판하면서 그의 글씨가 심획(心畫)이 바르지 않으며, 짐짓 '경고'(勁古)로써 사람들을 속이고 있다고 했다.

12 완대성(阮大鋮) 명말의 관료, 문인. 자는 집지(集之), 호는 원해(園海), 석소(石巢), 백자산초(百子山樵). 1628년 광록시경(光祿寺卿)이 되었으나 위충현(魏忠賢)에게 아부하였기 때문에 위충현의 실각과 더불어 관직에서 쫓겨났다. 뒤에 친교가 있던 마사영이 남명(南明)의 정권을 잡자 병부상서에 임명되었다. 그러나 청군의 공격을 당하여 항복하고, 이듬해 군중(軍中)에서 사망했다. 성품은 간사했으나 문재(文才)가 있었으며, 명말의 희곡 작가로 알려져 있다. 『영회당전집』(詠懷堂全集) 등의 저술이 있다.

13 좌양옥(左良玉) 명말의 무인(武人). 명이 멸망한 뒤 복왕 밑에서 영남후(寧南侯), 태자태부(太子太傅)가 되었다. 마사영과 타협하지 않고 그를 토벌하려고 군사를 일으켰다가 구강(九江)에 이르러 병사(病死)하였다.

14 황득공(黃得功) 명말의 무인. 마사영의 편에 서서, 반란을 일으킨 좌양옥의 군대를 진압했다. 『도화선』에서, 복왕이 몸을 의탁하러 왔을 때 명의 사직이 자신의 한몸에 달려 있음을 깨닫고 복왕을 정성껏 모시며 청으로 투항하려는 무리들을 꾸짖기도 했다. 전웅(田雄)의 배반으로 복왕이 청군에 넘겨지자 자살했다.

15 사가법(史可法) 명말의 인물. 『도화선』에서는 이민족의 침입에 저항하고 나라를 보위하려는 굳은 신념을 지닌 인물로 그려진다. 청군(淸軍)이 진출하여 그의 부하들이 전의를 잃자, 피눈물을 흘리며 그들을 회유하여 싸우다 패한다. 남경을 지키고자 양주에서 도망가다 남경이 함락된 것을 알고는 물에 뛰어들어 자살한다.

16 숭정제(崇禎帝) 명나라 마지막 황제인 의종(毅宗)을 말한다. 1644년 이자성이 북경의 자금성을 함락시키자 자결하였다.

17 좌양옥의~있었으며 이 작품의 주23을 참조할 것.

책임은 무엇보다도 황득공에게 있다"[20]라고 하였으니, 그들이 만약 힘을 합쳤다면 천하사天下事를 오히려 회복할 수 있다고 생각했던 게 아닐까?

아아! 나는 이 책을 보고 좌양옥이 거병擧兵한 일에 대해 남몰래 통분痛憤하였다. 대저 홍광제가 덕을 잃어[21] 천하 사람들이 지금까지 슬퍼하지만, 군신간의 큰 도리야 숭정과 홍광이 무슨 차이가 있겠는가? 비록 간신이 대옥大獄을 일으켰다고는 하나 태자의 진위도 분간 못해서 남아 있던 동림당東林黨[22]의 인물들을 모두 죽게 만들고,[23] 도적[24]이

---

18 유적(流賊) 1644년 북경성을 함락시킨 이자성(李自成)을 말한다.

19 사진(四鎭) 총병관(總兵官)인 황득공(黃得功)·고걸(高傑)·유양좌(劉良佐)·유택청(劉澤淸)을 말한다. 이들 중 유양좌와 유택청은 나중에 마사영과 완대성의 앞잡이 노릇을 하다 남명에 반기를 들고 청에 투항한다.

20 남명(南明)에는~있다 『도화선』의 작자는 명의 패망이 '적전분열'(敵前分裂)에 있다고 본바, 홍광제를 옹립하여 분열을 심화시켰던 마사영·완대성·사진(四鎭) 등을 부정적으로 묘사했다. 이 대목은 황득공이 비록 충심(衷心)을 가지긴 했으나 홍광제를 옹호하는 편에 섰으므로 분열에 큰 책임이 있음을 지적한 것이다.

21 홍광제가 덕을 잃어 홍광제는 주색(酒色)과 기악(妓樂)에 빠져 마사영에게 정사(政事)를 위임했으며, 마사영은 그 일당인 완대성을 병부상서에 앉혔다.

22 동림당(東林黨) 명말의 정치적 당파. 만력 초 장거정(張居正)에게 반대했던 양심적 관료 그룹으로서 내각(內閣) 및 내감(內監) 일파의 정책과 계속 대립하며 항쟁하다 정계에서 추방되었다. 이후 동림서원(東林書院)을 중심으로 강학 활동을 펼치며 재야 정치 활동을 전개하였다. 위충현 일파의 탄압으로 동림당은 패배하였으나 그 운동은 복사(復社)로 계승되었다.

23 비록~만들고 '간신'은 마사영을 가리키고, '대옥'은 '위태자옥'(僞太子獄)을 가리킨다. 이자성은 북경을 함락하고 숭정제의 태자를 사로잡아 송왕(宋王)에 위봉(僞封)했으나 송왕은 이자성의 군대가 패주(敗走)할 때 종적을 알 수 없게 되었다. 그 후 남명의 홍광제 때 북쪽에서 태자라 칭하는 자가 왔는데 확인해 보니 부마도위 왕병(王昺)의 손자 왕지명(王之明)이라는 자가 거짓으로 태자 행세를 한 것이었다. 마사영은 이 자를 투옥시켰다. 하지만 남경의 사민(士民)들은 왕지명을 진짜 태자로 믿어 민심이 들끓었다. 이런 추이 속에 좌양옥은 태자를 구하고 마사영을 주(誅)한다는 명분을 내세워 군사를 일으켰다. 좌양옥은 병부시랑 및 호부상서를 지낸 후순(侯恂)의 천거로 기용되었는데 후순은 동림당인(東

집안에 닥쳐왔건만 장신將臣된 자로서 나아가 어려움을 구할 생각은 않고 창을 거꾸로 돌려 공격하면서 "장차 임금 곁의 악²⁵을 제거하려 한다"라고 하였으니 과연 충忠이라 할 수 있겠는가?

『명사』明史에 좌양옥의 격서檄書가 실려 있는데, 호영胡濴의 일을 끌어와 조종祖宗의 과실을 폭로한 것은²⁶ 도무지 신하의 본분이 아니지만, 다만 여러 간신들의 죄를 아주 상세히 논했기 때문에 천하 사람들이 그것을 통쾌하게 여겼다. 그러나 좌양옥이 한번 반란을 일으키자 남조南朝²⁷의 병력이 나뉘어 마침내 대사를 그르쳤다. 그러므로 나는 명나라는 만주족에게 망한 것이 아니라 기실 좌양옥의 손에 망했다고

林黨人)이었다. 이런 관계로 동림당의 인물들은 좌양옥에게 많이 의지하고 있었다. "동림당" 운운한 것은 이런 사정과 관련이 있다.

24 도적 청군(淸軍)을 가리킨다.

25 임금 곁의 악 마사영을 가리킨다.

26 『명사』(明史)에~폭로한 것은 '호영'은 명초(明初)의 인물로, 건문제(建文帝) 때 진사(進士)에 합격해 병과급사중(兵科給事中)에 제수되었으며, 영락(永樂) 원년(1403)에 호과도급사중(戶科都給事中)에 제수되었고, 후에 예부우시랑(禮部右侍郎)에 발탁되었다. 이인상이 언급한 '좌양옥 격서'는 『명계남략』(明季南略) 권3에 실려 있다. 그 격서 중에 "호영이 명목상 장랍탑(張邋遢)을 찾아다녔던 일을 본받아서, 태자로 하여금 황야에 숨지 못하게 하였고"(效胡濴之名訪邋遢, 旣不使之瘞于荒野)라는 말이 보인다. "호영이 명목상 장랍탑을 찾아다녔던 일"이란 명초(明初)에 영락제(永樂帝)가 호영으로 하여금 신선 장랍탑을 찾아다니는 척하면서 건문제를 찾아내도록 명을 내린 일을 가리킨다(이 사실은 『명사』 권169에 실린 「胡濴列傳」 참조). 영락제는 건문제의 숙부인데 이른바 '정난(靖難)의 변(變)'을 일으켜 남경(南京)을 함락시키고 스스로 황제에 즉위하였다. 남경이 함락될 때 건문제는 불에 타 죽었다고 하는데 시체가 발견되지 않았다. 그래서 건문제가 죽은 게 아니고 달아나 숨었다는 소문이 돌았다. 이 때문에 영락제가 호영에게 이런 명을 내린 것이다. 좌양옥이 격서에 이 일을 언급한 것은 마사영이 태자(=위태자)를 잡아 투옥한 것을 꾸짖기 위함이다. 좌양옥의 격서는 성해응(成海應)의 「삼황기」(三皇紀; 『研經齋全集』 외집 권28 尊攘類)에도 소개되어 있다.

27 남조(南朝) 남명(南明)을 말한다.

생각한다. 일찍이 추의鄒漪[28]가 쓴 『계정야승』啓禎野乘[29]을 보니 좌양옥이 반란을 일으킨 게 아니라고 논하였다. 전겸익은 이를 참 좋은 말로 여겼다고 한다. 아! 전겸익이 몸을 욕되이 하고 절개를 무너뜨린 일은 마사영馬士英[30]이 상소上疏에 응하여 죽은 일[31]보다 도리어 부끄러운 일이거늘, 다시 좌양옥의 반란을 옹호하며 군신君臣의 도리를 없애다니 어찌 그리도 거리낌이 없단 말인가? 명말의 역사를 논한 것에 오류가 많으니, 가령 추의가 서술한 내용은 『도화선』에 견주면 도리어 부끄러움이 있다 할 것이다. 우연히 느낀 생각을 기록한다.

---

28 추의(鄒漪) 명말(明末)의 인물.

29 『계정야승』(啓禎野乘) 추의가 쓴 야사(野史)로, 천계(天啓: 희종熹宗의 연호)와 숭정(崇禎) 연간의 일이 주로 기록되어 있다.

30 마사영(馬士英) 명말의 간신. 자세한 것은 본서 156면 주25를 참조할 것.

31 상소(上疏)에 응하여 죽은 일 야사에 의하면, 마사영은 청군이 남경에 육박해 오자 태주(台州)의 산사로 도피하여 중이 되었으나 결국 체포되었으며, 상소에 응해 참수되었다고 한다.

김양재金良哉 유서遺書 지識

아아! 이 종이는 고인故人이 된 벗 김양재金良哉[1]의 유서遺書다. 양재는 병이 위독하자 붓을 가져오라고 해 '寄贈元靈'[2]이라는 네 글자를 썼는데, 곁에 있던 사람들이 걱정하여 붓을 빼앗아 그 뜻을 다하지 못하게 하였다. 내가 빈소에 이르러 곡할 적에 양재의 춘부장이신 예산공禮山公[3]께서 울며 이 사실을 전해 주셨으나, 나는 차마 그 유서를 보자고 할 수가 없었다. 지금으로부터 23년 전의 일이다. 예산공께서 돌아가시자 양재의 아우 순자씨舜咨氏[4]가 비로소 이 종이를 내보이며 나더러 지識를 써서 양재의 아들[5]에게 주었으면 했다.

아아! 내가 처음 양재와 벗이 되었을 때에는 둘 다 한창 젊은 나이였고 의기意氣가 드높아 시대를 개탄하고 시속時俗을 염려하였다. 벗들간의 도의가 날로 얄팍해지고 문文과 도道가 분리됨을 깊이 걱정하여, 서로 더불어 뜻과 학업을 강론하여 밝히면서 그것으로 평생의 즐

---

1 **김양재(金良哉)** 김상굉(金相肱, 1712~1734). '양재'는 그 자이며, 호는 괴암(乖菴), 본관은 광산이다. 참판을 지낸 익훈(益勳)의 현손이요, 성택(聖澤)의 아들.
2 **寄贈元靈** 원령에게 부쳐 보낸다라는 뜻. 김상굉은 죽기 직전 이인상에게 편지를 부치려고 했으나 뜻을 이루지 못했던 듯하다.
3 **예산공(禮山公)** 김성택(金聖澤, 1691~1741)을 가리킨다. 예산 현감을 지낸 바 있기에 '예산공'이라 했다.
4 **순자씨(舜咨氏)** 김상악(金相岳, 1724~1815)을 말한다. '순자'는 그 자이며, 호는 위암(韋菴)이다. 정조(正祖) 때 홍릉 참봉(弘陵參奉)을 제수받았다. 저술로 『위암시록』(韋菴詩錄)이 있다.
5 **양재의 아들** 후사가 없던 김상굉에게 출계(出系)한, 김상악의 장남 기희(箕熙, 1740~1808)를 가리킨다. 기희의 자는 경보(敬夫)이고, 군자감(軍資監) 판관(判官)을 지냈다.

거움을 삼고 후세를 근심하자는 데 우리는 한뜻이었다. 사는 곳이 한 동네인지라[6] 밖에 나설 때는 말 머리를 나란히 하였으며, 아름다운 꽃[7]과 좋은 술로 눈 오는 달밤에 약속해 만났고, 바다와 산의 아득한 경관에 마음을 붙였으니, 이 또한 한 뜻이었다. 굳세고 원대하게 마음을 세우고, 맑고 준엄하게 행실을 닦았으며, 천고千古의 훌륭한 사람들을 엄정하게 가려내어 세상을 깨우치고,[8] 반드시 출처出處와 의론議論이 정대正大하고 거룩한 사람을 가려 본받아 따랐으니, 이 또한 한뜻이었다. 혹 밤에 함께 자면서 손을 잡고 고심을 토로하기도 했고, 서로 상대방의 자식을 가르쳐[9] 대대로 맺은 정의情誼를 잊지 말자 하였으며, 둘 중 누가 먼저 죽거든 남은 이가 글을 지어 슬픔을 고하고 유문遺文을 수습하여 고인의 뜻과 학업이 사라지지 않게 하자 하였으니, 이 또한 한 뜻이었다. 이처럼 우리는 함께 슬퍼하고 탄식하고 웃고 즐거워하기를 스스로 마지않았다. 아아! 그대가 임종할 무렵 쓰려 한 편지에서 내게 권면하려 한 바는 무엇이었던가? 가히 알 수 있을 듯하다.

　아아! 신해년(1731)에 내가 보산寶山[10]에서 올라와 서울에 노닐 때 처음 양재와 교분을 맺었고, 갑인년(1734)에 양재와 사별하였다. 이후 나는 자못 일세의 선비들과 교유하였지만, 정의情義가 돈독하고 지취志趣가 고매하기로는 양재만 한 이가 드물었다. 그대가 세상을 뜬 이래

---

6 사는 곳이 한동네인지라　당시 이인상과 김상굉은 남산 자락인 현계(玄溪)의 남과 북에 살았다. 『뇌상관고』 제4책의 「관매기」(觀梅記)에서 이 점이 확인된다.

7 아름다운 꽃　매화분(盆)에 핀 꽃을 가리킨다. 「관매기」 참조.

8 깨우치고　원문은 "風切". 깨우치고 꾸짖는다는 뜻이다.

9 서로~가르쳐　『맹자』「이루」(離婁) 상(上)에, "자식을 서로 바꾸어 가르친다"(易子而敎之)라는 말이 있다.

10 보산(寶山)　경기도 양주에 있는 천보산(天寶山)을 가리킨다. 이 산은 양주와 포천의 경계를 이룬다. 이인상의 선영이 있던 양주 회암면 모정리는 이 산 아래다.

로 도道는 날로 쇠미해지고 여러 벗들 또한 연이어 세상을 떠났다. 생각건대 나는 노쇠한 몸으로 횅뎅그렁하게 홀로 세상을 살아가며, 머리는 허옇게 되고 재 같은 마음만 남아 훌륭한 벗이 임종시에 부친 뜻에 부응하지 못하고 있으니, 이 어찌 슬프지 않겠는가? 다만 순자씨의 여러 형제들[11]이 효성스럽고 우애 있으며 학문을 좋아하는 데다, 그대의 아들도 이미 장성했으니, 서로 더불어 뜻과 학업을 책망하고 격려하며 그대의 유의遺意를 저버리지 않으려고 할 뿐이다.

병자년(1756) 3월 14일, 보산우인寶山友人[12]이 울면서 쓴다.

---

11 순자씨의 여러 형제들　맏이였던 김상평에게는 상익(相翊, 1721~1781)·상악(相岳, 1724~1815)·상적(相迪, 1732~1770)·상필(相弼, 1729~1798)의 네 아우가 있었다. 이 중 상익은 숙부 경택(慶澤)에게 출계했고, 상필은 서제(庶弟)였다.

12 보산우인(寶山友人)　이인상은 생전에 능호관(凌壺觀)이라는 호보다 천보산인(天寶山人)·보산자(寶山子)·보산인(寶山人)이라는 호를 많이 사용하였다.

이윤지를 위해 작은 그림을 그리다 을축년(1745)

옛적에, 누각에서 지내기를 좋아하면서도 그럴 형편이 못 되면 누각 그림을 그려 마음으로 노닐었으니, 이를 '신루'神樓'라고 했다. 내가 윤지胤之를 위해 비각飛閣과 연정連亭²을 그렸는데, 주변엔 산이 펼쳐져 있고 아래로는 골짜기가 있으며, 우뚝한 소나무와 곧게 솟은 전나무가 주위를 둘러싸고, 오래된 이깔나무³와 쓰러진 단풍나무가 바위 위에 울창하며, 진토塵土는 붙이지 않았다.⁴ 그 아래로는 맑은 못이 있어 물이 돌아 흐르고 굽이쳐, 가득 고이면 다시 흘러가는데, 오니汚泥는 찾아볼 수 없다. 긴 폭포가 석양을 받으며 허공에서 곧게 떨어지는데, 못은 깊고 여울은 가늘어 바닥에 잡석雜石이 없으니 당연히 시끄러운 물소리가 들릴 리 없다.

정자에 앉은 사람은 바야흐로 향을 사르며⁵ 폭포 소리를 듣고 있고,

---

1 **신루(神樓)** 명대(明代) 유린(劉麟)의 고사에서 유래하는 말이다. 유린은 높은 누각에 기거하는 것을 좋아했지만 누각을 직접 건립할 형편이 못 되어 자기 집 들보에 가마를 매달아 두고 이 가마를 '신루'라고 부르며 놀았다고 한다. 이를 명(明)의 문징명(文徵明)이 그림으로 그렸는데, 이로부터 그림이나 다른 매개물을 통해 가상(假想)으로 자연을 완상하는 것을 '신루'라고 부르게 되었다.

2 **비각(飛閣)과 연정(連亭)** '비각'은 높다란 누각이고, '연정'은 쭉 이어진 정자.

3 **이깔나무** 원문은 '杉'인데 요즘의 삼나무가 아니다. 일본어로 '스기'라고 하는 삼나무는 일제강점기 때 일본에서 이식(移植)된 것이다. '이깔나무'는 익가나무, 잎갈나무라고도 한다. 소나무과의 낙엽 교목으로, 아주 높이 자란다.

4 **바위 위에~않았다** 나무 주변에 돌만을 그렸으며, 흙은 그리지 않았다는 말. 이는 이인상 산수화의 주요한 특징의 하나다. 속기(俗氣)를 극도로 싫어하고, 맑고 깨끗한 것을 좋아했던 이인상은 나무를 그릴 때 대개 흙은 그리지 않고 각이 지고 견고한 돌만을 그렸다. 이는 탈속(脫俗)과 청고(淸高)를 지향한 그의 정신세계를 반영한다.

또 한 사람은 높은 누각에서 병풍을 뒤로 한 채 안석案席을 정돈하고 앉아 맑은 못에 눈을 주고 있는 것이 꼭 누군가를 생각하는 듯하다. 그 곁에 한 객客은 두 손을 모으고 단정히 앉아 나무와 돌을 보고 있는데, 아마 동자童子를 불러 벼루를 씻기고 있는 듯하다. 누정樓亭은 사방이 모두 바위여서 초봄에 얼음이 녹으면 이끼가 자라날 터이고, 여름엔 늙은 나무에 맑은 그늘이 많아 어지러운 풀이며 잡화雜花며 벌레나 뱀 따위의 괴로움이 없을 터이다. 그리고 가을 달과 겨울 눈이 사람의 몸과 마음을 모두 서늘하게 할 것이니, 이른바 한지국韓持國[6]의 "그대는 말이 없고 내 마음 또한 맑고녀"(君勿言我心亦清)라는 격이다.

어떤 이가 나에게 이렇게 말했다.

"진흙 바닥의 연못이 없으니 어떻게 연꽃을 심을 것이며, 평지의 밭이 없으니 어떻게 차조를 심을 건가요? 깊은 방과 고요한 사랑舍廊이 없으니 어떻게 겨울을 날 것이며, 처자가 없으니 어떻게 손님을 접대하고[7] 친척들을 기쁘게 할 건가요? 또 수레나 말이 없으니 한가한 날 어떻게 나들이를 하지요?"

나는 웃으며 말했다.

"이 그림을 보면, 누정을 둘러 그윽한 오솔길이 있고, 그 곁에 작은 다리가 놓였으며, 아름다운 나무가 하늘을 가려 원근을 분간할 수 없으니, 어찌 무릉도원武陵桃源이나 유신劉晨과 완조阮肇가 노닌 골짜기[8]

---

5 향을 사르며 이윤영, 오찬을 비롯한 이인상의 벗들은 매화를 감상하거나 그림이나 글씨를 완상할 때 곧잘 향을 피웠다. 향이 잡스런 기운을 없애고 정신을 맑게 함으로써다.

6 한지국(韓持國) 한유(韓維)를 말한다. '지국'은 그 자. 송나라 철종(哲宗) 때 문하시랑(門下侍郎)을 지냈으며, 시에 능했다.

7 손님을 접대하고 원문은 "供雞黍". '계서'(雞黍)는 『논어』 「미자」(微子)편에서 유래하는 말로, 어떤 노인이 공자의 제자인 자로(子路)를 자기 집에 묵게 하며 닭을 잡고 기장밥을 지어 대접한 데서 '손님 접대'를 뜻하는 말로 사용된다.

가 없다고 장담하겠소? 옛사람의 신루神樓에 비한다면 이것도 오히려 사치가 아니겠소?"

윤지가 그림 끝에 글을 써 달라고 해서 마침내 기록한다.

---

8 유신(劉晨)과 완조(阮肇)가 노닌 골짜기 후한(後漢) 때 유신과 완조 두 사람이 약초를 캐러 천태산(天台山)에 들어갔다가 길을 잃게 되었는데, 우연히 두 선녀를 만나 환대를 받고 집으로 돌아왔더니 그동안 세월이 흘러 7대손이 살고 있었다고 한다.

스스로 그림에 적어 위암韋菴[1]을 면려勉勵하다 무인년(1758)

구불구불 높은 솔   蜿蜿喬松,
먼지 낀 눈[雪] 받지 않고   不受塵雪.
울퉁불퉁 높은 바위   巖巖維石,
무너질 때 있을쏜가.   無時崩折.
바다는 넓디넓고   渾渾維海,
달빛은 희디희네.   皓皓維月.
군자가 덕德 세우면   君子立德,
세상과 더불어 불멸하리.   與世不滅.

---

1 위암(韋菴) 이인상의 벗 가운데 '위암'이라는 호를 사용한 이는 김상악(金相岳), 이최중
(李最中) 둘이 있다. 이최중은 1751년 문과에 급제하여 1755년 수찬을 지냈으며 이후 여
러 벼슬을 역임하였다. 김상악은 벼슬에 나가지 않고 처사로서의 삶을 살며 학문에 정진하
였다. 1758년에 쓴 이 글은, 그 내용으로 보아 재야의 군자에게 준 것으로 여겨지는바, 김
상악을 권면한 글로 판단된다. 김상악에 대한 자세한 것은 본서 172면 주4를 참조할 것.

유태소俞太素[1] 애사哀辭[2] 경오년(1758)

아아! 태소가 운명했을 때 나는 멀리 있어 무덤에 달려가 곡할 수 없었다. 애사哀辭를 지으려 한 지 벌써 일 년이 되었지만 차마 붓을 들지 못해 끝내 나의 슬픔을 토로할 수 없었다. 애초 나는 남에서 북으로 갈 적에 차마 차령車嶺[3]을 지나가지 못했으니, 태소의 여빈旅殯[4]이 보이기 때문이었다. 마침내 차령을 지나가게 되었지만, 실로 억지로 그런 것이지 어찌 생사生死가 날로 멀어져 정情이 다해서이겠는가.

아아! 태소는 몸가짐이 바르고, 기운이 굳세고, 식견이 밝았으니, 뜻을 품은 채 세상을 하직했건만 죽음을 애달파 하는 말이 없었다. 그래도 나는 혹 떠도는 혼백이 여기에 남아 있을까 슬퍼하여 밤에 차령의 객사에 묵으며 애사를 지어 스스로 위로하였다. 아아, 태소여! 자네는 이 사실을 아는지?

울창한 차령車嶺에	鬱鬱車嶺兮,
뜨거운 구름 찌더니만	火雲蒸兮.

---

1 **유태소(俞太素)**　유언순(俞彦淳, 1715~1748)을 말한다. '태소'는 그 자. 또 다른 자는 경명(景明). 본관은 기계(杞溪). 『능호집』 권4에 「유경명 제문」(祭俞子景明文)이 실려 있다.

2 **애사(哀辭)**　한문학 문체의 하나로, 죽은 이를 애도하는 글. 대개 서두에 산문으로 된 서문이 있고, 이어서 장단구(長短句)나 초사체(楚辭體)의 운문이 서술된다.

3 **차령(車嶺)**　충청남도 공주군과 천안군 사이에 있는 고개.

4 **여빈(旅殯)**　객지에서 죽었을 때 임시로 관을 묻고 이엉 따위로 덮어서 눈과 비를 가린 것으로, 초빈(草殯)이라고도 한다.

비가 줄줄 내려	浸淫其雨兮,
햇빛이 사라졌네.	日色崩兮.
나그네도 돌아갈 줄 알아	行旅知歸兮,
집으로 돌아가거늘	返室堂兮.
떠도는 혼백 있는 듯해	若有羈魂兮,
옷에 눈물을 떨구네.	涕霣我裳兮.
아! 일기一氣5는 굴신屈伸하여	唉! 一氣之屈伸兮,
처음의 태허太虛6로 돌아가네.	原初太虛.
형상에 가탁했다 참〔眞〕에 돌아가니	寓形返眞兮,
길고 짧음은 결국 같은 것.	脩短一如.
현명한 자는 슬퍼 않고	明者無怛兮,
굳세고 바름을 보여줄 뿐.	剛固正直.
이치에 순응함은	頹然理順兮,
물이 골짝을 흐름과 같네.	猶淸水赴壑.
사람들은 정情에 끌려	衆汨其情兮,
혼백을 수고롭게 하니	勞魄傷魂.
유기游氣7가 어지럽고 탁해	游氣棼糅兮,
번뇌며 원한이 쌓이게 되네.	蘊煩冤.
아! 태소는	嗚呼太素!
담담하고 무심하여	憺無情兮.
자신을 감추고 기氣를 다스려	斂光定氣兮,

---

5 일기(一氣) 우주에 가득한 하나의 기운. 여기에서 음양이 나오며, 음양이 만물을 생성한다.
6 태허(太虛) 만물의 시원(始原)에 해당하는 원기(原氣)로, 존재의 고향을 말한다.
7 유기(游氣) 떠도는 기(氣)를 일컫는다.

생과 사를 하나로 보았네.　　　　　齊死生兮.

하늘의 조화는 밝고 환하며　　　　大化昭明兮,

귀신은 양양洋洋하여[8]　　　　　　神洋洋兮.

위로는 북두성에 닿고　　　　　　上參星斗兮,

사방에 두루 있네.[9]　　　　　　　正四方兮.

---

8 귀신은 양양(洋洋)하여 '양양'은 유동(流動)하고 충만(充滿)하다는 뜻. 『중용』(中庸) 귀신장(鬼神章)에, "귀신은 양양(洋洋)히 위에 있는 듯하며, 좌우에 있는 듯하다"(洋洋乎如在其上, 如在其左右)라는 말이 있다.
9 위로는~있네 유태소의 혼령이 그렇다는 말.

소화사素華辭[1] 신미년(1751)

오경보가 자신이 올린 상소 때문에 북쪽으로 귀양[2] 가게 되었을 때,
나는 설성雪城[3]에 있고 윤지胤之는 단양丹陽에 있었으므로 송별을 하지
못했다. 경보가 편지로 적소謫所의 일을 알려 왔는데, 그 말이 몹시 처
량하고 괴로웠다.[4] 나에게 두보杜甫의 전전·후後「출새」出塞[5]시를 서사
書寫[6]해 달라고 부탁했지만 나는 미처 써서 부치지 못했다. 그런 중에
윤지가 쓴 이별시[7]를 보게 됐는데 마치 경보를 사별死別하기라도 한 듯
시어가 처량하고 괴로워 이 때문에 그만 마음이 놀라 자리에서 다시
일어날 수가 없었으며 글씨 또한 써서 부치지 못했다. 어느 날 나는 홀
연 꿈속에서 경보를 만나 서로 손을 잡고 통곡했는데, 얼마 있다 경보
가 북쪽 변방에서 죽었다는 소식을 들었다. 나는 경보의 넋이 객지에

---

1 **소화사(素華辭)**　애사 제목치고는 특이하다. 여기서 '소화'는 흰 오동꽃을 가리킨다. 그
의미연관은 본문 중에 보인다.
2 **귀양**　오찬은 정언(正言)으로 있을 때인 1751년(영조 27) 5월 신임사화의 책임을 물어
이광좌(李光佐)·조태억(趙泰億)의 관작을 추탈해야 한다는 상소를 올렸다가 영조의 분노
를 사서 7월에 함경도의 삼수(三水)로 귀양가 그 해 11월에 죽었다.
3 **설성(雪城)**　음죽현(陰竹縣)의 별칭. 음죽현의 관아는 지금의 경기도 이천시 장호원읍
선읍리에 있었다. 이인상은 1750년 8월 음죽 현감에 부임했으며, 1753년 4월 사임하였다.
4 **처량하고 괴로웠다**　원문은 "悽苦". 이 말은 이 글에서 전후 세 차례 보인다.
5 **「출새(出塞)」**　'출새'는 악부고제(樂府古題)로, 두보는 이 제명(題名)의 시를 두 번 지었
으니, 앞의 것을 「전출새」(前出塞), 뒤의 것을 「후출새」(後出塞)라고 한다. 각각 오언(五
言)으로 된 9수, 5수의 연작시로, 변방 군졸(軍卒)의 심정을 대변해 읊었다.
6 **서사(書寫)**　붓글씨로 씀을 이른다.
7 **윤지가 쓴 이별시**　『단릉유고』 권8에 실려 있는 「삼수 적거(謫居)의 경보에게 부쳐 보내
다」(寄贈敬父三水謫居) 8수 연작을 가리킨다.

서 떠돌까 염려하여 초혼사招魂辭를 지으려 했지만 슬퍼서 글을 쓸 수가 없었다.

입춘인 임자壬子일, 나는 꿈에 윤지와 함께 어느 방에 이르렀는데, 텅 비어 있는 게 특이했다. 윤지는 내게 오동꽃을 먹어 보라고 하였다. 꽃잎은 희고 꽃술은 붉어 흡사 목련 같은데 향기가 입안에 가득해 정신이 송연竦然하였다. 홀연 경보가 곁에 보였는데 한창 집을 짓고 있었다. 동에는 고관高館, 서西에는 곡방曲房을 두었으며, 향기 나는 꽃들이 주위를 둘러싸고 나무들이 서로 어리비쳤으니, 흡사 경보의 산천재山天齋나 옥경루玉磬樓[8] 같았다. 경보는 말하기를, "동서東西 양실兩室 사이에 모퉁이를 따라 담장을 세워, 깊고 그윽한 속에 꽃과 나무들이 은은히 비치게 하면 집이 빛날 거외다"라고 하였다. 내가, "그대는 형제가 없어[9] 항상 외롭게 지내니 관사館舍를 뒤 그대의 친척과 친구들을 거처하게 하되 동서로 서로 바라볼 수 있게 해 가운데를 막지 말구려"라고 했더니, 윤지는 내 말에 찬성했고, 경보는 빙그레 미소를 머금은 채 끝내 아무 말도 하지 않았다.

깨어나 생각해 보니, 담장을 세운다는 건 그 뜻이 상서롭지 못했다. 붕우朋友간의 말에 유명幽明의 구분[10]이 없고, 당실堂室 사이를 가로막지 않고 동서東西로 환히 통하게 하여 해와 달이 서로 바라보듯 하게 한다는 것은 혼백이 오고 가 어떤 지역에 머물러 있지 않다[11]는 몽조夢

---

8 산천재(山天齋)나 옥경루(玉磬樓) 서울의 북촌 계산동에 있던 오경보의 서재와 누각 이름. 옥경루에 건 '玉磬'이라는 편액 글씨는 이인상이 써 준 것인바, 앞의 「경심정기」(磬心亭記)에 이 사실이 보인다.

9 형제가 없어 오경보의 형 오원(吳瑗, 1700~1740)이 일찍 죽었기에 한 말이다.

10 유명(幽明)의 구분 저승과 이승의 구분을 말한다.

11 어떤~않다 오찬이 억울하게 유배지인 삼수에서 죽었으므로 원혼이 그곳을 떠나지 못하지는 않을까 걱정해서 한 말이다.

兆가 아닌가 싶다. 하물며 양기陽氣는 입춘날 성대하게 떨쳐 일어나거늘, 경보의 혼이 나에게 현몽하여 남쪽으로 온 것은 타향에 머물고 있지 않기 때문이 아닐까.

나는 마음속으로 내 꿈의 길함을 믿고 마침내 초혼사招魂辭를 지어 하얀 오동꽃에 마음을 부쳐 장차 윤지의 시와 함께 반츤返櫬[12]할 때 읽고자 했는데, 글을 미처 이루지 못했을 때 윤지에게서 이런 편지가 왔다.

2월 초에 경보가 나를 찾아와 자신이 꾼 꿈에 대해 이렇게 묻더군요.

"재차 조천관朝天館[13]에 가서는 관곽에 실려 돌아오는 꿈을 꾸었는데, 꿈을 깬 후 알아보니 조천관은 제주에 있다 하더구려."

나는 이렇게 말했소이다.

"혹시 그대가 벼슬에 나아가 상소하고자 하니[14] 꿈에 그런 일이 보인 게 아니겠소?"

그러자 경보는 서글픈 얼굴을 하며 즐거워하지 않았는데 얼마 안 있어 그만 화를 입었습니다. 남북이 비록 다르지만,[15] 관에 실려 돌아옴은 하늘의 뜻일까요?

---

12 반츤(返櫬) 객지에서 사람이 죽었을 때 고향으로 운구(運柩)하는 것을 이른다.

13 조천관(朝天館) 제주도 북제주군 조천면(朝天面) 조천리에 있던 객사(客舍)이다.

14 벼슬에~하니 오찬은 이 해(1751년) 2월 18일 춘당대에서 시행된 정시(庭試)에 1등으로 합격했고, 동년 5월 14일 정언에 임명되었으며, 5월 18일 문제의 상서(上書)를 올렸고, 7월 5일 귀양 갔으며, 11월 7일 귀양지에서 죽었다. 이 모든 일이 1년 사이에 일어난바, 이 점이 오찬의 죽음에 비극성을 부여한다.

15 남북이 비록 다르지만 꿈속에서 본 '조천관'은 남쪽 땅 제주도에 있는 관사(館舍)이지만, 오찬이 실제 죽은 곳은 북쪽 땅 삼수(三水)이기에 한 말.

아아, 꿈의 이치는 아득하여 알기 어렵다. 그러나 짐작건대 경보가 짓던 집은 필시 자신의 옛집[16]일 터이고, "조천" 운운한 말은 관에 실려 북쪽에서 남쪽으로 와서 도성을 지나간다는 뜻이 아닐까 한다.[17] 내가 다시 두보의 전·후 「출새」시를 찾아 읽어 보니, 그 말이 처량하고 괴로워 경보의 출처出處 시말始末과 꼭 같았다.[18] 이에 글을 지어 그 뜻[19]을 잇는다. 아아, 경보의 혼이여! 어찌 차마 돌아오지 않을 수 있겠는가? 사辭는 다음과 같다.

1

붉은 꽃술의 흰 오동꽃	素華朱心兮,
나보고 먹으라 주네.	餐余梧桐.
향기로운 입춘이라	芬薰首春兮,
삭풍朔風이 그치었네.	不受朔風.
윤지의 나무요	李子之樹兮,
경보의 집이로다.	敬父之宮.
하얀 꽃 내게 주어	素華授吾兮,
붉은 꽃술[20] 함께하네.	朱心與同.

---

16 자신의 옛집 서울 북촌의 계산동에 있던 집을 말한다.
17 조천~아닐까 한다 '조천'(朝天)이라는 말에 '임금을 배알하다'라는 뜻이 있다.
18 두보의~같았다 두보의 「출새」시는 전체적으로 충효를 바탕으로 군주의 영토 확장전쟁에 대한 비판과 변방에서 늙어 가는 병사의 회한을 담고 있다. 오찬을 비롯한 이인상의 벗들은 당시 영조의 탕평책에 반대하고 있었다. 이 때문에 이인상은, 당시의 정책을 비판하다 변방으로 귀양 가 죽은 오찬의 일과 군주의 잘못된 정책 때문에 억울하게 변방에서 늙어 가는 병사를 그린 「출새」시를 연결해 생각하게 되었을 것이다.
19 그 뜻 「출새」시의 뜻을 말한다.

생사에 관계없이	存歿靡間兮,
몽매에도 성심誠心 지켜	夢寐存誠,
마음 다스리고²¹ 향기 맡아	齋心服馨兮,
태허太虛로 돌아가리.	返氣之淸.
문득 경보의 얼굴	忽見眉目兮,
문설주에 환히 비치누나.	洞照門楹.

2

슬픈 편지 보냈었지²²	緘哀稿紙兮,
그대 북쪽 변방에서.	君在北塞.
사방에 높은 산 둘러싸고	四山高圍兮,
거목이 하늘을 덮었다지.	鉅木蔽天.
쓸쓸한 와설옥臥雪屋²³엔	牢臥雪屋兮,
버려진 빗과 망건.	廢櫛與巾.
임금과 어머니²⁴ 그리워	思慕君親兮,
뼈가 아프고 살이 녹네.	骨痛肌銷.
친구 날로 멀어지니	友朋日遠兮,
누구와 소요할꼬?	誰與逍遙?
슬픔을 견딜 길 없어	無以塞悲兮,

---

20 **붉은 꽃술** 원문은 "朱心". 이 말은 동시에 '단심'(丹心)이라는 뜻도 내포하고 있다.
21 **마음 다스리고** 이 말의 원문은 "齋心"인데, 『열자』(列子) 「황제」(黃帝)에 나오는 말로서 잡념을 제거해 마음을 고요히 한다는 뜻이다.
22 **슬픈 편지 보냈었지** 원문의 "緘哀"는 슬픔을 봉해 보낸다는 뜻.
23 **와설옥(臥雪屋)** 산천재(山天齋)가 있던 오찬의 서울집 원정(園庭) 이름이 와설원(臥雪園)이다.
24 **어머니** 오찬에게는 노모가 계셨다.

주자와 두보를 읽네.[25]

와서 묻는 이 있었다지

강태공의 『육도』六韜[26]에 대해.[27]

준마駿馬 타고 활을 쏘며

장수는 호령하네.

예부터 얼음 꽁꽁 얼어

어강魚江[28]에는 물결도 없네.

저 땅에 무슨 즐거움이 있으리?

혼이여 거기 머물지 마소!

晦父之文, 杜氏之詩.

有來問業兮,

渭叟兵韜.

駿馬良弓兮,

壯士叫號.

玄氷亘古兮,

魚江無濤.

彼土何樂兮?

子無滯魄!

3

그대의 훌륭한 집에

좋은 나무 무성하니

산천재와

옥경루였지.

봄꽃이 다투어 피고

철 따라 새가 울어

한가로이 그 속에서

경치 보며 즐거워했지.

밝은 빛 비치는 방에

君有華屋兮,

嘉樹綢繆.

山天之齋兮,

玉磬之樓.

春華競芳兮,

時禽變聲.

燕處其中兮,

流目怡情.

有輝燭室兮,

---

25 임금과~읽네 모두 오찬에 대해 한 말이다.

26 『육도』(六韜) 강태공이 지었다는 병법서(兵法書).

27 와서~대해 당시 삼수에 근무하던 무관(武官)이 유배 온 오찬에게 찾아와 『육도』를 배웠던 듯하다.

28 어강(魚江) 어면강(魚面江). 함경도 삼수에 있는 강.

서책과 보기寶器 옮겨 놓았네.　　　　　　廣運書寶.

경전과 사서史書 존숭함에　　　　　　　　尊經敦史兮,

예스런 마음 도에 가까웠지.　　　　　　　古心近道.

을거乙擧의 술잔²⁹과　　　　　　　　　　乙擧之爵兮,

노공魯公의 술병³⁰으로　　　　　　　　　魯公尊彝,

울창주鬱鬯酒³¹ 스스로 올리고　　　　　　黃流自薦兮,

백단白檀³²으로 자성粢盛³³ 대신하여　　　白檀代粢,

옛 제도 본떠　　　　　　　　　　　　　　儀象古制兮,

슬픈 마음 부쳤었지.³⁴　　　　　　　　　　寓心之悲.

정수금淨水琴³⁵의　　　　　　　　　　　　淨水之琴兮,

맑은 줄을 팽팽히 짚네.　　　　　　　　　高張淸絃.

금복琴腹에 새긴 명문銘文은　　　　　　　琴腹之文兮,

은밀하여 보이지 않네.³⁶　　　　　　　　　閟遠無鐫.

---

29 을거(乙擧)의 술잔 을거준(乙擧尊)을 말한다. 주(周)나라 예기(禮器: 제사 때 사용하는 그릇)의 하나로, '乙擧'라는 두 글자의 명문(銘文)이 있어 이런 명칭이 붙었다.

30 노공(魯公)의 술병 청동으로 만든 주대(周代)의 술병인데, '魯公'이라는 명문이 있어 이런 명칭이 붙었다. 오찬은 이윤영·이인상과 함께 고대 중국의 제기(祭器)를 본뜬 그릇을 제작한 적이 있다. 1745년의 일이다.

31 울창주(鬱鬯酒) 원문은 "黃流". 울금초(鬱金草)를 넣어 황색 빛깔이 나는 술로, 고대에 제사를 지낼 때 땅에 부어 '강신'(降神)을 기원하였다.

32 백단(白檀) 백단향(白檀香)을 말한다. 향(香)으로 이용되는 나무다.

33 자성(粢盛) 원래 제사에 쓰는 서직(黍稷)을 이르는 말인데, 흔히 '제수'(祭需)를 뜻하는 말로 쓴다.

34 슬픈 마음 부쳤었지 중원이 오랑캐의 나라가 된 것을 슬퍼하여 고대 중국의 문명을 흠모한 것을 이른다.

35 정수금(淨水琴) 이인상이 오찬의 거문고에 붙여 준 이름. 정수사(淨水寺)의 오동나무로 만들었기에 이런 이름을 붙였다.

36 금복(琴腹)에~않네 이인상이 오찬의 거문고 이름을 '정수'(淨水)라 지어 거문고의 배에다 써서 새기게 하고, 오찬이 그 명문(銘文)을 지어 금복(琴腹) 안쪽에 새긴 후 금복을

연주하고자 해도 소리가 없으니	欲彈無聲兮,
누구에게 마음을 전할꼬?	將心誰傳?
녹운綠雲의 대〔竹〕[37]와	綠雲之竹兮,
보산寶山의 칼[38]에게지.	寶山之劍.
지소志素가 남다른 제문祭文을 쓰니[39]	志素異贈兮,
그 문장 불꽃과 같네.	有文如焰.
좋은 벗들 방에 있으니	良友在室兮,
멀리서 근심치 말고	君無遠念,
성대한 신령이여	神馭穆穆兮,
훌륭한 집으로 돌아오소!	反此華屋!

4

때는 임자壬子일	日之壬子兮,
봄기운 하늘에 가득하고	青陽御天,
싹이 트고 벌레가 나와	包芽振蟄兮,

아교로 붙여 접합한 일에 대해서는, 『능호집』 권2의 「뒤에 오경보의 매화시 여덟 편에 화답하다」(追和吳敬父梅花八篇)의 추기(追記)를 참조할 것.

37 녹운(綠雲)의 대〔竹〕 이윤영을 가리킨다. '녹운'은 녹운정(綠雲亭)을 말한다. 서지(西池) 가에 있던 이윤영의 정자다.

38 보산(寶山)의 칼 이인상을 가리킨다. '보산'은 이인상의 선영이 있던 양주의 천보산(天寶山)을 말한다. 이인상은 '보산자'(寶山子)라 자호하였다. 이인상은 젊어서부터 검(劍)을 혹애하였다. 이는 그가 지닌 강렬한 대청(對清) 복수심과 깊은 관련이 있다. 나아가 이 '칼'이라는 상징은 타락한 세계 속에서도 꺾이지 않는 이인상의 이념과 뜻을 표상한다. 이런 칼이미지는 이인상이 존경하던 선배 유후(柳逅)에게 그려 준 〈검선도〉(劍僊圖)에 회화적으로 구현되어 있다. 박희병, 『능호관 이인상 서화평석 1: 회화편』 중 〈검선도〉의 평석 참조.

39 지소(志素)가~쓰니 원문은 "志素異贈"이다. '지소'(志素)는 김순택을 말한다. 그가 쓴 오찬의 제문 「오경보 제문」(祭吳敬父文)이 『지소유고』(志素遺稿) 제2책에 실려 있다.

천지의 기운 몰래 움직이네.　　　　　　氣機潛旋.

선회하는 작은 새는　　　　　　　　　　鷁彼小鳥兮,

밭에 날아 오르고　　　　　　　　　　　亦升于田,

얼음 녹고 눈 걷히니　　　　　　　　　　瀜氷剝雪兮,

산들바람 살랑살랑.　　　　　　　　　　有風油然.

구천九泉의 혼백이여　　　　　　　　　　有鬱九泉兮,

떨쳐 일어나소.　　　　　　　　　　　　奮滯魄兮.

신령은 밝고 광대하여　　　　　　　　　昭明廣大兮,

육극六極**40**에 사무치고　　　　　　　　洞六極兮,

바른 덕과 굳은 절개　　　　　　　　　　貞德毅節兮,

백령百靈**41**이 호위하네.　　　　　　　　衛百靈兮.

일월日月을 옆에 끼고　　　　　　　　　傍挾日月兮,

바람과 천둥 몰아　　　　　　　　　　　導風霆兮,

대궐에 알현하여　　　　　　　　　　　朝于閶闔兮,

임금 분부 받들어서　　　　　　　　　　受嘉命兮,

충성을 다하리라 맹세하고　　　　　　　矢心竭忠兮,

백성 옳게 이끌려 했네.　　　　　　　　庶民正兮.

벗들은 어질어　　　　　　　　　　　　友朋維良兮,

착한 본성 타고났거늘　　　　　　　　　授素性兮,

훌륭한 집으로 돌아와　　　　　　　　　返于華屋兮,

성대한 위의威儀 드러내소.　　　　　　　德容盛兮.

거듭 말하노니,**42** 달 밝은 하늘에　　　重曰, 中天月明兮,

---

40 육극(六極)　동서남북과 상하(上下).

41 백령(百靈)　온갖 신령.

뜬구름 남쪽으로 흘러가듯   浮雲南征,

밤 들어 고향으로 돌아오소   夜歸故里兮,

거문고 타고 생황을 부나니.[43] 鼓瑟吹笙.

　나는 애사를 지어 삼수三水에 보냈지만, 내심 귀신의 이치란 아득한 지라 믿기 어려움을 슬퍼하였다. 섣달 정사丁巳일에 점쟁이 송명규宋明奎에게 묻기를, "내가 글을 지어 초혼招魂을 하였는데, 그 혼이 언제 올지 한번 점쳐 보라"라고 하였다. 점을 치니 본괘本卦로는 진괘震卦가, 지괘之卦로는 서합괘噬嗑卦가 나왔다.[44] 점쟁이는 풀이하기를, "간난艱難이 있는 점괘로, 그 사람은 깊은 곳에 갇혀 있습니다. 우레가 백 리에 진동하나 소리만 있고 형체는 없습니다. 죽음을 애도해 지으신 글은, 초효初爻가 없으니 발을 다친 상象입니다. 대개 사람과 귀신 간에 믿는 마음도 있고 의심하는 마음도 있으니 몹시 더디 오겠습니다. 그 글을 정월 열흘께 볼 터이니, 혼이 오는 것은 그믐께가 되겠습니다"라고 하였다. 아, 괴탄怪誕한 일이기는 하나 기록해 두어 나의 고심을 보인다.[45]

---

42 거듭 말하노니　원문은 "重曰". 한이나 슬픔이 다하지 못했을 때 끝에 덧붙이는 말. 초사(楚辭)에서 유래한다. 이와 비슷한 것으로 '난왈'(亂曰)이 있는데, 이는 작품을 총괄하는 말이다.

43 거문고~부나니　원문의 "鼓瑟吹笙"은 『시경』 소아 '녹명'(鹿鳴)의 한 구절이다. 이 시는 잔치를 열어 반가운 손님을 맞는 내용이다.

44 본괘(本卦)로는~나왔다　진괘(震卦)는 중뢰(重雷: ䷲)의 상(象)이고, 서합괘(噬嗑卦)는 화뢰(火雷: ䷔)의 상(象)이다. 점을 쳐서 얻은 본괘(本卦)에 대해 효(爻)가 변하여 바뀐 것을 지괘(之卦)라 하는데, 점괘를 풀이할 때 경우에 따라 지괘를 참조하기도 한다.

45 고심을 보인다　원문에는 이 말 뒤에 "애사는 섣달 이십삼 일 지었다"라는 세주(細註)가 있다.

홍조동洪祖東[1] 애사 임신년(1752)

기미년(1739)에 나는 김상부金常夫[2]와 함께 서호西湖[3]에서 모임을 결성하여 봄가을로 글을 읽으며 공부하였다. 홍조동 씨는 서호의 귀래정歸來亭[4]에 우거寓居한바, 모임을 같이하여 글을 읽었다. 조동은 성품이 매섭고 기이한 기운을 지녔으며, 바라보면 모난 사람처럼 보이지만 더불어 이야기해 보면 담박하고 순일純一하여 거스름이 없었고, 이치를 말함에 깊고 투철했다. 그래서 상부가 그를 매우 중히 여겼다. 몇 년 후 모임은 없어졌고 더불어 노니는 일도 다시는 없었다.

　나는 언젠가 한번 그와 함께 도성 서쪽에서 매화를 감상하다가 몹시 취한 다음 헤어진 일이 있다.[5] 또 한번은 그를 도성 서쪽의 길가에

---

1 **홍조동(洪祖東)** 홍기해(洪箕海, 1712~1750)를 말한다. '조동'은 그 자. 홍기해는 김춘행(金春行, 1687~1721)의 사위인데, 김춘행과 김근행은 재종형제 간이다. 김수진, 「이인상·김근행의 호사강학(湖社講學)에 대한 연구」(『한국문화』 61, 2013) 참조.
2 **김상부(金常夫)** 김근행(金謹行, 1713~?)을 말한다. '상부'는 그 자. 또 다른 자는 신부(愼夫). 호는 용재(庸齋), 본관은 안동. 김시서(金時敍, 1681~1724)의 아들. 남당(南塘) 한원진(韓元震)의 생질인 강규환(姜奎煥, 1697~1731)의 제자로, 호론(湖論) 계열의 학자다. 1740년 진사시에 합격했으며, 김포 군수와 인천 부사를 지냈다.
3 **서호(西湖)** 정확히 말하면 행호(杏湖)다. 당시 김근행의 초당이 행주의 봉정(鳳汀)에 있었다.
4 **귀래정(歸來亭)** 효종 때 좌참찬을 지낸 죽소(竹所) 김광욱(金光煜)이 세운 정자로 행주의 학정(鶴汀)에 있었다. 당시의 주인은 김광욱의 증손인 동포(東圃) 김시민(金時敏, 1681~1747)이었다.
5 **나는~있다** 정묘년(1747)의 일이다. 당시 이인상은 홍주해(洪疇海)의 서성(西城) 집에서 매화를 완상한 적이 있다. 홍기해도 그 자리에 있었다. 『뇌상관고』 제4책의 「관매기」(觀梅記) 참조.

서 만나 슬피 옛일을 이야기한 적도 있다. 그러고는 얼마 안 있어 그가 서호에서 운명하였다는 소식을 들었다.

아아! 조동은 어질고 재주 있는 사람임에도 끝내 곤궁한 삶을 살다 죽어 자신의 학문을 세상에 써 보지 못했으니, 이 어찌 천명이 아니겠는가. 그가 세상을 떠난 지 벌써 이태가 지났건만 나는 아직 그의 무덤에 가 곡을 하지 못했기에 애사를 지어 상부에게 보여주는 바이다. 애사는 다음과 같다.

그대는 오연傲然했지만	夫子之傲兮,
모는 있어도 거스름은 없었네.[6]	有稜莫觸.
눈동자[7]는 형형하고	方瞳炯炯兮,
기이한 기운은 소탈하고 곧았지.	奇氣疎直.
박학해도 이름이 없었고	博學無名兮,
곤궁해도 지조 우뚝했네.	窮苦介特.
상부가 그대를 경외한 건	常夫所畏兮,
의표儀表가 될 만해서였네.	其儀可式.
끝내 곤궁하게 살다 죽으니	竟以窮死兮,
신명의 이치 어찌 이리 가혹한지.	神理何酷?
서호에 봄이 돌아와	春返長湖兮,
그윽한 골짝에 달이 솟았네.	月昇幽谷.
물은 희고 솔은 푸르며	水皓松蒼兮,

---

6 모는~없었네 모나기는 해도 남을 거스르지는 않았다는 말.
7 눈동자 원문은 "方瞳". 눈동자가 방형(方形)인 사람은 천 년의 수명을 누린다고 한다. 그래서 '방동'(方瞳)은 신선의 징표 가운데 하나로 여겨진다.

하늘 위로 꽃향기 퍼지네.　　　　　　凌霄流馥.

낚시하던 사람[8]은 어디로 가고　　　理釣無人兮,

잔서殘書[9]만 상자에 있네.　　　　　　殘書在簏.

풀이 묵은 무덤에는　　　　　　　　　宿草之墳兮,

찾아와 곡하는 벗도 없네.　　　　　　無友來哭.

그대의 도道 끝내 외로워　　　　　　子道竟孤兮,

나의 눈 가득 눈물이 글썽.　　　　　有淚盈矚.

이 교리李校理 공보功甫 애사 을해년(1755)

내가 이공보李功甫¹를 처음 알게 된 것은 유경명兪景明² 씨를 통해서다. 경명은 맑고 준엄했으며 사람 평하기를 좋아했는데, 일찍이 이런 말을 하였다. "표절한 것을 문장으로 여기고, 남이 한 말을 주워 모은 것을 학문인 양 여기며, 듣기 좋은 말과 아첨하는 낯빛을 우도友道로 삼아, 바람에 쏠리듯 치달리며 이익만 생각하면서도 부끄러움을 알지 못해 세상의 도道가 날로 쇠미해져 가거늘, 개연히 스스로를 지키며 구차히 그런 태도를 따르지 않는 자는 오직 공보 한 사람뿐이다. 만일 내가 그와 더불어 벼슬하여 시대를 밝힌다면 반드시 풍속을 바로잡을 수 있을 것이다." 그리고 얼마 안 있어 경명은 병들어 세상을 떴고 공보는 조정에 나아가게 되었다. 나는 편지를 써서 그가 벗을 잃은 것을 위로하고, 지업志業³에 힘쓸 것을 격려하였다.

들건대 이자李子⁴는 지위가 낮아 자주 곤액困厄을 겪었는데, 배척을 받아도 그 까닭을 따지지 않았고, 쫓겨나더라도 두려워하지 않으며,

---

1 **이공보(李功甫)** 이양천(李亮天, 1716~1755)을 말한다. '공보'는 그 자. 호는 영목당(榮木堂). 박지원의 장인인 이보천(李輔天)의 아우다. 문과에 급제하여 교리(校理)를 지냈다. 경서(經書)와 사서(史書)를 좋아했으며, 문장에 뛰어났고, 식견이 높은 인물이었다. 홍낙순(洪樂純)의 문집 『대릉유고』(大陵遺稿)에 수록된 「이공보학사 만시」(挽李功甫學士)에 의하면, 평론에 아주 능했던 것을 알 수 있다. 박지원에게 『사기』를 가르친 바 있으며, 인간적·문학적으로 박지원에게 적지 않은 영향을 끼쳤다. 이인상과 이양천의 우정에 대해서는 박지원의 글 「불이당기」(不移堂記)가 참조된다.
2 **유경명(兪景明)** '경명'은 태소(太素)의 또 다른 자(字).
3 **지업(志業)** 포부와 하는 일.
4 **이자(李子)** 이양천. '자'(子)는 경칭.

벼슬이 올라가도 남과 다투지 않고, 개연히 스스로를 지켜 구차하게 남을 따르지 않았다[5]고 한다. 비록 그를 흠모하여 벗으로 사귄 이들이 없지 않았지만, 경명만큼 그를 아는 이는 없었다.

나 또한 이자李子와 사귄 지 십 년이지만 주고받은 편지가 채 열 통이 못 된다. 그렇건만 그가 갑자기 병으로 세상을 하직했다. 아아! 경명이 이미 죽었으니 이자의 아들은 누구에게 의지할는지. 이자는 본디 높은 식견을 자부하여서, 고금의 문文과 사史를 논단하여 그 본질을 꿰뚫어 분석해 조금도 미진한 뜻이 없었다. 하지만 그 견해가 몹시 진실했기 때문에 마침내 저술이 많지 않아서 식자들이 애석해하였다.

이자李子는 언젠가 난초와 국화를 읊은 시를 내게 보냈는데, 나는 미처 화답하지 못했었다. 그를 장사 지낸 때가 마침 가을에서 겨울로 넘어가는 계절인 데에 느낌이 있어 마침내 난초와 국화에 가탁하여 다음과 같은 애사를 썼다.

아! 시든 난초는 눈서리를 맞고	唉! 枯蘭之被霜雪兮,
국화는 움츠려 향기를 머금었네.	九華萎而含馨.
옷에 계패繼佩하고[6] 그대에게 주나	襲佩服而相贈兮,
늙음은 끝내 막을 수 없네.[7]	終莫御夫頹齡.
곧은 선비 땅에 묻어	薶貞士於厚土兮,

---

5 개연히~않았다 원문은 "介然自持而不苟隨"인데, 똑같은 말이 이 글의 앞에서도 나왔다. 이인상은 이양천의 이런 면모를 특히 강조하고 싶었던 듯하다.
6 옷에 계패(繼佩)하고 국화를 허리춤에 이어서 찬다는 뜻. 원문의 "襲"은 "繼"의 뜻. 『초사』 「이소」에 "折瓊枝以繼佩"라는 구절이 있다.
7 늙음은~없네 도연명의 「구일에 한가로이 보내며」(九日閒居)라는 시에 "술은 백 가지 근심을 없애 주고/국화는 늙음을 막아 주네"(酒能祛百慮, 菊解制頹齡)라는 구절이 있다.

띠풀을 엮어 무덤을 만들었네.	築草茅而爲墳.
예로부터 가을과 겨울을 슬퍼했건만	自古昔而悲秋冬兮,
그대는 아름다운 꽃을 즐기지 않았네.	君無樂乎芳芬.
아래밭에 두레박틀[8] 묶어 놓아	束桔橰於下田兮,
한번도 이익에는 힘쓴 적 없지.	曾不犨而求刈.
분 발라 얼굴 꾸며	持脂澤而作顏兮,
속은 그릇되나 겉은 근엄한 척.[9]	中棼膠而矜外.
그대는 홀로 이 어두운 세상[10]에서	君獨處此幽昧兮,
큰길[11]을 유유히 걸어갔어라.	衢則亨而乃緩驅.
외로운 밝음 안고 스스로를 비췄으니	抱孤明而自照兮,
비록 백골이 진토 돼도 아름답기만.	雖刮骨而枯而腴.
일백 사람을 오연히 보니 무엇이 두려우리?	睨百夫而何懼兮?
도끼로 옥돌 다듬고 못 속의 구슬 찾아냈네.[12]	斧剖璞而汲淵珠.
맑은 문채 감춰졌다 비로소 드러나니	淸文弢鬱而始發兮,
도를 같이하는 이들과 함께 불멸하리라.	與同道者不朽.
거듭 말하노니,[13] 성신星辰도 혹 이름이 없는 게	重曰, 星辰或無名兮,

---

8 두레박틀 원문은 "桔橰"로, 두레박질을 쉽게 할 수 있도록 우물가에 만든 장치를 이른다. 『장자』「천지」(天地)에, 자공(子貢)이 한수(漢水) 남쪽을 지나다 우물물을 독에 담아 오는 노인을 보고는 두레박틀의 편리함을 말하며 그걸 이용할 것을 권했으나 그 노인은 도구는 사용하면 할수록 꾀바른 마음만 늘고 인간이 지닌 소박한 본성은 사라진다 하여 거부했다는 말이 보인다.

9 분 발라~근엄한 척 시속(時俗)의 사대부들이 그렇다는 말이다.

10 어두운 세상 원문은 "幽昧"인데, 어두워 분명하지 않다는 뜻이다. 『초사』「이소」에 "소인배가 구차히 안락함을 쫓으니/길이 어둡고 험난하도다"(惟夫黨人之偸樂兮, 路幽昧以險隘)라는 구절이 있다.

11 큰길 원문의 "衢則亨"은 형구(亨衢)를 뜻한다. '형구'는 사통오달(四通五達)의 큰 길.

12 도끼로~찾아냈네 시문이 훌륭하다는 말.

있고

초목도 때로 밝은 영靈이 있네.　　　　　　草木有時而昭靈兮.

순리를 따라 돌아갔거늘　　　　　　　　順理而歸兮,

아! 흐르는 물은 멈추지 않네.　　　　　唉! 逝水之不停.

---

13 거듭 말하노니 본서 191면 주42를 참조할 것.

매호梅湖 유 처사俞處士[1] 제문祭文[2] 계해년(1743)

숭정崇禎[3] 후 두 번째 계해년癸亥年 8월 10일 경신일庚申日에 매호 유처사의 관을 땅에 묻으려 하매 완산[4] 이인상은 슬픔을 이기지 못하여 삼가 박주薄酒를 들고 와 영전에 곡하고 제문을 들어 영결을 고합니다.

　아아! 공의 삶은 세상의 경중輕重이 되기에 부족했단 말입니까?[5] 어째서 공이 세상을 떠났는데 찾아오는 선비가 없단 말입니까! 공의 벗은 대체 몇이나 되며, 공의 지인知人 가운데 공을 진정으로 안 이는 누구입니까? 아아! 공은 옛날의 군자를 사모할 수 있었지만, 후대의 사람들은 무슨 방법으로 공을 사모할 수 있겠습니까? 공의 이름을 과연 누가 전할 것이며, 전한다 한들 과연 그 이름이 천하의 후세에까지

---

1 **매호(梅湖) 유 처사(俞處士)**　유언길(俞彦吉, 1695~1743)을 말한다. 자는 태중(泰中), 호는 매호. 진사 택기(宅基)의 아들. 1717년(숙종 43) 생원시와 진사시에 모두 합격했다. 부친이 신임사화 때 유배지 홍원(洪原)에서 별세한 후, 세상에 뜻이 없어 시(詩)와 술로 자오(自娛)하다 삶을 마쳤다. 이인상은 24세에서 26세 때까지 약 2년간 처가인 시흥의 모산에서 생활하였다. 너무 가난해 서울에서 살기가 어려워 그리로 이거(移居)했던 것이다. 이인상은 이곳에서 서너 명의, 가난하지만 순직(純直)한 벗들을 사귀었는데, 그중의 한 사람이 유언길이다. 이인상은 힘든 시절에 힘이 되어 준 모산의 벗들을 평생 회억(懷憶)했다.
2 **제문(祭文)**　상장(喪葬) 때 죽은 자의 언행을 찬미하고 애상(哀傷)의 뜻을 부친 글. 수사나 기교보다는 진정(眞情)의 토로가 중시되며, 형식은 산문과 운문 둘로 대별되는데 운문에도 4언(四言), 6언(六言), 잡언(雜言) 등 여러 체가 있으나 대체로 4언이 주가 된다.
3 **숭정(崇禎)**　명나라 의종의 연호로, 1628년에서 1644년까지 사용되었다. 조선의 사대부들은 명나라가 망한 이후에도 숭명배청(崇明排淸)의 자세를 견지해 '숭정후(崇禎後) 몇년' 하는 식으로 명(明)의 연호를 사용하였다.
4 **완산**　전주의 옛 이름. 이인상의 관향(貫鄕)이 전주이기에 한 말이다.
5 **공의~말입니까**　공의 삶이 세상의 법도가 되기에 부족했는가라는 말이다.

미치겠습니까? 누가 공의 이름을 빛내고, 누가 공의 이름을 드러내겠습니까? 이름으로 공의 경중을 삼는 건 족足하지 않거늘,[6] 공의 마음을 누가 감히 가릴 수 있겠습니까?

아아! 깊은 산과 거친 바다에 발자취가 외로웠고,[7] 거친 베와 갈옷을 걸쳐 몸은 추웠으며, 시원찮은 음식으로 배를 주리셨지요. 공은 또 근심과 분만憤懣으로 불평한 마음이 맺혀 정신이 손상되어 마침내 수를 누리지 못하고 세상을 떠났으니, 이는 하늘의 탓입니까, 사람의 탓입니까? 아아! 공의 죽음은 실로 몹시 슬픈 일입니다. 그러나 세상의 현달한 자들이 인의仁義를 해치고 임금을 잊고 부모를 욕되게 하며 예의염치는 전혀 모르면서 오래 살기를 바라는 것이 도리어 더 슬픈 일이 아니겠습니까? 아아! 사실에 상응하는 이름[8]은 더 보탤 게 없고, 지극한 말은 바꿀 수 없으며, 고심苦心은 없앨 수 없는 법입니다. 공으로 하여금 한을 품고 세상을 떠나게 했건만, 공의 운명을 슬퍼할 뿐 그것을 자세히 살필 수가 없고, 공의 시대를 슬퍼할 뿐 그것에 대해 물을 수가 없으니, 이는 하늘의 탓입니까, 사람의 탓입니까? 공의 마음을 아는 이 누구겠습니까? 간단한 글을 지어 영결을 고하니 공을 슬퍼하는 마음이 커짐을 참을 수 없습니다. 아아, 슬프외다!

---

6 이름으로~않거늘 이름이 나고 안 나고를 갖고 공을 평가할 수는 없다는 말이다.
7 깊은~외로웠고 유언길이 시흥 근처의 바닷가 매호에서 살다 죽었기에 한 말이다.
8 사실에 상응하는 이름 명실상부함을 이른다.

매호의 또 다른 제문 을축년(1745)

유세차維歲次¹ 을축년乙丑年 5월 19일은 매호 유 처사의 대상大祥²이니, 그 이틀 전 무자일戊子日에 완산 이인상은 오이도烏耳島에서 와 옛날 일을 생각하고 마침내 벗에게서 술을 구해 새우를 안주로 삼아 영전에 올려 곡합니다.

아아! 공이 세상을 떠난 지 이미 두 해건만 세상의 변화는 더욱 끝이 없어, 마치 혼탁한 물결이 하늘에까지 넘실거려 막을 수 없고 쑥대가 날로 번성하여 곧은 나무가 시들어 꺾이는 것과 같습니다. 공이 이를 아신다면 어찌 애태우고 길이 비통해하여 표표히 멀리 은둔함을 생각지 않겠습니까?

아아! 저는 오산烏山³에 올라 공이 옛적 노닐던 곳을 어루만져 보고, 끝없는 하늘과 바다를 보았습니다. 큰 파도는 바위를 삼킬 듯하고, 구름 잔뜩 낀 하늘은 비조차 뿌리지 않으며, 새들은 원망하는 듯, 물고기들은 슬퍼하는 듯했습니다. 눈앞을 분간할 수 없는데, 연燕·조趙⁴의 땅을 바라보니 아득히 멀고, 문양汶陽⁵을 손으로 가리키나 어디쯤인지 알 수 없었습니다. 눈을 크게 뜨고 바라보니 마음이 슬퍼져 홀연 바다

---

1 유세차(維歲次) 제문의 첫머리에 사용되는 관용어로, 간지(干支)로 따진 해의 차례.
2 대상(大祥) 죽은 후 2년 만에 지내는 제사.
3 오산(烏山) 오이도에 있던 산을 말한다.
4 연(燕)·조(趙) '연'은 하북성(河北省) 일대를, '조'는 하북성의 남부 및 산서성(山西省)의 북쪽 일대를 일컫는 말. 여기서는 중원을 가리키는 말로 썼다.
5 문양(汶陽) 옛날 노국(魯國)의 현(縣) 이름. 문양의 고성(故城)은 곤주(袞州) 사수현(泗水縣) 동남(東南)에 있었다. 지금의 산동성 태안시(泰安市) 일대.

한복판을 노 저어 가 신선을 찾고, 서쪽으로 약목若木의 꽃을 꺾으며, 남쪽으로 주작朱雀이 나는 하늘까지 가 보고 싶었습니다. 온 세상의 어지러움을 돌아보니, 하루살이가 날고 버러지가 꿈틀거리는 듯하거늘, 공처럼 맑은 분이 아니면 누구와 함께 가겠습니까?

이제 그만입니다. 육신이 사라져도 칭송과 비방은 일정하지 않거늘, 충성스런[7] 공의 마음을 누가 슬퍼할는지요? 아아! 중용의 도는 행해지지 않고, 세상은 정녕 질박한 데로 되돌릴 수 없게 됐습니다.

의기義氣에 감격하니, 신명神明과 통하고 금석金石을 꿰뚫을 수 있을 듯합니다. 제가 길이 생각함을 혼령께서는 밝게 굽어살피소서. 공의 집에 와 제祭를 올리니 뜨거운 눈물이 흐릅니다. 아아, 슬프외다!

---

6 약목(若木) 서쪽의 해 지는 곳에 있다는 전설상의 나무. 일설에는 곤륜산 부근에 있다고 한다.
7 충성스런 원문은 "耿耿". 일편단심을 뜻한다.

유경명兪景明[1] 제문 경오년(1750) '경명'은 '태소'太素의 또 다른 자字다.

유세차 경오년庚午年 7월 6일은 유경명의 대상大祥이니, 그 이틀 전인 갑진일甲辰日에 완산 이인상이 삼가 박주薄酒와 짧은 글로써 영전에 곡합니다.

아아! 말세의 유자儒者는 순수하기는 쉽지만 진실되기는 어렵습니다. 지금의 시의時義는 벼슬과 봉록을 가벼이 여기고 당론黨論을 중히 여기는데, 군자의 대업이 이에 그친다고 할 수 있겠습니까? 아아! 경명은 운수가 궁하여 요절했으니 누가 그 뜻을 보았겠습니까? 대다수 군자들은 성인聖人의 책이 아니면 읽지 않고 법도에 맞지 않는 말은 마음에 새기지 않으면서도, 그 식견은 은미한 데로 나아가지 못하고, 실천은 돈독하지 못하여, 문사文詞에 가탁하여 이름이나 드러내고 있을 뿐 그 내면을 살펴보면 흠집이 많습니다.

하지만 경명씨는 오직 옛사람의 가르침만을 따랐습니다. 혹 도가나 불가의 뜻을 취한 것도 대개 속세를 벗어나 속진俗塵을 끊어 버리고자 해서였습니다. 머릿속에 글이 이루어져도 즐겨 붓을 들어 쓰려고 하지 않았으며, 유독 태사공太史公의 글[2]을 즐겨 읽었으니, 그 입언立言이 구차하지 않고 명실名實을 중시한 때문입니다.[3] 그럼에도 행실과 마음이 독실하게 부합해 천리天理에 바탕을 두었으니, 마음 내키는 대로 말을

---

1 유경명(兪景明)   유언순을 말한다. 앞의 「유태소 애사」를 참조할 것(본서 179면).
2 태사공(太史公)의 글   『사기』(史記)를 말한다. '태사공'은 사마천(司馬遷)을 가리킨다.
3 그 입언(立言)이~때문입니다   사마천의 글이 그렇다는 말.

해도 거짓이 없었습니다. 눈은 높고 기운은 기이해 때로 특이한 빛을 발하여 아득히 하늘에까지 이르고 해내海內를 뒤덮을 듯하였습니다. 뭇사람들이 우스갯소리를 하며 웃는 자리에서도 홀로 잠자코 말이 없었으니 아마 그 정신이 천고千古를 치달려 노닐었던 것이겠지요. 대저 이름난 산이나 큰 골짜기, 망망한 바다 가운데서 마음에 드는 경치를 만나면 자기 마음에 비춰 보기나 했을 뿐 끝내 무엇을 했겠습니까? 그래서 나는 가만히 홀로 슬퍼하는 것입니다.

아아! 중도中道를 실천하는 선비는 이미 얻기 어렵다 하더라도 그대가 남긴 것을 쓴다면 오히려 거룩한 절개를 세우고 무너진 풍속을 바로잡기에 족할 것입니다. 이원례李元禮[4]가 그 마음이 깊고 기개가 산처럼 높았던 것이라든가 노중련魯仲連[5]이 바다로 가 죽으려 했던 것도 떳떳한 것이기는 하나, 경명이 한갓 그런 데 그쳤겠습니까? 아아! 초루貂樓[6]에 달이 밝고 북사北司[7]에 눈이 깊을 때 벗들과 함께 술을 마시며 서로 이야기하면서 마음을 토로한 적이 있지요. 이제 벗의 모습은 멀어졌지만 벗이 남긴 훌륭한 충고는 아직 남아 있으니, 나는 장차 몸을

---

4 **이원례(李元禮)** 이응(李膺). '원례'는 그 자. 한(漢)나라 환제(桓帝) 때 사예교위(司隸校尉)가 되어 곽태(郭泰) 등과 사귀며 환관의 전권(專權)에 반대하다가 조정을 비방한다는 무고를 입어 옥에 갇히었다. 영제(靈帝) 즉위 후 다시 기용되었지만 진번(陳蕃), 두무(竇武) 등과 환관을 주살할 모의를 하다 실패하여 피살되었다.

5 **노중련(魯仲連)** 중국 전국시대 제(齊)나라의 고사(高士). 자세한 것은 본서 93면 주3을 참조할 것.

6 **초루(貂樓)** 매초루(賣貂樓)를 말한다. 서울 종로에 있던 술집 이름이다. 자세한 것은 『능호집』권2의 「김진사 계윤이 죽은 벗을 애도하는 시를 부쳤기에 그 시에 차운하다」를 참조할 것.

7 **북사(北司)** 조선 시대에 한성부에서는 서울을 동·서·남·북·중의 5부로 나누어 관할했는데, 그중 북부를 담당하던 관아가 '북사'다. 이인상은 30세인 1739년 7월에 북부(北部) 참봉에 제수되어 처음 벼슬길에 나섰으며, 1740년 윤6월 1일까지 이 직책에 있었다.

깨끗이 하고 이름을 삼가, 경명이 죽었다 하여 스스로 태만하지 않겠습니다. 바라건대 나의 고심[8]을 굽어보아 개연히 가서 기다려 주었으면 합니다. 아아, 슬프외다!

<hr>

8 고심 원문은 "苦衷". 이인상이 자주 쓴 말인 '고심'(苦心)과 동의어다. 이인상의 글에서 '고심'이 갖는 의미에 대해서는 본서 14면 주7을 참조할 것.

정언正言 오경보 제문 임신년(1752)

유세차 임신년壬申年 2월 임인일壬寅日에 완산 이인상은 삼가 술을 부어 정언正言 오공吳公 경보敬父의 영전에 곡합니다.

아아, 경보여! 그대는 굴원과 같은 충성을 지녀 그 말이 강직했지요. 세상 사람들이 모두 혼탁할 때 혼자 깨어 있었으니[1] 누구와 더불어 선을 행할 수 있었겠습니까? 저들은 세상을 추수追隨하고,[2] 거만스럽지 않으면 남을 원망하나니, 슬프외다, 지금 세상에 어찌 그 변고가 다 하겠습니까? 소인들이 벼슬에 나아가니 시의時義가 어두워지고, 사사로운 꾀가 밝으니 우도友道가 천박해졌습니다. 나라에는 강상綱常이 없고 재야에는 맑은 의론이 없어져 벼슬에 나아가서는 직언直言을 하지 않고 때를 기다리는 걸 이롭게 생각합니다. 이처럼 마음가짐이 불순하니 환관宦官에게 부끄러울 따름입니다. 한 번 진언進言하여 죄를 얻게 되면 다시는 말로써 진퇴進退를 삼으려 하지 않습니다.[3] 입을 열면 명예를 구하려 하고, 잠자코 있음으로써 자리를 보존하고자 하며, 이미 지위가 높아지고 나면 방자해져서 술에 취한 듯이 떠들어 댑니다.

아아, 경보여! 그대는 개결介潔하여 명예를 가까이 하지 않았고, 또

---

1 세상~있었으니 굴원의 「어부사」(漁父辭)에서 따온 말이다.

2 세상을 추수(追隨)하고 원문은 "爲泥而爲糟". 세상의 흐름에 따라간다는 말로, 굴원의 「어부사」에서 따온 말이다.

3 말로써~않습니다 전통적으로 언관(言官)의 책무는 임금에게 간(諫)해야 할 때 간하되 만일 정당한 간언이 받아들여지지 않을 때에는 벼슬을 그만두고 물러나야 하는 것으로 간주되어 왔기에 한 말이다.

지조를 변치 않아 깨끗한 옥과 같았으니, 궁한 벗들에게 도를 묻고 경박한 풍속에서도 마음을 보존했었지요. 벼슬에 나아가서는 직언을 했는데, 꺾이지도 않고 과격하지도 않았습니다. 포의布衣로 지낼 적에는 깊이 은둔해 즐거워하면서 근심이 없었습니다. 한결같은 절개를 길이 맹세해 그 도가 매우 공손했으므로, 뭇사람들은 진실로 그대를 법도로 삼고, 군자들은 진실로 그대가 '중'中을 행한다고 여겼건만, 결국 벼슬에서 쫓겨나 죽으니 누구를 원망하고 누구를 탓하겠습니까?

아아, 청수淸修[4]는 지조가 있고, 충성스런 마음은 진실되고 순수했습니다. 한 번 상소를 올려 임금을 높이는 대의를 견지했고, 한 번 책策을 올려 나라를 경영하는 계책을 다했습니다. 만약 그대를 계승하는 사람이 있다면 그대의 도는 외롭지 않을 것이고, 설사 그대를 계승하는 사람이 없다 해도 그대의 마음은 사라지지 않을 것입니다. 정기精氣가 소연히 밝아 저 하늘의 해와 같으니, 장차 역대의 임금들을 도와 왕실에 복을 내리시겠지요.

아아! 옛날 그대는 배를 타고 구담龜潭으로 거슬러 올라와 우뚝한 바위를 어루만지며 호연히 노래하면서 긴 강의 맑은 물을 굽어본 적이 있지요.[5] 그때 중정고中正皐[6]에 정한 그대의 집터는 나의 누각[7]과 가까웠는데, 그대는 집으로 돌아간 다음 늙그막에 여기서 살겠노라고 거듭 약속했었지요.[8] 그렇건만 지금 거친 들에 달려와 그대의 무덤에 곡하

---

4 청수(淸修) 이인상을 비롯한 오찬의 벗들이 오찬을 권면하기 위해 오찬에게 지어 준 별자(別字). 자세한 것은 본서 44면의 「오문경(吳文卿)에게 답한 편지」를 참조할 것.
5 옛날~있지요 오찬은 이 해 2월 18일 대과에 장원급제했는데, 아직 직책을 받지 않아 잠시 단양에 내려와 이인상·이윤영과 노닐었다. 앞의 「오경보에게 보낸 편지」 참조.
6 중정고(中正皐) 단양의 구담봉과 옥순봉 사이의 물가 언덕에 이인상이 붙인 이름.
7 나의 누각 다백운루를 말한다.
8 그때~약속했었지요 이 일은 본서 118면의 「경심정기」를 참조할 것.

고 있습니다. 천고千古의 슬픔을 머금은 채 차가운 구름을 바라보며 눈
물이 가득합니다. 상향尚饗.

송사행 제문 계유년(1753)

유세차 계유년癸酉年 2월 갑인일甲寅日에 익찬翊贊[1] 송공宋公[2]의 관을 땅에 묻으려 하매 벗 완산 이인상이 주과酒果의 제수를 갖추어 곡하고 제문을 들어 영결합니다.

아아! 하늘이 그대를 데려가니 맑고 군센 기운이 이미 다하였고, 세상의 운도 이미 기울어 선비들은 다시 떨치지 못합니다. 그대는 나의 벗이었으니 나의 말을 한번 들어 보시지요. 슬프게도 중국이 좌임左衽[3]의 땅이 되어 버린 터에 중봉重峰과 우암尤菴[4]의 도가 행해지지 않고 대의大義가 밝혀지지 않고 있으니 조선이 오랑캐 되는 걸 면하기 어렵게 됐습니다. 선비의 기상이 모두 바르다면 나랏일을 제대로 할 수 있겠지만 지금 그대가 죽었으니 어느 누가 명나라에 대한 의리를 생각하겠습니까?

---

1 익찬(翊贊) 세자익위사(世子翊衛司)에 소속되어 왕세자를 보위하는 직책.
2 송공(宋公) 송문흠(宋文欽, 1710~1752)을 말한다. '사행'(士行)은 그 자.
3 좌임(左衽) 옷을 입을 때 오른쪽 섶을 왼쪽 섶의 위로 여미는 것을 이르는 말인데, 오랑캐의 옷 입는 방식을 가리킨다. 중국이 여진족의 지배하에 들어갔다는 뜻이다.
4 중봉(重峰)과 우암(尤菴) 각각 조헌(趙憲, 1544~1592)과 송시열(宋時烈, 1607~1689)의 호. 이들은 숭명(崇明)을 주창한 대표적 인물이다. 조헌은 1591년 일본의 도요토미 히데요시(豊臣秀吉)가 겐소(玄蘇) 등을 사신으로 보내 명나라를 정벌하도록 길을 내달라고 하였을 때, 옥천에서 상경하여 지부상소(持斧上疏: 상소의 내용이 받아들여지지 않을 경우 자신을 죽여달라는 의미로 도끼를 지니고 상소하는 것)하며 일본 사신을 목벨 것을 청하였다. 그리고 1592년 임진왜란이 발발하자 옥천에서 의병을 일으켰다. 한편 송시열은 1649년 효종이 즉위하여 척화파 및 재야 학자들을 기용할 때 벼슬에 나아갔는데 명나라에 대한 대의와 병자호란에 대한 복수설치(復讐雪恥)를 역설하여 효종의 북벌 정책을 뒷받침하는 핵심 역할을 하였다.

아아! 궁한 선비가 벗을 잃으니 천고의 슬픔을 느낍니다. 나라에 어진 이가 없으니 누가 시대를 슬퍼하겠습니까? 세상에 독실한 마음과 방정한 행실로써 의를 실천하고 천명을 기다리는 사람이 있다면 나는 오히려 슬프지 않을 거외다. 또한 곧은 덕과 순정한 말로써 순박함을 회복하여 쇠락한 세상을 일으킬 수 있는 사람이 있다면 나는 오히려 슬프지 않을 거외다. 아아! 천도天道가 환히 밝고 인도人道가 타락하지 않았다면 그대는 필시 죽지 않았을 겁니다. 만일 우리들 나이가 아직 젊고 의기意氣가 아직 높다면 그래도 그대의 뜻을 밝힐 수 있을 테지만 이제 어쩌겠습니까. 그 누가 나를 믿겠습니까? 나는 앞으로 다시는 천하의 선비와 사귀지 않고[5] 다시는 천하의 일을 논하지 않으렵니다.

아아! 그대는 옛 도를 지켰고, 나는 아첨하는 벗이 아닌지라 바른 사귐을 하여 의리와 천명을 온전히 하리라 마음에 맹세했었지요. 영달하면 도를 행하고, 궁하면 저술을 할 것이며, 필경에는 산수에 은거하여 여생을 즐겁게 살자고 기약하지 않았나요? 하늘이 실로 그대를 죽게[6] 한 건 나의 정신과 골수를 빼내 간 것이라 나는 형체 없는 그림자같이 되어 버렸고 멍청히 죽은 존재처럼[7] 되어 버렸습니다. 그러니 그대를 슬퍼할 겨를없이 나는 스스로를 슬퍼하고 있습니다. 세상이 혼탁하니 나의 슬픔을 누구에게 말하겠습니까? 아아, 슬프외다!

---

5 나는~않고 이 말에는 송문흠이 천하의 선비라는 뜻이 내포되어 있다.
6 죽게 원문의 "㨐"은 "㨢"과 통하는 글자인데, '상해'(傷害)라는 뜻이다.
7 멍청히 죽은 존재처럼 원문은 "蠢然無視". 뒤의 「신성보 제문」에 "余蠢猶視"라는 비슷한 표현이 보인다. '유시'(猶視)는 살아 있다는 뜻이요, '무시'(無視)는 그 반대 뜻이다.

성사의成士儀 제문

유세차 계유년癸酉年(1753) 초여름 무술일戊戌日에 완산 이인상은 망우
亡友 성사의'의 영전에 곡합니다.

아아! 생각건대 나와 그대는	嗚呼! 念我與子,
곤궁한 데다 낙척落拓하여	窮竇濩落,
함께 모산茅山²에 은거하며	偕隱茅山,
아내에 의지해 살았지요.	依婦而食.
경지敬之³의 고을	敬之之里,
자화子和⁴의 집에서	子和之宅,
밭을 빌려 게을리 농사짓고	傭田倦耕,
남의 동산에 꽃과 나무 조금 심었으며	他園小植,
경서를 빌려 읽으니	借經而讀,
즐거움 또한 그지없었지요.	樂亦無射.

---

1 **성사의(成士儀)**   성범조(成範朝, ?~1753)를 말한다. 이인상이 시흥의 모산에 살 때 교
유한 벗. 모산에서 포의로 지내다 죽었다.
2 **모산(茅山)**   시흥시 물왕동 일대로 추정된다.
3 **경지(敬之)**   장재(張在, 1710~1750)를 말한다. '경지'는 그 자. 이인상의 장인인 장진욱
(張震煜)과 4촌간인 장진희(張震熙)의 아들이다. 평생 포의로 지낸 것으로 보인다. 『능호
집』권1에 「장경지의 고산 별장」(張敬之孤山別業)이라는 시가 있어 참조된다. 또『뇌상관
고』제5책에 실린 「장경지 제문」(祭張敬之文)도 참조된다.
4 **자화(子和)**   장훈(張壎)의 자. 모산에 살던, 이인상의 처족(妻族). 서얼이다. 이인상이
사근역 찰방으로 부임할 때 대동한 바 있다. 『뇌상관고』제5책에 「장자화 제문」(祭張子和
文)이 실려 있다.

다정스런 장옹張翁[5]은	懇懇張翁,
좋은 술로 객客을 머물게 하고	美酒留客,
붉은 과일은 쟁반에 수북했으며	紅果堆盤,
주황빛이 도는 게는 한 자나 되었지요	紫蟹盈尺.
매호梅湖[6]는 근심을 풀고	梅老解愁,
계평季平[7]은 농담을 하였는데	季平吐謔,
밤에 호기롭게 노래하다	豪唱在宵,
등촉을 켜자 까치가 날매	爇燭飜鵲,
그대는 가만히 있는데 나는 깜짝 놀라니	子嘿我色,
사람들이 나의 국속局束[8]을 웃었지요.	衆笑局束.
『춘추』를 궁구하고	奧宜麟史,
『주역』을 연구하며	錯綜犧畫,
열심히 공부했으나 얻는 건 없고	攻苦無得,
생활은 날로 곤궁해졌지요.	生理日剝.
나는 벼슬에 나아가고 그대는 초야에 머물러	我去子留,
출처出處의 자취 달라졌으니	動蟄殊跡,
한쪽은 구구히 이익을 생각하고	懷利委蛇,

---

5 **장옹(張翁)** 장재(張在) 윗 항렬의 인물인 듯한데 누군지는 미상.

6 **매호(梅湖)** 유언길을 말한다. '매호'는 그 호. 시흥의 바닷가 부근인 매호에 살았으므로, 그 지명으로 호를 삼은 것이다.

7 **계평(季平)** 이인상의 장인인 장진욱(張震煜)의 사촌형 장진환(張震煥)의 아들 장지중(張至中)을 말한다. '계평'은 그 자다. 또 다른 자는 계심(季心) 혹은 평보(平甫)이다. 영조 23년(1747)에 현릉 참봉(顯陵參奉)을, 영조 25년(1749)에 북부 봉사(北部奉事)를 지냈다(처음에 사옹원 봉사에 제수되었으나 곧 북부 봉사인 김후재金後材와 상환相換되었음).

8 **국속(局束)** 얽매이거나 속박되는 것.

다른 한쪽은 외로이 곧음을 지켰지요.　　抱貞幽獨.

얼굴이 점점 쇠해지고　　眉目漸迷,

이별에 마음을 상하더니　　暌離損魄,

갑작스레 세상을 떠　　倐焉死別,

무덤의 풀이 두 해나 묵었군요.　　墓草再宿.

높은 산에 있는 그대 집의　　高山之茇,

벽에 쓴 글씨 희미해져 알아볼 수 없고　　不辨壁墨,

나무꾼은 뜨락의 전나무를 베어 가고　　樵伐戶檜,

망아지는 함부로 정원의 국화를 먹지만　　馬嚙庭菊,

벗들이 모두 세상을 떠났으니　　諸友俱歿,

누가 그대의 자취를 보존하겠습니까?　　誰存子躅?

그대는 옛 현철賢哲을 믿어　　賴古賢哲,

가난해도 자신을 지켜 욕됨 멀리하였으니　　固窮遠辱,

그대가 이름을 숨긴 일은　　子之潛名,

말세의 풍속에 경계가 될 만합니다.　　可警衰俗.

그 점이 한편으로는 기쁘고　　斯可以樂,

한편으로는 슬픕니다.　　斯可以慽.

박주薄酒와 짧은 글로　　薄酌短辭,

나의 간절한 마음을 다합니다.　　罄我衷曲.

아아, 슬프외다!　　嗚呼哀哉!

신성보[1] 제문 을해년(1755)

숭정 후 두 번째 을해년乙亥年 4월 정미일丁未日에 신성보의 관을 땅에 묻으려 하매 그 하루 전인 병오일丙午日에 완산 이인상이 삼가 술을 올리고 글을 지어, 통곡한 후 영결을 고합니다.

아아! 내가 그대를 문병했을 때[2] 그대는 조금도 죽음을 애달파하는 기색이 없었으며, 종이에다가 "다만 세상에 이름을 내지 못한 채 죽는 게 슬프구려"라고 썼더랬지요.[3] 나는 그대를 부르며 이렇게 말했지요.

"그대는 진실로 도에 가까웠소. 병 때문에 힘써 공부할 수 없었으나[4] 평소의 지조를 굽히지 않았고, 불우하면서도 천하와 국가의 일을 잊지 않았으니, 어찌 그대가 세상에 이름을 내지 못한 채 죽는 사람이겠소?"

그대는 결국 세상을 뜨고 말았으니, 가만히 내 삶을 슬퍼합니다.

아아! 생각건대 그대는 평생 효성을 다했으며 행실이 아내에게 부끄럽지 않았으니, 이 점은 필시 그대의 아들이 전할 테지요. 그러나 마음 세움이 바르고 굳세었던 것, 의롭게 처신함이 독실했던 것은 벗이

---

1 신성보(申成甫)　신소(申詔, 1715~1755)를 말한다. '성보'는 그 자. 자세한 것은 본서 28면 주1을 참조할 것.
2 내가 그대를 문병했을 때　이인상은 1755년 2월 신소가 죽기 직전 문병하였다. 『뇌상관고』제2책의 「강화도에 들어가 신성보를 문병하고 도로 갑진을 건너다」(入沁府, 問申成甫疾, 還渡甲津)라는 시 참조.
3 종이에다가~썼더랬지요　당시 신소는 말을 할 수 없어서 글로 의사를 소통했던 듯하다.
4 병 때문에~없었으나　신소는 젊어서 고질병에 걸려 중년에 더욱 심해졌다. 임성주의 『녹문집』(鹿門集) 권24에 실린 「처사신공묘지명」(處士申公墓誌銘) 참조.

밝히지 않는다면 훗날 누가 믿겠습니까? 아아! 동국東國의 운이 쇠하고 풍속이 비루하여 바른 선비를 만나기 어렵습니다. 그대는 말하기를, "우주에 오직 우리 무리가 있다"라고 했고, 남들 역시 그대를 선비로서 대신大臣이 되기에 마땅한 사람이라고 허여했지요. 그대는 신실한 마음이 스스로 높았을 뿐, 쓰이고 안 쓰이고의 여부와 세상에 뜻을 펴는가 못 펴는가의 여부를 논했겠습니까?

아아! 화이華夷를 따져 출처出處의 의리를 정한 선비들은 일세一世의 비웃음을 받으며 길이 내버려졌습니다. 그대는 약관의 나이 때부터 홀로 의리를 지켜 과거에 응하지 않았지요.[5] 대대로 혁혁한 집안이었건만 죽어도 글을 아름답게 꾸미는 걸 좋아하지 않겠다고 맹세했으며 또한 훌륭한 평판을 바라지 않았으니, 참된 정성과 소신이 없었다면 어찌 곤궁한 데 처하기를 달갑게 여길 수 있었겠습니까? 아아! 한미한 선비로서 막중한 세도世道[6]를 자임하자 사람들은 "공언空言은 쓸모가 적다"[7]라고 말했었지요. 그대는 일찍이, "오늘날 시의時義가 분분하매 선비의 절개는 날로 낮아지고, 민생이 날로 피폐해 가매 국세國勢는 날로 위태로워진다"라고 말한 적이 있지요. 그리하여 조정 대신들은 여유작작했으나 그대는 홀로 근심하였습니다. 임종할 때에도 오히려 가

---

5 그대는~않았지요 신소가, 오랑캐가 천하의 임금 노릇 하는 세상에서 벼슬할 수 없다고 하여 평생 과거 시험에 응시하지 않은 것을 이른다. 황경원의 『강한집』(江漢集) 권17에 실린 「신성보묘지명」(申成甫墓誌銘) 참조.

6 세도(世道) 세상의 도의(道義). 세상을 옳게 이끄는 도리.

7 공언(空言)은 쓸모가 적다 원문은 "空言寡用". 똑같은 말이 뒤의 「이윤지 제문」에도 보인다. '공언'은 포폄과 시비를 이념적으로 따지는 것을 이른다. 『사기』「태사공자서」(太史公自序)에, "공자가 말했다: '내가 공언(空言)으로 기재하고자 했으나 절실하고 명백한 구체적인 사실로 드러내는 것보다는 못했다'"(子曰: 我欲載之空言, 不如見之於行事之深切著明也)라는 말이 보인다. 여기서는 대의명분을 중시하는 말을 이른다.

슴을 가리키며 탄식했으니, 미천한 포의였건만 그대의 마음 씀은 실로 고달팠습니다.

아아! 붕우의 도는 오륜五倫의 처음이요 끝이거늘,[8] 오직 그대가 이 의리에 돈독했습니다. 사람들이 혹 가벼이 이합離合하더라도 그대는 종신토록 그런 기미를 보이지 않았고, 오직 자신의 본분을 다하지 못할까 두려워하며 벗이 자신의 잘못을 고쳐 주기를 바랐습니다. 벗에게 좋은 점이 하나라도 있으면 그대는 그것을 사랑하였고, 심지어 그 처자에게 질병이 있는 것까지도 근심했었지요. 처자의 질병과 죽음으로 벗이 스스로의 뜻을 망각하고 그 지조를 바꿀까 염려해서니, 그대의 마음이 참으로 수고로웠고, 벗 사귀는 도가 두터웠다 하겠습니다. 이 몇 가지 일은 그대의 마음 세움과 의리에 처함이 빼어나 도에 가까웠음을 보여주는 예가 아니겠습니까? 일찍이 남에게 베푼 바가 없다고 했지만, 그대가 어찌 여기에 그쳤겠습니까.

아아! 어리석은 나를 그대가 벗으로 삼아 주어 두어 사람과 더불어 세리勢利를 떠나 교유했거늘,[9] 도연명陶淵明이 귀거래歸去來한 것[10]을 흠

---

8 붕우의~끝이거늘 붕우의 도에 대한 이런 인식과 강조는 한 세대 뒤의 인물인 박지원에게서도 발견된다. 사상사적으로 볼 때, 박지원은 이윤영·이인상 일파가 시현(示現)한 교우의 도를 계승했다고 생각된다.

9 세리(勢利)를 떠나 교유했거늘 원문은 "忘獻子之家". '헌자'(獻子)는 곧 맹헌자(孟獻子)로, 노(魯)나라의 어진 대부(大夫)인 중손멸(仲孫蔑)을 가리킨다. 『맹자』 「만장」(萬章) 하(下)에, "맹헌자(孟獻子)는 백승(百乘)의 집안이었다. 벗 다섯이 있었는데, (…) 헌자가 이 다섯 사람과 벗할 적에 이 다섯 사람은 부귀한 헌자의 집을 의식하지 않았으니, 만일 이 다섯 사람이 헌자의 집을 의식했다면 헌자는 이들과 벗하지 않았을 것이다"(孟獻子百乘之家也. 有友五人焉, (…) 獻子之與此五人者友也, 無獻子之家也, 此五人者亦有獻子之家, 則不與之友矣)라는 말이 보인다.

10 귀거래(歸去來)한 것 원문은 "南村之居". 도연명은 40대 이후 심양(尋陽: 지금의 강서성江西省 구강현九江縣) 남쪽 교외의 남촌(南村)에 거처하며 몇몇 벗들과 교유하였다.

모해 머리가 허옇게 되도록 함께 도에 귀의하려 했더니, 어찌 알았겠습니까, 올곧은 그대가 먼저 죽고 멍청한 내가 살아남게 될 줄! 횅뎅그렇게 빈 껍데기만 있고 정신은 이미 고갈되어 사는 게 이다지도 괴롭거늘, 질의할 게 있다 한들 누구에게 말하겠습니까? 무덤 앞에서 길이 통곡하며 천명天命을 돌이킬 수 없음을 슬퍼합니다. 아아, 슬프외다!

이홍천李洪川[1] 제문

유세차 을해년乙亥年(1755) 7월 임진일壬辰日에 담존재湛存齋 이공의 관을 땅에 묻으려 하매 그 하루 전인 신묘일辛卯日에 완산 이인상이 삼가 글을 짓고 술을 부어 영전에 곡하고 영결을 고합니다.

공의 우뚝하고 훤한 모습은	惟公峻朗之姿,
기이하고 빼어나 여느 사람과 달랐고	奇逸不羣,
절차탁마하여 그릇을 이루니	黜弴爲器,
담박함과 윤택함이 문채文彩를 이뤘지요.	澹腴成文,
저 옛날에서 표준을 구해	求古標準,
양한兩漢의 선비와 같았으니[2]	兩漢之士,
절목節目이 간단하면서 분명하여	節疎目明,
법도에 또한 맞았지요.	亦中軌度.
무너진 풍속을 공에게 맡겼으면	委之隤俗,
부패하고 썩은 것 씻어 냈을 텐데	可濯腐朽,

---

1 **이홍천(李洪川)** 이명익(李明翼, 1702~1755)을 말한다. 홍천 현감을 지냈기에 이런 호칭을 썼다. 자는 성보(聖輔), 호는 담존재(湛存齋), 본관은 전주이다. 임인옥(壬寅獄) 때 목호룡의 고문을 받다 장사(杖死)한 포도대장 이홍술(李弘述, 1647~1722)의 손자다. 1721년(경종 1) 진사시에 합격하였다. 임인옥 때 죽은 조부에 연좌되어 서천군(舒川郡)의 관노(官奴)가 되었다가 후에 해남현(海南縣)으로 옮겨졌으며, 1725년 영조가 즉위하자 이 해 3월 방송(放送)되어 5월 제릉 참봉(齊陵參奉)에 제수되었다.

2 **양한(兩漢)의 선비와 같았으니** '양한'은 중국의 서한(西漢)과 동한(東漢)을 말하는데, 이 시대 선비들 중에 법도가 있고 검소하여 도(道)가 높은 고사(高士)가 많았다.

낙척落拓하여 뜻을 펴지 못한 건	抑而不穀,
시대가 어리석어서지요.	伊時匪愚?
그대처럼 어진 이가	以子之賢,
말단 관리에 그치고 말았으나	終于一吏.
넉넉하고 거룩했으니	泛濫宏偉,
그 말을 기록할 만하지요.	言獨可紀.
노장老莊의 거리낌 없음 반박했는가 하면	駁莊老肆,
『사기』의 번다함을 지적했으며	觚遷史繁,
『중용』을 두루 읽어	漫閱中庸,
도의 근본을 엿봤지요.	測見大原.
제가 그 오활함을 웃었더니	余笑其迂,
공은 제 그릇됨에 놀라 말씀하셨죠.	瞠余謬昏.
"문文과 도道는	曰: "文與道,
마음을 스승으로 삼는지라	因心得師,
정신을 해치면 경박하게 되나니	弊精則漓,
스스로 천기天機를 발동시켜야 한다오.	自運氣機.
안석에 기대어 이 책 저 책	歆冂軼帙,
외거나 뒤적거린들	偶諷懶披,
고古에서 무슨 도움을 받겠소?3	何資於古?
마음에 우러나는 걸 글로 써야지요."	有激斯吐."
도도滔滔한 그 말씀	其辭汪洋,
어찌 다 말할 수 있겠습니까?	孰可窮溯?
공은 외물外物을 가벼이 여겨 정신을 보존했고	薄物存神,

---

3 고(古)에서~받겠소 옛글이 무슨 도움이 되겠는가라는 말이다.

이름을 버리고 도에 들어갔지요.	遺名入道,
벽에다 글을 써 몰래 탄식하셨거늘	書壁潛歎,
곧 도연명의 「자제문」自祭文[4]이었지요.	惟元亮誄.
초가草家 지어 유유자적하신 곳	有茇偃仰,
백악白嶽[5] 아래였고	白嶽之下,
한 그루 정매庭梅[6]를 좋아하시어	怡庭一梅,
말[馬]을 보내 벗을 불러	速友一馬,
시 읊조리며 즐거움을 말했었지요.[7]	嘯吟告樂.
궁한 다음에 크게 형통하고	窮而大亨,
출처出處[8]에는 때가 있거늘	潛耀有時,
흉중에 불평의 마음 품으시어	委蛇不平,
비루하게 벼슬살이하는 자들 비웃었으며	相笑折腰,
현달하는 게 영예가 아니라 여겼었지요.	結騏匪榮.
홀연 편지를 보내[9]	忽馳簡書,
저를 방외方外로 부르셨는데	致我方外,

---

4 도연명의 「자제문」(自祭文)   원문은 "元亮誄". 원량(元亮)은 도연명의 자(字)이고, '뢰'(誄)는 도연명의 「자제문」(自祭文), 곧 도연명이 자기 자신을 위해 쓴 제문을 가리킨다.

5 백악(白嶽)   서울의 북악(北岳).

6 정매(庭梅)   뜰에 심은 매화나무. 매화나무는 그 심은 곳에 따라 관매(官梅: 관청에 심은 매화나무), 정매(庭梅: 뜰에 심은 매화나무), 분매(盆梅: 화분에 심은 매화나무) 등의 명칭이 있다.

7 한 그루~말했었지요   이명익의 집에서 매화를 완상한 일은 『뇌상관고』 제4책에 수록된 「관매기」(觀梅記)에 자세히 서술되어 있다.

8 출처(出處)   벼슬에 나아가는 것과 재야(在野)에서 처사로 지내는 것. 원문에는 "潛耀"로 되어 있는데, '잠'(潛)은 '처'(處)에 해당하고, '요'(耀)는 '출'(出)에 해당한다.

9 홀연 편지를 보내   1754년 이명익이 홍천 현감으로 있을 때 이인상에게 편지를 보내 함께 설악산을 구경하자고 한 일을 가리킨다.

우뚝한 설악雪嶽이요

雪嶽嶙峋,

외딴 바닷가 동해였습니다.

滄溟絶涘.

달빛을 받으며 수렴동水簾洞[10]에 가

躡月水簾,

그대가 돌에 새긴 글자 쓰다듬어 봤지요.

撫君石字.

돌아와서는 등촉燈燭을 밝히고

歸與秉燭,

은미한 문제를 변석辨析해 주어

有言剖微,

제 마음의 티끌을 없애 주셨고

刮我塵膜,

자리紫梨[11]를 먹으라고 내주셨지요.[12]

啗我紫梨.

『운급』雲笈[13]의 뜻을 열어서 밝힌 건[14]

來發雲笈,

천뢰각天籟閣[15]에선데

天籟之閣,

그대 얼굴 검누렀고[16]

君顔已黧,

내 머리는 허옜지요.

余鬢惜白.

그때 은근히 주신 것은

有贈慇懃,

종이 푸대의 참깨[17]였는데

胡麻紙橐,

반을 덜어 밭에 심고

分半種田,

나머지는 빻아 죽을 쑤었지요.

餘糜爲粥.

---

10 **수렴동(水簾洞)** 설악산의 수렴동 계곡을 말한다. 근방에 영시암과 오세암이 있었다.

11 **자리(紫梨)** 배의 일종. 선과(仙果)로 친다.

12 **돌아와서는~내주셨지요** 둘이 설악산을 구경한 후 홍천현의 관아로 돌아왔을 때의 일을 말한다.

13 **『운급』(雲笈)** 『운급칠첨』(雲笈七籤). 송(宋)나라 장군방(張君房)이 편집한 책으로, 도가(道家)의 총서(叢書)이다.

14 **운급(雲笈)의~밝힌 건** 이명익이 『운급』의 뜻을 발명(發明)한 것을 이른다.

15 **천뢰각(天籟閣)** 이인상의 종강(鐘岡) 집 서루(書樓) 이름. 1755년 5월 이명익이 이곳을 방문했다. 이것이 두 사람의 마지막 만남이었다.

16 **검누렀고** 초췌한 안색을 이른다.

17 **참깨** 원문은 "胡麻". 참깨밥은 신선이 먹는 음식이다.

깨는 상기 남아 있건만	胡麻有存,
공은 관棺에 누웠으니	君則戕木,
저는 날마다 눈물이 나고	我淚日滋,
날마다 마음이 메말라 가	我心日涸,
늘 망연해하고 있습니다.	終古茫茫.
벗이 많지 않으셨으니	友朋不多,
도끼질 솜씨는 형적形迹을 살피면 된다 할지라도[18]	運斤維形,
그 마음은 누가 전해 줄는지요?	傳心維何?
아름다운 옥은 바다에 잠기고	琳琅沈海,
둥근 달은 허공에 드리워	璧月垂空,
빛은 있어도 소리는 없으니	有色無聲,
저는 이제 뉘한테 질정[19]을 받지요?	我焉折衷?
아아, 슬프외다!	嗚呼哀哉!

---

18 도끼질~할지라도 시문의 훌륭함은 그 남긴 글을 보면 될 일이라는 뜻. 원문의 "運斤"
은 『장자』 「서무귀」(徐無鬼)에서 유래하는 말로, 기예가 뛰어난 것을 이른다.
19 질정 원문은 "折衷"인데, 한쪽에 치우치지 않고 이것과 저것을 가려서 알맞은 것을 얻
는 것을 뜻하는 말이다.

아내 제문 정축년(1757)

세차 정축년丁丑年 4월 정축일丁丑日에 숙인淑人¹ 덕수德水² 장씨張氏의
관을 땅에 묻으려 하매 그 닷새 전인 임신일壬申日에 지아비 완산 이인
상은 삼가 변변치 못한 제수를 갖추고 짧은 글을 지어 영전에 곡하고
영결합니다.

아아! 나는 세상과 안 맞아	嗚呼! 余畸于世,
궁하게 지내기로 맹세했건만	永矢窮苦,
자질이 순수하지 못해	矧姿不醇,
도에서 멀었지요.	而遠於道.
숙인은 나의 아내이면서	淑人在室,
나의 벗이기도 했지요.	義兼師友.
나의 어리석음 깨쳐 주고 슬픔을 위로했거늘	矯愚娛悲,
그 낯빛은 순하고 말씨는 순후했지요.	色婉辭厚.
이 때문에 내가 치욕을 면할 수 있었거늘	得免恥辱,
내 어찌 그것을 잊을 수 있겠습니까.	我心有鏤.
아아! 숙인이 부지런히 힘쓴 덕분에	嗚呼! 淑人惟勞,
나는 집안일을 잊을 수 있었습니다.	俾我忘家.
굶주려도 책을 팔지 않았고	饑不賣書,

---

1 숙인(淑人) 조선 시대에 문무관(文武官)의 처에게 주던 위호(位號)의 하나.
2 덕수(德水) 본관 이름.

추워도 꽃나무를 때지 않았지요.[3]	寒不爨花.
시어머니[4] 마음을 편안하게 해 드리고	寧我慈心,
나의 오활함을 열어 주었지요.	遂我迂愚.
이따금 산수에 노닐 때면	間放山海,
기분이 좋아 글이 번드레해졌지요.	氣酣辭腴.
돌아와 내가 글귀를 들려주면	我歸有誦,
곧 충고하여	輒聞箴言,
말이 화려하면	覺我辭夸,
도가 높지 못함을 일깨워 줬지요.	於道不尊.
규중閨中의 즐거움이	中閨之樂,
옛 도에 있었으니	蓋在古道,
나의 두엇 단아한 벗은	有個數友,
우리의 금슬[5]을 익히 알았지요.	知我靜好.
아아! 여자가 훌륭한 건	嗚呼! 女子之善,
크게 슬퍼할 일이외다.	大可悲也.
지아비가 슬기롭지 못하니	夫而不慧,
누가 그 훌륭한 행실을 자세히 전하겠습니까?	孰詳其儀?
숙인은 정숙하고, 굳세고, 따뜻하고, 은혜로워,	貞固溫惠,
타고난 본성을 잘 지켰으며	不彫伊素,
사리에 맞는 온갖 말들은	中理之言,

---

3 추워도~않았지요 옛날에, 몹시 가난해 땔나무가 없으면 마당의 나무를 잘라 불을 땠기에 하는 말.

4 시어머니 이인상은 아홉 살 때 부친을 여읜바, 노모 한 분이 계셨다.

5 금슬 원문은 "靜好". 『시경』 정풍(鄭風) 「여왈계명」(女曰鷄鳴)에서 유래하는 말로, 부부간에 금슬이 좋은 것을 이른다.

고인古人의 말을 끌어온 게 아니었습니다.[6]	曾不援古.
정성스레 내게 한 그 충고들은	懇懇女戒,
당신의 죽음과 함께 가려져 버릴 테지만	歿而猶閟,
차마 사사로움 꾸밀 수 없어	忍飾余私,
당신의 일을 적지 않습니다.	不書君事.
아아! 농사짓기는 갈산葛山[7]이 좋고	嗚呼! 耕宜葛山,
낚시하기는 구담龜潭이 좋거늘	釣宜龜澤,
거기서 살자던 당신과의 약속[8]	鹿車之期,
그만 무덤에 묻고 말았구려.	乃在幽宅.
머리는 희어지고 마음은 끊어질 듯해	髮白心折,
남은 생을 슬퍼합니다.	餘生可惻.
아아! 내가 영결하는 말을 하니	嗚呼! 余有訣言,
당신은 길이 슬퍼하지 마오.	君無永嗟.
말을 가려 하고 병을 조심하며	簡辭愼疾,
사귐을 끊고[9] 화려함을 거두어[10]	息交斂華,

---

6 **사리에~아니었습니다** 남의 말이 아니라 아내 자신의 말이었다는 것.

7 **갈산(葛山)** 경기도 양평군 청운면 신론리의 흑천(黑川) 가에 있는 산 이름. 갈현(葛峴)이라고도 한다. 용문산 동남쪽이며, 옛 길로는 횡성에서 양근으로 올 때 반드시 거쳐야 하는 곳인바, 광탄(廣灘) 조금 못 미쳐 있다. 1751년 이래 이인상은 증조부 이민계(李敏啓)의 산소가 있는 갈산 부근에 땅을 구해 가족들이 함께 모여 살 것을 모색하고 있었다. 이 책의 부록으로 수록된 「작은아버지에게 올린 간찰 7」과 「작은아버지에게 올린 간찰 8」에서 이 점이 확인된다.

8 **거기서~약속** 원문은 "鹿車之期". '녹거'(鹿車)는 사슴 한 마리가 들어갈 정도의 아주 작은 수레인데, 후한(後漢)의 포선(鮑宣)이 그 처와 함께 향리로 돌아갈 때 녹거를 타고 갔던 데서, 부인과 함께 귀향함을 뜻하는 말로 쓴다.

9 **사귐을 끊고** 사람들과의 번다한 사귐을 끊는다는 말.

10 **화려함을 거두어** 원문은 "斂華". 화려함을 감추다, 화려함을 절제하다는 뜻. 이 말에는 이인상의 삶의 태도, 삶의 철학과 함께 그의 예술철학의 핵심이 담겨 있다. 이인상의 그림

끝내 도道에 돌아가   終歸于道,
경전經典으로 자식을 가르침으로써   教子以經,
그대의 마음을 따르겠다는   寔追君心,
내 진실한 마음을 고합니다.   告我忱誠.
아아! 슬프외다!   嗚呼哀哉!

과 글씨는 모두 '염화'(斂華) 위에 구축되어 있음으로써다. 조선 시대의 서화가 중 이인상
만큼 '염화'에 대해 예민한 감수성을 보인 사람은 달리 찾기 어렵다. 박희병,『능호관 이인
상 서화평석 1: 회화편』중 〈서지하화도〉(西池荷花圖)의 평석;『능호관 이인상 서화평석
2: 서예편』의 『중용』 제33장의 평석 참조.

퇴어退漁 김 선생[1] 제문

유세차 정축년丁丑年(1757) 6월 무인일戊寅日에 완산 이인상은 퇴어 김 선생의 산소에 절하고, 선생의 출처出處가 몹시 명명백백한데도 충성스런 뜻이 세상에 드러나지 않은 것을 슬퍼하여 삼가 제문을 들어 애도를 고합니다. 하지만 평소의 돈독한 가르침과 두터운 정의情誼는 감히 언급하지 않았사오니 선생의 영령께서는 부디 저의 작은 정성을 굽어살피소서.

아아! 군자는 말세에 처해 이름을 온전히 함이 중요한 일일 것입니다. 그러나 시종 출처의 올바름을 지켜 개연히 우뚝 서서 평소의 지조를 꺾지 않은 이가 천고에 몇이겠습니까? 공은 세신世臣[2]으로서 비록 물러나 재야에 있었지만 항상 충성을 다하고자 하는 마음을 지니고 있었습니다. 나라에 큰일이 있으면 말을 하고, 어려움이 생기면 달려갔으니, 생사生死와 이험夷險[3]을 가리지 않고 멸사봉공하는[4] 절개를 이루고자 했던 것이 공의 마음이었습니다. 고기 잡고 나무하는 데 즐거움

---

1 퇴어(退漁) 김 선생　김진상(金鎭商, 1684~1755)을 말한다. '퇴어'는 그 호. 김익훈(金益勳)의 손자로, 신임사화 때 함경북도 무산에 유배되었다. 이후 노론의 이른바 신임의리(辛壬義理)를 고수했으며, 벼슬하지 않고 여주(驪州)에 퇴거(退去)해 산수를 유람하다 일생을 마쳤다. 자세한 것은 본서 130면 주2를 참조할 것.
2 세신(世臣)　집안 대대로 조정에서 벼슬한 신하. 김진상은 저명한 예학자 김장생(金長生)의 현손이요, 참판을 지낸 김익훈(金益勳)의 손자였다.
3 이험(夷險)　평탄함과 험함.
4 멸사봉공하는　원문은 "匪躬". 『주역』 건괘(蹇卦) 두 번째 효(爻)의 효사(爻辭)에 나오는 말로, 자신의 몸을 돌보지 않고 충성을 다하는 것을 이른다.

을 부치고 산수간에서 근심을 잊으면서도 세도世道[5]로써 자신의 근심과 즐거움을 삼아 끝내 이름과 절개를 온전히 한 것이 공의 자취였습니다. 그러니 공께서 벼슬을 하실 때건 물러나 계실 때건 하루라도 임금을 잊은 적이 있었겠습니까?

아아, 공께서 조정에서 벼슬한 기간은 불과 30년이지만, 세 임금님의 예우禮遇는 시종 변하지 않았습니다. 숙종께서는 지극한 명철明哲함으로 공의 변무辨誣하는 말[6]을 통찰하셨고, 경종께서는 지극한 어짊으로 의례儀禮를 논한 공의 죄[7]를 용서하셨습니다. 그리고 지금의 주상[8]께서는 은혜와 예우를 더욱 돈독히 하고 선생의 지조를 아름다이 여겨 "추운 겨울에야 알게 되는 송백松栢의 절개"[9]라고 칭찬하셨고, 출사出仕를 권면勸勉하시어 "나와서 세상을 격려하라"라고 분부하셨습니다. 심지어 "군신君臣이 다 함께 늙어 가니 그의 얼굴을 꼭 한번 보고 싶다"고도 말씀하셨지만, 공은 끝내 의리를 내세워 나가지 않았습니다. 그런데도 임금께서는 더욱 우대하기를 게을리 하지 않으시어, 공의 용모와 행적을 묻기도 하면서 공이 야인野人이 된 것을 애달파하고 세신世臣이 늙도록 임금을 배알하지 아니함을 몹시 비통해하셨습니다. 아아, 슬픈 일입니다. 임금의 은덕이 이토록 크니 공 또한 나감 직하련만 끝내 나

---

5 세도(世道) 세상의 도리. 세상을 이끄는 도리.

6 변무(辨誣)하는 말 1718년(숙종 44) 김진상이 자신의 조부인 김익훈(1619~1689)을 변호한 일을 말한다. '변무'(辨誣)는 사리를 따져 억울함을 밝히는 일.

7 의례(儀禮)를 논한 공의 죄 1719년(숙종 45) 김진상이 지평(持平)으로 있을 때 왕세자(훗날의 경종)가 사친(私親)인 장희빈에게 망곡(望哭)하는 것이 부당하다고 상소한 일을 말한다.

8 지금의 주상 영조를 가리킨다.

9 추운~절개 원문은 "歲寒松栢". 『논어』「자한」(子罕)편에, "날씨가 추워진 연후에야 송백이 늦게 시든다는 것을 알게 된다"(歲寒, 然後知松栢之後彫也)라는 말이 보인다. 1741년 3월 12일 영조가 내린 전교(傳教) 중에 이 말이 들어 있다.

가지 않았으니 그 마음 진실로 괴로우셨을 터입니다.

일찍이 공이 북쪽 귀양지[10]에서 풀려나자 임금의 부르심이 연달아 내려왔지요. 공은 비록 국은國恩이 깊다고 여기기는 했지만 평소의 지조를 끝내 바꿀 수 없어 동대문 밖을 지나면서 대궐을 향해 절한 후 귀향해 버렸습니다. 당시는 새 임금님[11]의 교화가 바야흐로 높던 때라 노성한 신하들이 모두 출사出仕했는데도 공은 임금의 부르심을 사양하며 말하길, "국적國賊[12]을 징토懲討하고 임금에 대한 무함[13]을 밝혀야 한다고 여러 신하들이 요청했는데도 윤허하지 않으셨거늘 신이 어찌 전하의 마음을 돌릴 수 있겠습니까?"라고 하였습니다. 만년에 조정의 정책이 붕당의 습속을 엄금하는 것으로 정해지자, 공은 임금의 부르심을 사양하며 말하길, "원컨대 선조宣祖를 따르고자 하며,[14] 이이李珥와 성혼成渾의 붕당에 들어가고자 합니다"라고 하였으니, 아아, 공의 고심苦心을 가히 알 수 있습니다.

공은 세신으로서 임금께 충성을 다하고 스스로를 수양하겠노라고 마음에 길이 맹세하였으니, 어찌 은둔하여[15] 세상을 완전히 잊는 무리

---

10 **북쪽 귀양지** 1722년(경종 2) 신임사화로 함경북도 무산(茂山)에 유배된 것을 가리킨다. 1724년 영조(英祖)가 즉위하자 풀려났다.

11 **새 임금님** 영조를 가리킨다.

12 **국적(國賊)** 신임사화를 일으킨 소론(少論) 측 인사들을 가리킨다.

13 **임금에 대한 무함** 숙종에 이어 즉위한 경종은 병치레가 심하고 아들이 없었다. 이에 노론 측에서는 서둘러 경종의 이복 동생인 연잉군(延礽君 : 후의 영조)을 세제(世弟)로 책봉하였다. 그 후 세제는 경종을 대신해 정무를 처리했는데 이에 소론 측에서는 세제를 음해하는 말을 유포하였다. 한편 경종은 즉위한 지 4년 만에 병사(病死)하고 이어 영조가 등극하는데, 이 과정에서 경종이 영조에 의해 독살되었다는 설이 소론 측으로부터 제기되었다. 1728년 이인좌(李麟佐)를 중심으로 한 소론 강경파가 일으킨 반란은 소론 측의 이러한 상황 인식에 근거한다.

14 **선조(宣祖)를 따르고자 하며** 선조 때 동서분당(東西分黨)이 되고 붕당 활동이 활발했기에 한 말이다.

였겠습니까? 공은 일찍이 말씀하시길, "임금으로 하여금 하기 어려운 일을 하도록 권면勸勉하는 것이 공恭이며, 선善을 아뢰고 사악함을 막는 것이 경敬이다. 임금의 뒤를 졸졸 따르며 전교傳敎나 받들어 섬기는 것은 내시들의 충성이니, 임금과 신하가 설사 얼굴을 모른다고 한들 군신君臣의 대의에 무슨 손상이 있겠는가?"라고 하셨습니다. 공은 벼슬에서 물러나 말세의 풍조를 깨우치고 바로잡음으로써 임금에게 보답한바, 임금에게 선을 아뢰고 하기 어려운 일을 하도록 권면하는 의리를 잊은 적이 없습니다. 그러므로 만년에 임금이 불렀을 때 엄광嚴光과 이필李泌의 고사[16]를 따르고자 하셨거늘, 공의 고심苦心은 오로지 물러나 지내는 사람으로서 5품의 관복을 입고 한번 대궐문[17]에 들어가 통렬히 가슴속에 있는 말을 아뢰어 세신世臣의 충성스런 의리를 다하고자 하는 데 있었건만, 끝내 뜻을 펴지 못한 채[18] 운명하셨으니 어찌 천명이 아니겠습니까? 후세의 군자 가운데 공이 살았던 시대를 슬퍼하며 공의 마음을 알아주는 자 반드시 있을 것입니다.

아아, 온 세상이 분분히 벼슬에 나아감을 도리로 여기게 되었으나,

---

15 은둔하여 원문의 "索隱"은 색은행괴(索隱行怪)의 준말로 도가자류(道家者流)를 가리키는 말이다.

16 엄광(嚴光)과 이필(李泌)의 고사 후한(後漢) 사람 엄광이 광무제(光武帝)를 알현하여 간의대부(諫議大夫)를 사양한 일과, 당(唐)의 재상 이필이 직간(直諫)을 잘하였던 일을 말한다.

17 대궐문 원문은 "脩門". 원래 전국시대 초(楚)나라의 수도인 영도(郢都)의 성문 이름인데, 후에 수도의 성문을 가리키는 말로 사용되었다.

18 공의 고심(苦心)은~못한 채 1748년 김진상이 영조의 부름을 받고 오품복(五品服)으로 뵙기를 청하니 왕이 허락하지 않았다. 임인년(1722) 이전 김진상의 품계는 5품이었다. 이후 영조가 즉위하여 김진상은 대사헌과 대사간 등 여러 직책에 제수되어 품계가 2품에 이르렀으나 한번도 벼슬에 나아간 적은 없었다. 이 때문에 김진상이 2품복이 아니라 5품복을 입고 임금을 뵙는 것이 도리에 맞다고 생각했던 것이다.

천승千乘의 존귀한 몸[19]으로 한번 공의 얼굴을 보고자 해도 볼 수가 없었습니다. 공은 출처出處에 신중하여 개연히 우뚝 섰으니 가히 한 시대의 완인完人[20]이라 이를 수 있을 것입니다. 공이 아니면 선비들로 하여금 풍도風度와 지조[21]에 힘쓰게 할 도리가 없었을 터이니 그 공功이 어찌 작다 하겠습니까?

저는 언젠가 공을 따라 남쪽에 노닐어 태백산에 오른 적이 있습니다.[22] 그때 한 달을 같이 여행하고 돌아오면서 공의 마음이 높은 산과 큰 못을 보고 즐기는 데 있지 않다는 것을 알게 됐습니다. 재작년 4월[23]에는 이호梨湖[24]에서 함께 배를 타고 서로 뱃노래를 주고받았는데 공의 노랫말이 몹시 비장했지만 함께 노닌 이들 가운데 그 누가 공의 뜻을 알았겠습니까?

아아, 공은 멀리 떠나시고 무덤의 풀은 하마 두 해나 묵었습니다. 천고의 아픔을 느끼며 현주玄酒[25]를 올려 저의 슬픔을 고합니다. 아아, 슬프옵니다!

---

19 천승(千乘)의 존귀한 몸 원래 제후(諸侯)를 가리키는 말인데, 여기서는 우리나라 임금, 구체적으로는 영조를 지칭한다.

20 완인(完人) 흠이 없이 온전한 사람.

21 풍도(風度)와 지조 원문은 "風節". 풍골(風骨)과 절조(節操)를 이른다.

22 저는~있습니다 이인상은 26세 때인 1735년 겨울, 김진상을 따라 태백산에 오른 적이 있다. 당시의 일을 기록한 글이 『능호집』 권3에 수록된 「태백산 유기(遊記)」다.

23 재작년 4월 1755년 4월에 김진상은 이인상과 여강(驪江)에 배를 띄우고 달구경을 한 적이 있다. 김진상은 당시 여주에 은거해 있었던바, 이인상이 그곳에 찾아가 이 뱃놀이가 이루어졌다. 『능호집』 권2에 수록된 「산협을 나와 퇴어 어르신을 역방(歷訪)했는데 정성스럽게 대하며 머물게 하시어 그물로 물고기를 잡았다. 삼가 「배에서」라는 시에 차운하다」에서 이 점이 확인된다.

24 이호(梨湖) 여주군 강천면 이호리 일대. 남한강 유역으로서 이호진(梨湖津: 배미나루)이 있었다. 지금의 이호대교 부근이다.

25 현주(玄酒) 무술. 제사 지낼 때 술 대신 쓰는 맑은 찬물.

섬촌蟾村 민 선생 제문

유세차 정축년丁丑年(1757) 6월 신사일辛巳日에 완산 이인상은 삼가 짧은 제문을 짓고 현주玄酒를 올려 섬호蟾湖¹ 선생의 영전에 곡하고 아룁니다.

아아! 제가 설성雪城²에 있을 때 처음 선생을 뵙고 그 덕에 심취했었지요. 평온하고 노성하시며, 깊고 커 내면에 아름다움을 머금으셨고, 남을 대함은 정성스러우셨습니다. 제가 공가公家의 후예³이며 관직에 매인 몸이면서도 망령되이 세도世道를 개탄하고 정사政事를 논했지만 선생께서는 저를 배척하지 않고 저의 뜻을 슬피 여기셨더랬지요. 언젠가 선생께서 옛 도에 대해 물으시며 저에게 『주역』 간괘艮卦의 상象⁴을 보여주시길래 제가 시의時義에 대해 언급하며 세신世臣으로서 충

---

1 **섬호(蟾湖)** 섬촌(蟾村) 민우수(閔遇洙, 1694~1756)를 가리킨다. '섬호'는 민우수의 또 다른 호. 민우수에 대한 자세한 사항은 본서 60면 주2를 참조할 것.
2 **설성(雪城)** 음죽현(陰竹縣)의 별칭. 이인상은 1750년 8월에 음죽 현감에 부임하여 1753년 4월에 사임했다.
3 **공가(公家)의 후예** '공가'는 왕실을 이르는 말. 이인상이 세종대왕의 열셋째 아들인 밀성군(密城君)의 후손이기에 한 말.
4 **『주역』 간괘(艮卦)의 상(象)** 원문은 "兼山之象". 『주역』 간괘(艮卦)의 상전(象傳)에, "산(山)을 거듭함이 간(艮)이니, 군자는 이를 보고 생각이 자신의 지위를 벗어나지 않는다"(兼山, 艮, 君子以, 思不出其位)라고 했다. 또 간괘의 단사(彖辭)에, "간(艮)은 그침이니, 그쳐야 할 때 그치고 가야 할 때 가서, 동(動)과 정(靜)이 그 때를 잃지 않으므로 그 도가 광명(光明)하다"(艮, 止也, 時止則止, 時行則行, 動靜不失其時, 其道光明)라고 했다. 민우수가 이인상에게 간괘의 상을 보여준 것은 자신의 처지를 강조하기 위해서였던 것으로 보인다. 이에 반해 이인상은 세신(世臣)으로서의 책무를 강조하며 현실 정치에의 개입을 촉구했던 듯하다.

성을 다하도록 힘써야 한다고 말씀드렸거늘 말은 은미하나 뜻이 분명했으므로 밝은 귀로 알아들으시고 감분感奮하신 듯했었지요. 단구丹丘[5]에 거처를 마련하셨다기에 마음이 몹시 괴로웠는데, 선생은 제게 편지를 주시어 서로 빈주賓主가 되어 왕래하자고 하셨지요. 아아! 전년前年 4월, 강가의 누각에 가 배알하고 단구에서 사는 즐거움을 여쭙자 선생께서는 큰 글씨로 종이 가득, "난가爛柯를 상상하고,[6] 경쇠 치던 마음 생각하네.[7] 말을 매네, 골짝에 늙은 매화가 있어"라는 글귀를 써 보이셨습니다. 제가 거듭해 한 말씀을 사뢰자 선생은 슬퍼하셨지요.

아아! 그 뒤 다시 찾아뵙지 못했는데 선생께서 이미 돌아가셨으니,[8] 시운時運이 길이 어두움을 슬퍼합니다. 선생의 은택이 스러졌으니 이제 누굴 의지하지요? 난蘭과 혜蕙가 잡초와 한가지로 시드니,[9] 누가 소형素馨과 말리茉莉[10]를 존귀히 여기겠습니까? 아아! 해마다 저는 우만牛灣[11]의 물가에 배를 정박시킵니다. 단구의 강물은 넘실넘실 흐르건만

---

5 단구(丹丘) 충북 단양(丹陽)을 말한다.
6 난가(爛柯)를 상상하고 '난가'는 도낏자루가 썩는다는 뜻. 『술이기』(述異記)에, 진(晉)나라의 왕질(王質)이라는 나무꾼이 산에서 동자들이 바둑 두는 것을 보고 있는 동안에 도낏자루가 썩어 버렸으며, 마을에 돌아와 보니 아는 사람은 다 죽었더라는 고사가 나온다. 여기서는 은둔해 신선처럼 살아간다는 뜻이다.
7 경쇠 치던 마음 생각하네 원문은 '磬心之義'. '경심'(磬心)은 『논어』 「헌문」(憲問)편의, "공자가 위(衛)나라에서 경쇠를 치고 있을 때였다. 삼태기를 메고 그 문앞을 지나가던 자가 말하기를, '마음이 천하에 있구나, 경쇠를 침이여!'라고 하였다"(子擊磬於衛, 有荷簣而過孔氏之門者曰: '有心哉', 擊磬乎!')라는 구절에서 유래하는 말.
8 돌아가셨으니 민우수는 1756년(영조 32) 9월에 사망하였다.
9 난(蘭)과~시드니 난과 혜는 향기로운 풀로서 군자를 상징하고, 잡초는 소인을 상징한다.
10 소형(素馨)과 말리(茉莉) 모두 꽃이 향기로운 나무다. '말리'는 곧 자스민이다.
11 우만(牛灣) 경기도 여주군 남한강의 우만포(牛灣浦)를 말한다. 만년에 민우수가 은거하다 세상을 뜬 곳이다.

공의 마음 누가 환히 밝혀 줄는지요? 아아! 옛일을 생각건대, 선생께서는 제 글을 칭찬하시며 가히 더불어 도에 나아갈 수 있을 듯하다고 하시면서 남풍南豊[12]의 순정純正함과 회옹晦翁[13]의 위대함을 좇으라고 격려해 주셨지요.[14] 그러나 이제 누구를 따르며, 누구에게 질정을 구하겠습니까? 재야의 사관史官으로 직필直筆을 잡으셨으니, 선생께서 남긴 글은 삼가 시대의 기록입니다. 후인 가운데 누가 저의 이 혈성血誠을 슬퍼하겠습니까? 아아, 이 슬프옵니다!

---

12 남풍(南豊) 증공(曾鞏, 1014~1083)의 호. 북송의 문인으로, 당송팔대가의 한 사람이다. 그의 문장은 성리학의 도를 근간으로 삼고 있어 특히 재도론자(載道論者)에게 높은 평가를 받았다.

13 회옹(晦翁) 주희의 호.

14 선생께서는~격려해 주셨지요 민우수가 1752년에 쓴 「이원령 문고(文藁) 발문」(李元靈文藁跋,『貞菴集』권9)에 그 자세한 내용이 보인다. 이 글에서 민우수는 이인상의 글이 "文從字順"(문장이 평이하고 유창함)과 자연스런 맛이 없는 것이 문제라고 지적한 후, 다음과 같은 충고와 격려의 말을 덧붙였다: "내가 생각하기로, 원령은 빼어나고 총명한 사람이니 주자(朱子)의 글을 숙독하여 의리를 깊이 궁구하는 한편, 고인(古人)의 문사(文辭) 중 남풍(南豊)의 글을 취해 문장이 혼후(渾厚)하고 유창해져 뜻을 억지로 드러내지 않고도 저절로 법도에 맞게 된다면 더욱 아름다울 것이다. 원령은 어찌 생각하는가? (…) 지금 원령은 시문(時文: 당시 유행하는 글)에 문제점이 많다고 여기고 있다. 남풍의 글을 읽어 문장의 올바른 길을 좇고, 또 주자의 글을 읽어 의리를 몹시 좋아하게 된다면 남풍의 글조차도 장차 마뜩치 않은 데가 있으리니, 이것이 더욱 원령이 마땅히 힘써야 할 뜻일 터이다."(愚意以元靈之精明, 熟讀朱子之書, 深究義理, 而於古人文辭, 則兼取南豊之文, 俾其發於辭者, 渾厚條暢, 不見用意之跡, 而自合矩度, 則當益美矣. 元靈以爲如何? (…) 今元靈於時文, 則固已病之矣. 苟能讀南豊之文, 以從文章正路, 又從事於朱子書, 深悅義理之味, 則其於南豊之文, 又將有不屑者, 此尤元靈所宜加之意也)

송보은宋報恩[1] 시해時偕 제문 무인년(1758)

유세차 무인년戊寅年 병진월丙辰月 신미일辛未日 4월 16일에 완산 이인
상은 황산黃山[2]에서 와 객점客店에서 짧은 글을 지어 현주玄酒와 말린
물고기를 제수로 올려 고故 보은 현감報恩縣監 송공宋公의 묘에 곡하고
아룁니다.

아아, 송자宋子여! 군자는 진실로 이름을 중시하지 않지만, 온축蘊蓄
한 것을 발휘하지 못해 죽은 뒤에도 이름이 드러나지 않는 것은 슬퍼
할 만합니다. 더구나 천고에 슬픈 일로는 말세에 어진 선비를 곡하는
일보다 더한 것이 없을 거외다. 아아! 그대는 참다운 덕이 있었으나
사람들은 정녕 그대를 깊이 알지 못했습니다. 그리하여 잠자코 있으며
말이 적은 것을 지혜롭지 못하다 여겼고, 겸손해서 어리석은 것처럼
보이는 것을 용기가 없다고 여겼으며, 온화하여 옹용雍容한 것을 세속
에 물들었다 여겼습니다. 효성과 우애와 충성과 신의를 항상 행하면서
도 이름을 구하지 않았으니, 이 때문에 당신을 아는 자 드물었습니다.

무릇 지금 사람들은 근엄한 낯빛과 우아한 말을 도의道義라 하고,
부박하고 진실되지 못한 말을 엮어 낸 것을 문사文辭라 하며, 씩씩하고
급박急迫한 것을 높은 행실이라고 하면서[3] 모두 똑같이 이익을 좇는 데

---

1 **송보은(宋報恩)** 송익흠(宋益欽, 1708~1757)을 말한다. 자는 '시해'. 보은 현감을 지냈
기에 '송보은'이라고 했다.
2 **황산(黃山)** 지금의 충청남도 논산시 연산면 일대.
3 **씩씩하고~하면서** 이 점과 관련해서는 『능호집』 권3에 수록된 「이윤지에게 답한 편지」
의 다음 구절이 특히 참조된다: "연소(年少)하여 진취(進就)가 있는 이들은 작은 기예로

로 나아가니, 천한 장사치가 조그만 이익을 다투는 것과 무슨 차이가 있겠습니까? 그대는 홀로 고요히 수양하며 떳떳한 도리를 행하여 가히 천박한 풍속에 본보기가 됨 직했으나, 끝내 세상에 드러나지 않은 채 죽고 말았으니 어찌 슬프지 않겠습니까!

아아! 그대는 거룩한 뜻을 지닌 데다 시대의 급무急務를 알았으니, 만일 나라를 다스리게 했다면 아마도 법을 관대하게 하고 믿음을 세우며, 풍속을 두터이 하고 의리를 권장했을 것입니다. 그리하여 백성들이 부유해지고 순일純壹하게 되면 곧 천하의 의사義士를 이끌고 저 오랑캐를 정벌함을 일세一世[4]로써 기약했을 터입니다. 하지만 그대가 종내 세상에 베풀어 본 바가 무엇이며, 오매불망 곰곰이 생각한 것 가운데 종내 세상에 한 말이 무엇입니까? 그대는 언젠가 "『역』易에 대해 잘 아는 사람은 『역』을 말하지 않는다"[5]라고 하여 나와 함께 한번 웃은 적이 있지요.

아아! 나라를 걱정하는 미천한 신하나 지론持論을 지닌 궁한 선비라면 이 나라에 도가 있다고 하지 않을 것입니다. 만약 군자의 덕업德業과 언행言行이 인멸되어 드러나지 못한다면 또한 무엇으로 쇠미한 풍속을 깨우치고 바로잡을 수 있겠습니까? 아아! 그대는 죽음에 임해 글을 지어 우옹尤翁[6]을 곡哭했는데 그 말은 몹시 슬프고 그 뜻은 바르고 참되었으니, 후세의 군자 중에 그대의 마음을 알아 시대를 슬퍼하

이름을 좇고, 찡그림과 웃음으로 교우를 맺으며, 선배를 업신여기면서 큰소리로 말하며 기세를 올리는 것을 높은 행실로 여깁니다."

4 일세(一世) 30년을 이른다.
5 『역』(易)에~않는다 명(明) 왕세정(王世貞)의 『예원치언』(藝苑卮言) 서문에 비슷한 말이 보인다. "『역』(易)을 잘 아는 사람은 『역』을 논하지 않는다."(善『易』者不論『易』)
6 우옹(尤翁) 우암(尤菴) 송시열(宋時烈)을 가리킨다.

는 자 있을 터입니다. 내 말이 몹시 슬프거늘, 그대는 이 사실을 아시는지요? 아아, 슬프외다!

정 봉사鄭奉事 제문

유세차 무인년戊寅年(1758) 11월 8일 신묘일辛卯日에 종묘서宗廟署 봉사奉事[1] 정공鄭公[2]의 관을 도성 서쪽 교외의 토빈土殯[3]에서 영남 남계藍溪[4]의 고향으로 운구하매 완산 이인상은 떠도는 혼이 혹 객지에 머물까 슬퍼하여 삼가 말린 고기와 과일을 갖추고 짧은 글을 지어 곡한 후 영결을 고합니다.

아아! 효자가 어버이를 그리다	嗚呼! 孝子思親,
객지에서 죽었습니다.	乃死于旅.
효자가 유심有心하니	孝子有心,
고향으로 돌아가는 넋 누가 막을 수 있겠습니까?	魂歸莫禦.
금강錦江은 파도가 일지 않고	錦水不波,
팔량치[5]는 평탄하리다.	八嶺坦如.
곡소리는 토빈을 에워싸건만	哭遶土壘,

---

1 **종묘서(宗廟署) 봉사(奉事)** 종묘서는 종묘의 수위(守衛)를 맡은 관청이고, 봉사는 종묘서의 관직 가운데 종8품에 해당한다.
2 **정공(鄭公)** 정진화(鄭鎭華)를 말한다. 본관은 하동. 일두(一蠹) 정여창(鄭汝昌, 1450~1504)의 후손이다. 이인상이 사근역 찰방을 할 때 교유한 인물이다.
3 **토빈(土殯)** 정식으로 장사를 지내기 전에 임시로 관을 땅에 묻는 것.
4 **남계(藍溪)** 현재의 경상남도 함양군 수동면 일대. 부근에 정여창을 제향(祭享)하는 남계서원(藍溪書院)이 있다.
5 **팔량치** 원문은 "八嶺"인데, 흔히 '八良峙'로 표기한다. 전라북도 남원군과 경상남도 함양군 사이에 있는 고개.

그대의 벗은 나뿐이군요.　　　　　　　　子友惟余.

생각건대 내가 남쪽에서 노닐 적에[6]　　　念余南游,

그대의 강직함을 벗 삼았지요.　　　　　友子之直.

그대의 조상인 문헌공文獻公[7]은　　　　子祖文獻,

행실이 엄정하고 덕이 성대했으며　　　　峻行茂德,

지혜로움이 가득하여　　　　　　　　　智山百華,

큰 강에 떠 있는 외배와 같았습니다.　　大江孤舟.

그 어짊을 대대로 이어 가　　　　　　　寔世其賢,

여풍餘風이 성대했지요.　　　　　　　　渾渾風流.

그대가 말직을 영광으로 여긴 것은　　　下仕伊榮,

문헌공을 제사할 수 있어서이니[8]　　　文獻之祀,

임금의 은혜에 감복하여　　　　　　　　感君之恩,

어버이 봉양 위해 지조를 눌렀지요.　　爲養抑志.

직분을 다하고 의리를 좇아　　　　　　盡職循義,

경박하고 거짓된 풍속을 바로잡을 만했으나　可矯薄僞,

뜻을 펼치지 못한 채 돌아가셨으니　　　不施而歿,

누가 하늘의 이치를 믿겠습니까?　　　孰信天理?

그대의 벗과　　　　　　　　　　　　　子有良友,

그대 아들 수보修甫가　　　　　　　　惟子修甫,

그대의 관을 맞이하거늘　　　　　　　迎子之柩,

내 마음의 쓰라림을 아시는지요?　　　知我心苦?

---

6 내가 남쪽에서 노닐 적에　사근역 찰방을 할 때를 가리킨다. 이인상은 1747년 7월부터 1749년 8월까지 2년 동안 이 직책에 있었다.

7 문헌공(文獻公)　정여창을 말한다. '문헌'은 그 시호.

8 그대가~있어서이니　문헌공이 문묘(文廟)에 배향(配享)되었기에 한 말이다.

추석날 밤	中秋旣夕,
내게 줬던 연꽃 씨를	贈我蓮子,
장차 남쪽 연못⁹에 심어	將樹南沼,
꽃이 피면 그대를 생각하리다.	華出子思.
슬픈 말로 영결을 고하니	哀辭告訣,
이 현주玄酒를 흥감興感하소서.	鑑此明水.

---

9 남쪽 연못　이인상이 1757년 구담의 중정고(中正皐)에 새로 건립한 산천정(山泉亭) 곁의 연못을 가리키는 것으로 보인다. 이에 대해서는 뒤에 나오는 「산천정 기사」(山泉亭記事)를 참조할 것.

이윤지 제문 기묘년(1759)

아아, 윤지여! 나를 버리고 간 것은 그대의 육신과 혼백이요, 나를 버리지 않고 남아 있는 것은 그대의 마음이외다. 저 서책들에 깊이 의리를 부쳐 생사를 걸고 그 뜻을 좇아 함께 옛 도에 돌아가고자 했으니, 말세의 풍속을 바로잡는 임무가 실로 재야의 선비에게 있었던 까닭이외다. 대개 천하의 일과 국가의 일이 진실로 우리의 근심과 즐거움에 관계되었기에 천고의 큰 의리를 본받아 중히 여겼던 것이지요. 지난날 그대와 더불어 이 대의大義를 강론하며 죽을 때까지 지키자고 약속했지요. 맑고 평담平淡하고 관후寬厚하고 인자한 그대의 덕은 본받음 직하다고 여기면서도, 공언空言은 쓸모가 적다'면서 뭇사람들은 나의 어리석음을 미워했습니다. 하지만 그대와의 우정은 더욱 돈독해져 덕 있는 사람은 외롭지 않다²고 이를 만했습니다.

아아! 30년 동안 마음에 슬픔이 많아 독서하는 즐거움이 때로 독서를 폐하는 것보다 못한 적이 있었는가 하면, 실학實學³이 폐단을 드러낼 때로 현허玄虛에 노니는 자들⁴에게 부끄러운 적도 있었지요. 그대가 고심이 있어 나를 찾아와 물었으므로⁵ 마침내 남으로 지리산에 오

---

1 공언(空言)은 쓸모가 적다 원문은 "空言寡用". 똑같은 말이 앞의 「신성보 제문」에도 보인다.

2 덕 있는 사람은 외롭지 않다 『논어』 「이인」(里仁)편에, "덕 있는 이는 외롭지 않으니, 반드시 이웃이 있다"(德不孤, 必有隣)라는 말이 보인다.

3 실학(實學) 여기서는 유학(儒學)을 가리키는 말로 쓰였다.

4 현허(玄虛)에 노니는 자들 도가자류(道家者流)를 말한다.

5 나를 찾아와 물었으므로 이인상이 사근역 찰방으로 있을 때인 1748년 여름에 이윤영이

르고 동으로 구담龜潭을 찾아 길이 함께 은둔하기를 맹세하며 운담雲潭과 사인암舍人巖에 집을 지었지요.[6] 혹은 시끄러운 세속에 살면서 석가산石假山[7]을 만들고 대나무를 심어 바람 소리를 끌어오며 방에는 고기古器를 둘러 놓고 경쇠를 치기도 하면서 스스로 뜻을 부치고 자취를 숨겼지요. 뭇사람들은 이 때문에 그대를 고사高士로 여겼으나, 마음에 홀로 슬퍼함이 있는 줄 그 누가 알았겠습니까? 그대는 이제 길이 가 버렸고, 내 병은 고치기 어려울 듯합니다. 죽음은 참으로 슬퍼할 일이지만 살아 있은들 또한 무엇하겠습니까? 아아! 책을 품고 산으로 돌아가 심간心肝을 깎고 도려내어 그대의 처음 뜻을 밝혔으면 하건만, 살날이 얼마 남지 않은 듯합니다.[8] 아아! 서책은 그대로 남아 있으나 골짝은 빛을 잃었습니다. 짧은 말로 정情을 부치지만 내 마음은 길이 슬픔에 잠깁니다. 아아, 슬프외다!

이인상을 찾아온 것을 말한다. 이때 이윤영이 그린 그림이 〈고란사도〉(皐蘭寺圖)와 〈천왕봉도〉(天王峰圖)이다. 〈천왕봉도〉는 전하지 않으나 〈고란사도〉는 전한다. 박희병, 『능호관 이인상 서화 평석 1: 회화편』에 부록으로 실린 〈고란사도〉의 평석 참조.

6 운담(雲潭)과~지었지요 이인상은 단양의 운담 가에 다백운루(多白雲樓)를 지었고, 이윤영은 사인암 절벽 위에 서벽정(棲碧亭)을 지었다.

7 석가산(石假山) 정원에 바위를 옮겨 만든 조그만 산 모양의 조형물.

8 살 날이~듯합니다 이 무렵 이인상은 자신의 죽음을 예감하고 있었던 듯하다. 이인상은 이미 자신과 가장 절친한 친구였던 오찬, 송문흠, 신소, 이윤영을 차례로 떠나보낸 터였으며, 자신의 아내도 땅에 묻은 터였다. 이인상은 이듬해 8월 15일 죽음을 맞는다.

월부月賦[1] 경신년(1740)

8월 11일 남헌南軒에서 달을 보다 깊은 밤이 되었는데 짙은 수심이 일어나는 것을 막을 수 없었다. 베개에 기대어 잠깐 잠이 들었다가 일어나 보니 달빛이 환히 창가를 비추고 있었다. 이에 뜻 가는 대로 말을 만들어 보았는데 음운이 번다하고 겹치지만 훗날 기억할 만한 것이 있기에 마침내 기록해 대략 정리하여 송사행宋士行[2]에게 보인다.

밝은 저 초승달	皎彼初月,
동녘 숲에 있어	于東在林,
차츰 내 뜰 밝히더니	漸輝我庭,
이 마음 비추네.	照此中襟.
엄자산崦嵫山[3]의 지는 해를 대신하니	遞崦嵫之晏華兮,
촛불 밝히지 않아도 되도다.	舍膏燭之將宣.
작은 구름을 헤쳐 은빛 물결 쏟아지고	拂纖雲而曾波兮,
가벼운 노을에 씻겨 더욱 깨끗하도다.	濯輕霞而彌鮮.
성대히 영롱하게 사무침이여	紛玲瓏而洞澈兮,
컴컴한 밤에 삼라만상 비추도다.	燭萬象於玄宵.

---

1 **부(賦)** 한문학 문체의 하나로 대개 사물을 읊어 거기에 정리(情理)를 기탁한 글. 대(對)를 맞추어 쓰는데, 대체로 수식이 많고 화려하며 전고(典故)를 많이 끌어다 쓴다.
2 **송사행(宋士行)** 송문흠을 말한다. '사행'은 그 자.
3 **엄자산(崦嵫山)** 감숙성(甘肅省) 천수현(天水縣) 서쪽에 있는 산. 옛날 중국인들은 해가 이 산에서 진다고 생각했다.

땅 위의 것들 비로소 윤곽 드러나고	凸者始彰其方兮,
차츰 깊은 샘물까지 환히 비추네.	采昭光於坎泉.
부엉이는 깃 웅크리고	訓狐伏其羽兮,
산도깨비는 깊은 잡목 속에 숨었도다.	魍魅遜藏于深樵.
단아하게 높이 걸렸으니	穆穆高懸兮,
정색正色⁴이 어찌 그리 아름다운지.	正色何修!
찬연히 빛을 내거늘	燦燦流明兮,
상도常度는 변함이 없네.⁵	常度則夷.
해를 짝하여 그 빛을 받아	蓋其配日承光兮,
북두北斗에 의지하여 시간을 알려 주네.	依斗授時.
도道와 더불어 차고 기울어	與道盈虛兮,
반복함이 무궁하도다.	回復無窮.
대지大地를 밟으며 그림자를 거두고	攝大地而收景兮,
하늘에 비상飛翔하여 신령함을 발하네.	翔玄穹而吐靈.
비록 그믐이라도 암허闇虛⁶가 있어	雖積晦而存闇虛兮,
흰빛을 머금어 반사하네.	含素魄而反耀.
어허! 내가 만고萬古를 볼 수 없으니	嗚呼! 萬古吾無以覩兮,
육극六極에 어찌 오유遨遊하리?	六極吾何以遊遨?
오직 달의 광채 곤륜산崑崙山⁷에 사무치고	惟月采澈崑崙兮,

---

4 정색(正色)　청색, 적색, 황색, 백색, 흑색의 순수한 다섯 가지 색을 이르는 말인데, 여기
서는 백색을 가리킨다.
5 상도(常度)는 변함이 없네　원문은 "夷". 일정하여 바뀌지 않는다는 뜻. 『초사』 구장(九章)
의 「회사」(懷沙)에 "상도는 바뀌지 않네"(常度未替)라는 구절이 있다.
6 암허(闇虛)　달의 어두운 부분.
7 곤륜산(崑崙山)　중국 서쪽에 있는 산.

큰 바다를 지나도다.

가까이는 유도幽都[8]를 비추고

멀리는 만형蠻荊[9]까지 임하네.

아래로 중주中州[10]를 내려다보니

무슨 물物인들 비추지 못할까?

영광전靈光殿[11]을 비추는가 하면

은하銀河의 선사仙槎[12]도 비추누나.

가난한 내 집[13]도 환히 밝혀 줘

맑은 빛에 절하고 배회하도다.

아아! 구름이 달을 가리자

달빛이 금방 사라져 서글프네.

이에 잠자리에 들어 베개 베고

벗을 생각하며 상심하도다.

輪轅大瀛.

夾照幽都兮,

迥臨蠻荊.

降瞰中州兮,

何物不照?

麗明靈光之故宮兮,

昭回漢津之仙槎.

耿又照此席門兮,

拜清光而夷猶.

唉! 陰雲之蔽虧兮,

感圓光之易去.

既擁衾而倚枕兮,

懷我友而惄惄.

---

8 유도(幽都) 중국 북방의 땅.

9 만형(蠻荊) 중국 남방의 초(楚) 땅.

10 중주(中州) 중원을 가리킨다. 한족(漢族) 문명의 발상지인 하북(河北), 하남(河南), 산동(山東), 섬서성(陝西省) 지방.

11 영광전(靈光殿) 한(漢)나라 경제(景帝)의 아들 노공왕(魯恭王)이 산동성 곡부(曲阜)에 세운 궁궐.

12 은하(銀河)의 선사(仙槎) '선사'(仙槎)는 뗏목으로 만든 배. 중국의 옛 전설에, 선사(仙槎)를 타고 은하수로 가 여러 날 동안 놀다가 돌아온 사람이 있다.

13 가난한 내 집 원문은 "席門". 돗자리로 만든 문. 가난한 집을 형용하는 말.

부채의 그림에 쓴 잠箴¹ 을해년(1755)

내가 송자宋子 시해時偕²를 위하여 부채에 그림을 그렸는데, 화의畵意³
는 해악海嶽⁴의 가을 달이었다. 이튿날, 송시해에게서 홀연 이런 편지
가 왔다.

"간밤에 그대가 부채에다 설악산을 그리는 꿈을 꾸었길래 과연 그
런 일이 있는지 묻사외다."

아마도 정신의 교감交感⁵이 있었던 듯한데, 참 기이한 일이다. 나는
송자에게 이리 말했다.

"그대는 외물外物에 구애됨이 없지만,⁶ 내가 근래 설악산에 노닌 것
을 알고 있는지라 그 점이 연상되어서 그런 것 아닐까요?"

송자가 말했다.

"종자기鍾子期가 백아伯牙의 마음이 산수에 가 있음을 안 것은 금琴
을 연주하는 소리를 듣고서였거늘,⁷ 나처럼 꿈으로 친구의 마음을 알

---

1 잠(箴) 한문학 문체의 하나로, 경계하는 뜻을 서술한 글. 대개 운문이다.
2 송자(宋子) 시해(時偕) 송익흠. '시해'는 그 자.
3 화의(畵意) 그림에 나타낸 정취. 그림의 주제.
4 해악(海嶽) 바닷가의 산. 여기서는 설악산을 가리킨다.
5 정신의 교감(交感) 원문은 "神會".
6 구애됨이 없지만 원문은 "無適莫". 이는 『논어』 「이인」(里仁)편의 "君子之於天下也, 無
適也, 無莫也, 義之與比"(군자는 천하의 일에 있어서 가하게 여겨 꼭 해야 하는 법도 없고
불가하게 여겨 꼭 하지 말아야 하는 법도 없나니, 의를 좇을 뿐이다)에서 나온 말이다.
7 종자기(鍾子期)가~듣고서였거늘 백아는 금(琴)의 명인이었고, 그 벗인 종자기는 이 세상
에서 백아의 음악을 제대로 이해하는 유일한 사람이었다. 백아가 흐르는 강을 생각하면서
금을 타면 종자기는 그 소리를 듣고 백아가 흐르는 강물을 생각하고 있음을 단번에 알아냈

아낸 경우는 세상에 드물 거외다!"

그 말이 농담에 가깝긴 하나 깊은 이치가 담겨 있었다. 내가 또 생각해 보건대, 무릇 어떤 사물과 관계할 때 마음에 맞는 즐거움은 신神이 이름[8]에 있나니, 벗 사이에서 더욱 그러하다. 대저 거문고 소리에 깃든 마음을 들은 자는 소리를 앎이 거문고에 그치고, 꿈에 부채 그림을 본 자는 마음을 앎이 그림에 그친다. 둘 다 모두 신神의 회통會通[9]이 있는 듯하기는 하나, 도의道義로써 서로 감발感發하지 않는다면 모두 그 앎이 얕다고 하겠다. 이에 부채에다 다음과 같은 잠箴을 적는다.

충만한 가을 바다와	秋海之盈,
깨끗한 큰 산과	大嶽之精,
맑게 떠오르는 달은[10]	升月之清,
군자에 견줄 만하네.	比于君子.
벗의 마음 살펴	玩心高明,
순리대로 행하게 하고	順理而行,
몸을 고결히 하고 올바른 도를 실천케 해	潔身履正,
그 이름 온전하게 함이	而完其名,
올바른 우도友道라네.	友道之貞.

고, 백아가 높은 산을 생각하면서 금을 타면 종자기는 그 소리를 듣고 백아가 높은 산을 생각하고 있음을 금방 알아냈다. 이런 종자기가 죽자 백아는 악기의 줄을 스스로 끊어 버리고 다시는 음악을 연주하지 않았다. 이 일화는 '지기'(知己)의 의미와 그 소중함을 일깨워 주는 이야기로 흔히 인용된다.

8 신(神)이 이름 원문은 "神到". 정신적으로 통하는 것.

9 신(神)의 회통(會通) 원문은 "神會". 정신적 교감을 뜻한다.

10 충만한~달은 부채의 그림을 가리키는 말이다.

윤자목¹이 갖고 있는, 위원渭原²의 자반석紫斑石으로 만든 벼루의 명銘³ 갑자년(1744)

조급한 마음으로 먹을 갈지 말 일이며 　　　　無躁心以磨墨,
번다한 글을 쓰려고 붓을 적시지 말지니라. 　　無繁辭以濡筆.
안은 둥글고, 겉은 네모지며, 바탕은 단단하나니 　圓中方外而硬其質,
이는 자목의 벼루인데 　　　　　　　是惟子穆之硯,
내가 명을 쓰노라. 　　　　　　　　我銘以述.
　　ㅡ이는 벼루의 앞면에 적은 말이다. 　　ㅡ右硯面

쓰이지 않는다고 해서 절차탁마하지 않아서는 아니되며

　　　　　　　　　　　　　　無以不用而不加琢,

드러나지 않는다고 해서 덕을 삼가지 않아서는 아니되니

　　　　　　　　　　　　　　無以不顯而不愼德,

문채文彩를 감추어 소박함을 보존할지니라. 　用晦于文以存樸.
　　ㅡ이는 벼루의 뒷면에 적은 말이다. 　　ㅡ右硯背

---

1 윤자목(尹子穆)　윤면동. '자목'은 그 자. 자세한 것은 본서 20면 주1을 참조할 것.
2 위원(渭原)　평안북도 위원군(渭原郡).
3 명(銘)　한문학의 한 문체로서, 기물(器物)이나 궁실(宮室) 등에 써서 경계하거나 축송(祝頌)하는 글.

이인부李仁夫¹의 서루書樓² 명

넉넉한 서루에	有衍書樓,
아름다운 향기 나네.	有薰其香.
신령이 집을 수호하고	有神守楹,
성인의 가르침이 가득하네.	聖訓洋洋.
번듯한 서안書案에는	有儼其丌,
부조父祖의 손때가 남아 있네.	先人手澤.
됨됨이는 꾸미지 않아 박실樸實하고	其爲器不雕而樸,
말은 간직簡直하고 진실되네.	其爲辭簡直而眞.
선조의 마음에는	祖先之心,
그대가 몸을 삼가지 않을까 걱정이고	惟恐爾之不謹身;
성현聖賢의 마음에는	聖賢之心,
그대가 인仁을 이루지 못할까 걱정이리.	惟恐爾之不成仁.
넉넉한 서루에서	有衍書樓,
쉬기도 하고 눕기도 하네.	爾息爾偃.

---

1 **이인부(李仁夫)** 이최중(李最中, 1715~1784)을 말한다. '인부'는 그 자. 원래 자가 '계량'(季良)이었는데, 스승인 도암(陶菴) 이재(李縡)의 권유에 따라 '인부'(仁夫)로 바꾸었다. 호는 위암(韋庵), 본관은 전주. 1751년 문과에 급제하여 사서·수찬·응교·이조참의 등을 역임했다. 1771년(영조 47) 이조판서에 승진했으나 당론(黨論)을 일삼는다는 탄핵을 받고 갑산(甲山)에 유배되었다가 곧 풀려나 1773년 함경도 관찰사로 부임했고 이어 우참찬이 되었다. 1782년(정조 6) 이유백(李有白)이 대역부도죄로 사형되자 그 인척으로 연좌되어 추자도에 유배되었으며, 배소(配所)에서 죽었다.

2 **서루(書樓)** 서재로 쓰거나 책을 넣어 두는 다락.

눈 돌려 物物을 보면	游目應物,
순식간에 만변萬變하네.	一息萬變.
풀과 나무의 아름다움과	卉木之嘉,
철 따라 우는 새의 어여쁨은	時鳥之善,
마음을 기쁘게 해 본성을 해치기 쉬우니	所以娛情而易以斲性,
화려한 색과 좋은 소리	華色好聲,
함정을 대한 듯 경계해야 하네.	有駴如穽.
서루에 찾아오는 이는	有來至門,
담박한 이 아니면 부화浮華한 이네.	匪淡伊濃.
기의氣義를 숭상하는 자³는 항덕恒德이 없고	尙氣義者不恒德,
문사文辭가 공교한 자는 마음이 성실치 않네.	工文辭者不誠中.
저 자물쇠를 보아	相彼局鐍,
그대의 입을 삼가야 하리.	愼爾樞機.
경전을 높이면	尊我壁經,
바른 도로 돌아갈지니	伊道之歸,
넉넉한 서루가	有衍書樓,
깊되 빛이 나리.	潛而有輝.

---

3 기의(氣義)를 숭상하는 자 기운을 뽐내는 자를 말한다.

모루茅樓 명

갑술년(1754) 6월 10일 처음 종강鐘岡의 모루[1]에 거주하게 되어 자리 곁에 다음과 같이 스스로를 경계하는 명문銘文을 쓴다.

작은 누각 나를 용납하여   小樓容吾,
잠거潛居[2]하여 명銘을 쓰노라.   潛居有銘.

---

1 종강(鐘岡)의 모루(茅樓)   이인상은 음죽 현감을 그만둔 지 넉 달 후인 1753년 8월 명동의 종강(鐘岡: 북고개)에 터를 정해 새로 집을 짓기 시작하였다. 이 집은 익년 여름에 낙성되었으며, 이인상은 그 해 6월 10일 이 집의 서사(西舍)에 입주하였다. 종강 집 서사는 동사(東舍)와 달리 다락집이었는데, 여기서 말한 '모루'(茅樓)는 곧 이 서사를 이른다. 『뇌상관고』 제5책에, 집을 짓기 전에 종강의 토지신에게 고한 제문인 「제종강토지신문」(祭鐘岡土地神文)과 낙성 후에 고유(告由)한 글인 「우고종강토지신문」(又告鐘岡土地神文)이 실려 있어 자세한 경위를 알 수 있다. 그간 식구들이 늘어 남산에 있던 집 능호관이 너무 좁아 불편이 많았던 데다가 1752년에 결혼한 장남 영연(英淵)이 나가 사는 바람에 자식들 교육에 문제가 있자 이인상은 능호관은 그대로 유지한 채 인근에 집을 신축하기로 결정한 것이다. 당시 이인상의 형 이기상의 집이 현계(玄溪, 일명 묵계墨溪. 남산 자락인 지금의 필동 부근)에 있었던바, 가까워 왕래하기에 좋았다. 한편 김순택(金純澤)의 「이정산묘지명」(李定山墓誌銘)에 의하면 이인상의 계부(季父) 이최지(李最之)는 정산 현감을 그만둔 후 종강에 초당을 지어 좌우에 서책을 벌여 놓고 뜰에 화목(花木)을 심어 자오(自娛)했다고 하는데, 이최지가 정산 현감이 된 것이 1752년임을 고려하면 이 초당은 이인상이 1754년에 낙성한 종강의 집일 가능성이 높다. 이최지와 이인상이 서로 숙의하여 종강에 집을 지었음은 본서의 부록으로 실린 「작은아버지에게 올린 간찰 8」을 통해 짐작되는 바이다. 이인상은 이 모루에 '천뢰각'(天籟閣), '고우관'(古友館) 등의 명칭을 부여하였다. 유홍준 교수를 비롯해 종래 미술사 연구자들은 모두 '종강'을 이인상이 고을원으로 있었던 설성(雪城), 즉 음죽(陰竹)의 지명으로 이해했으며, 그 결과 이인상이 만년에 이곳에 은거한 것으로 보았다. 그리고 이인상이 '모루도'(茅樓圖)를 많이 그린 것도 만년의 이 은거와 관련되는 것으로 해석해 왔다.

2 잠거(潛居)   은거.

문장이 실상보다 나아선 안 되고　　　　文不浮實,
행실은 이름을 좇지 말지니라.　　　　　行不狥名.
속된 말은 하지 말고　　　　　　　　　語不入俗,
경전 외에는 읽지 말며　　　　　　　　讀不出經,
담박하게 벗을 사귀고　　　　　　　　　澹以得朋,
옛을 본받아 법으로 삼을지니라.　　　　師古爲程.
궁해도 천명을 어기지 말고　　　　　　窮不違命,
자나깨나 청정할지니라.　　　　　　　　夢寐亦淸.

오생吳生¹의 월뢰금月籟琴 명 병자년(1756)

친구인 오치보吳治甫²가 거문고를 잘 탔는데 내 일찍이 향동香洞³의 이
화헌梨花軒⁴에서 그 소리를 들은 적이 있다. 치보가 세상을 뜨자 그 아
들 재진이 다시 아버지의 거문고를 연주하여 신성新聲을 냈는데 그 거
문고 이름을 '월뢰'月籟라 하였다. 장차 거문고를 가지고 서해의 대보
도大寶島⁵로 들어가 그곳에서 생을 마치려 하므로 내가 그를 위하여 명
을 짓는다.

맑은 소리로 시작하여	瀯然而發,
화락한 소리로 끝을 맺네.	穆然而止.
고요한 밤에 듣던 그 소리	聲在靜夜,
길이 생각하네.	有永我思.

---

1 오생(吳生)　오재진(吳載縝, 1731~1762)을 가리킨다. 자는 사심(士深), 본관은 해주.
오무(吳珷)의 아들이며, 오재순(吳載純)·오재소(吳載紹)의 서제(庶弟)다. 광흥창(廣興
倉) 주부(主簿)를 지냈다.
2 오치보(吳治甫)　오무(吳珷, 1708~1746)를 말한다. '치보'는 그 자. 월곡(月谷) 오원(吳
瑗)의 서제(庶弟)이며, 장수도(長水道) 찰방을 지냈다.
3 향동(香洞)　본서의 부록으로 수록된 「작은아버지에게 올린 간찰 10」에 이 동리 이름이
보인다. 이인상의 작은아버지인 이최지의 집이 있던 동리로 생각된다. 서울시 중구 을지로
에 향목동(香木洞: 향나뭇골)이라는 마을이 있었으며, 서울시 종로2가와 인사동 일대에 향
정동(香井洞: 향우물골)이라는 마을이 있었다. 이인상의 조부 집이 남산에 있었고, 이인상
형제의 의식 속에 늘 남산이 있었음을 염두에 둘 때 전자 쪽일 가능성이 높다고 여겨진다.
4 이화헌(梨花軒)　향동의 이최지 집 대청 이름일 것이다.
5 대보도(大寶島)　경기도 화성군 인근의 서해 바다에 있는 대부도를 가리킨다.

처음에 볼 적엔	我觀其始,
달⁶이 이화梨花⁷에 있더니만	月在梨花.
끝에 보니	我觀其終,
달이 바다에 있어라.	月在海波.

---

6 달 '달'과 '월뢰금'이라는 두 가지 뜻이 중첩되어 있다.
7 이화(梨花) '배꽃'과 '이화헌'이라는 두 가지 뜻이 중첩되어 있다.

김백우金伯愚¹가 가진 동경銅磬²의 명

그윽한 골짝에 물이 깊은데   在谷之邃水之深,
둥둥 떠 있는 흰 구름³에 맑은 소리 울리네.   英英白雲發淸音.

---

1 김백우(金伯愚) 김상묵(金尙默, 1726~1779)을 말한다. '백우'는 그 자, 본관은 청풍.
성격이 소탈하고 강개(剛介)하였다. 1766년(영조 42) 문과에 급제한 후 교리, 응교, 검상
(檢詳), 헌납, 보덕(輔德), 수찬, 문학(文學) 등을 지냈다. 1771년 수원 부사로서 기민(飢
民)을 구제한 공으로 포상되었으며, 1774년(영조 50) 병조참의가 되었다. 영조 말년에 노
론 강경파의 정치 노선을 취하여 불우하였다. 김종수의 종인(宗人)으로, 둘이 정치적 입장
을 함께하며 친했다.
2 동경(銅磬) 청동으로 만든 경쇠.
3 둥둥 떠 있는 흰 구름 원문은 "英英白雲". 『시경』 소아 「백화」(白華)에 나오는 말이다.

매화송梅花頌[1] 김백우의 집에서 잤는데, 취한 뒤 매화감실梅花龕室에 쓰다[2]

아리땁고 곧은 나무	葳蕤貞木,
군자의 뜰에 있네.	在君子庭兮.
받은 기운 조화로와	受氣之和,
순수하고 깨끗하네.	粹而精兮.
담박하여 무성하지 않고	樸而不茂,
맑아서 욕심이 적네.	澹而寡情兮.
하늘이 물物을 내고	維天植物,
월령月令[3]을 베풀어서	布月令兮,
초목들 너도나도	草疾木奮,
다투어 생장하네.	競生成兮.
봄이 처음 시작되어[4]	始振其蟄,

---

1 송(頌) 한문학 문체의 하나로, 어떤 대상을 칭송하는 글. 산문으로 쓰기도 하고 운문으로 쓰기도 한다.

2 김백우의~쓰다 『뇌상관고』 제4책의 「관매기」에 의하면, 이 글이 씌어진 것은 1754년 겨울이다. 당시 김상묵과 이인상은 과하게 술을 마셔, 끽다(喫茶)하여 술을 깬 다음 또다시 술을 마셨다고 한다. 이 글은 아침에 일어나 음주를 경계하고자 지은 것이다.

3 월령(月令) 『예기』에 「월령」편이 있다. 1년 열두 달 기후의 변화나 초목과 곡식의 생장, 나라의 의식(儀式), 농가의 행사 따위를 밝혀 놓은바, 조정에서 다달이 베풀어야 할 정령(政令)을 기술한 것이다. 여기서는 하늘이 달별로 자연에 부여한 규칙과 변화라는 정도의 뜻으로 쓰였다.

4 봄이 처음 시작되어 원문의 "始振其蟄"은, 칩거하던 벌레들이 몸을 떨치기 시작하는 것을 이른다. 『예기』「월령」 1월조(條)에, "동풍에 얼음이 풀리고, 칩거하던 벌레들이 몸을 떨치기 시작한다"(東風解凍, 蟄蟲始振)라는 말이 보인다. 벌레들이 몸을 떨치기 시작한다는 것은 '경칩'(驚蟄)과는 다른 말이다. 경칩은 음력 2월의 절기(節氣)다.

우레도 들리잖네.[5]	雷又收聲兮.
뭇 꽃 아직 안 필 때니	榮華旣渴,
크게 형통하고 올곧아라.	大亨貞兮.
기운의 변화 겪어	閱氣之變,
맑은 덕이 빛나누나.	耀德之淸兮.
빙설은 칼끝 같고	氷雪鍔鍔,
땅은 신령치 못하건만	厚土不靈兮,
이때 꽃을 피워 내니	乃吐其華,
더욱 희고 향기롭네.	彌素而馨兮.
높은 가지에 꽃망울이 터져	峭枝發色,
고원高遠한 자태 우러러보네.	仰崢嶸兮.
좋은 화분에 올려	薦以彫盆,
병풍을 휘휘 둘러	圍曲屛兮,
방 가운데 두니	在堂之中,
내 마음 편안하다.	我心寧兮.
해와 달에 씻긴 모습	沐日浴月,
고운 창에 비치누나.	穿文櫳兮.
예스런 자태 굳세어서	古姿骨勁,
달빛도 범접을 못하누나.	皎輝莫攖兮.
나의 벗들에게 고해	告我友朋,
맑음과 삼감을 본받게 하리.[6]	淑愼儀形兮.

---

5 우레도 들리잖네 『예기』「월령」에 의하면, 우레는 음력 2월이 되어야 비로소 나타난다. 그리고 이때 비로소 비가 내린다.
6 나의~본받게 하리 과도한 음주를 경계하는 뜻이 담겨 있다.

그 아래 앉으면	在樹之下,
엄습하는 향기 가득하여라.	襲芬之盈兮.
머리맡에서 밤을 지키니[7]	警夜之枕,
술 마셔도 정신이 또렷.	飲而恒醒兮.
잠잘 때도 함께하니[8]	枕藉佩服,
사람 수명 늘려 주리.	延壽齡兮.

---

7 머리맡에서 밤을 지키니 매화가 밤에 머리맡에서 자기를 지켜보며 조심하게 한다는 뜻.
8 함께하니 원문의 "佩服"은 따른다는 뜻.

귀거래관歸去來館¹ 상량문上樑文² 경오년(1750)

벗을 구하는 『시경』의 「벌목」伐木시³에 감발感發되어 함께 손잡고 수레에 오르길⁴ 기약했네. 띠풀 베어 터를 잡고 사는 즐거움⁵을 기리며, 배가 흔들흔들 바람에 움직이고 바람이 살랑살랑 옷자락에 부는 걸 그리워했네.⁶ 마음을 좇아 귀거래歸去來하니 조그만 집은 일신一身을 겨우 용납하네.

　생각건대 그대의 분分은 거친 골짝에 은거함이 맞지만, 처음에 품었던 뜻은 쇠퇴한 풍속을 되돌리려는 것이었네. 그리하여 육경六經에

---

1 귀거래관(歸去來館)　송문흠이 충청도 방산(方山)의 새로 지은 집에 붙인 이름. 이에 대해서는 『능호집』 권2에 실린 「송사행의 귀거래관 잡영」(宋士行歸去來館雜詠)이 참조된다.

2 상량문(上樑文)　한문학 문체의 하나로, 상량(上樑)할 때에 읽어 복을 비는 글이다. 장인(匠人)의 우두머리가 떡(중국에서는 국수)을 들보에 던지면서 글을 읽는다. 글의 형식은, 앞뒤를 모두 변려문(騈儷文)으로 쓰고 중간에 여섯 수의 시를 두는바, 동서남북상하 여섯 방위의 신을 고려한 것이다.

3 「벌목」(伐木)시　『시경』 소아에 있는 시로, 벗과 함께 은거하기를 기약한 내용이다.

4 함께~오르길　원문은 "同車而攜手". 『시경』 패풍(邶風) 「북풍」(北風)에, "나를 좋아하는 이와/손잡고 함께 수레에 오르리"(惠而好我, 攜手同車)라는 구절이 있다. 이 시는 국가의 위난(危難)이 닥쳐오매 서로 좋아하는 사람과 함께 떠나가고자 하는 뜻을 읊은 것으로 알려져 있다.

5 띠풀~즐거움　원문은 "誅茅卜居之樂"으로, 은거해서 사는 삶의 즐거움을 표현한 말. 두보의 시 「남수(枏樹)가 풍우에 뽑힌 것을 탄식하다」(枏樹爲風雨所拔歎)에 "띠풀 베어 터 잡고 사는 건 이 때문이라/오월에도 희미하게 매미소리 들렸었네"(誅茅卜居總爲此, 五月髣髴聞寒蟬)라는 구절이 보인다.

6 배가~그리워했네　원문은 "想颺舟而吹衣". 도연명의 「귀거래사」에, "배가 흔들흔들 바람에 움직이고/바람이 살랑살랑 옷자락에 부네"(舟遙遙以輕颺, 風飄飄而吹衣)라는 구절이 보인다.

든 말을 되풀이하여 외고, 성인聖人의 학문을 온화한 마음으로 닦으며, 삼왕三王[7]의 정통正統을 서술해 밝히고, 도道에 합치되는 문文에 공손히 뜻을 두었네. 관유안管幼安[8]은 구멍이 난 의자를 쓸 만큼 검소했으나 행실이 방정하고 몸가짐이 꼿꼿했으며, 이원례李元禮[9]는 문장門墻이 자못 높아[10] 명성과 비방이 함께 따랐네.[11] 마음을 아는 벗 몇몇만 허여하고 공연히 온갖 책을 읽어 옛 도道를 자임하는 바람에 지금 사람들의 미움을 샀네.

스스로 생각건대 본성에 맞는 것은 산새와 들꽃이며, 몸을 의탁할 만한 곳은 큰 바다와 높은 산이었네. 어려서는 구룡연九龍淵과 중향성衆香城[12]의 길을 알아 문득 머리 감고[13] 올까 생각했고, 늙어서는 구담龜潭과 옥순玉筍 사이에 들어가 종내 은거할까 생각했네. 돌에서 솟아나는 샘물을 마시며 송백松栢의 그늘에서 쉬고, 벼슬아치의 영화로움[14]을

---

7 삼왕(三王) 남명(南明)의 세 왕인 복왕(福王), 당왕(唐王), 영명왕(永明王)을 가리킨다.

8 관유안(管幼安) 삼국시대(三國時代) 위(魏)나라의 학자 관영(管寧). '유안'(幼安)은 그 자(字). 후한(後漢) 말 황건적의 난을 피해 요동으로 옮겨 가 있으면서 경전을 강의하고 풍속을 교화하여 요동 사람들을 감화시켰다. 검약(儉約)으로 특히 유명하다.

9 이원례(李元禮) 이응(李膺). '원례'는 그 자. 후한(後漢) 환제(桓帝) 때 조정의 기강이 날로 어지럽던 상황에서 뛰어난 식견과 고고한 풍도(風度)로 명성이 높았다. 좀처럼 남을 허여하지 않는 성격이어서 사람들을 잘 만나 주지 않았으므로 이 때문에 선비들은 그를 만나는 것을 '등용문'(登龍門)이라 칭하였다고 한다.

10 문장(門墻)이 자못 높아 '문장'은 대문과 담을 뜻한다. '문장이 높다'는 것은 남을 좀처럼 잘 허여하지 않음을 이르는 말이다.

11 관유안(管幼安)은~따랐네 송문흠이 이 두 사람 같았다는 말이다.

12 중향성(衆香城) 금강산 내금강 동북쪽에 위치한 해발 1,300여 미터의 봉우리.

13 머리 감고 원문은 "濯髮". 『초사』「원유」(遠游)에, "아침에 양곡(湯谷)에서 머리 감고/저녁에 구양(九陽)에서 내 몸을 말리네"(朝濯髮於湯谷兮, 夕晞余身兮九陽)라는 말이 보인다.

14 벼슬아치의 영화로움 원문은 "鐘鼎軒駟之榮". '종정'(鐘鼎)은 종명정식(鐘鳴鼎食)의

버려, 산천山川을 두루 보고 형신形神을 단련하여 예악禮樂과 문장文章
의 변천을 관찰하려 했네. 운담雲潭에 집을 지어 세상을 길이 하직하
고, 삽계雪溪에 배를 띄워¹⁵ 내가 좋아하는 바대로 살겠다고 맹세했네.
다만 "노닐 경우에는 반드시 있는 곳을 알려 두어야 한다"¹⁶는 가르침
을 지키며, 괜찮은¹⁷ 은거지를 늘상 꿈꾸었네. 멀리 노닐고자 했던 굴
원¹⁸의 마음을 품어 남쪽 언덕에서 난초를 딸 것을 기약하였고,¹⁹ 향리
에 돌아가 농사를 지으려던 증자曾子의 마음²⁰을 좇아 북당北堂에 원추

준말로, 종을 쳐서 집안 사람을 모아 솥을 늘어놓고 음식을 먹을 정도로 부귀하다는 뜻이
며, '헌사' (軒駟)는 벼슬아치가 타는 수레를 가리킨다.

15 삽계(雪溪)에 배를 띄워 원문은 "雪上浮家". '삽계'는 절강성(浙江省) 호주(湖州)에 있
는 하천 이름. 당나라 장지화(張志和)가 벼슬을 그만두고 강호(江湖)에 은거하여 스스로
를 '연파조도'(煙波釣徒)라 칭하며 삽계에 배를 띄워 배 위에서 생활했다는 고사가 있다.

16 노닐~한다 원문은 "遊必有方". 『논어』「이인」(里人)에, "공자가 말씀하셨다: '부모가
살아 계시다면 먼 곳에 노닐어서는 안되며, 노닐 경우에는 반드시 있는 곳을 알려 두어야
한다'"(子曰: '父母在, 不遠遊, 遊必有方)라는 구절이 있다.

17 괜찮은 원문은 "苟完". '그런 대로 갖추어진'이라는 뜻으로, 『논어』「자로」(子路)에서
유래하는 말이다.

18 멀리~굴원 원문은 "靈均遠遊". '영균' (靈均)은 굴원의 자. 굴원은 「원유」(遠遊)라는
작품을 지어, 환멸에 찬 현실을 떠나 신선의 세계에 노니는 꿈을 펼쳐 보였다.

19 남쪽~기약하였고 원문은 "南陔有采蘭之期"인데 부모를 봉양해 효성을 다한다는 뜻.
'남해' (南陔)는 원래 『시경』 소아의 편명으로, 글은 일실(逸失)되고 뜻만 알려져 있는데,
효자가 부모를 봉양해야 함을 말한 내용이라고 한다. 한편 후대에 속석(束晳)이라는 인
물이 이 시를 재창작해 「보망시」(補亡詩)라는 제목을 붙였는데, 거기에 "저 남쪽 언덕에
가/난초를 따네/부모님 생각하여/마음 편할 새가 없네"(循彼南陔, 言采其蘭. 眷戀庭闈,
心不遑安)라는 구절이 있다.

20 향리에~마음 원문은 "子興歸耕之心". '자여' (子興)는 증자(曾子)의 자이며, 「귀경」(歸
耕)은 그가 지은 금곡(琴曲) 이름이다. 『후한서』(後漢書) 「장형전」(張衡傳)의 주(注)에
다음과 같은 내용이 있다: "「귀경조」(歸耕操)라는 금곡(琴曲)은 증자가 지었다. 증자가 공
자를 모신 지 10여 년이 되는 어느 해 새벽에 문득 양친이 연로하나 제대로 봉양치 못하고
있음을 생각하고는 금(琴)을 잡고 이런 노래를 불렀다. '한번 가면 돌아오지 않는 것은 세
월이고/다시 봉양할 수 없는 것은 부모다/어허, 돌아가 농사를 지어야지/내일은 밭 가는
산모퉁이에 편안하리.'"(歸耕者曾子之所作也. 曾子事孔子十有餘年, 晨覺, 眷然念二親年

리 심으려는²¹ 뜻을 품었네.

처음에 형강荊江²² 가에 나아가 대숲 사이에 집을 마련해, 몽산蒙山
아래 은거했던 노래자老萊子²³를 따라 침상을 억새와 쑥²⁴으로 두르고,
동려桐廬에 은둔했던 대옹戴顒²⁵을 기억하며 금琴으로 훈지塤篪²⁶와 가
락을 맞추었네.²⁷ 언덕의 나무는 겹겹이 숲을 이루고 못의 꽃은 향기
를 풍기는데, 때때로 달빛을 따라 작은 배를 저어 가 높은 누각에서 구
름을 바라보았네.²⁸ 척박한 밭으로는 쌀독을 채우지 못해 공연히 널따
란 들을 생각하고, 적은 녹祿은 굴레와 같아 정성定省²⁹을 못하는 처지

─────

衰, 養之不備, 於是援琴鼓之曰: '往而不反者年也, 不可得而再事者親也. 獻欷歸耕, 來日
安所耕歷山盤乎')
21 북당(北堂)에 원추리 심으려는 『시경』 위풍(衛風) 「백혜」(伯兮)에, "어디서 원추리 구
해/북당에 심을꼬?"(焉得諼草, 言樹之背)라는 말이 보인다. '북당'은 모친이 거처하는
방인데, 여기에 원추리를 심는 까닭은 원추리가 근심을 잊게 해 주는 풀이라는 속신(俗信)
때문이다.
22 형강(荊江) 문의현과 옥천군 사이를 흐르던 강. 원래 금강의 상류에 해당하는데, 근년
에 대청호가 조성되어 물길을 알아보기 어렵게 되었다.
23 노래자(老萊子) 춘추시대 초(楚)나라의 은사로서 난세를 피하여 몽산(蒙山) 아래에서
밭 갈며 지냈다. 노래자는 초왕이 그 어짊을 듣고 기용하려 하자 아내와 함께 강남(江南)
으로 가 은거해 나오지 않았다. 효자로 유명하다.
24 억새와 쑥 『열녀전』(列女傳)에 수록된 「초나라 노래자 아내의 전」(楚老萊之妻傳)에,
"노래자는 그 처와 함께 산양(山陽)에 은둔했는데 쑥대로 집을 엮고 억새로 지붕을 이었
다"(老萊與妻, 逃世山陽, 蓬蒿爲室, 莞葭爲蓋)라는 구절이 보인다.
25 대옹(戴顒) 남조(南朝) 때 송(宋)나라의 은사. 형인 발(勃)과 함께 동려(桐廬)에 은거
하였다.
26 훈지(塤篪) 질나팔과 저. '훈지상화'(塤篪相和)의 준말로, 형은 질나팔을 불고 아우는
이에 화답하여 저를 분다는 뜻인데, 흔히 형제가 서로 화목함을 이르는 말로 쓴다.
27 몽산(蒙山)~맞추었네 이 구절은 노래자와 대옹의 고사를 들어 송문흠이 효성이 지극
하고 우애가 깊음을 칭송한 것이다.
28 구름을 바라보았네 당나라 적인걸(狄仁傑)의 고사에서 유래하는 말로, 객지에서 부모
를 그리워하는 것을 이른다.
29 정성(定省) 혼정신성(昏定晨省)의 준말. 저녁에 부모의 잠자리를 살피고 아침에 문안

견딜 수 없었네. 게을리 죽부竹符³⁰ 차고 암서巖棲³¹ 찾으니, 상수리나무 신神³²이 문득 시원한 샘³³이 있는 곳을 가르쳐 주었네. 멀지 않고 가까워, 고향 근처요 선영先塋 곁이네. 즐거이 공부하며 편안히 살려면 고을살이 그만두고 포의布衣로 돌아감이 마땅하네.

방산方山³⁴을 등지고 기이한 바위 사이에 훌륭한 집터를 정하니, 고원高原이 조감되고 평탄한 밭이 내려다보여 농사일 살피기에 적당하였네. 마침내 흙을 져나르고 돌을 옮기며 이엉 이어 초가를 지으니, 지붕이 낮아 머리가 닿고 방은 자그만하였네. 눈썰미를 다하여 집을 이루니 풍수風水의 아름다움 온전히 드러나네. 어머니를 모시고³⁵ 뜰을 지나니 대숲이 펼쳐지고, 당堂에 올라 색동옷 입고 부모를 기쁘게 하매³⁶ 새들이 날아와 친근함을 표하네. 홀笏로 뺨을 괸 채 산을 보니³⁷ 지붕 위의

을 여쭙는 일.

30 죽부(竹符) 죽사부(竹使符), 곧 한(漢)나라 때 조정에서 새로 부임하는 태수에게 내리던 대나무 부절을 말한다. 송문흠이 문의 현령(文義縣令)을 지냈기에 이런 말을 했다.

31 암서(巖棲) 은자가 사는 암혈(巖穴).

32 상수리나무 신(神) 『장자』「인간세」(人間世)에, 역사(櫟社: 사수社樹로 받드는 상수리나무)가 장석(匠石)의 꿈에 나타나 무용(無用)의 산목(散木)인 자기가 수(壽)를 누리는 이치에 대해 설파한 대목이 있다.

33 시원한 샘 원문은 "泉食". 『주역』정괘(井卦) 다섯째 효(爻)의 효사(爻辭)가 "우물이 깨끗하여 시원한 샘물을 먹도다"(井冽寒泉食)이다.

34 방산(方山) 귀거래관 부근의 산 이름으로 역천(櫟泉)의 앞이다.

35 어머니를 모시고 원문은 "板輿之歡". 원래 벼슬에 임용되어 임지에 부모를 맞이해 봉양하는 것을 일컫는 말인데, 여기서는 은거지에 노모를 모셔와 봉양한다는 뜻으로 썼다. '판여'(板輿)는 노인을 태우는 일종의 가마인데 진(晉)나라 반악(潘岳)이 지은 「한거부」(閒居賦)의, "모친께서 판여(板輿)를 타고, 가벼운 수레에 올라, 멀리는 도성을 유람하고, 가까이는 집의 동산을 두루 구경하셨네"(太夫人乃御板輿, 升輕軒, 遠覽王畿, 近周家園)라는 구절에서 유래하는 말이다. 송문흠은 일찍 아버지를 여의었으며 노모가 계셨다.

36 당(堂)에~기쁘게 하매 노래자는 일흔의 나이에도 부모를 기쁘게 해 드리기 위해 색동옷 입고 재롱을 부렸고, 당에 오르다 넘어져 아이처럼 울기도 했으며, 때로 부모 곁에서 새들과 장난치며 놀기도 했다는 고사가 전한다.

노을이 절로 아름답고, 지팡이 짚고 물소리 들으니 문전門前에 심은 곡식 점점 자라네. 이처럼 산림에서 살아가니 어찌 관에 매인 몸이 되어 고관高官에게 고개를 숙이겠는가? 꽃 심고 술 빚으며 세상의 영고성쇠榮枯盛衰를 절로 깨닫고, 연잎으로 옷을 지어[38] 향기로움과 조촐함을 홀로 보존하네. 웃음지으며 풍성한 나무 아래 앉으니[39] 예쁜 새소리 우연히 들리고, 가을 물에 몸을 씻으며 유유히 노니는 물고기의 즐거움[40]을 깨닫네.

이에 이름을 지어 뜻을 부치고, 편지를 써 즐거움을 알렸네.[41] 검소한 생활의 편안함[42]을 즐겨 들려주고, 으리으리한 외관의 아름다움[43]은 취하지 않네. 천하를 주어도 자신의 즐거움과 바꾸지 않음은 저 석호

---

37 홀(笏)로~보니 『세설신어』(世說新語)에 나오는 고사. 왕자유(王子猷)가 환충(桓沖)의 거기참군(車騎參軍)을 하고 있을 때 환충이 왕자유에게 "그대는 관아에 있은 지 오래됐으니 요즘 일을 잘 하겠지?"라고 묻자, 왕자유는 아무 대답도 않고 오시(傲視)하면서 홀(笏)로 뺨을 괸 채 말하기를, "아침이 되니 서산(西山)에 삽상한 기운이 있군요"라고 했다고 한다. 원래 관(官)에 있으면서도 한정(閑情)이 있음을 일컫는 말인데, 여기서는 유유자적하는 모습을 뜻한다.

38 연잎으로 옷을 지어 은자(隱者)는 연잎으로 만든 옷을 입는다. 『초사』「이소」에, "연잎으로 옷을 만드네"(製芰荷以爲衣兮)라는 말이 있다.

39 웃음지으며~앉으니 원문은 "怡顏豐柯之下". 도연명의 「귀거래사」 중 "술병을 잡아 스스로 따르고/뜰의 나뭇가지 쳐다보며 웃음짓는다"(引壺觴以自酌, 眄庭柯以怡顏)에서 유래하는 말이다.

40 유유히~즐거움 『장자』「추수」(秋水)에 보이는 말이다.

41 이에~알렸네 송문흠은 방산에 지은 집의 당실(堂室)마다 아담한 이름을 붙이는 한편, 부근의 연못과 자연경관에도 일일이 운치 있는 이름을 붙이고는, 이인상에게 편지를 보내 이 사실을 알렸다. 이 편지는 송문흠의 문집인 『한정당집』권3에 「이원령에게 답하다」(答李元靈)라는 제목으로 실려 있다.

42 검소한 생활의 편안함 원문은 "筵簟之安". 『시경』소아 「사간」(斯干)의, "아래는 부들자리, 위는 대자리니/잠자리가 편안하리"(下莞上簟, 乃安斯寢)에서 유래하는 말이다.

43 으리으리한 외관의 아름다움 원문은 "輪奐之美". '윤환'(輪奐)은 건축물이 장대하고 미려한 것을 말한다.

石戶의 농부[44]와 견줄 만하고, 태초太初와 이웃하여[45] 옛날의 질박한 제도[46]를 취하네. 바위 사이에서 서늘하게 지냄은 저 무이산武夷山에 대은大隱[47]이 숨었던 일과 같고, 마음을 난초와 같이함은 문산文山[48]이 작은 누각에 누웠던 일과 같네. 알쾌라, 그대가 속세를 떠나 은둔하여 이 즐거움 잊지 않겠노라 맹세한 줄을. 베옷 입고 죽관竹冠 쓰니 상관에게 머리 조아릴 일이 없지만, 벼슬아치가 되어 좋은 말 타고 일산日傘을 쓰면 실로 눈썹 찌푸릴 근심이 생기네. 저녁이면 가래 메고 돌아오고[49] 새벽이 되면 바지 걷고 일 나가는 걸 어찌 잊으리? 바위 사이에 집을 지은 건 남강南康[50]의 일을 흠모해서고, 벼슬살이 그만두고 은둔한 건 봉맹逢萌의 현철함을 본받아서네.[51]

----

44 석호(石戶)의 농부 순임금의 벗. 순임금이 자기에게 왕위(王位)를 선양(禪讓)하려 한다는 소식을 듣고는 바다로 가 종신토록 돌아오지 않았다는 고사가 『장자』 「양왕」(讓王)에 보인다.

45 태초(太初)와 이웃하여 『초사』 「원유」(遠遊)에서 유래하는 말. '태초'는 천지의 시원(始原)을 이른다.

46 옛날의 질박한 제도 원문은 "橧巢之制". '증소(橧巢)는 상고인들이 섶나무를 쌓아 새 둥지 모양으로 지은 집을 말한다. 『예기』 「예운」(禮運)에, "옛날 선왕에게는 궁궐이 없었으니 겨울에는 동굴에서 지내고 여름에는 증소(橧巢)에서 지냈다"(昔者先王未有宮室, 冬則居營窟, 夏則居橧巢)라는 구절이 보인다.

47 대은(大隱) 무이산에 무이정사(武夷精舍)를 짓고 학문에 전념했던 주희(朱熹)를 일컫는다.

48 문산(文山) 중국 남송 말기의 재상인 문천상(文天祥, 1236~1282)을 말한다. 문산은 그 호. 남송이 멸망한 후 원(元)에 벼슬하는 것을 거부하고 은거했으며, 후에 남송의 회복을 도모하다 체포되어 처형되었다.

49 저녁이면 돌아오고 도연명의 「귀원전거」(歸園田居) 제3수 중의 "새벽에 일어나 김을 매고/달빛을 받으며 가래 메고 돌아오네"(晨興理荒穢, 帶月荷鋤歸)에서 유래한다.

50 남강(南康) 주희를 말한다. 주희가 49세 되던 해인 1178년부터 3년 동안 강서성(江西省) 남강군(南康軍)의 지사(知事)를 지냈기에 한 말이다.

51 벼슬살이~본받아서네 전한(前漢)의 문신 '봉맹'(逢萌)은 왕망(王莽)이 아들 왕우(王宇)를 살해하자 오륜이 무너졌음을 개탄한 후 관(冠)을 동쪽 성문에 걸어 두고 은거했다는

내달으니[52] 귀거래의 마음 봄 여울 따라 산골짝에 이르고, 새 집에 거처하니[53] 즐거운 뜻은 한가한 구름과 함께 산에 의지하네. 경전을 읽으며 몸소 농사를 지으니 어머니 기쁘게 해 드리려는 뜻 이미 이뤘고, 약초를 캐어 자급자족하니 벼슬 구하는 마음 길이 잊었네.

천명을 편안히 여겨 의심하지 않으니 육정六丁[54]이 힘껏 당긴다 해도 산처럼 꿈쩍 않고, 은거해 살며 근심이 없으니 만 마리 소가 끈다 해도 동량棟樑처럼 까딱 않네. 이곳에 청일淸逸한 처사의 집를 세우니, 효성스럽고 우애 깊던 장중張仲[55]의 아름다움을 칭송해야 하리.

이여차![56] 들보 동쪽에 떡을 던져라!　　　　　　　兒郞偉抛樑東!
높은 절벽과 맑은 강에 붉은 꽃 만발하니　　　　　峻壁淸流花覆紅,
방주芳洲[57]에 거닐다 돌아오는 걸 잊을까 걱정일세.　散策芳洲悄忘返.
푸르른 고향 산[58]이 몽몽히 바라뵈네.[59]　　　　故山蒼翠望冥濛.

이여차! 들보 서쪽에 떡을 던져라!　　　　　　　　兒郞偉抛樑西!

고사가 있다.

52 내달으니　원문은 "載馳載驅"로, 『시경』 용풍(鄘風) 「재치」(載馳)에 나오는 말이다.

53 새집에 거처하니　원문은 "爰居爰處"로, 『시경』 소아 「사간」(斯干)의 "여기에 거(居)하고 여기에 처하며/여기에서 웃고 여기에서 말하리"(爰居爰處, 爰笑爰語)에서 유래하는 말.

54 육정(六丁)　하늘을 지킨다는 여섯 신장(神將).

55 장중(張仲)　주(周)나라의 현신(賢臣)으로, 효성스럽고 우애가 깊기로 이름이 높았다.

56 이여차　원문의 "兒郞偉"는 고대 상량문의 투식어다. 원래 중국 관중(關中)의 방언으로, 불러서 고(告)하는 말이라고 한다.

57 방주(芳洲)　꽃이 피어 아름다운 모래톱.

58 푸르른 고향 산　멀리 보이는 향리 옥천을 말한다.

59 높은~바라뵈네　봄의 정경을 읊었다.

고개 위 흰 구름 참으로 높고　　　　　　　　嶺上白雲難可梯,
문정리文正里[60]엔 초목이 무성도 한데　　　　草樹蒙茸文正里,
새소리 들리는 해질녘 견디지 못할레라.[61]　　不堪斜日聽禽啼.

이여차! 들보 남쪽에 떡을 던져라!　　　　　　兒郎偉抛樑南!
나락이 온 눈에 가득한데 들바람 시원하고　　　嘉禾彌望野風酣,
죽 이어진 산들은 가기佳氣도 많을씨고.　　　　岡巒蜿蟺多佳氣.
해가 긴 선영先塋은 푸른 이내에 싸였어라.[62]　日永松楸繞翠嵐.

이여차! 들보 북쪽에 떡을 던져라!　　　　　　兒郎偉抛樑北!
지붕 위 겨울 산 색이 빼어나고　　　　　　　　屋上寒嶂有秀色,
소나무 사이 소설掃雪[63]은 맑아 먹을 만하나　　松間掃雪淸堪餐,
구름가 큰 기러기는 잡을 수 없네.[64]　　　　　雲際鴻飛不可弋.

이여차! 들보 위에 떡을 던져라!　　　　　　　兒郎偉抛樑上!
여름 해 환하고 겨울 볕 잘 들어　　　　　　　夏日和舒多日朗,
차려입은 옷이 패물[65]에 비치네.　　　　　　照我珮觿端韠紳,

---

60 문정리(文正里) 송문흠의 향리인 충청북도 옥천군 옥천읍 문정리를 말한다.

61 고개 위~못할레라　여름의 정경을 읊었다.

62 나락이~싸였어라　가을의 정경을 읊었다.

63 소설(掃雪)　쌓인 눈을 비로 쓴 것.

64 지붕 위~없네　겨울의 정경을 읊었다. "구름가 큰 기러기는 잡을 수 없네"라는 말은, 은자를 벼슬하게 할 수 없다는 뜻이다.

65 패물　원문의 "珮觿"는 작은 뿔송곳 모양의 상아로 만든 패물로, 중국 고대에 성인(成人)이 허리에 찬 물건이다. 『시경』 위풍(衛風) 「환란」(芄蘭)에, "새박덩굴의 가지여／아이가 어른의 뿔송곳 찼네"(芄蘭之支, 童子佩觿)라는 말이 보인다.

손에 꽃 들고 당堂[66]에 올라 헌수獻壽[67]하노라.　　　　升堂獻壽花盈掌.

이여차! 들보 아래에 떡을 던져라!　　　　　　　兒郎偉抛樑下!

대숲 깊어 손과 말 머무르거늘　　　　　　　　竹深留客與蒭馬,

정성껏 손 대접함[68]을 힘들어 않네.　　　　　　不勞剪髮供雞黍.

거두는 나락은 삼백균[69]이요 들엔 이삭 남겨 두네.[70]　三百禾囷穗滯野.

　엎드려 바라건대, 상량 후 온 집안이 복을 누리고 이웃들은 어진 이에게 귀의하며, 종이에 그린 바둑판과 바늘로 만든 낚시[71]는 때때로 산중山中의 즐거움을 돕고, 고송高松의 씨를 심고 학의 새끼를 길러 길이 청진淸眞한 정취를 보며, 산하山河를 베개 삼아 꿈을 꾸어 점쟁이에게 꿈을 해몽케 하고,[72] 별천지[73] 같은 작은 골짜기는 그윽하고 빛나며, 애

---

66 당(堂)　북당(北堂), 곧 어머니가 거처하는 방을 말한다.

67 헌수(獻壽)　장수를 비는 뜻으로 술잔을 올리는 것.

68 정성껏 손 대접함　원문은 "供雞黍". 『논어』「미자」(微子)에, 어떤 노인이 자기 집에 자로(子路)를 묵게 하여 닭을 잡고 기장밥을 하여 극진히 대접했다는 고사가 보인다.

69 삼백균(三百囷)　『시경』 위풍(魏風)「벌단」(伐檀)에, "씨를 뿌리지도 거두지도 않으면서/어찌하여 벼 삼백균(三百囷)을 취하는가"(不稼不穡, 胡取禾三百囷兮)라는 구절이 있다. 삼백균은 3백 곳간의 나락으로, 많은 나락을 뜻한다.

70 들엔 이삭 남겨 두네　들에 이삭과 볏단 등을 넉넉히 남겨 두어 가난한 이웃에게 인정을 베푸는 일을 말한다. 『시경』 소아「대전」(大田)에, "이 버려둔 볏단/저 남겨 둔 이삭/불쌍한 과부의 몫이네"(彼有遺秉, 此有滯穗, 伊寡婦之利)라는 구절이 있다.

71 종이에~낚시　두보의 시「강촌」(江村) 중의 "늙은 처는 종이에 바둑판을 그리고/어린 자식은 바늘을 두드려 낚시를 만드누나"(老妻畵紙爲碁局, 稚子敲針作釣鉤)에서 유래하는 말이다.

72 산하(山河)를~해몽케 하고　원문의 '대인'(大人)은 주(周)나라 때 꿈을 점치던 관리다. 『시경』 소아「사간」(斯干)에, "아래는 부들자리, 위는 대자리니/잠자리가 편안하리/자고 일어나/내 꿈을 점쳐 보네"(…)/태인(大人)이 꿈을 점치니/곰꿈은/남자 낳을 상서이고/뱀꿈은/여자 낳을 상서로다"(下莞上簟, 乃安斯寢, 乃寢乃興, 乃占我夢, (…) 大人占

오라지 경서經書[74]를 읽고 숲 밖의 일은 개의치 말기를.

之, 有熊有羆, 男子之祥; 維虺維蛇, 女子之祥)라는 구절이 있다. 「모서」(毛序)에 의하면
이 시는 주나라 선왕(宣王)이 궁실(宮室)을 이룬 것을 읊었다고 한다.

73 별천지   원문은 "仙壺日月". 『한서』「비장방전」(費長房傳)에 나오는 호공(壺公)의 고
사에서 유래하는 말. 호공은 저자에서 약을 팔던 노인인데, 가게 한쪽에 병을 걸어 두고 있
다가 장이 파하면 홀연 병 속으로 들어가 버렸다. 저자의 관리였던 비장방이 누(樓) 위에
서 우연히 그 장면을 목도하고는 후일 그를 찾아갔다. 비장방이 호공을 따라 병 속에 들어
가 보니 별천지가 있었다고 한다. 이 고사에서 '호천'(壺天), '호중일월'(壺中日月) 등의 말
이 생겨났는데, 모두 도가에서 말하는 선계(仙界) 혹은 별천지를 뜻한다.

74 경서(經書)   원문은 "壁間之書". 벽서(壁書) 혹은 벽경(壁經)이라고도 한다. 한(漢)나
라 때 공자(孔子)의 집 벽에서 발견된 책들을 일컫는 말인데, 여기서는 경전을 가리키는
말로 썼다.

창하정蒼霞亭[1] 상량문 갑술년(1754)

뭇 봉우리가 물을 끼고 있고 아름다운 초목이 무성한데 여섯 기둥이 허공에 늘어서고 구름 놀이 피어나는 곳, 이곳이 바로 윤지胤之의 은둔처니, 산의 중앙에 자리해 있네. 주인의 마음 곧고도 굳건해 길이 영화榮華를 버리려고 담담히 은일하였으나 차마 세상을 잊지는 못하네. 한낮의 정기精氣로 입을 가시고 한밤의 맑은 이슬 마시면서[2] 「원유」遠遊[3] 편 짓고자 생각하고, 태허太虛를 집으로 여기며 안개 낀 강물에서 낚시하니 누구와 함께하리? 탁한 세상에 용납되지 못함을 스스로 슬피 여기다가 마침 명산名山과 해후하게 되었네. 강물 모이는 설마동雪馬洞[4]엔 선인仙人이 배를 저어 돌아오고, 산이 모이는 목학봉木鶴峰[5]엔 기이

---

1 창하정(蒼霞亭) 단양(丹陽) 서쪽 20리에 있는 구담봉 맞은편의 누정으로, 1752년 이윤영이 건립하였다. 그 후 여러 차례 중수(重修)되었으나 지금은 없어졌다. '창하'라는 정자 이름은 주희의 시 「방광(方廣)에서 고대(高臺)를 지나며 경보(敬父)의 시에 차운하다」(自方廣過高臺次敬父韻)의 기련(起聯) "흰 눈은 맑은 절벽에 남아 있고/푸른 노을〔창하〕은 적성을 마주하고 있네"(素雪留淸壁, 蒼霞對赤城)에서 따왔다.

2 한낮의~마시면서 굴원의 「원유」(遠遊) 중 "육기(六氣)를 먹고 맑은 이슬 마시며/한낮의 정기로 입을 가시고 아침노을을 머금네"(餐六氣而飮沆瀣兮, 漱正陽而含朝霞)에서 유래하는 말이다.

3 「원유」(遠遊) 굴원이 지은 초사의 한 편으로, 환멸에 찬 현실을 떠나 신선의 세계에서 노니는 꿈을 펼쳐 놓았다.

4 설마동(雪馬洞) 충북 단양군 장회리에 있는 연자산의 서쪽 골짜기. 골짜기 양쪽에 화강암이 높이 솟아 있는데, 그 위에 흰 눈이 덮여 소나무와 어우러지면 마치 흰 말이 달음질치는 것 같다고 해서 붙여진 이름이다.

5 목학봉(木鶴峰) 토정 이지함의 형 이지번(李之蕃, ?~1575)이 구담봉과 오로봉(五老峯) 사이에 밧줄을 걸고 여기에 목학(木鶴)을 매달아 그것을 타고 왕래했다는 말이 전해 오는바, 오로봉을 지칭하는 듯하다.

한 선비[6]의 자취 있네. 소매는 호천대壺天臺[7]의 바위를 스치고, 정신은 예주대蘂珠臺[8]에 표표飄飄하네. 빼어난 빛은 입에 머금을 만하고, 맑은 물결은 갓끈을 씻을 만하네.[9]

높은 집이 없으면 어찌 먼 곳을 볼 수 있으리? 꽃이 핀 시냇가로 책을 다 옮기니,[10] 천석泉石이 나의 모루茅樓[11]와 어울리네. 적성산赤城山과 딱 마주 대하여[12] 푸른 노을이 항상 아름다이 떠 있고, 평화로운 구름은 뭉게뭉게 해를 가리네. 어여쁜 꽃은 이슬에 젖어 향기 감돌고, 아름다운 산에 둘러싸여 강물이 쇄락灑落하네. 정자 이름은 한빈漢濱[13] 선생께서 지으신 건데, 운대진일雲臺眞逸[14]의 시에서 뜻을 취했네. 세상이 나와 어긋나니 도道의 문門에 들어갈 것을 생각하고, 땅이 외지고 마음이 고원高遠하니 몸이 물외物外에 있네. 운루雲樓[15]의 경쇠 소리 듣고 와설원臥雪園의 매화를 다시 읊조리매,[16] 만년에 구담에서 함께 살자고 한

6 기이한 선비 이지번을 가리킨다.

7 호천대(壺天臺) 구담 북쪽에 있는 바위로, 『호서읍지』에 의하면 토정 이지함이 거처하던 토실(土室) 유지(遺址)가 대(臺) 곁에 있다고 한다.

8 예주대(蘂珠臺) 부용성(芙蓉城), 즉 연자산의 중앙을 이른다. 송문흠이 붙인 이름이다. 『뇌상관고』 제4책에 수록된 「구담소기」(龜潭小記) 참조.

9 맑은~씻을 만하네 굴원의 「어부사」에서 유래한다.

10 옮기니 원문은 "捻"인데, '가져오다'는 뜻이다.

11 모루(茅樓) 지붕에 이엉을 얹은 누정(樓亭).

12 적성산(赤城山)과~대하여 '적성산'은 구담봉의 맞은편에 있는 산. 이 구절은 주1에 언급된 주희의 시구와 관련하여 이해해야 한다.

13 한빈(漢濱) 이윤영의 스승인 윤심형(尹心衡, 1698~1754)의 호.

14 운대진일(雲臺眞逸) 주희가 『역학계몽』(易學啓蒙)의 서문에서 쓴 자호(自號). '운대'는 주희가 한때 우거(寓居)했던 노봉산(蘆峯山)의 운곡(雲谷)을 가리킨다.

15 운루(雲樓) 이인상이 단양의 구담에 세운 누각인 '다백운루'(多白雲樓)의 약칭. 이에 대한 자세한 사실은 앞에 실린 「다백운루기」(多白雲樓記)를 참조할 것.

16 경쇠 소리 듣고~읊조리매 '와설원'은 오찬의 서울 집 정원 이름. 경쇠 및 매화와 관련된 오찬의 일은 『능호집』 권3의 「경심정기」(磬心亭記)와 권2의 「뒤에 오경보의 매화시 여덟

약속 벗이 죽고 나서도 잊히지 않아[17] 홀연 경치를 보아 개연히 마음을 푸네. 길을 내니 만 그루 푸른 솔이 절로 자라고, 난간에 기대니 천 이랑 푸른 물결 눈앞에 있네. 매양 해 길고 산이 고요하면 선계仙界에 봄이 온 것도 모르고 지내네. 산중에도 근심과 즐거움 모두 있거늘 상량上樑을 송축하며 노장老匠[18]을 도와야 하리.

이여차! 들보 동쪽에 떡을 던져라!　　　　　兒郞偉抛樑東!
구름 놀 깔린 산에는 달빛이 몽롱하고　　　　雲霞嶂上月朦朧,
아름다운 꽃나무엔 향기로운 이슬 맺혔는데　　琪花珠樹綴香露,
밤은 고요하고 선대仙臺[19]로는 길이 통하네.　夜靜仙臺有路通.

이여차! 들보 서쪽에 떡을 던져라!　　　　　兒郞偉抛樑西!
꽃비 하늘에 가득하고 해 나지막한데　　　　花雨滿空白日低,
잇달은 산들과 깊은 물에는　　　　　　　　道是連峰與積水,
신령한 거북과 늙은 학이 살 만하여라.　　　神龜老鶴永潛棲.

이여차! 들보 남쪽에 떡을 던져라!　　　　　兒郞偉抛樑南!
부용산芙蓉山[20] 푸른 기운 하늘에 높거늘　　芙蓉寒翠紫霄參,

편에 화답하다」(追和吳敬父梅花八篇)를 참조할 것.
17 만년에~않아 오찬은 구담의 중정고에 터를 잡아 만년에 이인상과 함께 살기로 약속했으나 삼수에 유배 가 죽어 그 뜻을 이루지 못했다. 이 사실은 「경심정기」에 보인다.
18 노장(老匠) 노련한 목수.
19 선대(仙臺) 강선대(降仙臺)를 말한다. 장회탄(長淮灘) 부근의 강 언덕에 있던 흰 바위 이름이다. 그 동쪽으로 나무꾼이 다니던 길이 있었는데 길이 다한 곳에 있는 평평한 흰 바위 언덕에 이인상이 '난가대'(爛柯臺)라는 명칭을 붙인 바 있다. 『뇌상관고』 제4책의 「구담소기」 참조.

육정六丁[21]의 가호하는 힘을 빌어서 　　　　　　借得六丁呵護力,
선인仙人의 정사正史[22]를 석실石室[23]에 감추리. 　仙眞正史秘雲龕.

이여차! 들보 북쪽에 떡을 던져라! 　　　　　　兒郎偉抛樑北!
숨어 사는 오로五老[24]가 소식 전해와 　　　　五老冥棲有信息,
양양洋洋한 봄물에 함께 요기하고[25] 　　　　　春水洋洋與樂飢,
영지靈芝가 휘황해 얼굴에 윤기가 흐르네.[26] 　煌煌靈芝頹顏色.

이여차! 들보 위에 떡을 던져라! 　　　　　　兒郎偉抛樑上!
영롱히 높은 바위 허공에 비치는데 　　　　　玲瓏峻石照空曠,
구름과 비는 마냥 무심해 　　　　　　　　興雲降雨渾無心,
산안개를 내뿜으며 장막을 에워싸네. 　　　噓吸嵐霏鎖蕙帳.

이여차! 들보 아래에 떡을 던져라! 　　　　　兒郎偉抛樑下!

---

20 부용산(芙蓉山) 단양군 단성면 장회리에 있는 연자산의 다른 이름. 이인상은 이 산을
'부용성'(芙蓉城)이라 명명한 바 있다. 「구담소기」 참조.

21 육정(六丁) 하늘의 여섯 신장(神將).

22 선인(仙人)의 정사(正史) '선인'(仙人)의 원문은 "仙眞"인데, 이윤영을 가리킨다. '정
사'(正史)는 이윤영이 엮은 『명산기』를 가리키지 않나 생각된다. 이 책에는 존주양이(尊周
攘夷)의 이념이 투사되어 있다.

23 석실(石室) 원문은 "雲龕"인데, 구름이 끼인 석실을 이른다.

24 오로(五老) 오로봉(五老峯)에 숨어 산다는 전설상의 다섯 노인. '오로봉'은 구담봉 맞
은편에 있는 적성산(赤城山)의 한 봉우리 이름.

25 양양(洋洋)한~요기하고 흐르는 강물을 함께 마셔 요기한다는 뜻. 『시경』 진풍(陳風)
「형문」(衡門)에 "형문(衡門)의 아래에서/놀고 쉴 수 있네/샘물이 졸졸 흐르니/요기할 수
있네"(衡門之下, 可以棲遲. 泌之洋洋, 可以樂飢)라는 말이 보인다.

26 영지(靈芝)가~흐르네 영지를 먹어 얼굴에 윤기가 흐른다는 말. 영지는 신선이 먹는다
는 식물.

긴 강에 바람 자니 흐르는 물 고요하고 　　　長江風靜澹將瀉,

일천 잎 복사꽃 쌓여 흐르지 않거늘 　　　千片桃花堆不流,

동문洞門에 나루를 묻는 자[27] 그 누구런가? 　　洞門誰是問津者?

　엎드려 바라건대, 상량 후 좋은 집에서 도道를 살지게 하고, 밤에 일기一氣를 길러[28] 공허한 데로 달려가는 마음을 경계하며, 만물은 근원으로 돌아가나니 실리實理[29]가 본성을 이룸을 깨달아서, 조용한 땅에 은거해 하늘의 이치[30]를 음미하기를.

---

27 나루를 묻는 자　원문은 "問津者". 도연명의 「도화원기」(桃花源記)에 나오는 말. 진(晉)나라 태원(太元) 때 무릉(武陵)의 어떤 어부가 시내에 배를 타고 가다 길을 잃었다. 그러다 홀연 복사꽃이 피어 있는 숲을 만났는데 꽃잎이 어지러이 흩날리고 있었다. 그 숲을 지나 시냇물이 발원하는 곳에 이르자 산이 나타났으며 산의 입구로 들어서니 평화로운 낙원이 펼쳐졌다. 어부는 그곳에서 며칠을 지내다 돌아온 후 다시 그곳을 찾아갔는데 길을 찾을 수가 없었다. 그 뒤 남양(南陽)의 유자기(劉子驥)라는 고사(高士)가 이 이야기를 듣고 그곳을 찾아 나섰으나 뜻을 이루지 못하고 곧 병들어 죽었다. 그 후로는 아무도 나루를 묻는 자가 없었다고 한다.

28 밤에 일기(一氣)를 길러　원문은 "一氣存夜". 『맹자』 「고자」(告子) 상(上)에 야기(夜氣)를 길러야 한다는 말이 보인다.

29 실리(實理)　유교의 실다운 이치.

30 하늘의 이치　원문은 "空中樓". 명명백백한 천리(天理)를 가리킨다.

운루雲樓[1]의 아홉 노래[2]

내가 단양 이화촌梨花村에 터를 잡아 구담에 운루를 짓고 부정桴亭[3]을 띄워 산수의 빼어난 경치를 마음껏 즐기는 것으로 노년을 보내고자 했다. 바닷가의 명승지로는 몰운대沒雲臺[4]와 관음굴觀音窟[5]이 최고이고, 절벽과 계곡의 봉우리로는 보문普門과 구룡연九龍淵을 최고로 치며, 호수는 삼일호三日湖[6]와 영랑호永郎湖[7]를 최고로 친다. 당시 매양 몇몇 벗들과 기약해 이곳저곳 노닐면서 약간 글을 지었을 뿐더러, 우연히 푸른 돌을 얻어 그걸로 종을 만들어서는 누각에 걸어 두고 두드리며 스스로 옛날을 생각하면서 마음을 즐겁게 했었다. 일찍이 주란우朱蘭嵎[8]의 글을 엮어 4언시 아홉 편을 지어서는 종소리에 맞추어 노래 불렀는데, 세상일은 일절 언급하지 않았고 또한 언지言志[9]도 하지 않았다.

---

1 운루(雲樓) 이인상이 단양의 구담에 세운 누각인 '다백운루'(多白雲樓)의 약칭. 자세한 것은 앞에 실린 「다백운루기」(多白雲樓記)를 참조할 것.
2 노래 원문은 "解"인데, 악곡이나 시가의 한 장(章)을 일컫는 말이다.
3 부정(桴亭) 이인상이 단양의 구담에 있을 때 만든 떼배 이름. 자세한 것은 앞에 실린 「부정기」(桴亭記)를 참조할 것.
4 몰운대(沒雲臺) 부산 다대포에 있다.
5 관음굴(觀音窟) 강원도 양양의 낙산사에 있다.
6 삼일호(三日湖) 금강산 동쪽 고성군에 있는 호수.
7 영랑호(永郎湖) 강원도 속초시 교외에 있는 호수. 신라 시대에 영랑(永郎)이라는 화랑이 노닌 곳이라고 전한다.
8 주란우(朱蘭嵎) 주지번(朱之蕃). '난우'는 그 호. 1606년(선조 39)에 명나라 사신으로 조선에 왔는데, 당시 조선의 문사들에게 많은 시문과 글씨를 써 주었다.
9 언지(言志) 마음속에 품은 소회(所懷)를 말하는 것.

물결은 맑고 투명하며   雲波淸澈,

대숲은 깊고 울창하네.   竹樹深蔚.

석종石鐘이 울리지만   石鐘有聲,

그대의 뜻 알 수 없네.   不解君意.

물가에 핀 꽃은 비단 같고   水花如錦,

물가의 대나무는 올망졸망.   水竹參差.

한가로이 걷고 고요히 보며   閒行靜看,

산들바람에 옷을 벗네.   輕風解衣.

추녀에는 흰 구름 흐르고   白雲一檐,

웅덩이의 물은 고요하네.   靜水一泓.

땅은 척박해도 마음은 화평하고 物薄心和,

도를 즐기니 마음에 맞아라.   翫道適情.

    —이상은 석종을 읊은 세 노래   右石鐘三解

복사꽃 물에 스칠 때   桃花拂水,

조각배에 술을 싣네.   扁舟載酒.

흐르는 물에 배 가벼운데   水流舟輕,

꽃이 비쳐 눈 환하네.   花照眼明.

굽이진 시내 작은 다리로   曲澗小橋,

객이 찾아오누나.   有客相過,

머물게 해 물에 함께 발 담그고 留與濯足,

바위에 나아가 꽃을 보네.   就石翫花.

물은 멀고 산은 깊고　　　　　　　　　　　水遠山深,

꽃은 붉고 구름은 파랗네.　　　　　　　　　花朱雲碧.

뜻에 맞아 한가로이 시 읊조리고　　　　　　意適閒吟,

흰 바위에다 적네.　　　　　　　　　　　　來題白石.

　　　─이상은 꽃잎이 흐르는 물을 읊은 세 노래　　　右花水三解

바닷물은 맑디맑고　　　　　　　　　　　　海水淸淸,

바닷속 산은 구름 같네.　　　　　　　　　　海山如雲.

바닷가 나무꾼 도인道人은　　　　　　　　　海樵道人,

산호珊瑚를 땔나무로 삼네.　　　　　　　　　珊瑚作薪.

꽃 속에 초가집 짓고　　　　　　　　　　　結茅花裏,

구름가에 돌 쌓았네.　　　　　　　　　　　築石雲邊.

사슴과 한 무리 되니　　　　　　　　　　　麋鹿成羣,

개와 닭소리 들리지 않네.　　　　　　　　　雞犬不聞.

바닷가에서 땔나무하고　　　　　　　　　　薪樵海濱,

산중에서 바둑 두네.　　　　　　　　　　　博奕山中.

베옷 입고도 느긋하고　　　　　　　　　　布衣自寬,

초가에 살아도 넉넉하네.　　　　　　　　　茅簷足容.

　　　─이상은 바닷가의 나무꾼을 읊은 세 노래　　　右海樵三解

산천정山泉亭 기사記事[1] 정축년(1757)

계해년(1743) 가을, 송사행과 함께 단양을 유람했는데 지나는 봉우리
나 절벽마다 이름을 지어 기념한 것이 많았다. 당시 단양 태수[2]로 계
시던 낙서樂墅 이공李公[3]께서 시종 경비를 댔는데 풍류가 높으신 분이
었다. 그래서 배를 함께 타고 구담까지 내려가 모래톱에서 술을 마시
며 몹시 즐겁게 놀다가 돌아왔다. 나와 송사행은 시를 지어 나중에 태
수께 드렸는데, 그때 지은 내 시를 지금도 기억한다. 그 시[4]는 다음과
같다.

구담이라 물이 넓기도 하고	積水龜潭闊,
옥순玉筍이라 잇단 봉우리 빽빽도하지.	連峰玉筍稠.
강산이 이리도 훌륭하지만	江山於此大,
구름이 해 가려 근심이 이네.	雲日自生愁.
물가 노인은 버들가지에 물고기 꿰었고	溪叟魚穿柳,
고을원은 배 가득 술 가져왔네.	使君酒滿舟.

---

1 기사(記事) 한문학의 한 문체로, 어떤 일에 대해 자유로운 필치로 기록한 글. 대체로 사
건에 대한 기록과 인물에 대한 기록의 두 종류가 있다.
2 단양 태수 단양 군수를 말한다.
3 낙서(樂墅) 이공(李公) 이규진(李奎鎭, 1688~1760)을 말한다. '낙서'는 그 호. 자는 중
문(仲文) 혹은 유문(幼文), 또 다른 호는 낙촌(樂村), 본관은 덕수. 이식(李植)의 증손이
고, 이기진(李箕鎭)의 아우다.
4 그 시 이 시는 『능호집』 권1에 「구담의 배 안에서 송사행과 함께 지어 단양 군수에게 사
례하다」(龜潭舟中, 與宋士行共賦, 謝李丹陽)라는 제목으로 실려 있다.

| 서로 구구한 예禮 차리지 않고 | 相將簡禮數, |
| 모랫가에서 흠뻑 취하네. | 洗勺在沙頭. |

팔 년 뒤 나는 옥순봉 아래의 중고中皐에 정사精舍를 지었는데, 채운봉綵雲峰[5]이 정면으로 바라뵈는 위치였다. 주변의 강물은 '운담雲潭'이라 이름 붙였다. 오로봉五老峰과 현학봉玄鶴峰이 운담의 북쪽을 에웠으며, 구봉과 옥순봉이 중고中皐 좌우에 어리비쳤다. 나는 산중의 즐거움을 말한 글을 여러 편 지어 송사행에게 부쳐 산에 들어올 것을 권유하였다. 또 강가에 꽃나무를 이것저것 심어 우거지게 하였는데 다만 강안江岸에 연꽃 심을 못이 없는 게 아쉬웠다.

신미년(1751) 가을, 나는 설성雪城[6]을 출발해 그곳에 간바, 홀연 중고 아래에서 수맥을 발견하였다. 물맛이 달고 차가워 사람이 마시기에 알맞았다. 나머지 흐르는 물로는 못을 만들어 연蓮을 심을 만했다. 나는 너무 기뻐 장차 송사행에게 편지를 해 이 사실을 알리려 했다.

임신년(1752) 겨울, 송사행이 돌연 병에 걸려 하세下世하였다. 나는 그의 유고를 정리하다가 그가 나에게 보내려고 했던 시 한 수를 발견하였다. 그 시는 다음과 같다.

| 능호관 주인은 연꽃을 혹애酷愛하나 | 凌壺觀主愛蓮苦, |
| 늙어서도 연못[7] 만들 뜰이 없다지. | 老去無庭鑿半畝. |

---

5 채운봉(綵雲峰) 구담봉과 옥순봉의 북쪽에 있는 적성산의 세 봉우리 중 하나. 옥순봉에서 바라봤을 때 왼쪽에 있는 것이 채운봉이고, 가운데 있는 것이 현학봉이며, 오른쪽에 있는 것이 오로봉이다.

6 설성(雪城) 경기도 음죽(陰竹: 현재의 경기도 이천시 장호원읍 일대)을 말한다. 이인상은 1750년 8월에 음죽 현감에 부임하여 1753년 4월에 사임하였다.

근래 운담에 집터 새로 정했다는데	近向雲潭新卜宅,
모를레라 산 아래 샘이 있는지.	不知山下有泉否.

아아! 나중에 연蓮을 못에 가득 심어 산 아래의 샘을 읊조린다 한들 누가 있어 그 시를 들어줄 것인가? 나는 이 시를 읽고 눈물을 흘렸다. 마침내 나는 중고의 연못 위에 작은 정자를 짓고 '산천'山泉이라는 편액을 걸어 송사행의 시의詩意에 부응하려고 생각하였다.⁸ 그리하여 나는 전후의 일을 갖춰 적어 낙서 이공에게 기문記文을 청하였다.

---

7 연못 원문은 "半畝"로, 반무당(半畝塘), 즉 반무(半畝 : 15평) 넓이의 작은 연못을 말한다.

8 마침내~생각하였다 이인상은 실제로 산천정(山泉亭)이라는 정자를 건립하였다. 이인상이 1758년에 그린 〈구담초루도〉(龜潭艸樓圖)의 관지에서 그 점이 확인된다. 이 그림에 대해서는『능호관 이인상 서화평석 1 : 회화편』중 〈구담초루도〉의 평석 참조.

우연히 쓰다 임신년(1752)

요즘은 풍속이 부박浮薄하며, 화목한 집안이 드물다. 사람들은 모두 사사로움을 좇아 자기주장만 하니¹ 부끄러움을 모르니, 이 병폐는 대개 학문을 좋아하지 않고 가난을 편하게 여기지 않는 데서 기인한다. 맹자孟子는 왕도王道의 실천을 자임하면서 반드시 토지의 경계를 올바로 구획할 것과 학교에서의 가르침에 대해 말했거늘, 절실하고 간요簡要하기로는 이보다 더한 게 없다.

  말세에 태어난 선비는 벼슬에 나아갈 경우 법을 범하여 자기 몸을 욕되게 하기 쉽고, 장인匠人이나 장사꾼의 일은 비천하니 실로 생계를 도모할 길이 없다. 어떤 사람은 이렇게 말한다.

  "주자朱子가 실시한 사창법社倉法²은 이익을 꾀한 데 가깝고, 장횡거張橫渠³가 정전법井田法을 논의한 것은 시의時宜를 알지 못해서다."

  그러나 두 선생의 본뜻을 참작하여 세금을 균등하게 하고, 백성의 생업을 마련해 주며, 궁핍한 이를 돕고, 향약鄕約을 엄히 세우며, 남새밭을 가꾸고 가축을 길러 부족한 것을 보충하고, 비용을 절약해 저축을 늘린다면, 거의 먹고사는 근심이 없어져 학업에 전념할 수 있을 것

---

1 자기 주장만 하니 원문은 "自用". 『중용장구』(中庸章句) 제28장에 "어리석으면서도 자기 주장만 하기 좋아하고, 천하면서도 자기 마음대로 하기를 좋아한다"(愚而好自用, 賤而好自專)라는 말이 보인다.
2 주자(朱子)가 실시한 사창법(社倉法) 주자는 사창(社倉)에 깊은 관심을 가져 그에 관한 많은 글을 남겼으며, 지방관으로 있을 때 몸소 이 제도를 운용한 바 있다.
3 장횡거(張橫渠) 장재(張載). 북송의 성리학자로, '횡거선생'(橫渠先生)이라 일컬어졌다. 기일원론(氣一元論)을 주장했으며, 『정몽』(正蒙)이라는 저술이 전한다.

인바 그 혜택이 친척에게까지 미칠 터인즉, 이를 확대하면 시폐時弊를 구하는 방책이 될 것이다.

대저 벗과 사귀며 서신을 주고받을 때는 비교하는 마음⁴을 일절 경계해야 하며, 잘난 체하는 마음을 일절 경계해야 하고, 잘못을 숨기는 마음을 일절 경계해야 한다. 이러한 마음이 한번 들면 곧 진실된 마음을 해치게 되니, 통렬히 스스로를 성찰해야 마땅하다. 또 벗을 보사輔師⁵로 삼아 도움을 얻고자 한다면 도의를 위하여 사귀는 처음서부터 벗을 신중히 가려 사귀어야 하며, 이미 교제를 맺었다면, 지성으로 경애하고 잘못이 있으면 간곡하게 개도開導하여 함께 좋은 길로 나아가야지 갑작스레 멀리해서는 안 된다.

무릇 뜻과 행실이 바르면 저절로 외물外物을 흠모하는 마음이 없어지고, 이름과 실상이 부합하면 저절로 좋은 평판이 있게 된다. 그러니 군자는 돌이켜 생각해 보고 자기 마음을 반성하여 만일 부끄러운 마음이 있으면 위로는 선현들의 말씀에 질정을 구하고, 곁으로는 당세의 어진 선비를 찾고, 아래로는 후세의 공론公論을 생각하여 항상 두려운 마음을 가져야 한다. 비록 학업이 향상되지 못하거나 선종善終을 못한다⁶ 할지라도 차마 스스로의 마음을 저버리거나 신명神明을 속이거나 해서는 안 된다. 이렇게 뜻을 세워, 명예는 외물이라 내가 가질 수 있는 것이 아니므로 설혹 좋은 평판이 있다 한들 나하고는 애초 아무 관

---

4 **비교하는 마음** 원문은 "計較心". 자기와 남을 비교하는 마음을 뜻한다. 이런 마음에서 시기심과 질시, 뽐내는 마음이 생긴다.

5 **보사(輔師)** 스승의 보조적 존재를 이른다. 스승에게 배우는 것 외에 벗들끼리의 강마(講磨)가 학문의 성취에 도움이 되기에 한 말이다.

6 **선종(善終)을 못한다** 형벌이나 의외의 재화(災禍)로 제 명(命)대로 살지 못하고 죽는 것을 뜻하는 말이다.

계가 없음을 알아야 한다.

가만히 살펴보니 십 년 전에는 강개한 선비들이 대개 시문詩文으로 자기를 고상하게 했다. 요즘에는 시를 공교하게 짓는 자 또한 아주 적은바, 대개 시학詩學은 일소一掃되고 말았으며 오직 의기로써 옛사람의 높은 경지를 뛰어넘고자 하니, 어려운 일이다. 시도詩道는 정련精鍊을 위주로 하거늘, 비유컨대 이는 공인工人이 먹줄을 다루는 것과 같다. 감정이 대상에 따라 변해 성률聲律과 성조聲調가 조화를 이루는 건 공인이 그릇을 만드는 것과 같다. 진실된 마음을 드러내고, 명예를 좇지 않으며, 묘용妙用에 부쳐 가르침을 삼음직한 것은 귀중한 그릇을 때에 맞게 사용하는 것과 같다. 대저 시는 그러한 후에야 비로소 전해질 수 있는 것이니, 시가 전해지는 것은 진실됨에 있는 것이지 이것저것 주워 모으고 꾸미고 하는 데 있지 않다. 나 역시 시 짓기를 좋아하였으나 참된 뜻이 적은지라 사람들이 혹 칭찬하면 문득 부끄럽고 편치 않아 전후에 걸쳐 스스로 원고를 없앤 것이 꽤나 된다.[7]

천고千古의 의리가 있는가 하면 일세一世의 의리가 있고, 일국一國의 의리가 있는가 하면 일가一家와 일신一身의 의리가 있다. 사람들은 모두 이러한 의리를 갖추고 있으니 마땅히 본분에 따라 깨달아야 한다. 널리 배우고 자세히 묻고 신중히 생각하고 밝게 분변하는[8] 단계에서부터 힘써 행해 더 높이 올라가 성인聖人의 경지에 도달하는 데 이르기까지 고금과 내외[9]의 구분이 없는 것, 이것이 바로 천고의 의리다. 요堯

---

7 요즘에는~된다 이 구절은 이인상의 시론(詩論)을 보여주는 것으로 주목된다.
8 널리~분변하는 원문은 "學問思辨". 『중용장구』 제20장에 "널리 배우고, 자세히 묻고, 신중히 생각하고, 밝게 분변하고, 독실하게 행해야 한다"(博學之, 審問之, 慎思之, 明辨之, 篤行之)라는 말이 보인다.
9 내외 화이(華夷)를 말한다.

·순舜·탕湯·무武가 선양禪讓하거나 천명을 받아 왕위에 오른 것, 기자箕子가 주周나라의 신하 노릇을 하지 않은 것, 노중련魯仲連이 진秦나라를 황제로 섬기지 않고,[10] 인산仁山[11]과 백운白雲[12]이 원元나라에 벼슬하지 않고, 엄릉嚴陵[13]이 은거하고 제갈공명諸葛孔明이 세상에 나선 것, 이것이 바로 일세一世의 의리다. 백이伯夷[14]와 태백泰伯[15]이 임금 노릇을 하지 않고 달아난 것은 일국一國의 의리다. 부귀하든 빈천하든 각자의 위치에 맞게 행하여[16] 천자가 아니면 예악禮樂을 논하거나 문자를 고정考定하지 아니하는 것은[17] 일가一家와 일신一身의 의리다. 실로 천고의 의리와 서로 체體와 용用이 되니, 종합해서 말한다면 이들 의리 모두가

---

10 노중련(魯仲連)이~않고 본서 93면 주3을 참조할 것.

11 인산(仁山) 송말(宋末) 원초(元初)의 학자인 김이상(金履祥)을 말한다. 원나라에 벼슬하지 않고 인산 아래 은둔해 살았기 때문에 '인산선생'이라 일컬어졌다. 『대학소의』(大學疏義)와 『상서표주』(尙書表注) 등을 저술하였다.

12 백운(白雲) 허겸(許謙)을 말한다. 인산 김이상의 제자다. 마을 밖을 나가지 않고 40년간 공부만 했으며 공경(公卿)이 여러 번 천거했지만 끝내 벼슬하지 않았다. 종유(從游)한 사람이 천여 인이나 되며, 사방의 선비들이 그의 문하에 나아가지 못함을 수치로 여겼다고 한다. 만년에 백운산인(白雲山人)이라 자호(自號)했으므로 백운선생(白雲先生)이라 불렸다. 저술로는 『독서총설』(讀書叢說), 『백운집』(白雲集) 등이 있다.

13 엄릉(嚴陵) 후한(後漢)의 은사(隱士) 엄광(嚴光)을 말한다. 자는 자릉(子陵)이다. 어릴 때 광무제(光武帝)와 같이 공부하였으므로, 광무제가 즉위하자 그를 간의대부(諫議大夫)에 제수했으나 사양하고 부춘산(富春山)에 은거해 나오지 않았다.

14 백이(伯夷) 고죽국(孤竹國)의 왕자. 그 부친이 숙제(叔齊)에게 왕위를 잇게 할 생각이 있었는데 아버지가 죽은 후 숙제는 형인 백이에게 왕위를 양보하였다. 백이는 아버지의 뜻을 따라야 한다며 도망하여 숨어 버렸다.

15 태백(泰伯) 주(周)나라 태왕(太王)의 맏아들이다. 태왕에게는 태백, 중옹(仲雍), 계력(季歷)이라는 세 아들이 있었는데, 태왕이 왕위를 계력에게 전하려 하였으므로 아버지의 뜻을 안 태백과 중옹은 주(周)를 떠나 오(吳)로 가서 오나라 사람이 되었다고 한다.

16 부귀하든~행하여 『중용장구』 제14장에 이런 취지의 말이 보인다.

17 천자가~않는 것 『중용장구』 제28장에 나오는 말이다. 천자만이 이런 권한을 갖는다는 뜻이다. '문자를 고정(考定)'한다는 것은 한자의 서체를 정하거나 한자를 새로 만드는 따위를 말한다.

내 마음에 갖추어져 있는 것이다. 그러니 반드시 자신의 본분에 의거하고 자신의 역량을 헤아려 우선 입각지立脚地[18]를 정해 진실된 마음으로 실천해야 비로소 명예를 붙좇는 데로 나아가지 않게 된다.

경정합敬定閣[19]에서 우중雨中에 우연히 글을 써서 원응元凝과 백양伯陽과 연아淵兒[20]에게 보인다.

---

18 입각지(立脚地) 원문은 "脚跟". 이 단어는 『능호집』 권3의 「송사행에게 준 편지」에서도 보인다.

19 경정합(敬定閣) 이인상의 어머니가 거처하던 규방의 이름으로 여겨진다.

20 원응(元凝)과 백양(伯陽)과 연아(淵兒) 원응과 백양은 이인상의 조카인 영소(英韶)와 영호(英護)의 아명이 아닌가 싶고, 연아(淵兒)는 이인상의 맏아들인 영연(英淵, 1737~1760)을 가리킨다.

『능호집』발문跋文

이원령李元靈은 기사奇士[1]다. 원령은 여위고 목이 길었으며, 미목眉目에 속된 기운이 적었다. 매양 산보하면서 시를 읊조렸는데 그 모습을 바라보면 마치 학과 같았다. 원령은 천성이 소탈하고 욕심이 없었으며 산수山水와 시문詩文과 술을 즐겼다. 그러나 마음가짐과 행실은 반드시 옛 도리에 의거한바, 비록 비웃고 나무라는 자가 있어도 개의치 않았다. 나는 이 때문에 원령을 중히 여겼다. 하지만 남의 말만 듣고 그 이름을 붙좇는 세상 사람들은 다만 원령의 문장과 전서篆書와 그림의 아름다움만을 볼 뿐이니 그들이 어찌 원령을 안다고 하겠는가. 그 시문은 품격이 깨끗하고, 신정神情이 생동하며, 법도를 취함이 높아, 기이한 광채[2]가 때때로 드러나니, 또한 그 사람됨을 상상해 볼 수 있다.

내가 평안 감사로 있으면서 이윤지의 『단릉고』丹陵稿[3]를 간행한 바 있는데, 윤자목[4] 씨가 내게 편지를 보내 이르기를, 왜 이어서 원령의

---

1 기사(奇士) 덕행이나 재지(才智)가 비상히 빼어난 선비를 일컫는 말이다.
2 기이한 광채 원문은 "光怪". 광채가 나 예사롭지 않음을 뜻하는 말이다.
3 『단릉고』(丹陵稿) 김종수는 1779년 5월에 이윤영의 문집 『단릉산인유집』(丹陵山人遺集)을 간행하였다.
4 윤자목(尹子穆) 윤면동(尹冕東). '자목'은 그 자(字). 호는 오헌(娛軒)이며 본관은 해평

『능호고』凌壺稿를 간행하지 않느냐고 하였다. 얼마 후 원령의 아들 영장英章[5]이 유고遺稿를 갖고 나를 찾아왔는데 윤자목이 산정刪定한 것이었다. 그리하여 마침내 활자[6]로 인출印出하였다.

나와 윤지와 자목은 모두 원령과 노닐었던 사람들이다. 관서 지방은 본디 유명한 산수가 많다. 나는 매양 산에 오르거나 강에 임해 술을 마실 때마다 원령을 생각하지 않은 적이 없으며 이 때문에 서글픈 마음이 되곤 하였다.

금상今上[7] 3년(1779) 7월, 자헌대부資憲大夫 행行[8] 평안도 관찰사平安道觀察使 겸 병마수군절도사兵馬水軍節度使 도순찰사都巡察使 관향사管餉使 평양부윤平壤府尹 청풍淸風 김종수金鍾秀[9]가 쓰다.

(海平)이다. 이인상의 유고를 수습하고 문집 초고를 산정(刪定)하는 일을 하였다. 윤면동과 김종수는 먼 인척 관계다.

5 영장(英章) 이인상의 둘째 아들이다.

6 활자 목활자인 운각활자(芸閣活字)를 말한다.

7 금상(今上) 정조(正祖)를 말한다.

8 행(行) 품계가 높고 관직이 낮은 경우 '행'(行)이라 하고, 그 반대의 경우 '수'(守)라고 한다.

9 김종수(金鍾秀) 1728~1799. 자는 정부(定夫), 호는 몽오(夢梧), 본관은 청풍.

원문

書

答宋子士行書 己未

伏承正月晦日書, 慰浣不已. 盛教謂麟祥推許太過, 歎其交游之久而無斟酌之見. 謙挹太過, 而至於自咎以欺誣人, 殊令人不樂.

夫名毀在外, 非我所可干, 道德在內, 可修而能. 古之君子, 常有不自慊之心, 雖令聞日至, 而謙而不居. 然其所自待, 天地之大而視以分內. 故以顏子之純乎道, 有而若無, 實而若虛, 屯愚若不及人者. 至其自任之大, 則曰: "舜何人也? 余何人也?" 若使顏子徒有謙虛之言, 而無擔負致遠之工, 則顏子不得爲大賢矣.

竊看高明, 每有退讓之言, 而未見其自任之重. 其視無其實而樂虛名者固有間, 而徒受謙挹之令名, 無擔負之苦心, 亦非所望於高明. 至於謙挹之過, 而自咎而欺誣人, 則自待尤豈不太薄耶? 麟祥雖無狀, 亦不敢爲便佞以負高明, 而甘自卑也.

與宋士行書 乙丑

伏惟漸熱, 侍履清和, 閣中無事? 北歸果在晦間否? 未嘗一日而忘高明. 與高明交好十年有餘, 其所存之淺深粹駁, 語言行動之微, 知之益深, 少有過差, 易以開導, 而尙恨相見多作閒娛, 作書多情話. 且高明尤情勝, 辭氣不嚴, 使聽者不痛苦, 以麟祥之多過尤不撿束, 未有至誠誨責之言. 意氣非不相感, 言論非不風發, 而終不及於實用, 不可謂有古人直諒之道也.

如麟祥者, 雖隨事警告不少恕, 性靭少悔, 尙恐不足以進學. 若所望於高明者, 爲一世之標準, 使僕輩與受其賜爾, 不徒以責善相期. 而默念十年以來, 麟祥之志氣, 固已退轉, 日趨卑陋, 而高明亦未見其大有變動. 特經歷世變日深, 而自處益謹密, 未見氣宇之日益峻整, 而心思之日益和泰也; 未見規模之日以恢拓, 而力量之可以大受也.

誠恐思慮日繁, 而聰明日入於細; 作用日淺, 而氣味日趨於俗; 畢竟爲一箇聞人而止, 良可歎惜. 世事日覺悲慟, 道理日以晦塞, 運氣日以低陷, 非有大力量、大心識堅確不撓者, 自在運氣中銷澌如磨盤撒豆, 鉅細共碎下來, 豈非可憂者?

古人曰: "當轉移世界, 不當爲世界所轉移." 吾輩縱無力轉運他, 自家脚跟不牢, 何以住得? 噫! 世無大人久矣. 人多自用其才智, 而無所標準, 負氣者, 與道義背馳, 自占虛閒恣肆之樂, 漸開江左玄言、明季夸侈之風, 賤丈夫或以伎藝爲名毀, 推重許與以爲交道, 世道之憂, 有不可勝言. 非有識者硬着脊梁, 十倍用力, 以世道爲己任, 則恐無以捄之. 惟高明念之.

與櫟泉宋子明欽書 丁丑

來便不得手疏, 令人悵然, 而傳聞起居之節經時愆和, 區區慮仰, 懷不自已. 霖雨霏霏, 甚愆多候. 伏問孝履何以支持, 令胤婚事安過?

緬懷平昔, 愴喜交至. 令胤兄弟, 比童少時, 似益完固, 而況其稟姿過人. 伯醇而季遠, 絕無浮僞褊矜之色, 必能成就學業也. 敎養薰陶之力, 令人欽歎. 竊見近來少年, 競尙習氣, 肆口立論, 意象迫促. 究其病源, 槩出於好勝速成之意, 自非有志之士, 不能無動. 噫! 人家榮枯興衰, 有命存焉. 一有驟進之意, 必損遠受之福, 可不懼哉? 嘗悲士行氏志業不究, 而天理之伸, 必存後繩, 終始敎養之力, 可不致愼耶?

且念人家於科宦婚喪, 情理事勢, 參錯其間, 親戚故舊, 有不能主張者, 而哀家前日事, 頗有嘵嘵者, 哀所以處之不能十分裕如何耶? 天下事變, 有甚大而難處者, 君子所以應之, 當安重果確, 無所疑懼而後, 可以無愧於心而質之來後矣. 麟祥自念, 樸愚寡聞, 而區區相愛, 敢布中心, 想蒙不罪.

答尹子子穆書 辛未

盛熱, 伏惟學履衛重, 書課勤至否? 『續近思錄』未及見, 而竊謂朱子成書, 後人不宜纂續. 四書六經, 各自爲一書, 『綱目』爲一書, 『家禮』爲一書, 以至『屈氏後語』, 『韓氏考異』, 皆自爲朱子一書, 已經刪正, 誰敢妄加纂續, 受仲子續經之罪? 所編雖有可採, 名目已不正,況所編未必善耶!

『五子近思錄』, 麟祥亦不喜看. 『大全』·『語類』誠浩博, 難於領略, 則私自鈔輯成誦, 若無害義, 而知德者希, 孰能知言?『詩』曰: "威儀棣棣, 不可選也." 何敢採掇聖賢之言, 參入并列於聖賢手編之書耶?

『續錄』若又以劉·許一代人, 列之文淸·整菴諸賢, 則尤失之不純矣. 然若論經傳箋註, 則雖朱子章句, 要須會疑而後歸一, 便爲篤信聖人, 篤信朱子. 不宜先着私意. 初不理會, 直指便信, 如佛家所謂棒喝. 但會疑至難, 而歸一尤未易言爾.

教政事與看書相通, 方爲實用, 此意儘好. 嘗聞梧里 李相國, 優於政事, 其精神所到, 足以經邦理賦, 而每歎無讀書之暇, 豈不難乎? 如麟祥作小邑宰, 而循事多誤, 當食慚顏, 間欲看書以自警動, 而苦不入心. 直須投印而去, 庶幾寡過也. 并有以敎之, 幸甚.

別幅

子厚諸作, 時代猶古, 故雖淘洗入髓, 而簡質勁古, 絶無浮曼之辭. 且到興會獨至處陶寫, 故其體段自簡. 至於宋明諸公, 以虛閒宕逸, 作一箇道理, 以山水作大事, 以鉅細不遺爲無憾, 觀『名山記』所載諸篇, 槩皆王思任·袁中郎一套語. 余亦自知其可厭而卻, 又不免殆爲氣機所轉移, 可愧.

從古看山水有二道, 有知其樂者, 有知其品者. 如陶淵明·宗少文輩, 方是眞知山水之樂者. 自康樂以下, 要皆爲山水所驅使, 『莊子』所謂 '大山丘林之善於人, 由神者不勝' 也. 其眞知山水之品者槩少, 本朝梅月堂、三淵亦知山水之樂, 而未必眞知山水之品. 以其詩文觀之, 槩負氣抱哀, 托興於流峙, 而發之記述爾, 謂有靈心慧眼, 則猶似有憾矣. 然以山水爲性命而足遍宇內然後, 方能題品, 則良亦勞矣. 畢竟道正識高者知山水, 考讀晦翁諸記可知也.

教「考槃」、「衡門」之詩, 其所遇之時與其人, 皆未詳. 若陶淵明, 則處於變革之際, 故其詞多隱約, 微婉自在, 以自沈晦, 而竊觀微婉中, 騃悲苦忧憤之辭, 如「詠荊軻」詩、「閒情賦」諸篇, 卻自透露骨氣, 譬之俠士, 殆是神勇色不變者, 而高明乃謂優閒, 不少見其憂愁悲憤之語, 何耶? 余謂處士固多負氣, 而若如陶公者, 決非無心於世道者. 若屈原, 則先儒謂原之忠, 忠而過者也. 余謂楚懷之時, 千古極悲, 雖非原宗戚之臣, 苟有忠臣孝子之心者, 雖家賦「離騷」可也, 而高明謂之宗戚之臣, 當別論者, 何耶? 余讀「遠遊」諸篇, 未嘗不墮淚.

竊謂我國士大夫處義, 與上古有異, 與中州有異. 凡冠儒冠者, 莫非世臣, 無論干祿應擧與閒居讀書, 講義只是事君一路迤. 雖巖穴之士, 初無極虛閒, 無歸宿處, 凡有一藝, 靡不引用, 莫非世臣者, 三代以後所未有也. 雖窮而在下者, 要當以國存則生、國亡則死立心. 若今日未就科宦, 則雖世道日非, 自家則優閒自在, 明日就科宦, 則纔以世道爲己憂, 討得許多義理, 講得許多是非, 是豈一日可辦耶? 君子修身行道, 只是一箇道理. 一讀『大學』, 天下萬物, 皆爲分內事, 窮則講明之, 進身則做去而已, 何可以一朝之用舍, 分作林野人家法耶? 區區往復之意, 實出苦心, 則如山水文章之樂, 本不敢置有無耳.

與申子成甫書 辛未

久不承精言, 胸中常若塡塞, 懊悔無窮. 朱書讀至幾編, 嘗謂書課嚴篤, 則無論思賾精粗, 目前之益, 已令人少睡, 昏氣漸退, 意量漸寬, 物累漸淡, 愧憤之意漸切, 推此以往, 有許多樂處, 憂患疾病, 不能奪之矣.

時事近有可喜者否? 每念不能放下. 近得李胤之書, 有云: "有局外、方外, 有冷儒、腐儒, 不可每自發言干人出處." 蓋有所感而發也. 其言儘好而終不能舍實. 如高明不忍果忘之意尤甚, 其言語之所觸發, 衆人側目. 至於麟祥, 則尤過當矣. 嘗念古人如徐孺子、郭有道輩, 用心微異而俱能免焉, 豈不難乎?

與申成甫書 壬申

阻餘未承穩誨, 歸來挹然勞懷. 伏惟日來, 侍餘學履淸康, 能於膠擾中占得閒暇, 有讀書進修之樂否?

申恕菴刻意攻文章, 只榜樣一東坡, 而做不及袁中郞. 然猶閉門却掃, 截斷外擾而後, 作幾篇文字, 可謂難矣. 況大於文章者乎? 處地如高明者, 雖百倍其功, 而無絲毫放過時, 尙難冀其有成矣. 栗翁身任軍國之重, 處於士論波蕩之會, 憂虞繼日, 而猶不廢讀書; 張南軒生極艱之時, 爲宰相之子, 而做到如許工程; 可謂難矣. 然推而尙論其所成就, 遠不及於程·朱. 自程·朱自視, 則恐不能承當夫子好學之目矣, 豈不大難哉? 凡人於道學文章, 無實得之功, 而妄自準擬殉名欺世者, 固多有之, 而其退讓占便, 因循挨過者, 亦終爲自暴自棄之歸, 自暴棄, 則何所不至?

今之信慕高明, 契好深篤, 二十年幾如一日者如麟祥者, 在高明故舊, 似亦不多矣. 雖不敢以友道自處, 亦不至於阿好諛佞, 累高明相與之義矣. 言行或不能相孚, 志氣或不能堅固者, 自大賢以下, 猶有此弊, 高明自反內省, 亦豈無憮然懷懼者耶?

麟祥心麤學駁, 而近年以來, 又奔走利祿, 日就鄙俗, 不自知恥, 而自用妄作, 自知不容於世. 且賦性迂愚, 發言乖激, 無諸己而求備於人者太甚, 自知其過矣. 然向高明未敢有隱情, 有觸於懷, 必發乃已, 其視唯阿彌縫, 以諛悅爲心者, 亦有間矣. 而前日之夜, 論說近事, 及於人物臧否, 高明之色辭, 頗似噴薄, 麟祥其時更不欲究言, 提及他閒話, 而到今思之, 雖於色辭幾微之間, 向高明有隱情, 非友道, 故敢悉布之, 幸有以默諒焉. 前年作「告賓二戒」, 曰:"賓臨弊室, 無談時政得失、人物臧否、聲色貨利. 俱妨拙道. 賓雖言, 不敢對. 惟講義資于賓, 而惟古文是好." 又曰:"無傳人之好我, 傳人之憂我; 無傳人之毁我, 傳人之求我. 我之昧昧, 賓其嘉誨."

書此于燕室, 而不能自踐, 良可愧也. 前多答士行氏書並呈, 可知鄙意所存也.

答吳子敬父書 辛未

伏惟春和, 起居萬衛. 頃承下復, 勉以友道之重, 而求助於蒙昧寡聞者, 意甚眞篤, 令人起敬. 麟祥自高明之決科, 竊獨憂歎. 不以聖朝之得一賢士爲喜, 而以失一間人爲憂, 猶恐高明之立心猶不端而擇交猶不審也. 與高明托契已久, 知心已深, 其爲憂宜不至於此, 而敢發此言者, 誠以知高明特深而愛之太過耳.

近世士大夫立身事君, 槩多七顚八倒, 載胥及溺, 入於泥糟膠漆之中而莫可救出, 誠由立心之差而擇交之不審也. 平昔與高明深憂永歎者, 豈不在此乎? 高明天姿忠厚, 言議正大, 出以事君, 必有卓然可觀者, 質之神明而無疑. 第於讀書窮理之工, 有所未臻, 故辨事應物, 終欠明達嚴密氣像, 節目之疎而或累大體, 其所自待, 遂未能十分尊重, 慨然以古人爲準的, 以世道爲己任, 而有九死靡悔之意焉.

一出身, 讀書之日漸少, 事變之來無窮. 此一箇身心, 恒動少靜, 憂疑交中, 而又無滋灌輔助之力. 若於不知不覺之中, 已孤朋友之望, 而自負中心, 知者悲之, 不知者罪之, 則反不如深居養眞, 以高閒寡用之道, 存身而補世也. 凡爲目前之計者, 必有終身之憂; 貪生徼福者, 必隕身喪名; 自恃己見者, 聖人之言不能服其心; 文過飾非者, 賢士日遠而諛友日進, 諛友進而內外交喪, 有吝無悔, 天下事無復可爲矣. 始於立心之差, 而終於擇交之不審, 自古而然, 豈不痛心?

竊觀近世士大夫, 方其未達也, 莫不標名抗節, 謂'朝廷無士論', 及其已達也, 乃謂'迂儒故多怪論', 見一等人容辭都雅、詞翰華妙、諳鍊刑法政事者, 而遂謂之'需世之君子'. 彼又能隨時立名, 外主偉論, 以欺朋友, 竊祿位而信之采篤, 浸入混同, 相與諛悅, 恣行其志, 至於禍人家國, 豈不痛哉? 彼所謂迂儒, 則好古而悲今, 抱愚守約, 貌然若不識時務. 遂羣笑而非之, 謂之古道迂僻難行, 殊不知從古聖賢, 莫不依據古道, 以爲救時之策, 而不爲目前計, 不爲欺世之論也.

賢邪之分, 其幾甚微. 傳曰: "一言僨事, 一人定國." 豈不信哉? 屈氏曰: "衆人皆醉而獨醒, 擧世皆濁而獨淸." 此不過一節之士, 而今不可得, 況行古道者哉? 不惟得之之難, 攻之不遺餘力, 尙可以得其助而與之謨國家天下事乎? 高明必審此義, 以古人爲準的, 以世道爲己任, 而擇交必審焉.

嗚呼! 人臣之事君有正理, 不過隨事盡分而已, 成敗禍福, 不宜較計. 莫忍於陽城, 莫危於狄仁傑, 彼固不可師, 則君子之立心有要道, 蹈義無懼而已. 見理不明, 經權未分, 則卽如箕子之爲奴, 仲尼之微服過宋, 雖聖人之所以處變者, 而不可遽學, 且依本分做得. 陳東、錢若水一等人, 猶明白無累, 有辭於天下後世也. 惟此二端, 高明其念之, 求所以不負中心, 不負朋友, 於進退禍福之分, 益加明理之工, 而循之以古道, 則庶可以立身事君矣.

區區悃款, 實罄肝心, 惟高明念之. 近無職責, 可踐四郡之約不? 胤之氏連有書來. 若趁今月晦間花明水潤, 相訪於龜、玉之間, 誠爲奇事.

與吳敬父書

老炎如焚, 倍道過嶺, 起居增護? 路出東北, 猶淸涼否? 耿耿憂歎. 精誠未被上知, 而竟以言獲罪, 遠離老親, 其心誠苦矣. 然高明之意, 固不以被罪爲憂, 而以不能格君心爲憂, 惟恐不盡臣節以安親心, 而不以離親爲憂. 其心耿然, 亦又何慰? 然不以坎軻沒身爲憂, 則以全節完名爲心而已; 不以名節爲憂, 則又以盡吾之心而俯仰無愧爲心而已. 漸就向裏, 意思漸寬, 樂處漸多, 忠孝之道, 於是乎全矣. 嗚呼! 士生斯世, 無他可樂, 惟讀書一事, 爲安身立命之地, 而資之朋友而後, 又可以寡過而進善. 雖有少樹立, 常有欲然不足之意而後, 此心始眞正矣. 書不盡言, 千萬自重, 以副區區. 書後數段語, 幷宜覽至.

"動心忍性, 增益其所不能." 此語最爲處患難之要道. 欲盡此義, 惟有讀書一事, 須實心下工.

須先立志. 志不立, 則百事無時了斷. 要做閒人, 要做達人, 要做爲文章節義之士, 要做爲通儒爲純儒, 要做爲聖人, 俱要先有定向, 而稱我力量志氣, 不要較計年紀衰盛. 若隨事方便爲目前計, 則依違一生, 終無所成就, 欲做一閒人亦不純.

近有所覺得, 君子出處, 須審量時勢, 而自待須十分尊重. 若以一時之意氣, 妄擬進取, 則鮮不敗名辱身. 達則行其道, 窮則著書立言. 用心俱勞, 而窮者終能保身.

北關諸勝, 因緣一覽, 亦是奇事. 古人多於流離遷謫之際, 寄托於山水, 文章志氣, 因而長進. 東國無遠惡地, 雖耽羅、黑山、六鎭, 比之春、梅、瓊、雷, 不啻便逸, 而人多視以死地, 殊不知劉元城諸公喫得何等苦楚, 鍊得何等氣節.

向與高明講磨書史, 評山學琴, 移花種竹, 閒靖自在, 彼固一時, 遠地相望憂歎終年者, 此亦一時. 萬事莫之爲而然. 要使胸中虛明安泰, 無少芥滯, 使物來順應, 而不撓其氣而已.

答吳子文卿_{載純}書 辛未

極寒服履衛重. 承拜兩度答狀, 悲切不忍復讀. 壙中銘旌乞書爲非禮, 而乃蒙見可, 良用愧悚. 俯詢諸公之議, 非愚昧之所敢預聞, 而盛諭'謹用國典'之意, 似爲允當. '淸修'二字, 記在濟山讀書時, 朋友相與表章名字, 而寓規勉之意, 若謂'黃流在中', 則'淸'矣, '執玉以敬', 則'德進修'矣. 初無夸意, 與'正則'、'靈均'之義, 微有間焉, 若以此狀德, 則偏矣.

凡銘旌, 書以官爵或郎階、學生者, 國典也. 或加道號, 已近靡文, 書以別字, 尤所未安. 古有朋友後生私諡者, 如靖節、貞曜之類, 出於托哀尙德, 而非禮之正. 況以子弟主喪, 而可引此義耶. 尊叔父忠正謙愼, 信於友而博愛人, 淸修樂志, 而不爲矯矯之行. 雖具玆衆美, 而其爲子弟爲朋友者, 表章而盡書之, 則敬父氏必不樂矣. 禮曰: "節以壹惠, 故君子自卑而民尊敬之." 後或有良史秉筆, 則必以一字狀德而後, 庶安於其心矣. 況今罪名甚重, 志事未暴, 忠不能格君, 孝不能終身致養. 抱志而不能善世, 不能進德修業以遠其名, 而殞身中歲, 大棄朋友. 蓋天下之窮人, 而抱終古之至痛, 其爲子弟爲朋友者, 當念此意. 若其一疏一啓對策數紙, 豈足以盡敬父氏之賢. 雖以'淸修'書銘旌, 亦何所輕重哉? 惟當謹依國典, 以安逝者之心. 但有所願, 高明羣從兄弟, 與凡平日朋友, 淑善其身, 日進學業, 操德立言, 見信于來後, 使後人知敬父氏又有賢子弟良朋友, 則可以少慰其心而明其德耶.

答李子胤之書 甲戌

伏承嚴寒, 侍餘體履安重? 且開詩卷, 乃是季氏病後書, 而勁古勝昔, 可想神氣漸就完復, 仰慰.

盛作「巖中樂」諸詩, 用事引物, 微似宋以後體裁, 然句櫛字鎔, 神到

境融, 宋人何嘗影響到此? 但深潔古怪, 透入玄遠, 則微近道家爐鼎
、釋家棒喝語, 而若有蹈舞無節, 僊僊飄擧之象. 未免爲情不勝理而爲
外物所驅使, 恐或稍遜於宋人眞篤處. 俯和「雪嶽」諸詩, 淋漓鼓盪, 不
規規於法則, 似在放翁、淵翁之間矣.

承敎妄論, 殊愧不謹. 麟祥親側粗安, 而志業無可言, 屢改書課, 日
就簡近, 『易』以下工, 終爲外累所撓, 可歎. 但看得物情頗親切.

大抵近來士類, 年衰業退者, 熟於世變, 工於物情, 牽於家累, 營求
利祿, 以助聲名氣勢. 而名義又可畏, 故占得中間不冷不暖曖時境界,
做得一二小善, 以爲彌縫欺世之資. 年少進就者, 以小藝馳名, 以嚬笑
定交, 以陵轢先輩, 抗言出氣爲高行. 使本原淸淨虛明之地, 炎炎如
焚, 不能按下, 氣象迫急, 甚可憂也. 雖欲求一切平白謹愿之人, 未易
得.

妄言至此, 誠恐爲世大僇矣. 自覺眼目日冷, 志意日孤. 且欲依本
分, 自占寬閒地, 讀書玩理, 隨分著述, 而無隱其情, 以自見志, 愼不
隨人作悲懂, 思不出身外而已. 數三故舊, 雖不可輕言友道, 有過則
無相容忍依阿以負心而已.

噫! 聖賢言語, 如刑官操律, 樂師按節, 使人不敢縱逸自肆, 而麟祥
之所以自占便宜者如此, 雖欲寡過, 豈不難乎? 且自念之, 肚裏不能
放下者, '君子疾沒世名不稱'一句, 而若求之於外, 則內壞心術, 故不
得不自生悲憤痛楚, 悔吝日積, 又有負於'不憂不懼'之義. 所以病乎世
者似切, 而所以自治者如此, 志苦不立, 奈何? 語多謬誤, 幸有以敎
之.

與李胤之書

曉臥南軒聽雨, 偶諷舊讀, 而撫念平生, 自歎老而無聞, 而不能息交, 存歿之間, 負心惟多. 況與高明托義數十年, 趣尙好惡, 宜無不悉, 而以麟祥之稟姿之駁濁、言行之謬戾, 而誨言無聞. 雖以高明之德, 亦豈能粹然無一失, 而只要尋見好處, 聞過而不敢信人言, 終若有所隱忍者, 吾輩識心, 凡幾人耶? 餘日又無多, 而猶復切切論交道而不敢相磨切, 豈不愧哉!

噫! 朋友爲五倫之終始, 而求其要道, 講明此心義利之分爾, 只爭念頭一毫. 凡人利害之心, 初亦夾得畏義好名之意, 而積之旣久, 漸入陰暗, 而漸歸恣肆; 義理之心, 初亦夾得利己好勝之意, 而擇善而固執之, 漸就昭曠, 而漸反謹嚴. 循玆二端, 至於殺身成仁而終無悔, 甘心爲惡而不自知, 是固由一念之分. 而中人以下, 亦不能自運, 得於朋友者爲多, 不擇善, 則善不至於爲君子; 不黨惡, 則惡不至於爲小人. 故好義者, 以古之賢士、後來之賢士、一國一世之賢士, 同道同義, 故以心求友, 所與雖博, 而所遇終希. 雖與世背馳, 而反心而亦無憾, 故終能寡過焉. 徇利者, 其所取友, 無忤於己, 故以貌結交, 所交始于鄰, 所求止于身, 所趨入于世, 交博而黨同, 情勝而傷義. 雖有過, 無得以聞焉, 聞過則怨. 交道遂息, 可不悲哉!

區區此言, 實以常理合人情而言爾. 從今以往, 切願相與勉勵, 深思而惻念, 麟祥有過, 使得以聞焉, 高明有過, 使得以聞焉. 詩曰: "他山之石, 可以攻玉." 又曰: "神之聽之, 終和且平." 斯義豈不重歟? 謹此奉正.

與李胤之書 丁丑

念與高明到老沉酣於花草泉石間, 或發之吟述, 照澈肝心, 比之世之利交, 亦可謂差勝, 而要亦情勝而義薄, 味濃而旨淺, 若有所不相入者, 良由同濫譏俗,[1] 不相虛受也. 麟固性褊識滯, 甘自暴棄, 而高明亦或有自反處耶.

昨於座側, 披見『尺牘新抄』, 令人嚬呻. 明季習氣如此, 安得不亡國? 然有識者論吾輩伎倆淺薄, 老無依泊, 則又當如何? 雖以高明詩文觀之, 如「銅鼎」・「犀杯」・「人巖」・「龜潭」之類, 初固有托意寓感者, 而吾輩旣不能長往而深藏, 間具瑣細, 尤近戲劇, 不宜纍纍稱述, 骩小性情而使觀者厭射也. 若使吾輩有淸閟・寶晉璀璨衍溢之觀, 則將顚狂到老學二子乎? 請須消磨一切矜奢浮夸之習, 回向老實平常處, 無使志意流蕩, 而使交道近眞.

君子處衰世, 當自刷濯振礪, 養得此熱心, 成得此苦心. 熱極而冷, 苦極而甘, 氷瀣酒熏, 實有許多愉快獨自舞蹈者, 無極難處之事, 無不可爲之時. 所謂擧世非之而不動, 一言而可爲百世之師者, 不過堅守此心, 不爲利害所移而已, 初非神奇玲瓏不可思議者也. 堅守此心漸熟, 使發一言, 無欺中心, 而行一事漸近道理, 則道理路徑漸明, 簡要平實, 自覺終古聖賢近自一身一家, 以至天下萬世, 皆爲心分常事, 寬樂自在, 所謂苦心熱心, 亦不過一善端而已. 高明以爲如何? 幸賜教正.

---

1 俗 원문에는 "浴"으로 되어 있다.

與宋子時偕書 辛未

高明不喜一切往復訊問, 而令人想仰彌甚, 正見高明賦性之眞簡, 用心之高閒, 而誠信自孚於物也. 但書札往復固多可厭, 而至於心有所觸發而托寄於文字, 或記異聞古事, 以補世史, 或剖釋經典之義, 闡揚先哲之微旨, 以補世敎, 則是不容自已者, 與書札大有間焉. 舍此, 則無所用心, 雖有賢師畏友, 與我不相關涉, 而此心無所依泊, 忽忽不自得, 終歸於流俗而止, 雖有醇姿美質, 竟無所賴矣. 世間浮瑣齷齪沽名徇利之習, 與夫不量其分而妄欲速化者, 莫不假文字以自售, 支離可厭, 而誠僞善惡之分, 用心自異, 何可使此虛明廣大之物, 作一個無用影子, 使庶物自照而已耶? 高明當有定見, 幸有以敎之.

與金子士修兄弟書 丙子

伏惟嚴寒, 起居衛嗇? 運氣日圮, 蟾溪先生奄棄後學, 悲痛實廓, 尙何可極? 仰念孤露之餘, 又失依倚, 悲慟何以爲懷? 竊有區區奉質者, 隱忍不得, 敢有一言焉.

聞先生有遺疏, 大關國家之義理, 而至今秘而不奏, 高明亦畏約不敢明言, 信否? 或言先生疏辭不能無過差, 且中伏禍機, 不宜傳示一世者. 噫! 大賢正終之際, 事蹟昧暗, 令人不能無惑, 何耶?

先生世臣也. 雖懷道守義, 屛處山澤, 而與索隱之士有異, 蓋未嘗一日而忘君, 一日而忘世道. 其畢命之言, 必出於盡忠, 不至有過差. 先生謙信和厚, 至德可師, 全名衰世, 大遠恥辱, 豈其啓手啓足之言, 自陷於大僇而累及門人耶. 竊恐門人之事先生者, 不能盡分, 而高明與有失焉.

嗚呼! 歷觀前史, 君子行言軼失․志節未暴者, 槩由於爵位卑下而勢孤力微. 或遭時多艱, 讒誣中傷, 而史筆因而疑亂之, 或子孫迷愚, 友朋不忠, 遂使志意黯昧, 不顯於世. 然千載之下, 心公眼明者, 得其殘簡斷墨, 抽出肝心, 發微而闡幽, 使朽骨生光․沈魄奮興者, 亦何限焉?

彼皆前代之事, 異邦之人也, 時異事變, 而精爽已盡, 非有親戚之誼, 聲貌氣血之相流通, 而爲之鼓發乃已, 或不撓直筆, 死生以之, 何哉? 誠以天下之義理在我, 我固不敢不盡分. 彼死者有知, 亦豈以名毀禍福爲心, 而樂得知已於千載之下耶? 亦所樂存乎義理而已. 況以先生之德邵年高, 爲一世之所尊師, 而一朝身沒而言晦, 義理顧薄歟?

嗚呼! 顯晦無常, 不必求伸於當世, 非人之所可得而操縱, 縱使義理有過差, 亦非私智所可得而掩護. 若謂義理明正, 而僇辱猶至, 則從古仁人君子, 皆死生以之, 不以爲憂者, 先生旣言, 誰敢秘之?

嗚呼! 幽明之際, 亦堪悲矣. 人之將死, 六親環泣, 思見平日之一嚬一笑, 而不可得. 及升衣而皐復之, 淅米陳珠而飯含之, 束帛而依主之, 以至葬而神之, 尸而祭之, 而炳鬱芬耀, 至求之於冥漠幽晦, 不可思度, 而告時告事, 祧而乃已者, 不忍忘其親也. 況君子言語文章, 出於臨絶之際, 而大關國家之義理, 則其有生三事一之義者, 何忍一日而諱之乎? 嗚呼! 自數十年以來, 君臣之義日薄, 師友之道幾熄, 而天下事唯有勢利禍福而已. 夫禍福之論, 與義理相抗而後, 人心剝喪, 運氣蠱閉, 天下事無復可爲, 寧不悲哉?

嗚呼! 高明兄弟事蟾溪先生, 義兼父師, 而沒身門庭, 其尊信愛慕, 宜無不至, 使先生臨歿告君之辭, 若有過差, 則宜反覆明辨, 不至有餘憾. 若謂言正而罪大, 則聖明之世, 必無此事, 先生之明, 宜無不審, 其爲辭正大光明, 想可以昭示一世而質之來後而已. 高明何忍隨衆隱忍, 使先師臨歿之言, 置之利害禍福之間, 而不一明言, 令人不能無惑, 何也?

麟祥負性拘拙, 始拜先生, 未敢以師禮執贄, 而顧於先生德義行言, 深致敬慕, 幽明之際, 義不忍負心, 況君子臨終之言, 世臣畢忠之義, 苟關倫義, 人皆可得而聞, 昧而不章, 寧不悲哉?

嗚呼! 尙記前年五月歸自龜潭, 拜先生于江樓, 詢及出處語默之節, 而未敢極言, 中心隱痛, 久而彌悔, 而先生遽歿矣, 又何忍顧瞻沮縮, 與高明不一言耶?

答黃參判景源書 丁丑

夜寒, 伏惟哀履支衛. 昨教謹悉. 麟祥衰朽無聞, 雖舊交如哀, 未嘗以所著述奉正者, 蓋不敢自信也. 不意哀謬加引重, 謂可以進於中夏, 何其過也? 君子窮而後, 始作爲文章以見志, 非爲傳名, 爲明義理也. 麟祥固窮苦者, 哀則顯矣, 而業窮者事不已, 豈以義理竟不明耶? 良可悲也.

竊謂文者, 配義合道之言, 而文之時義, 有二道, 一則明當世之義, 一則捄百世之弊, 何也? 明運雖訖, 吾輩猶是舊臣, 當補其憲章, 發其幽軼, 其爲文, 辭理氣格, 當以皇明盛世諸君子爲歸, 以爲挽回衰運之一端, 此所謂明當世之義也. 黜百氏之繁文, 存六經之正義, 辭尙簡嚴, 格主平正, 理明而氣眞, 使循名違道者, 有所顧畏而考信焉, 此所謂捄百世之弊也.

噫! 未易言也. 傳曰:'一日克己復禮, 天下歸仁'. 又曰:'朝聞道, 夕死可.' 吾輩雖老, 而生丁多憂, 何忍一日忘此義耶? 雖有潛顯窮達之分, 而此意與同, 幸誠心相助發, 矯其其愚迷, 導其膠滯, 無負古人責善之義, 如何? 拙文細加評抹以敎爲望.

與李子伯訥書

下書旨意勤懇, 疾病死生之際, 有令人感涕者, 披復尙在枕頭矣. 賤疾自五六日以來, 肢末忽浮氣, 爻象益不佳, 俟命而已. 此心亦安安, 而惟是貽憂老慈, 日甚盡傷如何? 此外有一分妄想, 古人"假我數年, 卒以學易"之語, 而敢望天意遂此微物之性耶?

區區文字之業, 所自袞聚者, 自覺其駁雜無當, 而每承尊敎, 不棄土炭, 奬與過分, 令人汗顏, 病氣少間, 則每擬一場劇討, 以究道義文章之一源, 性命德業之一致, 以質於尊聽, 而神昏不能反復成書, 大是恨事.

區區愚妄, 每歎後世學者說文章者, 不過尋聲摸色, 以工拙較計長短, 以爲家數, 以爲立名垂世之計, 而文章果如斯而止乎? 大而觀時運, 小而觀出處, 未可易論. 俯仰千古, 得其中道者, 落落如晨星, 不可多得. 至於我東, 大家未敢輕議, 而下此者尤未敢擧論. 大觸時諱, 自陷罪戾, 如鄙輩, 特是蠅蚋蟲蟻之類, 其聲不能透過十步, 其行不能歷過尺寸者, 有何可論耶? 非敢夸言以自修飾也. 實情如此, 故所以撫念平生, 甚可傷悼. 亦願高明高着眼目, 雖一字半句, 不可輕許人, 猛省世界極寬大、古今極茫蕩, 致愼於名實眞僞之分, 如何如何?

答泉洞書 丙寅

下狀謹悉. 鄙藏書帖, 實寓苦心, 謹取孝廟在瀋陽時手書一幅, 置卷首, 下附斥和死義諸臣筆蹟及先祖文貞公歸自瀋陽以後書僅十餘幅, 以遺子孫, 無忘瀋陽之恥, 無負先王先祖之心, 雖爲負旗之卒, 而知有復讐之義, 其意可悲也. 前日求花浦書, 執事不肯許, 而有抱而終身之志, 則實喜而不敢復請, 良以此意與同. 及承下狀, 令人意甚不平, 消下不得. 此雖微事, 而於執事將有終身之憾焉. 噫! 强取花浦書者, 執事謂之何如人耶? 夫以隻字爛墨, 而護之如拱璧者, 乃義心也. 義心無撓, 義之所存, 一芥不可以與奪也. 夫以霍光之威權, 而不能奪璽郎之志, 彼璽郎者, 豈有勇力勢位, 而光不能奪其璽? 蓋畏義而不能奪爾.

夫三學士筆蹟流傳者絶少, 而花浦書爲尤難得. 余嘗謂士大夫游燕者, 當破千金買歸三臣骸骨, 力苟不及, 則其片言隻字之流落世間者, 猶當傾眥而求之, 不爲過也. 嘗聞向時蓄書畫家, 以無三學士之書爲恥, 姦細之徒, 往往摸畫僞筆以售利. 摸之者固姦, 而不有購之者, 何事於摸, 猶有以見風俗之好也. 噫! 人之泯絶義心, 固已久矣. 而以執事之好義, 而乃棄花浦之書, 歸之匪人, 豈非世變耶? 一故紙不能守, 況可以殺身成仁, 爲三學士之徒耶?

噫! 以陪臣小官, 殉節於天地反覆之際、夷夏人獸之分者, 比諸瞿式耜、史可法諸公, 爲尤難, 是其心豈出於假義而立名? 蓋事君當道, 而殺身以見志爾. 惟我先王講復讐之義, 而表章三臣之忠節者, 亦豈假義而立教, 以貽後王臣庶哉? 蓋以皇明爲父母之國, 而父母之讐, 義所必報. 此義本較著易知, 而近世一種議論, 以爲: "以弱事强, 太王之所不免, 屬國與中華, 臣民有間, 後王後臣, 不必世講復讐之義, 而蹈覆亡之機." 或曰: "誅夷狄之君, 主中華, 則猶有名, 而皇明之澤, 則已斬." 此論一行, 雖當時扶義諸臣之子孫, 間有陰附者, 余甚悲之.

噫! 根於天理, 油然而生者, 乃義心也. 見善則喜, 見不善則知恥者, 乃常情也. 昔晉惠帝昏主爾, 猶惜嵆紹之血在衣, 況忠臣義士之言語文字之不可泯者, 又豈衣血之比哉? 精神志氣之所注, 而手澤之未沫, 令人摩挲咨嗟, 有不能自已矣, 何忍棄而歸之匪人? 彼强取之者, 旣非眞慕義, 而乃將以售利, 則執事之與之, 豈非可恨耶?

噫! 世變無窮, 而邪議無以捄之, 義理日晦, 而人之志氣, 日以頹喪, 靡靡不振, 而繼之以亂亡矣, 奈何不念? 傳曰: "潛雖伏矣, 亦孔之昭." 又曰: "發於其心, 害於其事." 伏願執事無以賤言爲過激, 而以勿以善小而不爲爲心, 以實心好義焉.

答一宗禪師書 丁卯

孤坐荒舘, 節物凜冽, 客懷良苦. 每懷琉璃寶殿采色炫耀, 吾師以石顯霜眉, 偃仰日夕, 何其豪歟! 玄上人來傳手書, 辭意高逸, 又令人起衰懶. 所索寶殿記文, 屬意誠勤, 而但不佞學聖人之道而患不深, 禪家宗旨, 乃所淺知, 雖欲發揮, 不足以稱師心.

且有所疑者. 庶民敬其身以養其父母, 父母歿, 則墓而廬焉, 廟而祭之, 而尙患不能盡其誠. 王者以天下之尊, 用庶民之力, 而宮室一踰度, 亡其國. 乃若佛氏絶民父子之恩、君臣之義, 而不言而信, 不動而威, 不施而恩. 雖竭天下之力而金其身、珠其宮, 民無怨言, 竟何功哉?

旣以四大喩其生, 寂滅喩其歸, 其爲道, 固已托之空虛矣. 旣自火其骨體, 爲灰爲塵, 隣虛入微, 不宜更示光靈, 寄形土木, 而如師之徒, 又憂其宮室之焚也, 而改新之, 何其勞歟! 噫! 佛之爲道, 固未嘗無求於人, 而自絶其父子君臣之倫, 不可謂不忍矣.

噫! 凡天下寺刹, 莫不托之物而傳其名, 如泉石峰巒之勝、名賢古躅、神設寶器, 無一乎此, 則佛亦無所以托其跡. 如海印寺之顯於東方者, 爲其有獻廟宸翰、皇明諸公詩筆, 無此則八萬大藏經板、希朗祖師之石像、左右金塔、鼉鼓、香鼎, 何賴而久傳也? 吾師乃憂寶殿之焚, 而不憂宸翰之剝落、諸公手畫之日就泯滅, 豈不謬哉?

願師深念報本酬恩之道, 起樓於山中, 藏聖祖宸翰、諸公書, 以鎭山門, 如華陽洞之煥章菴, 則師之功, 有大於琉璃寶殿鉅萬之費矣, 樓成之日, 不佞不辭操筆, 記師之功也.

余又聞四溟大師 惟政偉人也. 雖托空門, 而削髮而存其髯, 蓋不爲法縛者也. 壬辰之難, 師料義討賊, 實與皇朝諸公相後先. 其存心慈悲, 而篤於倫義, 雖謂之賢於釋迦, 可也. 今其浮屠畫像, 在師山中, 師宜尊奉而愛護之, 勉寺之大衆以四溟之道, 無徒以修寶殿爲功德, 乞人記文爲也. 承春和來訪客舘, 甚慰. 惟冀愼愛衰軀, 觀實理, 以慰區區之思.

序

西湖社約序 己未

世之諱學, 久矣. 人知重彝倫, 而謂將學道則笑; 人知讀聖人之書, 而謂將講明義理則縮; 不知彝倫之重、義理之精, 本爲日用常行之事, 而知之不明, 講之不熟, 道學終不能振, 而風俗日壞, 悲夫!

嘗觀國之治也, 君子得輿而任行道之責, 故道在於政刑禮樂之間, 而功澤普施; 世亂敎衰, 則君子在下而任明道之責, 故義理必待講磨而後精. 蓋世之治亂不恒, 而道無不行不明之時, 道若常晦, 則亦夷狄禽獸而已. 嗚呼! 世變無窮, 而風俗日頹, 君子之進退、道學之晦明, 其機已分, 而吾輩窮而在下, 而志氣卑俗, 不能痛自振拔, 以淑其身, 以明聖人之道, 豈不悲哉?

良由厭拘束而喜放縱, 或過於守拙而深惡標榜, 志氣逡下而規模不能展拓, 或學趣不端而自用而無所忌畏, 卒將爲小人而止, 是悖天之降命, 忘父母之恩, 蔑聖賢之訓, 而得罪於君長矣. 老而罪積, 雖悔曷追?

諸君子爲此之懼, 遂倣呂氏鄕約, 結社<u>西湖</u>, 而定爲約條, 以講義箴過, 以淑身恤患, 以厚俗爲本, 相與刻勵而講明之, 庶幾爲進德修業之一助也. 然吾輩立志, 苟能堅固, 豈待結社而後明義理哉? 誠以志氣不齊, 趨向或殊, 而有渙散難合之憂, 故欲因此以維持, 同歸無過之地, 其爲事至公. 若使此會有始無終, 則其自待, 豈不尤淺小也哉?『詩』曰: "神之聽之, 終和且平." 又曰: "庶幾夙夜, 以永終譽." 請與諸君子勉焉.

贈彈琴李處士鼎燁序

琴亡久矣. 東方之琴, 尤無法象, 所謂<u>梁</u>氏鼓琴而玄鶴來舞者, 其爲制甚怪. 古以徽按節, 而<u>梁</u>氏變爲膠柱十六, 古以指彈, 而<u>梁</u>氏以竹撥之, 古則制有尺度而爲七絃, 而<u>梁</u>氏六絃, 大小濶狹, 隨材而斲之, 卽古人累黍調律, 數毫紤絲之法無與也.

或謂樂道在和而不在器, 自<u>伏犧</u>以下, 賢聖所鼓之琴, 俱有圖譜傳世, 而其爲制不一, 則玄琴亦自爲東方之雅樂, 其爲說, 果何如耶?

嘗見樂師<u>全萬齊</u>, 善鼓玄琴, 撫按中絃, 宮聲穆然, 如龍吟深湫而風湍激石, 使聽之者散湮鬱不平之意, 卽古人所彈「淸廟」、「文王」之音, 槩可以想像矣. 然余不喜玄琴之無法象, 不從<u>萬齊</u>學琴, 人有解彈琴者, 不問工拙而聽之, 要在寄趣而已.

<u>薇陰</u> <u>李</u>處士忽自<u>湖中</u>, 攜玄琴來訪, 要余古篆書龍脣, 而爲余彈, 其聲亦平龢可聽. 處士貌古, 言語淳淡, 若超然於物外者, 而乃攜琴

到闠闣中, 人有要聽琴者, 輒盤膝一彈無倦色. 處士其達者歟? 琴之用, 果無古今雅俗之分歟? 萬齊亦已死矣, 恨無以質之.

送李學士_{惟秀}赴燕序 甲戌

國家自失兵機, 歲事虜人, 而命行臺糾使事, 遂爲常典. 李子深遠實膺是選, 而戒麟祥一言以贈行, 余告之曰: "使事禮乎?" 曰: "是亦禮也." 曰: "虜有可乘之釁, 則伐之爲義乎?" 曰: "然."

曰: "傳曰: '著誠去僞, 禮之經也.' 又曰: '禮也者, 義之實也.' 夫時以事之, 時以伐之者, 不爲不誠不義, 則使事爲行權制變爾, 豈禮之實也? 『易』之履之象曰: '上天下澤履. 君子以辨上下, 定民志.' 蓋言禮制有定分也. 彼以夷狄而君主中華, 使大行人掌時會殷同之禮, 而子居陪臣之列, 執幣惟謹而已, 則是果爲『易』之時義歟?

昔趙簡子問子大叔以揖讓周旋之禮, 對曰: "是儀也, 非禮也. 夫禮, 天之經, 地之義, 民之行也. 天地之經, 民實則之." 彼以夷狄 而倣先王外朝之禮, 待陪臣以罷窮之民, 以鞭呼趨, 禁慢朝錯立者, 而子則委蛇而進, 折旋而退而已, 則是果爲天經地義, 而無愧子大叔之言乎? 昔太王事獯鬻, 以小事大, 勢也; 以聖人事夷狄, 權也. 權與勢, 不謂之禮也. 況以夷狄而君主中華, 天下共攻之, 可也. 況我邦有不世之讐, 而可以以禮事之乎? 夫事之非誠, 畏彼之兵强馬壯爾. 若習熟日久, 而遂以使事爲常典, 則何以勸天下之義? 余竊悲之.

夫使虜非禮, 乃用師之權宜, 而觀時制變之術也. 夫用師有經權內外之分. 養士所以正邦, 明義所以固人心, 理財訓農所以養兵, 立綱振紀所以行師伐罪, 此經以治內之法. 擇使所以覘敵, 厚幣所以誘敵, 含怨忍痛所以克敵. 此權以制外之術也.

爲人臣者, 何忍一日忘此義. 嗚呼! 國家之屈辱已甚, 人心之懷憤彌久. 苟使奉命之臣, 常明此義, 秉其威儀, 而紏正征夫, 不生釁於夷虜, 而使師律默行於其中, 則彼驕我怒, 而久屈終伸, 敵有可乘之機矣. 此豈非使事之終始耶? 昔魯侯盟唐, 而『春秋』書曰謹之也. 況歲事釁庭, 而習熟日久, 遂以爲常典, 則余恐天下之不復反正焉.

願子審於名義, 達於經權, 使執轡負旗之卒, 亦能知恥, 無一日而忘兵, 則禮制始定矣.

送金承旨^{陽澤}觀察海西序 乙亥

仕自抱關擊柝至於宰相, 皆修己正人之事. 故君子居位而敬, 臨事而盡誠, 不敢言其私. 『詩』曰: "王事靡盬, 不遑將母." 是其心不有其身者也. 程子曰: "一命之士, 苟存心於愛物, 於人必有所濟." 孟子曰: "中天下而立, 正四海之民, 君子樂之." 夫修己治人, 君子所以盡性也.

自古設官分職, 可以任行道之責者有四. 宰相輔弼君主, 燮理陰陽, 以參贊化育之功; 諫臣糾察君相庶士之失, 以矯正綱紀; 州郡職最居下, 而兼行君相之事. 然去民甚近, 故導民甚易, 害民又甚疾. 乃若監司, 卽先王之制, 方伯之任, 宣風訓俗, 大明黜陟者, 國制位不過下大夫, 而兼行三者之職, 其爲任顧不重歟!

然地遠於君主, 勢通于宰相, 威制州郡, 而易以徇私. 故國朝中盛之時, 士大夫皆秉持風裁, 而樂處于近密, 視藩任甚輕, 雖膺選者, 樂赴關東而恥西南, 爲西南地腴而官勞, 東則有山水之勝覽也.

噫! 盛時君子, 豈獨不以修己正人爲盡性, 豈不汲汲焉爾者哉? 世道之善, 斯可以觀. 昔范孟博爲詔使, 而登車攬轡, 有澄淸天下之志, 李德裕觀察浙西, 而作「丹扆六箴」以獻君, 二子者, 豈非敬其位誠其志哉? 豈可與言其私哉?

『易』曰: "觀乎天文, 以察時變; 觀乎人文, 以化成天下." 此言聖君之所以盡性, 其所以宣化訓俗者, 豈不在賢臣乎哉? 夫以天下之大、四海之遠, 而君臣盡職, 則化行成俗, 況以偏邦數千里之地, 而分爲八路, 監司何其小耶?

海西之地, 邑弊而收公錢倍田賦, 戶縮而簽軍額倍人口, 海防疎虞, 陸路無險阻, 易以受敵, 而又值歲累歉, 治之實難, 而以使价之通虜庭, 車馬歲月奔湊, 服食鮮腴, 歌吹脂黛, 棼錯于道路, 爲監司者, 恒以燕安爲樂, 而習於浮僞, 不能敬事而絶私, 識者歎焉.

今左承旨金公出膺是任. 余嘗見公之謫補山陰宰也, 簡而慈和, 實心愛民, 而又深知爲監司之易以徇私焉. 故于其行, 謹述古人行德而言, 冀公之審擇而盡其誠, 不以職之小大而怠焉, 則於君子盡性之道, 可以進矣.

送黃參判赴燕序 乙亥

嗚呼! 天下方亂, 君子之道勞苦, 退而在野, 而不能潛其名, 進而在朝, 而不能行其志. 君子無以爲樂於世者, 非有文章之正、義理之明,有以自信而不懼, 則於後世, 何所傳信? 夫以魯仲連之高, 不能不事游說, 以管仲之賢, 不能自立名節者, 所遇之時不幸也. 然管仲之仁, 夫子與之曰: "豈若匹夫匹婦, 自經於溝瀆, 而莫之知也?" 余謂非仲之功, 不可以當此義, 而若仲連則誠高, 使新垣衍竟去, 帝秦則仲連必死, 連固賢於管仲矣.

嗚呼! 皇運既訖, 天下不復文明. 君子處於氣數之末, 而生於蠻貊之方, 能有以自信而不懼者, 可謂難矣. 窮則近於道, 達則遠於義, 君子審於時義而已, 又何懼乎? 『易』之剝之象曰: "碩果不食." 復之象曰: "見天地之心." 剝復之交, 君子處之. 故天運有時而崩亡, 而義理有不泯者; 勢力有時而制四海, 而一夫有不從者. 非復君子, 孰秉此義? 若謂國存則可仕, 身存則道伸, 而假托聖人之行權, 以爲審於時義, 而不之恥者, 豈非管仲之罪人乎!

念自弘光南渡以後, 天下不復秉義. 有以八閩兩粵存其年而不稱帝者, 曰: "天命靡常." 有以丁丑死義諸臣爲近名者, 曰: "時既往矣. 不必世講復讐之義." 自中州薄於海外, 未聞有一士以大義自任者, 甚至樂赴虜庭, 托往役之義而不之恥, 豈不悲哉! 尙記十年以前, 與數三朋友潛講大義, 以俟天下之一治.

黃公叔子著『南明紀』, 以存甲申以後十九年皇統, 著『陪臣傳』, 以明小邦秉忠之節, 其道勞苦, 而義明而文正. 蓋將退而潛其名, 而進而行其志焉. 及公爲大夫, 未能以此義爲去就. 世之譏之者曰: "黃叔子爲大夫而不言也." 愛之者曰: "黃叔子爲大夫而不言也." 夫譏之者, 未必能達聖人之權, 愛之者, 未必能知聖人之道, 是可謂明於時義者歟?

噫! 君子之道勞苦, 而公固不能潛其名矣. 公能委蛇其跡, 而終保令名, 使所著之書, 信之天下後世, 而有以見其志, 則庶不得罪於仲連之門, 而於九合一匡之義, 幾矣乎哉! 余竊俟之. 公以朝命使虜庭, 而不敢辭, 余悲其行, 書此以贈之.

五郡山水紀序 辛未

嗚呼! 天下有道而遯于山水者, 索隱行怪之徒也. 卽天下無道而無山水之樂者, 君子亦恥之. 噫! 彼流峙而高深者, 何關於世道, 何關於身心, 而可以觀乎君子之出處耶?

噫! 四海之大, 十二州之內, 五嶽九瀆與夫瑰奇秀異之觀, 上應星辰而下降人傑, 出雲雨而澤物, 列于祀典者, 豈不秩然以多, 而今不可以投履矣. 噫! 崑崙衆山之所宗, 而不列於秩祀者, 夷之也; 洛河不大, 而天下歸之者, 尊王也. 世運極否, 則雖五嶽九瀆, 夷之可歟. 苟或有人傑者生於中州, 則必將毀冠裂裳, 而投水入山而死, 不爲過歟.

傳曰: "在夷狄, 則進之." 其人苟賢焉, 則其地亦尊矣, 況國君有道, 而世秉大義, 爲君子之所歸者耶! 『詩』曰: "適彼樂國." 又曰: "適彼樂土." 其意甚悲矣. 嗚呼! 自弘光南渡以後, 天下之士可以依歸者, 唯我邦, 而海外山水之可樂者, 又秩然可叙. 北有長白之峻, 南有智異之大, 雪嶽秀于中, 西有妙香之厚, 東有金剛之奇. 東海之淸, 與天侔德而包涵, 衆妙石而叢石, 國島藪而鬱陵, 泛濫滀洩而爲三日、鏡浦, 瑰奇出巧而爲星石、金襴, 山海之觀, 可謂盡矣. 夾東海而祖金剛, 五臺高峙而大江發源, 山輳水盛, 窮其變于五郡, 而會極于漢都, 則江山信美矣.

以言乎衆山, 則有七寶之峭妙 · 太白之深 · 漢拏之高 · 錦山之怪 · 邊山之媚, 而衆山咸宗金剛. 以言乎衆水, 則有灣河之馳·浿江之闊·皇蘭、黃山之淸明·昭陽之幽冷·蠹石之壯偉, 而衆水咸宗東海矣. 東州之山, 多名藥; 北關之山, 饒材; 南海之山, 有駿馬; 海西之山, 産銅鐵. 灣河以東, 多壯士、美女; 以西多大賈; 浿江多樓臺亭堠; 蠹石東南多勁箭; 沒雲、海雲以北, 洛東以東, 多劍客; 湖嶺多名士.

嗚呼! 以其用而論之, 則以東國之富、山海之利, 國君可以資之而征伐, 槪其勝而論之, 則君子可以資之而樂其志, 而舟車顧不可以遠涉, 都門不可以遠離, 而可以終身優游者, 獨五郡山水是也.

以其高峰峻壁怪奇之石、明潭激湍, 仰餐俯濯, 而樂而忘憂者, 獨李胤之一人而已. 蓋五郡之美, 幾敵環海諸勝, 而胤之之賢, 可友天下之士, 可謂地與人遭矣.

然吾君世秉大義, 將有冠裳之會, 而北伐中原, 立舊君之後, 如夏康一旅之興, 而昭烈之以一隅而存漢之正統, 則胤之不敢爲木石之徒, 將進觀于中國之禮樂, 雖五嶽九瀆之大, 而不假觀矣. 後有秉史筆者, 書而進之曰: '李胤之、吳季子、師曠之徒, 而善觀山水, 樂其志而忘其憂者, 豈不美乎? 胤之所著有『五郡山水紀』一卷, 中多悲辭. 余書此以慰之, 而以質于世之君子.

名山紀序 戊辰

君子有窮而不改其樂者，有托於物以忘其悲者，而若聖人安時，何思何慮？昔夫子轍環天下，而冀朝暮行道焉，其所游歷，豈無名山大川之觀，而其在川上，則曰：“逝者如斯”，登東丘而小魯，登泰山而小天下，如斯而已．然觀其贊『易』刪『詩』，則窮盡事物之情，而導而之善，雖小道必有取焉，何哉？

宮室之美、美衣珍食、名馬好女、馳騁弋獵之娛、富貴充溢者，眾人之所以爲樂，一徇于此，足以喪身覆國．然聖人皆因其情，而導而之善，況名山大川瑰奇之觀，可以樂而忘憂者，而聖人不一及，何哉？

嗚呼！出而善世，窮而修道者，聖人所以樂天知命也，外乎此，則將有所不暇焉．況禮樂征伐，猶自天子出焉，先王之文獻，猶有可徵焉，猶有顏、曾、游、夏之徒，可與衛道而垂教於世，則不至甚窮矣．然而道不行，而有乘桴浮海之歎，聖人固不能無憂歟？

嗚呼！世運日降，而賢人君子，其窮日甚，道既不行，無以寄其意，則或托懷於文章，放于山海，往往樂而忘憂焉，如晦翁「雲谷之記」、「九曲之櫂歌」，何可少哉？況吾輩生于夷狄亂華之日，處于偏方，而厄窮而無以見其志，則寧與鳥獸爲羣而木石與居，自以爲安身立命之地，使聖人而在焉，將罪之歟？亦惟悲其志歟？

若李子胤之所編『名山紀』，其有不可泯焉者矣．李子哀時悼生，忱憤於悒，思遠游而不可得，故寄意於此編．首紀泰嶽者，爲先王之始狩，聖人之所履也，次紀崇嶽者，以表天下之中也，次紀華嶽者，以寓西歸之思，世運日南，故次紀衡嶽，鄙夷北方，故次紀恒嶽，五嶽定位，而名山大川各歸其所，華夷之分正矣．表章富春冠浙之山，明武侯、元亮之志，以盡二省之勝，而爲忠賢之出處著矣．嗚呼！『山海之經』

、『穆王之傳』, 記異爲多, 故不載焉, 崑崙之大而夷之, 故不宗焉.

雖無行道之責, 而有窮士之權, 不出戶而權天下之大, 正名度義, 以寓遯世之思, 其旨甚微, 雖謂之羽翼經史, 可歟. 余意此編, 幾與聖人同憂, 後之君子, 必有悲其志者矣.

李胤之西海詩卷序 丙子

觀物之樂, 莫尙於禮樂, 而君子不得行其道, 往往觀于山水以爲樂, 樂而不返, 或匿耀隱高, 沒名於高山邃谷之間者多, 君子何記焉? 然山之奇變, 爲數十百里而止, 而水莫盛於海, 莫有窮其涯岸者, 不觀海, 無以見天地文章之大而窮極物之情, 不涉海, 無以驗世運之夷險而見人力之斡旋, 必有知其道者矣.

然記海者多引仙神怪異之蹟, 而其沒名於釣徒賈客者, 尤不可得而詳, 海固與世隔遠而然歟? 傳曰: "擊磬襄, 入于海." 卽周之禮樂, 與人器俱沒歟. 好事者謂: "麻姑三見東海爲桑田", 則其間世運之興亡衰盛可悲, 而誰有紀之者? 余嘗謂: "天下之義理窮盡處, 爲陸秀夫崖山乘舟一事, 天下之義理不盡處, 爲本朝諸公航海朝天一事." 皆天人之際, 義命之正, 有所驅遣而後, 蹈濤瀧犯鯨鰐, 靡有悔意而樂之, 如聞「韶」樂而睹「干羽」之舞, 使忠臣志士, 至今想慕, 咨歎不已, 入海誠可樂歟! 諺曰: "中流失船, 一壺千金." 又曰: "千金之子, 不垂堂." 斯言爲無事涉險者之戒, 而若賈而逐利, 釣而入深者, 亦有所樂歟.

嗚呼! 磬襄以存身爲道, 知天命者也; 陸秀夫以存國爲心, 盡人事者也. 智不及於存身, 才不及於存國, 而勞心殫節於天人反復之際者,

本朝諸公是也. 乃若今之君子, 雖欲就航海一路, 不可得矣, 與隱耀
於釣徒賈客者沒, 其名亦不可得矣, 豈不悲哉? 余聞楚人將抱石沈淵,
而其辭, 則駕玉虯涉若木, 上而問天, 下而及於鬼神仙眞, 若將遠游
而度世者, 彼可謂知其道者歟! 然則古所云海中多仙眞者, 皆寓言歟.

李子胤之好觀山水, 一朝與其弟及友人, 入西海觀龍流島山, 乘潮
遇風, 幾瀹死, 而猶張燈賦詩自如也. 非有義命之所驅遣, 而蹈危而
不懾, 其辭肆放, 不擇音節, 嫉世之逐利而入深者, 若以無事涉險爲
樂, 而若與仙神虛無者流相遇, 何哉? 可謂得楚人之辭之旨歟! 嗚呼!
島山距岸僅數十里, 未可謂遠游, 雖欲順風西涉, 及觀中州, 禮樂文章
之美, 已非其時, 君子何紀焉? 余竊悲之.

記

桴亭記 辛未

自龍頂海門, 溯流而東, 穿峽五百里, 水勢漸高, 量以平地, 積毫累銖, 絶塵不知其幾丈矣. 山自五臺夾水西馳, 邐迤九郡, 至于龍門, 其卑如坻矣. 山轅峽束, 而水奔趺不已, 震于大灘, 輾于斗尾, 而西望京口, 萬峰峩峩, 光氣滿空, 然猶不能離塵矣. 過五百里, 則山勢幽險, 下五百里, 則水性緩濁, 蓋中氣瀜結而極于四郡, 至于龜潭而江山清壯, 令人悲喜.

余嘗築小樓于潭之南岸而居之. 衆峰如雲, 芬氳夾水, 濤瀨中動, 瀹汪潚洩, 陰晴改觀, 無有定象. 槩而觀之, 絶高而離塵, 出雲爲多, 遂取陶隱居詩, 標樓曰多白雲, 樓固樸啙而矮陋, 過者笑之, 而余猶自娛焉. 念余不及覩中華盛時, 不能遊遍四海, 不得交天下士, 寡學無術, 不可以善世長民, 而乃以荒山一小樓爲依歸之所, 用心固小矣.

余嘗南登智異, 東入金剛登太白, 臨大瀛之水, 放觀于沒雲·海雲之

臺, 登烏山望燕·趙之風烟, 而到老澆落, 竟無所托情, 日遠都門而其
心益悲, 不有雲樓, 則竟無以解其悲者. 然龜潭上下十里皆好峰, 非
浮家泛宅, 不可以窮其勝, 而雲樓只點一面, 見其靜, 不見其動, 見其
常, 不見其變. 目力有窮, 而心有所不通, 卽龜潭又增余之悲矣.

　余將伐木束筏, 四方八尺, 中卓一柱, 架以五樑, 覆以草茅, 名之曰桴
亭. 每於暇日, 下樓命小僮, 運篙前江, 溯流緩棹, 則左右遞迎者, 皆燕
子山·赤城山諸峰也. 中江之水, 實司其變, 隨運篙之疾徐、風力之剛
柔, 縷移尺變, 奔注浸涵, 隱見明晦, 神怪迭出, 如笆笋如花蕚, 如植
壁秉笏, 炎炎如火, 如劎槊出鞘而列幟而摩壘, 如花未坼, 如熖將伏,
如壞雲如起雲, 如人立而獸走, 如趍而拱揖, 如影如夢, 慌惚萬狀, 若
不可以名狀. 蓋衆妙之會, 而山水之極變, 窮天下之瑰觀, 而歸於桴
亭矣.

　然從流而下, 繚繞屏山, 泛于東臺, 至于漢津, 則都門已近, 一日便
至龍頂矣. 溯流而上, 擊汰于三島, 沿洄于亭淵, 窮源于五臺, 則十日
始可至矣. 其疾也去塵日近, 而更無去路矣; 其遲也絶地甚高, 而便
令人忘返矣. 容與上下而莫往莫來, 憂其疾而又憂其遲者, 余又何心
哉? 余寧臥起雲樓, 而不復理楫, 循其常而守其靜耶?

　前年乘舟改岸, 衆山俱重, 今年運桴下灘, 衆山皆移, 只一山而使
余心而悲喜. 嗚呼! 江山之淸濁舒慘, 亦有關於人心之哀樂耶? 嗚呼!
動靜無常而隨寓而變者, 人情也, 卽雲樓不可以恒居, 桴亭不可以長
往耶? 余觀龜潭而竊有所感焉, 遂作「龜潭小記」二十八段, 而係之小
詩三十八首, 以示同好者.

磬心亭記

聖人作樂, 以悅性爲道, 而鼓樂者異其情, 又有聖愚之分焉; 聽樂者異其時, 又有有心無心之分焉. 是樂之變也, 知斯道, 則可以通其情而卜其時耶. 昔夫子擊磬於衛, 有過門而聽之者, 曰: "有心哉! 擊磬乎!" 彼其人也, 果能眞知夫子之心者耶? 聖人未嘗無意於斯世, 亦未嘗以世道易其樂, 聖人何思何慮?

方其擊磬也, 聲發於器而心依於聲, 自擊而自聽, 蓋以磬聲爲樂, 未必存心於磬聲之外, 而聽之者自謂審音而得其心, 何耶? 然師襄鼓琴, 夫子聽之而得文王, 鼓樂者, 固未嘗無心耶? 今夫衆師操樂, 合節而鼓之, 則七情棽錯於八音, 浸淫繁複, 各殊其感, 而聽之而無不蹈足以喜者, 衆人之樂也. 審音者猶能卜其治亂, 而不能通其善惡之情, 若使愚夫操單音, 鼓之以無心, 則審音者猶能通其情而卜其時耶?

嗚呼, 自樂道廢而協律審音之法俱不傳, 時之治亂, 人之淑慝, 蓋無以觀焉. 雖聖人復作, 鼓樂而托其心, 尙無知者, 況衆人七情不得其中, 而又有心以鼓樂, 則發其聲音者, 必不正矣. 旣無審音者, 則終爲欺世之歸矣, 寧就古樂之猶有不變者, 鼓之以無心, 則猶可以和其情而樂其時耶? 嗚呼, 以其變者而論之, 則琴瑟笙簫, 變動無常, 令人神勞; 以其不變者而論之, 鐘聲決裂, 鼓聲洪深, 鐘令人悲, 鼓令人憂, 土木之聲, 令人不樂. 清深微遠, 動盪血脉, 得其中和之氣, 令人鼓之而體逸, 聽之而無斁者, 其惟磬聲, 卽衛門之音, 猶若有存焉者矣.

余與友人吳敬父、李胤之, 性好擊磬. 余嘗扁敬父小樓曰玉磬, 每於暇日, 相與敲擊而聽之, 以爲樂焉. 蓋時平無事, 無所用其心, 而托於磬以悅性, 蓋所謂衆人之樂, 而鼓之以無心也.

余嘗築室于雲潭, 敬父來觀, 欲倚中正皇而居, 以近余室. 未幾敬父言事北遷, 歿于三江, 余不忍復過磬樓, 遂作小亭倚中皐, 以遂敬父之心, 扁之曰磬心, 中懸古石磬, 每當山靜江空, 時物變遷, 可悲可喜, 則輒與胤之擊石發聲, 聽之以無心, 以自忘情焉. 既不忍悼念敬父, 況敢思及天下事乎? 聽之而知余心者, 復有誰歟?

多白雲樓記

余性喜看雲, 而不能自言其所以爲樂. 築書樓於龜潭之羣玉峰中, 扁以多白雲, 余獨自笑曰:"龜潭不可以恒居, 好雲不可以恒遇, 斯爲可憂耶."夫時雨降而萬物滋茂者, 天地之心, 而雲之妙用也. 然八荒同雲, 霈然下雨, 而一草一木猶有不被其澤, 則君子又憂之, 其憂無已時矣. 余故獨喜晴雲, 晴雲多皓白奇變, 而衆象呈露. 于此之時, 正觀天地之心貊然無動, 而萬物待時, 余樂亦在于不言, 夫何憂哉? 然雲出無時, 而難遇會心之時, 事應無窮, 而吾之憂樂, 隨遇而變矣, 雖無好雲, 何暇憂焉? 夫山海泉石之觀雖美, 若使終老靜坐, 繼日以觀, 則其奇變流動者, 反爲瑰然一物, 而令人厭射. 唯粱穀之味, 布韋之服, 道義經史之業, 神逸體充, 可以隨地而安, 恒久而無射. 雲樓雖美, 無以易其樂矣.

夫能登天王觀日月, 登鳳頂觀滄海, 入普門、九淵觀大瀑水, 泛舟于國島, 觀琅玕千丈, 溯洄龜潭, 觀衆峰如雲, 則亦可謂天下之壯觀, 而必欲盡窮其勝而後已, 而隨地起樓, 則意欲無窮, 而其憂無已時矣. 又復馳情於五嶽、三湖、黃山、鴈宕之勝, 而泛濫九海之外, 求蓬·瀛之山仙眞之宅, 則邪妄之心無已時, 而嗜慾日深, 天機日淺, 顧不勞哉?

且龜潭衆峰雖奇, 其變動莫測, 不及於雲, 雲之奇變, 又不如晴辰暖日之爲恒久可樂. 其悅於心, 而不可以爲己有, 則雲與山一也. 何用終身形役而易吾之樂哉?

噫! 人生勞苦, 家居多憂, 銷送晴日好雲, 而余得起樓於龜潭之上, 能得歲一至焉. 觀衆峰如雲, 又將耕釣而食, 採葛而衣, 而偃仰自適, 讀書而玩理, 蓋無以易其樂矣. 孤坐無事, 偶得一日之晴, 而遇好雲時起, 觀衆象之呈露, 而驗天地之心, 則其爲樂又在于不言矣. 雲樓固多可樂, 好雲之不可恒遇, 龜潭之不可恒居, 又何暇憂焉? 遂爲記.

水精樓記

李子胤之名其書樓曰水精, 識悲也. 始胤之築室盤池之上, 扁曰澹華, 繞以花竹, 室中蓄書畫、古器瑰奇之觀, 槧多朋友所贈, 而中有水精筆山, 乃其叔父三山 李公之賜也. 時朝廷黨議分張, 耆舊宿德淪喪幾盡, 而士類猶有秉持淸議者, 咸宗三山公曁漢濱 尹公. 二公俱忠貞有志節, 而相與友善. 尹公則退而潔身, 李公將出而救時. 胤之內服三山公之敎, 而於尹公則師之. 且與數三朋友, 優游自放, 托情於書畫器翫以爲樂. 每於暇日, 出古銅古玉鼎彝琴劍之屬, 拂拭以示人, 卽水精筆山, 在胤之器翫, 猶非古物, 余亦一眄而止. 余旣樂友胤之之淸眞, 而於二公則猶視之以榮耀, 十年止再三過其門. 嗚呼! 二公今不可復見, 余有悔焉.

尙記尹公夜讌澹華之室, 命余作古隷, 余醉書曰:"當轉移世界, 不

當爲世界所轉移." 公咄曰:"莫惱人!" 後數年聞李公起廢入都下, 與
尹公劇飮澹華之東亭, 醉後語及時事, 相與慨然涕落. 夜深, 尹公甚
醉, 胤之與諸兄弟扶擁上馬, 送之至池邊. 翌日公謂胤之曰:"前夜余
有一句語:'出門但記淸涼界, 不辨池光與月光.'"聞者悲之. 未幾李
公得罪而去, 尹公歸漢水之濱, 扁其書樓曰白蘋, 蓋寓戀君之志焉.
余嘗攜酒, 與胤之往訪, 公又出火露大一壺, 痛飮至夕. 余書其壁曰:
"自疏濯淖汚泥之中, 蟬然泥而不滓." 公爲之愀然.

其後聞二公攜胤之入丹陵, 樂其山水. 二公旣歸, 胤之就舍人石上
鏤二公之名, 煥然照水, 過者慕之. 未幾尹公卒, 李公出膺召命, 晉秩
至六卿. 時國家益多事, 上倚公以爲重, 公亦自許以盡節, 屹然有轉移
世道之望, 而公又不幸病卒, 志事竟不明. 嗚呼, 十年以來, 數三朋友
亦凋喪幾盡, 二公之歿, 誰有誠心悲之者?

胤之移居西城, 庭植卉木, 不及澹華之盛, 室中之書畫器翫, 已多存
沒之感, 而水精在其中, 遂作古物矣. 胤之之心, 安得不悲? 一夕胤
之夢入丹陵, 見舍人石四十丈, 亦化爲水精山, 晶瑩神秀. 覺而感之,
遂以水精名其樓, 蓋寓二公之思焉. 嗚呼! 夢固虛幻, 而人之精誠相
感, 神氣或發於寤寐, 昭明眞一, 如高宗之遇傅說、仲尼之見周公, 皆
可謂出於正理矣. 夫一塊水精、舍人石字, 物微而事晦, 而及夫發于夢
寐而名其居室, 與醉後之語池月、壁書, 若相暎發, 則此耿耿一塊石,
洞徹無礙, 有如不昧之心, 而有足以感人者, 亦可以觀二公之終始,
而考世運之衰盛歟. 過胤之 水精樓者, 其宜有忠君憂國之思焉. 丁丑
秋日書.

遊太白山記 乙卯

余隨退漁 金公觀太白山, 歷安東·順興諸郡, 邐迤百餘里至奉化,
皆山之麓也. 始入山宿覺華寺, 寺距奉化五十里. 晨起整二肩輿, 點僧
徒九十人. 人皆複衣一襲, 而皆憂凍死, 是日山下, 猶和暖矣.

上五里觀史閣, 天始明, 始向上帶山之中峰也. 嶺轉危路轉微, 髥
鬐之檜, 偃蹇之槲, 植立如鬼. 其顚倒於風火者, 橫岡截路, 而雪積糢
糊. 植者方鬪勁風, 其聲滿空, 振動于東, 勃鬱而西應, 陰晦倏閃, 無
有窮已. 從人皆僵立, 命拉朽吹火以熨之. 復踏雪開嶺脊, 繩系輿前
後, 縋壑懸而進. 望處漸遠, 雪漸深, 風漸烈, 林木漸短. 及登上帶,
便無尺寸之木, 而只有風矣.

四顧百里, 山皆雪色, 如羣龍之血戰, 如萬馬之馳突. 煙中隱見滅
沒, 冥晦闇闢, 熒熒晃晃, 晶晶皓皓, 光氣滿空. 從人又狂呼足蹈焉.
東望海色同雲, 浮霄爲一, 而三峰飛舞如霧中帆, 滾于雲而混于海者,
鬱陵島也. 緝緝明明, 低首環列, 而不敢肆者, 七十州之山也. 嶄然當
其前, 有如四岳之率諸侯朝覲者, 清凉山也. 西北則雲霧慘悷, 極目
無所覩. 唯有一山純石成, 束立如劍斧.

遂從東北取路, 向天王堂, 日落月出. 但見嶺巓之木, 高纔數尺而蠻
萬節, 裹以寄生, 臃腫奇古, 婆娑牽裙裂袖, 其剛如鐵, 令人僂而行.
封根之雪沒人膝, 見風而飛. 風自北方來者, 天昏地裂, 轟雷而蕩海如
也. 巨木吼怒, 小木哀鳴, 僧顚復起, 雪壓其背, 運輿之難, 如急灘之
上舟也. 僧曰: "木猶千歲耳, 萬古積雪. 蓋嶺背尤近北, 與上帶異候.
故其風極壯, 而其木極怪, 雪愈不消"云.

至天王堂. 約人定時, 而繞行六十里, 西堂有石佛, 東堂有木偶, 所
謂天王也. 復燒樹救寒, 向前尋店舍, 月色陰黑, 星斗時出, 漏雲掛

林. 行數里, 月復明, 四山穆然, 天光如洗, 余長吟不已, 有凌雲駕風之想. 抵素兎里店, 夜已三更. 凡行二十里.

店人南後榮來見, 貌淳而言眞. 具道玆山之形勝曰: "玆山盤據三路十二州, 自東北而隷于關東者, 曰江陵、三陟、蔚珍、平海、寧越、旌善. 三陟之松, 可以爲梍, 其蔘甚良. 踰南而爲嶺南諸州者, 曰安東、奉化、順興、榮川、豐基. 奉化以史閣爲重. 浮石之寺, 名于南土, 實在順興. 湖西之四郡, 始奇於永春, 永春實爲西支. 其峰之高者, 曰天衣、上帶、壯山、含朴也. 其水曰黃池、孔淵、五十川也. 其神曰天王, 黃池之神也. 俚言呼牧丹曰含朴, 玆山甚妍, 宜望於素兎峴. 壯山純土於北, 純石於南, 有寶産焉. 池水不加減, 淵有龍焉. 川只一派¹而涉五十曲. 其他幽奧絶世之地, 不必言"云.

翌朝偕南生出店門. 風猛雪作, 原野之積雪, 俱起滾爲雲霧, 六極蒼茫, 尺步不通語. 行二十里到黃池上始霽. 環顧四邊, 野平十里, 而池滙于中, 實一山之中, 含朴峙其西矣. 其廣纔半畝, 其形如匏穿穴, 中寬而外縮, 地動三丈者周池, 非冬月無敢有履而近者. 泉自腹上湧積, 色如漆而冽如氷, 蓋魚龍之所不宅, 而終古無測之者也. 苟有動其水者, 風怪一歲, 人不得寧. 意者有明神, 多而不氷, 旱不蹩, 潦雨不受益, 其有定性定度矣. 泛濫于南, 濤于孔淵, 穿重嶺者百里, 朝海者千里, 其流澤亦長矣.

遂別南生, 徑從素兎峴向孔淵, 回望牧丹峰, 絢爛刻雕如花, 不雄大而妍妙, 一變玆山之面目, 所以爲奇也. 行二十里, 過小石峰, 孤起數十丈, 如胄鍪狀者, 曰鐵巖.

又行十里, 宿方墟村, 路邊皆五鬣松, 其直如筠, 上枝蔥然成蓋, 夾

---

1 派 원문에는 "孤"로 되어 있다.

水兩崖而立. 已而彩雲起于西, 隱暎于松林, 陸離璀璨如貝如虹, 移時不變. 蓋山極峻, 而落暉在下, 倒光上薄, 而爲光怪耳. 兩崖之石, 如魚龍之脊鱗, 齒齒突起, 有若交制者. 其水合於孔淵云.

翌日沿流抵淵下, 有石壁立十餘丈, 蒼壁巉削, 而間以赭色, 中開巨穴如城門. 黃池水駛流數十里, 滾滾湧出, 不離于門, 而滙爲深潭如黃池, 出乎門而合水于左, 大其瀾, 勇赴于南者, 爲洛東江入于海.

蓋太白之觀, 至於孔淵而極其奇焉. 一行入其門, 履氷而仰觀焉. 西納天光, 東受旭日, 風壯氷堅, 而石危欲崩. 忽有山鳩數十, 翩翩飛出, 羽聲劃然, 不覺凜然怵魄, 不可以久留矣. 土人曰: "世傳黃池水, 舊從山後南流, 有龍破開此穴, 而水改其道, 水之底龍其伏焉." 理或然也.

行五十里, 宿洪濟菴, 又行六十里, 抵奉化, 路皆重嶺險絶. 蓋太白山積土成大, 其深莫測, 漸高百里, 不示其功, 如有大人之中德也. 游纔三日, 而返而出山, 便茫然如隔世矣.

錦山記 戊辰

錦山在嶺南絶海中, 罕有游者, 特以音聲窟名. 戊辰八月, 余因上官之巡海邑而往觀焉.

始自晉陽 矗石行二百餘里, 涉露梁. 錦山始入, 南望嵐氣, 蔥蒨浮天末, 而山勢蜿蟺如長魚出浪, 若無峰壁之奇. 行四十里, 宿南海縣.

翌日又行二十里抵山下, 陵谷環合, 純土無石. 逾西岡, 始見烽臺一峰, 嶙峋積翠, 碾開海色, 汪洋潑眼. 長松夾路, 微風吹面, 徒御告上峰已近, 仰視猶童, 斷若無物. 自此始就筍輿而行, 磴路彳亍, 而一山渾是長松, 如新笋出籜, 森立千尺, 絶無蜿曲依附者, 含風噓雷, 神爲之竦. 下多楓栝蹦躅, 而樹矮不能長. 松勢彌高, 正染濃霜, 爛乘蒸碧, 絢煥可觀.

約行十餘里, 路左右有石如顧獸, 名獅子項. 折轉東上, 漸有好石磊砢, 林木漸短, 而漸開海色. 又有石左右僛俯, 中開一路, 而渾渾如鎔鑄, 峙立于前, 捩回輿杠, 從石背而轉, 已覺身在絶頂, 謂之蓮帶峰. 上築圓臺以候望, 而臺西石面, 大刻'由虹門, 上錦山', 周愼齋書也.

一行攀梯登臺, 天海洞明, 排蕩八極, 山在中空, 如璣衡激水, 而環顧世界, 如臥車輪, 元氣鴻濛, 霽景澄鮮, 二南羣山, 聯綿簇擁, 如布八陣. 北望智異, 東南指對馬, 耽羅朝于西南. 萬峰遞見明滅, 而南開大洋, 一碧無涯. 有石立海中, 中開巨穴, 谽谺如城門, 石遠可二百餘里, 穴高數百丈, 夕暉橫薄, 海色忽變如鎔金, 石勢益穹然, 洞見波外, 奇怪眩目, 謂之世尊島.

又截岡西行里許, 停輿于積石, 便在九井峰頂, 有若窪釜者八九, 而無湧泉, 石勢漸殺, 凜然不可俯視. 又斜行取路密林中, 東過廢菴墟, 傍有巨石纍纍對峙, 而左開一穴, 端嚴如門. 從其中抱北崖而行, 石角齒齒, 人皆交脛累趾, 右擔而立. 下十餘步, 仰見三峰羅列東西, 隱現林表, 神秀晶瑩, 曰日月臺, 曰華嚴臺, 曰大藏峰. 普濟菴在峰下. 菴下數十步有小石塔, 敲之鏗然作聲, 意中藏機巧, 而塔在峰頂, 下臨不測, 名曰塔臺. 意羅 麗崇佛之時, 一山淪爲道場也.

又取路而西, 俯下巨壑, 忽有悍壁拍面特立十數丈, 如用神劍削成, 銅蒸鐵鍊, 若將鎖斷海色, 而忽開東西二穴, 圓窿如城門, 所謂虹蜺門也. 兩門之交, 傍開一穴, 高過于鬐, 濶容數軀, 循左而入, 從傍而出, 立于西門中, 仰見石頂, 又漏下圓穴大於門者, 加徑一片[2]. 天如車輪, 過雲欲墮, 而南臨海色鬱鬱, 世尊石門, 呀然當前, 玲瓏穿穴, 洞見無礙, 而左右石峰突起, 崢嶸百尋, 氣勢森嚴, 不可眡視, 東卽塔臺, 西爲九井一面, 巖壁之間, 巨木獰犴嘘籟, 冷徹神骨, 不可久坐. 意海山壯觀極於此.

東峰有二石窟, 高者曰臥龍, 下者卽所謂音聲窟. 石中空洞, 敲之又鏗然作聲如鐵鐘, 而在山特一奇, 不足以此名. 蓋錦山高不過十餘里, 而通望無盡, 石之奇變在數里, 而回復東西, 終日應接不暇, 斯爲奇.

翌日至露梁, 上官先渡. 余乘巨艦而後, 中流遇大風, 濤瀧如山, 舟輕蕩如浮梗弱羽, 幾墜水, 移時乃定. 櫓夫纔歡呼踊躍, 和唱囉嗊, 幽咽可聽. 八月二十九日

游統營記

自固城縣南, 山勢奔馳入海. 始行五里, 西望有山參差, 拖碧百餘里, 橫斷海門者, 爲蛇梁島. 山行人指點上峰, 名爲玉女云. 自此夾路三十里皆長松, 虯枝偃蓋, 蔽虧雲日, 海色片片隱映, 島嶼點綴, 有時望如行舟焉. 又行數里, 倚山際海而有小城, 上起層樓, 號爲統制使轅門.

又行五里, 山勢忽迤而西馳, 而左右陡起, 北山尤高, 腹背受海水, 截岡環城, 而洗兵館在其中央. 南臨衆峰, 沓拖如屯雲, 吐納波浪, 滙爲平湖, 而東西譙樓, 縹緲空光中, 與晏波清南二樓, 八戰艦帆檣森

---

2 片 『능호집』에는 결자(缺字)로 처리되었으나 『뇌상관고』에 의거해 보충했다.

列在前. 凡洪濤、巨艦、畫樑、雕檐, 盡入洗兵館簾間, 卽館之大無對焉. 連楹數十, 而夾以彩樓, 深嚴尊重, 中可容人千數. 海防財力, 蓋殫於此, 不知創於何人也.

上北譙樓, 望閒山島, 出西城讀李忠武戰功碑. 至晏波樓下, 觀八戰艦, 艦皆高壯如山, 一作層榭複檻, 其大幾敵洗兵館, 而入海便同浮梗, 風水之力儘大矣. 然運使者, 在于人力, 而以之制敵決勝者, 又在于智力, 爲將之責尤大矣.

自數百年以來, 國家昇平, 邊疆無事, 高館巨艦, 便爲游客流連之所, 清吹長袂, 日以爲樂, 而水卒終歲暇逸, 編竹爲網漁利以爲業, 雖有良將, 將無所施其智勇矣. 仍坐舵檻, 搴篷四望, 秋日澄霽, 海波淸蕩, 島山聯綿生愁, 忽令人思見公孫娘之舞劍器、伯牙之奏水仙, 悄然忘返焉.

牛頭山記

過加祚倉, 望見牛頭山, 特蛇然一堆, 而山頭有石如笆筍, 名爲遠暮臺. 從山下北望, 始見上頭 三峰, 隱現動目, 而不見遠暮臺. 又有峰如卓筆拄空者, 曰捨身臺. 至洞口, 三峰又漸隱, 而回望不見捨身臺.

渡小溪, 穿林百餘步, 得小寺, 名曰下見菴. 佛殿後有大圓巒, 積土成高, 而松卉菁蔚, 有澗流琤然, 磨巒底殿脚而過. 上南樓仰見, 三峰參差, 如火焰而雲蒸, 熒煌天末, 現于大圓巒之左.

遂輿行循澗百餘步, 有積石湛, 碧色左右展開而中凸. 上橫小杠, 水從左驟瀉丈許, 洞洞幽鳴. 泓勢方直可愛, 名爲藍淵. 少行西望, 石角齒齒東馳者, 卽遠暮復現, 而三峰又暫現而隱. 左高右低, 從亂磴而上, 連岡絡繹橫鎖, 若無路難緣, 不知出入, 而水分四五道瀉下.

西望一峰又露頂, 卽捨身, 而循水左而上, 竝失捨身、遠暮. 忽有悍壁對峙, 懸瀑十餘丈, 不能成潭而奔瀉泆泆者, 名爲飛流洞, 卽上見庵洞門也. 從瀑左脫屣, 緣壁而上, 西望有大圓巒, 又積土成高, 而重厚撐空. 上頭 三峰崩屴, 隱其一現于巒東. 巒勢圓大, 峰勢高遠, 亭亭雲表, 體面尊嚴, 有傲睨衆山之氣. 少行而隱, 連岡又絡繹.

東有一峰如覆盂, 名爲甑巖. 西有一峰微露如髻, 卽遠暮也. 少行衆峰又寂然滅影, 而西望石角猶奔馳渡澗, 而左齒齒者又隱, 而有石撞輿突起, 如怪雲倚立六七丈者, 名爲元曉臺.

又少行西北, 仰見山木鬖髿, 鎖斷洞口, 而有老檜中立, 勢與大圓巒相敵. 上頭 三峰忽分身作六七, 漸殺而側立, 森秀滿眼, 靈明奇幻, 令人凝望神竦, 而渡溪漸隱, 隱隱林裏出沒數鬟, 而林木滿谷, 不見水而聞聲, 如奏琴磬可悅. 林盡而老檜始露全身, 立古石塘上. 有小菴倚山面南者, 扁曰古見菴 降生院, 負大石臺, 甑巖映其左, 前有小皐, 名曰盤龜. 仰見上峰, 全身純石, 只如一堆雲, 寂然可念, 總名爲七星峰, 而絶頂曰義相臺. 院中有僧弘敏者居之, 頗習靜, 引巖泉以食, 水源於此. 宿院中.

翌朝披林濯露, 從石臺之左, 曳輿而上, 俯見院後峰, 始如卓筆, 而上峰蹲伏奔騰, 一直馳下, 爲七峰爲卓筆, 如偃劍如崩雲, 悍堞戍削排空, 而東西十餘小峰, 飛騰擁護, 皆在山下所不見者. 遠山脊逸義相峰, 綿竹籔籔, 輿僧屢顚, 舍輿攀崖. 東轉而上十餘丈, 北面坐石臺上, 上峰猶在半空, 峩峩拍面, 而背後巨壑千仞, 神爲之傷, 仰見攀緣處, 則累石十數片而已.

躡之搖戞, 使僧三人從隸一人解衣而上. 過累石, 路便絶, 粘指摩腹, 橫旋蛇行者, 闊可數丈, 高卽十仞. 箇箇眼光迸出, 神入爪髮. 轉過後寂然無聲, 少焉始歡呼還降, 而比登時更難云. 有古僧菴墟, 殘瓦在石窪處而已, 仰見上峰, 猶在半空, 不可上云, 所謂僧義相居處也.

還至降生院, 與弘敏少話. 敏送余至老檜下石塘上, 曰: "以此爲虎溪." 回望峰色, 重令人惆悵.

跋

三科便覽跋 丙子

皇朝萬曆『三科便覽』, 別軍職王某家藏也. 丁丑之變, 惟我宣文王以鳳林大君入瀋陽, 有華人豐、田、王三姓者, 不忍薙髮, 從大君東來. 大君館于宮門外, 厚遇之. 及王卽位, 講北伐之策, 錄用三人者, 大策未究而王薨.

至我肅王, 述宣文王之志, 築壇于北苑, 以祀神宗皇帝, 名曰大報. 每歲三月, 潔牲幣、陳樂器以祀之. 祀之日, 王必躬詣, 而亦命三人者之孫來觀祀事, 國人悲之.

及我嗣王復述二王之志, 錄用三人者之後, 豐氏已絶, 田氏已著顯, 命授王氏之孫某軍職, 賜弓劍鎧甲, 護衛御駕, 國人榮之. 王某遂進萬曆『三科便覽』. 其先祖楫爲山東濟南人, 登己未科, 與袁公崇煥同門生, 官至陝西按察使. 從大君東來者, 蓋楫之子也. 王覽而感之, 命藏于春官, 命謄一本, 卷首載傳敎, 以賜王某,¹ 卽此卷也.

嗚呼! 原刻已斷爛軼失, 而年式履歷, 間有存者. 按癸丑科, 總考爲臺山 葉公向高曁方從哲, 五經分考得士, 履歷可考者三十三人, 而論賢邪最著者, 『書』考張公延登, 門生有周延儒; 『詩』考周公曰庠, 門生得范景文; 『禮』考周公炳謨、黃公立極, 門生得霍維華、張愼言.

丙辰科, 總考官軼, 五經分考得士, 履歷可考者二百九十人, 而論賢邪最著者, 『易』考官軼, 門生有馬士英; 『書』考官軼, 門生得錢士升; 『詩』考成公基命, 門生得瞿式耜; 徐公紹吉, 門生有楊維垣.

己未科, 總考爲史公繼偕², 少師韓公爌, 五經分考得士, 履歷可考者二百七十六人, 而論賢邪最著者, 『易』考錢公象坤, 門生得施邦曜; 『書』考官軼, 門生有張有譽; 『詩』考丌³公詩敎, 門生得袁崇煥曁王楫; 趙公興邦, 門生得姜曰廣.

嗚呼! 皇運之衰, 實自萬曆, 而人才亦莫盛于萬曆. 雖以此卷所載論之, 索性爲惡而罪滿天下者, 惟馬士英、周延儒二人, 在于善惡之間者, 有楊維垣、張有譽二人. 其餘八君子, 其忠直賢能, 足以尊主正邦, 立人紀而救世亂, 委任一二君子, 亦足以有爲而不究其用, 竟使天下左袵而莫能救, 豈非天耶! 若王楫行能不著, 而其子能不薙髮以辱身, 而從大君東來, 是義士也. 意楫亦賢士, 而世其家者歟.

謹識此卷, 以俟國有義擧, 而王氏之孫, 有執靮以從者.

---

1 某　원문에는 "其"로 되어 있다.
2 繼偕　원문에는 "計諧"로 되어 있다.
3 丌　원문에는 "竹"으로 되어 있다.

醴泉銘跋 戊申

書到分、隷, 衰變極矣, 而漢人筆法字法, 猶折衷篆、籀, 譬詩猶十九首之於三百篇, 古意鬱然. 自鍾、王擅家, 用筆媚俗, 結構隨意, 一掃六書遺意. 原書契之時, 鍾、王實生厲階, 彼雖聖於楷、草, 而不能無罪也. 率更此帖, 用筆精嚴, 法律井井, 寧詭而不入俗, 稍反古意. 要爲楷家之叔孫通, 令人破顏.

劉松年山居圖跋 戊午

此卷用筆, 如蝶鬚點花, 蛛絲閃日, 精芒黯黯裂眥, 布置深遠, 氣韻流動, 要爲良工臨蹟也.

有山人曳杖隨流, 耦語而緩步, 攜琴者已近, 攜書者稍遠, 而皆已穿茂樾夾連蠻, 行近松亭, 將遇息擔之野夫, 玄巾朱舃之叟, 誰主誰客耶? 短橋之南, 峰嶂疊翠, 江溪互流, 曲欄深房, 隱映于烟雲竹木之間, 而有人憑藤床, 左右擁古尊彝, 觀調鶴在庭. 蓋靜居無事, 而朋來有期, 幽逸樂生者耶. 大兒弄樗, 小兒學步, 雞將其雌, 犬伺其主, 田夫歸而饁婦出門, 物各有事, 誰其役之? 草間觀棋者, 何其靜而閒也? 中流放棹者, 何其閒而危耶? 不知筆墨之戲, 有此竗境也. 人生拘攣世故, 不能攜友歸山, 享田園漁樵之樂, 對此卷, 亦足以怡神.

卷端小款識'嘉靖年', 亦古勁絶竗, 而有楊鐵崖、柯丹丘收藏印.

觀我齋芝山圖草本跋 丙寅

余拜安陰 趙公于觀我齋中, 觀華人所做「西園雅集圖」. 余曰: "後世
人物眇然, 卽如蘇、黃諸公, 亦自難得." 公歎曰: "歲己丑, 芝村李先
生在靈芝山之太極亭, 亭有峻石淸泉, 前臨大野, 松栝楓楡, 掩映簷
日, 水波淪漣. 時三淵先生, 自雪嶽來訪, 夢窩 金相國, 方退閒在野,
使家僮攜杖隨後, 騎牛而來, 燕坐于太極亭. 夢窩爲作序文以記, 文
殊矯健. 其後拜李先生, 先生出示序文, 命作小圖以記之, 當時視以爲
尋常矣, 數公者今不可復得." 遂取草本於故紙中, 指以示余曰: "烏巾
端拱而坐者, 爲芝村先生; 顧望莞笑, 看野中騎牛者, 爲三淵先生; 參
坐者, 爲金宜寧 時佐; 檻間小童, 爲今李校理台重.

嗚呼! 當肅廟末年, 尤菴旣歿, 而名賢宿德猶有存者, 如三洲、三淵
諸先生, 以學業文章爲世準則, 在朝諸公, 咸秉淸議, 而太極亭爲冠裳
禮樂之所. 其選暇日勝會, 而寫以觀我公之筆, 顧不易哉! 比諸蘇、黃
諸公競尙浮藻, 以花石粉翠爲雅集, 何如哉? 噫! 距今三十餘年, 而
世變益無窮, 先王之遺澤已竭, 而議論不復在野, 先生之門餘存者, 復
有誰歟? 聞圖已遺失, 而太極亭漸圮, 其一樹一石, 誰記其有無者?
余甚悲之. 遂乞草本以歸, 識而藏之.

識

桃花扇識 丙子

『桃花扇』一書, 演稗說作優戱, 本供兒女笑噱,[1] 而<u>明</u>季事有可攷者. 其所謂作者<u>雲亭山人</u>, 似若髮薙而心存者耶?

　然扮其兄曰老贊禮, 無名氏也, 扮其舊君曰<u>弘光帝</u>, 小生也, 貌像醜怪, 自滅倫理, 而曰: "此書有關於天下後世"者, 何耶? 其「漫述」曰: "每當演戱,[2] 笙歌靡麗之中, 或有掩袂獨坐者, 則故臣遺老也. 燈炧酒闌,[3] 唏噓而散." 其「小引」曰: "旨趣本于三百篇, 而義則『春秋』." 又曰: "一字一句, 抉心嘔成." 又曰: "識焦桐者, 豈無中郎? 余姑俟之." 俟之何意歟?

---

1 噱　원문에는 "噓"으로 되어 있다.
2 每當演戱　사부간요본(四部刊要本)『도화선』에는 이 네 글자가 없다.
3 闌　원문에는 "爛"으로 되어 있으나 사부간요본『도화선』에 의거해 바로잡는다.

余意『桃花扇』, 似若借優戲, 以鼓動遺民悲憤之心者耶. 其「罵筵」
一場, 挿入錢謙益, 王鐸, 與阮姦一滾說; 其「截磯」一場, 評曰: "寧南
此死, 泰山耶, 鴻毛耶? 千古不解." 其「劫寶」一場曰: "明朝天下, 送
在黃得功之手." 俱有所見, 而其末評曰: "南朝三忠, 史閣部心在明
朝, 左寧南心在崇禎, 黃靖南心在弘光, 心不相同, 故力不相協. 明朝
之亡, 非亡于流寇, 實亡于四鎭, 而責尤在黃", 其意若謂倂力, 則天
下事, 猶復可爲耶?

嗚呼! 余看此書, 竊有痛於左良玉擧兵一事. 夫弘光失德, 天下至今
悲憤, 而以其君臣大倫, 則崇禎, 弘光, 何分焉? 姦臣雖起大獄, 太子
不辨眞假, 而東林餘人盡殲, 寇迫門庭, 而爲將臣者, 不思赴難, 乃倒
戈而攻曰: "將除君側之惡." 可謂忠乎? 『明史』載良玉檄書, 引胡濙
事, 暴揚祖宗過失, 尤無臣分, 而特以論列姦臣之罪甚悉, 故天下快
之. 然良玉一叛, 南朝兵力分, 而大事遂去. 余謂明朝之亡, 非亡于建
虜, 實亡于良玉之手. 嘗見鄒漪『啓禎野乘』論左帥非叛, 而牧齋深旨
其言云. 噫! 錢謙益辱身敗節, 反愧馬士英內應一疏之死, 而乃又護
良玉之叛, 滅君臣之倫, 何其無忌憚之甚耶? 明季史論多謬, 如鄒漪
所述, 反有愧於『桃花扇』矣. 偶書志感.

金良哉相肱遺書識

嗚呼! 此紙亡友金子良哉遺書也. 始金子病革, 索筆書'寄贈元靈'四
字, 傍人惕而扼筆, 使不得盡其意. 麟祥赴哭于殯, 子之大人禮山公
泣傳此事, 而余不忍索見, 至于今二十三年. 禮山公已卒, 子之叔弟舜

畚氏, 始出示此紙, 命余識其意, 以遺子之嗣子.

嗚呼! 始余與良哉結交, 年紀俱壯, 意氣颷涌, 慨時而悶俗. 深念友朋之義日薄, 而文道之分歧, 相與講明志業, 以爲沒身之樂, 來世之憂, 是一意也. 居則同巷, 出則並鑣,[1] 以名花醇酒, 有雪月之夜爲期, 以海嶽溿窅之觀寄懷, 是又一意也. 以剛固遠大立心, 以淸峻嚴苦制行, 極選千古而風切一世, 必取出處論思正大偉朗者而爲歸, 是又一意也. 或聯床撫臂, 有言告心, 易子而教, 則不忘世好, 死有先後, 則操文告哀, 收拾遺文, 而不沒志業, 是又一意也. 相與悲吁笑樂, 不能自已. 嗚呼! 臨歿之書, 子所欲勉者, 何意耶? 若可知耶.

嗚呼! 歲在辛亥, 余自寶山游都下, 始友良哉, 甲寅已哭良哉. 自此頗交一世之士, 而論其情義俱篤、志趣邁遠, 鮮有如良哉者, 而自子之歿, 世道日渝, 而諸友又相繼淪喪, 念余腐朽, 腔然獨立, 而髮白心存, 無以副良友臨歿寄贈之意, 豈不悲哉? 惟有舜畚諸兄弟, 孝友好學, 子之嗣子旣長成, 相與責礪志業, 無負子之遺意, 惟是之圖焉.

丙子三月十四日, 寶山友人泣識.

爲李胤之作小幅 乙丑

古有喜樓居而不得, 托之繪事以游神, 謂之神樓者. 余爲胤之, 畫飛閣連亭, 橫山架壑, 環以夭矯之松、挺立之檜, 老杉顚楓, 森鬱石上, 不附塵土, 下臨澄泓, 洄渡汪灣, 而平滿便注, 當無汚泥. 斜映長瀑,

---

1 鑣 원문에는 "鑱"로 되어 있다.

而從空直下, 潭深湍細, 而下無雜石, 當無亂潈之聒耳.

亭中之人, 方燒香聽瀑, 一人在高閣, 倚屏整案而坐, 注目澄泓, 若有所思. 傍有一客端拱而坐, 眣睞木石, 若呼小童洗研者. 亭閣四圍皆石也. 春初陰氷初瀜, 苔蘇生滋, 夏月則老木多淸陰, 當無亂草雜花蟲蛇之苦, 中秋之月、大冬之雪, 當令人神骨俱冷, 韓持國所謂'君勿言我心亦淸'者矣.

有謂余曰: "不有汚池, 何以種荷花; 不有平田, 何以種秫; 不有密室靜軒, 何以經冬; 不有妻子, 何以供雞黍悅親戚; 不有車馬, 何以暇日出遊?" 余笑曰: "且看繞以幽徑, 接以小橋, 嘉木掩映, 不辨遠近, 安知無武陵之源、劉·阮之洞耶? 比古人神樓, 不其侈歟?"

胤之索書絹末, 遂爲識.

自題畵, 勉韋菴 戊寅

蜿蜿喬松, 不受塵雪. 巖巖維石, 無時崩折. 渾渾維海, 皓皓維月.
君子立德, 與世不滅.

『凌壺集』卷四

哀辭

兪子太素哀辭 庚午

嗚呼! 兪子太素之歿, 麟祥在遠方, 不能走哭墓門. 欲作哀辭, 而歲
已周, 而不忍泚筆, 竟無以泄余之悲矣. 始余自南向北, 不忍路過車
嶺, 見太素旅殯之地矣. 竟能行過車嶺, 余誠忍矣, 豈死生日遠, 而情
有所窮已耶?

嗚呼太素! 操履之正, 氣剛識明, 抱志而竟, 無怛化之言. 余猶悲羈
魂之或滯也, 夜宿車嶺旅舍, 作哀辭以自慰. 嗚呼太素! 其有知也耶?

鬱鬱車嶺兮, 火雲蒸兮. 浸淫其雨兮, 日色崩兮. 行旅知歸兮, 返室
堂兮. 若有羈魂兮, 涕霑我裳兮. 唉! 一氣之屈伸兮, 原初太虛. 寓形
返眞兮, 脩短一如. 明者無怛兮, 剛固正直. 頹然理順兮, 猶清水赴
壑. 衆汩其情兮, 勞魄傷魂. 游氣梦糅兮, 蘊煩寃. 嗚呼太素! 憯無情
兮. 龢光定氣兮, 齊死生兮. 大化昭明兮, 神洋洋兮. 上參星斗兮, 正
四方兮.

素華辭 辛未

吳子敬父言事北遷, 余在雪城, 李胤之在丹陽, 不能送別. 敬父書報
讁中事, 甚悽苦. 索余書杜子前、後「出塞」詩, 而未及書贈, 聞胤之賦
別詩, 而辭忽悽苦若死別者, 心動不能復作, 亦未及書贈矣. 余忽夢敬
父, 相握而慟, 未幾聞敬父歿于北塞. 余憂羇魂之沉滯, 欲賦招魂, 而
悲不能綴辭矣.

立春之日壬子, 余夢與胤之至一室, 虛廓可念. 胤之餐余以梧桐之
華, 素華朱心, 宛如木蓮. 芬薰滿口, 神爲之竦, 忽見敬父在側, 而方
治堂室. 東有高館, 西有曲房, 華㟁周遶, 花木交映, 宛似敬父 山天
之齋、玉磬之樓. 敬父曰:"就兩室之間, 從隅爲垣, 深邃隱映, 則堂室
有輝." 余曰:"子無兄弟, 恒居孤獨, 子有館宇, 以處子之親戚賓朋,
東西相望, 無使隔遠." 胤之贊余之言, 敬父怡然含笑, 而竟亦無言.

覺而思之, 築之以垣, 其意不祥. 朋友之言, 罔間幽明, 使堂室之
間, 無有遮斷, 洞澈東西, 日月相望, 則若有魂氣來復周流無滯之象.
況陽氣奮發, 盛於立春, 敬父之魂, 將托余夢而南返, 不滯于異鄉耶.

心信余夢之吉, 遂作招魂之辭, 托興於素華, 將與胤之之詩, 迎誦于
返櫬, 辭未及就, 胤之有書曰:

二月之初, 敬父來訊其夢曰:"再到朝天館, 載棺而歸, 覺而訊之,
館在濟州." 胤之曰:"子或進身言事, 乃至夢境耶?" 敬父愀然不
樂, 未幾禍作. 雖南北異符, 而載棺而歸, 天耶?

嗚呼! 夢寐之理, 杳茫難譜. 而余意敬父所治之館, 必是故居, 朝
天之義, 謂其載棺, 自北而南, 過于國門耶? 余又取讀前、後「出

塞」, 其辭悽苦, 酷似敬父出處始末, 遂綴其辭以繼之. 嗚呼! 敬父之魂, 尚忍不返? 辭曰:

其一

素華朱心兮, 餐余梧桐. 芬薰首春兮, 不受朔風. 李子之樹兮, 敬父之宮. 素華授吾兮, 朱心與同. 存歿靡間兮, 夢寐存誠. 齋心服形[1]兮, 返氣之淸. 忽見眉目兮, 洞照門楹.

其二

緘哀稿紙兮, 君在北塞. 四山高圍兮, 鉅木蔽天. 牢臥雪屋兮, 廢櫛與巾. 思慕君親兮, 骨痛肌銷. 友朋日遠兮, 誰與逍遙? 無以塞悲兮, 晦父之文·杜氏之詩. 有來問業兮, 渭叟兵韜. 駿馬良弓兮, 壯士叫號. 玄氷亙古兮, 魚江無濤. 彼土何樂兮? 子無滯魄.

其三

君有華屋兮, 嘉樹綢繆. 山天之齋兮, 玉磬之樓. 春華競芳兮, 時禽變聲. 燕處其中兮, 流目怡情. 有輝燭室兮, 廣運書寶. 尊經敦史兮, 古心近道. 乙擧之爵兮, 魯公尊彝. 黃流自薦兮, 白檀代粢. 儀象古制兮, 寓心之悲. 淨水之琴兮, 高張淸絃. 琴腹之文兮, 闃遠無鑴. 欲彈無聲兮, 將心誰傳? 綠雲之竹兮, 寶山之劍. 志素異贈兮, 有文如焰. 良友在室兮, 君無遠念. 神馭穆穆兮, 反此華屋!

其四

日之壬子兮, 青陽御天. 包芽振蟄兮, 氣機潛旋. 鸛彼小鳥兮, 亦升于田. 瀜氷剝雪兮, 有風油然. 有鬱九泉兮, 奮滯魄兮. 昭明廣大兮, 洞六極兮. 貞德毅節兮, 衛百靈兮. 傍挾日月兮, 導風霆兮. 朝于閶闔兮, 受嘉命兮. 矢心竭忠兮, 庶民正兮. 友朋維良兮, 授素性兮. 返于華屋兮, 德容盛兮. 重曰, 中天月明兮, 浮雲南征. 夜歸故里兮, 鼓瑟吹笙.

余旣作哀辭, 送于北路, 心悲神理之窅茫難信. 臘月丁巳, 訊于卜者宋明奎曰: "余作文以招人, 占其來之遲速." 得震之噬嗑. 卜曰: "其占艱難, 其人幽蟄. 震驚百里, 有聲無形. 哀死之文, 初爻空亡, 傷足之象. 蓋人鬼之間, 疑信之情, 其來甚遲. 見其文, 在月正旬日, 其動在晦." 噫! 事涉幽怪, 而識之以見苦心. 哀辭作於臘月廿三.

洪子祖東哀辭 壬申

歲己未, 余與金子常夫, 結社于西湖, 講學春秋. 洪子祖東氏僑居于湖上之歸來亭, 與同社講. 祖東性烈, 帶奇氣, 望之崔然露稜角, 而與之語, 便澹壹無忤, 說理深透. 常夫甚重之. 居數年, 社講廢, 不復有游從.

麟祥嘗一與祖東賞梅西城, 劇醉而罷. 又一遇於西城路側, 悒然敍舊. 未幾, 聞病歿于湖上.

嗚呼! 以祖東之賢且才, 竟窮苦以歿, 不能充其學, 豈非天耶! 其歿

歲已再周, 而麟祥竟不能一哭其墳, 作哀辭以示常夫. 辭曰:

夫子之傲兮, 有稜莫觸. 方瞳炯炯兮, 奇氣疎直. 博學無名兮, 窮苦介特. 常夫所畏兮, 其儀可式. 竟以窮死兮, 神理何酷? 春返長湖兮, 月昇幽谷. 水皓松蒼兮, 凌霄流馥. 理釣無人兮, 殘書在簏. 宿草之墳兮, 無友來哭. 子道竟孤兮, 有淚盈矚.

李校理功甫_{亮天}哀辭 _{乙亥}

始余識李子功甫於兪景明氏, 景明淸峻喜論人, 嘗曰: "勦襲以爲文章, 捃摭以爲儒術, 嫺言婉色以爲友道, 靡靡馳逐, 懷利而不知恥, 世道日下, 而能介然自持而不苟隨者, 惟有功甫一人. 余若並敭明時, 必能有以矯俗焉." 未幾, 景明病歿, 功甫進于朝. 余以書唁其失友, 而勉其志業.

竊聞李子位卑而屢躓, 擯之而不辨, 黜之而不懾, 升之而不競, 介然自持而不苟隨. 雖有慕而交之者, 皆不及於景明之知焉. 余亦與李子十年以來, 往還未十數, 而李子遽病歿. 嗚呼! 景明已歿, 哭子無所矣. 李子雅負高識, 剖斷古今文史, 透髓而析毫, 靡有遺義. 以其所見甚眞故, 著述遂不富, 識者惜之.

李子嘗賦蘭菊以贈余, 而未及和焉. 感其歿而葬之在秋冬之候也, 遂托於蘭菊, 而綴辭輓其靷, 辭曰:

唉! 枯蘭之被霜雪兮, 九華萎而含馨. 襲佩服而相贈兮, 終莫御夫頹齡. 薶貞士於厚土兮, 築草茅而爲墳. 自古昔而悲秋冬兮, 君無樂乎芳芬. 束枯槹於下田兮, 曾不藝而求刈. 持脂澤而作顏兮, 中棼膠而矜外. 君獨處此幽昧兮, 衢則亨而乃緩驅. 抱孤明而自照兮, 雖刮骨而枯而腴. 眄百夫而何懼兮, 斧剖璞而汲淵珠. 清文弢鬱而始發兮, 與同道者不朽. 重曰, 星辰或無名兮, 草木有時而昭靈兮. 順理而歸兮, 唉逝水之不停.

祭文

祭梅湖兪處士文 癸亥

維崇禎再癸亥八月十日庚申, 梅湖 兪處士之柩, 將永就窆兮, 完山李麟祥不勝悲忉, 謹齋薄酒, 走哭於靈筵, 操文告訣曰:

嗚呼! 公之生, 不足以爲世重輕歟? 胡乃公之死而士無人歟! 公之友夫幾人歟? 知公者誰爲眞歟? 嗚呼! 古之君子, 公固有慕之者, 後之慕公者, 以何道歟? 公之名果誰傳之? 傳之果及於天下後世歟? 誰濯誰礪? 名不足以爲公重輕, 而公之心誰敢蔽之?

嗚呼! 窮山荒海, 跡之畸乎; 粗布褐衣, 肌之寒乎; 蔬食糲飯, 肚之饑乎! 又使公憂愁寃憒, 繆結不平, 以鉥剌其神精, 而公竟無壽而歿其身, 繄維天歟, 繄維人歟? 嗚呼! 公之死, 固甚可慽, 而世之榮輝爀奕, 賊喪仁義, 忘君辱親, 絶廉恥, 而壽而期者, 顧不可悲耶? 嗚呼! 實名不可增也, 至言不可易也, 苦心不可減也. 乃使公抱恨而歿, 悲公之命, 不可審也; 悲公之時, 不可問也, 繄維天歟, 繄維人歟? 知公心者誰歟？ 單辭告訣, 不忍益公之悲. 嗚呼哀哉!

又祭梅湖文 乙丑

維歲次乙丑五月十九日, 爲梅湖 兪處士之大祥, 前二日戊子, 完山李麟祥來自烏耳島, 感念疇昔, 遂求友人之酒, 而肴以海鰕, 奠于靈筵而哭之曰:

嗚呼! 公之歿, 歲已再周, 而世變益無窮, 猶濁波之滔天而不可遏也, 蕭艾日榮而貞木萎折也. 使公有知, 豈不怛然長慟, 益思高擧而遠引?

嗚呼! 余登烏山, 而撫公之舊游, 覽天海之不盡. 洪濤卷石, 密雲不雨, 鳥怨魚哀, 不辨前路, 望燕, 趙而㳽蕩, 指汶陽而何許. 極目傷神, 忽欲中流鼓枻而濡足尋眞, 西攬若木之華, 而南窮朱鳥之天. 顧一世之溷溷, 猶蜉蝣之飛, 蟲蛆之蠢然, 非公之淸, 誰與歸者?

已焉哉! 形則終歸於盡, 而名毁有參差, 耿耿公心, 誰其悲之? 嗚呼! 道固不可以用中, 而世固不可以返樸歟!

惟義氣之感激, 可以通神明而貫金石. 我思之長, 靈鑑昭澈. 過公門而奠酹, 我涕有熱. 嗚呼哀哉!

祭兪子景明文 庚午 ○景明太素一字

維歲次庚午七月六日, 爲兪子景明之大祥, 前二日甲辰, 完山 李麟祥謹以薄酒短文, 哭于靈筵曰:

嗚呼! 衰世之儒, 易純而少眞. 今之時義, 輕爵祿而嚴黨議, 君子之大業, 可謂如斯而止耶? 嗚呼景明! 窮命而夭身, 誰見其志? 凡百君子, 非聖人之書不讀, 非法之言不服, 而識猶不能造微, 而踐履有不篤, 假文詞而立名, 內省多疚.

乃若景明氏, 惟古訓式遵, 而或取仙佛之旨, 蓋有感於超世而絶塵. 腹有成書而不肯下筆, 獨喜讀太史氏之文, 蓋其立言不苟而重名實. 然而行篤于內而原乎天理, 發言從心而靡有虛僞. 眼高氣奇, 時出光怪, 杳然雲霄, 一蹋海內, 衆嬉以笑, 而獨貊然而不語, 蓋神馳于千古. 與夫名山鉅谷、窮海之中, 若有所遇, 炯然心照, 竟何爲哉? 竊獨自悲.

嗚呼! 中行之士, 旣不可得, 用君之緖餘, 猶足以樹偉節而礪頹俗. 李元禮之淵渟而嶽峙, 魯連之蹈海而死, 其尙無愧, 嗚呼景明, 而止於此耶? 嗚呼! 貂樓月皓, 北司雪深, 有友同樽, 有言見心. 典刑已遠, 良規猶在, 余將潔身而愼名, 不敢以景明之死而自怠. 尙鑑余之苦衷, 慨如往而有待. 嗚呼哀哉!

祭吳正言敬父文 壬申

維歲次壬申二月壬寅, 完山 李麟祥謹以觴酒, 哭于正言吳公敬父靈

筵曰:

嗚呼敬父! 屈氏之忠, 而其辭猶愊, 衆溷獨醒, 誰與爲善? 彼爲泥而爲糟, 匪傲則怨, 哀今之世, 孰窮其變? 薄夫進而時義晦, 私智明而友道賤. 國無常綱, 野無淸議, 進身不言, 俟時便利. 秉心不純, 曾愧婦寺. 苟以言而獲罪, 不復以言爲進退. 言出沽名, 嘿以保位, 旣貴而肆, 有囂如醉.

嗚呼敬父! 潔不近名, 不渝如貞玉, 咨道于窮交, 存心于薄俗. 身出則言, 不撓不激; 舍則深藏, 伊樂無戚. 永矢一節, 其道甚恭, 衆固循子而爲軌, 君子固以子爲中, 竟黜以死, 何怨何恫?

嗚呼! 淸修之操, 眞純其忠. 一疏秉尊君之義, 一策盡經邦之謨. 苟有繼者, 子道不孤; 苟無繼者, 子心不昧. 精氣昭明, 有如皦日, 將左右于列聖, 降祥于王室.

嗚呼! 子昔乘舟, 遡于龜潭, 撫峻石而浩唱, 俯長湖之湛湛. 相宅中皐, 近我虛閣, 歸而申之, 終老之約. 乃走荒野, 哭子之墳, 千古之痛, 淚滿寒雲. 尙饗.

祭宋士行文 癸酉

維歲次癸酉二月甲寅, 翊贊宋公之柩, 將永歸窀穸, 友人完山 李麟祥具酒果之奠, 操文而哭訣曰:

嗚呼! 天之喪子, 淸剛之氣已盡, 世運已隤矣, 士類不復振矣. 始子友余, 有言神聽. 慨天下淪爲左衽, 重峰、尤翁之道不行, 不明大義, 難免爲夷. 士氣皆正, 國事可爲, 子今死矣, 人孰有皇明之思?

嗚呼! 窮士失友, 千古之悲. 國無賢良, 誰哀其時? 世復有篤誠方行而蹈義而俟命者, 余猶不悲. 復有貞其德而純其辭, 可以反淳而起衰者, 余猶不悲. 嗚呼! 天運昭明而人道不墜, 則子必不死. 使吾輩年紀猶壯, 而意氣猶峻, 則尙可以明子之志, 而今焉已矣. 人孰余信? 余將不復交天下士, 不復論天下事矣.

嗚呼! 子秉古道, 余非誼友, 矢心交正, 義命之全. 達則行道, 窮則立言, 終期丘壑, 靖樂永年. 天實琢子, 剜我神髓, 如影無形, 蠕然無視. 不暇悲子, 而余自悼. 世之溷溷, 余哀焉告? 嗚呼哀哉!

祭成士儀文

維歲次癸酉孟夏戊戌, 完山李麟祥哭亡友成士儀靈筵日:

嗚呼! 念我與子, 窮窶濩落, 偕隱茅山, 依婦而食. 敬之之里, 子和之宅, 傭田倦耕, 他園小植, 借經而讀, 樂亦無射. 懇懇張翁, 美酒留客, 紅果堆盤, 紫蟹盈尺. 梅老解愁, 季平吐謔, 豪唱在宵, 爇燭齗鵲, 子嘿我色, 衆笑局束. 奧眚麟史, 錯綜犧畫, 攻苦無得, 生理日剝. 我去子留, 動蟄殊跡, 懷利委蛇, 抱貞幽獨. 眉目漸迷, 睽離損魄, 倏焉死別, 墓草再宿. 高山之芨, 不辨壁墨, 樵伐戶檜, 馬囓庭菊, 諸友俱歿, 誰存子躅? 賴古賢哲, 固窮遠辱, 子之潛名, 可警衰俗. 斯可以樂, 斯可以慽, 薄酌短辭, 罄我衷曲. 嗚呼哀哉!

祭申成甫文 乙亥

維崇禎再乙亥四月丁未, 申子成甫之柩, 將永歸幽宅, 前一日丙午, 完山李麟祥謹酹酒陳辭, 慟哭告訣曰:

嗚呼! 余訊子病, 曾無怛化, 有書在紙, '獨悲無聞而死.' 余呼子曰: "子誠近道. 病不能力學, 而不撓平生之守, 窮而不忘天下國家事, 子豈無聞而死者?" 子竟長歸, 惟余生之可悲.

嗚呼! 念子有終身之孝, 而行不愧於在室, 惟子之子, 必能述焉. 惟其立心之剛正, 處義之篤謹, 非友明之, 後孰信之? 嗚呼! 偏方之値衰運, 而陋俗之難遇正士. 子固有言曰: "宇宙惟吾徒在." 而人亦許子以魯儒之宜大臣. 子則信心自高而已, 又何論用舍屈伸哉?

嗚呼! 以夷夏之辨而定出處之義者, 固一世之羣, 笑而永棄. 子自弱冠, 獨引義而不赴擧. 雖家世華耀爀奕, 而矢心枯死不樂文繡, 亦無願於令聞, 非有眞誠定力, 何能甘處其困哉? 嗚呼! 以一士之微, 而自任世道之重, 人固謂空言寡用矣. 子嘗謂: "時義多門, 而士節日卑, 民生日瘁, 而國勢日危." 卿士迶迶, 而子獨隱憂, 臨歿之言, 猶指心而嗟吁, 夫以韋布之賤, 而用子之心, 誠亦苦矣.

嗚呼! 朋友之道, 爲五倫之終始, 惟子篤於斯義. 人或輕爲離合, 而子則沒身不見其幾微, 惟恐我之不盡分, 而冀人之或改之. 人有一善, 子則愛之, 至憂其妻子之有疾病, 疾病死喪, 惟恐人之汨其志而易其守, 子心誠勞, 而友道終厚矣. 惟此數者, 豈非子之立心處義之卓然幾於道乎? 曾無所布施, 而止於斯乎?

嗚呼! 以余之愚, 而子則友之, 與夫二三子, 幾忘獻子之家, 而慕陶氏南村之居, 皓首爲期, 同歸于道, 豈意子貞先萎, 而余蠢猶視? 骻然膚立, 而神精已涸, 此生良苦, 有疑何告? 臨穴長慟, 哀皓天之不復. 嗚呼哀哉!

祭李洪川_{明翼}文

維歲次乙亥七月壬辰, 湛存齋李公之枢, 將永歸幽宅, 宿日辛卯, 完山李麟祥謹綴文酹酒, 哭訣于靈筵曰:

惟公峻朗之姿, 奇逸不羣, 黝黯爲器, 澹腴成文. 求古標準, 兩漢之士, 節疎目明, 亦中軌度. 委之隤俗, 可濯腐朽, 抑而不殼, 伊時匪愚? 以子之賢, 終于一吏, 泛濫宏偉, 言獨可紀. 駁莊老肆, 觚遷『史』繁, 漫閱『中庸』, 測見大原. 余笑其迂, 瞠余謬昏, 曰: "文與道, 因心得師, 弊精則漓, 自運氣機. 欹兀軮軦, 偶諷懶披, 何資於古? 有激斯吐." 其辭汪洋, 孰可窮溯?

薄物存神, 遺名入道. 書壁潛歎, 惟元亮誅. 有芰偃仰, 白嶽之下, 怡庭一梅, 速友一馬, 嘯吟告樂. 窮而大亨, 潛耀有時, 委蛇不平, 相笑折腰, 結驪匪榮.

忽馳簡書, 致我方外, 雪嶽嶙峋, 滄溟絕涘, 蹋月水簾, 撫君石字. 歸與秉燭, 有言剖微, 刮我塵膜, 啗我紫梨. 來發雲笈, 天籟之閣, 君顏已鬒, 余鬢惜白. 有贈慇懃, 胡麻紙槖, 分半種田, 餘糜爲粥. 胡麻有存, 君則戕木, 我淚日滋, 我心日涸, 終古茫茫. 友朋不多, 運斤維形, 傳心維何? 琳琅沉海, 璧月垂空, 有色無聲, 我焉折衷? 嗚呼哀哉!

祭亡室文 丁丑

歲次丁丑四月丁丑，淑人德水張氏之柩，將永就幽宅，前五日壬申，夫完山李麟祥，謹具薄奠綴短辭，哭訣于靈筵日：

嗚呼！余畸于世，永矢窮苦．觭姿不醇，而遠於道．淑人在室，義兼師友，矯愚娛悲，色婉辭厚．得免恥辱，我心有鏤．

嗚呼！淑人惟勞，俾我忘家．饑不賣書，寒不攀花．寧我慈心，遂我迂愚．間放山海，氣酣辭腴．我歸有誦，輒聞箴言，覺我辭夸，於道不尊．中閨之樂，蓋在古道．有儞數友，知我靜好．

嗚呼！女子之善，大可悲也．夫而不慧，孰詳其儀．貞固溫惠，不彫伊素，中理之言，曾不援古．懇懇女戒，歿而猶閟，忍飾余私，不書君事．

嗚呼！耕宜葛山，釣宜龜澤．鹿車之期，乃在幽宅．髮白心折，餘生可惻．嗚呼！余有訣言，君無永嗟．簡辭慎疾，息交斂華，終歸于道，敎子以經，寔追君心，告我忱誠．嗚呼哀哉！

祭退漁金先生文

維歲次丁丑六月戊寅，完山李麟祥，來拜于退漁金先生之墓，感念先生出處之甚明而忠志之未暴，謹操文告哀，而顧於平昔誨諭之篤、契誼之厚，則未敢及焉，先生有靈，庶鑑微誠矣．

嗚呼！君子處于衰世，完名爲重，出處始終，能介然特立，不撓其素守者，終古幾人哉？公惟世臣，雖退而在野，而常抱畢忠之志．蓋國有大事則言, 有難則赴, 死生夷險, 思致匡躬之節者, 公之心也. 漁樵寄其樂, 林泉忘其憂, 以世道爲憂樂, 而竟完其名節者, 公之跡也. 公身進退, 何嘗一日而忘君哉?

嗚呼! 公之立朝日月, 不過一世, 而三朝之禮遇, 則終始不替. 以肅考之至明, 洞察辨誣之言, 以景廟之至仁, 竟恕議禮之罪, 而至我聖后, 恩禮彌篤, 嘉其節, 則有'歲寒松柏'之褒, 勉其來, 則有'出而礪世'之訓. 至謂: "君臣皆老, 必欲一見其面", 而公竟引義而不出. 上猶優禮而不倦, 以至問其容貌, 詢其游跡, 悶其爲野人, 而深惛世臣之終老, 竟不見其君. 嗚呼, 悲夫! 主恩甚大, 公亦可出, 而公竟不出, 其心良苦矣.

始公起自北謫, 而恩召繼降, 自以國恩雖深, 而素守竟不可變, 遂行過東城, 望闕拜辭而歸. 時新化方升, 耆舊彙進, 而公辭召命, 則曰: "討國賊昭聖誣, 諸臣有請而不允, 臣豈能感回?" 及于晚年, 朝廷謨猷, 嚴戒黨習, 而公辭召命, 則曰: "願追宣廟, 願入李珥․成渾之黨", 嗚呼, 公之苦心, 槩可知矣.

公惟世臣, 所以畢忠自靖者, 永矢中心, 何嘗學夫索隱果忘之徒哉? 公嘗有言曰: "責難於君謂之恭, 陳善閉邪謂之敬. 以趨走承奉事君者, 婦寺之忠, 君臣雖不知面, 何損於君臣之大義?" 公蓋以一退, 風礪衰世以報君, 而陳善責難之義, 未嘗忘之. 故晚年一召, 欲用嚴光․李泌故事, 而公之苦心, 惟願以退處五品服, 一入脩門, 痛陳肝膈之辭, 以盡世臣畢忠之義, 而竟使公抱志而歿, 豈非命耶? 後之君子, 必有悲其時而知公之心者矣.

嗚呼, 一世遑遑, 方以進身爲道, 而使千乘之尊, 欲一見其面而不可得, 公可謂謹於出處而介然特立, 爲一代之完人矣. 非公無以淬礪風節, 公之功, 豈不大哉?

麟祥嘗從公南游, 至于白山, 經月而歸, 得公之心, 蓋亦不在於高山大澤之觀. 前歲四月, 並舟梨湖之水, 棹歌相和, 其辭甚悲, 同游之士, 誰有知其意者? 嗚呼! 公今長逝, 墓草已再宿矣. 千古之痛, 薦玆明水, 于以告余之哀. 嗚呼哀哉!

祭蟾村閔先生遇洙文

維歲次丁丑六月辛巳, 完山 李麟祥謹綴短辭薦明水, 哭告于蟾湖先生靈筵曰:

嗚呼! 余在雪城, 始拜先生, 覿德心醉, 實安且成, 淵洪含章, 接人則誠. 余惟公室之裔, 亦有麋於職事, 妄悲世道, 議及政理, 進而不斥, 悶余之志. 先生嘗詢以古道, 示大『易』兼山之象, 小子則告以時義, 勉世臣畢忠之節, 辭微而焜, 神聽有澈. 築室丹丘, 余心何苦, 先生有書, 互爲賓主. 嗚呼! 前歲四月, 過拜江閣, 詢丹之樂, 大字盈紙, "爛柯之想, 磬心之義. 爰維余馬, 老梅在谷." 重告一言, 中心悱惻.

嗚呼! 余來不繼, 先生已逝, 恫時運之長晦. 靈光頹而何依? 惟蘭與蕙, 與草茅而同歸, 夫孰尊素馨與茉莉? 嗚呼! 歲停余舟牛灣之潯, 丹水洋洋, 孰明公心? 嗚呼! 念昔先生, 進余之文, 若可與之道, 勉以南豐之純, 晦翁之大. 竟何述焉? 亦何質焉? 山澤之史, 猶秉直筆, 先生遺書, 敬紀日月. 後來者誰? 恫余忱血. 嗚呼哀哉!

祭宋報恩時偕文 戊寅

維歲次戊寅四月丙辰朔十六日辛未, 完山 李麟祥來自黃山, 綴短辭于旅次, 奠以明水枯魚, 哭告于故報恩縣監宋公之墓曰:

嗚呼宋子! 君子固不重名, 而有蘊不施, 歿而不章者, 爲可悲. 況千古之悲, 莫有甚於衰世之哭賢士乎! 嗚呼! 子有實德, 人固淺知子矣. 默而寡言而謂之不慧, 遜而若愚而謂之無勇, 和而有容而謂之混俗. 蓋其孝友忠信, 常行而不近名, 故知之者鮮矣.

凡今之人, 豈不矜色媚言以爲道義, 綴拾浮僞以爲文辭, 矯矯切切以爲名行, 而同歸于徇利, 何異賤商之競錐刀也? 子獨靜修而履常, 可以模楷薄俗, 而竟沉薶以歿其身, 豈不悲哉!

嗚呼! 子有偉志, 而識時之務, 苟使爲邦, 庶幾寬法而立信, 厚俗而勸義. 旣富而壹, 便欲率天下之義士, 征誅夷虜, 而以世爲期, 竟何所施, 寤寐潛思, 竟何言哉? 蓋嘗謂: "善言『易』者, 不言『易』", 而與余一嘻矣.

嗚呼! 賤臣憂國, 窮士持論者, 未可謂邦有道. 使君子德業言行, 沉而不章, 則亦何以風礪衰俗乎? 嗚呼! 子之臨歿, 操文哭尤翁, 而其辭甚悲, 其義眞正, 後之君子, 尚有以知子之心, 而悲其時者乎! 我辭甚悲, 子其有知乎? 嗚呼哀哉!

祭鄭奉事鎭華文

維歲次戊寅十一月初八日辛卯, 宗廟奉事鄭公之柩, 將自西郊土殯,

靷向嶺南 藍溪之故鄉, 完山 李麟祥悲羈魂或滯, 謹具脯果之奠, 書短辭, 哭而告訣曰:

嗚呼! 孝子思親, 乃死于旅, 孝子有心, 魂歸莫禦. 錦水不波, 八嶺坦如. 哭遠土壠, 子友惟余. 念余南游, 友子之直. 子祖文獻, 峻行茂德. 智山百華, 大江孤舟. 寔世其賢, 渾渾風流. 下仕伊榮, 文獻之祀, 感君之恩, 爲養抑志. 盡職循義, 可矯薄僞, 不施而歿, 孰信天理? 子有良友, 惟子修甫, 迎子之柩, 知我心苦? 中秋旣夕, 贈我蓮子, 將樹南沼, 華出子思. 哀辭告訣, 鑑此明水.

祭李胤之文 己卯

嗚呼胤之! 舍我而去者, 惟形與魄; 不舍我而存者, 惟子之心. 惟彼簡册, 托義之深, 死生以之, 同歸古道, 濯礪衰俗, 是在韋布. 蓋有天下事, 有國家事, 是固關我之憂樂, 而式重千古之大義理. 昔與子講此義, 指歲暮而爲期. 清夷含弘, 子德可師, 空言寡用, 衆嫉余愚. 子交彌篤, 謂德不孤.

嗚呼! 三十年中, 中心多悲, 讀書之樂, 有時不如廢書, 而實學之弊, 有時愧夫涉玄虛者. 子有苦心, 來訊之余, 邃南登智嶠, 東搜龜澤, 永矢偕藏, 構雲架石. 或就埃壒[1]闤闠之中, 壘石爲山, 種竹引風, 擁繞尊罍, 叩擊玉石, 以自寄意而混跡. 衆固以此高胤之, 而誰知中心之獨悲? 子今長往, 余病難醫, 死固可悲, 生亦何爲? 嗚呼! 縱欲

---

1 壒 원문에는 "壒"로 되어 있다.

抱書歸山, 刮心掐肝, 以明子之初志, 恐年歲之不我遺. 嗚呼! 簡册猶存, 巖壑無光. 短辭寄情, 我心永傷. 嗚呼哀哉!

雜著

月賦 庚申

八月十一日, 對月南軒至夜深, 適有繁愁, 不可自遏. 倚枕少睡, 起看月華, 炯炯猶射窓櫳. 遂隨意綴語, 音韻繁複. 至後日猶有記存者, 始錄之而略加整頓, 示宋子士行.

皎彼初月, 于東在林, 漸輝我庭, 照此中襟. 遞嵟嵫之晏華兮, 舍膏燭之將宣. 拂纖雲而曾波兮, 濯輕霞而彌鮮. 紛玲瓏而洞澈兮, 燭萬象於玄宵. 凸者始彰其方兮, 采昭光於坎泉. 訓狐伏其羽兮, 魑魅遯藏于深樵. 穆穆高懸兮, 正色何修? 燦燦流明兮, 常度則夷. 蓋其配日承光兮, 依斗授時. 與道盈虛兮, 回復無窮. 攝大地而收景兮, 翔玄穹而吐靈. 雖積晦而存闇虛兮, 含素魄而反耀. 嗚呼! 萬古吾無以覬兮, 六極吾何以遊遨? 惟月采澈崑崙兮, 輪轉大瀛. 夾照幽都兮, 迥臨蠻荊. 降瞰中州兮, 何物不照? 麗明靈光之故宮兮, 昭回漢津之仙槎. 耿又照此席門兮, 拜清光而夷猶. 唉! 陰雲之蔽虧兮, 感圓光之易去.

既擁衾而倚枕兮, 懷我友而惙惙.

畫扇箴 乙亥

余爲宋子時偕畫扇, 意在海嶽秋月. 翌日宋子忽有書, 曰:"夢畫扇雪嶽, 故訊之." 蓋有神會, 事若奇矣. 余謂宋子:"於物無適莫, 而知余近遊雪嶽, 是固因想之理耶?"宋子曰:"鍾期知伯牙志在山水, 而猶待於聽琴, 若夢而知心, 則希矣哉!"辭固近譴, 而有深理. 余又思之, 凡應事接物, 稱心之樂, 在乎神到, 而朋友爲尤甚. 夫聽琴心者, 知音止於琴; 夢畫扇者, 知心止於畫. 俱若神會, 而非以道義相感發, 皆淺之爲知也. 遂作扇上箴, 曰:

秋海之盈, 大嶽之精, 升月之清, 比于君子. 玩心高明, 順理而行, 潔身履正, 而完其名, 友道之貞.

尹子穆渭原紫斑石硯銘 甲子

無躁心以磨墨, 無繁辭以濡筆. 圓中方外而硬其質, 是惟子穆之硯, 我銘以述. 右硯面

無以不用而不加琢, 無以不顯而不愼德, 用晦于文以存樸. 右硯背

李子仁夫_{最中}書樓銘

有衍書樓, 有薰其香. 有神守楹, 聖訓洋洋. 有儼其丌, 先人手澤. 其爲器不雕而樸, 其爲辭簡直而眞. 祖先之心, 惟恐爾之不謹身; 聖賢之心, 惟恐爾之不成仁. 有衍書樓, 爾息爾偃. 游目應物, 一息萬變. 卉木之嘉, 時鳥之善, 所以娛情而易以歆性, 華色好聲, 有駴如窄. 有來至門, 匪淡伊濃. 尙氣義者不恒德, 工文辭者不誠中. 相彼扃鐍, 愼爾樞機. 尊我壁經, 伊道之歸, 有衍書樓, 潛而有輝.

茅樓銘

甲戌季夏十日, 始居鐘岡茅樓, 書座右以自警銘, 曰:

小樓容吾, 潛居有銘. 文不浮實, 行不狥名. 語不入俗, 讀不出經, 澹以得朋, 師古爲程. 窮不違命, 夢寐亦淸.

吳生_{載續}月籟琴銘 丙子

友人吳治甫琊解彈琴, 余嘗一聽於香洞之梨花軒. 治甫旣歿, 其子載續復治父琴, 能出新聲, 名其琴曰月籟. 將攜入西海之大寶島而卒業, 余爲之銘, 曰:

濬然而發, 穆然而止. 聲在靜夜, 有永我思. 我觀其始, 月在梨花.

我觀其終, 月在海波.

金伯愚銅磬銘

在谷之鑾水之深, 英英白雲發清音.

梅花頌 宿金伯愚, 醉後書梅花龕

葳甤貞木, 在君子庭兮. 受氣之和, 粹而精兮. 樸而不茂, 澹而寡情
兮. 維天植物, 布月令兮. 草疾木奮, 競生成兮. 始振其蟄, 雷又收聲
兮. 榮華旣渴, 大亨貞兮. 闔氣之變, 耀德之清兮. 氷雪鍔鍔, 厚土不
靈兮. 乃吐其華, 彌素而馨兮. 峭枝發色, 仰崢嶸兮. 薦以彫盆, 圍曲
屛兮. 在堂之中, 我心寧兮. 沐日浴月, 穿文櫺兮. 古姿骨勁, 皎輝莫
攖兮. 告我友朋, 淑愼儀形兮. 在樹之下, 襲芬之盈兮. 警夜之枕, 飲
而恒醒兮. 枕藉佩服, 延壽齡兮.

歸去來館上樑文 庚午

感「伐木」求友之詩, 期同車而攜手; 頌誅茅卜居之樂, 想颺舟而吹

衣. 大歸從心, 小屋容膝.

念之子分宜荒谷, 而初志思回頹波. 誦復六經緒言, 和靖不欺之學, 叙明三王正統, 遜志合道之文. 管幼安之木榻皆穿, 行方而守約; 李元禮之門墻頗峻, 謗至而名隨. 惟許數友知心, 空有羣書滿腹, 古道自任, 今人所憎.

自以悅性者山鳥野花, 容身者洪溟巨嶽. 幼識龍淵、香城之路, 便思濯髮而來; 老入龜潭、玉筍之間, 終擬脫屣而去. 飮石泉而蔭松栢, 已遺鐘鼎軒駟之榮; 窮流峙而鍊形神, 以觀禮樂文章之變. 雲邊結屋, 甘與世而長辭; 雲上浮家, 誓從吾之所好. 惟守游方之戒, 恒思苟完之居; 抱靈均遠遊之感, 南陔有采蘭之期; 循子輿歸耕之心, 北堂懷樹萱之義.

始就莉江之阿, 爰葺竹間之舍; 蒙山營老萊之隱, 林環莞蒿之華; 桐廬記戴顒之棲, 琴叶塡篊[1]之韻. 重以丘木成林, 沼花流馥, 有時小艇沿月, 高樓望雲. 薄田未充瓶罍, 空憶寬閒之野; 微祿又同覊絆, 不堪定省之情. 竹符倦攜於巖棲, 櫟神忽告以泉食. 不遠伊邇, 接故里而依先塋; 樂業安生, 宜休官而遂初服.

負方嶂而挾奇石, 卜宅允臧; 瞰高原而臨平疇, 觀稼宜所. 遂畚土轉石, 縛草結茅, 屋小打頭, 室大如斗. 已成目巧之室, 專輪面勢之佳. 涉園奉板輿之歡, 竹木周布; 升堂有斑衣之戲, 禽鳥來親. 拄笏看山, 屋上之雲霞自蔚; 植杖聽水, 門前之禾稼漸長. 于以經濟山林, 誰能局束軒冕? 種花釀酒, 榮枯自知, 製荷爲衣, 芳潔獨保. 怡顏豐柯之下, 偶聽好鳥之音; 澡身秋水之中, 因會游魚之樂.

於是錫名寄意, 緘書報歡. 喜聞筦簟之安, 不用輪奐之美. 擧天下而

---

1 篊 '簁'와 같다.

不易, 自比石戶之農; 與泰初而爲隣, 蓋取橧巢之制. 寒樓在石, <u>武夷</u>大隱之屛; 同心如蘭, <u>文山</u>小樓之臥. 知子長往忘返, 於焉永矢弗諼. 布袍竹冠, 非供折腰之具; 結駟張蓋, 實有攢眉之愁. 詎諼荷鋤而歸, 便應斂裳而逝? 倚石慕<u>南康</u>之事, 掛冠追東門之賢.

載馳載驅, 歸心隨春湍而赴壑; 爰居爰處, 樂意共閑雲而依山. 帶經躬耕, 已遂悅親之意; 采藥自給, 永忘干祿之情.

樂天奚疑, 六丁力挽而莫搖山嶽; 遯世無悶, 萬牛首回而自重棟樑. 斯爲淸逸處士之廬, 合頌孝友張仲之美.

兒郎偉抛樑東! 峻壁淸流花覆紅, 散策芳洲悄忘返, 故山蒼翠望冥濛.

兒郎偉抛樑西! 嶺上白雲難可梯, 草樹蒙茸<u>文正里</u>, 不堪斜日聽禽啼.

兒郎偉抛樑南! 嘉禾彌望野風甜, 岡巒蜿蟺多佳氣, 日永松楸繞翠嵐.

兒郎偉抛樑北! 屋上寒嶂有秀色, 松間掃雪淸堆餐, 雲際鴻飛不可弋.

兒郎偉抛樑上! 夏日和舒冬日朗, 照我玭觿端鞸紳, 升堂獻斝花盈掌.

兒郎偉抛樑下! 竹深留客與蒭馬, 不勞剪髮供雞黍, 三百禾囷穗滯野.

伏願上樑之後, 全家綏福, 四隣歸仁. 畫紙碁局, 敲針釣鉤, 時助怡愉之樂; 種子高松, 養雛大鶴, 永觀淸眞之情. 神枕山河, 付大人之占夢; 仙壺日月, 閟小谷之有光. 且讀壁間之書, 莫問林外之事.

蒼霞亭上樑文 甲戌

衆峰夾水, 瓊瑤蔽虧, 六棟排空, 雲霞瀚淳, 是惟胤之臥處, 爰在山之中央. 主人貞固而永將遺榮, 澹逸而未忍忘世. 漱正陽而飲沆瀣, 思賦「遠遊」; 室太虛而釣煙波, 誰爲共處? 自憐濁世難容, 偶與名山相遇. 水會雪馬之洞, 仙人廻舟; 山轕木鶴之峰, 奇士留躅. 袖拂壺天之石, 神飄藥珠之臺, 秀色可餐, 清浪可濯.

不有高栱, 何以遐觀? 書籍捻盡花溪, 泉石成我茅棟. 惟其赤城正對, 蒼霞常飛, 英英和雲, 粲粲蔽日. 浥瑤華而流芬馥, 罩繡嶂而灑風湍. 標名於漢濱丈人, 取義於雲臺眞逸. 世與我違, 思入衆玅之門; 地偏心遠, 身超萬象之表. 聽徹雲樓之磬, 吟續雪園之梅, 歲暮之期, 存沒難忘, 忽焉流目, 慨然流懷. 開徑而自生萬株靑松, 憑檻而前臨千頃碧玉. 每當日長山靜, 不辨春來仙源, 憂樂兼得於幽棲, 頌祝宜相於老匠.

兒郎偉抛樑東! 雲霞嶂上月朦朧, 琪花珠樹綴香露, 夜靜仙臺有路通.

兒郎偉抛樑西! 花雨滿空白日低, 道是連峰與積水, 神龜老鶴永潛棲.

兒郎偉抛樑南! 芙蓉寒翠紫霄參, 借得六丁呵護力, 仙眞正史秘雲龕.

兒郎偉抛樑北! 五老冥棲有信息, 春水洋洋與樂飢, 煌煌靈芝頖顏色.

兒郎偉抛樑上! 玲瓏峻石照空曠, 興雲降雨渾無心, 噓吸嵐霏鎖蕙帳.

兒郎偉抛樑下! 長江風靜澹將瀉, 千片桃花堆不流, 洞門誰是問津者?

伏願上樑之後, 居室之善, 味道之腴, 一氣存夜, 戒空玅之馳心; 萬物歸根, 悟實理之成性. 就平地臥, 玩空中樓.

雲樓九解

　　李子旣卜居于丹陽之梨花村, 作雲樓、栲亭于龜潭, 以擅谿山之勝, 爲終老計. 海觀, 以沒雲臺、觀音窟爲歸; 峰壁洞巒, 以普門、九淵爲歸; 湖觀, 以三日、永郎爲歸. 時每約數友出游, 頗有記述, 而偶得碧石, 斲而爲鐘, 懸之樓中而叩擊, 自以懷古樂志. 嘗綴朱蘭嵋書, 作四言詩九解, 和鐘而歌, 未嘗言及世事, 亦不言其志.

雲波淸澈, 竹樹深蔚. 石鐘有聲, 不解君意.

水花如錦, 水竹參差. 閒行靜看, 輕風解衣.

白雲一檐, 靜水一泓. 物薄心和, 翫道適情.

右石鐘三解

桃花拂水, 扁舟載酒. 水流舟輕, 花照眼明.

曲澗小橋, 有客相過. 留與濯足, 就石翫花.

水遠山深, 花朱雲碧. 意適閒吟, 來題白石.

右花水三解

海水淸淸, 海山如雲. 海樵道人, 珊瑚作薪.

結茅花裏, 築石雲邊. 麋鹿成羣, 雞犬不聞.

薪樵海濱, 博奕山中. 布衣自寬, 茅檐足容.

右海樵三解

山泉亭記事 丁丑

癸亥秋, 與宋子士行遊丹陽, 所過峰壁, 多標名以紀之. 丹陽太守今樂墅李公, 終始接濟游事, 風流洪長, 爲之並舟下龜潭, 飮于沙頭, 極歡而歸. 余與宋子賦詩, 追呈舟次, 尙記余詩, 曰:

積水龜潭濶, 連峰玉筍稠.

江山於此大, 雲日自生愁.

溪¹叟魚穿柳, 使君酒滿舟.

相將簡禮數, 洗勺在沙頭.

其後八年, 余築精舍於玉筍峰下倚中皐, 正對綵雲峰, 名其水曰雲潭. 五老、玄鶴諸峰, 環列潭北, 龜峰、玉筍諸峰, 映帶于中皐左右. 余頗有紀述, 道山中樂事, 寄示宋子勸入山. 余又臨江雜植花樹以翳之, 而特患江岸無池種荷.

辛未秋, 余自雪城入山, 忽得泉脉於中皐下, 甘冽宜人, 疏其餘流, 可以鑿池種荷. 余甚喜, 將書告宋子.

壬申冬, 宋子遽病歿. 余檢其遺稿, 得一詩將寄余者. 其詩曰:

凌壺觀主愛蓮苦, 老去無庭鑿半畝.

近向雲潭新卜宅, 不知山下有泉否?

嗚呼! 他日種荷滿池, 諷吟山泉之詩, 孰復有賞音者? 余讀之出涕. 遂擬築小亭於中皐荷池之上, 扁曰山泉, 以實宋子詩意. 遂具書前後事, 乞樂墅李公記之.

---

1 溪 『능호집』 권1에 실린 같은 시 「龜潭舟中, 與宋士行共賦, 謝李丹陽」에는 '溪'가 '谿'로 되어 있다.

偶書 壬申

近日俗尙渝薄, 絶少嫺睦之家, 而人皆徇私自用而不知耻, 其弊槩由於不好學、不安貧. 孟子自任以行王道, 而必以經界之法、庠序之敎爲言, 親切簡要, 莫過於此矣.

士生衰世, 從仕則易以犯法辱身, 工商之業卑賤, 誠無謀生之道矣. 說者謂: "晦翁社倉法, 猶近於牟利, 橫渠井田議, 不達時宜." 而終當參酌二先生本意, 均賦制産, 資助匱乏, 嚴立一鄕約條, 治園圃、養雞豚, 以補不足, 節用省費, 以廣儲蓄, 則庶無衣食之憂, 而專意學業, 施及親戚, 而推爲救時之策也.

凡交際往復, 宜戒一切計較心, 戒一切矜持心, 戒一切隱曲心. 一着此心, 便傷眞意, 宜痛自省察. 且朋友以資輔師, 則爲道托契之初宜致愼. 旣交則至誠慕愛, 有過則懇懇開導, 同歸善道, 不宜遽自疎薄.

凡志行苟端, 則自無外慕; 名實相符, 則自有令聞. 然君子反顧內省, 尙有愧意, 上質先哲之言, 傍求當世之賢士, 下念來世之公議, 常有懼心. 雖欲不進學, 不爲善終, 有所不忍負心、不忍欺神明者. 以此立心, 當知名譽爲外物, 而非我所可襲而取之, 令聞之來, 於我初無損益.

竊觀十年以前士子自好者, 槩多以詩文相高矣. 近日工詩者亦絶少, 槩一掃詩學, 直以意氣欲蹴過古人高處, 難矣哉! 詩道蓋以精鍊爲主者, 譬猶工師之操繩墨. 情隨境變, 律與聲諧者, 猶工師之爲器. 發之以眞意而不狗名, 寓之以妙用而可以爲敎者, 猶器之貴重而用之以時. 夫然後始可以傳, 傳之在眞, 非綴拾粉繪所可得. 余亦喜作詩, 而發之少眞意, 故人或有稱道, 輒愧縮不安, 前後頗自毀稿.

有千古一義, 有一世一義, 有一國一義, 有一家一身一義. 人皆具此箇義理, 然要當依本分理會. 自學問思辨, 至於力行上達, 做到聖神地位者, 罔有古今內外之分, 此乃千古一義. 堯、舜、湯、武之傳禪繼序, 箕子之不臣周, 魯連之不帝秦, 仁山、白雲之不仕胡元, 嚴陵之隱, 武侯之出, 乃一世之義. 伯夷、太伯之避位, 乃一國之義. 富貴貧賤素位而行, 非天子不議禮考文者, 乃一家一身之義. 實與千古一義, 相爲體用, 合而言之, 具足於我之一心. 然必依自家本分, 度自家力量, 先定脚跟, 實心踐履然後, 不爲狗名之歸.

敬定閣雨中偶書, 示元凝、伯陽、淵兒.

跋文

李元靈奇士. 元靈癯而脩吭, 鬚眉少塵垢氣. 每散步朗詠, 望之其狀類鶴. 元靈天性疎曠, 嗜山水文酒. 然立心制行, 必根據古義, 雖有嗤詆者不顧也. 余由是重元靈. 彼世之聞風趨名者, 特見其文章篆畫之美爾, 曷足以知元靈哉! 其詩文調潔神活, 取法則高, 而光怪時露, 亦可以想像其爲人也.

余按關西節, 旣刻李胤之『丹陵稿』矣. 海平 尹子穆氏馳書, 謂: "盍續刻元靈『凌壺稿』?" 已而元靈之子英章, 抱遺艸來謁, 子穆所删定也. 遂以活字印出.

余與胤之、子穆, 皆同元靈游者也. 關西故多名山水, 余每登臨把酒, 未嘗不思元靈, 而爲之愀然云.

上之三季孟秋日, 資憲大夫行平安道觀察使兼兵馬水軍節度使、都巡察使、管餉使、平壤府尹淸風金鍾秀書.

부록

작은아버지¹에게 올린 간찰簡札² 1³

매우 그립던 중 보내신 답장 편지를 받자와 몹시 안심이 되었습니다.
가을이 날로 짙어 가는데 요사이 건강이 어떠하오신지요? 저는 병세
도 차츰 좋아지고 먹고 자는 것이 모두 정상적입니다. 다만 객지 생활

---

1 작은아버지 이최지(李最之, 1696~1774)를 말한다. 이인상에게는 작은아버지 및 파평
윤씨에게 각각 시집간 고모 두 분이 계셨다. 아홉 살 때 아버지를 여읜 이인상은 작은아버
지에게 수업하며 성장하였다. 그러므로 이인상에게 작은아버지는 아주 각별한 존재였다.
2 간찰(簡札) 심사숙고하여 문장을 다듬고 격식을 갖춰 쓴 '서'(書)라는 편지 형식과는 달
리 대개 편지를 갖고 갈 사람 앞에서 즉흥적으로 글을 써서 수신인에게 안부와 소식을 전
하는 편지글을 말한다. 그래서 길이가 대체로 짧고, 행서나 초서로 쓰여지게 마련이다. 여
기 부록으로 실은 이인상의 간찰은 그 38세 때인 정묘년에서 45세 때인 갑술년까지의 사
이에 그의 계부(季父)와 종제(從弟)에게 보낸 편지다. 이 시기는 대체로 이인상이 사근역
찰방 및 음죽 현감으로 있을 때에 해당한다. 따라서 이들 간찰은 이인상이 지방관으로 있
던 시절의 생활 및 생각을 가감없이 보여준다는 점에서 퍽 중요한 자료다. 이 자료는 원래
청명(靑溟) 임창순(任昌淳) 선생이 세상에 처음 소개한바, 국립중앙박물관에서 간행하는
잡지인『미술자료』14호(1970. 4)에 선생의 번역문과 함께 원문이 게재되어 있다. 선생의
소개 말씀에 의하면, 통문관(通文館) 이겸로(李謙魯) 씨가 소장한 원본을 승계(勝溪) 임
창재(任昌宰) 씨가 탈초(脫草)했다고 한다. 이미 선생의 번역이 있기에 이를 따르되 다만
요즘 기준으로 볼 때 어색한 말은 더러 바꾸고, 또 일부 부정확하거나 사실 관계에 맞지 않
는 것들은 바로잡았다. 한편 이인상의 간찰은 그 쓴 시기가 명기되어 있지 않은 것이 여러
편인데,『미술자료』에는 이것들이 정리되지 않은 채 수록되어 있지만, 여기서는 계부에게
보낸 간찰과 종제에게 보낸 간찰로 나누어 실은 다음 그 작성된 시기에 따라 각각 일련번
호를 붙여 읽기에 편하게 하였다. 그리고 이전의 번역에는 주석이 달려 있지 않지만 여기
서는 비교적 자세한 주석을 달아 독자들이 이 간찰을『능호집』의 글들과 연관지어 읽을 수
있게 하였다.
3 작은아버지에게 올린 간찰(簡札) 1 이 간찰은 그 쓴 시기가 명기되어 있지 않으나 내용으
로 보아 사근역 찰방에 부임한 직후인 1747년 가을(추석 전)에 쓴 것으로 보인다. 이인상
이 사근역 찰방에 부임한 것은 1747년 음력 7월이다.

에 마음이 쓰라릴 뿐입니다. 온종일 입을 다물고 서로 얘기할 사람도 없고 또한 산책하며 마음을 풀 만한 곳도 없사오니 어쩌겠습니까.

추석에 쓸 제물이 모양을 갖추지 못했사오나 사정상 어쩔 수 없었습니다. 다음에는 의당 다시 힘을 쓰겠습니다. 숙모님 병환은 요즘 어떠하오신지요? 걱정만 간절할 따름입니다. 방이 갈수록 더욱 추워지건만 제대로 불을 때지 못할 터이니 병환이 쾌차되기를 쉽사리 기대할 수 없사온즉 이를 어찌하면 좋을는지요?

궁한 처지의 김생金生이 말을 빌려달라고 하는 건 아마 전일에 함께 오자는 간청이 있었기 때문에 다시 이렇게 무리한 요청을 하는 모양입니다. 그 사정은 딱하지만 그 화내는 걸 용서할 수 있겠습니까? 벗 장군張君[4]이나 하인 수壽는 함부로 타고 다니는데 김생에게는 가는 편인데도 빌려주지 아니한 건 미안한 일입니다. 안향安鄕[5]에서는 제가 장군을 놓아 보내지 않는 것이 아닌가 하여[6] 편지를 보내어 신신당부하기를 장황하게 했는데, 이는 그를 보낸 뒤의 편지인 듯합니다. 비록 제가 그를 억지로 데려오긴 했으나, 그 오고 가는 동안 역마驛馬에 폐만 끼친 결과가 되었습니다. 그런데 천 리나 되는 길을 그렇게 빨리 돌려보내라고 재촉이 심한 것은 그야말로 인정사정을 모르는 처사인 듯합니다. 그런즉 김생이 가는 편에 역마를 좀 타고 가겠다는 것도 괴이할 건 없습니다. 이제부터는 단연코 혼자서 지내고 다른 사람과 상관하지

---

4 벗 장군(張君) 모산에 거주하던 처족의 한 사람인 장훈(張塤, 자 자화子和, 서얼)을 가리킨다. 『뇌상관고』 제5책에 실린 「祭張子和文」을 통해 그 점이 확인된다.
5 안향(安鄕) 모산이 있는 안산을 가리킨다. 모산은 지금의 행정구역으로는 시흥에 속하지만 당시는 안산에 속했다.
6 궁한~아닌가 하여 당시 건강이 안 좋았던 이인상은 사근역 찰방에 제수되자 김생(金生)과 장군(張君)에게 요청해 부임길에 같이 내려왔던 듯하다. '김생'이 누군지는 알 수 없다.

않기로 결심하였습니다. 병이나 생사가 모두 운명에 달린 것이온즉 남에게 부축해 달라고 하는 것도 피곤할 뿐이니 어쩌겠습니까?

鬱慕中, 伏承下答書, 伏慰無任下誠. 秋氣日深, 未審比來氣體若何. 從子病氣漸淸, 寢食如常, 而客懷終覺酸辛. 終日閉口, 無與語者, 又無倘伴散襟處, 奈何?

秋夕祭物之不成樣, 事勢固然, 日後則當更有商量耳. 叔母主患候劇歇, 近復若何? 伏慮徒切. 堂室轉益向寒, 炊爨常不及時, 差安未易期, 奈何?

金生之窮途借騎, 盖爲前日有同來之懇, 故猶復相强也. 其情可憾, 其怒可恕耶? 張友壽僕, 莫非濫騎, 於金生而未借順便, 則終覺不安, 自安鄕, 惟恐從子之不放張君, 送書申囑, 極其張皇, 盖發送後書也. 從子雖强挽而來, 其所往還, 不過眙弊驛騎, 則千里督還太甚, 似不察人情事勢, 金生之欲騎順便, 果無怪也. 從今以往, 欲決意孤居消日, 不欲與人相關. 疾病死生, 皆有命, 要人扶將, 亦覺疲困, 奈何?

작은아버지에게 올린 간찰 2[1]

하인 두 명이 올라간 후 서울 소식이 아득해 자나깨나 뒤숭숭하고, 객지에서 지내는 마음이 영 편치 못합니다. 날이 저물어서 대구大邱[2]에 도착하와 지난달 26일에 보내신 편지를 읽고 추위에 조섭하시며 건강하시다 하오니 다행스런 마음 금할 길 없습니다. 서울에 계신 여러 집안에서 고생하시는 형편은 생각만 해도 마음이 아픕니다. 비록 더운 방에 거처하며 배부르게 먹고 지내기는 하나, 옛사람의 이른바 "하늘 끝을 떠도는 외로운 나그네 신세에 벼슬살이가 뭐 즐겁겠습니까"[3]라는 말이 곧 제 심정입니다. 일전에 산음 현감山陰縣監[4]과 같이 이 구절을

---

1 작은아버지에게 올린 간찰 2 이 간찰은 쓴 시기가 명기되어 있지 않으나 내용으로 보아 사근역 찰방에 부임한 해(1747년) 겨울에 쓴 것으로 보이며, 1747년 12월 13일에 작성된 「작은아버지에게 올린 간찰 3」보다는 조금 앞선 시기의 것으로 보인다.

2 대구(大邱) 경상 감영(慶尙監營)을 말한다.

3 하늘~즐겁겠습니까 이 말은 유극장(劉克莊)의 「원주에 도임하여 사은(謝恩)하여 올린 표」(袁州到任謝表)라는 글에 보인다. 전후의 말을 함께 보이면 다음과 같다: "하물며 모친의 슬하를 떠나게 되어 꿈속에서도 자주 놀라게 되거늘, 하늘 끝을 떠도는 외로운 나그네 신세에 벼슬살이가 뭐 즐겁겠습니까? 오직 임금과 어버이에 대한 일념뿐입니다"(而況別慈顔於膝下, 魂夢屢驚, 旅隻影於天涯, 宦游奚樂? 徒有君親之一念). 유극장은 송나라 때 사람으로 자(字)는 잠부(潛夫)이고 호는 후촌(後村)이며, 음직으로 벼슬하여 용도각직학사(龍圖閣直學士)에까지 이르렀다. 진덕수(眞德秀)에게 수업했으나 만절(晩節)을 지키지 못했다 하여 당시에 기롱을 받았다. 문집으로 『후촌집』(後村集)이 전한다.

4 산음 현감(山陰縣監) 김양택(金陽澤)을 말한다. 부수찬으로 있으면서 올린 상소가 당파적이라고 하여 영조 23년인 1747년 3월 22일에 산음 현감에 전보(轉補)되었으며, 이듬해인 1748년 10월 11일에 겸사서(兼司書)에 제수되어 다시 조정에 들어갔다. 김양택은 김만기(金萬基)의 차남인 김진규(金鎭圭)의 아들로, 훗날 영의정까지 지냈다. 『능호집』 권3에 이인상이 1755년 김양택에게 준 글인 「황해도 관찰사로 부임하는 김승지(金承旨)를 전

얘기하면서 저도 모르게 마음이 서글퍼졌습니다. 저는 하인 유有가 떠날 때에 격병膈病⁵이 차츰 줄어들더니 정양靜養하자 저절로 가라앉았습니다. 근래에는 별갑산鱉甲散⁶을 먹었더니 차츰 좋아지는 것 같습니다.

오늘은 공무公務로 영문營門에 왔는데 내일 새벽에 역驛으로 돌아가야 합니다. 저리邸吏⁷의 문제는, 저도 꽉 막히고 박절한 짓을 하고 싶지는 않습니다마는, 월리전月利錢⁸을 받아낸다는 것은 남의 등을 쳐 먹는 놈들이 저들의 욕심을 다 채우지 못해 상경한 관청 하인을 조종하여 수령을 달래고 위협하려는 것이오니 그 버릇이 몹시 괘씸합니다. 작년 이후 무리하게 꾸어 준 빚을 가지고 각역各驛의 고혈膏血을 긁어 모은 것이 이천여 냥이 넘었고 금년 정월부터 5월 이전까지의 빚이 또 사오백 냥이 되는데 이것은 모두 관청 하인들과 공모해 가지고 거둬들이는 것입니다. 처음부터 이 사실을 영營⁹에 보고하여 곤장을 때려 엄하게 죄를 다스리려 했으나 사건이 전임관前任官¹⁰과 관련되어 있어 꾹 참고 있었던 것인데 이제 듣자온즉 이번에 올라간 하인이 또 자기 집 여편네에게 닦달을 받아 여러 차례나 우리 집안을 시끄럽게 했다 하오니 이런 해괴하고 분한 일이 어디 있습니까? 관아官衙에 돌아가서, 이대로 용서할 수가 없사오니 곤장을 치려 합니다.

송하는 서(序)」가 실려 있어 참조된다.
5 격병(膈病) 식도협착 혹은 위병(胃病)을 말하는데, 발병하면 음식을 잘 삼킬 수 없게 된다.
6 별갑산(鱉甲散) 자라의 등껍질을 빻아 가루로 만든 약. 여자의 혈병(血病)이나, 한열(寒熱), 학질 등의 증상이나 가슴이 답답한 데에 약재로 쓰인다.
7 저리(邸吏) 경저리(京邸吏)를 말한다. 서울에 주재하면서 지방 관청의 서울 업무를 맡아본 향리(鄕吏)로, 주로 그 지방의 공물(貢物), 입역(立役) 등의 일을 대행했다.
8 월리전(月利錢) '월리'(月利)는 달변, 즉 달로 계산하는 이자.
9 영(營) 경상 감영을 말한다.
10 전임관(前任官) 전임 사근역 찰방을 말한다. 국립중앙도서관에 소장된 『사근도선생안』(沙斤道先生案)을 통해 이정덕(李廷德)임이 확인된다.

兩奴上去後, 京信漠然, 夢寐煩亂, 客心易動. 暯抵達城, 忽伏承前月
卄六日下書, 沍寒調攝, 氣體萬安, 伏不勝驚幸之至. 洛下諸處苦况,
思之心疼. 雖煖處飽食, 而古人所謂'旅隻影於天涯, 宦游奚樂'者. 日
前如〔與〕山陰倅說此句, 不覺悽然耳. 從子有奴發行時, 膈病彌少, 靜
攝自安. 近服甲鱉〔鱉甲〕散, 轉覺安勝.

今日, 因官事到營門, 曉當還驛耳. 邸吏事, 從子不欲爲不通迫切之
事, 而所謂月利錢查出, 濫食之類, 不充渠壑慾, 故敢欲操節上京下
隷, 而誘脅爲官者, 其習絶痛. 昨年以後, 以□理之債, 刮取各驛之血
者, 過二千餘兩, 今正月以後五月以前債物, 又爲四五百兩, 皆與下隷
符同收斂者. 初欲報上營, 杖割半脾, 而事係前官, 故姑且隱忍矣. 伏
聞今便下隷, 又爲渠家婆子所困, 屢鬧門庭云, 不勝駭痛. 還官後, 勢
難容貸, 欲杖.

작은아버지에게 올린 간찰 3

하인 차次의 편에 올린 편지는 보셨을 줄 압니다. 겨울 날씨가 너무나 따뜻하여 얼음이나 눈을 볼 수 없습니다. 이때에 건강이 어떠하옵신지 그리운 마음 견딜 수 없습니다. 저는 길에서 통신사通信使¹를 만났는데, 순영巡營²과 공문을 교환하여 마침내 가기로 결정된 인원을 바꿔쳐 저를 데리고 동래東萊, 부산釜山으로 가면서 10여 일 간이나 흥청거림이 매우 긴치 않은 일이오나 후의厚意를 저버리는 것도 옳지 못한 일이옵고 기왕에 순찰사巡察使³가 굽혀 따르고 있사오니 어쩔 수 없이 그의 의사에 맡길 수밖에 없습니다.⁴ 어쩌겠습니까? 관청의 사무와 집안 걱정으로 신경쓰이는 게 한두 가지가 아니오나 일소一笑에 부칠 수밖에 없습니다.⁵ 종제從弟⁶는 여전히 잘 지내고 있는지요? 나머지는 다 갖추

---

1 통신사(通信使) 당시 통신사의 정사(正使)는 홍계희(洪啓禧)이고, 부사(副使)는 남태기(南泰耆)이며, 종사관(從事官)은 조명채(曺命采)였다. 이들 일행은 1747년 11월 28일 서울을 출발해 이듬해 2월 16일 부산포에서 일본을 향해 출범(出帆)하였다. 이와 관련된 시가 『능호집』 권1에 「통신사를 전별하며」(贐通信使)라는 제목으로 실려 있다.

2 순영(巡營) 경상 감영을 말한다.

3 순찰사(巡察使) 관찰사를 말한다.

4 저는 길에서~없습니다 이인상이 영남으로 내려온 통신사 일행을 만난 것은 1747년 12월 13일로 추정된다. 이봉환이 모친에게 보낸 1747년 12월 12일자 언간(諺簡)을 보면 통신사 일행이 12월 13일 경주로 들어가고, "사나흘사이 울산 드러가 또 잔취하고 부산 다달을 거시니"(이병기 편, 『近朝內簡選』, 국제문화관, 1948, 42면)라고 했으니, 이인상이 부산에 도착한 것은 12월 17·18일 무렵일 것이다. 이인상은 이 달 24일 사근역으로 떠났다(『近朝內簡選』, 43면 참조).

5 관청의~없습니다 이 편지 내용을 통해, 이인상이 당시 통신사의 행태에 내심 비판적이었음을 알 수 있다. 이인상은 『능호집』 권1에 실린 「통도사를 출발하며」(發通度)라는 시에

지 못합니다. 새해를 맞이하여 더욱 건강하심을 비오며, 새달 6, 7일 경에는 가서 뵈올 듯합니다. 읽어봐 주시옵소서. 글월 올리나이다.

정묘丁卯(1747년) 12월 13일 조카 인상 올림

次奴便上書, 想巳下鑑矣. 多燠轉甚, 不見氷雪. 伏未審此時氣體若何, 伏慕無任下誠. 從子路遇信使, 則與巡營行關往復, 竟換差員, 挽與向萊‧釜爲旬日漫游, 極爲不緊, 而孤負厚意, 無爲不義, 巡使旣已曲循, 則事勢無由, 一任己意, 奈何? 官事‧家憂, 關心非一, 而亦付一笑而已. 從弟消息, 一向平安耶? 餘姑不備. 只伏祝迓新, 起居萬安. 開月六七間, 似當拜侍耳. 伏惟下鑑, 上書.

丁卯臘月十三日, 從子麟祥上書

서, 통신사 일행이 연로(沿路)의 백성에 폐를 끼치는 것을 비판한 바 있다.

6 종제(從弟) 이최지의 외아들 욱상(旭祥, 1728~1786)을 말한다. 이인상보다 열여덟 살 밑이다. 자는 백승(伯升)이다. 족보에 의하면 음직(蔭職)으로 별제(別提)를 지냈다.

작은아버지에게 올린 간찰 4[1]

영정당寧靜堂[2]께서 보내신 장지壯紙[3] 5속束[4]은 제가 가져왔사온데 행사
行事 관계로 남쪽에 체류滯留하게 되어[5] 본역本驛[6]으로 보낸 뒤 인편이
있는 대로 전해 드리겠습니다. 그 중 1속이 없어졌는데 아마 성장聖章[7]
에게 준 듯하오니 뒤에 다시 찾아 올리겠습니다.

큰 종가宗家의 정월 초하루 제사에 쓸 물품은 당초에 모두 준비하여
보내려 했으나 갑자기 행사行事가 있게 되어 마련할 도리가 없어서 다
만 돈 2관貫[8]과 초 한 쌍을 보내 드릴 수밖에 없겠사온데 초는 미처 사

---

1 작은아버지에게 올린 간찰 4 이 간찰은 그 쓴 시기가 명기되어 있지 않으나 내용으로 보
아 1747년 12월 13일에 작성된 「작은아버지에게 올린 간찰 3」보다 조금 뒤의 것으로 보인
다. 이인상은 이 해 12월 24일 통신사 일행이 머물던 부산에서 사근역으로 돌아왔으므로
이 간찰은 적어도 12월 24일 전에 작성된 것이라 할 것이다.

2 영정당(寧靜堂) 「작은아버지에게 올린 간찰 5」에서 말한 '영정(寧靜) 어른'(원문은 "寧
靜丈")과 동일인이다. '어른'이라고 한 것으로 보아 이인상 윗 항렬의 친족에 해당한다. 당
시 상의원 직장(直長)으로 있던 이휘지(李徽之)의 당호가 아닐까 한다. 이휘지는 이인상
의 사종숙(四從叔)이다.

3 장지(壯紙) 한지(韓紙)의 한 가지로, 두껍고 질기며 질이 썩 좋다.

4 속(束) 우리말로는 '뭇'. 작은 묶음을 세는 단위다.

5 행사(行事) 관계로~되어 통신사 일행을 따라 부산에 내려와 머문 것을 말한다.

6 본역(本驛) 사근역을 가리킨다.

7 성장(聖章) 우념재(雨念齋) 이봉환(李鳳煥, 1710~1770)의 자. 서얼이며, 1733년(영
조 9) 진사시에 합격하였다. 이최지와 동서간이다. 이봉환의 부친 이정언(李廷彦)은 이인
상 종고모할머니의 사위이다. 이인상은 젊은 시절 용산에 살 때 그와 교분을 맺었다. 당시
이봉환은 정사(正使) 홍계희의 서기(書記)로 부산에 머물고 있었다. 이인상은 통신사를
수행해 부산까지 갔었는데, 이때 이봉환과 수창한 시들이 『뇌상관고』에 몇 편 수록되어 있
다.

8 돈 2관(貫) 2냥을 말한다.

서 보내 드리지 못하오니 이것은 가형家兄[9]과 상의하면 다른 방도로 얻어 보낼 수가 있을 듯하옵니다. 관사官舍[10]에 이미 만들어 놓았긴 하나 그걸 보내 드릴 길이 없어서입니다. 몹시 바빠서 글씨가 너무 황잡하와 죄송함을 금할 길 없습니다.

寧靜堂所送壯紙五束, 携來此中, 緣行事南滯, 送付本驛, 使之因便傳納. 而減了一束, 盖與聖章耳, 日後當更覓以上.

大宗家正月一日祀事, 初擬備納以送矣, 緣行事猝發, 無由周旋, 只以二貫錢、一雙燭脩狀, 而燭則亦不及買上, 伏望議及家兄, 或有他道得送. 官舍已造置, 而無由出送故耳. 紛擾之甚, 書極荒亂, 無任罪歎.

---

9 가형(家兄) 이인상의 형인 이기상(李麒祥, 1706~1778)을 말한다.
10 관사(官舍) 사근역 관사를 말한다.

388 능호집 하

작은아버지에게 올린 간찰 5[1]

하인 편에 올린 글월은 받아 보셨을 줄 압니다. 남쪽 지방은 요즘도 찌는 듯 덥사옵니다. 이때에 건강이 어떠하오신지요. 울타리에 국화가 활짝 피고 기후가 선선해졌을 테니 일 없이 조용한 틈이 있을 때에 친구분들과 만나서 술잔을 기울이는 재미라도 가지셨는지요? 멀리서 사모하는 마음 견딜 수가 없사옵니다. 저는 어머니에 대한 그리움이 갈수록 견디기 어렵습니다. 먹고 자는 것은 그런대로 하고 있으나 가슴이 늘 편치 못하온데 이는 어제 오늘 갑자기 생긴 병이 아닙니다. 들으니 기내畿內의 농사가 흉작이라 하는데, 가난한 집에서는 식량을 구입하여 생활하는 처지이니 세 집의 사정이 날이 갈수록 곤궁한 줄 알면서도 보탬이 될 만한 것을 마련해 보낼 도리가 없사오니 걱정스럽고 불안하여 날이 갈수록 더욱 애를 태울 뿐입니다. 이동泥洞[2]에 보낼 조문 편지를 써서 보내오니 혹 격식에 맞지 않는 곳이 있으면 아우 욱旭[3]을 시켜 새로 써서 보내게 하시기 바랍니다. 부조 역시 몹시 약소하오나 어쩔 수 없사오니 함께 보내주시옵소서.

　저리邸吏가 이곳에 와 있기 때문에 서울과의 연락이 매우 곤란하여

---

1 작은아버지에게 올린 간찰 5　이 간찰은 그 쓴 시기가 명기되어 있지 않으나 내용으로 보아 1749년 7월 하순에서 8월 중순 사이에 쓴 것으로 보인다. 참고로, 정찬술(鄭纘述)이 신임 통제사에 제수된 것은 동년(同年) 7월 24일이다. 이 간찰을 쓸 당시는 아직 이인상이 체직(遞職) 통보를 받지 않았던 듯한데, 이 간찰을 보낸 지 얼마 되지 않아 이인상은 체직된다. 동년 1749년 8월 22일에 쓴 「작은아버지에게 올린 간찰 6」에서 이 점이 확인된다.

2 이동(泥洞)　서울시 종로구의 운니동(雲泥洞)을 가리킨다.

3 욱(旭)　이인상의 사촌동생 욱상(旭祥)을 말한다.

민망스럽습니다. 영정寧靜 어른은 평안하온지오? 종이를 가지고 식량과 바꾸는 것은 피차 무방하오니 사정을 보아서 종이를 사 놓고 기다려야 할 것이오나 필요한 수량이 얼마나 되는지 알 수 없사오니 알아보시고 이편에 알려 주시기 바랍니다. 새로 부임한 통제사統制使⁴는 친분이 없는 터인데 그를 맞이하는 절차나 그의 행차시의 절차에서, 그리고 통영統營의 비장裨將이나 우후虞侯⁵가 내왕할 때에, 제가 근무하는 역驛과 관계되는 일이 달마다 있다시피 하여 그들을 접대하는 비용이 관찰사영觀察使營 다음으로 많습니다. 게다가 경상좌도慶尙左道의 농사가 흉작이어서 역에 소속된 여러 백성으로부터 생활고를 호소하는 진정서가 매일처럼 들이닥치는데 그들은 모두 내년 봄에 구제 양곡을 방출해 줄 것을 희망하고 있습니다.

흉년에는 관례상 두 곳의 영營⁶에 비축된 돈을 대출하든가 또는 본역의 환곡 중 기본미基本米는 들여 놓고 그 이식利息을 가지고 운영하여 구제미에 충당해야 하는데, 관찰사영觀察使營이나 통제영統制營에 모두 친분이 없으면 얻기 어렵고 애걸해 보아야 힘만 지치게 됩니다. 그러하온즉 기회를 보아서 한번 김 판관金判官⁷을 찾아보시고 이 사정을 상세히 말씀하시와 통제사에게 "아무 역은 경제 사정이 곤란하며

---

4 새로 부임한 통제사(統制使)　영조 25년인 1749년 7월 24일에 통제사에 제수된 정찬술(鄭纘述)을 말한다. 한편 전임 통제사는 영조 23년인 1747년 8월 12일에 제수된 장태소(張泰紹)다.

5 우후(虞侯)　수군우후(水軍虞侯)를 말한다. 정4품 외관직 무관.

6 두 곳의 영(營)　경상 감영과 통제영(統制營)을 말한다.

7 김 판관(金判官)　누군지 미상. '판관'(判官)에는 중앙 관직과 지방 관직의 두 종류가 있었다. 전자는 돈녕부·한성부·상서원·봉상시·사옹원·내의원 등에 소속되어 있었고, 후자는 감영이나 유수영(留守營) 및 주요 주(州)·부(府)의 소재지에서 지방관의 속관(屬官)으로서 민정(民政)의 보좌 역할을 담당했다. '김 판관'은 중앙 관직에 있었던 사람으로 여겨진다.

말〔馬〕도 형편없이 쇠약한데다가 흉년에 구제할 방책이 없다 하니, 만일 진정하는 공문이 올라오거든 힘껏 도와주고 그 역로驛路에서 혹 제대로 거행하지 못하는 일이 있을지라도 좀 잘 보아달라"는 요지의 편지를 하게 해 주시기 바랍니다. 이것은 그다지 어려운 부탁이 아니오니 사정을 말하면 들어줄 듯합니다.

步走便上書, 想已下鑑矣. 南中日氣, 近又蒸燠, 伏未審此時起居諸節若何, 籬花已爛熳, 節氣淸涼, 而靜暇無事日, 有朋酒之懽否. 遠外伏慕, 不可堪. 從子思親之懷, 去益難堪. 眠食粗安, 而膈中常不平, 非一朝之憂也. 且聞畿內告歉, 窮家以市穀爲四〔事?〕, 而三家形勢, 轉□困窶, 而沾濡之物, 無計辨送, 憂惱不安, 日以悄悄耳. 泥洞慰狀書送, 而體例間或有遣辭不合處, 命旭弟改書以傳. 伏望所謂購物, 亦甚薄略耶, 奈何? 並望付送.

邸吏來此, 都下關涉之事, 絶難往復, 殊悶. 寧靜丈平安耶? 換紙辦食, 彼此無妨, 當觀勢貿紙以俟, 而未詳欲用卷數, 伏望探問, 下報此便耳. 新統使素無契分, 而凡於迎逢、出入諸節, 及營神、統虞候往來之際, 與本驛相關處, 逐月有之, 奉供之發, 亞於巡營. 且嶺左告歉, 各驛民戶告急之狀, 日至, 渠輩皆望來春賑救也.

荒歲例貸兩營儲錢, 或郵穀還本取息, 拮据辦用, 補賑資, 而凡巡、統二營, 俱無情款, 則得之未易, 乞之疲餕. 乘間一見金判官, 詳懇此狀, 而作簡於統使, 只以某驛驛弊馬殘, 而荒歲無賑救之策云, 如有告懇之狀, 隨力顧助, 驛路雖有不逮之事, 容護云云. 此爲不難之請也, 告懇則或想聽施.

작은아버지에게 올린 간찰 6

두 번 보내신 편지 받자와 읽고 매우 위로되었습니다. 가을 날씨가 날로 선선해지는데 건강이 어떠하신지 그리운 마음 견딜 수 없습니다. 작은 관청으로 이리저리 옮겨 다니게 되면 인사를 제대로 드리기가 어렵습니다. 생각건대 벌써 여러 번 나라에 보고가 올라갔을 터이니 염려되는 바를 어찌 다 말씀드리겠습니까?[1] 저는 찰방에서 곧 체직遞職되어 돌아가게 되었으니 일이 가소로운 게 많습니다. 새로 부임하는 찰방이 반드시 빨리 부임하려 할 것이고 저도 여기서 지체하고 싶지 않아서 문서가 정리되는 대로 곧 출발할 예정이오니 월말이나 내달 초쯤이 될 듯합니다. 종제從弟의 과장科場 출입에는 별 일이 없사온지요? 향시鄕試[2]를 볼 적에 밤새도록 비가 와서 멀리서 매우 걱정스러웠습니다. 시원試院의 사무는 가까스로 면하고 돌아갈 수 있게 되었습니다. 예의상 순찰사에게 인사는 하고 가야겠기에 바로 순무영巡撫營[3]으로 가려고 하므로, 길을 돌아서 죽령竹嶺을 경유하여 북행北行하게 될 것이오니 구담龜潭 일대를 다시 밟게 되겠사오나 추운 철에 의복이 얇아서 오래 머무르지 못할 것이 매우 유감스럽습니다. 바쁘고 복잡하여

---

1 작은~말씀드리겠습니까 자세한 사정은 알 수 없으나 이 말은 이인상의 형과 관련된 말이 아닌가 한다. 참고로, 1753년 6월 4일에 쓴 「작은아버지에게 올린 간찰 8」에는, "가형(家兄)은 현재 고양 기우소(高陽祈雨所)에 있기 때문에 편지를 올리지 못합니다"라는 말이 보인다.
2 향시(鄕試) 문과·무과·생원시·진사시 등 과거(科擧)의 초시(初試)로서 각 도(道)에서 보이던 1차 시험.
3 순무영(巡撫營) 경상 감영을 말한다. 대구에 있었다.

틈이 없어서 숙모님께 답서를 올리지 못하와 죄송스럽습니다. 나머지
는 갖추지 못합니다. 읽어봐 주시옵소서. 글월 올리나이다.

기사己巳(1749년) 8월 22일 조카 인상 올림

伏承兩度下書, 伏慰之至. 秋凉日深, 靜中氣體若何? 無任伏慕. 殘
司遷轉, 凡具不成. 伏想已有登帖之頻煩, 憂慮何達? 從子徑遞丞歸,
事多可唉, 而新丞必欲速來, 本意不欲遲滯, 故修簿纏了, 則便擬登
途, 似在晦初間耳? □□科場出入無事耶? 鄉試則陰雨達宵, 遠念殊
勞. 試院之役, 僅能免歸, 而事體當辭巡使, 故欲徑趁巡, 路轉由竹嶺
向此耳. 龜潭一帶, 則似應復踐, 而當寒衣薄, 勢難淹滯, 可歎. 忙擾
少暇, 未上答於叔母主前, 罪歎. 餘不備. 伏惟下鑑. 上書.

己巳八月卄二日, 從子麟祥上書

작은아버지에게 올린 간찰 7[1]

하직하온 후 계속하여 안부를 들을 수 없사와 늘 그립습니다. 가뭄이 날로 심합니다. 이때에 건강이 어떠하오신지요. 근래에는 바쁜 관청 사무가 없어 여가에 혹 산으로 바다로 노니시기라도 하시는지요?[2] 휴가를 받지 못하와 나아가서 뵈옵지도 못하고 기나긴 여름을 지내자니 답답한 심정 견딜 수 없사옵니다. 관사官숨는 장차 수리하실 건지요? 현판 글씨가 졸렬하여 마음에 들지 않사오니 새길 만한 것이 못 되어 매우 유감스럽사오며,[3] 종이에도 졸렬한 글씨를 써서 올리나이다. 저는 모친이 평안하시다는 소식은 계속 듣고 있습니다마는 제 인후咽喉의 병이 달이 지나도 낫지 아니하여 마시고 먹는 것이 점점 줄어드는 형편입니다. 만일 좀 공기가 좋은 곳에라도 한번 다녀오면 폐肺가 깨끗해질 듯 한데도 할 수가 없습니다. 왕래하는 사람을 접대하는 일이 갈수록 어려워져서 어쩔 수 없이 사람과 말을 보내어[4] 해산물을 구입해 오기로 하였사오니 바라옵건대 하인들에게 분부하시와 시세대로

---

1 작은아버지에게 올린 간찰 7 이인상은 1750년 8월 음죽 현감에 부임했는데, 이 간찰은 그 이듬해에 씌어진 것이다.
2 근래에는~하시는지요 당시 이최지는 평릉(平陵) 찰방 직에 있었다. 평릉은 삼척의 속역 (屬驛)이다.
3 현판~유감스럽사오며 당시 이최지는 이인상에게 관청에 걸 현판 글씨를 좀 써 보내라고 했던 듯하다. 『능호집』 권2에 실린 「정산현(定山縣)으로 부임하는 계부(季父)께 삼가 드리다」(敬呈季父赴定山縣)라는 시의 "紅日珊瑚館, 遙思聽海時"라는 시구로 미루어 볼 때 이 현판 글씨는 '珊瑚館' 석 자로 추정된다.
4 사람과 말을 보내어 작은아버지가 계신 평릉으로 보낸다는 말이다.

적당히 사서 보내시고 남는 돈으로 여름옷을 한 벌 짓게 하셨으면 합니다. 사람과 말에 따르는 식량과 여비는 왕복 15일분을 지급하였사오니 쪽지에 적힌 대로 분부해 주시면 어떠하올지요.

정국政局의 소식은 요사이 특별한 소문은 없습니다. 주상께서 새 법法을 강경히 지지하시와 경연經筵에서 여러 번 말씀을 내리셨는데[5] 어떤 사람은 조대신趙大臣이 절목책자節目冊子를 올렸다[6]고 합니다. 근래 정안政眼[7]을 보니 김온양金溫陽[8]이 이천 부사利川府使가 되고, 평안 감사平安監司는 남태량南泰良,[9] 경상 감사慶尙監司는 윤득재尹得載[10]가 가

5 임금께서~내리셨는데 '새 법'은 균역법(均役法)을 말한다. 종래의 양역(良役)은 백성에게 막대한 부담을 준바, 1750년 영조는 이에 대한 대책으로 균역청을 설치했으며 1751년에 절목(節目)을 마련하여 신법을 시행하였다. 그리하여 기존의 양포(良布) 2필(1필은 2냥에 해당함)이 1필로 반감되었으며, 그 재정상의 부족액은 신설된 결세(結稅: 각 결당 5전, 즉 반 냥을 거두었음) 및 어염세(魚鹽稅), 선무군관포(選武軍官布)로 보충하였다.

6 조대신(趙大臣)이 절목책자(節目冊子)를 올렸다 조대신(趙大臣)은 조현명(趙顯命)을 가리킨다. 1750년(영조 26) 8월 5일 삼정승(영의정 조현명, 좌의정 김약로金若魯, 우의정 정우량鄭羽良)이 연명(連名)하여 양역(良役)의 절목(節目) 및 차자(箚子)를 임금께 바쳤고, 1751년(영조 27) 5월 12일 좌의정 조현명이 균역에 관한 문답을 담은 소책자를 임금께 바쳤다. 여기서는 아마도 후자를 가리키는 듯하다. 균역법의 시안 마련 및 확정 작업은 조현명이 극력 찬성하고 병조판서 홍계희(洪啓禧)가 일을 주관하였다. 당시 사대부들 사이에는 균역법 및 이와 연계된 어염세·결세(結稅) 등의 세안(稅案)에 대해, 번잡한데다 오히려 백성의 부담을 가중시킨다는 이유에서 반대가 많았다. 뒤에 나오는, 1752년 정월 19일의 「사촌동생에게 보낸 간찰 10」에서 확인되듯 이인상 역시 이 법이 번잡하며 괴이하다는 반응을 보이고 있다.

7 정안(政眼) 정안(政案)을 말한다. 현직 관원과 전직 관원의 성명, 경력 등을 상세히 기록한 대장.

8 김온양(金溫陽) 온양 현감을 지낸 김상량(金相良, 1696~1776)을 말한다. 광산 김씨 문택(文澤)의 아들로, 영조 때 음직으로 용담 현령(龍潭縣令), 한성부 판관, 장성 부사(長城府使), 황주 목사 등을 지냈다.

9 남태량(南泰良) 영조 27년인 1751년 5월 2일에 평안도 관찰사에 제수되었다. 이인상이 사근역 찰방을 할 때 경상도 관찰사로 있었다.

10 윤득재(尹得載) 영조 27년인 1751년 5월 2일에 경상도 관찰사에 제수되었다.

게 되었고, 유전주俞全州[11]는 승진陞進, 김정겸金貞謙,[12] 김연택金延澤[13]은
6품에 승진됐사옵니다.

근자에 들은즉 갈산葛山[14] 서북쪽 용문사龍門寺[15] 근처에 회적동晦跡洞
이라고 하는 곳이 있는데 바깥쪽은 좁고 안은 넓으며 총석叢石이 사면
에 높다랗고 물이 맑고 깊은데 아무도 아는 사람이 없는 곳이라 하오
니 은거 생활에 알맞은 곳인 듯합니다. 지역이 선조의 산소와도 가깝
사오니 뒤에 만일 봉급에서 남는 돈이 생기거든 집을 짓고 밭을 이룰
수 있는 자금을 만들어 두는 것이 어떻겠습니까? 제가 병이 좀 호전
되면 〔한 줄 빠짐〕 비록 간다 할지라도 온 가족이 다 모여 살기는 어려울
것이고, 양근楊根은 여러 가지로 편리한 점이 많사옵니다. 술 세 병과
송화松花 두 되를 보냅니다. 철이 바뀌어도 계속 건강하시기를 빕니다.
읽어봐 주시옵소서. 글월 올리나이다.

신미辛未(1751년) 5월 23일 조카 인상 올림

---

11 유전주(俞全州) 전주 판관을 지낸 유숙기(俞肅基, 1696~1752)를 가리킨다. 영조
27년인 1751년 4월 1일에 좌장사(左長史)에 임명되었다. 유숙기는 자가 자공(子恭), 호
가 겸산(兼山)이며, 본관은 기계(杞溪)다. 단양에서 출생했으며, 김창흡의 문인이다.
1715년(숙종 41) 생원시에 합격했으며 1733년 음보(蔭補)로 명릉 참봉에 임명된 이래 효
릉 참봉, 상의원 직장, 종부시 주부, 금구 현감, 임피 현령, 전주 판관 등을 지냈다. 경학에
밝았으며, 『태극도설 차의(箚疑)』, 『중용 차의』, 『서경 차의』 등의 저술과 문집 『겸산집』
(兼山集)이 전한다.
12 김정겸(金貞謙) 1709~1767. 영조 때 음직으로 감조관(監造官), 경산 현령(慶山縣
令), 단양 군수, 한성부 서윤(庶尹), 통천 현감 등을 지냈다.
13 김연택(金延澤) 1690~1751. 광산 김씨 만기(萬基)의 손자요 진부(鎭符)의 양자. 신
임사화 때 신지도(新智島)에 유배되었다가 영조가 즉위하자 풀려났다. 영조 때 음직으로
감조관(監造官), 위수(衛率)를 지냈다.
14 갈산(葛山) 경기도 양평군 청운면 신론리의 흑천(黑川) 가에 있는 산 이름. 이인상의
증조부인 이민계(李敏啓)의 무덤이 이곳에 있었다.
15 용문사(龍門寺) 경기도 양근(지금의 양평군 용문면)의 용문산에 있는 절로 신라 시대
에 창건되었다.

拜辭以後, 未由續承信息, 早夜伏慕. 旱嘆日甚, 伏未審此時氣體若何, 近無公擾, 暇日或作海山之游耶. 無由受由進侍, 閒消長夏, 下懷不任悵悒. 官舍或將修葺耶? 扁字書拙, 不愜意, 不堪入劖, 伏歎. 紙幅亦書拙, 仰達. 從子連聞親候平安, 而從子喉病, 經月不差, 飲噉轉減. 若得一游淸凉地, 則必應解肺, 而無由矣. 過客支供轉艱, 不得已起送人馬, 爲貿魚物, 伏望分付下隷, 量宜隨價辦送耳, 亦以餘錢俾作夏褐. 伏望人馬粮資, 已給往還一望之費耳, 依小紙所錄分付, 如何?

時奇近無異聞, 而上意堅持新條, 屢下敎, 或傳趙相進節目冊子云. 近見政眼, 金溫陽作利川宰, 西伯歸南泰良, 南伯歸尹得載, 兪全州陞敍, 金員〔貞〕謙, 金延澤陞六耳.

近聞葛山西北龍門寺近處有洞, 名晦跡, 外隘中寬, 叢石環峭, 水泉淸深, 人無知者, 盖嘉遯之所也, 地近先塋, 日後或有俸餘, 以爲結屋畲田之資, 如何? 病間則擬□(此以下一行缺)□□□□□入, 而雖往, 難與一家團圓, 楊根則事勢甚多便好耳. 酒三鐥〔鉼?〕、松花二升送上. 餘只伏祝對序一向萬安. 下鑑. 上書.

　　　　　　　　　　　　　辛未五月卄三日, 從子麟祥上書

작은아버지에게 올린 간찰 8¹

일전에 편지를 받자와 매우 안심되었습니다마는 아우 승升²이 오는 게 늦어져 염려하던 차에 어저께 무사히 도착하였습니다. 그믐에 발송하신 편지를 받잡고 지금 심한 가뭄에 조섭하시며 여전히 건강하시다 하오니 매우 안심됩니다. 다만 혼인³을 치르시느라고 복잡했던 일이 끝나자마자 다시 관청 일⁴에 몰리시게 되오니 걱정되는 심정 견딜 수 없사옵니다. 저는, 모친께서는 그런대로 평안하오나 제 병과 아이의 병으로 모두 괴로워 아무런 즐거움이 없습니다. 신랑이 얌전하고 잘 생겼다 하오니 몹시 기쁩니다.

　갈산葛山 일은, 명동明洞에서는 줄곧 시간을 질질 끌고 있는데다가,⁵

---

1 작은아버지에게 올린 간찰 8　이인상은 관찰사와의 불화로 1753년 4월 음죽 현감을 그만두었다. 이 간찰은 그 두 달 후 서울 남산의 집에서 쓴 것으로 보인다.

2 아우 승(升)　이최지의 아들 욱승(旭升)을 말한다. 당시 아버지에게 가 있다가 막 서울로 돌아온 듯하다.

3 혼인　이최지에게는 딸이 셋 있었는데 큰 사위는 윤재일(尹在一)이고, 둘째 사위는 박종각(朴宗慤)이며, 셋째 사위는 남오진(南五鎭)이다(이인상 후손가에 전하는 필사본 『完山李氏世譜』에 의거함). 이인상이 1747년 10월 2일에 쓴 「사촌동생에게 보낸 간찰 2」의 내용으로 볼 때 이최지의 큰딸은 이미 시집갔음을 알 수 있는바, 그렇다면 둘째딸이 아니면 막내딸의 혼인을 말하겠는데 둘 중 누구인지는 정확히 알 수 없다.

4 관청 일　당시 이최지는 정산(定山) 현감으로 있었다. '정산'은 지금의 충청남도 청양군 정산면 일대.

5 명동(明洞)에서는~있는데다가　당시 이인상은 서울 명동의 북고개〔鐘岡〕 부근에 터를 잡아 새 집을 지을 궁리를 하고 있었던 것 같다. 하지만 아직 결정을 내리지 못해 이렇게 말한 것으로 보인다. 이인상이 북고개에 집을 짓기 시작한 것은 두 달 뒤인 8월께다. 전후의 편지가 사라져 버려 자세한 경위는 알 수 없지만, 이인상은 작은아버지와 이 문제로 많은 논의를 한 것으로 짐작된다.

가형家兄[6]은 공무로 틈을 낼 수가 없고, 저는 또 이렇게 병으로 신음하고 있사오니, 사정상 먼저 하인 유有를 보내어 무덤을 쓴 장소와의 거리를 자세히 살펴보아야 할 터인데,[7] 하인도 병이 나서 죽을 지경이오니 어찌해야 할지 모르겠습니다. 경기도 지방의 한해旱害는 예전에 없던 일입니다. 심지어 안산安山 등 해변 지역[8]의 비교적 비옥한 곳도 죄다 논바닥이 갈라져서 먼지가 날리지 않는 곳이 없사오니 다른 곳이야 말해 무엇하겠습니까? 이는 한 개인 한 집안만의 걱정이 아닙니다. 온 도성이 위아래 할 것 없이 모두들 허둥지둥 두려워하고들 있사오니 이 일을 어찌해야 할는지요?

보내 주신 백지白紙는 삼가 받았사오니 몹시 기쁩니다. 가는 사람이 서서 재촉하기 때문에[9] 마음속의 생각을 다 쓰지 못합니다. 가형家兄은 현재 고양 기우소高陽祈雨所에 있기 때문에 편지를 올리지 못합니다. 늘 건강하옵시기를 빕니다. 갖추지 못합니다. 읽어봐 주시옵소서. 답서 올리나이다.

계유癸酉(1753년) 6월 4일 조카 인상 올림

---

6 가형(家兄) 이인상의 형인 이기상을 말한다. 당시 도원(桃源) 찰방으로 있었다. 도원역은 경기도 장단도호부 소속이다.

7 무덤을~할 터인데 "무덤을 쓴 장소"는 남이 무덤을 쓴 장소를 말한다. 혹 제기될 수 있는 문제를 피하기 위해 미리 조사를 해 봐야 한다는 말이다.

8 안산(安山) 등 해변 지역 이인상 처족의 전답이 이곳에 있었다.

9 가는~때문에 "가는 사람"이란 이인상의 답장을 작은아버지께 전달할 사람을 말한다. 간찰은 이처럼 대개 편지 전할 사람을 앞에 세워 놓은 채 즉시 작성하기에 별다른 꾸밈이 없어 진솔한 맛이 있다. 문장도 종종 정통 한문과는 다른, 조선식 한문이 구사되어 우리말의 구기(口氣)가 느껴지곤 한다.

日昨伏承下書, 伏慰之至, 而升弟遲來, 政庸憂慮, 昨幸安到. 憑伏承晦日發書, 謹審極旱調攝, 氣體一向萬安, 無任仰慰. 第婚擾纔過, 公役又至, 不任憂歎. 從子親候粗宜, 而身病兒病俱苦, 殊無好悰耳. 新郎端佳云, 極可慰也.

<u>葛山</u>事, <u>明洞</u>一味泄泄, 兄則公故殆無暇日, 從子又呻病如此, 勢須先送<u>有</u>奴, 詳覘藏處遠近, 而奴又病欲死, 誠不知爲計也. 畿內亢旱, 振古所無. 至於<u>安山</u>沿海稍沃處, 亦莫不龜折揚塵, 他尙何說? 不但一人一家之憂而已也. 擧城上下, 遑遑懷懼, 奈何?

下送白紙伏受, 多幸萬萬. 便人立促, 未盡下懷. 家兄方在<u>高陽</u>祈雨所, 未及上書耳. 只伏祝一向神護. 不備. 下鑑. 上答書.

癸酉六月四日, 從子<u>麟祥</u>上書

작은아버지에게 올린 간찰 9

그리운 마음 간절하옵던 차에 사람이 와서 보내신 편지 받자옵고 지난 달에 병환이 갑자기 악화되었다는 것을 알게 되었습니다. 이것은 예사로운 증상이 아닌듯 하온데, 만일 수토水土[1]가 맞지 않는 까닭이라면 더욱 크게 염려되오니 걱정스런 마음 견딜 수 없사옵니다. 계속하여 기후가 정상상태가 아니온데 지금은 조섭하며 건강이 어떠하오신지요? 양곡 환수[2]는 반半이 넘게 진행되었사오며 그밖에 다른 공무公務는 없사온지요? 걱정이 그치지 않습니다. 저는 집안에 별일 없사오나, 질녀[3]의 병이 벌써 보름이 넘어서 몹시 위독한 상태이므로 괴로운 심정 이루 말할 수 없습니다. 종수從嫂[4]의 병도 점점 더해만 가고 차도가 없다고 들었습니다.

조정의 소식을 들으니 숙종肅宗의 존호尊號[5]를 가상加上하고 또 대왕대비의 휘호徽號[6]를 가상하기 위하여 20일 이후로 날을 받는다 하오

---

1 **수토(水土)** 풍토를 말한다.
2 **양곡 환수** 원문은 "적정"(糴政)이니, 춘궁기에 관아(官衙)에 보관된 곡식의 절반을 백성에게 대여했다가 가을에 곡식이 익으면 10분의 1의 이식(利殖)을 더해 환수하는 일을 말한다.
3 **질녀** 이인상의 딸을 말한다. 족보에 의하면 이인상의 딸은 하나인데 수원 사람 백동우(白東佑)에게 시집간 것으로 되어 있다. 여기서 말하고 있는 딸이 백동우에게 시집간 바로 그 딸일 듯하다. 백동우는 연암일파(燕巖一派)의 일원인 백동수(白東脩)와 사촌간이다.
4 **종수(從嫂)** 이운상의 처를 말한다.
5 **숙종(肅宗)의 존호(尊號)** 영조 29년인 1753년 12월 26일에 선대왕(先大王) 숙종의 존호를 '유모(裕謨) 영운(永運) 홍인(洪仁) 준덕(峻德)'이라고 가상(加上)한 바 있다. '가상'이란 존호를 높여 주는 것을 말한다.

며, 새해에 들어서는 경과증광시慶科增廣試가 있을 예정이오며 임금께서 특명을 내리어 조판서趙判書[7]를 석방한다 하는데 이는 선왕先王[8]을 모시던 신하이기 때문인 듯합니다. 어저께 황감제黃柑製[9]의 과거를 실시하였으나 아직까지 합격자는 발표되지 않았고 이홍천李洪川[10]이 차원差員[11]으로 서울에 들어왔다 합니다. 나머지는 갖추지 못합니다. 읽어봐 주시옵소서. 답서 올리나이다.

계유癸酉(1753년) 12월 4일 조카 인상 올림

---

6 대왕대비의 휘호(徽號) 영조 29년인 1753년 12월 26일에 대왕대비전(大王大妃殿)의 존호를 '영복'(永福)이라고 가상한 바 있다.

7 조판서(趙判書) 조관빈(趙觀彬, 1691~1757)을 가리킨다. 우의정 조태채(趙泰采)의 아들. 1714년(숙종 40) 문과에 급제, 이듬해 검열이 되고, 이어 부수찬·수찬·승지 등을 역임했다. 신임사화 때 화를 당한 부친에 연좌되어 1723년(경종 3) 홍양현(興陽縣)에 귀양 갔다가 1725년 풀려나 제학(提學)에 등용되고 이어서 동지의금부사에 올랐다. 1731년 대사헌에 재직중 신임사화의 전말을 상소하여 소론의 영수 이광좌(李光佐)를 탄핵했다가 당파심으로 대신을 논척했다는 죄로 제주도의 대정현(大靜縣)에 유배되었다. 이듬해 풀려났으나 등용되지 못하고 있다가 1740년 호조참판에 임명되고, 1742년 평안 감사를 지낸 뒤 1744년 호조판서에 제수되었는데 영의정 김재로(金在魯)와의 불화로 면직되었다. 이듬해 다시 기용, 동지사로 청나라에 다녀와서 1746년 예조판서에 전임, 1753년 대제학을 겸하다가 이 해 죽책문(竹册文)을 지어 바치라는 임금의 분부를 받자 그것이 의례에 맞지 않는 일이라고 상소했다가 삼수부(三水府)에 안치되었다. 하지만 곧 단천(端川)에 이배되었다가 풀려나와 지중추부사가 되었다. 영조가 조관빈의 석방을 명한 것은 1753년 11월 29일이니, 귀양 간 지 넉 달 만이다.

8 선왕(先王) 숙종을 말한다.

9 황감제(黃柑製) 조선 시대에 매년 제주도에서 진상하는 황감(黃柑: 귤)을 성균관과 사학(四學)의 유생들에게 내리고 거행하던 과거. 이에 합격하면 문과의 복시(覆試)나 전시(殿試)에 응시할 수 있는 자격을 주거나 상을 내렸다.

10 이홍천(李洪川) 홍천 현감으로 있던 이명익(李明翼)을 말한다. 『능호집』 권4의 「이홍천 제문」을 참조할 것.

11 차원(差員) 중요한 임무를 맡겨 임시로 파견하는 관원. 여기서는 이홍천이 과거 시험의 관원으로 차출되어 서울에 들어온 것을 말한다.

伏慕方切. 便來, 承拜下書, 伏聞前月患候猝劇. 有非常症, 若是祟於水土, 則其爲隱憂尤大, 無任伏慮之至. 日氣一向乖常, 伏未審此時調攝氣體若何, 耀政其過半數, 而無他公故耶. 仰慮靡已. 從子諸節依昨, 而姪女之病, 已涉一望, 極其危重, 惱擾不可形達. 從嫂之病, 聞亦沈苦無減耳.

朝奇, 追上肅廟尊號, 又上東朝徽號, 擇日於念後, 開歲有慶科增廣, 自上特教釋趙判書, 盖爲先朝侍從也. 昨設柑製, 而榜姑未出, 李洪川以差員入城云耳. 餘姑不備. 伏惟下鑑. 上答書.

癸酉臘月四日, 從子麟祥上書

작은아버지에게 올린 간찰 10¹

인편이 와서 새해에 조섭調攝하시며 안녕히 계신다는 소식 듣자와 매우 안심이 되었습니다. 옥계玉溪 대부大父님²께서 이달 초엿샛날 끝내 운명하셔서 비통한 마음을 무어라 말할 수 없습니다. 객지에서 부고를 받으시와³ 애통함이 더욱 심하실 터인데 마음이 어떠하시겠습니까. 장례 절차에 필요한 모든 도구들은 미리 마련되어 있다고 들었사오나 자세한 것은 알 수 없사옵니다.

저는 어머님 뫼시고 그럭저럭 지내오나 감기에 자주 걸리어 괴롭습니다. 청수青藪⁴에게 갈 편지는, 성백원成百源⁵이 전달하여 속히 전해 달라는 것이며, 향동香洞⁶의 편지도 올리옵나이다. 인편이 급히 떠나기 때문에 예를 갖추지 못합니다. 읽어봐 주시옵소서. 글월 올리나이다.

---

1 작은아버지에게 올린 간찰 10 이 간찰의 서적(書跡)은 박희병, 『능호관 이인상 서화평석 2: 서예편』의 '작은아버지에게 올린 간찰'을 참조할 것.

2 옥계(玉溪) 대부(大父)님 누군지 미상. 대부(大父)란 조부와 항렬이 같은 유복지친(有服 之親) 외의 친척을 이르는 말이다.

3 객지에서 부고를 받으시와 이최지는 당시 정산 현감으로 있었다.

4 청수(青藪) 누군지 미상.

5 성백원(成百源) 누군지 미상.

6 향동(香洞) 이최지의 집이 있던 동리 이름. 서울 중구 을지로에 있던 마을인 향목동(香 木洞: 향나뭇골)을 가리키는 것으로 추정된다. 이최지가 고을 원으로 나가 있는 동안 이최 지의 처(이인상에게는 숙모)와 그 아들 욱상이 이 집을 지키고 있었던 것으로 보인다. 욱 상은 때때로 아버지 임소(任所)에 가 있기도 했던 것으로 여겨진다. 이 동리 이름은 『능호 집』 권4의 「오생(吳生)의 월뢰금(月籟琴) 명(銘)」에도 보인다.

갑술甲戌(1754년) 정월 14일 조카 인상 올림

사촌 누이동생은 과연 보름날 떠나옵니까? 추위가 아직 풀리지 않아 근심 걱정이 됩니다만 미처 편지를 쓰지 못했사오니 말씀하여 주시기를 바랍옵나이다.

便來, 憑伏審新年調攝, 氣體萬安, 伏慰之至. 玉溪大父主, 以今月初六日, 竟至不淑, 悲慟, 夫復何達? 伏想客地聞訃, 感痛采深, 何以爲懷? 聞初終諸具, 豫已措備, 而亦未可詳也.
從子侍下粗宜, 而寒病頻發, 殊悶. 靑藪去書, 卽成百源轉達, 速傳者也, 香洞書, 亦上. 便人亟發, 不備. 伏惟下鑑. 上書.

　　　　　　　　　　　甲戌正月十四日, 從子麟祥上書

從弟妹, 果於望發程耶? 凝沍猶未解, 可念悵, 未及有書, 下布伏望.

사촌동생에게 보낸 간찰 1

편지를 받으니 그리던 마음이 얼굴을 대한 듯 위로되네. 더구나 뫼시고¹ 평안하다니 다행일세. 나야 객지에서 재미없이 지내긴 하지만, "국화를 보니 가을철이 슬퍼진다"는 말은 소년 시절에 할 말은 아닌지라 편지를 보니 마음이 좋지 않네. 남동南洞² 소식에 몹시 상심하게 되나³ 조물주에 맡기는 수밖에 도리가 없네. 윤씨尹氏에게 출가한 누이⁴의 편지에서 말한 돈은 차차 보내 주려고 하며 이번에는 가는 인편이 바쁘기도 하거니와 또한 병을 치료하느라 힘이 미칠 겨를이 없어 마음이 매우 편치 않네. 오미고五味膏⁵의 처방은 받았네. 공부 열심히 하고 건강에 조심하기를 바라며 총총 이만.

정묘丁卯(1747년) 10월 2일 종형從兄 령靇 돈頓⁶

숙모님⁷께는 인편이 바빠서 편지 올리지 못하네.

---

1 뫼시고 원문은 "侍". 편지글에서, 수신인에게 부모가 있을 때 의례적으로 쓰는 말. 꼭 부모와 같이 살지 않더라도 이 말을 쓴다. 효(孝) 관념의 발로다.
2 남동(南洞) 남산동(南山洞), 즉 남산골을 말한다. 여기서는 이인상의 집을 뜻한다.
3 남동(南洞)~상심하게 되나 이인상의 자식 중 누가 아파 위독했던 게 아닌가 싶다.
4 윤씨(尹氏)에게 출가한 누이 이윤상에게는 누이가 셋 있었는데, 윤재일(尹在一)에게 시집간, 나이가 제일 많은 누이를 이른다.
5 오미고(五味膏) 오미자를 주성분으로 하여 고은 약으로 생각된다.
6 령(靇) 돈(頓) '령'(靇)은 이인상의 자(字)인 '원령'(元靇)의 '령'(靇)이고, '돈'(頓)은 '절하다'는 뜻으로 편지에서 쓰는 말인데 보통 평교간이나 손아래 사람에게 쓴다. 『미술자료』14호에는 '靇'을 '靈'이라 표기했으나 '靇'이라고 해야 옳다(이하의 편지 모두 마찬가지다). 이인상은 자신의 자를 대개 '元靇'이라 적었다. 「사촌동생에게 보낸 간찰 4」는 서적(書跡)이 확인되는데, '靇'으로 적혀 있는 것을 볼 수 있다.
7 숙모님 이최지의 처, 즉 이윤상의 모친을 말한다.

書來, 慰離懷如得面敍況, 侍況勝常, 幸幸. 我固客滯無悰, 而對菊悲
秋, 不宜少年時節, 見書爲之不怊也. <u>南洞</u>消息, 只堪蹙眉, 付之造物
而已也. <u>尹</u>妹書領意銅物, 當隨後送往, 此便甚悵〔忙〕, 且爲救病, 力
不暇及也, 甚不安懷. 五味膏方依來耳. 惟冀加學愼疾, 卒卒不盡.

丁陽⁸二日, <u>霝</u>從頓

叔母主前, 便忙, 未及上書耳.

---

8 정양(丁陽) '丁'은 정자 간지(干支)가 든 해를 말하고, '陽'은 양월(陽月), 즉 10월을 말
한다.

사촌동생에게 보낸 간찰 2

지난번에 보낸 편지는 보았는가? 심한 더위에 뫼시고 잘 지내며, 공부 잘하고 있는가? 과거 공부는 부지런히 특별한 노력을 기울이어 오륙십 수首만 지어 보면 글 짓는 방법과 글의 구성에 차츰 익숙해질 것일세. 자네 나이가 차츰 많아지니 자못 사정이 딱하고 걱정이 되네. 나는 병이 더했다 덜했다 하여 대중이 없으나 대체로 편하게 지내는 편이니 노친老親[1]께 나의 병에 대한 것은 말씀드리지 말게. 병에 아무런 도움이 안 되고 도리어 걱정만 끼쳐 드리게 될 테니까. 지난번에도 대단치 않은 병을 가지고 집안에 한바탕 난리가 나게 한 적이 있어 몹시 민망했네. 인편人便에 편지 두 통을 쓰느라 대강 이 정도로 그치네. 무더위에 부디 건강에 조심하고 공부 열심히 하기 바라며, 소식 전하네.

무진戊辰(1748년) 6월 27일 종형 인麟[2] 돈頓

신을 이제야 보내는데 그다지 잘 만들지 못했네. 신을 만할는지?

前書照見否? 極暑侍況佳勝, 有做業否? 科工須勤着一番用力, 做五六十首, 路經鋪置, 似應漸熟. 君年漸長, 甚可悶慮. 我病劇歇無常, 而要是安在, 不須向老親說道我病. 無益於病, 而徒貽憂. 頃以微病, 致家中一場湏洞, 極可愁擾. 因便兩書, 卒卒不盡. 只冀潦熱, 珍嗇加

---

1 노친(老親) 이인상의 모친을 말한다. 당시 64세였다.
2 인(麟) 이인상의 이름자 '인상'(麟祥)의 '인'(麟)이다.

學. 奉狀.

戊辰六月廿七日, <u>麟從</u>頓

履子纔送去, 甚劣, 不堪着耶?

사촌동생에게 보낸 간찰 3[1]

가을 날씨 서늘한데 뫼시고 공부 잘 하는지. 몹시 그립네. 나는 그대로 지내는데 병이 자주 도지네. 편지에 써서 번거롭게 할 것도 없으니 노친께는 이런 말씀 드리지 말게. 유경명兪景明[2]이 세상을 떠났으니 슬프기 그지없어 마음을 진정하기가 어렵네. 자네는 그에게서 글을 배운 정리情理가 있으니 빈소가 철폐되기 전에 자주 가서 조문하겠지? 참담한 일일세, 참담한 일이야! 경보씨敬父氏[3]가 해악海嶽[4]으로 놀러 간 뒤의 소식은 들었는가? 바빠서 다 쓰지 못하네.

8월 10일 종형 령霝

秋涼侍學佳勝? 戀深. 我姑依拙, 病發無時, 不須書煩, 無向老親告之. 兪景明喪□, 慟傷何及? 殆難定懷. 君有受學之情想, 必頻往慰

---

1 사촌동생에게 보낸 간찰 3 이 간찰은 그 쓴 연도가 명기되어 있지 않으나 내용으로 보아 1748년에 쓴 것이다.

2 유경명(兪景明) 유언순(兪彦淳, 1715~1748)을 말한다. '경명'은 그 자. 『능호집』 권2의 「김진사 계윤(季潤)이 죽은 벗을 애도하는 시를 부쳤기에 그 시에 차운하다」(金進士季潤 寄詩悼亡友次韻), 『능호집』 권4의 「유태소 애사」 및 「유경명 제문」 등을 참조할 것.

3 경보씨(敬父氏) '경보'는 이인상의 벗인 오찬(吳瓚)의 자. 『능호집』 권4의 「정언(正言) 오경보(吳敬父) 제문」을 참조할 것.

4 해악(海嶽) 금강산을 가리킨다. 오찬은 1748년 윤7월 12일 벗 김상묵(金尙默), 조카 오재순(吳載純) 등과 금강산으로 떠났다. 오재순의 『순암집』(醇庵集) 권5에 수록된 「해산일기」(海山日記)에 이 사실이 보인다.

弔於靈□未撤之前耶？ 慘甚慘甚！ <u>敬父</u>氏海嶽消息有聞否？ 擾書不
盡.

八月十日，<u>霝從</u>

사촌동생에게 보낸 간찰 4[1]

그 사이 소식이 없어 매우 궁금했네. 너무 덥던 날씨가 갑자기 추워졌
거늘, 뫼시고 잘 지내는가? 나는 병이 날로 심해지는데다가 가을이 되
자 불평스런 심사가 자꾸만 늘어가네. 말세에 하급관리 노릇 하는 건
수명을 단축시키지 않으면 필시 정신 이상이 되기 십상이니 정말 개탄
하게 되네. 언덕을 쌓아 국화를 심어 놓고도 공무公務로 나다니느라 꽃
을 감상하지 못했는데, 돌아와서 쇠잔한 꽃을 따니 곧 오홍烏紅[2]이었
네. 나그네의 회포가 무료한 것이 더욱 우습네. 휴가원休暇願[3]을 내놓
았으니 10일경 떠나면 20일경에는 만나게 되겠기에 벌써 기쁘네. 인
편에 쓰느라 대강 적고 자세히 말하지 못하네.

무진戊辰(1748년) 10월 3일 종형 령霝

여주驪州 외사촌 누이댁에 가는 편지는 대사동大寺洞[4] 이별검李別檢[5]
에게 보내면 되네.

---

1 **사촌동생에게 보낸 간찰 4**　이 간찰의 서적(書跡)은 박희병, 『능호관 이인상 서화평석 2:
서예편』의 '사촌동생 이욱상에게 보낸 간찰'을 참조할 것.
2 **오홍(烏紅)**　국화의 일종으로, 아주 빼어난 품종에 해당한다.
3 **휴가원(休暇願)**　원문은 "由牌"인데, 수유패(受由牌), 즉 휴가원을 말한다.
4 **대사동(大寺洞)**　댓절골. 옛날 서울의 마을 이름. 지금의 종로구 인사동 부근으로, 마을
안에 큰 사찰인 원각사가 있어 이런 이름이 생겼다.
5 **이별검(李別檢)**　누군지 미상. '별검'(別檢)은 조선 시대 전설사(典設司)·빙고(氷庫)·
사포서(司圃署) 및 각전(各殿)·각릉(各陵)에 두었던 정8품 또는 종8품의 녹봉을 받지 않
던 잡직이다.

比稍阻音, 戀甚. 過暄猝寒, 侍學佳勝? 我儂病日甚, 秋來轉多不平之懷. 末世微官, 不減壽, 則必變性, 良爲慨恨. 築塢種菊, 出游未賞, 歸掇殘馥, 乃是烏紅也. 轉唉客懷之無聊. 已修由牌, 旬間發行, 念間相見, 豫爲之喜. 因便略申, 不一.

戊辰十月三日, <u>靈從</u>

(다음은 外封에 기록된 것)

<u>驪州</u>表妹宅所去書, 送傳于大寺洞李別檢, 爲可.

사촌동생에게 보낸 간찰 5[1]

오자吳子[2]에게 다닌다니 매우 위로가 되네. 공부는 열심히 하고 있는지? 경보敬父씨에게는 내가 곧 성城[3]으로 돌아가야 되기 때문에 뵈옵지 못한다는 사정을 말씀드리게. 역사驛舍 동편에 대와 소나무를 헤쳐 조그마한 정자[4]를 지었네. 봇물을 끌어당겨 못을 만들었는데 주변의 산이 마치 담처럼 되어서 거닐며 즐기기에 매우 좋으나 함께 놀 수 있는 친구나 형제가 없는 게 유감일세.

편지를 받은 것이 새해 들어 한 가지 기쁨일세. 혹독한 추위에 뫼시고 집안이 모두 편안한 줄 알게 되어 다행스런 마음 이루 말할 수 없네. 보름께쯤 윤尹씨 댁에 출가한 누이와 성내城內[5]에 온다면 만날 날도 그다지 멀지 않겠네. 올해 날씨는 틀림없이 추위가 오래 계속될 듯하네. 나도 뫼시고 잘 지내는데, 형제끼리 때때로 모여서 지내니 매우 다행스럽네. 자네가 오자면 여러 날 걸릴 것이고 또 오는 즉시로 공부

---

1 **사촌동생에게 보낸 간찰 5** 이 간찰은 그 내용으로 보아 1749년 정초(正初)에 쓴 것이다. 이 해 8월 이인상은 사근역 찰방의 임기가 다해 돌아온다.
2 **오자(吳子)** 오찬(吳瓚, 자 경보敬父)을 말한다. 그 집이 서울시 종로구 계동에 있었다.
3 **성(城)** 함양의 사근역을 말한다. 사근역 주변에 삼국시대에 축성된 성인 사근산성이 있었기에 한 말이다.
4 **조그마한 정자** 수수정(數樹亭)을 말한다. 이 정자는 1749년 정초(正初)에 건립된 것으로 추정된다. 이 편지는 그 건립 직후 보낸 것으로 여겨진다. 『능호집』 권1에 「사근역 잡술(雜述). 김원박의 시에 차운하여 부쳐 보내다」라는 시가 실려 있어 참조된다. 또 『뇌상관고』 제4책에 수록된 「관매기」(觀梅記)의 "己巳(1749년―인용자), 余搆數樹亭于嶺驛灆溪上"이라는 말도 참조.
5 **성내(城內)** 사근역을 말한다.

를 하게 되지도 못할 터인데 과거 시험 볼 시기가 얼마 남지 않아 걱정스럽네. 큰 조카[6]는 공부가 그다지 허술하지 않고 매일 열심히 하고 있으니 갸륵히 여기는 바일세. 이문정李文炡[7]의 답장을 꼭 받아 와야만 어른이 여러 번 당부하는 것을 저버리지 않는 것이니 아무쪼록 부탁하네. 하인이 총총히 돌아가겠다 하는데 인편에 전할 적마다 이렇게 거칠게 쓰게 되어 미안하네. 저녁 들창 밑에서 이만 그치네. 부디 잘 지내기를 빌며 답장을 보내네.

정월正月[8] 칠일七日 종형 령靁

聞就吳子甚慰. 課督精勤否? 敬父氏前, 以還城不遠, 不能奉候之意, 告達也. 郵館東隅, 披竹松, 樹小亭, 引渠爲沼, 繚山成垣, 極好逍遙, 而恨無朋友與兄弟與之遊衍耳.

書到爲新年一喜. 備審凝寒侍下諸節吉慶, 慰滿不可言. 望間, 果能與尹姊還城, 則相見又不遠矣. 第今年日氣, 必久寒矣. 從侍下安過, 兄弟以時團會, 幸甚. 君來當費多日, 且未應卽始肄業, 科期實不遠, 爲之懸懸. 長姪工夫頗不疎, 日以外[9]孜孜, 殊可尙也. 李文炡答書, 必須討來, 無孤長者屢囑, 爲望爲望. 下隷告歸, 又遞每便荒書, 可歎. 夕憁僅此. 只冀安過. 奉謝狀.

正月七日, 靁從

---

6 큰 조카 이 편지의 수신인인 이욱상을 가리킨다.

7 이문정(李文炡) 누군지 미상.

8 정월(正月) 임창순 선생의 번역에는 이 두 글자 앞에 "甲戌"이라는 글자가 더 있는데, '갑술'이라고 하면 1754년이 된다. 하지만 여기에는 착란(錯亂)이 있는 듯하다. 이 간찰은 그 내용으로 보아 1749년 1월 7일에 작성된 게 분명하다.

9 以外 이 두 글자는 착오가 있는 듯하다. 문맥으로 보아 '夜'자가 있어야 한다.

사촌동생에게 보낸 간찰 6[1]

요즘 오랫동안 소식이 끊어져 그리운 생각 이를 데 없네. 찌는 듯한 더위가 장마로 변한 이때에 뫼시고 집안이 모두 평안하며, 부지런히 공부하고 있는지? 나는 줄곧 병에 시달리니 말할 거리도 없네. 작은아버님은 언제쯤 협峽을 떠나시며[2] 계속 건강하신지? 사모하는 마음 견딜 수 없네. 인편에 쓰느라 이 정도로 그치네. 총총히 이만.

6월 4일 형 령霝

比甚阻音, 戀想曷極? 蒸炎成霖, 侍下諸節安勝, 工課不懈? 我一味病頓, 無可言. 季父主行駕, 何當離峽, 消息一向萬安耶? 無任伏慕. 餘因便略此. 倥傯不一.

六月四日, 霝兄

---

1 사촌동생에게 보낸 간찰 6　이 간찰은 그 쓴 연도가 명기되어 있지 않으나 내용으로 보아 1750년에 쓴 것으로 보인다.
2 협(峽)을 떠나시며　'협'(峽)은 당시 이최지가 찰방으로 있던 강원도 평릉(平陵)을 가리킨다. 계부가 언제 평릉을 떠나 서울로 행차하시냐는 말이다.

사촌동생에게 보낸 간찰 7¹

백승伯升에게

헤어져 있는 그리움 매우 간절한데 또 멀리 떨어져 있게 될 듯해 한스럽네. 요사이 잘 지내는가? 계부님께서 길을 떠나셨다 하니² 수일數日 후에 성치城治³에 들어가실 테지? 몹시 기쁘네. 나는 비에 막혀서 〔글자 빠짐〕 ○일 겨우 부임했거늘,⁴ 나흘이나 길에서 지체했다네. 병은 벌써 회복되었으니 다행일세. 퍽 바쁜 일이 많아서 자세한 말을 다 쓰지 못하고 다시 뒤에 가는 인편으로 미루네.

8월 16일 형 령灵

지난 번 수재修齋⁵에게 가는 편지는 집에서 잘 보내줬는가?

---

1 **사촌동생에게 보낸 간찰 7**　이 간찰은 그 쓴 연도가 명기되어 있지 않으나 내용으로 보아 1750년에 쓴 것이다.
2 **계부님께서 길을 떠나셨다 하니**　이최지는 1750년 1월 26일 평릉(平陵) 찰방에 제수되었다. 이 편지를 쓸 당시인 동년 8월 이최지는 서울에 잠시 나와 있다가 임소로 귀환했던 것으로 보인다.
3 **성치(城治)**　읍내의 관아가 있는 곳을 말한다.
4 **겨우 부임했거늘**　이인상은 1750년 8월에 음죽 현감에 부임하였다.
5 **수재(修齋)**　오찬을 말한다. 이인상을 비롯한 오찬의 벗들은 오찬을 권면하는 뜻에서 그에게 '청수'(淸修)라는 별자(別字)를 지어 준 바 있다. 이후 오찬은 자신의 서재 이름을 '수재'라고 하였다.

伯升上

別懷殊切, 又恐作遠別, 可恨. 日來安過否? 似聞季父主行次, 數日
後當抵城治否? 第切喜. 我滯雨□□□日纔上官□, 在路四日耳. 病
則已歇, 可幸. 頗多撓, 未盡書, 只留便後.

八月十六日, 霝兄

頃往修齋書, 果自家中傳往耶?

사촌동생에게 보낸 간찰 8[1]

비가 오더니 다시 푹푹 찌네. 나는 하루를 지내는 것이 1년만큼이나 지루하니 아우를 생각하지 않으려 한들 되겠는가? 집을 떠나와 있는 심정 정말 괴롭네. 이때에 뫼시고 잘 지내며, 공부는 진전이 있는가? 나는 병이 근래 조금 낫네. 산수山水라도 한번 유람하고 싶지만 게을러서 못 하고 있네. 인편에 쓰느라 대강 이 정도로 그치네. 이 편지를 수재修齋에게 전해 드리고, 서울 소식 듣거든 상세히 좀 알려 주게. 자세히 적지 못하네. 그럼 이만.

4월 8일 형 령霝

陰雨釀暑, 過日如年, 雖欲不思弟兄, 不可得. 客懷良苦, 此時侍餘, 學履佳勝, 日課有進否? 我病近纏瘊. 可欲一游澗谷, 而懶不振耳. 因便略此. 此書傳上修齋, 京耗有聞, 詳及也. 不一.

四月八日, 霝兄

---

1 사촌동생에게 보낸 간찰 8 이 간찰은 그 쓴 연도가 명기되어 있지 않으나 내용으로 보아 1751년 4월 8일 이인상이 음죽 현감으로 있을 때 쓴 것으로 보인다. 오찬은 이 해 5월 영조에게 상소를 올렸는데, 영조의 격노를 사 문외출송(門外黜送)되었다가 동년 7월 함경도 삼수(三水)에 귀양 보내졌으며, 동년 11월 죽었다.

사촌동생에게 보낸 간찰 9

새벽에 남동南洞¹에 도착하여 그 사이 평안하다는 소식을 들어 기뻤네. 그 후 다시 뫼시고 집안이 모두 편안한지 몹시 궁금하네. 나는 모친의 병환이 아직도 완전히 회복되지 못하여 약을 쓰고 계시어 몹시 애가 타네. 벼슬을 하느라 이렇게 집을 떠나 쫓아다니니 그리운들 어찌겠나. 아내의 병에 대해선 다시 말하지 않겠네. 자네는 모시고 떠날 날이 차츰 다가오는데² 날씨가 따뜻한 것은 매우 다행스런 일이나 읍邑의 사무에 혹 난처한 일이 있지 않을까 염려되네.³ 새 법⁴대로 시행함은 번잡해서 더욱더 말할 수가 없네. 괴이한 일이지. 행장을 풀어놓아 경황이 없어 할 말을 다 쓰지 못하네.

임신壬申(1752년) 정월 19일 종형 령霝

曉抵南洞, 聞近信平安, 殊幸. 未委信後侍下諸節勝常, 懸戀. 我親候, 尙猶不淸, 猶事藥餌, 焦惱之至. 緣公役, 離舍奔走如此, 奈懸戀何? 婦病不須更提也. 陪行漸臻, 日和可幸, 而但恐邑事或有難處.

---

1 **남동(南洞)** 앞의 「사촌동생에게 보낸 간찰 1」에서도 나왔다. 이인상의 집이 있던 동리를 말한다.
2 **모시고~다가오는데** 이최지는 영조 27년인 1751년 12월 28일 정산 현감에 제수되었다. 그래서 한 말이다.
3 **읍(邑)의~염려되네** 새로 시행된 균역법 때문에 난처한 일이 있을 것이라는 말이다.
4 **새 법** 균역법을 말한다.

新條奉行, 旁午轉不可說. 可怪. 卸鞍, 卒卒不盡懷.

壬申正月十九日, <u>靈從</u>

사촌동생에게 보낸 간찰 10

바삐 오느라 미처 작별 인사도 못해 몹시 섭섭했네.[1] 일간 뫼시고 평안한가? 나는 여기에 온 후 뫼시고 별일 없으나, 아내가 어제 아침 사내아이를 낳았는데[2] 예전부터 있던 여러 병증이 모두 도지고 아이도 젖을 잘 먹지 못하니 퍽 염려되네. 복 없는 사람은 자식을 많이 두는 것도 그다지 기쁜 일은 아닐세. 들은즉 안에서 돈 열 냥을 빌렸다기에 저리邸吏를 시켜서 갚으니 헤어서 받고, 받았다는 확인증을 써 주게. 인편이 바쁘기로 이만 그치네.

9월 8일 령霝

忙歸, 更未敍別, 極悵. 日來侍況佳勝? 從歸侍粗安, 而昨朝婦解脫
添丁, 而從前諸症倂發, 兒亦不善乳, 殊以爲撓. 眇福多子, 亦不足爲
喜. 聞有自內貸錢十貫, 故使邸人準還, 領數而書給手標爲可. 便忙不
盡.

九月八日, 霝

---

1 **바삐~섭섭했네** 당시 이인상이 상경했다가 임소(任所)로 돌아왔음을 알 수 있다.
2 **아내가~낳았는데** 이인상의 넷째 아들 영집(英集, 1752~1776)을 말한다. 이인상 후손가에 소장된 필사본 『완산이씨세보』에 의하면, 1752년 9월 7일 태어났다. 따라서 이 편지는 이인상이 음죽 현감으로 있을 때인 1752년에 씌어진 것이다.

능호관 이인상: 그 인간과 문학

능호관 이인상: 그 인간과 문학

박희병

1. 전언前言

능호관凌壺觀 이인상李麟祥(1710~1760)은 18세기 초기와 중기에 활동한 인물이다. 문인화가文人畵家로 이름이 높아 일찍부터 미술사 연구자들에게 주목받아 왔다. 그래서 이인상 연구는 미술사 쪽에서 먼저 이루어졌으며, 주목할 만한 성과가 나왔다.[1]

일반인들은 이인상을 화가로만 알고 있지만, 이인상은 화가이기만 한 것이 아니라 시인이자 산문가이기도 하다. 그가 한국을 대표하는 특출한 문인화가가 될 수 있었던 것도 그가 '문인이면서 화가'였기 때문이다. 바로 이 점에서 그는 18세기의 저명한 화가들인 정선鄭敾, 심사정沈師正, 김홍도金弘道와 구별된다. 정선, 심사정, 김홍도는 화가로

---

[1] 홍석란, 「능호관 이인상의 회화연구」(홍익대 석사학위논문, 1982); 유홍준, 「능호관 이인상의 생애와 예술」(홍익대 석사학위논문, 1983); 『화인열전 2』(역사비평사, 2001); 유승민, 「능호관 이인상(1710~1760) 서예와 회화의 서화사적 위상」(고려대 석사학위논문, 2006) 등을 예로 들 수 있다.

는 이름이 높지만 문인은 아니었음으로써다. 이인상의 그림이 정선·심사정·김홍도와 달리 문기文氣가 가득한 것, 그리고 그림의 제화題畫가 다른 화가들의 제화와 달리 높은 운치를 보여주는 것도 이와 관련된다.

이인상에게 문학과 예술은 '둘이면서 하나이고 하나이면서 둘'인 그런 관계를 이룬다. 즉 문자행위는 작화행위作畫行爲의 기반이 되고, 작화행위는 문자행위에 영향을 미치고 있다. 이 점에서 이인상의 문학적 성취에 대한 해명은 그 자체로도 독자적 과제가 되지만, 그림에 대한 심원한 이해를 위해서도 불가결하다. 그의 문학 세계에 대한 이해가 천박하면 그의 예술 세계에 대한 이해도 천박해지고, 그의 문학 세계에 심입深入하면 할수록 그의 예술 세계에 대한 이해도 깊어지게 되는 것이다(이 진술은 그 역逆도 참이다). 그러므로 이인상의 문학에 대한 제대로 된 이해를 결缺한 채 수행된 종전의 미술사 연구는 어떤 의미에서 반쪼가리 연구이며, 한계가 많은 연구였다고 하지 않을 수 없다.

이렇게 된 데는 기실 문학 연구 쪽의 책임이 크다. 문학 연구자들이 이인상에 관심을 갖게 된 것은 극히 최근의 일이다.[2] 비록 최근의 연구에서 이인상의 문학 세계에 대한 새로운 사실이 많이 밝혀지긴 했으나, 이제 막 첫걸음을 뗀 것이라 할 것이다. 이인상 문학에 대한 다각적인 검토, 특히 시에 대한 본격적인 연구라든가 산문 작품 개개에 대한 깊이 있는 작품론은 여전히 학계의 숙제로 남아 있다고 생각된다. 이 글은 이인상의 '인간'과 문학을 개설적으로 소개하기 위해 집필된

---

2 김민영, 「능호관 이인상 산문 연구」(서울대 석사학위논문, 2012. 2); 김수진, 「능호관 이인상 문학 연구」(서울대 박사학위논문, 2012. 8).

것이기는 하나, 기존 논의를 답습하고 있지는 않으며, 여기저기 필자의 새로운 견해가 많이 제시되어 있다. 비록 '개설'이라는 한계가 있긴 하나 이 글을 통해 이인상에 대한 이해 수준이 좀 더 향상되기를 기대한다.

2. 이인상이라는 인간

가계家系

이인상은 1710년(숙종 36) 4월 26일, 서울 남산에 있던 조부 이수명李需命의 집에서 부父 이정지李挺之와 모母 죽산 안씨竹山安氏의 차남으로 태어났다.[3] 본관은 완산完山으로, 세종대왕의 열셋째 아들인 밀성군密城君 이침李琛의 후손이다. 자는 원령元靈이고, 호는 능호관凌壺觀·천보산인天寶山人·보산자寶山子·뇌상관雷象觀이다.

고조부는 이경여李敬輿(1585~1657)로, 인조 때 우의정을 지내고, 효종 때 영의정을 지냈으며, 친명배청親明排淸의 입장 때문에 심양瀋陽에 일시 억류되기도 했다. 이경여의 이런 반청적反淸的 입장은 이인상에게 큰 영향을 미쳤다.

증조부는 서출庶出인 이민계李敏啓(1637~1695)로, 음직으로 송라 찰방松羅察訪을 지냈다.

---

3 선행 연구에서는 이인상이 양주에서 태어났으며 22세 때 양주를 떠나 서울로 왔다고 했으나 사실과 부합되지 않는다. 유홍준, 앞의 책, 58면; 유승민, 앞의 논문, 213면.

조부는 이수명李需命(1658~1714)으로, 음직으로 소촌 찰방김村察訪을 지냈다. 이수명은 산소로 삼을 곳을 물색하던 중 양주목楊州牧 회암면檜巖面 모정리茅汀里에 땅을 샀으며, 이후 이곳의 전장田庄이 이인상 집안의 주요한 근거지가 되었다. 이인상의 조부 때는 집안 형편이 괜찮았는데, 조부 타계 후 가세가 급격히 기울었다. 이는 이인상의 부친이 아무 벼슬도 하지 못한 데다 일찍 세상을 뜬 때문이었다. 이인상은 남산의 조부 집에서 살던 때를 유족裕足하고 아름답던 시절로 회억回憶했다.

부父 이정지(1685~1718)는 34세에 기세棄世했다. 조부 이수명이 타계한 지 4년 뒤다. 이정지의 기세 후 집안 형편이 어려워져 이인상 가족은 자주 이사를 다녔다.

9세 때 부친을 여읜 이인상은 작은아버지 이최지李最之(1696~1774)의 가르침과 보살핌 아래 성장했다. 이최지는 자가 계량季良이고, 호는 연심재淵心齋·회암거사檜巖居士·모정자茅汀子이며, 정산 현감定山縣監을 지냈다. 삼연三淵 김창흡金昌翕(1653~1722)의 문인門人으로, 지조가 높고 식견이 있었으며, 특히 예학禮學에 조예가 깊어 『심의설』深衣說을 저술했다. 황윤석黃胤錫은 이 책의 학문적 수준을 높이 평가하였다. 이최지는 또한 전각篆刻으로 당대에 명성이 높았다. 이인상이 노론의 신임의리辛壬義理를 굳게 지킨 것이나 전서篆書와 전각에서 일가를 이룬 것은 계부의 영향이 크다.

이인상에게는 이기상李麒祥(1706~1778)이라는 네 살 터울의 형이 한 분 계셨다. 이기상은 자가 사장士長이고, 호가 담허재湛虛齋 혹은 모정자茅汀子이며, 도원 찰방桃源察訪을 지냈다. 그 역시 이인상처럼 성격이 개결介潔하고 염담恬淡했다.

이인상은 4남 1녀를 뒀는데, 장남은 이영연李英淵(1737~1760), 차남은 이장영李章英(1744~1832, 초명 '영장'英章), 삼남은 이영하李英夏

(1748~1768), 사남은 이영집李英集(1752~1776)이다. 딸(1741~1809)은 백동우白東佑(백동수白東脩의 사촌)에게 시집갔다. 네 아들 중 벼슬한 사람은 차남 이장영인데, 창평 현령昌平縣令을 지냈다.[4]

생애와 교우

이인상의 조부 이수명의 집은 남산의 남간南澗 부근에 있었다. 이인상은 이 집에서 태어나 유년 시절을 보냈다.

이수명은 1714년(숙종 40, 이인상 5세) 12월, 향년 57세로 사망한다. 이수명의 장남 이정지는 부친의 작고 후 남산의 집을 처분한 것으로 보인다. 그리고 북악 아래 삼청동에 일시 거주하다가 필교筆橋(서울시 중구 필동筆洞 일대)로 집을 옮긴 것으로 보인다. 1718년(숙종 44, 이인상 9세) 8월, 이인상의 부친 이정지마저 필교의 집에서 사망한다.

부친 사망 후 이인상 집안의 형편은 극도로 어려워진 듯하며, 양주의 회암檜巖으로 낙향하기 전까지 필교 인근의 여기저기를 서른 번이나 천거遷居하였다.

1728년(영조 4, 이인상 19세) 초가을 무렵, 이인상 형제는 마침내 서울에서 양주의 천보산 자락인 회암면 모정리로 이사했으며, 약 3년 반을 이곳에서 생활하였다. 「예천명 발문」은 이 시기에 쓴 글이다.

1732년(영조 8, 이인상 23세) 봄, 이인상 형제는 다시 서울의 남계南溪(중구 필동 일대)로 이사했다. 이 무렵 김상굉金相肱이 이인상이 서화를 잘한다는 소문을 듣고 남계의 집을 찾아와 결교하기를 청해 두 사람이

4　이상의 사실은 출간 예정인 필자의 책『능호관 이인상 연보』(돌베개)에 의거한다. 다음에 서술될 '생애와 교유' 역시 마찬가지다.

친분을 맺게 되었다. 김상긍은 광산 김문金門의 벌열가 자제였다. 이 인상은 김상긍이 지체를 뛰어넘어 자신을 벗으로 허여한 것을 감사하게 생각하였다.

귀천과 빈부를 따지지 않고 상대방의 덕德과 재才를 취한 김상긍의 이런 벗 사귐의 방식은 주목을 요하니, 그의 우도友道가 영향을 미쳐 김상긍의 벗들인 홍자洪梓, 김근행金謹行, 황경원黃景源도 이인상을 서얼이라 하여 차별하지 않고 평생 벗으로 공경하였다. 뿐만 아니라 이런 우도의 방식은 여타의 인물로 확산되었으니, 송문흠宋文欽·신소申 紹·오찬吳瓚·송익흠宋益欽·임경주任敬周·임매任邁·이윤영李胤永·이최 중李最中·김상묵金尙黙·이민보李敏輔 등등이 한결같이 이인상과 이런 우도를 나누었다. 그리하여 이인상과 친밀하게 지낸 벗들은 그 누구도 이인상의 빈천을 문제 삼지 않았으며, 이인상이 서얼임을 잊고 교유하였다.

이 점에서 이인상과 그 벗들 간의 우도는 한 세대 뒤의 인물인 이덕무李德懋·박제가朴齊家·유득공柳得恭 등의 서얼이 박지원朴趾源과 나눈 우도와 성격을 좀 달리한다.[5] 전자는 '수평적'인 것이었으나 후자는 꼭 그렇다고 말하기 어렵다. 박지원이 홍대용洪大容·정철조鄭喆祚 같은 '사대부' 벗을 대할 때의 태도와 시선은 이덕무·박제가 같은 '서얼'을 대할 때의 태도와 시선과는 달랐다고 여겨진다. 이덕무·박제가는 박지원의 문생이 아니었으나 박지원의 의식의 한 켠에는 이들을 자신의 문생으로 보는 시선이 존재했다.[6] 이는 이들 간의 교우가 실질적으로

---

5 이인상 그룹의 우도와 박지원의 우정론 간의 관계는 김수진, 「18세기 노론계 지식인의 우정론」(『한국한문학연구』 52, 2013)이 참조된다.
6 일례로 이덕무가 성대중에게 보낸 편지 중의 다음 말이 참조된다: "'此一部讀書也!' 怪 問何謂, 日: '其對豊潤人, 有曰炯菴·楚亭皆吾門徒, 此何異孔·老之徒互稱弟子, 玆豈非詭

수평적인 것이 아니었음을 뜻한다. 박지원은 선배 세대인 이인상 그룹의 우도를 배우고자 했으나, 신분 혹은 지체에 대한 자의식을 떨쳐 버리지 못했다는 점에서 차이를 보여주는 것이다. 뿐만 아니라 이인상 그룹의 우도는 문예만이 아니라 도의道義의 지향성이 아주 강렬했다. 이와 달리 박지원과 그 주변 서얼들 간의 우도는 문예의 지향성이 강하며, 도의의 지향성은 약한 편이다. 요컨대 양자의 우도가 보이는 차이는 신분을 넘은 '평등한 인격'이 전제되는가 아닌가에 따른 것이라고 말할 수 있다.

　이인상은 서울로 이사한 이 해에 계곡谿谷 장유張維의 서현손庶玄孫인 덕수 장씨德水張氏를 아내로 맞았으며, 이듬해 겨울에 생활고를 못 이겨 아내의 향리인 시흥의 모산茅山으로 이거移居했다. 지금의 시흥시 물왕동 일대 마을로, 그 부근에 조산鳥山이라는 산이 있었던 것으로 여겨진다. 이인상은 이곳에서 유언길兪彦吉, 성범조成範朝, 장지중張至中, 장재張在, 장훈張壎 등과 새로 교분을 맺었다. 유언길과 성범조는 처사處士였으며, 장지중·장재·장훈은 처가인 덕수 장씨 가의 사람들로서 이인상의 인척들이다. 장재와 장훈은 이인상을 따뜻하게 대해 주며 여러 가지 생활상의 도움을 주었는데, 이인상은 이들이 지닌 순후한 인간미를 평생 잊지 못했다. 유언길과 성범조는 세상으로부터 은거하여 외롭고 고단한 삶을 살면서도 자신이 품은 이상을 죽을 때까지 고집스레 고수한 인물들이었다. 이인상은 특히 이 두 인물에 큰 공감을 느꼈으며, 때로는 그들을 슬퍼하고 때로는 그들에게 큰 경의를 표했다.

書耶? 燕翁搖手曰: '毋多言! 恐使外人知.'"(「成士執」, 『雅亭遺稿』8, 『靑莊館全書』 권16 所收)

이인상은 1735년(영조 11, 이인상 26세), 모산에서 서울의 회곡晦谷(회동晦洞. 남산 자락의 마을)으로 이사했으며, 이 해 가을 진사시에 급제했다. 그리고 이 해 겨울, 김상굉의 종조從祖인 김진상金鎭商과 함께 충주를 거쳐 경상북도 문경·구미·상주·선산·달성·안동·순흥·봉화·영주를 두루 노닐었으며, 돌아온 후 「태백산 유기」를 지어 태백산 등정登程을 자세히 기록하였다.

한편, 이 해에 김상굉이 갑자기 세상을 떴다. 이인상은 「김상굉 애사」를 지어 그의 죽음을 애도하였다. 김상굉은 문학적 재주가 있고 성격이 호방하여 많은 사람들의 기대를 모았으나 애석하게도 젊은 나이에 병사했다. 이인상은 김상굉 사후 그의 동생인 상악相岳·상적相迪과 가까이 지냈으며, 김진상·김순택金純澤·김무택金茂澤·김열택金說澤·김양택金陽澤·김상숙金相肅 등 광산 김씨 집안의 사람들과 각별한 관계를 유지했다.

1737년(영조 13, 이인상 28세) 9월, 이인상은 임안세任安世·홍자·홍림洪琳(홍자의 서재종조庶再從祖)과 금강산 유람을 떠나 내금강, 외금강, 해금강을 차례로 본 후 10월에 돌아왔다. 이때 지은 시가 「신읍 촌노인을 기록하다」, 「마하령에서 금강산을 바라보다」, 「구룡연」, 「옹천 가는 길」 등이다.

이인상은 그간 회곡에서 살다가 1738년 봄부터 1739년 여름까지 용산龍山, 남정藍井, 정방鼎方,[7] 동곽東廓(동대문 밖) 등지로 이사했다.

용산에서 살 때는 행주幸州에 있던 김근행 집안의 정자인 관란정觀

---

7 '남정'은 쪽우물이 있던 남정동(藍井洞: 쪽우물골)을 가리킨다. 서울에는 '남정동'이라는 지명이 광희동, 남대문로, 봉래동, 을지로 네 곳에 있었다. 이 중 어느 곳인지 알 수 없다. '정방'은 미상이다.

瀾亭과 귀래정歸來亭에서 자주 노닐었다. 당시 김근행의 집이 행주의 봉정鳳汀에 있었으므로 김근행과 자주 행호杏湖에 배를 띄워 노닐거나 인근의 누정에 오르곤 했던 것이다.

이 해(1738) 봄, 충청도 청풍의 능강동에 사는 벗이자 동서인 신사보申思輔가 용산의 집을 내방했는데, 그때 지은 시가 「두메에 사는 벗 신자익이 찾아와 함께 시를 짓다」이다. 이인상은 이 시에서 "그대와 함께 구담龜潭 물에 발을 씻으며/갈필葛筆로 너럭바위에 「벌목」伐木시 쓰길 기약하네"(期君濯足龜潭上, 墨葛書磐伐木章)라고 하여, 단양의 구담에 은거할 뜻을 밝혔다. 이인상이 구담에 은거하려 한 것은 신사보의 영향이 크다고 생각된다.

이인상은 또한 이 해에 용산으로 이사 온 이봉환李鳳煥과 친교를 맺었다. 이봉환은 이최지와 동서간인데다 그의 부친 이정언李廷彦이 이인상 종고모할머니의 사위였으므로, 이인상과 척분이 있었다.

이인상은 이 무렵 이윤영, 임매, 김무택, 이명익李明翼과 친교를 맺은 것으로 보인다. 따라서 '단호丹壺그룹'[8]은 이 해에 비로소 성립되어 그 외연을 확대해 갔다고 볼 수 있다.

1739년(영조 15, 이인상 30세) 봄, 이인상은 김근행·홍기해洪箕海·안표安杓·심관沈觀·이연상李衍祥 다섯 명과 서호西湖에서 결사結社하였다. '서호사'西湖社라는 이름의 이 공부 서클은 김근행과 이인상 두 사람이

---

8 '단호그룹'은, 단릉 이윤영과 능호관 이인상을 중심으로 하는 문인·지식인 집단을 지칭하는 말이다(김수진, 「능호관 이인상 문학 연구」, 169면 참조). '단'(丹)은 단릉(丹陵)을, '호'(壺)는 능호관(凌壺觀)을 가리킨다. 최근 소개된 계명대학교 동산도서관 소장의 『단호묵적』(丹壺墨蹟)에, '단호'(丹壺)라는 말로 두 사람을 병칭한 용례가 보인다. 단호그룹의 멤버는 오찬, 송문흠, 홍자, 윤면동尹冕東, 김순택, 김무택, 임매, 임과任薖, 김상묵, 김상숙, 이명환李明煥, 이최중李最中 등등이다.

주축이 되어 만들었으며, 공부를 주도한 사람은 김근행이다. 김근행은 남당南塘 한원진韓元震의 생질인 강규환姜奎煥에게 수학했다. 서호사의 멤버들은 이인상과 이연상을 제외하고는 모두 호론湖論을 지지했다. 이는 훗날 '북동강회'北洞講會에 참여했던 사람들이 모두 낙론계洛論系 학인이었던 것과 대조적이다. 서호사가 결성된 1739년은 바야흐로 단호그룹이 형성되어 한창 아회雅會를 가질 때였다. 서호사의 참여 인물, 특히 호론을 지지한 인물 중 단호그룹에 합류한 인물은 없는 것으로 보인다. 서호사와 단호그룹의 북동강회는, 강학 모임이라는 점에서는 서로 통하는 점이 있지만, 그 분위기가 사뭇 달랐다. 후자에는 전자와 달리 문예 취향과 고기古器 취향이 있었다. 서호사는 수년간 지속되다가 폐해졌다. 하지만 그 후에도 이인상과 김근행의 우정은 지속되었다. 이인상 자신은 비록 낙론을 지지했지만, 그는 호론을 지지하는 인물들을 적대시하지 않았으며, 맑고 고상한 인물이기만 하다면 그 학문적 소신을 따지지 않고 교분을 맺었다.

이인상은 이 해 6월 전후, 동곽에서 백련동白蓮洞[9] 근처로 이사한 것으로 보인다. 이 해 7월 보름, 이인상은 임매·임과 형제와 서지西池[10] 부근에 있는 이윤영의 집에서 아회雅會를 갖고 서지의 연꽃을 완상했다. 「칠월 보름날 임백현·중관 형제 및 이윤지와 서지에서 연꽃을 완상하며 함께 연꽃을 노래한 시를 지었는데, 나는 여덟 수를 얻었다」라는 시는 이때 지었다. 한편 이 해 7월 28일, 북부 참봉北部參奉(종9품)이라는 벼슬에 처음 제수되었다. '북부'는 한성부漢城府에 속한 5부五部

---

9 '백련동'은 백련봉(白蓮峯)이 있는 삼청동을 말한다.
10 '서지'는 서대문 바깥, 지금의 금화초등학교(서울시 서대문구 천연동) 자리에 있던 큰 연못이다. 부근에 반송(盤松)이 있어 '반송지'(盤松池)라고도 불렸다. 경치가 좋아 연꽃이 필 때면 유상객(遊賞客)들이 많았다.

(중부·동부·서부·남부·북부)의 하나로, 관할 구역인 가회嘉會·안국安國·명통明通·순화順化 등 10방坊의 범법犯法·도로·교량·금화禁火·집터 측량·검시檢屍 등의 일을 맡아보던 관청이다. 이인상은 이후 전옥원 봉사, 사재감 직장, 통례원 인의, 내자시 주부 등의 경직京職을 역임했다. 생활이 어려워 출사出仕했지만 경륜과 역량을 펼 수 없는 미관말직들인지라 자괴自愧와 불평이 없을 수 없었다.

1741년(영조 17. 이인상 32세) 여름, 이인상은 처음으로 남산의 '고봉절간'高峰絶澗에 자기 집을 갖게 된다. 이인상이 너무 가난하여 자주 집을 옮기는 것을 딱하게 여긴 벗 신소가 돈 30냥을 대고" 송문흠이 주선하여 세 칸 가량의 초옥을 이인상에게 지어 준 것이다. 이인상은 결혼 후 이 집에 입주하기 전까지 9년 동안 무려 열다섯 번을 이사했다.

왜 하필 남산 높은 곳에 집을 지었는가 하면 남산 기슭의 좋은 터는 대개 부귀가가 차지하고 있었기 때문이다. 이인상의 남산 집은 겨울에 몹시 추웠지만 그 대신 궁궐과 삼각산이 한 눈에 들어와 전망만큼은 아주 좋았다. 그래서 송문흠은 이 집을 '능호관'凌壺觀이라고 명명하였다. 당나라 이백李白의 「단양 횡산의 주 처사 유장에게 주다」(贈丹陽橫山周處士惟長)라는 시에,

주자周子는 횡산橫山에 숨었는데   周子橫山隱
문을 열면 성城 모퉁이 내려다뵈네.   開門臨城隅
연달은 산봉우리 창에 들어와   連峰入戶牖

---

11 "以錢三千, 爲買南麓小屋."(宋文欽, 「〈程秀才訪邵先生圖〉贊」, 『閒靜堂集』 권7). 유홍준 교수는 이 구절의 '錢三千'을 3천냥으로 해석했지만(유홍준, 앞의 책, 79면) 착오다. 박혜숙, 「18~19세기 문헌에 보이는 화폐단위 번역의 문제」(『민족문학사연구』38, 2008), 227면 참조.

방호方壺보다 경치가 더 낫고말고.   勝槩凌方壺

라는 구절이 있는데, 이 중 제4구를 취해 붙인 이름이다. '방호'方壺는
신선이 산다는 방장산方丈山을 가리키니, '능호관'은 방장산을 능가할
만큼 경치가 좋은 집이라는 뜻이다. 이인상은 이 집을 '산관'山館 '간
사'澗舍 등으로 불렀다. '간사'澗舍는 '시냇가의 집'이라는 뜻이다. 능호
관 부근에 있는 시내는 '남간'南澗으로 불렸다.[12] 이인상은 종종 이 남간
에서 벗들과 함께 시를 수창하거나 그림을 그리거나 글씨를 썼다. 능
호관은 공교롭게도 이인상이 어릴 적 살았던 남산의 옛 집(조부의 집)
근처였으며, 또한 그 부근에 고조부 이경여의 사당이 있었다.

　이인상이 능호관에 입주한 이 해, 이윤영은 서지 부근에 담화재澹華
齋라는 모옥茅屋을 조성했다. '남간'과 '담화재'는 이후 단호그룹이 모
여 아회를 일삼는 주요 근거지가 되었다. 북촌에 있던 오찬의 집 역시
단호그룹 근거지의 하나였다.

　1742년(영조 18, 이인상 33세), 이인상은 오찬·이윤영과 함께 주周나라
문왕文王의 준이尊彝를 본뜬 향정香鼎을 주조했다. 이는 이들의 존주尊
周 의식과 존명배청尊明排淸 의식을 보여주는 행위다.

　1744년(영조 20, 이인상 35세) 겨울, 이인상은 계산동桂山洞에 있는 오
찬의 집에서 이윤영·김순택·윤면동 등과 강학講學을 하였다. 이른바
'북동강회'北洞講會다. 11월에 시작된 이 강회는 12월 동지 무렵까지

12　유홍준 교수가 '남간'을 "증조부의 묘소가 있는 경기도(京畿道) 양근(楊根)의 갈산(葛
山) 근처를 말하는 것"(「능호관 이인상의 생애와 예술」, 32면)으로 추정한 이래 이 견해는
최근까지 통용되고 있다. 2010년 국립중앙박물관에서 개최한 능호관 이인상 탄신 300주
년 기념 전시회의 도록인 『능호관 이인상』, 44면에서 남간을 "경기도 양근 갈산(현재 남양
주시) 부근일 가능성이 있다"라고 한 데서 그 점이 확인된다.

이어졌다. 오찬의 조카인 오재순吳載純과 오재유吳載維도 참여해 독서를 했으며, 송문흠·김무택·권진응權震應·오재홍吳載弘은 이따금 찾아와 환담을 나누며 강학하는 벗들을 성원했다. 이때 그린 그림이 〈북동강회도〉北洞講會圖다.[13] 단호그룹은 북동강회를 통해 이념적 결속을 더욱 공고히 했다.

이 해, 이인상은 관아재觀我齋 조영석趙榮祏의 속화俗畵 초본草本인 『사제첩』麝臍帖에 발문을 썼다. 이인상은 평생 겸재謙齋 정선을 만나보지 않았지만(정선의 집이 백악白岳 아래 조영석의 집 옆에 있었음에도), 조영석만큼은 존모尊慕해 마지않았다.

이인상은 중년 이래 격병膈病으로 고생했다. '격병'은 식도협착 혹은 위병胃病을 말하는데, 발병하면 음식을 잘 삼킬 수 없게 된다. 격병의 발병이 확인되는 것은 1747년께부터다. 이인상에게 이 병이 생긴 직접적 원인은 지나친 음주라고 생각된다. 이인상은 분세憤世의 감정과 흉중의 뇌외磊磈 때문에 술을 많이 마셨다. 그러니 이 병이 생긴 '간접적' 원인은 그의 성격과 이념에서 찾아야 할 것이다.

이인상은 1747년 7월(영조 23, 이인상 38세)에 함양의 사근역 찰방沙斤驛察訪으로 부임했다. 벼슬을 한 지 8년 만에 처음 외직外職을 맡은 것이다. 사근역은 사근도沙斤道의 본역本驛으로 14개 속역屬驛을 관할했으며, 산청·단성·삼가·의령·진주·하동을 잇는 교통의 요충지였다.

이인상은 함양으로 내려가기 전에 그동안 그린 그림들을 다 꺼내어 불태워 버렸다. 목민관으로서의 책무에 충실하겠다는 스스로의 다짐이었다. 부임길에는 김제 군루郡樓로 이윤영을 방문했다. 당시 이윤영

---

13 이 그림은 종래 〈아회도〉(雅會圖) 혹은 〈북동아회도〉(北洞雅會圖)로 불려 왔으나 적절한 명칭이 아니다.

의 부친이 김제 군수로 있어 이윤영이 김제에 내려와 있었음으로써다.

이인상은 찰방 부임 직후 작은아버지에게 간찰을 올려 자신의 병세와 객지 생활의 쓸쓸함을 언급했는데, 그중에 이런 말이 보인다.

객지 생활에 마음이 쓰라릴 뿐입니다. 온종일 입을 다물고 서로 얘기할 사람도 없고 또한 산책하며 마음을 풀 만한 곳도 없사오니 어쩌겠습니까.[14]

이인상은 서울에 있을 적에 단호그룹의 벗들과 늘 시를 수창하고 예술 활동을 벌였는데, 지방관이 되어 멀리 내려와 있어 그런 생활을 할 수 없게 되자 몹시 괴로웠던 것을 알 수 있다. 그렇기는 하나 이인상은 찰방의 임무를 청렴하게 잘 수행했던 것으로 보인다. 훗날 사근역 찰방을 한 이덕무[15]가 남긴 다음 기록에서 그 점이 확인된다.

능호 이인상이 사근도 찰방이 되었을 때 설치한 것이 많고, 마음가짐을 공정하고 청렴하게 하여 아전들을 단속했다. 내가 늙은 아전에게 오륙십 년 이래 누가 가장 선정善政을 했느냐고 물으니 능호라고 대답했다.
서화와 문사文詞에 종사하는 사람은 대개 사무를 알지 못하는 자들이 많으니 미불米芾과 예찬倪瓚 같은 사람이 그러하다. 능호는 이치吏治(백성을 다스리는 능력)를 겸했다.[16]

---

14 「작은아버지에게 올린 간찰 1」, 본서 부록.
15 이덕무는 1782년(정조 6) 2월에 사근역 찰방으로 부임하여 익년 11월까지 근무했다.
16 이덕무, 「수수정」(數樹亭), 『한죽당섭필』(寒竹堂涉筆) 상(上), 『청장관전서』(靑莊館全書) 권68.

이인상은 함양으로 내려온 직후 지병인 격병이 심해져 아주 고생을
했다. 이 해 12월 13일에는 통신사通信使를 수행隨行하여 부산까지 갔
다가 같은 달 24일 사근역으로 되돌아왔다. 당시 통신사의 정사正使는
홍계희였으며, 정사 서기는 이봉환이었다. 원래 홍계희는 이인상을 서
기로 삼으려 했으나[17] 이인상이 노모가 계심을 들어 완곡히 거절해 이
봉환이 서기로 발탁된 듯하다.[18] 이인상은 부산에 머물 때 통신사 일행
을 좇아 해운대와 몰운대를 구경했다. 이인상은 어쩔 수 없이 통신사
를 배종陪從하긴 했으나 통신사 일행이 연로沿路의 백성들에게 끼치는
폐단을 목도하고 퍽 비판적인 태도를 취했으니, 「통도사를 출발하며」
라는 시에서 그 점이 확인된다.

이인상은 1748년 여름(영조 24, 이인상 39세), 사근역을 찾은 이윤영과
함께 지리산 천왕봉에 올랐다. 이 해 10월 3일, 사촌동생 이욱상李旭祥
에게 간찰을 보내 병이 날로 심해지고 있음과 불평스런 심사를 언급했
는데, 그중 이런 대목이 눈에 띈다.

　　　말세에 하급 관리 노릇 하는 건 수명을 단축시키지 않으면 필
　시 정신이상이 되기 십상이니 정말 개탄하게 되네.[19]

이인상은 이 해 겨울, 말미를 얻어 서울에 올라와 오찬의 산천재山
天齋에서 벌어진 아회에 참여했다. 당시 오찬은 자신의 집 정원인 와설
원臥雪園 동편에 산천재라는 서재를 새로 지었는데, 이곳에 빙등氷燈을

17　홍계희의 셋째 아들 홍경해(洪景海)가 이인상의 사종조인 이관명(李觀命)의 사위이
다(홍경해는 이휘지의 매부). 따라서 홍계희와 이인상은 인척간이다.
18　이봉환,「서 참의에게 보낸 간찰」(簡徐參議命膺),『우넘재시문초』(雨念齋詩文鈔) 권8.
19　「사촌동생에게 보낸 간찰 4」, 본서 부록.

걸어 놓고 몇몇 벗들과 분매盆梅를 완상하였다. 이인상이 이때 그린 그림이 국립중앙박물관에 소장된 〈산천재야매도〉(山天齋夜梅圖)다.

이인상은 1749년 1월(영조 25, 이인상 40세), 사근역 부근의 남계藍溪에 정자를 세워 '수수정'數樹亭이라 이름하였다. 그 편액 글씨는 송문흠이 팔분체로 써 보내 주었다. 정자 아래에는 분홍 꽃이 피는 큰 매화나무를 사서 심었는데, 찰방에서 체임되자 분매로 만들어 서울 집(능호관)으로 올려 보냈다.

이인상은 이 해 8월에 사근역 찰방에서 체직된다. 그 직전 작은아버지에게 올린 간찰 중에,

> 저는 어머니에 대한 그리움이 갈수록 견디기 어렵습니다. 먹고 자는 것은 그런대로 하고 있으나 가슴이 늘 편치 못하온데, 이는 어제 오늘 갑자기 생긴 병이 아닙니다.[20]

라는 말이 보인다. 이인상은 아홉 살 때 아버지를 여읜 이래 편모(죽산 안씨, 1685~1761) 슬하에서 성장했으며, 지극한 효자였다. 이인상의 어머니 역시 이인상에 대한 사랑이 지극했던 것으로 보인다. 한편 이 간찰을 통해 이인상이 사근역 찰방으로 있는 내내 건강이 안 좋았음을 알 수 있다.

이인상은 서울로 돌아온 직후 이윤영·오찬·이명환과 함께 관악산 삼막사三藐寺에 노닐며 낙조落照를 구경하고 누각에 올라 바다를 바라보았다. 이때 지은 시가 「이사회, 오경보, 이윤지와 함께 삼막사에 노닐다」이다. 이인상은 이날 밤 절에 묵으며 선면扇面에 〈송석해운도〉松

---

20 「작은아버지에게 올린 간찰 5」, 본서 부록.

石海雲圖(실전)를 그렸다. 이명환은 「유삼막기」遊三藐記라는 글을 지어 이 일을 기록했는데, 이인상·이윤영·오찬 세 사람을 '고인'高人(고사高士라는 뜻)이라 일컬었다.[21]

이듬해 3월, 이인상은 오찬·이윤영과 취몽헌醉夢軒의 이화梨花를 구경하고 〈이화도〉梨花圖(실전)를 그렸는가 하면, 이윤영과 함께 이양천李亮天의 집에서 아회를 가지기도 했다. 이 해 5월에는 이윤영·오찬·김순택·이명환·김상묵과 함께 북영北營에서 노닐었다. 당시 김순택이 지은 시에 "우리들은 또한 무리를 이뤘네"(吾輩亦成輩)라는 말이 보인다.[22] 이인상은 이 해 여름 무렵 김종수金鍾秀를 알게 된 것으로 보인다. 이인상은 김종수보다 열여덟 살이 많다. 이인상이 서울로 돌아오면서 단호그룹은 다시 활기를 찾았다. 하지만 이 활기는 그리 오래 가지 못했다. 다음 해 여름 오찬이 함경도로 귀양을 가고 급기야 그 해 11월에 운명하자 단호그룹은 큰 내상을 입고, 마침내 쇠락기로 접어든다. 그러니 1750년 이때가 단호그룹 최성기最盛期의 '끝 무렵'에 해당한다고 할 수 있을 터이다.

이 해 8월, 이인상은 음죽 현감陰竹縣監으로 부임한다. 음죽현陰竹縣은 호수戶數가 1,200호쯤 되는 작은 고을로, 지금의 경기도 이천시 장호원읍 선읍리善邑里에 관아가 있었다.

이인상은 음죽 현감에 부임하자 청풍의 능강동에 거주하던 벗 신사보에게 부탁해 단양 구담의 옥순봉과 구담봉 사이의 강가에 정자를 짓게 했다. 이 정자는 1751년(영조 27, 이인상 42세) 1월에 완공되었으

---

21 이명환(李明煥), 「유삼막기」(遊三藐記), 『해악집』(海嶽集) 권3.

22 김순택, 「경오년 한여름에 북영(北營)에 모였는데, 나와 이원령·이윤지·오경보·이사회·김백우가 각각 한 자(字)씩 불러 여섯 운(韻)으로 삼았다」(庚午仲夏, 會于北營, 余及李元靈·李胤之·吳敬父·李士誨·金伯愚, 各呼一字爲六韻), 『지소유고』(志素遺稿) 제1책.

며, '다백운루'多白雲樓로 명명되었다. 이 명칭은 중국 남조南朝의 은자인 도홍경陶弘景의 시구, "산중에 무엇이 있나/고개 위에 백운이 많지요"(山中何所有, 嶺上多白雲)에서 따왔다.[23]

이인상은 다백운루 앞의 강을 '운담'雲潭이라 명명했으며, 그 주변의 봉우리들과 기암奇巖에 허다한 새 이름을 부여했다. 그리고 뗏목으로 배를 만들어 '부정'桴亭이라 이름하고는 강을 오르내리며 주변의 산수를 마음껏 완상했다. 「운담 잡영」 연작, 「부정 잡시」 연작, 「부정기」는 모두 이때 지은 것이다.

한편 이 해 이인상은 송문흠이 충청도 방산方山에 새로 지은 집의 당실堂室과 주변 경관을 읊은 시 「송사행의 귀거래관 잡영」을 지었다. 송문흠은 여러 당실들의 편액 글씨 및 집 주변에 각석刻石할 글씨를 이인상에게 부탁한 바 있다. 송문흠의 '한정당'閒靜堂이라는 호 역시 당시 지은 집의 당호다. 송문흠은 도연명의 글귀에서 '한정'閒靜이라는 말을 취했다.

이 해 2월 18일, 오찬이 대과에 장원급제했다. 이인상은 즉각 오찬에게 충고하는 말이 가득 담긴 편지(「오경보에게 답한 편지」)를 보냈다. 오찬은 이인상의 이런 충고와 기대를 저버리지 않고 이 해 5월 정언正言에 보임되자마자 신임사화의 시시비비를 분명히 해 이광좌·조태억의 관작을 추탈追奪해야 한다는 상소를 올렸다. 이 직언이 문제가 되어 오찬은 이 해 7월에 함경도 삼수三水로 귀양 가 11월 세상을 하직했다. 이인상은 이 해 12월 입춘날 작고한 오찬의 꿈을 꾸고 나서 죽은 오찬의 넋이 혹 서울 집으로 돌아오지 못하고 있는가 걱정이 돼서 「소화

---

23 도홍경(陶弘景), 「임금께서 조서(詔書)를 내리셔서 '산중에 무엇이 있는가' 물으시어 시를 지어 답하다」(詔問山中何所有, 賦詩以答 ; 明 馮惟訥 撰, 『古詩紀』 권99 所收).

사」素華辭라는 글을 지었다. 흰 오동꽃에 탁홍托興한 초사풍楚辭風의 글로서, 오찬과 함께한 소중한 시간들을 회억하는 한편, 오찬의 혼이 서울 집으로 돌아오기를 간구한 글이다.

오찬은 이인상의 충고를 따르다 죽은 셈이므로 이인상으로서는 오찬의 죽음에 이루 말할 수 없는 충격을 받았을 터이다. 이인상의 삶이 오찬의 죽음 이전과 이후로 나뉜다고 말할 수 있을 정도로 오찬의 죽음은 이인상에게 큰 그늘을 드리운 것으로 여겨진다.

또한 이 해 2월, 이윤영의 부친 이기경이 단양 군수로 부임했다. 이윤영은 부친을 따라 단양으로 내려왔다. 단호그룹의 두 중심인물이 모두 단양으로 근거지를 옮긴 셈이다.

이 해 3월, 김상묵·김종수·이유년李惟秊이 단양에 내려와 이인상·이윤영과 함께 노닐었다. 이인상이 「사인암찬」舍人巖贊[24]을 팔분八分으로 써서 사인암 암벽에 새긴 것은 이때의 일이다.

이인상은 이 해 11월 경, 오찬의 매화시 8수에 화답하는 시를 완성해 병서幷序를 붙여 이윤영에게 보냈다. 이 해, 12월 송문흠이 세상을 떴다. 이인상의 가장 가까운 벗으로 오찬, 송문흠, 신소, 이윤영 넷을 꼽을 수 있는데, 이 중 둘이 연거푸 세상을 뜬 것이다. 이인상이 지은 송문흠의 제문 중에 '몰신지통'沒身之痛(몸을 잃은 듯한 아픔)이라는 말이 보이는 것으로 보아, 이인상이 송문흠의 죽음을 얼마나 애통해 했는지 알 수 있다.

이 해 이인상은 다백운루 옆에 '경심정'罄心亭이라는 작은 정자를 세

---

24 이윤영·김종수·이인상 3인의 합작이다. 이윤영의 『단릉유고』(丹陵遺稿) 권13에 「인암집찬」(人巖集贊)이라는 제목으로 실려 있다. 단양의 사인암(舍人巖) 절벽에 지금도 각자(刻字)가 선명하다.

웠다. 오찬은 생전 다백운루에 와 보고 자기도 이 옆에 거주하고 싶다는 뜻을 피력했는데 그만 그 해 겨울 유배지에서 세상을 하직하였다. 이인상은 오찬의 뜻을 슬피 여겨 정자를 지어 석경石磬을 비치한 것이다. 오찬이 석경 연주하는 걸 좋아하여 서울의 집에다 옥경루玉磬樓(편액 글씨는 이인상이 썼음)라는 정자를 세워 거기서 석경을 연주하곤 했기 때문이다. 「경심정기」에는 '반어'反語가 두드러지는데, 이는 오찬의 죽음에 대한 이인상의 형언할 수 없는 슬픔의 표현이다.

이인상은 1753년(영조 29, 이인상 44세) 4월, 음죽 현감을 그만두었다. 황경원이 쓴 「이원령 묘지명」에는 "관찰사의 뜻을 거슬러, 벼슬을 버리고 떠났다"[25]라고 했다. 음죽 현감은 이인상의 마지막 벼슬이었다. 이인상은 30세 때 출사出仕한 이래 14년을 환로宦路에 있었는데, 이제 다시 야인野人으로 돌아온 것이다.

이인상은 음죽 현감을 그만둔 날 서울 집을 출발해 노량진을 건너 모산으로 가 성범조와 장훈의 영전에 곡했다. 그리고 바닷가 능촌菱村으로 가 석파령石帔嶺에 올라 바다를 구경했다.

이인상은 이 해 8월, 종강鐘岡에 새 집(이 집이 바로 '뇌상관'雷象觀이다)을 짓고자 종강의 토지신에게 제문을 지어 고했다. '종강'은 지금의 서울시 중구 명동의 '종현'鐘峴을 이른다. 우리말로는 '북고개'라고 한다. 선행 연구에서는 예외 없이 종강이 이인상이 현감을 지낸 음죽 부근의 설성雪城[26]이며, 이인상이 음죽 현감을 그만둔 후 죽을 때까지 이곳에 은거했다고 했다.

남산의 능호관이 비좁아, 지난해 결혼한 이인상의 큰아들은 나가

---

25 "忤觀察使, 棄官去."(황경원, 「李元靈墓誌銘」, 『江漢集』 권17)
26 '설성'은 음죽의 별칭이기도 하다.

살고 있었던 데다가 노모와 어린 아이들이 한 방을 쓰고 있었고 이인상에게는 공부방이 없어 퍽 애로가 많았다. 그래서 명동에 터를 보아 동사東舍와 서사西舍 두 채의 초옥을 짓기 시작한 것이다. 동사는 부녀가 거처하는 공간으로 쓰고, 서사는 이인상 자신의 공간으로 쓸 요량이었다. 동사는 이 해 겨울에 완공되었으나 서사는 이듬해 6월에야 완공되었다. 서사는 동사와 달리 높은 다락집의 형태로 지었다. 이인상은 서사에 '고우관'古右館, '천뢰각'天籟閣 등의 명칭을 붙였다. 그리고 자신의 장서 3천 권을 천뢰각에 비치하였다.

'뇌상관'의 '뇌상'雷象은 『주역』에서 취한 말이다. 이인상은 만년에 『주역』 공부에 진력하였다. 『주역』의 진괘震卦는 ䷲와 같은데, 『주역전의』周易傳義에서는 그 괘상卦象을 이렇게 풀이하고 있다.

> 진震의 괘卦 됨은 하나의 양陽이 두 개의 음陰 아래에 생겼으니, 동動하여 올라가는 것이다. 그래서 진震이라 했다. 진震은 동動함이다. 그런데 '동'動이라고 하지 않은 것은, 진은 동하고 분발하여 진경震驚하는 뜻이 있음으로써다. (…) 그 상象은 우레가 되고, 그 뜻은 동함이 되니, 우레는 진분震奮의 상象이 있고, 동動은 놀라 두려워하는 뜻이 된다.[27]

요컨대 진괘의 상象은 '뇌'雷인데, 분발하여 나아가고 공구恐懼하여 닦고 삼가면 형통함이 있다는 뜻이 이 상象에 담겨 있다. 이인상

---

27 "震之爲卦, 一陽生於二陰之下, 動而上者也, 故爲震. 震, 動也, 不曰動者, 震有動而奮發震驚之義. (…) 其象則爲雷, 其義則爲動, 雷有震奮之象, 動爲驚懼之義."(『周易傳義』 震卦)

은 이 뜻을 취한 것으로 생각된다. '뇌상관'의 '관'觀은 본디 '집'이라
는 뜻이지만, 뇌雷의 상象을 '살핀다'는 뜻으로도 읽힐 수 있는 중의성
重義性을 갖고 있다. '고우관'의 '고우'古友는 '고'古를 벗으로 삼는다는
뜻이다. 이 명칭에서 이인상의 '고'古에 대한 존숭이 죽을 때까지 지속
되었음을 알 수 있다. '천뢰각'의 '천뢰'天籟는 『장자』莊子 「제물론」齊物
論에 나오는 말로, 무위자연無爲自然을 이른다. 명말明末 항원변項元汴
(1525~1590, 호 묵림산인墨林山人, 절강 가흥인嘉興人)의 서재 이름이 '천뢰각'
이었다. 항원변은 서화·고서·고기古器 수장가로서 감식안이 몹시 높
았던데다 황공망黃公望과 예찬을 사숙한 화가였다. 아마도 이 때문에
이인상은 항원변의 서재 이름을 본떠 자신의 서재 이름을 '천뢰각'이
라 했던 게 아닌가 한다.

이인상은 이 해(1754) 10월, 홍천 현감 이명익의 초청으로 설악산을
유람했다.

1755년 2월, 신소가 향년 41세로 세상을 떴다. 이인상은 신소가 위
중하다는 말을 듣고 강화로 찾아가 문질門疾하였다. 신소의 부친 신사
건申思建이 강화 유수로 있었기에 신소는 당시 강화의 부아府衙에 머
물고 있었던 것이다. 신소는 대명 의리론자이면서 실학적 관심을 지
닌 인물이었지만 젊어서 병을 얻어 고생하다 생을 마감했다. 그는 존
주대의尊周大義를 지켜 명문가의 자제임에도 한 번도 과거에 응시하지
않았다.

이인상은 1756년 7월, 북영北營에 노닐며 「여러 공과 북영에 들어
간바 감회를 적다」라는 시를 지었다. 북영에 노닐기 전날 이인상은 김
상묵·김종수와 함께 이윤영이 새로 이사한 집(서대문 밖 경교京橋 부
근에 있던)에서 아회를 가졌다. 아회는 이튿날에도 이어졌는데, 이날
은 이인상·김상묵·김종수 외에 이운영李運永(이윤영의 동생)·이서영李舒

永(이윤영의 종제)·이유수李惟秀·김상숙·김광묵金光默(김상묵의 동생)·조정趙晸이 참여했다. 이윤영은 당시 이인상이 그림을 그리는 광경과 김상숙이 글씨를 쓰는 광경을 시로 남겼다. 이들은 나중에 북영으로 가 완대정緩帶亭에 올랐다. 김종수의 형인 김종후金鍾厚와 교리校理인 김시묵金時默도 북영으로 와 함께 노닐었다.

이인상은 이 해에 「『도화선』 지」를 썼다. 『도화선』은 청초淸初에 공상임孔尙任이 지은 전기서傳奇書(희곡)이다. 이 작품은 명말明末의 역사를 배경으로 문인 후방역侯方域과 명기名妓 이향군李香君의 사랑을 그린 것으로, 『장생전』長生殿과 함께 청대 희곡의 쌍벽을 이룬다. 이인상은 연애담이 근간이 되는 이 희곡을 그 배경이 되는 역사적 사건과 인물들에 주목하여 읽음으로써 작품 이면의 정치적·역사적 의미를 밝히고 있다. 이인상의 역사적·비평적 감수성이 돋보인다 하겠다. 이 글에는 명말의 추의鄒漪가 저술한 『계정야승』啓禎野乘이 언급되고 있는바 이인상이 명말청초의 책을 적잖이 보았음을 짐작케 한다. 신소와 송문흠은 이인상의 이 글을 읽고 눈물을 흘렸다고 한다.

1757년(영조 33, 이인상 48세) 1월 2일, 이인상의 아내 덕수 장씨가 향년 44세로 세상을 떴다. 이인상보다 네 살 아래인 장씨는 두 살 때 (1715년) 아버지 덕수 장공과 어머니 보성 오씨寶城吳氏를 여의었으며, 열아홉 살 때 이인상에게 시집와 26년을 해로했다. 이인상에게 아내는 사우師友와 같은 존재였다. 장씨는 늘 이인상에게 규잠지언規箴之言을 했다고 한다. 이인상은 「아내 제문」에서 "숙인淑人은 나의 아내이면서/나의 벗이기도 했지요/나의 어리석음을 깨쳐 주고 슬픔을 위로했거늘/그 낯빛은 순하고 말씨는 순후했지요/이 때문에 내가 치욕을 면할 수 있었거늘/내 어찌 그것을 잊을 수 있겠습니까"(淑人在室, 義兼師友, 矯愚娛悲, 色婉辭厚, 得免恥辱, 我心有鏤)라고 했다.

장씨는 장유張維의 서현손녀庶玄孫女였으며, 비록 일찍 부모를 여의긴 했어도 어진 고모를 통해 부모의 가언嘉言과 의덕懿德을 얻어들었다고 한다. 장씨의 현숙함과 지혜로움은 그러므로 어릴 적부터 집안에서 얻어듣고 배운 데 힘입은 바가 크다고 생각된다. 장씨는 극심한 생활고로 결혼한 지 9년째 되던 해부터 17년간 고질痼疾을 앓았는데, 송문흠과 신소는 이를 걱정하여 의원을 시켜 약을 지어 주곤 하였다.

이인상은 국가사라든가 시의時義와 관련된 일 등 함부로 말할 수 없는 사안을 서너 명의 벗 외에는 오직 아내에게만 말할 수 있었다고 했다. 뿐만 아니라 시문을 지으면 아내에게 들려주어 비평을 받곤 하였다.

이인상은 벗 홍자의 권유에 따라 아내의 혼백魂帛을 능호관 뜨락의 잣나무 아래에 묻었다. 이 나무는 두 사람이 오랫동안 가꾸고 바라본 것이었다. 종강에 비록 새 집을 짓기는 했으나 남간의 이 집에는 둘만의 오랜 기억이 깃들어 있었다. 이인상은 그래서 아내의 혼백을 이곳에다 묻은 것이었다.

이인상은 이 해 가을, 이윤영에게 「수정루기」水精樓記를 지어 주었다. 이윤영은 작년 여름 서지西池에서 서성西城으로 이사하였다. 새로 이사한 집에는 소루小樓가 하나 있었다. 이윤영은 이를 서루書樓로 삼아, 책과 골동 등의 기물을 이곳에 보관하였다. 이윤영은 이 소루를 옥호루玉壺樓(약칭 '호루'壺樓) 혹은 선루仙樓라고 불렀는데, 이사한 이듬해인 1757년 '수정루'로 이름을 바꾸었다. 이인상은 이 글에서, 십여 년 전 이윤영의 담화재에서 벌인 술자리에서 이윤영의 스승 윤심형尹心衡이 이인상에게 고예古隸를 써 보라고 해서 술에 취한 채 "當轉移世界, 不當爲世界所轉移"(세계를 바꾸어야지 세계에 의해 바뀌어서는 안 된다)라는 글귀를 썼음을 밝히고 있다. 똑같은 글귀가 1745년 여름 무렵 송문흠에게 보낸 편지(「송사행에게 준 편지」)에도 보인다.

1758년(영조 34, 이인상 49세) 늦봄, 이인상은 충청도 직산, 공주, 황산, 회덕을 여행했다. 여행 중 직산 현감으로 있던 김근행을 만나 시를 수창했으며, 송익흠의 묘에 가 곡哭을 했다.

이인상은 이 해 여름, 남산 자락에 있던 윤면동의 집 탁락관卓犖觀에서 이윤영·김무택과 아회를 가졌다. 이 무렵 이인상은 자신의 집 근처에 살던 김무택·윤면동과 자주 소집小集을 가졌다.

또한 이 해 여름과 가을 두 차례 이윤영·윤면동·김무택과 도봉산에 가서 도봉서원을 참배하고 시를 지으며 노닐었다.

1759년 5월, 이윤영이 향년 46세로 세상을 떴다. 이로써 이인상의 가장 가까운 벗 넷이 모두 이인상의 곁을 떠났다. 이인상은 제문을 지어 깊은 슬픔을 토로했다. 제문 중에 "그대는 이제 길이 가 버렸고, 내 병은 고치기 어려울 듯합니다"(子今長往, 余病難醫)라고 한 것으로 보아 이 무렵 이미 이인상의 건강이 퍽 안 좋았음을 알 수 있다. 이윤영은 존주대의의 이념을 견지하면서도 도가道家에 깊이 경도된 인물이다. 이윤영 만년의 소우少友인 심익운沈翼雲은 이윤영을 아예 '도자류'道者流로 규정하였다.[28]

이 해 가을, 이인상이 병석에서 지은 시들 중에 "가을이 와도 빈객과 벗이 없지만/청소해 놓으니 방이 깨끗도 하지"(秋至無賓友, 掃看一室淸) "세상의 캄캄한 밤 돌이키고 싶거늘/귀신에게 질정質正해도 이 뜻 명백하여라"(欲敎世界回妖夜, 此意昭明質鬼神)라는 등의 말이 보인다. 와병 중이지만 평생 품어 온 높고 강개한 뜻이 퇴색되지 않고 있음을 볼 수 있다.

1760년(영조 26, 이인상 51세) 여름, 이인상은 와병중에도 송문흠의

---

28 심익운, 「세 군자를 애도하다」(悼三君子), 『백일집』(百一集).

처 청송 심씨의 애사를 지었다. 심씨는 8년 전인 1752년에 작고하였
다. 송문흠은 아내가 죽자 이인상에게 그 애사를 부탁했는데 이인상이
미처 글을 짓기도 전에 송문흠 역시 아내 뒤를 따라 세상을 하직했다
(1752년 12월). 1760년 여름 이인상은 병으로 거의 죽을 뻔했는데 송문
흠의 형인 송명흠이 편지를 보내와 '동생 내외를 합장하려 하니 심씨
의 애사와 동생과 이인상의 교유시말交遊始末을 좀 지어 보내 달라'고
하였다. 이에 이인상은 병이 심한 중에도 심씨의 애사를 약술略述해
보냈다. 그리고 자신이 병에서 일어나면 심씨의 애사를 더 자세히 지
어 보낼 것이며, 이번에 지어 보내지 못한 송문흠과의 교유시말도 꼭
지어 보내겠노라고 약속했다. 하지만 이인상은 이 약속을 지키지 못한
채 이 해 8월 15일 숨을 거두었다.

　이인상은 세상을 하직하기 얼마 전에 벗 이민보에게 편지를 보냈는
데, 병세가 몹시 위중한 중에도 이리 말하고 있다.

　　또한 그대에게 바라는 건 안목을 높이 두어 한 글자, 반구半句
　　라 할지라도 남을 쉽게 허여하지 말고, 세계가 극히 넓고 고금古
　　今이 극히 아득하다는 것을 열심히 살펴, 삼가 명실名實과 진위眞
　　僞를 구분했으면 하는 것이거늘 어찌 생각하나요, 어찌 생각하나
　　요?[29]

죽는 마당에서도 그다운 면모를 잃지 않았음이 확인된다.

---

29 「이백눌에게 보낸 편지」, 『능호집』 권3.

됨됨이

이인상이 꼿꼿하고 강개剛介한 인간이었음은 잘 알려져 있는 사실이다.[30] 이민보는 이인상에게 "세한歲寒의 군은 절개"가 있다고 했다.[31] 이윤영은 그런 그를 "오당吾黨의 고사高士"라 칭했다.[32] 훗날, 박지원의 손자 박규수朴珪壽는 이인상의 위인爲人을 이리 평했다.

> 능호 처사는 청조고절淸操高節하여 당시 사우士友들로부터 추중推重되었다. 그가 종유從遊한 사람은 모두 거공鉅公과 명유名儒였다. 그 시대의 풍기風氣는 동한東漢의 제 군자에 비견할 만했다. 서화한묵書畵翰墨은 단지 여사餘事일 뿐이었다.[33]

'청조고절'淸操高節은 맑은 지조와 높은 절개를 뜻한다. 단호그룹을 '동한의 제 군자'에 비견할 만하다고 했는데, 동한의 제 군자란 후한後漢의 기절氣節이 높았던 것으로 유명한 청류淸流 고사高士들인 곽태郭太, 이응李膺 등을 말한다.

이인상이 이런 면모를 갖게 된 데는 작은아버지 이최지의 영향이 크다. 이최지와 친교가 있던 정내교鄭來僑는 이최지를 다음과 같이 노래했다.

그대는 세한송歲寒松과 같아 　　　　　　子如歲寒松

---

30 "君爲人剛介寡合."(황경원, 「이원령 묘지명」, 『강한집』 권17)
31 "窺視平生有不爲, 歲寒勁節可推知."(이민보, 「李元靈挽」, 『豊墅集』 권1)
32 "吾黨有高士, 寶山心一片."(「寄贈敬父三水謫居」 제3수, 『丹陵遺稿』 권8)
33 박규수, 「능호(凌壺)의 화폭(畵幅)에 적다」(題凌壺畵幀), 『환재집』(瓛齋集) 권11.

눈 속에 외로이 우뚝 섰어라.　　　　挺立雪中孤[34]

이인상은 설중雪中에 홀로 우뚝 선 세한송歲寒松과 같은 이최지의 이런 풍모를 이어받았다고 생각된다. 이최지가 얼마나 깐깐했던가는 다음 일화에서 잘 드러난다.

　　공(이최지—인용자)은 전각에 뛰어났다. 정조대왕이 세손世孫으로 계실 적에 인척을 통해 그에게 전각을 구했다. 공은, "어찌 감히 하찮은 기예로써 존엄에게 빌붙어 이익을 꾀하겠는가!"라면서 끝내 명을 받들어 도장을 새기지 않았다. 당시 사람들이 고상하다고 여겼다.[35]

이인상이 견지한 지조는 공적 차원에서는 대명의리對明義理나 노론의 신임의리로 발현되나, 사적 차원에서는 고결함이라든가 염치라든가 인간다움을 고수하려는 태도로 발현된다. 공적 차원에 대해서는 달리 더 말할 필요가 없을 터이니 사적 차원에 대해서만 조금 언급하기로 한다. 다음 두 일화가 참조된다.

　　(1) 애초 나는 미처 공(윤흡尹滄[36]—인용자)에게 인사를 드리지 못했으나, 공은 실로 나를 알고서 나의 곤궁함을 애긍히 여겨 신

34　정내교, 「감흥. 『삼연집』의 시에 차운하다」(感興. 次三淵集), 『완암집』(浣巖集) 권2.

35　성해응(成海應), 「이정산 유사」(李定山遺事), 『연경재전집』(研經齋全集) 권11. '이정산'은 이최지를 가리킨다.

36　윤흡은 본관이 해평이며, 윤두수(尹斗壽)의 직계손이고, 황해도 관찰사와 대사간을 지낸 윤세수(尹世綏)의 아들이다.

성보申成父(신소-인용자)에게 이르기를,

"내가 그를 구휼하고 싶지만 그는 구차히 받는 사람이 아니지 않나. 내가 자네에게 양식을 줄 테니 자네가 벗을 구휼하게나." 라고 하셨다. 나는 이 말을 전해 듣고 공의 의로움에 감동하게 됐으며, 마침내 받고서 부끄럽지 않았다.[37]

(2) 공(이인상의 형 이기상-인용자)은 화락하고 온화했으며, 시속時俗에 모난 태도를 취하지 않았다. 능호공은 준위峻偉하고 뇌락磊落했으며, 나무에 부는 바람 소리처럼 간지했다. 두 분이 취향은 비록 같지 않았지만, 깨끗한 행실에 귀결됨은 똑같았다. 매양 과거 시험장에 들어갈 때면 형제가 머뭇거리며 남의 뒤에 서 있다가 남이 다투지 않는 자리를 골라 앉곤 하였다. 일찍 진사가 되어 첫 벼슬로 도원 찰방을 했는데, 임기가 차서 가족을 이끌고 양주의 천보산天寶山 아래로 돌아가 선조의 묘 아래 집을 지어 살다가 일생을 마쳤다. 몹시 가난하여 자생資生의 방도가 없었다. 언젠가 오랜 장마에 양식이 떨어져, 며칠을 친히 올벼 논에 나가 익은 나락만 골라 가져온 적도 있다. 하지만 남들은 그의 궁티를 보지 못했다. 판서 심이지沈頤之가 언젠가 공에 대해 말하다가 그의 고결함에 탄복한 적이 있다.[38]

(1)을 통해서는 이인상의 구차하지 않음=염결함을 볼 수 있고,

---

37 이인상, 「윤원주 제문」(祭尹原州文), 『뇌상관고』(雷象觀藁) 제5책. '윤원주'는 윤흡을 가리킨다.
38 성해응, 「세호록」(世好錄), 『연경재전집』 권49.

(2)를 통해서는 이인상 형제가 모두 행실이 깨끗하고 고결했던 것을 알 수 있다. 이인상의 벗들과 이인상의 당대인들이 이인상을 '고사'高士라고 했던 이유를 알 수 있다.

이인상은 인간다움을 잃지 않는 데에 '부끄러움을 아는 마음'(知恥之心)이 몹시 중요하다고 보았다. 이인상의 말을 직접 들어 본다.

> 사람들은 모두 사사로움을 좇아 자기주장만 하나 부끄러움을 모르니, 이 병폐는 대개 학문을 좋아하지 않고 가난을 편하게 여기지 않는 데서 기인한다.[39]

또 「물러남을 경계하다. 윤경백尹敬伯에게 주다」(退戒. 贈尹敬伯)라는 글에서는 이리 말했다.

> 무릇 물러나는 자는 마음이 두렵고, 물러나게 하는 자는 마음이 교만하니, 이는 보통 사람이 다 그러하다. 하지만 두려워하여 부끄러움을 알면 그 덕이 날로 자라고, 교만하여 스스로를 영민하다 여기면 그 덕이 날로 사라진다. 그러므로 덕은 부끄러움을 아는 것보다 귀한 게 없고, 스스로를 영민하다 여기는 것보다 천한 게 없다.[40]

이인상은 또한 우도友道를 몹시 중시했다. 이인상에게 우도의 핵심

---

39 이인상, 「우연히 쓰다」, 『능호집』 권4.
40 "夫退者心怛, 退之者心驕, 常人之情也. 然怛而知耻, 則其德日長 ; 驕而自聖, 則其德日喪, 故德莫貴於知耻, 莫賤於自聖也."(「退戒. 贈尹敬伯」, 『뇌상관고』 제5책).

은 두 가지로 요약된다. 하나는 책선責善이요, 다른 하나는 담박淡泊이다. '책선'은 벗에게 혹 잘못이 있으면 그것을 지적하고 꾸짖어 벗이 더 나은 사람이 될 수 있도록 돕는 것을 이른다. 진정한 우정이란 친구들끼리 그저 서로 즐겁게 노니는 데 그쳐서는 안 되며 서로의 인격적·도덕적 향상을 위해 힘써야 한다는 것이다. 『능호집』에 실려 있는 이인상의 편지들은 바로 이 책선의 정신을 잘 구현하고 있다.

이인상만이 아니라 단호그룹에 속한 인물들은 거개가 참된 우정에 대한 예민한 감수성을 보여준다. 그리하여 진정한 우정은 귀천과 빈부가 아니라 인간이 '덕'에서 성립되는 것으로 보았다. 그래서 이인상의 벗들은 이인상이 비록 서얼임에도 불구하고 그런 건 돌아보지 않고 평등한 관계에서 깊은 우정을 나누었던 것이다. 임경주의 우정론이 그 점을 잘 이론화해 놓고 있다.

> 벗한다는 것은 그 도道를 벗하는 것이다. 우도友道란 상대방에게서 취하여 나에게 보태는 것이다. 그러므로 벗 사귀는 도에는 귀천과 존비尊卑가 없으며, 도가 있으면 벗으로 사귄다. 옛사람 중에 요堯라는 이가 있는데, 대성인大聖人이다. 자기의 귀함을 귀하게 여기지 않고 남의 천함을 천하게 여기지 않아, 덕이 두터우면 초치招致하고 도가 높으면 함께했으니, 나의 형세를 잊고 남의 어짊을 취한 것이다.[41]

임경주는 이인상과 깊이 사귀었으며, 진정으로 이인상의 덕을 아는 사람이었다. 흥미로운 것은 임경주가 애초 이런 이론으로 무장하고 있

---

41 임경주, 「택우」(擇友), 『청천자고』(靑川子稿) 권3.

었기에 이인상과 교우한 것이 아니라, 이인상과 교우한 '결과' 이런 이론화가 가능했던 것으로 보인다는 사실이다. 요컨대 이인상이라는, 미천하나 점잖고 재예才藝가 빼어나고 덕이 높은 고사高士의 현존이 당시의 사대부들로 하여금 우도에 대한 새로운 반성적 성찰, 우도에 대한 새로운 지적 전망을 낳게 했던 것이다.

이인상이 우도의 또 다른 한 핵심으로 간주한 '담박'은 꾸밈없음, 말없음, 진실함, 번드르르하거나 듣기 좋은 말을 하지 않음 등을 의미한다.[42] 단호그룹의 인물들은 대체로 교우에서 이 담박을 숭상했다. '담박'은 이해관계가 개입되면 성립하기 어렵다. 담박해야 우도가 깊어질 수 있다.

우도의 담박과 관련해 이인상 만년에 다음과 같은 일화가 있다: 이인상 만년의 벗(그리 친한 벗은 아니다)인 김상무金相戊가 이인상에게 편지를 보냈는데, 그중에 이인상을 칭찬하는 말이 들어 있었다. 이인상은 김상무에게 써 준 「곤암명」困庵銘이라는 글에서, "벗 사귐은 담박하여 고언苦言을 해야 하니 / 달콤한 걸 좋아 마소"(交淡言苦, 無樂醴甘)라고 하여, 김상무의 이런 태도를 넌지시 풍간諷諫하였다.[43]

이처럼 이인상은 교우에서 책선과 담박을 가장 중시했다. 하지만 그렇다고 해서 이인상이 벗들을 냉정하거나 무미건조한 태도로 대한 것은 아니다. 그는 벗들에게 겸손하고 온화하며 다정다감했다.[44] 한마

42　이인상은 "交道貴眞淡"(「病後次李進士最中寄贈韻」, 『뇌상관고』 제1책)이라 하여 '담'(淡)과 '진'(眞)을 병칭하기도 했다.

43　박희병, 『능호관 이인상 서화평석 2: 서예편』(돌베개, 2016 간행 예정)의 「곤암명」 참조.

44　이윤영을 비롯한 이인상의 벗들이 그를 온화한 사람으로 여겼음은 이윤영의 「초혼사」(招魂辭; 『단릉유고』 권13) 제11수 중의 "寶山至止, 如玉溫良兮, 維文愷悌, 維愚剛方兮"라는 말을 통해 알 수 있다. 이 글귀 중 '유문'(維文)은 김순택을 가리키고, '유우'(維愚)는

디로 이인상은 속되지 않고 점잖고 의젓하되 깊은 인간미가 있었다. 그러므로 이인상의 성격을 '강과'剛果 일변도로 이해하는 것은 꼭 실제와 부합하는 것은 아니다.

이덕무의 다음 진술은 이인상이 당색黨色을 지독하게 따졌으며 아주 편협한 인물이라는 인상을 오늘날의 사람들에게 남기는 데 크게 기여하고 있는 듯하다.[45]

이능호는 성격이 강과剛果했다. 함양에 친한 서생이 있었는데 하루는 서생에게 말하기를,

"내가 자네 집을 방문하고자 하나 가는 길이 남인南人의 마을을 지나므로 방문할 수가 없네."

라고 하였다.

또 일찍이 한 서생의 집을 방문하여 앉아서 한참 이야기를 나누던 중 홀연 어떤 객이 당堂에 올랐다. 능호는 주인에게 고하지 않고 갑자기 일어나 가 버렸다. 서생이 괴이쩍게 여겨 후에 능호에게 그 까닭을 물으니 대답하기를,

"접때의 그 객은 남인일세. 그래서 내가 몸을 더럽힐까봐 피한 것일세."

김상묵을 가리킨다. 이윤영은 벗들의 성품을 꼭 집어내 이인상은 '온량'(溫良), 김순택은 '계제'(愷悌), 김상묵은 '강방'(剛方)이라고 말하고 있다. '계제'는 화락함을 이르고, '강방'은 강직하고 방정함을 이른다. 또 김무택도 이인상이 "온공(溫恭)으로 스스로를 단속한다"라고 했다(김무택, 「余所居, 雖無峰巒泉石之勝, 而茅宇幽靜, 典籍之暇, 躬課耕鋤, 生理蕭然, 亦足可樂也. 遂用張景陽 '結字窮岡曲, 耦耕幽藪陰'爲韻, 賦十首」의 제9수, 『淵昭齋遺稿』 제1책).

45 이하의 서술은 박희병, 『능호관 이인상 서화평석 1: 회화편』 중 〈방심석전막작동작연가도〉(倣沈石田莫斫銅雀硯歌圖)의 평석에 의거했다.

라고 하였다. (…) 일찍이 함양 사람 진생陳生이 나(이덕무—인용자)에게 이 사실을 말했다.[46]

이덕무는 이인상과 일면식도 없었다. 이덕무는 사근도 찰방으로 있을 때 함양의 진생이라는 인물에게 이 이야기를 전해 들었던 것 같다. 하지만 이 이야기는 이인상을 대단히 교조적이고 편벽된 인물로 극화劇化시키고 있다. 그래서 이인상은 실재하는 인간이라기보다 흡사 '설화' 속의 인물처럼 느껴진다. 이 이야기는, 이인상이 대단히 깐깐하고 고집스런 인간이며 당색과 관련해서도 노론의 의리를 철저하게 지킨 인물이라는 통념과 이미지를 강화하고 극대화하기 위해 '윤색'된 것이 아닌가 한다. 원래 '인물 전설'이나 '일화'는 어느 정도 사실에 바탕하면서도 과장과 왜곡, 허구가 끼어들게 마련이다.

이인상의 후손가에는 『능호인보』凌壺印譜[47]가 전하는데, 거기에는 남인인 윤두서尹斗緖, 그리고 그의 아들인 윤덕희尹德熙의 인장이 여럿 실려 있다. 이인상이 이 인보에 윤씨 부자의 인장을 이리 많이 실어 놓은 것은 예사로운 일이 아니다. 이인상이 비록 노론 중심으로 사고하고 노론의 의리를 견지한 것은 맞다 할지라도, 그렇다고 해서 그가 다른 당색의 인물들을 무조건 다 배척한 것은 아니다. 소론이나 남인에 속한 인물이라 하더라도 학예學藝에 있어서나 취향에 있어서 서로 통하는 점이 있으면 교유하거나 허여했던 것이 아닌가 한다. 이렇게 봐야 이인상이 소론에 속한 상고당尙古堂 김광수金光遂와 교유한 것이 이

---

46 이덕무, 「이능호」(李凌壺), 『한죽당섭필(상)』(寒竹堂涉筆〔上〕, 『靑莊館全書』 권68 所收).

47 이인상이 자료를 모아 놓은 것이며, 완성된 상태는 아니다. '능호인보'(凌壺印譜)라는 명칭은 필자가 붙인 것이다.

해될 수 있다.

이인상의 성격을 논하는 데 빠뜨리지 말아야 할 또 하나는 그가 몹시 '흥취'가 있는 인간이었다는 사실이다. 이는 그의 예술가적 감수성과 관련된다. 이인상은 술을 몹시 좋아했는데, 그가 남긴 서화는 취흥醉興을 타 제작된 것이 많다. 예를 들어 〈둔운도〉屯雲圖라든가 〈묵죽도〉墨竹圖라든가 〈산천재야매도〉山天齋夜梅圖처럼 취중에 그린 그림들은 그의 정신적 분방함과 파토스를 여실히 보여준다.[48]

다음 시를 통해서도 이인상이 흥취가 있는 사람이라는 사실이 확인된다.

우두커니 앉아 밤을 보내나니	貊然坐窮夕
어제와 오늘이 같네.	昨日如今日
관서官署 남쪽엔 흰 구름 많아	樓南多白雲
변멸變滅하며 뭉게뭉게 솟아오르네.	變滅氣嶙峋
이를 바라봄은 어째서인가?	注目竟何爲
마음에 슬픔이 많아서라네.	此懷多悲辛
가을바람 불어 구름을 싹 없애면	秋風一掃空
반짝반짝 뭇 별이 빛나네.	燦燦繁星陳
밤기운이 나의 정신을 씻으니	夜氣濯我神
이 마음 어찌 그리 진실된지.	此心一何眞
몹시 즐거워 일어나 춤을 추니	樂極飜起舞
고등孤燈이 나의 친구로세.	孤燈與我親[49]

---

48 박희병, 『능호관 이인상 서화평석 1: 회화편』 중 〈둔운도〉, 〈묵죽도〉, 〈산천재야매도〉의 평석 참조.

「전옥서 숙직 중에 우연히 써서 송사행에게 편지로 부치다」(獄司直中偶書, 簡宋子士行)라는 시 전문이다. '송사행'은 이인상의 벗 송문흠을 말한다. 이 시에서 주목되는 것은 시의 후반부에서 확인되는 이인상의 감정 상태의 변화다. 구름이 사라지고 별들이 빛나자 이인상의 마음에는 문득 흥취가 차오른다. 이런 극심한 감정 상태의 기복起伏은 이인상의 예술가적 기질을 잘 보여주는 것으로 여겨진다.

한편, 이인상은 대단히 성찰적인 인간이었다. 1739년 7월 보름, 이인상은 임매·임과 형제와 함께 이윤영의 집에 가서 서지西池의 연꽃을 감상했다. 이들은 당시 여러 수의 하화시荷花詩를 지었다. 이윤영은 이 성대한 아회를 기념하여 『하화시축』荷花詩軸을 만들었다. 하지만 이인상은 이 시축의 발문에서 자신과 벗들이 지은 하화시가 '부만'浮曼했음을 반성하고 있다.

단호그룹은 고기古器에 대한 애호가 있었다. 특히 이윤영이 심했지만 이인상에게도 그런 취향이 있었다. 하지만 이인상은 만년에 이윤영에게 보낸 편지에서 자신과 이윤영의 이런 취향에 대한 비판적 성찰을 가하고 있다. 이인상이 얼마나 성찰적이었는지를 보여주는 자료들은 이외에도 많다. 하지만 「또 종강의 토지신에게 고하는 글」(又告鐘崗土地神文)[50]만큼 인상적인 것은 아마 없을 것이다. 이 글은 1754년 7월, 종강의 집이 완공된 후 토지신에게 고한 축문이다. 이 글에서 이인상은 집의 터를 닦느라 토맥土脈을 상하게 하고 헌 집을 부수느라 옛 승묵繩墨을 다 버린 잘못을 범했노라고 말하면서 신명의 용서를 빌고 있다.

---

49 「전옥서 숙직 중에 우연히 써서 송사행에게 편지로 부치다」(獄司直中偶書, 簡宋子士行), 『뇌상관고』 제1책. 『능호집』의 시를 인용할 때와 달리 『뇌상관고』의 시를 인용할 때는 원문을 병기한다.
50 이 글은 『뇌상관고』 제5책에 실려 있다.

마지막으로, 이인상에게 협기俠氣가 있었다는 사실을 지적하고자 한다.[51] 다음은 이민보가 쓴 이인상의 만시다.

강개하여 평소에 고안苦顔이 많았으나　　　慷慨平居多苦顔

두 눈은 진세塵世를 좁게 여겼네.　　　　　乾坤雙眼隘塵寰

만나면 의기투합해 당장 술 마시니　　　　相逢意氣當場飮

흡사 비가悲歌를 부르고 축筑을 타는 듯했네. 宛在悲謌擊筑間[52]

　　이 시의 제4행 "비가悲歌를 부르고 축筑을 타는 듯했네"는 형가荊軻와 고점리高漸離의 고사故事를 인거引據한 말이다. 형가와 고점리는 협객俠客이다. 이 자료는 강개한 성격의 이인상에게 협기 같은 것이 있었음을 말해 준다. 이인상은 종종 술을 마시면 강개해져 심중의 말을 토로하곤 했던 듯한데 이 만시는 이인상의 그런 면모를 포착해 제시한 것이다. 이민보의 만시는 이인상의 다음 시와 결부시켜 읽으면 더욱 이해가 잘 된다.

뉘엿뉘엿 해 지고 별이 나오니

가을소리 맑고 일만 숲이 같네.

천둥과 비에 노룡老龍은 바다로 가 몸 서리고

구름 낀 하늘 서늘한 전나무엔 바람이 드세네.

흰머리 자라나니 검객劍客이 늙었고

51　이하의 서술은 박희병, 『능호관 이인상 서화평석 1: 회화편』 중 〈검선도〉의 평석에 의거했다.

52　이민보, 「이원령만」(李元靈挽), 『풍서집』(豊墅集) 권1.

국화 지지 않았건만 술은 다했네.
이 밤 벗님은 잠 못 이루고
달빛 속에 산과 바다 보고 있겠지.

기러기 울음 연이어 먼 허공에 울리는데
남산의 저녁 경치 뉘와 함께 바라볼꼬?
온갖 티끌 사라지고 가을해 밝은데
이기二氣는 나뉘고 멀리 바람이 부네.
박달나무 베니 산목山木과 함께 늙을 만하고
뗏목 타니 바다 멀리 떠나고 싶네.
생각노라 연燕나라 저자의 슬픈 노래 부르던 이들
술집에서 서로 만나 칼 찌르며 뽐내던 일.

「가을에 감회가 있어 이백눌에게 화답하고, 인하여 해악유인을 그
리워하다」[53]라는 시 연작이다. '이백눌'은 이민보를 말한다. 이 시 제
1수의 제5구 "흰머리 자라니 검객劍客이 늙었고"는 주목을 요한다. 시
적 표현이기는 하나, 이인상은 스스로를 '늙은 검객'에 비기고 있는 것
이다.[54] 이 표현은 제2수의 마지막 두 구절, "생각노라 연燕나라 저자의
슬픈 노래 부르던 이들/술집에서 서로 만나 칼 찌르며 뽐내던 일"과
연결된다. '연나라 저자의 슬픈 노래 부르던 이들'은 곧 형가와 고점리
를 말한다. 이인상은 스스로를 검객으로 여기면서 옛날 고사에 등장하

---

53 『능호집』 권1에 실려 있다.
54 이인상은 「소화사」(『능호집』 권4)라는 글에서도 자신을 "寶山之劍"이라면서 칼에 비
기고 있다.

는 강개한 검객들을 추상推想하고 있다 할 것이다. 이인상은 협사俠士
는 아니다. 그렇기는 하나 적어도 정신적으로는 협사적俠士的 지향을
지녔다고 할 만하다.

여기서 이런 질문을 제기해 볼 수 있다: 지금까지 거론한 이인상의
이런 면모가 혹 서얼로서의 약점을 의식해 이인상이 취한 '포즈'는 아
닐까? 거기에는 자신의 신분적 약점을 덮기 위한 의도적인 자기분식自
己粉飾 같은 것은 없을까? 왜 이런 질문을 던지는가 하면 연구자들 중
에 그렇게 생각하는 사람이 없지 않은 듯해서다. 만약 이인상이 우리
에게 보여준 모습 중에 포즈나 자기분식이 깃들어 있다면 이인상은 그
리 진실한 사람이라고 말하기 어려울 것이며, 허위의식을 지닌 사람이
라고 해야 옳을 터이다. 하지만 이인상이 평생 그토록 혐오하고 경멸
해 마지않았던 것이 명실名實의 어긋남, 이름을 파는 것, 위선이었다는
사실을 잊어서는 안 되리라 생각한다.

이념적 · 사상적 지향

1) 이념적 지향

잘 알려져 있는 사실이지만, 이인상은 청나라를 원수로 여기며 명
나라에 대한 존모尊慕의 염念을 평생 견지했다. 이른바 '존명배청'尊明
排淸 '존주대의'의 이념을 고수한 것이다. 이인상이 이런 이념을 고수
하게 된 데에는 고조부 이경여의 영향이 크다. 이경여는 인조 때 우의
정, 효종 때 영의정을 지냈으며, 친명배청의 입장 때문에 심양에 일시
억류되기도 했다. 이인상은 젊을 때 이경여의 문집을 읽으며 반청적反
淸的 입장을 내면화한 것으로 보인다.[55] 이인상의 대명의리론에 큰 영
향을 미친 또 한 사람은 그의 작은아버지 이최지다. 이최지는 삼연 김

창흡의 문하에서 수학했으며, 예학禮學에 조예가 깊었다. 일찍 부친을 여읜 이인상은 이최지에게 수학受學하며 성장했다. 이리 본다면 이인상이 완고하게 춘추대의를 견지한 데에는 집안의 영향이 크다고 하지 않을 수 없다.

비단 이인상만이 아니라 이윤영·송문흠·오찬을 비롯한 단호그룹의 인물들 모두가 존명배청의 이념을 지니고 있었으며, 춘추의리에 투철하였다. 춘추의리는 국내 문제에 있어서는 '신임의리'辛壬義理와 연결되었다. 다음 일화는 이인상의 이념적 입장을 잘 보여준다.

> 성보(신소—인용자)가 언젠가 밤에 막걸리를 들고 홍씨(홍자—인용자)의 청원관淸遠觀에 가서 마셨다. 군(이인상—인용자) 또한 흔연히 따라갔다. 밤이 깊어 성보가 거문고를 잡고 상성商聲을 연주하자 군이 서글픈 표정으로 하늘을 우러러 탄식하며 말하기를,
> "명明은 우리 부모의 나라입니다. 지금 천하가 오랑캐가 된 지 오래건만 내가 부모의 원수를 갚지 못하고 있으니 비록 구차히 산들 뭐가 즐겁겠습니까."
> 라고 하였다. 그러고는 성보와 더불어 송단松壇에 올라가 통소를 불었는데, 밤새도록 괴로워하며 잠을 이루지 못했다.[56]

---

55 "君少讀文貞公書, 爲之歎曰: '弘光吾先帝也. 隆武·永曆亦吾先帝也. 明雖已亡, 吾豈忘吾祖之讐哉!'"(황경원, 「이원령 묘지명」, 『강한집』 권17)라는 말 참조. '문정공'은 이경여의 시호다.

56 "成甫嘗夜携酒, 飮于洪氏淸遠觀, 君亦欣然而從之. 夜將半, 成甫操琴彈商聲, 君愀然仰天而歎曰: '明吾父母之國也. 今天下左袵久矣, 吾不能復父母之讐, 雖苟生, 何所樂哉?' 因與成甫, 升松壇吹洞簫, 終夜煩寃, 不能寐也."(황경원, 「이원령 묘지명」, 『강한집』 권17)

이 무렵 이인상은 '대명유민'大明遺民으로 자처하였다. 비단 이인상 혼자만 명나라의 유민이라는 의식을 지녔던 것이 아니라, 이윤영·신소·송문흠은 물론이려니와 윤면동尹冕東과 이명환李明煥 역시 명의 유민으로 자처하였다.

이인상의 시대인 18세기 전반기에 청나라는 안정과 번영을 구가했다. 조선은 17세기 중반에 틀이 짜여진 청 중심의 동아시아 질서에 잘 적응하고 있었다. 이제 조선의 관료나 지식인 중에는 변화된 현실을 인정하면서 이미 먼 과거사가 된 병자호란의 치욕은 잊어버리고 현실주의적 태도로 청나라와 관계해야 한다고 생각하는 이들이 생겨났다. 이 같은 대청對淸 인식의 변화는 18세기 후반에 북학파北學派가 등장하기 이전부터 야기되고 있었다. 그러므로 시간이 흐를수록 이인상과 단호그룹은 현실로부터 점점 고립되어 갔다. 이인상이, "말을 하면 사람들이 개 짖듯 여긴다"(發言謂我吠)[57]라고 한 것은 이런 상황을 반영한다.

이인상과 단호그룹의 인물들이 대명의리를 고수한 것은 퍽 안타까운 일이다. 그렇긴 하나 이인상과 그의 벗들에게 그것은 '운명'과도 같은 것이었다고 생각된다. 이인상이 붙들고 있던 이념은 일종의 아나크로니즘이었다.

하지만 이인상이 죽는 순간까지 이념을 고수하지 않았다면 필시 '이인상'은 없었을 터이다. 즉 그의 맑고 깨끗하기 그지없는 언어들, 도저한 독립불구獨立不懼의 면모, 예술가로서의 비타협적인 자세, 지식인에게 생명과도 같은 '불화'不和의 정신은 끝내 문학사와 예술사에 현전現

---

57 「대보단. 다시 '치'(寘), '재'(在), '영'(迎), '풍'(風), '한'(寒), '로'(露), '지'(之), '옥'(玉), '호'(壺)의 아홉 글자를 운자로 사용했는데, 나는 그중 '재'자를 집었다」, 『능호집』 권2.

前하지 못했을 것이다. 이렇게 본다면 부정적인 데서 긍정적인 것이 나오고, 빛나는 성취의 근저에 부정적인 것이 자리하고 있다는 역설이 성립된다. 마치 뫼비우스의 띠처럼 둘은 일체一體를 이루고 있다. 하지만 이것이 인간이고, 우리의 생이고, 문학이고, 예술이 아니겠는가.

2) 사상적 지향

흔히들 이인상이 유교에 충실했던 인물로 생각하는 경향이 있다. 그러나 이인상의 의식과 사유를 유교만으로 다 설명할 수는 없다. 이인상은 유교만이 아니라 도가道家 사상에도 경도되어 있었기 때문이다. 그러므로 그를 인간학적으로 제대로 인식하려면, 그리고 그의 문학과 예술을 올바로 파악하려면, 그가 평생 견지했던 도가 사상에 대한 이해가 필수적이다. 먼저 이인상의 유교적 소양부터 일별하자.

주목되는 것은 이인상이 젊은 시절부터 유교 경전 가운데서도 특히 『주역』과 『중용』에 전심했다는 사실이다. 임경주의 다음 말이 참조된다.

> 원령은 즐겨 자사씨子思氏의 책을 읽었고, 또 즐겨 『주역』의 「계사전」繫辭傳을 읽었으며, "나는 이 글들을 읽다 내 생을 마치겠다"라고 말했다.[58]

'자사씨의 책'은 『중용』을 이른다. 이인상은 『중용』의 내용 중 특히 다음 말에서 큰 영감을 받은 것으로 보인다.[59]

---

58 "元靈喜讀子思氏之書, 又喜讀『易』「繫辭」, 曰: '吾以此終吾命也.'"(임경주, 「贈李元靈序」, 『청천자고』 권2)
59 이하의 서술은 박희병, 『능호관 이인상 서화평석 1: 회화편』 중 〈서지하화도〉의 평석에 의거했다.

『시경』에 이르기를, '비단옷을 입고 홑옷을 덧입는다'라고 했으니, 그 광채가 너무 드러남을 싫어해서다. 그러므로 군자의 도는 은은하되 날로 드러나고, 소인의 도는 화려하되 날로 없어지는 것이다. 군자의 도는 담박하되 싫증이 나지 않으며, 간략하되 문채가 난다.[60]

군자의 도는 화려함과 야단스러움에 있는 것이 아니라 은근함, 담박함, 간략함에 있다는 『중용』의 이 메시지는 이인상의 삶과 문학과 예술 전체를 관통하는 핵심적 원리가 되고 있다. 이인상이 문학과 서화에서 추구한 제1의 가치는 화려함이 아니라 은근함이었으며, 현란함이 아니라 담박함이었고, 번다함이 아니라 간일簡逸함이었음으로써다. 그는 사물의 '표미'表美가 아니라 '내미'內美를 드러내고자 했다. 사물의 내면에 간직된 아름다움이야말로 진실된 것이라고 생각했기 때문이다. 즉 표미를 아무리 아로새겨 표현해 봤자 그것은 부박浮薄하거나 속될 뿐이며, 사물이 그 정신 속에 담고 있는 본연의 가치와 아름다움을 표현해야 참되고 심원한 것이라고 생각했던 것이다. 내미를 드러내는 데는 은미隱微함과 절제가 요구된다. '겉멋'과 달리 '속멋'은 넘침이나 수사적 세련이나 농염함이나 분식粉飾을 통해서는 결코 표현될 수 없기 때문이다.

이 점에서 이인상이 추구한 미학美學의 정수는 '은미'隱美 혹은 '은미'慇美라는 단어로 집약될 수 있다. '은미'隱美는 아름다움을 감춘다는 뜻이다. '감춘다'는 것은 절제한다는 의미도 있지만, 속기俗氣에 저항

---

60 "『詩』曰: '衣錦尙絅', 惡其文之著也. 故君子之道, 闇然而日章, 小人之道, 的然而日亡, 君子之道, 淡而不厭, 簡而文(…)"(『中庸章句』제33장)

한다는 의미도 갖는다. 속기는 대개 드러냄으로써 발생하기 때문이다. '은미'憇美는 은근한 아름다움이라는 뜻이다. 사물 본연의 신채神彩는 현란함보다는 은근함 내지 은은함을 통해 더 잘 포착될 수 있다.

그런데 사물 본연의 아름다움은 그 자체로서 존재하는 것이 아니다. 그것은 기실 예술가 자신의 이념과 가치태도와 정신의 투사投射일 뿐이다. 이 점에서 '은미'는 미학적 개념에 그치지 않으며 윤리적 의미 관련을 갖는다.

이인상의 작은아버지 이최지는 천문역법天文曆法에 밝았다. 그래서 천문학겸교수天文學兼教授의 벼슬에 거듭 제수되었다. 이인상은 작은아버지의 영향으로 일찍부터 천문天文에 관심을 두었던 것 같다. 천문에 대한 관심은 『주역』 공부와 연결된다. 이인상은 만년에 와서 『주역』에 더욱 잠심潛心했으며, 세상의 기수氣數와 시운時運을 『주역』의 괘상卦象으로 풀이하곤 했다. 이인상은 특히 『주역』 대과괘大過卦의 상전象傳에 나오는 "독립불구獨立不懼, 둔세무민遯世無悶"이라는 말을 애호했다. 이 말은 "홀로 서서 두려워하지 않으며, 세상을 피하여 은둔해도 아무 근심이 없다"라는 뜻인데, 『정전』程傳에는 이 구절이 다음과 같이 풀이되어 있다.

천하가 비난해도 돌아보지 않음이 홀로 서서 두려워하지 않음이요, 온 세상이 알아주지 않아도 후회하지 않음이 세상을 피해 은둔해도 아무 근심이 없음이다.[61]

요컨대 이인상은 세계의 해석만이 아니라 세계에 맞서는 이론적 근

---

61 "天下非之而不顧, 獨立不懼; 擧世不見知而不悔, 遯世无悶也."

거를『주역』에서 찾고자 했던 것이다.

이인상이 살았던 시대에 조선 사상계는 낙론洛論과 호론湖論으로 나뉘어 있었다. 낙론과 호론은 주자학이라는 점에서는 같았지만 심성론心性論에서 차이를 보였다. 낙론은 인人과 물物의 성性이 같다는 입장을 취했음에 반해, 호론은 다르다는 입장을 취했다. 이인상은 낙론을 따랐다. 이인상의 벗들은 대개 낙론이었지만 김근행은 호론이었다. 이인상은 김근행과 편지를 주고받으며 심성론에 대한 의견을 교환한 바 있다.[62] 당시 호론에 속한 학인과 낙론에 속한 학인은 서로 각을 세워 친교도 맺지 않았지만 두 사람은 그 사상적 입장과 관계없이 계속 친분을 유지하였다.

도가 사상은 이인상의 정신세계, 이인상의 문학과 예술에 유가 사상 못지않게 큰 영향을 미쳤다.

이인상은 스스로 말하기를, 자신은 오래전부터 도가의 '존심제복存心臍腹의 법'을 실천해 왔는데, 그 효험으로 정신이 충왕充旺한 듯하다고 했다.[63] '존심제복의 법'은 도가의 내단수련內丹修練을 말한다. 즉 복기토납服氣吐納과 내관內觀을 통해 정신을 집중하고 기氣를 모으는 것을 이른다. 이인상은 젊을 때부터 건강이 안 좋아 양생술養生術로서 이를 실천해 온 것으로 보인다. 그래서『운급칠첨』雲笈七籤을 비롯한 도

---

62 이에 대해서는 김수진, 「이인상·김근행의 호사강학(湖社講學)에 대한 연구」(『한국문화』61, 2013)가 참조된다. 이인상과 김근행의 서신 교환은 서호 결사 중에 있었던 일로 생각된다.『능호집』에는 김근행에게 보낸 편지가 실리지 않았지만, 김근행의 문집인『용재집』(庸齋集) 권7에 김근행이 이인상에게 보낸 편지가 수록되어 있다. 「마음이 순선(純善)함을 논한 이원령의 편지에 답함」(答李元靈論心純善書), 「인(人)과 물(物)의 오상(五常)을 논한 이원령의 편지에 답함」(答李元靈論人物五常說書), 「이원령에게 준 편지」(與李元靈書) 등이 그것이다.

63 "余嘗用道家存心臍腹之法, 歲久功見, 神精似若充旺."(「內養銘」,『뇌상관고』제5책)

가 계통의 비급秘笈에 관심을 가졌다. 도가서에 대한 이인상의 관심은 비록 양생에서 비롯된 것이지만, 그렇다고 하여 단지 양생과만 관련된 것은 아니다. 이인상의 오랜 도가적 수련은 그의 시문과 예술, 정신세계에 적지 않은 작용을 끼쳤다고 여겨진다. 그의 문학과 예술이 보여 주는 저 유표한 무욕無欲과 청정淸淨과 탈속脫俗의 지향, 수식修飾과 작위作爲보다는 천진天眞과 졸박拙朴을 중시한 문예적 입장, 그리고 기氣의 남다른 운용運用을 통한 독특한 미학의 창조는 그의 도가적 경도와 결코 무관하지 않다고 생각된다.

이인상은 하층민, 여성, 노비 등의 사회적 약자에게 따뜻한 시선을 보여주고 있는데, 이는 그가 의거한 도가 사상과 모종의 관련이 있어 보인다. 이인상은 어떤 시에서 "애오라지 거오據梧를 배워 만물萬物을 하나로 본다"(聊學據梧齊萬物)[64]라고 노래했는데, 이 시구는 이인상이 『장자』의 사상을 받아들여 만물이 평등하다고 보고 있음을 보여준다는 점에서 흥미롭다. 이인상은 10대 후반에 이미 도가에의 추향趨向을 보여주는데[65] 이 구절은 그의 도가 사상이 단지 양생술과만 관련되거나 초세적超世的 지향만 갖는 것이 아니라 사회철학적 연관도 지니고 있음을 알게 해 준다는 점에서 주목을 요한다.

선행 연구에서는 대개 이인상이 서얼이기에 사회적 약자의 처지를

---

64 「김자(金子) 유문(孺文)의 집에 밤에 제자(諸子)와 더불어 모이다」(金子孺文舍, 夜會諸子: 『뇌상관고』 제1책)의 제1수. 장자(莊子)를 배워 만물을 평등하게 본다는 뜻이다. '거오'(據梧)는 『장자』 「제물론」(齊物論)의 "昭文之鼓琴也, 師曠之枝策也, 惠子之據梧也"에서 유래하는 말로, 오동나무에 기대어 앉는다는 뜻이다.

65 18세 무렵에 지은 「왕자교」(王子喬: 『뇌상관고』 제1책)라는 시를 통해 그 점을 알 수 있다. 전문을 보이면 다음과 같다. "僊人王子喬, 綠髮垂兩趾. 蓮花以絹衣, 瓊水以漱齒. 遨遊霄漢外, 俯視黃埃裡. 杳然一九地, 溟海波頻起. 紛紛秦與漢, 傾奪在一視. 賢者爲心勞, 愚者爲名死. 冲瀜一氣外, 天地爲形使."

이해하게 된 것으로 보았다. 작가의 신분이 서얼이라고 해서 꼭 사회적 약자에 연민이나 공감을 표하는 건 아니다. 따라서 이인상이 이런 면모를 현저하게 보인 연유를 그 신분에서 찾는 것만으로는 충분치 못하며, 그가 기댄 사상과의 관련성을 따지는 작업이 필요하다.

이인상의 벗 중에는 도가 사상에 경도된 이가 적지 않았는데 김상숙은 그중 한 사람이다. 그는 성품이 담박하고 욕심이 적었으며, 외물外物과 더불어 경쟁하지 않았던 것으로 전한다. 소싯적부터 다병多病하여 도가 수련술을 좋아했으며, 기氣를 온전히 해 부드러움을 이루었다. 그래서 깨달음이 많았고, 수식修飾을 일삼지 않았다. 영평 현감을 지낼 때는 청정淸淨의 다스림을 일삼아 이민吏民을 보기를 집사람처럼 했다고 한다. 흥미롭게도 이인상의 도가적 실천과 유사한 점이 발견된다. 김상숙 외에도 도가 사상에 경도된 이인상의 벗으로는 이윤영, 임매, 신사보를 꼽을 수 있다.

3. 문학 세계

서얼적 자아와 사대부적 자아

이인상은 서얼이었다. 서얼은 사대부의 일부로 간주되기도 하나, '중서'中庶[66]로 통칭되곤 했던 데서 알 수 있듯 사대부와 구별되기도 했다. 서얼 스스로에게도 사대부라는 자의식과 함께 사대부로서 행세하지

---

66 '중서'는 중인과 서얼을 한데 묶어 이르는 말이다.

못하는 불우한 존재라는 자의식이 대체로 공존했다. 즉 서얼 문인에게는 '서얼적 자아'와 '사대부적 자아'가 공존했다고 말할 수 있다.

그렇기는 하나 이 두 자아가 관계 맺고 있는 양상은 꼭 일률적이지 않으며, 인물에 따라 다를 수 있다. 나아가 한 인물에 있어서도 그가 처한 상황과 생애의 국면에 따라 그 관계 양상이 달라질 수 있다. 혹 서얼적 자아가 좀 더 두드러진 양상으로 표출될 수도 있고, 혹 사대부적 자아가 좀 더 현저하게 표출될 수도 있다. 혹은 두 자아가 뒤섞여 모순되게 표출될 수도 있다.

이론적으로 이런 몇 가지 가능성이 존재하나 그럼에도 18세기의 서얼 문인들에게서는 대체로 그 문학 세계에서 서얼로서의 어떤 공통적 '표징'이 확인된다. 그것은 한마디로 말해 '불우의 존재감'이다. 이 정서적 태도 내지 상태는 사대부적 문제의식의 적극적 발양發揚을 제약하거나 위축시킨다. 반드시 그런 것은 아니라 할지라도 대개의 경우 그렇다.

이인상의 시대에 활동한 서얼 문인들 가운데 서얼적 자의식의 문학적 외화外化를 가장 문제적으로 성취한 작가는 이봉환이 아닐까 한다. 서얼의 시체詩體라고 평가되는 '초림체'椒林體를 창안했음으로써다. 이규상은 이 시체의 특징을, "괴벽하고 기괴하여 마치 귀신이 울고 도깨비가 웃는 듯하다"라고 했으며, "아마도 서얼들의 억울한 기운이 그 괴이한 빛을 솟구치게 한 것이 아닌가 한다"라고 추정했다.[67] '귀신' '도깨비' 운운한 말은 심한 과장이라 할지라도 초림체의 시체가 그 시어·의상意想·음조音調에서 '괴벽' '기괴' '신고'辛苦 '각박'刻薄 '초쇄'焦殺 '공

---

67 이규상 지음, 민족문학사연구소 한문분과 옮김, 『18세기 조선 인물지 幷世才彦錄』 (창작과비평사, 1997), 98면.

교工巧의 풍風이 있는 것은 사실이다. 이명계李命啓, 남옥南玉 등 이봉환의 벗들은 모두 이 시풍을 좇은 것으로 알려져 있다.

앞에서도 언급했듯 이인상은 이봉환과 친했다. 이 때문에 서얼 문학에 대한 선행 연구에서는 이인상을 이봉환·이명계를 중심으로 한 '초림팔재사'椒林八才士의 일원으로 이해해야 할 것으로 보았다.[68]

이인상과 이봉환은 인척 관계이며 인간적으로 친했지만 그렇다고 문학적 취향이나 노선까지 같았던 것은 아니다. 또한 두 사람이 다 같이 서얼이라고 해서 서얼로서의 공통점만을 부각시킬 것은 아니다. 전체적으로 보아 이인상의 시풍은 이봉환의 초림체와는 완연히 다르다. 이봉환의 시에서는 서얼로서의 신세를 한탄하는 소리라든가 불우한 처지를 비관하는 소리가 자주 발견된다. 이인상의 시는 이와 다르며, 비록 시대와 세상에 대한 고심이 종종 표출되어 있기는 해도, 맑고 격조가 높다.

단 이인상이 10대와 20대에 쓴 시 중에는 비록 일부이긴 하나 우울하고 애상적인 정조情調가 보이는 것이 없지 않다. 하지만 30대 이후의 시에서는 대체로 이런 면모가 일소된다. 이인상은 자신이 받는 신분적 차별에 대한 분만憤懣을 토로하거나 그에 대한 정서적 태도를 표출하는 데 힘을 쏟기보다는 시대의 문제나 국가의 문제에 골몰하면서 그에 대한 자신의 심정과 고뇌를 노래하는 데 힘을 쏟고 있다. 따라서 비감悲感이 표출되고 있다 할지라도 그것은 한갓 애상哀傷은 아니며, 그 밑바닥에 많은 경우 춘추대의의 이념이 자리하고 있다. 이인상의 문학에서는 바로 이 '이념성'과 '명분'이 문제적이다.

그런데 이념성과 명분은 주로 사대부 벗들과 관계할 때 표출된다는

---

68 김경숙, 『조선 후기 서얼문학 연구』(소명출판, 2005), 60면, 435면.

능호관 이인상: 그 인간과 문학 473

사실이 유의될 필요가 있다. 서얼들과 관계할 때는 '불평'이나 '불우'의 감정이 토로되곤 한다. 요컨대 이인상의 30대 이후의 시문詩文에서는 대체로 사대부적 자아가 두드러지게 나타나며, 서얼적 자아는 잠류潛流하거나 이따금씩 나타나는 양상을 보인다. 이는 여느 서얼 문인과는 사뭇 다른 면모라고 할 만하다. 왜 이런 면모가 초래되었을까?

이인상은 29세 무렵 이윤영과 조우하며 이것이 계기가 되어 단호그룹이 형성되기에 이른다. 이인상의 주요한 벗들은 거의 모두 단호그룹의 성원이었는데, 이들은 거개 명문가 출신의 사대부였다. 이들은 이인상을 서얼로 대하지 않았으며, 고사로서 존중했다. 그러니 이인상은 적어도 단호그룹 내에서는 스스로를 서얼로 의식할 필요가 없었다. 그리하여 이인상의 정체성은 점차 단호그룹의 정체성과 합치되어 갔다. 뿐만 아니라 이인상의 이념적 성향은 단호그룹의 정체성을 좀 더 뚜렷하게 만들거나 강화하였다. 이인상이 서얼적 자아를 발전시켜 가기보다는 사대부적 자아를 강화, 확대해 가는 면모를 보인 것은 이런 맥락에서 이해되어야 하리라 본다.

이인상은 송문흠의 제문에서 이리 말하고 있다.

> 나는 앞으로 다시는 천하의 선비와 사귀지 않고 다시는 천하의 일을 논하지 않으렵니다.

천하의 선비인 송문흠이 세상을 하직했으니 이제 천하사를 더 이상 아무하고도 논하지 않겠다는 말이다. 주목되는 것은 이인상이 암묵적으로 자신을 천하의 일을 논하는 '천하의 선비'로 여기고 있다는 점이다. 이런 자기의식自己意識은 서얼적 자아에서는 대단히 낯선 것이며, 사대부적 자아에서나 가능한 것이다.

이인상의 이런 자아의 면모는 그의 문학과 예술을 떠받치고 규정하는 근저가 된다. 이 점에 유의하지 않고서는 그의 문학과 예술을 온전히 이해할 수 없다. 이인상은 서얼이기 때문이 아니라 **서얼이지만 사대부였기 때문에** 문제적인 작가인 것이다.

문예적 입장

이인상의 문예적 지향에서 먼저 주목해야 할 점은 그가 도저한 상고주의尙古主義를 견지했다는 사실이다. 이 점은 특히 그의 글씨쓰기＝서예에서 여실히 확인된다. 이인상은 전서와 예서隸書를 존숭했는데, 이는 그의 '고'古에 대한 애호와 관련이 있다. 일반적으로 전서를 쓰는 사람은 진秦의 이사李斯나 당唐의 이양빙李陽氷이 정립한 옥저전玉箸篆을 전범으로 삼는다. 하지만 이인상은 당전唐篆과 진전秦篆을 뛰어넘어 주문籒文 · 고문古文 · 금문金文과 같은 고전古篆의 세계로 심입深入했다. 예서에 있어서도 고예古隸를 추구하여 자기류의 독특한 팔분八分 서체를 창안했다.[69] 전예篆隸에 있어서의 이런 경향은 모두 '고'를 엄중히 추구한 결과다.

이인상의 시대에는 당송고문唐宋古文이 유행했다. 하지만 그는 당송고문에 비판적이었다. 아름답게 꾸미는 데 치력한다고 보았기 때문이다.[70] 이인상의 벗들 중에는 이양천이나 김상숙처럼 진한고문秦漢古文

---

69 이 점은 박희병, 『능호관 이인상 서화평석 2: 서예편』의 '호극기(胡克己) 시' 참조.

70 이인상은 팔괘(八卦)의 자의(字義)를 취하여 서함(書函)의 표제(標題)를 붙였는데, 당송(唐宋) 이후 작가들의 서함(書函)에 '수'(水)라는 표제를 붙이고 그 이유를 다음과 같이 밝혔다: "蓄藏發泄, 泛濫絢煥者, 惟水之德, 而易狎而溺, 易流而蕩, 亦惟水之災."(「書函標識」, 『뇌상관고』 제4책) 이를 통해 이인상이 당송고문은 '범람현환'(泛濫絢煥)하여

에 힘쓴 사람이 있었다. 하지만 이인상은 꼭 진한고문을 추숭한 것도 아니다. 다음에서 보듯 그는 진한고문과 당송고문 모두에 거리를 두고 있었다.

(1) 선진과 양한도 취함이 없는데   先秦兩漢猶無取
   세인들은 팔가서71를 외우고 있군.   世人傳誦八家書[72]

(2) 사마천과 반고엔 부박함과 참이 뒤섞여 있고   遷固紛漓眞
   한유와 소식은 허탄한 게 많네.   韓蘇多涉虛[73]

이인상은 그렇다고 해서 『장자』와 같은 제자백가를 문장의 전범으로 높인 것도 아니다. 그는 『시경』, 『서경』, 『춘추』, 『주역』과 같은 고경古經을 높였으며, 특히 『맹자』를 배워야 한다고 생각했다. 『맹자』의 문장은 기의氣義가 강하다. 이인상은 『맹자』의 이런 측면을 높이 평가한 것으로 생각된다. 이인상은 1738년 겨울에 이연李演·김순택과 남유용南有容의 뇌연당雷淵堂에 모여 매화음梅花飲을 가졌다. 술에 취한 후 문文과 도道의 나뉨에 대해 논했는데, 이인상은 문장은 의당 맹자를 높여야 한다고 주장하고 남유용은 사마천을 높여야 한다고 주장하며 서로 의견을 굽히지 않아 머쓱해진 일이 있었다.[74] 이 일화를 통해

'압닉'(狎溺) '유탕'(流蕩)하기 쉽다고 보았음을 알 수 있다.

71 명(明)의 모곤(茅坤)이 편찬한 『당송팔가문초』(唐宋八家文抄)를 가리킨다.

72 「김계윤에게 화답하다」의 제2수, 『능호집』 권1.

73 「감회. 이윤지에게 화답하다」의 제4수, 『능호집』 권2.

74 "酒後與南公論文道之分. 余曰: '文章亦當尊孟子'. 公曰: '孟子猶日月, 司馬氏如海. 日月雖高明, 猶是一物; 海無所不蓄, 萬寶生焉. 如其論文, 當尊司馬氏'. 余曰: '則無日月, 四時何成'? 公堅持不從, 虯然相笑, 劇醉而罷."(「觀梅記」, 『뇌상관고』 제4책)

이인상이 문장의 전범으로 『맹자』를 얼마나 존숭했는지 알 수 있다. 요컨대 이인상은 글씨쓰기와 마찬가지로 글쓰기에 있어서도 '고'를 숭상했던 것이다. 이인상의 상고주의는 그의 존주의식의 문예적 귀결이다. 다음 인용문은 이인상의 문장관을 좀 더 구체적으로 보여준다.

> 유자후柳子厚(유종원柳宗元―인용자)의 여러 글들은 아직 옛 시대의 글인지라 비록 몹시 다듬었기는 하나 간결하고 질박하며 군세고 고아古雅하여 부화浮華하거나 지리한 말이 전혀 없습니다. 또한 흥취가 지극할 때 글을 썼기 때문에 체재도 자연히 간결하지요. 송宋·명明의 제공諸公에 이르러 한적함과 자유분방함을 하나의 도리로 삼고, 산수山水를 큰 일로 삼아, 크고 작은 일을 빠뜨리지 않고 모두 기록해야 만족스레 여겼으니, 『명산기』名山記에 실린 여러 글을 보건댄 대체로 모두 왕사임王思任이나 원중랑袁中郞(원굉도―인용자) 투의 말이었습니다. 저 역시 그것을 미워해야 하고 물리쳐야 함을 스스로 알고 있습니다만, 저 또한 시류時流에 의해 변화됨을 면치 못하니 부끄럽습니다.[75]

유종원은 당송팔가의 1인이다. 이인상은 유종원이 비록 문장을 몹시 다듬기는 했으나 아직 옛 시대의 사람이라 간결하고 질박한 문장을 구사한 점을 평가하고 있다. 한적하고 자유분방한 글을 추구한 하대下代의 문장가들에 대해서는 비판적 시각을 보여준다. 왕사임과 원굉도는 명말의 저명한 소품 작가다. 이인상은 이들의 문장이 허탄·방자하고 부화하므로 배워서는 안 된다는 입장을 취했다.[76]

---

75 「윤자목에게 답한 편지」의 '별폭', 『능호집』 권3.

문예에 있어 '고'의 숭상은 종종 격식 혹은 법도의 강조를 낳는다. 하지만 이인상은 비록 '고'를 몹시 숭상하긴 했어도 격식이나 법도에 매몰되지는 않았다. '고'를 숭상하면서도 오히려 자기대로의 개성과 창의를 빚어내고 있음을 볼 수 있다. 글씨든 글이든 모두 그러하다. 이인상은 비록 상고주의자이긴 하나 '고'에 구속되지는 않았으며, 자신의 뜻과 마음을 활달하게 표현하는 쪽으로 나아갔던 것이다. 이는 '학고창신'學古創新 혹은 '방고창신'倣古創新으로 이름할 수 있을 터이다.

이인상은 기본적으로 재도론載道論을 견지했다. 이인상의 문예적 입장에서 주목해야 할 또 다른 하나는 이 점이다.

이인상은 주희朱熹와 같은 도학자들의 문장에는 법도가 없으며 또한 그들이 문장으로 자임한 것은 아니니 꼭 그들의 문을 높일 필요는 없다고 보았다.[77] 문장에는 도가 담겨야 하지만 그렇다고 도학자들의 문을 본받을 필요는 없다는 말이다. 이처럼, 이인상은 문학을 도학의 종속물로 여기지 않았다. 그는 도학에 전념하면 문학은 자연히 성취된다는 입장에 동의하지 않았으며, 문학에는 문학 나름의 미적 자율성이 있음을 승인했다.

이인상의 문예적 입장에서 주목해야 할 마지막 하나는, 문예의 생

---

76 「송사행에게 준 편지」(『능호집』 권3) 중의 "기운을 뿜내는 사람은 도의(道義)와 배치되어 스스로 허탄하고 방자한 즐거움에 빠져 점점 위진(魏晉)의 청담(淸談)과 명말(明末)의 부화(浮華)한 풍속을 초래하고 있거늘"이라는 말 참조.

77 "且念左右道心未牢, 物累未除, 始爲詩累, 又爲畵累. 二者於儒事, 固不必全廢, 而亦不可以是自畫. 夫癖者, 害道之大端. 君子苟一日志道, 卽當決去是癖. 深望吾子, 自今以後, 一刀割去, 專意猛省, 以入優優之域. 何如何如."(金謹行, 「與李元靈書(第一書)」, 『庸齋集』 권7); "來諭以爲濂洛之文無法度者, 愚恐高明或未盡於法度之說也. (…) 所謂無法度者, 愚未知其何說也. (…) 來諭以爲濂洛諸賢, 不以辭章自命, 不必並尊其文云者, 尤非論文之道也."(金謹行, 「答李元靈書(第二書)」, 『庸齋集』 권7).

명이 '진실성'에 있다고 본 점이다.

> 시가 전해지는 것은 진실함[眞]에 있다. 이것저것 주워 모으거나 아름답게 꾸민다고 해서 얻을 수 있는 것이 아니다.[78]

'주워 모은다'는 것은 용사用事에 힘쓰는 것, 즉 경사經史의 구절을 가져오거나 고인古人의 시문을 인거引據하는 데 치력함을 이른다. '아름답게 꾸민다'는 것은 수식을 일삼고 말을 공교하게 하여 번드레하게 만드는 것을 이른다. 요컨대 이인상은 남의 말을 끌어오거나 겉을 화려하고 야단스럽게 꾸미는 것은 진실한 시가 아니라고 보았다. 이인상이 『시경』과 도연명의 시를 중시한 것도 이와 관련된다. 꾸미지 않고 진실한 뜻이 표현된 것, 그것이 참된 시라고 보아서다. 이인상은 비단 시만 그런 것이 아니라 문 역시 그렇다고 생각했다. 그래서 그의 시문에는 용사가 적고, 현란한 수식이 별로 보이지 않는다.

이인상은 문학에서 '공'工과 '교'巧만이 아니라[79] '부'浮 '만'漫 '번'繁 '화'華 '경'輕 '조탁'彫琢 '모방'을 모두 배격했다. 문학의 본령인 '진'眞을 해친다고 보아서다. 이인상은 문학적 진정성은 '번만'繁漫이 아니라 '간담'簡淡에서, '부경'浮輕이 아니라 '침중'沈重에서, '화려'와 '조탁'彫琢이 아니라 '천진'과 '자연'에서, '모방'이 아니라 '창조'에서 담보된다고 여겼다. 이런 생각은 그의 글쓰기에서만이 아니라 그림그리기와 글씨쓰기에서도 똑같이 관철된다.[80] 이처럼 '작위'보다는 '천진'과 '흥취'를

---

78 "傳之在眞, 非掇拾粉繪所可得."(「우연히 쓰다」, 『능호집』 권4)

79 시의 '공'(工)과 '교'(巧)에 대한 이인상의 생각은 『한위성시』에 부친 발문」(漢魏聲詩跋), 『뇌상관고』 제4책 참조.

80 그림의 경우 〈구룡연도〉(九龍淵圖)의 제사(題辭)인 "丁巳秋, 陪三淸任丈觀第九龍

중시했던 이인상의 문예론에서는 천기론적天機論的 사고가 짙게 감지된다. 그의 이런 천기론적 사고의 사상적 기저를 이루고 있는 것이 앞에서 살핀『중용』과 도가 사상이라는 점을 간과해서는 안 될 줄 안다.

시의 특징

종래 문학사에서 이인상은 시인으로 주목된 인물은 아니다. 그가 이룩한 문인화文人畵의 성취가 워낙 높다 보니 거기에 가려진 탓도 없지 않은 듯하다. 중국의 예찬이나 심주沈周가 화가로서 워낙 이름이 높다 보니 그 시문詩文이 별로 주목받지 못한 것과 비슷한 사정이다.

이인상은 평생 시작詩作에 치력했고, 그 결과 자기 나름의 뚜렷하고 개성적인 시 세계를 보여준다. 이인상의 시는 꾸미고 아로새기지 않은 대신 퍽 맑고 진실하며, 가볍지 않고 침중하며, 번화하지 않고 간약簡約하다. 이 점에서 그의 시는 그의 인간 됨됨이와 정확히 합치되며, 그의 그림이나 글씨와도 일여一如를 이룬다.

먼저 이인상과 동시대의 인물이나 후배들이 그의 시를 어떻게 보았는지를 일별하자.

  (1) 시의 소리는 빼어나고〔逸〕, 전서의 획은 신묘하며, 그림의 운치는 깊고, 이치를 말함은 온순하다. 단지 예藝만이 아니라 의義를 좇았도다.[81]

───────

淵. 後十五年, 謹寫此幅以獻, 而乃以禿毫淡煤, 寫骨而不寫肉, 色澤無施, 非敢慢, 也在心會"라는 말 참조. 글씨의 경우 「관계윤서십구폭」(觀季潤書十九幅;『조선후기 서예전』, 예술의 전당, 1990, 17면)의 "古人妙處, 在拙處不在巧處; 在澹處不在濃處; 在筋骨氣韻, 不在聲色臭味"라는 말 참조.

(2) 시가 깊다.[82]

(3) 매양 산보하면서 시를 읊조렸는데 그 모습을 바라보면 마치 학과 같았다. (…) 그 시문은 격조가 고결하고, 신운神韻이 생동하며, 법도를 취함이 높았으나, 기이한 광채도 때때로 드러나니 또한 그 사람됨을 상상해 볼 수 있다.[83]

(4) 그의 시는 엄하고 청신하면서도 파리하고 섬세하다.[84]

(5) 시 또한 기이하고 의미심장하며, 진구기塵垢氣가 없다.[85]

(1)과 (2)는 이인상의 벗인 황경원의 말이다. (1)의 '빼어나다'라는 말은 속되지 않고 고상하다는 뜻이다. 요컨대 황경원은 이인상의 시가 고상하고 깊으며, 의義를 좇음이 있다고 보았다. '의'란 춘추대의를 뜻한다. 이인상의 시에는 기실 망한 명나라를 슬퍼하며 지조를 노래한 시가 적지 않다.

(3)은 이인상의 소우少友라 할 김종수의 말이다. 시문을 함께 논했

---

81 "聲於詩爲逸; 畫於篆爲神; 趣於畵爲邈; 言於理爲馴. 匪直也藝, 惟義之循."(황경원, 「이원령 묘지명」, 『강한집』 권17)

82 "聲詩之泓渟."(황경원, 「祭李元靈文」, 『강한집』 권22)

83 "每散步朗咏, 望之其狀類鶴. (…) 其詩文調潔神活, 取法則高, 而光怪時露, 亦可以想像其爲人也."(金種秀, 「『凌壺集』跋」, 『능호집』)

84 이규상 지음, 민족문학사연구소 한문분과 옮김, 『18세기 조선 인물지 幷世才彦錄』, 138면. 원문은 "其詩峭神而瘦纖."(이규상, 「書家錄」, 『병세재언록』, 『韓山世稿』 권29 『一夢稿』所收)

85 "詩亦奇雋, 無塵垢氣."(吳熙常, 「凌壺李公行狀」, 『老洲集』 권20)

긴 하나 시평詩評으로도 받아들일 수 있으니, 시 세계가 깨끗하고, 진부하거나 상투적이지 않으며, 기이한 빛이 난다는 뜻으로 해석할 수 있다.

(4)는 이규상李奎象의 말이다. 이규상은 이인상과 일면식도 없는바, 이인상의 문학 세계를 깊이 있게 안 것 같지는 않다. 이인상의 시를 '파리'하거나 '섬세'하다고 본 것은 실상에 좀 안 맞는 말이 아닌가 한다. 이인상의 시를 이리 평한 사람은 달리 발견되지 않는다. 이런 시평은 초림체를 구사한 시인들에게나 어울릴 법한 말인데, 아마도 이규상은 이인상을 그런 부류로 오해한 듯하다.

(5)는 오희상吳熙常의 말이다. 오희상은 오찬의 종손從孫이라 어릴 적부터 집안에 전해오는 이인상에 대한 말을 많이 접했다. '기이하다'라는 말은 평범치 않다는 뜻이고, '진구기가 없다'는 것은 속기俗氣가 하나도 없다는 뜻이다. 요컨대 오희상은 이인상의 시에 기사奇士의 고심苦心과 고결함이 유로流露되어 있다고 본 것이다.

고인古人들은 대체로 이인상의 시가 맑고, 깨끗하고, 기이하고, 생동하며, 고상하고 의미가 깊은 것으로 보았음을 알 수 있다.

이인상의 시는 벗들과의 관계 속에서 지어진 것이 대부분을 차지한다. 몇몇 예를 들어본다.

> 기러기 울음 연이어 먼 허공에 울리는데
> 남산의 저녁 경치 뉘와 함께 바라볼꼬?
> 온갖 티끌 사라지고 가을해 밝은데
> 이기二氣는 나뉘고 멀리 바람이 부네.
> 박달나무 베니 산목山木과 함께 늙을 만하고
> 뗏목 타니 바다 멀리 떠나고 싶네.

생각노라 연燕나라 저자의 슬픈 노래 부르던 이들
술집에서 서로 만나 칼 찌르며 뽐내던 일.[86]

　이 시는 앞에서 한 번 인용된 바 있는데, 제6·7·8구에 짙은 반청反
淸 감정이 토로되어 있다. 이런 반청 감정은 이인상을 강개하게 만들
기도 하고, 쓸쓸하게 만들기도 하며, 비관적으로 만들기도 한다. 다음
은 이윤영·임매와 서지에서 노닐며 지은 시다.

　　　서늘한 밤 언덕 위의 집
　　　가을기운이 등나무를 에워쌌고나.
　　　시절 곧 어룡魚龍이 동면할 때라
　　　귀또리 우는 소리 요란하여라.
　　　미풍 불어 연잎에 이슬이 지고
　　　초승달 떠 전나무에 물결이 이네.
　　　구슬피 닭 울음소리 듣고 춤을 추나니
　　　그대에게 화답해 술 마시며 노래하네.[87]

　제7구는 동진東晉의 인물인 조적祖逖의 고사를 끌어왔다. 조적이 한
밤중에 닭 울음소리를 듣고 자리에서 일어나 덩실덩실 춤을 추었는데,
한밤의 닭 웃음소리를 오랑캐에게 점거당한 중원을 수복할 조짐으로
봤기 때문이다. 그러므로 이 시구는 대청對淸 복수와 관련한 이인상의

---

86 「가을에 감회가 있어 이백눌(李伯訥)에게 화답하고, 인하여 해악유인(海嶽游人)을
그리워하다」, 『능호집』 권1.
87 「서지에서 임(任)·이(李) 제공(諸公)과 더불어 짓다」, 『능호집』 권1.

강개한 모습을 보여준다 하겠다.

다음의 시에서는 이인상의 쓸쓸한 모습을 볼 수 있다.

> 비바람 속 새벽에 닭 울음소리 들리는데
> 미관말직이 근심을 자아내네.
> 긴 밤 앉아 외로운 등불 대하니
> 벌레 소리 잦아들고 맑은 가을에 느꺼웁네.
> 주사柱史는 말 타고 관문關門을 나갔고
> 경쇠 치던 양襄은 배 타고 바다로 갔지.
> 이 마음 끝내 쓸쓸도 한데
> 창주滄洲로 가는 객을 전송하누나.[88]

이민보에게 준 시다. 여기서는 닭 울음소리가 들려와도 춤을 추고 있지 않으며, 근심에 잠겨 있을 뿐이다. 세상이 어지럽자 노자老子는 함곡관函谷關 밖으로 나가 버렸고, 악사樂師 양襄은 바다로 들어가 은둔했다. 이인상은 생계 때문에 미관말직을 그만둘 수 없으니 은둔할 수도 없는 처지다. 그래서 쓸쓸하다.

한편 송문흠에게 준 시에는 이런 구절이 보인다.

> 예악禮樂은 마침내 재야在野에 있고
> 하늘의 뜻은 초야에서나 볼 수 있구려.
> 중화와 오랑캐가 뒤섞여 버려
> 어둔 세상 선불儞佛도 숨어 버렸네.[89]

---

88 「이백눌에게 화답하다」, 『능호집』권1.

이인상은 지금을 '어두운 세상'으로 인식하고 있다. 오랑캐가 중국을 점거하고 있어서다. 이인상이 당세當世를 '긴 밤'이나 '어두운 세상'이나 '겨울'이나 '음陰의 세계'로 보고 있음은 시집 도처에서 확인된다. 이인상의 시들에서 흔히 발견되는 우수와 비관의 정서는 이런 현실 인식에서 비롯된다.

다음은 연경에 가는 김익겸金益謙에게 준 시다.

파도도 오호도嗚呼島는 못 갈앉히고
안시성安市城은 흙으로 되쌓을 수 있지만
군센 병사와 의로운 선비 다 죽였으니
요동이라 사천 리 길 누가 열겠소?[90]

청淸이 군센 병사와 의로운 선비를 다 죽였으니 장차 누가 요동을 회복할 것인가라고 묻고 있다. 동아시아의 미래에 대한 암담한 전망이다. 이런 전망의 부재는 서정자아로 하여금 풍경을 노래할 때조차도 비감을 드러내게 한다. 다음의 시들이 참조된다.

(1) 계곡물 날아 돌 움직이고 동천洞天이 그윽한데
초록과 자줏빛이 떴네 차가운 만장봉萬丈峰에.
골짝 에운 솔바람소리 구슬피 끊이잖고
하늘 가득했던 꽃기운 어둑어둑 거두어지려 하네.
벗 아직 안 왔건만 구름이 길을 덮고

---

89 「송사행에게 주다」, 『능호집』 권1.
90 「연경에 가는 김 진사 일진(日進)을 전별하며」 제7수, 『능호집』 권1.

밝은 달 아직 안 떴건만 누각에 비 뿌린다.
무우대舞雩臺에 올라 바라보지 마소
숲의 새만 저물녘 슬피 울 테니.[91]

(2) 해 지니 어룡魚龍이 안개비를 거두는데
중류中流에 노 저으며 무얼 구하는지 묻노라.
숲은 쏴아쏴 슬픈 소리 내고
구름 낀 산 쭉 이어져 어둔 수심 자아내네.[92]

이 두 시의 마지막 두 구절이 보여주는 비감은 모두 이인상의 비관적 현실 인식에서 유래한다. 하지만 이인상이 늘 수심과 근심에만 사로잡혀 있는 것은 아니다. 벗들과 화락한 뜻을 주고받거나 격조 있는 해학을 나누기도 한다. 또한 비감 속에서도 의연하고 꼿꼿한 지사의 모습을 보여주기도 한다.

자고로 어질고 밝은 사람은
쇠미한 세상에도 움츠리지 않았네.
이 뜻은 세모歲暮에도 다르지 않거늘
우리 도道를 깊은 골짝에 부쳤네그려.
처마 아래서 탄식할 적에
차가운 노을이 아침해에 흩어지누나.[93]

---

91 「우중(雨中)에 여러 공들과 약속해 도봉산에서 노닐다. '누'(樓)자 운을 나누어 받다」,
『능호집』권1.
92 「현석의 창랑정에서 담존자 이공과 더불어 중국의 이 처사 개의 추회시에 감회가 있어 차운하다」, 『능호집』권1.

송문흠에게 준 시의 일부인데, 마지막 구절이 인상적이다. 개탄스런 현실 속에서도 희망을 포기하지 않고 꿋꿋이 버티는 자의 맑은 심회가 느껴져서다.

이인상의 시 중에는 벗의 죽음을 노래한 것이 상당수 있다. 「뒤에 오경보의 매화시 여덟 편에 화답하다」는 매화시의 외양을 취하고 있되 기실 오찬의 만시挽詩라 할 만한 것이다. 다음은 이 시의 제4수다.

> 벗은 죽었어도 마음엔 살아 있으니
> 이 생에 어찌 차마 매화를 안 심을 수 있으리.
> 빈 산의 온갖 나무 짧은 해를 슬퍼하고
> 무덤 가 외로운 꽃나무는 봄 오기를 헤아리네.
> 달빛은 계수나무 향기 실어 성대히 쏟아지고
> 바람은 대 그림자 건드리며 살며시 오네.
> 철석鐵石 같은 애간장 끊어질 듯할지라도
> 분분히 꽃잎 날려 술잔에 떨어지지 말았으면.

절친한 벗 오찬의 느닷없는 죽음을 슬퍼하는 마음을 매화에 가탁해 절절히 표현했다. 이인상 만년의 시들에는 죽은 벗들에 대한 그리움이 종종 토로되고 있다.

> 서글퍼라 남쪽 고을 길
> 오가다 고금古今이 되었네.
> 금강은 맑고 아스라하며

---

93 「능호관에서 설중(雪中)에 내키는 대로 읊어 북쪽 이웃에게 주다」, 『능호집』 권1.

호산湖山은 빼어나고 깊네.
늙으니 옛 벗이 가련해져
멀리 노닒에 슬픈 읊조림 많아라.
죽은 이 부질없이 꿈에 보이니
산 사람은 거듭 맘이 괴롭네.[94]

이인상의 만년 시에는 또한 거짓 의리를 내세워 명리名利를 구하는
자들에 대한 비판이 보이곤 한다.

(1) 책명冊命이 땅에 추락했지만
    꼿꼿한 태도 지닌 선비가 없네.
    거짓 의리 내세워 명리名利를 좇고
    도덕을 해치며 패덕悖德을 따르네.[95]

(2) 성인聖人께서 경전을 남겨
    은미한 뜻 이미 참되고 환하네.
    하지만 높여 믿는 이 없고
    권위만 빌릴 뿐 진심이 아니네.
    개연히 사해四海를 생각해 보나
    맑은 선비 한 사람 얻기 어렵네.
    도연명陶淵明은 남에게 굽히지 않았고

94 「감회. 남쪽 고을의 여러 공에게 보이다」, 『능호집』 권2.
95 「대보단. 다시 '치'(寘), '재'(在), '영'(迎), '풍'(風), '한'(寒), '로'(露), '지'(之),
'옥'(玉), '호'(壺)의 아홉 글자를 운자로 사용했는데, 나는 그중 '재'자를 집었다」, 『능호집』
권2.

노중련魯仲連은 이름을 구하지 않았네.
이러한 도道 또한 적막하거늘
흰머리 가득함을 탄식하노라.[96]

　　이인상이 서얼의 벗이나 선배와 수창한 시는 사대부 벗이나 선배와
수창한 시와 비교가 안 될 정도로 적다. 하지만 사대부 벗들과 달리 서
얼의 벗들에게 준 시에서는 때로 서얼적 자아가 드러나곤 한다. 다음
시를 보자.

남쪽 골짝 방아 찧는 소리 밤에 더욱 울리는데
북성北城에 은하수 도는 걸 누워서 보네.
추운 산에 낙엽 져 마음이 아스라한데
흰 이슬의 노란 국화 눈에 가득 환하네.
어찌하면 옛사람처럼 외론 등불 함께해
맑은 달 기다리며 술잔을 들꼬.
가을 회포 있어 「의란조」猗蘭操에 화답코자 하니
갑匣 속의 칼과 서안書案의 책이 불평을 발하네.[97]

　　신사보와 수창한 시다. 「의란조」는 공자가 지었다는 거문고의 곡조
이름인데, 때를 만나지 못한 것을 슬퍼하는 내용이었다고 한다. 인용
된 시의 마지막 두 구에는 서얼로서의 불우함에 대한 불평이 토로되어

96　「물가의 언덕에서 조금 말한 것을 기록하여 받들어 서쪽 이웃의 두 군자에게 드려 화
답을 구하다」, 『능호집』 권2.
97　「가을밤에 신자익을 능호관에 머물러 자게 하며 함께 짓다」, 『능호집』 권1.

있다.

이인상의 시편들 중에는 민民이나 하층민에 대한 따뜻한 시선과 연민의 감정을 보여주는 것들도 있다는 점을 특기해 둘 만하다. 다음은 민에 대한 따뜻한 시선이 도드라진 시다.

> 산골 노인 얼굴은 짐승 같지만
> 문 두드리니 웃으며 맞이해 주네.
> 더께 낀 토방土房 깨끗이 쓸고
> 작은 도끼로 관솔을 쪼개네.
> 조밥은 뜨끈뜨끈
> 나물국은 향기가 도네.
> 즐겁게 한 방에서 침식을 하고
> 드러누워 곡연曲淵 가는 길 물어보누나.[98]

설악산 유람 가는 길에서 만난 강원도 거니촌의 한 산골 노인을 읊은 시인데, 그 생활 정형情形을 친근하게 그려 신분의 거리감이 전연 느껴지지 않는다. 이인상은 거니고개를 넘을 때 이런 시를 지었다.

> 슬프다 저 바닷가 장사꾼
> 매일 건어乾魚 파는 저자 달려가서는
> 야윈 등에다 짐을 지고서
> 깊은 산골짜기 지나가누나.
> 비록 이문은 조금이지만

---

98 「거니촌 노인」, 『능호집』 권2.

역役 지거나 구실을 물지는 않네.
높다란 고개 위에 밭이 있는데
주려 죽는 농부들 많다고 하네.[99]

민에 대한 연민이 느껴지는 시다. 이 두 시는 만년에 지은 것이지만, 젊을 적에 지은 시 중에도 민에 대한 존중의 태도를 보여주는 작품이 있다.

괴상한 꼬락서니 산협山峽 노인네
짧은 옷 입고 어린 손자 손에 이끌려 가네.
늙도록 목피木皮로 엮은 굴피집에 살며
물려받은 거라곤 한 뙈기 귀리밭.
흰 가을풀 사이에서 매 사냥하고
검은 떡갈나무 숲에서 호랑이 잡네.
몸으로 먹고사니 내세울 것 없건만
인사하는 그 풍모 오연傲然하기만.[100]

강원도 화천花川에서 마하령 가는 사이에 있는 신읍新邑의 한 산골 노인을 읊은 시다. 이인상은 금강산 유람 도정에 이 노인을 만났다. 외양은 괴상하나 풍모가 오연하다고 한 데서 이인상의 민에 대한 애정이 드러난다. 이런 시는 이인상의 인간 됨됨이를 더욱 깊이 들여다볼 수 있게 해 준다. 이인상은 당시 회양淮陽의 잣나무 숲을 노래하면서,

---

99 「거니고개」, 『능호집』 권2.
100 「신읍 촌노인을 기록하다」, 『능호집』 권1.

슬퍼하노라 이 고을 백성들	愍此州之民
잣 껍질 벗겨 궁궐에 보내느라	剝實輸宮庭
사다리 타고 높은 잣나무에 오르다가	緣梯跨百仞
때로 불구의 몸이 되기도 하니.	有時殘其形[101]

라고 읊어, 공물貢物 때문에 질고疾苦를 겪는 백성에 대한 연민을 드러내고 있기도 하다. 금강산이나 설악산에 놀러 가는 문인이 다 이런 시를 짓는 건 아니다. 이 점에서 이인상의 이런 면모는 특별히 주목되어 마땅하다.

이인상은 사근역 찰방으로 있을 때인 1747년 12월에 통신사를 배종陪從하여 부산까지 갔다. 그는 당시 연로沿路의 백성들이 겪는 고초를 목도하고 다음 시를 지었다. 좀 길지만 전문을 인용한다.

> 새벽에 통도사通度寺를 출발하니
> 바위 꽁꽁 얼어붙고 산바람 매섭네.
> 삽우插羽하여 말 모는 이 길에서 만났는데
> 짐 가득 실은 두 마리 말엔 편자도 없군.
> 채찍질하고 고삐 당겨 번개처럼 내닫거늘
> 머금은 거품이 빙설氷雪을 이루네.
> 긴 회초리와 큰 몽둥이 잔뜩 실었는데
> 붉은 옻칠 선연하여 핏빛과 같네.
> "저는 남쪽 고을 늙은 아교衙校인뎁쇼
> 동래東萊와 부산에 통신사 일행 맞으러 갑지요.

---

[101] 「회양백림」(淮陽柏林), 『뇌상관고』 제1책.

엄한 태수 친히 음식 감독해

술과 고기 부족하면 이 몽둥이로 때립지요."

사신은 청렴해야 한다고 들었거늘

측은해라 너희 남쪽 백성 힘이 고갈해.

끼니 거르며 천 리 길 달려가느라

말과 마부 배고프고 목이 마르네.

여러 고을 태수들 마음 절로 수고로워

하루에 만 전을 거두나 잔치하는 데 부족하네.

탐관오리 무서운 몽둥이에도 백성들 안 따르니

오호라 나라의 기강 날로 무너져 가네.

짐 가득 실은 두 마리 말의 애처로움 말할 수 없네.[102]

통신사를 접대하느라 뼛골이 휘는 백성들의 고통에 대한 고발이다. 이인상의 애민적 면모가 대단히 잘 드러나는 시다.

다음은 이인상의 시집 끄트머리에 실려 있는 시다. 아마도 죽기 얼마 전 병중에 쓴 시로 여겨진다.

흰 꽃에 내린 이슬 향기 맑은 새벽 풍기는데

쓸쓸한 가을기운에 하늘을 마주하네.

세상의 캄캄한 밤 돌이키고 싶거늘

귀신에게 질정質正해도 이 뜻 명백하여라.[103]

---

102 「통도사를 출발하며」, 『능호집』 권1.

103 「또 읊다」, 『능호집』 권2.

맑고, 깨끗하고, 이념적이되 쓸쓸하고, 슬프되 오연한 이인상의 평생 모습이 죽음을 마주한 시기에 부른 이 노래에 오롯이 담겨 있다고 생각된다.

끝으로, 이인상 시의 회화적 특질을 지적하고자 한다. 이인상은 시인이면서 화가였다. 그래서 그의 시에는 회화성이 풍부하니, 이는 그의 그림에 '문학성'이 풍부한 것과 짝을 이루는 현상이다. 북송北宋의 소식蘇軾은 당唐의 시인이자 화가인 왕유王維의 시화詩畵를 평하여 "시속에 그림이 있고, 그림 속에 시가 있다"[104]라고 했는데, 이인상에게도 어느 정도 맞는 말이다. 한 예를 들어 본다.

> 들국화 청초하고 나무열매 붉은데
> 역정驛亭의 거친 대[竹]에 추풍이 이네.
> 아스라한 단성군丹城郡은 안개와 모래톱 어우러지고
> 외로운 백마산白馬山은 초목이 비었네.
> 구름 부딪친 찬 성벽은 쇠가 녹은 듯하고
> 햇살에 반짝이는 긴 물결엔 무지개 누웠네.
> 촉석루라 그 앞의 남강南江을 찾아
> 슬피 울며 말[馬]이 진주晉州에 드네.[105]

형상形相과 색채의 묘사가 빚어내는 시각적 이미지가 아주 빼어나다. 이처럼 이인상의 시에서는 사물과 풍경을 그릴 때 종종 화가의 눈이 작동한다. 다음 시도 마찬가지다.

104　"味摩詰之詩, 詩中有畵; 觀摩詰之畵, 畵中有詩."(소식, 『東坡志林』)
105　「촉석루 기행」, 『능호집』 권1.

들새 울며 날아올라 하늘에 놀 때

용산龍山 서쪽에 벗 찾아가네.

봄이 따뜻해 기르는 말은 풀 따라 걷고

강이 고요해 아이들은 큰 배를 부리네.

바람이 없건만 늙은 버드나문 꽃 절로 지고

햇살에 취해 어린 복사꽃 한창 고우네.

한가로이 읊조리다 길 잃은 줄도 몰랐는데

먼 골목에 아스라이 저녁연기 이네.[106]

한 편의 제화시題畵詩를 보는 듯하다. 시화일여詩畵一如의 경지를 잘
구현하고 있다고 할 만하다.

문의 특징

이인상은 시에서만이 아니라 문에서도 뚜렷한 개성을 보여준다. 아마
그 스스로도 자기만의 문장을 쓰기 위해 퍽 고심했던 것으로 생각된
다. 이 경우 '자기만의 문장'이란 현란하거나 기교가 뛰어난 것이 아니
라 자신의 인간 됨됨이와 가치 지향, 이념적 태도를 여실히 드러내는
문장을 말한다. 즉 자신의 본래면목을 꾸밈없이 정시呈示하는 문장을
이른다. 이인상은 특정한 문학 유파를 따르거나 특정한 중국 문인의
글을 본뜨는 데는 관심이 없었다. 글이란 자신의 뜻을 드러내면 그만
이라는 생각으로 분식粉飾 없이 정직하게 글을 쓰고자 했다. 이 때문에
이인상의 글은 대체로 담박하고 간결하며, 재주를 부리려고 한 흔적을

---

106 「강춘」, 『능호집』 권1.

찾기 어렵다. 그렇지만 그 진솔함과 절절함이 큰 울림을 낳으며, 읽는 이를 감발하게 한다.

이인상 스스로는 문文이란 모름지기 어떠해야 한다고 생각했던가? 다음 인용문이 참조된다.

> 문文이라는 것은, 의義의 짝이 되고 도道와 합치되는 말이겠는데, 그 시의時義에는 두 가지가 있으니, 하나는 당세當世의 의義를 밝히는 것이고, 다른 하나는 백세百世의 병폐를 구하는 것입니다. 그것이 무엇이겠습니까? 명나라의 운수가 비록 끝났다 해도 우리들은 여전히 옛 신하들이니, 마땅히 명나라의 법도를 보완하고, 그 가려지고 일실된 것들을 드러내야 하는바, 글을 지을 때 '사辭'와 '이理'와 '기氣'와 '격格'에 있어 마땅히 명나라 성세盛世의 여러 군자를 모범으로 삼아 쇠해진 운수의 일단一端을 만회하는 것, 이것이 소위 당세當世의 의를 밝히는 것일 터입니다. 또한, 제자백가의 번문繁文을 배척하고 육경六經의 바른 의리를 보존하여, 사辭에서는 간결과 엄격을 숭상하고 격格에서는 평온하고 바른 것을 주로 하며, 이理를 밝히고 기氣를 참되게 함으로써, 명성을 좇아 도道를 어기는 자들로 하여금 돌아보고 두려워하며 참됨이 무엇인지 생각하게끔 하는 것, 이것이 소위 백세의 병폐를 구하는 것일 터입니다.[107]

이인상은 문장에는 두 가지 과업이 있는데, 그 하나는 당세의 의義를 밝히는 것이고 다른 하나는 백세의 병폐를 구하는 것임을 강조하고

---

107 「황 참판에게 답한 편지」, 『능호집』 권3.

있다. '당위'로서의 문장이다. 여기에는 개인의 도락이나 한정閑靜은 끼어들기 어렵다.

이인상의 벗이나 선후배는 이인상의 글을 어떻게 보았을까? 다음의 자료들이 참조된다.

　　(1) 벗에게 보낸 편지라든가 산수기山水記나 발跋에서부터 자잘한 기록이나 간찰에 이르기까지 비슷한 사물을 연이어 제시하며 자신의 뜻을 드러내지 않음이 없어 모두 대의大義에 귀착되거늘, 근심과 슬픔과 비통함이 사람들로 하여금 격앙하여 스스로 마지못하게 한다.[108]

　　(2) 「이소」離騷의 옛 글을 잇고, 도연명의 유편遺篇에 화답했다.[109]

　　(3) 원령의 문장은 깨끗하고 진부한 말이 없으니, '반드시 자신에게서 나온 말이어야 하며 진부한 말을 없애는 데 힘써야 한다'고 했던 한유韓愈의 뜻을 깊이 얻었다. 또한 근세 글쓰기의 폐단을 말했는데 그중 "경전을 인용해 자신의 주장을 증명하는 이는 사장지문詞章之文을 도습蹈襲했을 뿐이다"라는 지적은 독실한 주장이라 할 만하다. 그러나 원령의 문장을 상고하면 도리어 혹 문종자순文從字順하지 못해 자연스러움에서 나온 게 못 되어 사

---

108 "自朋友書牘山水記跋, 以至瑣錄斷簡, 無不比物引類, 盡歸之是義, 憂傷惻怛, 至令人忱慨而不自已矣."(尹冕東, 「題李元靈文後」, 『娛軒集』 권3)

109 "續楚騷之舊章, 和柴桑之遺篇."(윤면동, 「祭李元靈文」, 『오헌집』 권3)

람으로 하여금 마음으로 융회融會되게 하지 못하니 또한 그 병통이다. 내가 생각하기로, 원령은 빼어나고 총명한 사람이니 주자朱子의 글을 숙독하여 의리를 깊이 궁구하는 한편, 고인古人의 문사文辭 중 남풍南豊(증공曾鞏―인용자)의 글을 취해 문장이 혼후渾厚하고 유창해져 뜻을 억지로 드러내지 않고도 저절로 법도에 맞게 된다면 더욱 아름다울 것이다. 원령은 어찌 생각하는가? (…) 지금 원령은 시문時文(당시 유행하는 글―인용자)에 문제점이 많다고 여기고 있다. 남풍의 글을 읽어 문장의 올바른 길을 좇고 또 주자의 글을 읽어 의리를 몹시 좋아하게 된다면 남풍의 글조차도 장차 마뜩치 않은 데가 있으리니, 이것이 더욱 원령이 마땅히 힘써야 할 뜻일 터이다.[110]

(4) 지은 문장은 하늘을 우러르고 땅을 굽어보아 측달惻怛함이 있거늘, 홍광弘光(남명南明 복왕福王의 연호) 유사遺士의 풍이 있다.[111]

(5) 그 문장은 고인古人의 법도에 구애되지 않았고, 신정神情이 독창적이어서 스스로 능히 진부한 것을 변화시켜 신묘하게

---

110 "元靈之文, 潔而無陳腐語. 深得韓子必己出務去陳言之意. 且其言近世爲文之弊, 有曰: '引經以證其說者, 特蹈襲詞章之文耳.' 此亦可謂篤論. 然考其文, 反或不能文從字順, 出於自然, 使人有心融神會之意, 則又其病也. 愚意以元靈之精明, 熟讀朱子之書, 深究義理, 而於古人文辭, 則兼取南豊之文, 俾其發於辭者, 渾厚條暢, 不見用意之跡, 而自合矩度, 則當益美矣. 元靈以爲如何? (…) 今元靈於時文, 則固已病之矣. 苟能讀南豊之文, 以從文章正路, 又從事於朱子書, 深悅義理之味, 則其於南豊之文, 又將有不屑者, 此尤元靈所宜加之意也."(閔遇洙,「李元靈文藁跋」,『貞菴集』권9)
111 "所爲文, 俯仰惻怛, 有弘光遺士之風."(황경원,「이원령 묘지명」,『강한집』권17)

했으며, 곡절曲折과 왕복을 구사할 때 이치와 의義에 의거했으므로 측달惻怛하고 소탕疎宕하여 더욱 사람으로 하여금 싫증이 나지 않게 한다.[112]

이인상은 1752년 경 자신의 산문을 모은 문고文藁를 자편自編했던 듯하다. (1)은 이 문고에 부친 윤면동의 제후題後이다. 이를 통해 윤면동이 이인상 문장의 기저에 춘추대의가 자리하고 있으며, 이 때문에 그의 글에 근심과 슬픔과 비통함이 많다고 생각했음을 알 수 있다.

(2)는 윤면동이 쓴 이인상 제문에 나오는 말인데, 이인상의 글에 굴원이 지은 「이소」의 유의遺意가 있다고 생각했음을 보여준다.

(3)은 민우수가 이인상의 자편自編 문고에 부친 발문이다. 민우수는 이인상의 문장이 깨끗하고 진부하지 않다고 보았다. 한편 이 자료를 통해 이인상이 경전을 인용하는 것을 능사로 삼는 글쓰기 방식에 반대했을 뿐만 아니라, 시문時文에도 비판적이었음을 알 수 있다. 민우수는 이인상의 문장이 문종자순文從字順하지 못해 자연스럽지 않은 병통이 있으니, 주희와 당송팔가의 한 사람인 증공의 문장을 배울 것을 충고하고 있다. '문종자순'은 행문行文이 평이하고 유창함을 이른다. 흔히 당송고문을 추숭하는 이들이 '문종자순'을 강조한다. 민우수는 도학자였는데, 문장 작법에서는 농암農巖 김창협金昌協의 가르침을 좇아 당송고문을 추구했던 것으로 보인다. 그래서 이인상에게 도학자인 주희의 문장과 당송팔가의 1인인 증공의 문장을 배울 것을 권했을 터이다. 주지하다시피 증공은 문장에 성리학적인 도를 담은 작가로 평

112 "其爲文章, 弗規規於古人法度, 而神情獨造, 自能化腐而爲神, 其曲折往復之際, 依乎理義, 惻怛疎宕, 尤使人不厭."(오희상, 「능호이공행장」, 『노주집』 권20)

가된다.

요컨대 (3)을 통해 이인상의 문장이 그리 평이하거나 유창하지는 않으며, 이는 그가 당송고문을 좇지 않은 것과 관련된다는 사실을 알 수 있다. 이미 지적했듯, 이인상은 당송고문이 문채文彩에 치중해 '유탕'流蕩으로 흐를 수 있음을 경계하였다. 당송고문은 구법상句法上 리듬감을 중시하여 기이한 구법을 멀리한다. 하지만 이인상이 쓴 산문에는 더러 기이한 구법이 구사되며, 그 결과 유창하고 순순하게 읽히지 않는 경우가 있다. 민우수가 이인상의 문장이 문종자순하지 못해 자연스럽지 않다고 한 것은 이 점을 지적한 것으로 보인다. 민우수는 이인상이 유려하거나 통창通暢한 문장이 아니라 골기骨氣가 있고 순직純直한 문장을 구사하고자 했음을 잘 이해하지 못했던 것 같다. 이인상 문장의 이런 면모는 그의 품성 및 됨됨이와 합치된다. 이인상 산문의 풍격과 문체에는 그의 야성野性과 견개지성狷介之性, 그의 소졸하고 고집스런 성벽이 반영되어 있다 할 것이다.

(4)는 황경원의 말인데, (1)과 통한다. 이인상의 문장에 측달惻怛의 정조가 많은 것을 유민의식遺民意識의 발로로 보았다. 이인상 산문 풍격의 이념적 기저를 지적한 말로 이해할 수 있다.

(5)는 오희상의 말이다. 이인상의 산문이 진부하지 않고 창의적이며, 이치와 의리에 의거하고 있음을 지적했다. 주목되는 것은, 그의 산문이 옛사람의 법도에 구애되지 않았다고 한 점이다. 이는 이인상이 당송고문이나 진한고문과 같은 고문의 특정한 작법을 따르지 않고 자기대로의 글을 썼다는 사실을 완곡하게 말한 것으로 이해된다.

이상 살핀 것처럼 이인상의 벗이나 선후배는 이인상의 산문이 깨끗하고 진부하지 않으며, 춘추대의가 피로披露되어 우상憂傷·측달의 정조가 두드러지며, 특정한 고문 작법을 따르지 않고 있다고 보았다. 이러한 지적은 이인상 산문의 특징을 이해하는 데 중요한 지침이 된다.

문체별로 본다면 이인상의 산문은 편지, 서발序跋, 산수유기山水游記, 누정기樓亭記, 지識, 애사哀辭, 제문, 잠명箴銘이 주축을 이룬다.

편지는 벗에게 보낸 것이 대부분인데, 시시껄렁한 말은 하나도 없으며 규계規戒와 책선責善의 말 일색이다. 이 편지글들은, 벗과 화락하되 벗의 학문적·도덕적 향상을 위해 고언을 아끼지 않았던 이인상의 우도友道를 여실히 보여준다. 절친한 벗들에게 보낸 편지인데도 그 어조가 엄정하고 준엄하여 읽는 이로 하여금 숙연함을 느끼게 한다. 몇몇 예를 들어 본다.

> 옛사람이 이르길, "마땅히 세계를 바꾸고, 세계에 의해 바뀌지 말라"라고 했는데, 우리들이 비록 세상을 바꿀 힘은 없다 할지라도 자신의 입각지立脚地를 굳건히 하지 않는다면 어떻게 살아갈 수 있겠습니까? 아! 세상에 대인大人이 없어진 지 오래입니다. 사람들은 대개 자신의 재주와 지식을 쓰지만 표준으로 삼는 바가 없으며, 기운을 뽐내는 사람은 도의道義와 배치되어 스스로 허탄하고 방자한 즐거움에 빠져 점점 위진魏晉의 청담淸談과 명말明末의 부화浮華한 풍속을 초래하고 있거늘, 천장부賤丈夫는 혹 기예技藝를 명예로 여겨 기예 있는 이를 추중推重하고 허여許與하는 것을 우도友道로 삼으니, 세도世道에 대한 걱정을 이루 다 말할 수 없습니다. 식견 있는 사람이 단단히 주견主見을 세워 지금보다 열 배의 힘을 쏟아 세도世道를 자임自任하지 않는다면 아마 세상을 구할 수 없을 듯합니다. 당신은 생각해 보시기 바랍니다.[113]

---

113 「송사행에게 준 편지」, 『능호집』 권3.

송문흠에게 보낸 편지의 한 구절이다. 송문흠이 세상을 위해 좀 더 분발하기를 촉구하는 내용이다. 다음은 윤면동에게 보낸 편지의 맨 끝 대목이다.

우리나라 사대부들이 의義에 처處하는 법은 상고시대上古時代와도 다르고, 중국과도 차이가 있다고 생각합니다. 무릇 유관儒冠을 쓴 자는 세신世臣이 아닌 자가 없으니, 녹祿을 구해 과거에 응시하든 한거閑居하며 독서하든, 의리를 강론講論함은 오로지 임금을 섬기는 한 길에 있는 것입니다. 표준이 없고 허한虛閑하여 귀의할 곳이 없는 암혈지사巖穴之士라 할지라도 무릇 한 가지 재예才藝만 있으면 등용되어 세신이 되던 일은 삼대三代 이후론 더 이상 있지 않았습니다. 비록 곤궁하여 아래에 처한 자라도 마땅히 나라가 보존되면 살고 나라가 망하면 죽는다는 마음을 세워야 할 것입니다. 만약 오늘 벼슬하지 않고 있다 하여 세도世道가 날로 잘못되어 가는데도 자신은 한가로이 유유자적하다가, 다음날 벼슬하면 그제서야 세도를 자신의 근심으로 삼아 허다한 의리義理를 토구討究하고 허다한 시비是非를 강론한들 이것이 어찌 하루아침에 갖추어질 수 있겠습니까? 군자가 자신의 몸을 닦는 것과 세상에 도를 행하는 것은 둘이 아닌 하나의 도리인 것입니다. 『대학』을 보면 천하 만물이 모두 선비의 분수分數 안의 일인바 사세事勢가 궁하면 강론하여 도道를 밝히고 출사出仕하면 도를 베푸는 차이가 있을 뿐이거늘, 어찌 일조一朝의 쓰이고 버려짐으로 인하여 임야林野에 처한 사람의 가법家法을 따로 만들겠습니까? 구구하게 편지를 주고받은 뜻이 실로 고심苦心에서 나왔거늘, 산수와 문장의 즐거움 같은 것은 본래 감히 중요하게 여기지 않사외다.

애초 윤면동이 보낸 편지에는 산수와 문장에 대한 논의가 있었던 것으로 여겨진다. 이인상은 "산수와 문장의 즐거움 같은 것은 감히 염두에 두지 않사외다"라면서 재야에 있는 선비가 국가에 대해 어떤 자세와 마음을 가져야 하는지에 관한 자신의 생각을 말함으로써 윤면동을 경동警動시키고 있다. 다음은 오찬에게 보낸 편지의 첫대목이다.

> 화창한 봄날에 기거 평안하신지요. 일전에 보내 주신 편지를 받아 보니 우도友道의 중重함으로써 권면하시며 어리석고 과문한 저에게 도움을 구하시는 뜻이 몹시 참되고도 도타워 공경하는 마음이 일게 하였습니다. 그대가 과거에 응하기로 결심한 이후로 저는 홀로 근심하고 탄식하였습니다. 조정朝廷이 한 사람의 어진 선비를 얻게 됐음을 기뻐한 것이 아니라, 한 사람의 처사處士를 잃게 됐음을 근심했으며, 그대의 입심立心이 바르지 못해 벗을 잘 가려 사귀지 못할까 오히려 걱정했지요. 그대와 사귄 지 이미 오래되었고 그대의 마음을 아는 것도 이미 깊어 그 염려함이 여기에까지 이르지 않아야 하겠지만 그런데도 감히 이런 말을 하는 것은 진실로 그대를 깊이 알고 지나치게 사랑해서입니다.

1751년 2월 오찬이 문과에 장원급제한 직후 보낸 편지다. 이인상은 이 편지에서 출사出仕를 앞둔 오찬에게 여러 가지 충고를 하고 있다. 이인상은 언젠가 자질子姪들에게 벗과 서신을 주고받을 때 다음의 점에 유의해야 한다고 말한 바 있다.

대저 벗과 사귀며 서신을 주고받을 때는 비교하는 마음을 일절 경계해야 하며, 잘난 체하는 마음을 일절 경계해야 하고, 잘 못을 숨기는 마음을 일절 경계해야 한다. 이러한 마음이 한번 들면 곧 진실된 마음을 해치게 되니, 통렬히 스스로를 성찰해야 마땅하다.[114]

주지하다시피 이인상은 산수화를 잘 그렸는데, 산수유기는 산수화와 짝이 되는 산문 양식이라 말할 수 있다. 이인상은 산수의 관법觀法에 대해 다음과 같이 말하고 있다.

예로부터 산수山水를 보는 데는 두 가지 길이 있으니, 그 즐거움을 아는 것과 그 등급을 아는 것이 그것입니다. 도연명陶淵明이나 종소문宗少文(종병宗炳—인용자) 같은 사람들은 진실로 산수의 즐거움을 알았던 이들이라 하겠습니다. 사강락謝康樂(사령운謝靈運—인용자) 아래로는 요컨대 모두 산수에 내몰리고 휘둘린바 되었으니, 『장자』莊子의 이른바 "큰 산과 언덕의 숲이 사람에게 좋은 건 심신이 육정六情을 견디지 못하기 때문"이라고 한 데 해당합니다. 진정으로 산수의 등급을 아는 자는 대개 드무니, 본조本朝의 매월당梅月堂(김시습金時習—인용자)이나 삼연三淵(김창흡—인용자)도 산수의 즐거움은 알았지만 반드시 산수의 등급을 진정으로 알았던 것은 아닙니다. 그 시문詩文을 통해 보건대, 대개 기개를 자부하고 슬픔을 품어, 산수에 흥을 부쳤다가 이를 드러내어 기술記述한 것이어서, 영심靈心과 혜안慧眼을 갖추었다고 하기엔 오

---

114 「우연히 쓰다」, 『능호집』 권4.

히려 부족한 감이 있는 것 같습니다.[115]

이인상은 산수 감상에는 두 가지가 중요한바 즐거움과 등급을 아는 것이 그것인데, 등급을 아는 자는 드물다고 말하고 있다. 이인상이 산수를 보는 고안高眼이 있었음은 이윤영의 다음 말에서 확인된다.

원령은 고견高見과 탁식卓識이 있어 물物에 통하지 않은 바가 없지만 산수에 있어서 더욱 신해神解가 있다. 약관 때부터 사방에 노닐었는데 구담龜潭에 거듭 와 비로소 이곳에서 생을 마치려는 뜻을 두게 되었다. 구담의 아름다움은 비록 사람마다 보고서 말을 하지만, 과연 그것을 진실로 알고 진실로 즐김이 원령과 같은 자가 몇이나 되겠는가.[116]

이인상의 산수유기는 산수의 형상, 색채, 기운에 대한 빼어난 감수성을 보여준다. 이는 화가적 안목의 문학적 발로로 여겨진다. 이인상은 특히 시시각각 변화하는 경물景物의 모습과 유람자의 시위치視位置에 따라 은현隱現을 되풀이하는 산수의 영묘靈妙한 모습을 예민하게 포착해 묘사하는 데 특장을 보이고 있다. 「우두산기」 같은 작품이 압권이다.

이인상의 산수유기에서 또 하나 주목되는 것은 바위나 나무에 대한 그의 비범한 눈이다. 이인상은 산수화에서도 바위와 나무를 자기 식으

---

115 「윤자목에게 답한 편지」의 '별폭', 『능호집』 권3.
116 "元靈以高見卓識, 於物無所不通, 然其於山水, 尤有所神解者. 自弱冠, 出游四方, 再到龜潭, 始有終焉之志. 夫龜潭之美, 雖人人見而言之, 然其果能眞知而眞樂之如元靈者, 幾何人哉."(이윤영, 「雲潭書樓記」, 『山史』, 『단릉유고』 권11 所收)

로 표현하여 거기에 자신의 심회를 부쳤다. 다음은 그의 산수유기에 보이는 나무에 대한 묘사다.

(1) 고개는 갈수록 위태로워지고 길은 갈수록 희미해졌으며 무성한 전나무와 높다란 떡갈나무가 귀신처럼 서 있었다. 바람과 벼락에 거꾸러진 나무들이 언덕을 가로질러 길을 끊어 놓았으며, 눈이 쌓여 길이 뚜렷하지 않았다. 서 있는 나무들은 바야흐로 세찬 바람과 싸우느라 그 소리가 하늘에 가득해 동에서 퍼덕퍼덕 하는가 하면 서에서 '씨잉' 하고 호응하는데, 흐리고 어두워지더니 갑자기 번개가 번쩍거림이 그침이 없었다.[117]

(2) 비탈길을 조금 가니 산 전체가 온통 장송長松인데 마치 새로 나온 죽순처럼 삼엄하게 쭉 서 있어 조금도 굽거나 서로 기대고 있는 나무는 없었으며, 바람을 머금어 우레와 같은 소리를 냈으므로 정신이 오싹했다. 소나무 아래에는 단풍나무와 측백나무, 철쭉이 많았지만 키가 작달막하고 크게 자라지 못하였다. 소나무는 높은 것일수록 짙은 서리를 받아 그 희뿌옇고 푸른 모습이 가히 볼만했다.[118]

(3) 다시 서북쪽으로 조금 더 가서 올려다보니 나무가 무성하여 동구洞口를 막아 버렸고, 늙은 전나무가 가운데 서 있는데 그 형세가 대원만과 필적할 만했다. (…) 숲이 다하자 전신全身을 드

---

117 「태백산 유기」, 『능호집』 권3.
118 「금산기」, 『능호집』 권3.

러낸 늙은 전나무가 오래된 석당石塘 가에 서 있었다.[119]

　(1)은 「태백산 유기」의 한 대목이다. 세찬 바람을 견디느라 귀신의 모습처럼 된 전나무와 떡갈나무를 보는 눈이 범상치 않다. 이인상의 산수화에 종종 보이는 뻣뻣하고 꼬장꼬장한, 괴목怪木의 형상을 한 나무를 대하는 느낌이다. 그림이든 유기游記든, 나무들에는 이인상의 존재상황과 심회心懷가 투사되어 있다.

　(2)는 「금산기」의 한 대목인데, 나무 묘사가 역시 정세精細하다. 소나무의 곧기가 죽순과 같이 삼엄한데 한 그루도 서로 기대거나 굽은 것은 없으며, 바람을 머금어 우레와 같은 소리를 낸다고 했다. 더구나 높다란 소나무는 짙은 서리를 받아 희뿌옇고 푸른 모습이 볼만하다고 했다. 이인상은 그림에서 소나무를 통해 자신의 기절氣節과 독립불구獨立不懼의 정신을 곧잘 표현하곤 했다. 〈수석도〉樹石圖, 〈송하독좌도〉松下獨坐圖, 〈설송도〉雪松圖 같은 그림이 대표적이다.

　「금산기」의 이 대목에 그려진 소나무 이미지는 이들 그림의 소나무 이미지와 상통한다. 이인상은 그림에서와 마찬가지로 산수유기에서도 나무에다 자신의 존재상황과 생에 대한 감정을 투사한 것이다.

　(3)은 「우두산기」의 한 대목이다. 그 기세가 산봉우리와 대적할 만한 한 늙은 전나무와 숲이 다한 곳에 온 몸을 드러낸 늙은 전나무를 그리고 있다. 문제는 이들 전나무 자체가 아니라 이들 전나무에 주목하는 이인상의 눈과 정신이다. 말하자면 이 전나무들은 늙었으되 더욱 꼿꼿하며, 범접할 수 없는 높은 기개를 지닌 존재의 표상이다. 거기에는 이인상의 삶의 지향과 가치태도가 투사되어 있다.

---

119 「우두산기」, 『능호집』 권3.

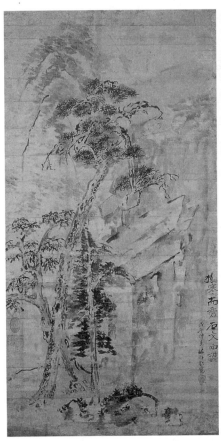

1 2 3

1_ 수석도   종이에 먹, 109.0×57.0cm, 국립중앙박물관 소장.
2_ 송하독좌도   종이에 먹, 80.5×40.0cm, 평양 조선미술박물관 소장.
3_ 설송도   종이에 먹, 117.0×53.0cm, 국립중앙박물관 소장.

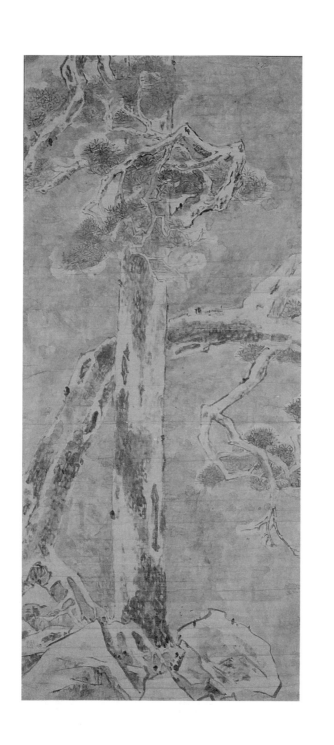

이인상이 창작한 여러 산문 문체 중 그 문학적 성취가 돋보이는 또 하나는 애사와 제문이다. 이들 글은 대체로 이인상의 벗들을 대상으로 삼고 있다. 그들 중에는 궁사窮士와 냉우冷友가 적지 않은데, 그 때문에 그들의 불우함에 대한 애도의 정서적 표출이 대단히 심절하다.

애사 중에는 오찬의 죽음을 애도한 「소화사」가 빼어나다. 오찬의 비극적 죽음으로 인한 이인상의 정신적 충격이 워낙 커서이겠지만 이인상은 몹시 심혈을 기울여 이 작품을 쓴 듯하며, 그래서 그 형식과 내용이 모두 이채를 발한다. 초사楚辭 풍의 작품이다.

제문이라는 것이 일반적으로 비창悲愴과 애통이 주조를 이루게 마련이나 이인상이 쓴 제문은 특히나 절절하고 애절하다. 이인상과 고인 간의 '존재관련'이 유난히 깊어서일 것이다. 이인상은 아내 제문도 남기고 있는데, 『능호집』과 달리 『뇌상관고』에는 1편이 더 실려 있다.[120] 두 편 모두에 아내에 대한 깊은 존중심과 애정이 토로되어 있다.

4. 『능호집』의 의의와 한계—결론을 대신하여

이인상은 세상을 뜨기 전 윤면동과 김무택에게 자신의 시문을 수습해 달라는 유촉遺囑을 남겼던 것 같다. 윤면동은 이 유촉을 저버리지 않고 이인상이 작고한 지 19년째 되는 해인 1779년(정조 3년) 음력 7월에 이인상의 문집 『능호집』 4권을 간행했다. 김무택은 한 해 전에 세상을 뜨는 바람에 책의 간행을 지켜보지 못했다. 『능호집』은 실로 이인상

---

120 「우제망실문」(又祭亡室文), 『뇌상관고』 제5책.

과의 존재관련이 깊은 이 두 의리 있는 노우老友의 헌신적인 노력으로 세상에 나올 수 있었던 것이다.

『능호집』은 평양 감영에서 인출印出되었다. 1779년 음력 5월에 먼저 이윤영의 문집 『단릉산인집』丹陵山人集이 평양 감영에서 인행印行되었다. 당시 평안 감사는 김종수였다. 윤면동은 김종수에게 편지를 보내 이인상의 문집도 인행할 것을 촉구했다. 그리하여 김종수가 경비를 대어 『능호집』이 간행되기에 이르렀다. 단호그룹을 대표하는 이윤영과 이인상의 문집이 같은 해에 차례로 간행된 것은 실로 상직적 의미가 크다 할 것이다.

이인상이 작고한 직후 윤면동은 이인상의 시문을 수습하여 『뇌상관고』雷象觀藁라는 문집 초본草本을 엮는 일을 주관하였다. 현재 이인상의 후손가에 『뇌상관고』가 전하는데 시고詩藁와 문고文藁가 각각 두 책이다. 문고는 원래 세 책인데 그 한 책이 일실逸失되었다.

대개 문집을 간행할 때는 시문을 정선精選해 싣는지라 초본에 있는 글의 반도 실리지 못할 경우가 많다. 3분의 1이나 4분의 1이 실리면 다행이고 그보다 적게 실릴 때도 있다. 『능호집』과 『뇌상관고』의 관계도 이런 관습을 크게 벗어나지 않는다.

윤면동은 어떤 기준으로 『뇌상관고』의 글을 뽑아 『능호집』을 편찬했던가?[121] 다음의 두 가지 기준[122]에 따랐던 것으로 보인다.

    (a) 문예적 성취가 높은 작품을 뽑고, 좀 떨어지는 것은 뽑지

---

121 이 점을 검토한 선행 연구로는 김수진, 「『능호집』 편집시각 고찰」(『국문학연구』 27, 2013)이 있다.

122 이 두 기준은 서로 결부되어 있기도 하다. 즉 (b)는 (a)에 일정하게 관여한다.

않는다.

　(b) 이인상의 고상한 사대부적 풍모와 엄정한 이념적 자세를 보여주는 것을 뽑는다.

　이런 기준 때문에 이인상 초년의 시들은 거의 다 배제되었다. 초년 시들에는 「죽지사」竹枝詞, 「도소곡」搗素曲, 「횡당곡」橫塘曲 등 악부시제 樂府詩題의 의고시擬古詩가 포함되어 있다. 이 시들은 여성적 정조情調를 담고 있는 염사류艶詞類에 가깝다. 또한 이 시기에 벌써 도가적 성향의 시가 창작되고 있다. 『뇌상관고』에 실린 이인상의 초년 시들은 비록 작품으로서의 수준은 다소 떨어질지 몰라도 청년기 이인상의 의식과 지향을 보여준다는 점에서 매우 중요하다.

　그런데 문예적 성취의 높낮이를 판단하는 기준은 절대적이지 않으며 사람마다 다소간 다를 수 있다. (a)는 어디까지나 윤면동의 기준일 뿐이다. 「구담소기」龜潭小記, 「천호산유기」天壺山遊記, 「유쌍수산정기」遊雙樹山亭記, 「관매기」觀梅記 같은 산문은 형식도 특이할 뿐 아니라 이인상의 내면과 미의식을 잘 보여주는 문제작들인데 모두 배제되었다. 윤면동은 혹 이들 작품이 좀 가볍다고 생각했을지 모른다.

　이인상은 구담에 다백운루라는 정자를 건립한 후 일대의 산수를 마음껏 유람했는데 그 일을 기록한 글이 「구담소기」이다. 1753년 봄, 송문흠의 장례식에 참석하고 돌아오는 길에 쓴 「천호산유기」와 「유쌍수산정기」는 아주 단소短小한 유기로, 이인상이 쓴 여타의 유기들과 판연히 다르다. '유기'라는 제목을 붙이고 있기는 하나 실제로는 송문흠을 떠나보낸 막막한 심정을 기탁하고 있는 글이다. 이 점에서 이 두 글은 유기로서는 정격正格이 아니요 변격變格에 해당한다. 이런 '변격성'은 그의 말년의 글씨쓰기와 그림그리기에서 확인되는 변격성과 무관

하지 않다고 생각된다.[123]

『뇌상관고』에는 「관매기」가 '기'記가 아니라 '잡기'雜記 속에 배치되어 있는데, 이는 이 작품의 파격성을 시사한다. 이 글은 이인상이 얼마나 매화를 사랑했는지, 그리고 '매품'梅品에 대한 그의 예술적 안목이 어떠했는지를 잘 보여준다. '나의 평생 매화 완상기玩賞記'라고 해도 좋을 이 특이한 글은 그의 나이 22세 때인 1731년부터 시작해 27년간 누구의 집에서 누구와 함께 어떤 매화를 보았는가를 자세히 기록해 놓았다. 이 점에서 이인상의 매화벽梅花癖을 이보다 잘 보여주는 글은 없다 할 것이다.

(b)의 기준은 꼭 문예적 성취와는 관계없다. 이 기준은 이인상의 이념적·사대부적 면모를 부각시킴으로써 춘추대의를 견지한 고결한 노론 청류老論淸流의 선비로 그의 상像을 구축하기 위한 것이다. 그 결과 이인상의 면모는 보다 근엄하고 보수적인 색채를 띠게 되었다.

(b)의 기준 때문에 첫째, 이인상의 서화가書畫家로서의 면모를 보여주는 많은 제발題跋과 찬贊이 초선抄選에서 배제되었다. 당시 그림을 그리는 일은 비천한 일로 간주되었기에 아무리 이인상이 여기餘技로 그림을 그린 문인화가라 할지라도 그의 화가로서의 면모를 지나치게 드러내는 것은 그의 사대부로서의 고상한 면모에 누가 된다고 여겼기 때문일 터이다.

둘째, 이인상의 도가적 경도를 보여주는 시문이 거의 다 배제되었다. 대표적으로 「내양명」內養銘을 들 수 있다. 이인상은 이 글에서 자신

---

123 이인상 만년의 글씨쓰기에서 확인되는 말년 양식의 특징은 『능호관 이인상 서화평석 2: 서예편』의 「대우모」大禹謨 '대자(大字)' 「회옹화상찬」·'야화촌주'野華邨酒 「구중불설자황」口中不說雌黄 등 참조. 또 그림그리기에서 확인되는 말년 양식의 특징은 『능호관 이인상 서화평석 1: 회화편』 중 〈구담초루도〉와 〈피금정도〉의 평석 참조.

이 도가의 '복기토납지법'服氣吐納之法을 오랜 세월 행하여 공효功效가 있었음을 말하면서 유가의 '조존발용'操存發用과 도가의 '존심제복'存心臍腹이 모두 "이 마음이 아님이 없다"(莫非此心)라고 하였다. 그리하여 도가의 양생법이 유가의 도에 해가 되지 않으며, 양자는 보완적일 수 있다고 보았다. 이인상이 말년에 이르러 도가와 유가를 '명시적·자각적'으로 회통會通시켰음을 알게 해 주는 글이다.

셋째, 서얼적 관련을 보여주는 시가 상당수 배제되었다. 이를테면 사근역 찰방으로 있을 때 통신사를 배종陪從하여 부산에 머물 때 통신사 서기인 이봉환에게 준 몇 편의 시들과 만년에 선배이자 인척인 취설醉雪 유후柳逅에게 준 술 노래 「취설옹에게 화답하다」(和醉雪翁)와 같은 시를 들 수 있다. 특히 「취설옹에게 화답하다」는 서얼적 자아의 일단을 드러내면서 다가오는 죽음에 대한 의식과 노년에도 해소되지 않는 세상에 대한 근심을 보여줌과 동시에 끝까지 비굴하지 않게 당당히 살려고 하는 자세를 드러내고 있는바, 퍽 중요한 작품이라 할 만하다.

넷째, 종이나 여성 등 사회적 약자에 대한 연민을 보여준 애사나 제문이 모두 배제되었다. 「처녀 홍씨 애사」, 「유인孺人 안동 권씨 애사」, 「숙인淑人 청송 심씨 애사」, 「노복老僕 유공有功 제문」, 「사근역 토지신 제문」 같은 것을 꼽을 수 있다.

다섯째, 현실 비판적인 내용을 담고 있는 글들이 일부 배제되었다. 1737년 가을에 지은 「회양의 잣나무 숲」(淮陽柏林)이라는 시에는 궁궐에 바치는 공물貢物 때문에 고통을 겪는 백성을 동정하는 내용이 보이고, 1741년 봄 김무택과 남단南壇에 노닐며 지은 시 「다음날 김자金子와 더불어 남단에 노닌 일을 기록하다」(翼日, 借金子游南壇紀事)에는, 도성 밖 부곽전負郭田의 태반이 부호가富豪家 수중에 들어가 백성들이 춘궁기에 질고疾苦에 시달리는 것을 슬퍼하는 내용이 보이는데, 모두 배제되었다. 「매화를 타박하는 글」(駁梅花文)에는, 방에 군불을 마구 때 초겨울에 분매盆梅의 꽃을 피게 하고서는 손님들을 불러 방에서 고기를 구워 먹으며 매화를 감상하는 경화京華 벌열가閥閱家의 행태를 비꼬는 대목이 나오는데, 이 글은 이런 내용 때문에 배제된 게 아닌가 한다. 요컨대 이들 시문은 그 비판적 내용 때문에 모두 산삭刪削된 것으로 보인다.

여섯째, 야담적野譚的 기습氣習을 보이는 작품들이 모두 배제되었다. 「일사전」逸士傳(1733년), 「검사전」劍士傳(1746년), 「방숙제전」方淑齊傳(1755), 「시우전」市友傳(1756년)이 그것이다. 이 중 「방숙제전」은 호서의 홍산현鴻山縣에 산다는 방숙제라는 노인과 그의 처 김파金婆에 대한 이야기인데, 이 부부는 영이靈異를 행하는 도가자류道家者流에 속하는 인물이다. 이인상은 도가에 관심이 많았기에 전해 들은 이런 이야기를 작품화했을 터이다. 네 작품의 창작 연도를 보면 이인상이 일생에 거쳐 꾸준히 이런 작품을 창작했음을 알 수 있다. 이런 작품들은 이인상이 여항閭巷과 시정市井의 일에 관심이 있었음을 보여준다. 하지만 윤면동은 이들 작품이 소설에 가까운 시시껄렁한 이야기라고 생각해 모두 배제했을 수 있다.

이상의 논의를 통해 아쉽게도 『능호집』에는 『뇌상관고』의 풍부하고 다채로운 내용이 많이 빠진 것을 확인할 수 있다. 이 때문에 이인상이라는 인간, 그리고 그의 문학과 예술의 전모를 알고자 한다면 『능호집』만으로는 한계가 있으며, 『뇌상관고』를 자세히 들여다볼 필요가 있다.

필자의 이 글은 이번에 번역되는 『능호집』의 독자들을 위한 것인 만큼 작품을 예시할 경우 가급적 『능호집』의 것을 가져오려고 하였다. 하지만 서술된 내용은 결코 『능호집』에만 해당되는 것이 아니요, 『뇌상관고』까지 두루 포괄하는 것이다.

필자는 장차『뇌상관고』의 번역서를 내기 위해 지금 몇몇 동학들과 함께 번역 작업을 하고 있다. 이 글에서 미처 언급하지 못한 사실은 훗날『뇌상관고』의 말미에 추보追補하고자 한다.

후지後識

이 번역서의 원고는 2001년 경 돌베개 출판사로 보내져 다음해에 첫 교정지가 나왔던 것으로 기억한다. 당시 박숙희 씨가 편집 책임자였다. 몇 년 후 박숙희 씨가 퇴사하자 지금의 이경아 씨가 일을 넘겨받았다.

박숙희 씨가 계실 때 이미 몇 차례 교정지가 오고갔던 것으로 기억되는데, 끝내 책을 내지 못했다. 이 때문에 필자는 지금껏 박숙희 씨에게 퍽 미안한 마음을 갖고 있다. 아마 박숙희 씨 역시 이 일을 마치지 못한 데 대한 유감이 없지 않으리라 생각한다. 그래서 이 책의 출판에 즈음하여 굳이 이 사실을 밝혀 두고 싶다.

이 번역서는 당초 '이인상 서화집'과 함께 간행하려고 했지만 사정이 바뀌어 따로 간행하게 되었다. 이 번역서에 이어 곧 '이인상 서화평석'이 간행될 것이다. '서화평석'은 원래 계획에는 없던 책인데 공부하다 보니 쓰지 않을 수 없었다. '평석' 다음에 '서화집'이 출간되고, 그 다음에 '이인상 연보'가 출간될 것이다. 이경아 씨가 이 책들 모두의 편집을 맡아 수고 중이다. 이 책들은 다른 책들보다 편집·교정·제작이 몇 배는 더 힘든 것으로 알고 있다. 그러니 필자로서는 미안한 마음

을 이루 다 말하기 어렵다. 아무쪼록 올해 안에 일이 다 끝나 두 사람
모두 '업'業에서 잠시 풀려나기를 바랄 뿐이다.

이 번역서의 색인은 박희수 군의 도움으로 완성할 수 있었다. 감사
의 마음을 전한다.

2016년 7월 우중에 삼가 쓰다.

박희병

찾아보기

528